復旦百年經典文庫

明清曲談

戲曲筆談

趙景深 著

江巨榮 編

復旦大學出版社

赵景深先生（1902—1985）

凡 例

一、"復旦百年經典文庫"旨在收錄復旦大學建校以來長期任教於此、在其各自專業領域有精深學問並蜚聲學界的學人所撰著的經典學術著作,以彰顯作爲百年名校的復旦精神,以及復旦人在一個多世紀歲月長河中的學術追求。入選的著作以具有代表性的專著爲主,並酌情選錄論文名篇。

二、所收著作和論文,均約請相關領域的專家整理編訂並撰寫導讀,另附著者小傳及學術年表等,系統介紹著者的學術成就及該著作的成書背景、主要內容和學術價值。

三、所收著作,均選取版本優良的足本、精本爲底本,並盡可能參考著者手稿及校訂本,正其訛誤。

四、所收著作,一般採取簡體橫排;凡較多牽涉古典文獻徵引及考證者,則採用繁體橫排。

五、考慮到文庫收錄著述的時間跨度較大,對於著者在一定時代背景下的用語風格、文字習慣、注釋體例及寫作時的通用說法,一般予以保留,不強求統一。對於確係作者筆誤及原書排印訛誤之處,則予以徑改。對於異體字、古體字等,一般改爲通行的正體字。原作中缺少標點或僅有舊式標點者,統一補改新式標點,專名號從略。

六、各書卷首,酌選著者照片、手跡,以更好展現前輩學人的風采。

總　目

明清曲談 …………………………………………………………… 1

戲曲筆談 …………………………………………………………… 187

附録 ………………………………………………………………… 355
　趙景深先生的《明清曲談》與《戲曲筆談》 ………… 江巨榮　357
　趙景深先生生平簡介 ……………………………… 江巨榮　368
　趙景深先生學術年表 ……………………………… 江巨榮　370

校讀後記 …………………………………………………………… 373

明清曲談

付印題記

解放以前我寫過一些關於中國小説戲曲的論文和劄記。小説部分，已經先後輯成下列四本小書：㈠《小説閑話》(一九三五、北新書局)、㈡《小説戲曲新考》上卷《小説編》(一九三六——一九三八、世界書局)、㈢《銀字集》一名《中國小説論集》(一九三八——一九四三、永祥印書館)、㈣《小説論叢》(一九四三——一九四六)。除掉《水滸傳簡論》等數篇外，差不多都已結集起來。但是，戲曲的論文和劄記，却只輯成兩本小書：㈠《讀曲隨筆》(一九三三——一九三六、北新書局)、㈡《小説戲曲新考》下卷《戲曲編》(一九三六——一九三八)。從一九三八年到一九四八年這整整十年間所涂抹的文字都還不曾輯集出版。解放前這些論文和劄記，無論已出版或未出版，都不曾受到太大的注意。

解放以後，由於古典文學受到應有的重視，古典戲曲也就逐漸受到各方面的注意。我這些無關宏旨的文章，也就成爲古典文學愛好者搜求的對象之一。現在我決定把它出版，以供研究者參考。

請諸位注意，這本書雖是以前不曾印過單行本，却也只能當作"舊書重版"來看。因爲，這本書只是解放前十年一些中國戲曲的論文和劄記。其次，這裏面當然找不到馬克思列寧主義的觀點，也極少談到人民性和思想性，只是一些材料的提供。與其把這本書當作論文，不如把這本書當作資料。也由於這個原因，其中偶有一些不正確的看法，例如《方志著錄明清曲家考略》只是從千卷以上的方志中摘抄我所需要的資料，遇有對於明末農民革命和太平天國革命看法錯誤或誣衊的地方，也就不去一一指出或糾正。

本書共四十一篇，用《明清曲談》作爲書名，各篇略按時代先後排列，不管文字篇幅長短和性質如何。大致所談，也不外作者生平、作品輯逸、情節概要、演變影響、曲論正誤這一些。我敝帚自珍地覺得它還有一點參考價值，便大膽地印了出來。剩下來未曾輯集的文章約關於元明南戲的十餘篇，我另編了一本《元明南戲考略》。此外元曲十一篇、讀曲雜記二十一篇，將來有機會時亦擬整理成《讀曲小記》出版。這本書的錯誤，我誠懇地希望讀者指教。

　　我把這本書當作我對中國戲曲摸索的陳跡來看，也當作一個結束來看。我要一面學習馬克思列寧主義，一面重新開始我在這一方面的探討。

一九五七、二、一〇、趙景深。

目　錄

方志著録明清曲家考略 …………………………………………… 7

雜劇十段錦 ………………………………………………………… 36
評介散曲二種 ……………………………………………………… 38
商輅三元記 ………………………………………………………… 40
讀康對山文集 ……………………………………………………… 44
論伯虎雜曲 ………………………………………………………… 48
鄭若庸的玉玦記 …………………………………………………… 52
關於水滸記的作者 ………………………………………………… 55
玉簪記的演變 ……………………………………………………… 57
讀湯顯祖 …………………………………………………………… 62
桃符記傳奇 ………………………………………………………… 65
沈璟傳奇輯逸 ……………………………………………………… 68
楊珽的龍膏記 ……………………………………………………… 72
四賢記 ……………………………………………………………… 75
跋"沈自徵的生平" ………………………………………………… 76
明末曲家沈自晉 …………………………………………………… 79
凌濛初的衫襟記 …………………………………………………… 86
馬佶人的荷花蕩 …………………………………………………… 90
明代二戲曲家小考 ………………………………………………… 92
雜劇三編與無錫曲家 ……………………………………………… 95
明人散曲的輯逸 …………………………………………………… 98
關於吳騷合編和吳騷集 …………………………………………… 108
怡春錦 ……………………………………………………………… 110

勸善金科	114
昭代簫韶第七本	120
傅青主的雜劇	122
容居堂傳奇三種	124
薛旦的九龍池	128
張大復的傳奇	132
李玉的占花魁	137
朱佐朝的漁家樂	140
十五貫傳奇敘錄	143
呆中福傳奇敘錄	148
南樓傳	152
桃花影傳奇	154
龍燮的江花夢	157
暗香樓樂府作者考	164
花裏鐘傳奇	167
許善長年譜略	170
碧聲吟館曲話	176
讀清人散曲四家	179

方志著録明清曲家考略

一　明代曲家

朱權　《瓊林雅韻》，鳳陽朱權著。（《安徽通志》卷三四六）

高明　《元詩選》傳：字則誠，平陽人。至正五年中第，授處州録事，辟丞相掾。方國珍欲留置幕下，即日解官；旅寓鄞之櫟社沈氏樓，因作《琵琶記》。記成，几上二蠟炬光忽交合，因名曰瑞光樓。明太祖聞其名，召之，以老疾辭。所著有《柔克齋集》。東海趙訪稱其學博而深，才高而贍云。（《浙江通志》卷一八二）

徐舫　《青溪詩集》傳：字仲由，淳安人。幼穎敏，日記五千字。及長，博習經史百家之書。善屬文，鄉里推爲祭酒。洪武初，辟教邑庠三年。自免去。已，詔徵秀才，强起之。至省力辭而歸。號巢松病叟，葛巾野服，優游山水間，以詩酒自放。有《巢松集》。（《浙江通志》卷一八二）

陳沂　字魯南，鄞人，以醫籍居南都。十歲能詩。十二歲作《孔墨解》、《赤寶山賦》，傳誦人口。正德丁丑第進士，改庶吉士，授編修，進侍講。忤大學士張璁，出爲江西參議、山東參政。會入賀，遇璁長安道上。璁勞之曰："君久外行臺矣！"沂曰："齊民困甚，能行吾疏，勝身受德也。"璁意拂然，遂轉山西行太僕卿。抗疏致仕，杜門著書，絶意世務。書學東坡。及篆隸繪事，皆稱能品。所至好游名山水，皆有詩記。晚與顧華玉游歷長干諸寺，賦咏尤多。文采照映一時；大江南北文士稱朱應登升之、顧璘華玉、王韋欽佩及沂爲四家。朱、顧皆羽翼北地，共立壇碑。而沂能別出手眼，訟言一時學杜之敝。欽佩亦與之同調。江左風流未墜，二君蓋有力焉。（《寧波府志》卷二六）

文集十二卷、詩十五卷（《明史‧藝文志》）。《遂初齋集》、《拘墟館集》

《續金陵瑣事》）。《南畿志》六十四卷、《翰林志》、《遊名山錄》、《金陵古今圖考》一卷、《金陵世紀》四卷——《四庫書目》（《重刊江寧府志》卷五四）《遂初齋集》、《拘墟館集》（上元）（《江南通志》卷一九四）

邵璨

　　《樂善集》、《香囊五倫傳》。（《宜荊縣志》卷九〇）

王濟 字伯雨，號雨舟，晚更號白鐵道人。其先泗州人。元末六世祖道輔避兵烏鎮，家焉。父英，號且閑，弘治中爲蘇州衛指揮。濟自弱冠爲諸生，以高資例入太學，授廣西橫州州判。會缺州守，濟攝州事。悉其習俗利病，設施皆當於理。地故多盜，自濟受事，夜户不閉。夙能詩，爲文章，放銜吟誦不輟。植湘竹盈庭，日采其風物與故鄉異者爲一編，曰《君子堂日詢手鏡》。其論載岑猛作逆事始末及蠻中惡習瘴癘蠱毒土産無不備，又多預商禦蠻之策。後去官，而猛逆屢不靖。識者服其先見。以母老，不二載，乞終歸。布衣褥被，如寒士。人不知其豪富云。——《嘉禾徵獻錄》

《劉清惠公集》：濟自稱紫髯仙客，於媚黨飢寒，倒囊不惜；遇事激發，可以敦鄙寬博。

《耄年集》：白鐵先生共祝枝山、文衡山、黃省曾輩爲翰墨游，予嘗過之。先生數出秦溪金石刻及法書名畫，共爲品畫。其最者鐘、鼎、篆及嵇叔夜手勒《山巨源絕交書》，間以復之。濟富而好客，結峴山社。顧元慶詩話稱其人物高遠，奉養雅潔。又岳岱評其宮詞云："善托今辭，邈歸古意，王建難稱獨步。"（《烏青鎮志》卷九）

　　《君子堂日詢手鏡》二卷、《白鐵山人詩集》（茅坤跋）、《谷應集》、《水南詞》、《和花蕊夫人宮詞》——《千頃堂書目》（《湖州府志》卷五八）

陳鐸 字大聲，睢寧伯文之曾孫。世襲指揮。風流倜儻，於經傳子史百家九流，莫不貫穿。黃美之元宵宴集富文堂，鐸與徐霖稱上客。美之曰："今日佳會，舊詞非所用也。請二公聯句，即命工度諸絃索。"於是揮毫，甫畢一調，即命工肄習。既成，合而奏之，一時傳爲盛事。（同治《上江兩縣志》卷二四）

　　《秋碧堂樂府》（按：今本無堂字）、《梨花寄傲》（按：今本花字作雲字）、《公餘漫興》、《香雪亭稿》——《上元縣志》　按：《明詩綜》，下邳人，睢寧伯文之曾孫。（《重刊江寧府志》卷五四）　《雪秀亭稿》、《秋碧軒稿》（《江南通志》卷一九四）

徐霖　字子仁，上元人。少爲諸生有名。然倜儻不羈，坐事削籍。乃殫力於藻翰，書畫皆工，名播海外。武宗南狩，兩幸其居，又號髯仙。（《重刊江寧府志》卷四十。）

　　字子仁，號髯仙。（居城東，有快園）先世自長洲徙華亭。六歲而孤，從兄居江寧。七歲能賦詩。九歲能書大字。補諸生，博極群書。武宗南巡，聞其名，召見行在，特愛重之，官以錦衣鎮撫，賜一品服，扈從到京，將不次擢用。會帝崩，乃止。霖奉母至孝，自號九峯道人，卒年七十七。——參郭《府志》、《雲間志略》（《華亭縣志》卷一四）

　　字子仁。家世勛貴。少爲諸生，有名。然倜儻不羈，坐事削籍。乃殫力於藻翰，名播海外，日本、安南嘗以重價購其書畫。武宗南狩，兩幸其居。年幾八十，以壽終。（同治《上江兩縣志》卷二四）

　　《中原音韻注釋》——《江南通志》《遠游記》、《皖湘錄》——《舊府志》《端居詠》、《北行稿》、《古杭清游稿》、《麗藻堂文集》——《江南通志》（《重刊江寧府志》卷五四）

汪道昆　字伯玉，江都人，歙籍。嘉靖二十六年進士。由知縣歷官福建兵備道。福寧兵變，昆單騎入軍門，斬首事者以徇，一軍皆肅。四十一年倭陷興化，全閩大震。道昆走浙，乞師，總兵官戚繼光將兵八千赴援。於是道昆主謀，繼光主戰，諸賊次第削平。以功擢按察使，特盡護諸道軍。陞僉都御史，開府閩中，海寇殲無孑遺，未幾罷。隆慶中起爲兩陽巡撫，晉副都御史，調撫湖廣，歷改元臺爲兵部侍郎，奉命巡邊，裁革冒濫兵餉，歲省浮費二十餘萬，終養歸。道昆以詩文名海內，與太倉王世貞並稱南北兩司馬。著有《太函集》。——《家傳》（《揚州府志》卷五一）《太涵集》（《江南通志》卷一九四）《太函集》（《安徽通志》卷三四三）

李開先　字伯華，章邱人。嘉靖八年進士。官至太常卿。性好蓄書。李氏藏書之名聞天下。時有嘉靖八才子之稱，謂開先及王慎中、唐順之、陳束、趙時春，熊過、任瀚、呂高也。（《山東通志》卷一六三）

馮惟敏　字海浮，惟訥弟。嘉靖十六年舉人。官淶水知縣。聰穎博學，詩文雅麗，尤善樂府。所著有《山堂詞稿》、《擊築餘音》。弟惟重亦知名。（《山東通志》卷一六三）

　　《山堂詞稿》，縣志載是編云：舊志云四卷。考原書只二卷。命之曰詞，實曲類也。王世貞稱其傑出，李維楨號爲專家，蓋皆指此。（《山東通

志》卷一一〇）

胡汝嘉 字懋禮，一字沁南，上元人。嘉靖癸丑進士。官編修，山西參議。有《蒨園集》、《沁南稿》。劉覺岸《徵存録》云：胡藩參在翰林時，以言事忤政府外調。文雅風流，不操常律。隸書師鍾元常，草書師張伯英、崔子玉。常取三人書之在閣帖者，手摹刻之，較今所刊閣帖，神檢殊勝。張草中耳字長尺餘，今此本在中州朱睦㮮云。余往評騭白下諸賢之作，華玉秀而整，魯南婉而麗，伯時醇而邕，欽佩雋而質，應午俊而雅，元舉清而曠；沁南則兼衆群雅，命令當世，誠清廟之韶濩、詞林之冠冕也。（同治《上江兩縣志》卷二四）

《蒨園集》、《沁南稿》。《金陵人物志》：汝嘉字秋宇。嘉靖進士。累官翰林院編修。以言事忤執政，調副使。（《重刊江寧府志》卷五四）

王衡 錫爵子，字辰玉。讀書五行俱下。錫爵忤張居正，衡時年十三，和《歸去來辭》以寄。錫爵嘆曰："不去將爲孺子笑。"遂即日歸。錫爵後柄用。萬曆十六年衡舉順天鄉試第一。郎官高桂、饒伸疏論有私，詔會午門外復校，衡請錫爵疏救伸、桂，人更以此多之。錫爵歸。二十九年會試成進士，廷試第二，如其父授編修。是歲奉使江南，因請終養歸。三十七年病瘍卒，年四十九。衡詩文俱名家，尤長經世略，注意邊務，論者多惜其未用。（《太倉州志》卷一九）

《紀游稿》，見《四庫存目》。《春秋纂注》四卷 《論語駁議》《諸子類語》（《太倉州志》卷二五） 《緱山集》二十七卷（《四庫存目》云：衡登第後，旋即歸養。得以其間肆力於古學，於王世貞同里閈，而不蹈其蹊徑。）（《太倉州志》卷二五） 《王緱山集》（《江南通志》卷一九四）

陳與郊 字廣野，號隅陽，萬曆甲戌進士。授河間推官。徵拜吏科給事中。疏請召諸諍臣趙用賢等，遷工科。時營大峪壽宮，言者聚訟，累疏折衷其制，遷吏部都給事中。居省八載，上裁織造，減營建，修實政，及請進陸文定、陳恭介、鄧文潔、邢司馬諸疏。已擢提督四夷館太常少卿，尋免。閉門著述，凡數萬言。性嗜學；自六籍外，留心太空潛虛，好屈宋揚馬張左諸家賦，考訂梓之。詩詠間作，其藻思播之歌歈，被管絃以自娛。（金《志》）（《海寧州志稿》卷二九）

字隅陽，本姓高，海寧人。萬曆二年進士。授河間府推官。畿輔夙號難治。又張居正當國，以法繩郡縣，與郊獨濟以寬和，人稱陳佛子。徵拜吏科給事中,遷都給事中,特疏言吏治不飭,由簠簋不修,輦轂公私酬酢,則遐方曷勝括索。疏入,諸司皆洗手奉法。擢太常寺少卿,提督四夷館。母憂,居家不復出。——《康熙志》,《畿輔通志》(《杭州府志》卷一三四)

《樂府古題考》,海寧陳與郊輯(《杭州府志》卷九五)《考工記輯注》二卷、《檀弓輯注》二卷、《三禮廣義》、《方言類聚》四卷、《古今樂考》(《渤海著錄》云:存,一作《樂府古題考》)、《葬錄》、《文選章句》二十八卷、《廣修辭指南》十二卷、《杜律注評》二卷、《隅園集》十八卷(《四庫附存目》云:《隅園集》皆所作雜文及詞曲。其文摹仿漢魏,似古色斑駁,而不出弇州四部之門徑。與郊集總名《奉常佚稿》,凡分四種,首爲《隅園集》。案《千頃堂書目》有附錄一卷,余聞僅作十四卷,金志無卷,《花溪志》作《陳太常集》,亦無卷。)《蘋川集》(皆其里居時與人尺牘。李維楨誌其墓。集止尺牘,而憂讒悲愁之語,十之七八也。)《黃門集》三卷(《奏議》,萬曆十八年二月自序),《誇癡符》(語出《顏氏家訓》,謂可笑之詩賦也。)沈德符《萬曆野獲編》云:陳祖皋有誤殺滿指揮事。當事者知爲都諫子,羅織擬大辟。都諫有己丑春秋房門生二人,同在詞林顯重,並有相望。都諫哀懇其道地,勿能得,因恚恨作雜劇名《誇癡符》者,中有《狄靈慶》一段,以比二詞林,而身擬袁燦。都諫沒後,祖皋事得白,出獄,未幾病卒。(《海寧州志稿》卷十二)

王世貞

《讀書後》八卷、《鳳洲筆記》二十四卷、《續集》四卷、《後集》四卷、《弇州山人四部稿》一百七十四卷、《續稿》二百〇七卷、《陽羨諸游稿》一卷、《擬古詩》一卷(上二目據《天一閣書目》增入) 《尺牘清裁》六十卷、《補遺》一卷、《藝苑巵言》七十五卷、《蘇長公外紀》十六卷、《弇州尺牘》二卷、《春秋論》四篇、《左逸》(日本刊本)、《弇山堂別集》一百卷、《史策考誤》十卷、《觚不觚錄》一卷、《嘉靖以來首輔傳》八卷、《國朝紀要》十卷、《明琬琰錄綱鑑會編》、《國朝公卿年表》二十四卷、《天言彙錄》十卷、《名卿紀績》六卷、《識小錄》二十卷、《明野史彙》一百卷、《爽鳩氏言》二卷(兵家)、《書苑》十卷、《畫苑》十卷、《補遺》二卷、《弇州山人題跋》七卷、《異物彙苑》五卷、《彙苑詳註》三十六卷、《少陽叢談》二十卷、《劄記》二卷、《委宛餘談》十九卷、《入楚稿》一卷、《入晉稿》一卷、《入湘稿》一卷、《伏闕稿》一卷(《天一閣書目》)(《太倉州志》卷一九)

梁辰魚 字伯龍,泉州同知紈曾孫。父介字石重,平陽訓導,以文行顯。辰魚身長八尺有奇,疎眉虯髯,好任俠,不屑就諸生試。勉游太學,竟亦弗就。營華屋招來四方奇傑之彥。嘉靖間,七子皆折節與交。尚書王世貞、大將軍戚繼光特造其廬。辰魚於樓船簫鼓中,仰天歌嘯,旁若無人。千里之外,玉帛狗馬,名香珍玩,多集其庭。而擊劍扛鼎之徒,騷人墨客羽衣草衲之士,無不以辰魚爲歸。性好游,足跡徧吳楚。間喜酒,盡一石弗醉。尤喜度曲,得魏良輔之傳。轉喉發音,聲出金石。其風流豪舉,論者謂與元之顧仲瑛相彷彿云。(《崑新兩縣續修合志》卷三十)

《江東廿一史彈詞》一卷、《江東白苧》二卷、《伯龍詩》三卷(並尤志)、《遠游稿》——字伯龍,崑山人(《蘇州府志》卷七五)

鄭若庸 字中伯。早歲以詩名吳下。趙康王聞其名,幣聘入鄴。王父子接席與交,與詩人謝榛埒。學士程敏政延至都。嚴嵩父子聞其至,以鍰幣招之,不赴。仍返鄴,王爲庀供帳,予宮女及女樂數輩。若庸乃爲王著書,采掇古文奇字,累千卷,名曰《類雋》。康王薨,去趙居清源,年八十餘卒。(《崑新兩縣續修合志》卷三十)

字仲伯。年十六爲諸生,三試皆首。連入棘闈不售,隱支硎山,殫精古文詞。趙康王聞其名,三聘乃起,禮以上賓。鄴人士徵屬文者無虛日。學士程敏政以縹帛迎至都下。嚴嵩父子聞其至,請見,不往。又以鍰幣招,幡然辭行。仍如鄴,爲王著書,采掇古文奇事累千卷,名曰《類雋》。康王薨,去趙居清源,年八十餘卒。生平所著記志傳序,下至樂府稗官小說蟲魚傳奇等書甚多,止刊布其一,名曰《蛣蜣》。——詹元象傳,參《列朝詩集》。《列朝詩集》作崑山人。(《蘇州府志》卷五三)

《類雋》一千卷、《鄭虛舟尺牘》二卷、《市隱園文紀》三卷、《蛣蜣集》——字中伯,號虛舟山人(《蘇州府志》卷七五) 《唐類函》一百卷、《蛣蜣集》八卷、《北游漫稿》二卷(俱見《四庫存目》)、《稗史樂府》、《市隱園文紀》三卷、《虛舟尺牘》二卷(《崑新兩縣續修合志》卷四九)

梅鼎祚 字禹金。父守德,官給諫時生鼎祚,癯甚,憐之,欲其棄筆硯。乃匿書帳中默誦。年十六,廩諸生。郡守羅汝芳召致門下。龍溪王畿呼爲小友。性不喜經生業。以古學自任。文詞沈博雅贍,海內皆知其名。閣臣申時行等欲以文徵明故事疏薦,辭不赴。歸隱書帶園,搆天逸閣藏書,坐臥其中。著有《鹿裘石室集》。又編輯《歷代文紀》、《漢魏詩乘》、《古樂苑》、《唐樂苑》、《書記洞銓》、《青泥蓮花記》、《才鬼記》諸書(《明詩綜》詩話,乾隆

志)(《寧國府志》卷二九)

《鹿裘石室集》、《予寧草》、《庚辛草》(《江南通志》卷一九四)

張鳳翼 字伯起。曾祖泉,字景春。好讀書,著《吳中人物志》。祖准,以心計起家。父沖,賈而俠,皆有聞於時。鳳翼生,五齡猶不言。一日,見大父掃除,遽謂姆:"汝當代掃。"聞者異之。稍長,日益開敏。補諸生,已入太學,皆屈其曹。嘉靖甲子舉於鄉,四上春官報罷。(《蘇州府志》卷五六)

《文選纂注》十二卷、《夢占類考》十二卷、《談輅》三卷、《處實堂前集》十二卷、《後集》六卷(《蘇州府志》卷七五)

屠隆 字長卿,一字緯真,號赤水。滽之子。晚稱鴻苞居士。生有異才,於書靡所不究。學詩於沈明臣,落筆數千言立就。族人大山、里人張時徹方爲貴官,共相延譽,名大噪。舉萬曆五年進士,除潁上知縣,訊民疾苦,無如東門河決之患。隆多方區畫,盡出縣治之瓦石,以義倡百姓家借一石。又取敗石枯楊,與士人同操畚。百姓見其誠,人人勸,遂築堤五十丈,民築綠波亭於堤上以志功德。七年,調繫青浦。甫至,大霖雨,諸隄且就潰。隆朝夕蔬食袒跣禱晴,而間行民間,使益土石於隄以捍之。手裹緒鑱,勞其勤者,而囊粟以資匱者。又爲文責數神,且願以身代。是夕霆震,雨亦爲霽,而諸堤皆堅好。……又建二陸祠,招名士飲酒賦詩。游九峯三泖,以仙令自許。然於吏事不廢,士民皆愛戴之。以治行高等,陞禮部主事,歷郎中。在曹好客益甚,畜聲伎,不耐岑寂。貧無貨,或解帶酒家取供。西寧侯宋世恩兄事隆,寡游甚歡。刑部主事俞顯卿者,險人也。嘗爲隆所詆,心恨之,訐隆與世恩淫縱,詞連禮部尚書陳經邦。隆等上疏自理,並列顯卿挾仇誣陷狀。所司乃兩詘之,而停世恩俸半歲。隆歸道青浦,父老爲斂田千畝,請徙居。隆不許,歡飲三日謝去。乃遨游吳越間,嘯詠山川,自矜出世。尋溯盱江,登武夷,窮八閩之勝。阮堅之爲福州推官,以中秋大會詞客七十餘人於烏石山之鄰霄台。隆爲祭酒,梨園數部,觀者如堵。酒中樂止,隆幅巾白衲,奮袖作《漁陽摻》。鼓聲一作,廣場無人。山雲怒飛,海水起立。林茂之年少下坐。隆起執其手曰:"子當作《撾鼓歌》贈我。快哉,此夕千古矣!"已稍倦游,歸里,客益輻輳。每置酒,燃燭坐齋中,填樂府十數闋,命善歌者王子長爲定點拍唱之。有御史行部遣吏白旦日早臨,家人請修具。然隆實無一錢,且偃臥榻上,家人不敢復請。日向昃,適西陵某公遣使者來購文,以白金具扎爲壽,隆即立撰文,並作報書,遣使出門。日景未竟,即以金盡付家人,不啓視。及晚年,家益貧,出游沮淶金閶,作歌從李叔元乞米,自嘲自戲,讀者憐之。萬曆三十三年卒,年六十四。(《鄞縣志》卷三八)

字長卿,鄞人。少負異稟,詩文萬言立就,兼通内典。嘗攜文謁其族司馬大山。司馬先夕夢蒼龍入室,隆至,尤奇之,遂爲延譽,名驟起。中萬曆五年進士。……其自題所作,以爲姿敏意疏;姿敏則多疾給,意疏則少精堅,亦定評也。隆女瑶瑟字湘靈,子婦沈七襄字天孫,狀元懋學女,俱工詩。(《寧波府志》卷二六)

《由拳》、《白榆》、《棲真館》、《鴻苞》、《娑羅園》諸集(《寧波府志》卷三五)

沈璟 字伯英,漢曾孫。數歲穎悟,有神童稱。萬曆二年成進士,時年二十二。授兵部職方司主事,以病免。尋補禮部儀制司,進員外郎,改吏部稽勳司,歷驗封考功二司,以父喪歸,復補驗封。十四年左遷行人司司正。十六年爲順天同考官,遷光禄寺寺丞,以疾乞歸,歸二十餘年卒。年五十八。其在兵禮吏三部時,邊徼阨塞及各將領主名,皆有手記入夾袋中,親較宗藩名封諸籍,不入吏手;詢訪人才,不令人知。後復補驗封司,會神宗生第三子,諭封其母鄭貴妃爲皇貴妃。時少師申時行等請册立皇長子爲皇太子。户科給事中姜應麟請收回封鄭貴妃成命,皆不聽。璟乃復上言,請定大本,詳大典,以固國脉。並請皇太子母王恭妃封號。(按《明史》但載請王恭妃封號,略也。)上怒,疑璟賣直,故左遷行人司司正,爲順天同考官。所得士李鴻爲時行壻,言以爲私,璟不自白。及鴻成進士,知上饒,與税監忤,疑謗始息。璟性謙謹而能任事。晚乃習爲和光忍辱,有非意相加者,笑遣之。因改字聘和以自況。精六書學,喜誦讀,遇誤字悉釐正之。工詩文及行草書。告歸後寄情詞曲,自號詞隱生。嘗評點沈義甫《樂府指迷》一卷,增訂蔣孝《南九宫十三調譜》爲《南詞全譜》二十一卷。譔《古今詞譜》二十卷、《論詞六則》、《正吴編》一卷,皆爲審音家所宗。天啓初追錄國本建言諸臣,贈璟光禄寺少卿。子自國,諸生,有文行,周忠毅、宗建推重之。(參獻集、家傳)(《吴江縣志》卷二八)

《古今詞譜》二十卷、《古今南北詞林辨體》、《北詞韻選》、《南詞韻選》十九卷、《唱曲當知》、《屬玉堂詩文稿》四卷(《吴江縣志》卷四六)

卜世臣 字藍水,磊落不諧俗,日扃户著書。有《挂頰言》、《玉樹清商》、《多識

編》、《樂府指南》、《卮言》及《山水合譜》。孫休有傳。(袁志)(《嘉興府志》卷五三)

顧大典 字道行。祖昺,字仲光,正德十二年進士。授將樂知縣,民爲立碑表德。官至汝寧知府。大典讀書,過目成誦。喜爲古文詞,又善繪事,能詞賦。隆慶二年舉進士,爲紹興府教授。歷南京吏部郎中,遷山東副使,改福建提學副使。較文精嚴,請托不行。忌者以考功法謫禹州知州,自免歸。所著有《清音閣集》、《海岱吟》、《閩游草》、《園居稿》。——《松陵文獻》(《蘇州府志》卷六四)

字道行。大典少孤,依母家周氏讀書,過目成誦。隆慶二年成進士。年未及壯,丰神秀美,望之若仙。授紹興府教授,遷處州府推官。萬曆二年擢刑部主事,改南京兵部。屢遷吏部郎中。大典工詩,善書畫。在金陵,暇即呼同曹郎載酒游賞,遇佳山水,輒圖之。或晝夜忘返,而曹事亦無廢。十二年,陞山東按察副使,改福建提學副使,請托一無所徇。忌者追論其爲郎時放於詩酒,坐謫禹州知州,遂自免歸。再起開州,不就。家有諧賞園,池臺清曠,賓從觴詠不輟。又妙解音律,頗蓄歌妓,自爲度曲,不入公府。曰:"吾性本疏懶,非惡見貴人也。"歸後七八年而卒。所著有《清音閣集》、《海岱吟》、《閩游草》、《園居稿》行於世。子二,慶、延,詞翰清絶。(參獻集)(《震澤縣志》卷一九)

顧大典《諧賞園記》:清音閣在園之一隅。登樓遠眺,則粉堞彫甍,逶迤映帶,頫視則園景可得十之八九,竹樹交戛,不風而鳴,琮琮琤琤,天籟自發,因以名吾閣,蓋取左思《招隱》語也。(《震澤縣志》卷三六)

《海岱吟》、《閩游草》、《園居稿》、《清音閣集》十卷(《蘇州府志》卷七五)

周履靖 字逸之。萬曆中布衣。築舍鴛湖之濱,種梅百餘株,呻唔其下,人呼爲梅顛。與妻桑偕隱倡酬。劉鳳爲作《貧士傳》。訂金石篆隸,及所著詩文,皆有根柢。——袁志,吳志,參《檇李詩繫》(《嘉興府志》卷五三)

《嘉興縣志》:字逸之。少羸,去經生業,專力爲古文詞。廢著千金,庋古今典籍,編茆引流,雜植梅竹,讀書其中。所著詩盈百卷,手書金石古篆隸,晉、魏行楷及畫史稱是。劉鳳嘗作《貧士傳》遺之。(《浙江通志》卷一七九)

字逸之,白苧鄉人。天資穎悟,博涉經史諸子百家言。工古文辭,居鴛湖濱,種梅百餘本,讀書其中。與妻桑偕隱唱酬,自號梅顛道人,郡縣交辟,不應。李日華幼時與履靖比鄰,撫之曰:"他日必爲風雅宗也。"以是負知人望。所著有《梅墟集》及《夷門廣牘》等書。——《徵獻錄》(《嘉興縣志》卷二六)

魏浣初 字仲雪。萬曆丙辰進士。改嘉興府教授。集諸生講論,如家塾之課子弟。遷南京戶部主事,晉吏部郎中,陞廣東僉事,分巡嶺南,擒巨盜李魁奇、鍾國讓等。尋陞參政,提學廣東。公慎明允文,有未善,每召諸生,面爲指授,卒於官。爲人清隘自好,喜爲詩,得元白意。弟沖,字叔子,崇禎庚午舉人,與兄齊名。一時名士多從之游,詩亦仿元白體。(錢志)(《蘇州府志》卷六三)

徐陽輝 字元暉。諸生,工詩,尤善填詞。所著樂府數種,唯《青雀舫》獨傳。嘗愛屠隆"名妓翻經,老僧釀酒,將軍擅翰墨,文士馳戎馬"之語,遂演爲全本。其《老僧釀酒》一劇,更爲時所賞。(《鄞縣志》卷三八)

周朝俊 〔徐陽輝〕同時周朝俊字夷玉,諸生。少有才,爲詩學李長吉。(《甬上耆舊傳》)填詞亦擅名。(聞志)(《鄞縣志》卷三八)

葉憲祖 字美度,餘姚人。萬曆己未進士,授新會令。考選入京時,黃尊素劾逆璫。憲祖以尊素姻家,左遷大理評事,轉工部主事。逆璫建祠,適在同巷,憲祖徙寓而去。逆璫聞之,大怒,削憲祖籍,歸。崇禎改元,起爲南刑部郎,出守順慶。流寇道梗,入覲者失期,冢宰訶問,憲祖從容爲小吏申理,冢宰默然。陞湖廣副使,備兵辰沅。五谿苗入犯,憲祖累有斬獲。總理朱燮元敘之,轉四川參政、廣西按察使,皆未任。憲祖與同邑孫鑛以古文辭相期許。其填詞與元人相上下。有明詞家,率推玉茗、太乙。憲祖以爲濃艷勦襲,失古淡本色,此難爲不知者道也。與同邑沈應文、楊文焕、邵圭同修邑志。

俞志:〔逆璫〕生祠在長安街。憲祖曰:此天子幸辟雍道也,土偶能起立乎?《明詩綜》小傳:坐魏璫祠,不肯督工,削籍。(《紹興府志》卷五三)

陸弼 字無從。江都人。治博士家言,日夜不少廢。又好結納賢豪,嘗爲詩曰:"匣有魚腸堪結客,世無狗監莫論才。"何元朗激賞之。趙貞吉當國,議修史,請徵前知縣王一鳴、前同知魏學禮、太學生王穉登、生員陸弼入史館與纂修,未上而罷。著有《正始堂集》。(《揚州府志》卷五一)

佘翹 字聿雲,銅陵人。四歲授書,即能成誦。長遂悉究經史,詩古文皆有名。

　　　　臨川湯顯祖見而奇之，呼爲小友。萬曆辛卯領鄉薦，春官不第，著書以老。所著有《翠微集》、《浮齋集》。（《安徽通志》卷二二七）

馮夢龍　字猶龍。才情跌宕，詩文藻麗，尤工經學。所著《春秋指月》、《衡庫》二書，爲舉業家正宗。崇禎時以貢選壽寧知縣。——《江南通志》（《蘇州府志》卷五四）

　　　　《春秋衡庫》二十卷、《智囊》二十七卷《補》二十八卷、《古今談槩》三十四卷、《壽寧縣志》二卷、《情史》二十四卷、《七樂齋集》（《蘇州府志》卷六七）

鄭祖法

　　　　《蘧然子》五卷，鄭祖法撰（理學，近朱子）；《蕉鹿夢傳奇》（黄文暘《曲海總目》），鄭祖法撰（《上虞縣志》卷三六）

秦鳴雷　《臨海縣志》：字子豫。嘉靖甲辰進士。廷對，世宗親擢第一。時方祈雨郊壇，覩其名，復大喜，授修撰，陞左諭德。歷國子監祭酒，禮部右侍郎。乙丑主會試。時長陵神道橋圮，巨璫請改建，估費十萬餘金爲自潤地。閣臣以經始事屬禮曹，鳴雷率衆度基，而潛授意於擇日臺官，報曰："不利興造，須二三年乃可舉事。"遂寢。改吏部左侍郎兼學士，教習庶吉士。隆慶辛未陞南吏部尚書，乞休家居二十餘年。凡吳越名勝，無不窮探。卒年七十六。所著有《倚雲樓集》及《談資》。（《浙江通志》卷一八一）

謝讜　字獻忠。才華俊逸，（萬曆志）工詩古文詞。（家傳）嘉靖甲辰進士，授泰興令。泰興，維揚巖邑也，宰其地者多不得善去。讜築來鶴亭，建柴墟公館，樂與賢士大夫游。（見《泰興縣志》）未及考亦墨。歸家，傍蓋湖築白鷗莊於荷葉山中，朝夕惟讀書著述吟詠爲事。間爲樂府，含懷自放，不入城市者二十餘年。不問生人產，以故家中落，至卒不能成殮，知者以爲有托而逃云。有《海門集》、《草言》行世。（萬曆志）（《上虞縣志》卷一〇）

　　　　《海門集》二十卷、《四喜》傳奇（黄文暘《曲海總目》）、《草言》、《皇明古虞詩集》二卷、《葛氏家藏本詩鈔》十六卷。高應冕序：其小令歌曲，尤擅詞林。（《上虞縣志》卷三六）　《海門集》、《草言》、《古虞集》（萬曆《上虞志》：字獻忠，甲辰進士）（《紹興府志》卷七八）

卓人月　字珂月。仁和貢生。才情橫溢。所續千文，穩帖而奇肆，詩亦不爲格律所拘。（《杭州府志》卷一四四）

　　　　《寐歌詞》十二卷（《杭州府志》卷九五）

徐士俊

《雲誦詞》一名《鴈樓詞》,仁和徐士俊撰(《杭州府志》卷九五)。《鴈樓集》(《杭州府志》卷九一)

高濂

《芳芷樓詞》,錢塘高濂撰。(《杭州府志》卷九五)

顧允默 字茂仁,夢圭長子。爲文根柢理要,宏贍該博,浮沈諸生間,恂謹如處子。耻談先世功閥,遇游冶貴介,輒障其面不與通。病垂死,聞子天悛及第,索筆賦詩而瞑。(《崑新兩縣續修合志》卷三十)

胡文煥

《文會堂詞韻》二卷,明錢塘胡文煥撰。(《杭州府志》卷九五)

茅維 《列朝詩集》傳:字孝若,歸安人。父坤。萬曆間苕之能詩者:臧懋循、吳稼㽔、吳夢暘,而維與之抗行爲四子。不得志於科舉,以經世自負。有《十賚堂集》數十卷。流覽篇什,才調斐然。(《浙江通志》卷一七九)

沈自徵 字君庸。國子監生。父珫。自徵幼自負,喜談兵,爲大言。父授以田五十畝,乃笑曰:"吾家祖業恒豐。自父以清苦結百姓歡,載家租往餉官署,而先業墮焉。有世上男子而五十畝者耶?"一朝盡棄之,得二百金,購周親饗賓客立盡。天啓末入京師,遂歷游西北邊塞,窺其形勝,還,而亹亹談不置。於山川陸原要害,如視諸掌。居京師十年,爲諸大臣籌畫兵事,皆中機宜,名聲大振,而橐中亦累數千金。乃歸山,裝置房舍於府城之閶門,甚宏麗。置良田千畝,給昆弟宗族及故人數百金。已念早喪,未嘗一日養,盡取所置房舍田畝,歸釋氏宮,資母冥福。仍作寠人,隱於邑之西鄉,茆屋躬耕,豁如也。崇禎七年葉紹顒巡按廣東,海寇劉香作亂,遣使問策。自徵密函授計紹顒,遂與平兩廣,受勅獎。十三年國子監祭酒某薦諸朝,以賢良方正辟。自徵曰:"吾肆志已久,豈能帶腰冠首受墨吏束縛耶?"辭不就。明年卒於家,年五十一。自徵穎悟絶人,爲詩文立就,不一體,亦不錄稿,故無集。惟仿元人爲《鞭歌伎》、《霸亭秋》、《簪花髻》三曲以自寓,友人刊之行世。友人咸目爲明以來北曲第一云。(參《啓禎野乘》)(《吳江縣志》卷三二)

《漁陽三弄》三卷(《蘇州府志》卷七六) 《膽殘編》(《吳江縣志》卷四六)

沈自晉 字伯明,別自號鞠通生。太常漢元孫。明諸生。爲人謙和孝謹,工詩詞,通音律。乙酉後隱居吳山,年八十三卒。所著有《廣輯詞隱先生南九宮十三調詞譜》二十六卷,較原本益精詳,至今詞曲家通行之。(《吳江縣志》卷三三)

《廣輯九宮十三調詞譜》二十六卷、《南詞譜餘雜論》(琉族子)(《蘇州府志》卷七六)

葉小紈 字蕙綢,諸生沈永禎妻。幼端慧,與昭齊、瓊章以詩詞相倡和,後相繼夭殁。小紈痛傷之,乃作《鴛鴦夢》雜劇寄意,有貫酸齋、喬夢符之風。詩極多,晚歲汰存二十之一,名曰《存餘草》,情辭黯淡,過於姊妹二人。女樹榮,字素嘉,亦工詩詞,適葉舒穎,與吳鏘妻龐蕙纕善,所贈答盛稱於時。(《吳江縣志》卷三四)

卜不矜 字竿公,大有曾孫,諸生。性恬雅,隱居嘯傲,以詩文自娛。尤工曲律,著有《复觚集》八卷,並《杖頭錢》、《鴛鴦扇》南北諸劇。(《嘉興府志》卷五三)

許自昌

《樗亭漫錄》十二卷、《捧腹編》十卷、《樗齋詩鈔》四卷(《蘇州府志》卷七六)

徐復祚

《村老委談》三十卷(字陽初,栻之孫)(《蘇州府志》卷七六)

來集之 《紹興府志》:字元成,蕭山人。崇禎庚辰進士。司李皖城。皖受張獻忠蹂躪,集之苦心調劑。會左良玉兵東下,遠近震驚,皖賴集之得無恐。尋家居三十年,手不釋卷。著有《易圖》、《親易》、《讀易偶通》、《卦義一得》、《春秋志在》、《四傳權衡》、《樵書》、《南山載筆》、《倘湖近刻》。(《浙江通志》卷一八〇)

凌濛初

《聖門傳詩嫡冢》十六卷附一卷、《言詩翼》六卷、《詩逆》四卷、《詩經人物考》、《左傳合鯖》、《倪思史溪異同補評》、《贏縢剖》、《蕩櫛後錄》、《國門集》一卷、《國門乙集》一卷、《雞講齋詩文》、《已編蠱涎》、《燕築謳》、《南音三籟》、《東坡禪喜集》三卷、《合評選詩》、《陶韋合集》(《湖州府志》卷五八)

吳炳

《說易》一卷、《絕命詩》一卷、《雅俗稽言》、《督學吳公祀名宦錄》、樂府

五種(《宜荆縣志》卷九〇)

張龍文 字掌麟,武進人。府學廩生,倜儻有奇氣。隱居季子墓旁。大兵往攻江陰,經其地。龍文倡鄉民禦之。衆潰,龍文被斫死,遍體皆創,猶扶牆直立不僕。——陳志:《忠義祠録》(《武進陽湖合志》卷二八)

范文若 字更生,初名景文。明萬曆丙午舉於鄉。與常熟許士柔、孫朝肅、華亭馮明玠、崑山王焕如五人爲拂水山房社,以奇文鳴一時。己未成進士,除汶上知縣,以嚴察爲治。改知秀水。案牘之間,不廢文翰。再調光化,意不自得。或兼旬不治事,扁舟往來江漢間,以釣筒詩卷自娱。遷南京兵部主事,爲考功中傷。左遷,稍移南大理評事,以憂去官,卒年甫四十八。文若美姿容,工談笑,雅慕晉人風度,好爲樂府詞章,識者擬之湯臨川云。(《上海縣志》卷一〇)

《博山堂樂府》(明范文若更生著,詞集)(《松江府志》卷七二)

黄家舒 字漢臣。自少稱高才生,與孫源文善。甲申之變,源文殉節,家舒遂棄諸生服,坐卧斗室,謝絶交游,自名其集曰《焉文堂集》以見志。知府宋之普聞其名,欲一致之,不可得。體羸,以病自廢。修静業,無子。門人馬翀刻其遺文,秦松齡序之。(《無錫金匱縣志》卷二六)

《焉文堂集》十卷、《南忠紀詠》。(《無錫金匱縣志》卷三九)

二　清　代　曲　家

吴偉業

《梅村集》四十卷、《梅村樂府》、《樂府》三卷、《梅村詩話》、《太倉十子詩選》、《綏靖紀聞》、《鹿樵紀聞》、《春秋氏族志》、《綏寇紀略》十二卷(《太倉州志》卷二五)

阮大鋮 字圓海,懷寧人也。曾祖鶚始遷桐城。鶚當嘉靖朝巡撫福建。大鋮機敏有才藻,舉進士,累擢至户科給事中,與僉都御史左光斗善,欲倚東林自重。而趙南星、高攀龍、楊漣等鄙之,以其輕躁也;且曰:"得志必敗國。"天啓四年,大鋮當遷吏科,諸賢多主用魏大中。大鋮陰結中官,得之。自是與魏忠賢黨結死友。然懼東林,故未一月假歸。汪文言獄起,光斗等死焉。大鋮方居里,未與謀。然對客輒詡其能,謂坐運機智,殺人於千里外。召起太常少卿,心知忠賢將敗,以書幣往候,輒厚賂閽人,毁其刺。數月復乞歸。崇禎改元,誅忠賢,起大鋮光禄卿,御史毛羽健劾之。明年定逆案,列名四等,論徒,贖爲民。流寓南京,治亭榭,蓄聲伎自娛。聞流寇日熾,上不次用人,則招納游俠,談兵説劍,覬以邊才召。禮部主事周鑣方居家讀書茅山,合復社諸名士移檄逐之,曰:"此亂萌也。留都重地,豈可使姦徒匿跡?"大鋮懼,匿牛首山之祖堂,而魏大中子學濂以血疏訟父寃,且與左、繆諸公死閹難之孤會於桃葉渡詬大鋮。諸名士嘗飲酒高會,觀大鋮所撰《燕子箋》劇。大鋮使其家優闌入伶人中,竊聽諸名士語,酒酣皆戟指罵大鋮。大鋮陰結歡於侯方域,欲與諸名士釋怨。方域不忍拒,其所暱秦淮妓李香君沮之。大鋮益腐心欲殺諸名士。會帝以東林薦再相周延儒,大鋮輦輦金要之維揚,頓首泣涕。延儒曰:"嘻,難哉!雖然,子知交中最密者何人乎?"大鋮以馬士英對。延儒入閣,即起士英總督鳳陽。大鋮又與守備太監韓贊周善。京師陷,大鋮勸士英立福王,且賂群閹交譽大鋮才,以其所撰諸傳奇進御。上固喜倡樂,識大鋮名。士英方柄國,遂以邊才薦,舉朝大譁。士英爲大鋮奏辯,帝竟以中旨起大鋮兵部侍郎。尋命巡閲江防,明年進本部尚書。大鋮既得志,則斥逐正人。士英初排衆議,起大鋮,兩人交密。及大鋮益貴,則結內閣,取中旨,勢且凌其上。吏部尚書缺,士英欲用張國維,大鋮已先授張捷,士英愕貽。或語大鋮曰:"今海宇崩離,瞻烏未定,公何苦乃爾?"大鋮曰:"古人不云乎,吾日暮途窮,吾故倒行而逆施之。"左良玉兵内犯,黄得功敗之采石,大鋮以爲己功,賜銀幣,加太子太保。清師執福王,大鋮棄衣冠,走依朱大典金華。金華士民斥逐之,乃送之方國安軍。會有台州推官潘映婁以激變爲台人所逐,走降於清。其妻子猶匿方端士所。大鋮陰結映婁,通降表於清,悉以江東虚實告。清師渡錢塘,大鋮迎謁江干,並招士英、國安與俱降,而請前驅破金華自效。金華破,屠之。是時兵所過,閭井爲墟。諸師無所得食,大鋮斥私財,部勒廚傳,所至羅列肥鮮,遍飲諸帥。諸帥訝其豐也,則漫應曰:"小小運籌耳。吾之用兵不測,亦如此矣!"夜駐帳則執鼓板唱崑曲以侑酒。諸帥北人,不習吳語,乃改唱弋陽腔,皆稱善,曰:"阮公真才子也!"大鋮日歷諸帳,務人人交歡,意在破福建以功得巡撫。一日,從上仙霞嶺。既抵關,釋馬疾走,諸帥壯之。及抵五通嶺,若有厲鬼擊之者,驚呼僕石上而死。軍中欲火化,家僮哀之,三日不得棺,以門扉舁下嶺,尸蟲出矣,年六十。大鋮多髯而無嗣,錢澄之嘗爲《髯絶篇》樂府以紀其事云。——《南天痕》、《所知錄》、《小腆紀傳》、《小腆紀年》、《史外》、横雲山人《明史稿》(《皖志列

傳稿》卷一）

袁于令 《音室稿》、《留硯齋稿》。（褒曾孫。）(《蘇州府志》卷七六）

尤侗 字同人，一字展成，號悔庵。生而警敏，博聞強記，有才名。歷試不利，以貢謁選，除永平府推官。不畏強禦，坐撻旗丁鐫級歸。初，侗所作詩文，流傳禁中，世祖覽而稱善，問其門人修撰徐元文："爾師年幾何？以何事降調？當補何官？"有意用之，不果。康熙十七年始以博學宏詞召試，授檢討，纂修《明史》，分撰列傳三百餘篇、《藝文志》五卷。居三年，長子珍登進士，選庶吉士，侗遂告歸。家居鍵戶著書，求詩文者無虛日，侗亦應之不倦。己卯，聖祖南巡至吳，侗獻《平朔頌》、《萬壽詩》，御書"鶴栖堂"三大字賜之。癸未駕復南巡，即家晉侍講。明年卒，年八十七。所著《西堂雜俎》、《艮齋雜記》及《文集》《餘集》共百餘卷，並行於世。——朱彝尊、潘耒集《元和縣志》合纂。(《蘇州府志》卷五七）

葉弈苞 字九來，國華次子。少師事臥龍山人葛芝及默齋葉弘儒，學有根柢。長為詩文，沈博絕麗，尤工書法，與海內名士姜宸英、施閏章、陳維崧及同里徐開任、歸莊董游，流連詩酒，吐納風流，為時所推。康熙戊午舉博學鴻詞，見擯。歸築半繭園居之，徜徉林壑，集秦漢以來金石碑刻，參互証辨，細加隸釋，詳核為古所未有。又作《太甲改元》、《周公居東周詩用周正辨》諸篇，穿穴經義，學者稱之。以邑令委，預修縣志，悉心搜訪。今所稱董正位志稿者，大抵出侍御盛符升及弈苞手者居多。著有《鋤經堂詩文》及《花間續草》等集。——纂本集魏禧、顧苓、葛芝諸記序(《崑山新陽合志》卷二五）

裘璉 字殷玉，慈谿人。祖兆錦以布衣杖策入都，授榆次縣丞。累遷兗州通判，改武階。同邑馮元飆掌本兵時，兆錦擢官至鎮守舟山參將。父永明，邑諸生，早卒。璉生而孤露，天才過人，能為詩古文及樂府詞。時馮太僕家楨喜容納後進，見璉所作賞之。胡主政亦堂亦奇其文，以女妻焉。弱冠補弟子員，旋援例入太學，蹭蹬場屋者五十餘年。至康熙甲午，始舉順天鄉試。次年成進士，改庶常，時璉已七十餘矣。未幾致仕歸。璉才思敏捷，所作詩歌古文，對客據几，立盡數紙。或中夜有得，燃燭書之。家貧，常為人傭文，受其潤筆，至登第後猶然。(《寧波府志》卷三一）

查繼佐 字伊璜，號與齋，自號東山釣叟。生有異才，詩文詞曲皆作未經人道語。

崇禎癸酉舉於鄉，浙東授職方主事，後不復出，寄情詩酒，一時推風流人豪。晚闢敬修堂於杭之鐵冶嶺，講學其中，弟子著録甚衆，學者稱爲敬修先生。生平有知人鑒，賞識海陽吳六奇於微時。及罹史禍，卒得其力。(《海寧州志稿》卷二九)

《五經説》、《四書説》、《通鑑嚴》八卷、《罪惟録》(《志》三十二卷、《帝紀》二十二卷、《列傳》三十五卷)、《知是録》、《兵權》、《國壽録》四卷、《南語》、《北語》、《敬修堂説外》、《敬修堂説造》、《敬修堂同學出處偶記》、《敬修堂弟子目録》一卷、《豫游記》、《獨指直嗟》、《詩可》、《敬修堂詩集》十七卷、《説疑》、《粵游雜詠》一卷、《史論》。(《海寧州志稿》卷一二)

吳綺 字薗次，江都人。五歲能詩，長益淹貫，尤工駢體。由拔貢生授中書。奉詔譜楊繼盛樂府，遷兵部主事，歷郎中知湖州府，濬碧浪湖，構峴山諸亭以成名勝。郡人凌義渠爲明末忠臣，棺未窆，綺捐資卜地葬焉。既罷歸，貧無田宅，購廢園以居。有求詩文者，以花木爲潤筆，因名其圃曰種字林。著有《林蕙堂集》二十卷、《唐詩注》、《記紅集》、《宋金元詩永》等書。(《揚州府志》卷五一)

《楊椒山樂府》一卷、《林蕙堂集》二十六卷、《揚州鼓吹詞》、《記紅集》二卷(《揚州府志》卷六二)

汪祚

《菊田集》(《揚州府志》卷六二)

汪楫 字舟次。先世由休寧遷江都。官贛榆教諭。康熙十八年舉博學宏詞，授檢討，與修《明史》。旋充册封琉球正使，爲其國撰孔子廟碑，默識尚氏世次，撰《中山沿革志》。瀕行例有餽贈，楫概却不受，國人建卻金亭志之。出知河南府，置學田於嵩陽書院，聘詹事耿介主其事，累擢福建按察使、布政使，內陞京卿。途次得疾卒於家。祀鄉賢。子寅衷能世其學。(雍正志)(《揚州府志》卷四八)

《山聞正續集》二卷、《悔齋集》一卷、《京華集》一卷、《觀海集》一卷、《消寒集》一卷(《揚州府志》卷六二)

王翃 字介人，居梅會里。少棄舉子業，工詩古文辭。慨然以起衰爲己任，與里中諸子相倡和，因有梅里派之稱。詩名著吳會間。陳推官子龍謂其有盛唐之風，序其詩詞。著有《春槐》、《秋槐堂》等集，惜散佚，傳者什一。詩餘三千餘首，諸體畢備，亦多遺缺。翃本狂者，而操行高潔，張冡宰慎言、嚴

司李正規,先後欲官之,竟不顧。——嘉興何志(《嘉興府志》卷五一)

無子。嚴嘗贈之妻妾。妾故有夫,兵亂相失,訪知立還之。著述甚富。晚游粵遇盗肱其篋,僅存什之一二,為《春槐》、《秋槐》二集。歸未至家,道歿。從弟庭為之傳。(《嘉興縣志》卷二五)

洪昇

《洪昉思詞》二卷、《四嬋娟填詞》一卷,錢塘洪昇撰(《杭州府志》卷九五)

顧彩 父宸,崇禎十二年舉人,操文場選柄數十年。每辟疆園新本出,一懸書林,不脛而遍海内。好藏書,插架充棟。嘗注杜詩,補輯宋文三十卷。彩字天石,有異才,尤工詞曲。客曲阜,製樂府百餘種。彩子忠亦工詩。(《無錫金匱縣志》卷二二)

《往深齋詩集》(附《往深齋詞》)、《辟疆園文稿》四卷(《無錫金匱縣志》卷三九)

李斗 字艾塘,諸生。博學工詩,通數學音律。著有《永報堂詩集》八卷、《艾塘樂府》一卷。晚年以疾食防風而愈,名所居曰防風館。所作《揚州畫舫錄》十八卷,於名勝、園亭、寺觀、風土、人物,蒐采詳贍,阮文達公為序其集。——《思古編》(《續纂揚州府志》卷一三)

《防風館詩》二卷(《續纂揚州府志》卷二二) 《永報堂集》(《揚州府志》卷六二)

周稚廉 字冰持,華亭人。茂源孫。幼穎異,日讀書以寸許,才名藉甚。嘗游浙中,倡文會於西湖,合千餘人,題為《錢塘江賦》。稚廉先成,索紙疾書,一座愕眙。明日,衆物色之,已揚帆歸矣。爲國子生,屢試被放,牢騷以死。所著詩古文詞,藻麗精妙,人謂夏完淳後身云。(《江南通志》卷一六六)

《容居詞》(《松江府志》卷七二)

萬樹

《璇璣碎錦》二卷(《宜荊縣志》卷九〇)

查慎行 字夏重,號悔餘。少肆力經史百家,傳婦翁陸嘉淑及其族兄容詩學,繼登黃徵君宗羲門,詣益邃。年甫壯,出游,足跡半天下,故紀游詩最富。康熙癸酉舉順天鄉試,壬午用宰執薦召入内廷,明年成進士,特除編修,扈從塞外者三。歲時風土,悉紀以詩。每進,上輒稱善。一日,天寒雨雪,戴白題侍左右。上題之笑曰:"查慎行雅有儒臣風度!"即撤御饌以賜。尋賜堂額曰敬業。充武英殿總裁，纂述皆稱旨。平生恬退而重名節。有在事者遇同僚以非禮，起爭之；爲所嗛，遂告歸。群公留之，不可。饋賵勿受。歸里杜門，著述盈笥。唐宋諸集，歲皆點勘，必有新得。補《蘇詩施注》，更定編年。晚成《周易玩辭集解》，尤精粹有得力處。後以家督獲罪，同產弟姪並謫戍。世宗因覽其集中紀恩諸作，謂侍臣曰："查慎行詩忠愛拳拳，固一飯不忘君也！"乃獨見原。與其子克念並放歸。築初白庵以居。學者稱初白先生，卒年七十八。(《海寧州志稿》卷二九)

曹錫黼

《無町詞餘》(《松江府續志》卷三七)

陸次雲

《玉山詞》一卷，錢塘陸次雲撰(《杭州府志》卷九五)

蔣士銓 主講安定書院。工南北曲。馬曰琯延士銓於玲瓏山館。所填院本，朝綴筆翰，夕登氍毹。揚人盛傳其風流文采云。(《續纂揚州府志》卷一五)

《銅絃詞》一卷(《江西通志》卷一一二)

胡介祉

《谷園詩集》，國朝胡介祉撰。《畿輔詩傳》：介祉字循齋，號茨村，宛平人。兆龍子。以父蔭歷官河南按察使。(《畿輔通志》卷一三六)

楊潮觀 字宏度。父孝元，諸生，殖學砥行。出後世父希曾。希曾工詩文楷法。康熙中獻詩行在，蒙錄用。供奉武英殿，補諸生，遽殁。潮觀乾隆元年舉人，除桂縣知縣，移固始。性和易，而爲政廉敏有聲，人稱爲楊固始。擢邛州知州，調簡州、瀘州，告歸。潮觀幼擅才華，兼工書法。平生雅好著述，以餘技爲《吟風閣傳奇》，錢塘袁枚演之金陵隨園，一座傾倒。(《無錫金匱縣志》卷二二)

《周禮指掌》六卷、《左鑒》(《無錫金匱縣志》卷三九)

桂馥 字冬卉，號未谷，曲阜人。乾隆五十五年進士。少承家學，於書無不窺，尤邃金石六書之學。初貢成均，得交北平翁方綱，所學益精。其相與考訂之功，具載所著《復初集》中。爲長山訓導時，與同官濟南周永年振興文教，出兩家所藏書，置藉書園以資來學，並祀漢經師伏生等其中。其誘掖後進甚篤。通籍後知雲南永平縣。永平爲滇邊邑，馥治不擾，間以其暇爲經生業。嘗謂士不通經，不足致用；而訓詁不明，不足以通經。故自諸生以致筮仕，日取許氏《說文》與諸經義相疏証，爲《說文義證》。又倩羅兩峯聘繪許祭酒以下至二徐、張有、吾邱衍之屬爲《說文統系第一圖》，因題其書室曰十二篆師精舍。他所著尚有《札樸》及《繆篆分韻》等書。國史有傳。(《山東通志》卷一七二)

吳城 吳焯子。城字敦復，克承先志。插架所未備者，搜求校勘，數十年丹黃不去手。吳允嘉輯《武林耆舊集》，城續爲甄錄二千三百餘家。乾隆間訪徵天下遺書，城進瓶花齋(聚書數萬卷)善本，賜內府書籍，未至而城卒，年七十一。(焯雍正十一年卒)——乾隆志，參毛奇齡《藥園詩稿序》、《杭郡詩輯》、《隨園詩話》(《杭州府志》卷一四五)

厲鶚
《秋林琴雅》四卷、《迎鑾新曲》一卷，錢塘厲鶚撰。(《迎鑾新曲》與吳城合撰)(《杭州府志》卷九五)

吳恒宣
《鬱州山人集》，海州吳恒宣撰(《海州直隸州志》卷二七)

王曇 字仲瞿，乾隆甲寅舉人，有《昭明閣》、《烟霞萬古樓》等集。——(《新纂嘉興府志》卷五三)

謝曉
《顛倒鳳》傳奇、《北渚吟草》(諸生，鯨之子，字開汋，又名賜，字錦堂。)沈焜《四一日記》：開汋先生性疎古，善畫梅。沈奎序略曰：其曲三十齣。曰梅狀元者，隱然以繪梅自命爲一人也。(此外尚有白貞心、梅偉人等)憑空結撰，可謂奇矣哉！(《上虞縣志》卷三六)

董榕
《庚洋集》、《庚溪集》、《詩意集》。《畿輔詩傳》：字念青，號恒巖，豐潤人。雍正十三年拔貢生。官江西贛寧道。(《畿輔通志》卷一三六)

張九鉞 字度西，號紫峴，垣子。生有慧業，七歲隨垣游毗盧洞寺，寺僧異之曰"郎君貌何類吾師之甚！"隨出句屬對，曰："心通白藕。"九鉞應聲曰："舌誦青蓮。"僧大駭，言其師圓寂時留此偶句云："後有脗合者，即其後身。"因鳴鐘聚徒，相與膜拜。年十二爲諸生，以神童稱。年十三，登采石太白樓賦詩，人稱李白再世。乾隆辛酉，以選拔貢成均，充教習，名動公卿間。壬午舉順天鄉試，尋出知峽山縣，調南豐、南昌，俱有聲。母憂服闋再補海陽縣，坐詿誤去職。游嵩梁鞏洛間，詩益雄奇渾古。晚歸。總督畢沅重其名，迎至節署，集名流爲宋蘇軾生日修祀作詩。酒再巡，九鉞援筆爲長歌，

四座嘆服。因薦主昭潭書院講席。十餘年游其門者多所成就。年八十三卒。——縣志（《湖南通志》卷一四一）

《陶園文集》八卷、《詩集》二十二卷、《詩餘》二卷（附序跋三篇）。陶園在湘潭熙春門西，舊名桃園，先生晚年居其地。（從孫家栻跋）（《湖南通志》卷一九八）

周書 字天一。居月湖，相國尹繼善門下士也。年十六，補諸生，曠達不羈。同邑凌存淳出宰粵東，招與偕往，將開硯山，作《採硯歌》以諷之，人爭傳頌。時修《恩平縣志》，書任總纂。會粵撫與凌存淳議不合，陷以大案，幾置大辟，書白其冤。獲免。或勸之仕。曰："吾行吾素，何受人束縛？"爲循例入貢。（《寶山縣志》卷十）

金兆燕 字鍾越，號棕亭，全椒人也。幼穎慧。壯游黃山，爲文紀其勝，甚崛奇，名滿淮甸。運使盧見曾延入署，一切歌詠序跋，多出其手。兆燕工度曲，作《旗亭畫壁》傳奇，見曾愛而綉諸梓。由舉人選揚州府教授。揚州財賦雄繁，綰轂南北。自王士禎爲司李，提倡風雅，四方才藝之士，雲集一隅，盧見曾、曾燠、伊秉綬尤風流好事，觴詠無虛日。兆燕既負才地，上交名公卿，下汲引後進，揚人翕然宗之。兆燕詩才高，駢散文皆有法度。起家本寒素，而嗜讌客。或譏其過汏，類齷商家習，非學師苜蓿盤中風味也。兆燕聞，誦《魯論》，自嘲曰："嗚呼，師也過，商也不及！"其出語風趣多此類。兆燕在官舍，姻族故人待以舉火者數十家。諸生中難自立者悉衣食之，教誨之，用不足則鬻文以償。年五十後始成進士，擢國子監博士，升監丞，分校四庫館書。著有《國子先生集》、《贈雲軒詩鈔》——《全椒縣志》、《隨園詩話》（《皖志列傳稿》卷四）

《金棕亭詞鈔》七卷。（《安徽通志》卷三四六）

舒位

《瓶水齋集》，舒位撰。《畿輔詩傳》：字立人，號鐵雲，大興人，乾隆五十三年舉人。（《畿輔通志》卷一三六）

沈起鳳

《人鵠》、《十三經管見》、《蕢漁初稿》、《紅心詞》一卷、《吹雪詞》一卷。（《吳縣志》卷五七）

錢維喬 維城弟。維喬字竹初，乾隆壬午舉人。官浙江鄞縣，有政聲。博贍，工書畫，名亞其兄。（《武進陽湖合志》卷二二）

《碧落緣》二卷、《鸚鵡媒》二卷、《乞食圖》二卷——以上知縣陽湖錢維喬撰(《武進陽湖合志》卷三三)

王抃

《北游草》、《巢松集》六卷(《太倉州志》卷二五)

黃振 字瘦石。負奇氣。所爲文宗工大匠莫不珍賞之。築斜陽館,集賓客,放情詩酒,慷慨悲歌似燕趙間士。(《如皋縣志》卷十七)

吳震生 字長公,仁和貢生。才氣壼涌,千言立就。入貲爲刑部主事,獄無冤濫。未幾乞歸。詩詞以外,尤工金元樂府,熟南北宮調分刌節度,與厲鶚、丁敬游。(《杭州府志》卷一四五)

顧景星 字赤方,一字黃公,湖廣蘄州人。生而穎異,六歲能賦詩,數歲徧讀經史。既長,尤明經世之略。值明季流寇陷蘄,游寓崑山,復往來吳楚間,當事者交章薦辟,皆以疾辭。康熙戊午奉旨召見,以病乞還,顏其堂曰白茅,有集行世。——摘事狀及本集序(《崑山新陽合志》卷二九)

湯貽汾 字雨生。官浙東副使,將解組,築琴隱園於城西北山中,偕其配董夫人以琴書相友。貽汾工山水,董夫人嘗爲屈子祠(今妙相庵)畫《九歌》,極儵忽窈窕離憂之態,不徒侈孔蓋翠旍之旖旎也。粵匪之亂,賦絕命詞以殉,謚貞愍。(同治《上江兩縣志》卷二八)

吳堦 字次升。乾隆四十九年召試二等。援例爲令,分發山東。山東八卦教匪蔓延直隸河南境。嘉慶十八年三省教徒約同時謀逆,堦首發其謀,同興委堦署金鄉縣事。〔克教匪有功〕擢桃源同知。遷知曹州府,卒於任。著《禮石山房詩詞》四卷、《金鄉紀事》、《資治新書》若干卷。(《武進陽湖合志》卷二四)

《皖江雲》、《人天誥》、《護花幡》——以上知府武進吳堦撰(《武進陽湖合志》卷三三)

程景傳

《還婦篇》傳奇——見《毗陵經籍志》,教諭武進程景傳撰。(《武進陽湖合志》卷三三)

莊逵吉

《秣陵秋》傳奇、《江上緣》傳奇——以上同知武進莊逵吉撰。(《武進陽湖合志》卷三三)

吳孝思

《春夢婆》傳奇,《昭君歸漢》傳奇——見薛寀《堆山集》,以上清武進吳

孝思撰(《武進陽湖合志》卷三三)

呂師 字夔典。幼失明,穎異過人,〔通音韻,〕著有《覆雲廬集》、《醫論》、《棋譜》諸種。(《武進陽湖合志》卷二六)

《非翻案》——見《毗陵經籍志》,陽湖監生呂師撰。(《武進陽湖合志》卷三三)

黃燮清 字韻甫。少負奇才,博通書史,工詞翰,審音律,善繪事。道光乙未舉人。屢上春官不第。充實錄館謄錄,用湖北縣令,病不之官。自是怡情山水,著述益富。游屐所至,當世名流,爭以識面爲幸。家居拙宜園,爲楊晚妍太史別業。燮清改葺晴雲閣爲倚晴樓。繼又得硯園廢址,栽花種竹,自號兩園主人。時與知交觴詠其間,有終焉之志。咸豐辛酉,賊陷縣城,乃間關之楚就官。大府耳其名,器重之。壬戌分校鄉闈,權宜都令。邑有虎患,捕不獲,爲文牒,虎遂滅。夏旱,又以文牘,翼日雨。旋調任松滋,有政聲,未幾卒。著有《倚晴樓詩集》十六卷、《詩餘》四卷、《樂府》七種、選刻《詞綜續編》二十四卷。(《海鹽縣志》卷一六)

周樂清 字文泉。蔭生。官山東武城知縣。有《靜遠草堂稿》。——見《杭郡詩三輯》(《海寧州志稿》卷一五)

汪宗沂 字仲伊,一字詠春,號弢廬,歙縣人也。懷才不仕。三歲能誦四子書。四歲母許氏授《爾雅》、《毛詩》,寓目成誦。汪故歙鉅族,世席豐厚,族衆數百人,建不疏園以貯書,即故婺源江永、休寧戴震讀書地也。宗沂居園數年,手披口誦,以夜繼晝。學甫成而亂起。轉徙浙江江西,飢寒困頓,誦讀不輟。益好經世之學,討治兵農禮樂諸大端,作《禮樂一貫錄》。東南亂定,以所作謁曾文正公國藩。國藩時督兩江,延任忠義局編纂。沂謂聲韻之精,必協律呂,成《管樂元音譜》、《聲譜》、《漢魏三調樂府詩譜》、《金元十五調南北曲譜》若干卷,括爲《五聲音韻論》一篇。別著《律譜》、《尺譜》及《旋宮四十九調譜》以明樂律,更推其說以說詩,謂古詩之音韻可譜,非考古字,循古字,未由便學徒諷習。因審辨音讀,以詩韻協樂律,成《詩說》、《詩經讀本》若干卷。早補博士弟子員。同治甲子優行貢太學。光緒丙子舉於鄉。庚辰成進士,籤分山西,告病歸。乙未安徽學政舉學行,賞五品卿銜。丙午年七十,卒於維揚。——劉師培撰傳(《皖志列傳稿》卷五)

《十翼逸文》一卷、《周易學統》、《今文存真》、《今古文輯逸》、《尚書合訂》上下卷、《逸禮大義論》、《逸論語》、《孟子釋疑》、《傷寒雜病論合編》、

《葬經校注》、《太公兵法逸文》、《武侯八陣兵法輯略》一卷、《衛公兵法》三卷、附一卷、《三湘兵法》、《弢廬劍譜》、《道德經實注》、《黃庭經注》、《弢廬隸譜》、《弢廬文稿》、《弢廬詩略》等等(《皖志列傳稿》卷五)

引 用 書 目

1　《江南通志》(乾隆二年)
2　《重刊江寧府志》(光緒六年)
3　《同治上江兩縣志》(同治十三年)
4　《武進陽湖合志》(光緒五年)
5　《無錫金匱縣志》(嘉慶十八年)
6　《蘇州府志》(光緒九年)
7　《吳縣志》(民國二十二年)
8　《崑山新陽合志》(乾隆十六年)
9　《崑新兩縣續修合志》(光緒六年)
10　《太倉州志》(民國八年)
11　《吳江縣志》(乾隆十二年)
12　《震澤縣志》(光緒十九年)
13　《宜荆縣志》(光緒八年)
14　《如皋縣志》(嘉慶十三年)
15　《松江府志》(嘉慶二十四年)
16　《松江府續志》(光緒十年)
17　《華亭縣志》(光緒五年)
18　《上海縣志》(民國七年)
19　《寶山縣志》(光緒八年)
20　《揚州府志》(嘉慶十五年)
21　《續纂揚州府志》(同治十三年)
22　《海州直隸州志》(嘉慶十六年)
23　《浙江通志》(光緒二十五年)
24　《杭州府志》(民國十一年)
25　《海寧州志稿》(民國十一年)
26　《海鹽縣志》(光緒三年)

27 《嘉興府志》(光緒四年)
28 《嘉興縣志》(光緒十七年)
29 《湖州府志》(同治十三年)
30 《烏青鎮志》(乾隆二十五年)
31 《紹興府志》(乾隆五十七年)
32 《上虞縣志》(光緒十七年)
33 《寧波府志》(道光二十六年)
34 《鄞縣志》(光緒三年)
35 《安徽通志》(光緒四年)
36 《皖志列傳稿》(民國二十五年)
37 《寧國府志》(民國八年)
38 《江西通志》(光緒七年)
39 《湖南通志》(嘉慶二十五年)
40 《畿輔通志》(光緒十一年)
41 《山東通志》(民國七年)

跋

　　這一篇小文不過兩萬字光景,却是翻檢千卷以上的方志的結果。工作時期是一九四二年秋季,這一季可說是我個人最快樂的季節之一,許多時間都消磨在鴻英圖書館裏,印世忠君替我辛勤地把灰塵滿積的書捧出來,我就一頁一頁地專檢《人物志》和《藝文志》,時間每每在下午一時半到五時。抄書完畢,一雙手弄得墨黑,心裏却帶着愉快,踏着輕鬆的步子回家。雖是一點一滴,大部分是《曲錄》、《今樂考證》、《小說考證》等書中所不曾敘到的;我僭越地說,這一篇小文對於戲曲史方面略有一點小小的貢獻。所錄以明清戲曲家為限。元代的戲曲家和各時代的散曲家都不抄錄;雖也附帶地抄下一點,却不預備寫在這裏。所抄恰巧是一百家,明代五十二家,清代四十八家。

　　這一百位戲曲家的戲曲目錄,好在已有《曲錄》、《今樂考證》、《曲品》、《新傳奇品》等書,一檢便知。不過也有一些陌生的或特殊的,不能不特別地提出來說幾句。

　　明代的作者只有兩位需要說明:一位是鄭祖法,我們都知道《蕉鹿夢》的作者邃然子是車任遠,但《上虞縣志》却說是鄭祖法,姑備一說;還有一位卜不矜,卜不矜確有其人，《南詞新譜》曾載其姓氏，大約是卜大荒的姪曾孫。他著有《杖頭錢》和《鴛鴦扇》，足補《曲錄》等書之遺。

清代的作者陌生的較多。《曲錄》云：《盧從史》、《老客歸》、《長門賦》、《燕子樓》四雜劇總名《鋤經堂樂府》，乃群玉山樵作。據近人杜穎陶《秋葉隨筆》（刊《劇學月刊》）的考證，葉奕苞的堂名是鋤經堂，故斷定這四本雜劇是葉奕苞作的。又，任訥《曲海揚波》著錄《太平樂府》，據葉德均的考證，作者即吳震生，有專文詳論。李斗不僅是《揚州畫舫錄》的作者，也作過兩本傳奇，他的《永報堂集》中有他的《奇酸記》二十四齣和《歲星記》二十四齣。吳恒宣是《義貞記》傳奇的作者。汪宗沂是《後緹縈》傳奇的作者。謝曉著有《顛倒鳳》傳奇，爲任何書所不載。

我查檢《藝文志》的目的，是想找出一些罕見的雜劇傳奇目。但結果很失望，一般方志都繼承傳統的史書的習慣，《藝文志·詞曲類》向來都是有詞無曲；即使有曲，如《吳縣志》、《上虞縣志》等，又大多從《曲海總目提要》、《曲品》等極普通的書中轉販而來（注），看了以後，別無新的收穫。但使我高興的，却在《武進陽湖合志》中意外地找到了關於曲的著錄。《今樂考證》著錄十頁六說：錢維喬作有《乞食圖》和《鸚鵡媒》兩種傳奇。又云："其署《乞食圖》云：《竹初樂府》第三種，則所著不止此二種矣。"姚燮不知道這一種的名字。現在我却在《武進陽湖合志》裏找到了，名叫《碧落緣》。著錄十頁十七又引武進趙懷玉詞集裏所舉的幾種常州作者的傳奇，如吳次叔就是吳堦；姚燮只知道吳堦著有《人天誥》，現在我們却多知道了他還著有《皖江雲》和《護花幡》。如莊伯鴻就是莊逵吉，我們在《秣陵秋》之外，又多知道了《江上緣》。此外程命三就是程景傅。還有吳孝思和呂師是《今樂考證》所不載的常州曲家，這些都是極新穎的戲曲史料。

這篇小文裏材料的重要和難得，是同道中人一看就可以知道的；並且，這是一步還不曾有人做過的工夫；我是因葉德均兄的鼓勵和慫恿才來做這工作的。例如：沈璟、顧大典、汪道昆等傳都根據家傳和獻集，當然爲他書所不載。還有王濟、陳與郊、徐陽輝、周朝俊、佘翹、謝讜、張龍文、范文若、黃家舒、周書等等傳略都是極罕見的。陳與郊"本姓高"，使我們知道爲什麼他又叫高漫卿。徐陽輝各書作鄞人，此作鄞人，鄞鄞形似。徐陽輝作有《脫囊穎》和《有情癡》是我們所熟知的，但他還作有《老僧釀酒》、《名妓翻經》、《酒將軍》、《文士戎馬》之類却是我們未之前聞的。難道《名妓翻經》就是《有情癡》麼？《文士戎馬》就是《脫囊穎》麼？

低四格排的書目也不是點綴品。例如：鄭若庸的《類雋》一千卷、張鳳翼的《文選纂注》，可以顯示他倆是駢儷派；沈璟的《唱曲當知》，可以顯示他是吳江派。

有許多傳因爲過於普通，我都沒有抄。例如《江西通志》裏的湯顯祖傳，全引《明史》；徐渭的生平，《明史》也記得很詳細，那麼，《紹興府志》卷五四和道光《會稽縣志稿》卷十九的《徐渭傳》，我也可以不必抄錄了。他如《杭州府志》卷一四六的吳錫麒、《山東通志》二二六的舒位，傳記也是容易得到的，因爲他倆同時又是詩人。類此情形，我都不抄，借省篇幅。

附帶被我查到的有幾種散曲書目，例如：《杭州府志》上載有錢塘汪岳的小令二卷；《寶山縣志》上載有劉玉田的《亦園雜存曲》和沈晉公和《信古齋北曲》。

還有幾位戲曲批評家的傳記，棄之可惜，就附帶抄在這裏吧。他們的著作都是極易得到的。那就是：《梅花草堂曲談》的作者張大復（並非傳奇作家字心期的那一位）、《度曲須知》的作者沈寵綏、《四友齋曲說》的作者何良俊、《顧曲雜言》的作者沈德符，以及《曲海總目提要》的作者黃文暘。

張大復的傳記最多。最簡單的是《江南通志》卷一六五："字元長，崑山人。少英邁絕倫。父維翰授以經史、漢魏唐宋諸家，故學有原本，文日奇，名日起。父歿，哀毀，兩目喪明，猶成《筆談》、《梅花草堂》諸集。"較詳的是《蘇州府志》卷六〇："字元長。父維翰少即訓以經史、漢魏唐宋諸家，故大復學有源本。其爲文空明駘宕，極其意之所至，而一規於法。於是名聲日起，問字者常滿戶外。名公鉅卿，爭相延致。父歿，哀毀過當，兩目喪明，人咸惜之。然性好讀書，不以盲廢。時或垂簾瞑坐，復習其已讀之書。有不屬，即令嗣子桐維誦於側。所著有《梅花草堂集》、《崑山人物傳》、《縣志》。"最詳細的是《崑新兩縣續修合志》卷三〇："字元長。萬曆初歲貢維翰子。少負雋才，工制舉業。原本經史，泛濫於漢魏唐宋諸家。通曉大義，尤得力於司馬子長。紆徐曲折，極其意之所之，要歸法度。再游京師，名借公卿間。性故骯髒，不屑曳裾侯門，遂引去。中歲哭父，兩目失明。乃謝諸生業，垂簾瞑目，呼次子桐維誦古今詩文於側。口占筆授，酬應雜沓，日不暇給。間入詩壇酒社，徵僻事，商謎語，拂塵而談，聲朗朗徹戶外。所居梅花草堂，在片玉坊。席門蓬戶，軒車恒填咽其間。撰《崑山人物傳》。焚香隱几，如見其人；衣冠笑語，期於畢肖而後止。記容城屠者、董家溝老人及東征獻俘諸篇，尤爲時所稱。以病廢，自號病居士，名其庵曰息。崇禎三年卒，年七十七。門人私諡孝敏先生。桐字子琴，先大復卒。桐子安淳，字廷詒，諸生。桐既病，大復述作即安淳執筆。性孝謹，善事祖父，疊遭喪亂，毀瘁韜匿以終。"卷四九並列張大復著述目云："《聞雁齋筆談》六卷、《梅花草堂筆談》十四卷、《二談》六卷、《崑山人物傳》十卷、《名宦傳志》一卷（《四庫存目》）、《節孝錄》、《皇輿圖考》十二卷、《梅花草堂集》十六卷、《聞鴈齋稿》、《崑山城隍廟志》。"

沈寵綏傳見《吳江縣志》卷三三:"字君徵。曾祖啓,見《震澤志》。寵綏少為諸生。後以例入太學,倜儻任俠,所交皆天下名士。性聰穎,於音律之學有神悟。以鄉先達沈璟所撰《南曲全譜》,於宮調聲韻間正譌辨異,雖極詳且精,足為天下楷模,顧學者知其然,未由知其所以然也,乃著《度曲須知》。凡南北曲之源流格調字母方音吐聲收韻諸法,皆辨析其故,指示無遺。又以北曲漸次失傳,著《絃索辨訛》,分別開口、張脣、穿牙、縮舌、陰出、陽收口訣及唱法指法。既窮極閫奧,亦皆有途轍可循。崇禎中並刻行世,與《南詞全譜》相備,而吳江遂為南北曲之宗。寵綏於順治間卒後,安溪李光地見其書,盛稱之,謂不但有功於詞曲,且可為學者讀書識字之助云。"

何良俊傳見《江南通志》卷一六六:"字元朗,華亭人。由歲貢謁選。當事重其名,授南京翰林院孔目。未久,移疾歸。博綜群籍,千言立就。所著有《何氏語林》、《四友齋叢說》。"又卷一九四:"何翰林《柘湖集》二十八卷。"

沈德符傳見《嘉興府志》卷五三:"字虎臣,萬曆戊午舉人。有《清權堂詩文集》。"

黃文暘傳見《續纂揚州府志》卷一三:"字秋平,貢生。素通音律之學。乾隆年間,兩淮鹽政設詞曲局,延為總裁,成書進呈。為詩清越高潔,稱其為人。壯年奔走齊魯吳越間。洎返里後,運使曾燠招入題襟館中,與時流相倡和,所作益多。著有《掃垢山房詩鈔》十二卷。妻張氏,名因,自號淨因道人,亦工詩。著有《綠秋書屋詩》一卷、《遺集》一卷。子金,字小秋,諸生,夙承家學,並以詩名。(《犖經堂集思古編》)"

跋將寫成,又在《吳縣志》上找到兩位曲家的傳記。一位是《紅樓夢》傳奇的作者陳鍾麟,見卷六八:"字厚甫,嘉慶己未進士。歷官至杭嘉湖道。博通經史,尤工制藝。嘉定錢大昕主紫陽講席,亟賞其文。有《就正草》,人習誦之,即錢為之序。"還有一位是不見經傳的管念慈,見卷七五:"字劬安。性澹泊。喜橫山泉石花竹之勝,遂家焉,號橫山樵客。工書畫。初從袁啓潮學,上追宋元,近規王翬。山水人物花鳥,悉合古法。(中略)傍及音律。喜鼓琴。著《弓硯緣》傳奇,流傳禁中。善篆刻,上用金石,多出其手。宣統己酉年卒。(家述)"所謂《弓硯緣》,大約是采取《兒女英雄傳》的故事吧?

一九四三年二月。

（註）《吳縣志》中如朱寄林、周朝俊、王鳴九、馮夢龍、張鳳翼、許自昌、鄒玉卿、陸世廉、陳子玉、毛鍾紳、吳千頃、蔣麟徵、薛旦、陳二白諸人的曲目，均見卷五十六、七的《藝文考》，都從《曲錄》轉販而來，不能出其範圍以外。

雜劇十段錦

《雜劇十段錦》有影印本，其中八種周憲王的作品與吳梅所刊《誠齋樂府》重複；餘二種則僅《十段錦》中有之，一爲不知作者的《漢相如獻賦題橋》，一爲明陳沂的《善知識苦海回頭》。全稱是：

丁集　《王令君敬賢有禮》　《蜀富家擇婿無驕》
　　　《卓文君當壚賣酒》　《漢相如獻賦題橋》
戊集　《丁公言姦邪譖謗》　《胡仲淵貶竄雷州》
　　　《聖天子賜還官職》　《善知識苦海回頭》

《丁集》的大意是：

第一折　臨邛令王吉與司馬相如友善，迎之至縣中，分付卓王孫、程鄭宴請之。席間相如奏琴，作《鳳求凰》曲，卓文君（未嫁）竊聽之，爲相如所見，遂鍾情托醉。

第二折　卓王孫欲以女許相如，其妻則欲許程鄭之子，王孫不聽。適相如遣媒求婚，王孫遂許焉。及婚日，相如舞劍作樂。

第三折　相如戀於新婚，不思進取。王孫遂盡收僮僕供帳。相如乃與文君賣酒。卓家兄弟不忍，王孫遂仍還其僮僕供帳，王縣令又贈以黃金，勸其上朝進取，相如意乃決，與妻告別於升仙橋，題橋柱云："不乘駟馬車，不復過此橋。"

第四折　相如因狗監之薦，得進《子虛》、《上林》、《長楊》、《大人》諸賦，上拜之中郎將，便諭巴蜀，遇蜀成都府即前之故人王吉，事畢乃過升仙橋而歸。

《丁集》與《漢書》最大的不同點，就是私奔的卓寡婦改成明媒正娶的卓小姐，這當然是作者禮教觀念在那兒作祟。

《戊集》很簡單，大意是：

第一折　唐胡仲淵懷才不遇。

第二折　仲淵赴選及第，與同年李迪、丁謂宴於慈恩寺，言語之間，仲淵偶犯丁謂，丁遂懷恨。

第三折　仲淵在崇政殿説書直諫,丁謂譖上,謂其欺罔,乃貶之雷州。

第四折　後上悟,乃召仲淵回,以丁謂代其罪。仲淵乃告歸田里,並信佛以終。

評介散曲二種

《萬花集》　　　　　黄緣芳編校　　　中華書局版
《升庵夫婦樂府》　　黄緣芳蘭波編校　中華書局版

　　一九三七年中華書局刊行了兩種散曲，一種是《萬花集》一册；一種是《升庵夫婦樂府》二册。

　　這兩種書編校得頗爲細心。《萬花集》是《盛世新聲》的附集。本來《盛世新聲》與《詞林摘艷》、《雍熙樂府》等書的套數大都相同，所不同的就是小令部分。《雍熙樂府》有商務的影印本，甚易得。《詞林摘艷》既有鍾靈油印本，其所附的《南北小令》又有陳乃乾鉛字排本；現在所缺的就只《萬花集》了。《萬花集》的出版，差不多也就是《盛世新聲》的出版。據序文所說，"凡二套，一百四十二支小令爲各書所未載，占全集三分之一，誠元明散曲集中之瓌寶也"。内中所收朱有燉小令極多。

　　明季楊慎夫婦的散曲，商務在一九二九年早就出過任中敏的編校本《楊升庵夫婦散曲》。但該書過於忠實於原來的式樣，因此編例頗多不妥。例如，"重頭"獨立爲一類，實際只是兩首以上的小令罷了。《補遺》另排書末，並不逕自補入適當的地方。宮調排列復多參差雜亂；一種〔折桂令〕的調子，既見卷三〔重頭〕，又見卷四《小令》，且分置五處，他可概見。凡此都是使讀者不便的地方。並且，楊慎的曲子每被誤作楊夫人的；楊夫人的亦然。編者僅注明何書作何人，並未逕自移置。所有這些地方，現在黄本都改正了。前面還附了楊慎的詞，也是輯本。坊間《升庵先生全集》雖有長短句，實際只是樂府詩，並不是詞。卷端還附有楊慎的年譜以及詞曲的評語，在編制上頗爲完備。楊夫人曲删去"錦纜龍舟"（《揚州夢》第一折）和"驕馬吟鞭"（《雲窗夢》第一折），也很適當。

　　黄本與任本除了前者"按南北宮調排比從屬"外，大致相同，只是前者"新輯〔錦纏道〕'心悒怏'及〔傾杯賞芙蓉〕'隔牆新月上梅花'二套，〔金絡索〕及〔七犯玲瓏〕各四支。《夫人樂府》新增〔綿搭絮〕四支,均爲前人刻先生或夫人樂府者所未錄"。其中《七犯玲瓏》四支乃取自《玲瓏倡和》,倡和的諸家也都附在後面,最有價值。雖然《玲瓏倡和》也有《飲虹簃叢書》本,現在也不大容易買到了。此外〔錦纏道〕套見《吳騷合編》卷一,〔傾杯賞芙蓉〕套和〔金絡索〕四支見《吳騷集》,〔綿搭絮〕四支《吳騷合編》卷三,均易得。

但黃本也有可商榷的地方,就是關於作者的考訂過於謹慎。例如,任本《一半兒》四首注云:"前二首《青樓韻語廣集》歸升庵,題作《風情》。"《駐馬聽》四首第二首注云:"《南宮詞紀》歸升庵,題作《怨別》。"《折桂令》二首第一首"寄與他三負心那個喬人"注云:"《青樓韻語廣集》此首歸升庵,題作《離恨》。"〔駐雲飛〕二首第一首"疊雪香羅"注云:"《青樓韶語廣集》此首歸升庵,題作《贈纖足妓》。"像最後的重頭,兩首都是咏小脚的,語氣也很貫串。怎麼前一首是升庵作的,後一首却是楊夫人作的呢?是否楊慎夫婦常以小脚、怨別、離恨、風情等爲題,在閨房中倡和呢?我想編者也許早已看到,只是提不出其他的確證,便只好這樣的注明。現今我也只有一個確據,可以提供給編者,那就是〔駐馬聽〕四首。這四首完全收在《吳騷二集》卷四裏,却全都題作楊升庵。所以,僅僅把第二首歸之升庵,第一、三、四首仍歸楊夫人是不對的;應該四首全都歸給楊慎纔對。

《吳騷二集》卷一還有楊夫人的〔黃鶯兒〕"積雨釀輕寒",卷四還有楊夫人的〔羅江怨〕"空亭月影斜"。這兩種〔重頭〕應爲楊夫人的著作,黃本是不錯的,《吳騷二集》正好替他做了兩個有力的旁證。

《吳騷二集》卷一的《黃鶯兒》無甚異同。卷四的〔羅江怨〕第三、四首互易;第二首"愁聽積雪溜松稠也",溜作兩,想係誤刻。又楊慎的〔駐馬聽〕第二首"想着他水邊嫋嫋",水作溪。第一首"影隻形單",無形字。

商輅三元記

我發表了《馬來文的中國小說》(見《銀字集》)以後,就接到南洋張述先生的信,又接到福建周川琴先生的信,這兩位先生的盛意是極可感的。

周先生告訴我 Hung Chiao 二字就是"鳳嬌"的譯音,在福建戲中,鳳嬌是太子李旦之妻,其柴房訂婚和借女媧鏡的事情,在《薛剛反唐》說部中曾有記載,據說京劇也演這故事的。

周先生也說起 Sung Lo 就是商輅。他說福建方言劇多搬演之,七子班(童班)尤常演《訓商輅》一節,俗語所謂"三年海洋(海盜)見訓商輅亦流淚",可見這戲感人很深。周先生還把這戲的情節很詳細的寫給我看:

商輅之父商琳,年少多才,貌賽潘安。時秦府翰林,有愛女雪梅,貌美多才,香閨待字,見琳才貌雙全,遂許婚焉。

值翰林生日,琳躬身登堂,為之頌祝,乃館之於書房。一日,琳往園中賞花,因與小姐邂逅於園中。琳見池中鴛鴦交頸,頻以游詞動之。女凜若冰霜,以正言相勸,請其金榜題名後,即來完婚。

琳惆悵而返,日夜思慕,無心讀書,忘餐廢寢,竟成相思,雪梅知之,即遣婢愛玉往侍。愛玉曲意奉承,以博其歡心。琳病入膏肓,竟致不起。

雪梅得訊,痛不欲生。後覺愛玉懷孕,拷之,始悉為商氏之種,大喜過望,焚香祝天,冀獲麟兒。十月後果舉一雄,乃請翁姑願與愛玉同入商門守節,翁姑恐誤其青春,卻之。雪梅指天為誓,甘守柏舟。於是主婢織絹度日,以維生活。

商輅七歲,即送其入塾讀書。同學有孔氏兄弟,欲賺食物,陰往哭訴雪梅,謂彼遭輅打傷。雪梅聞訊,即以果實與之,慰而遣之,復入機房,心中惱甚。自念此生守節,只為輅一人,安可任其放蕩不羈,而廢學業。比輅回家,雪梅命其背書,不料輅一字不能上口,因杖之。輅痛甚,竟直言非其親生,故施此重責。雪梅滿懷冰冷,杖落於地,遂以剪刀自斷其織,訓之曰:兒之不學,有如此織!姑出,因其溺愛幼孫,亦責其媳不可妄施體刑。雪梅無限傷心,涕淚交流,幸其翁深明大義,許其爲斷機教子,不讓孟母三遷之功;唯雪梅去志已決,堅欲歸寧。時愛玉正在房中刺繡,忽聞機房喧鬧,急出視之,見小姐眼淚淋漓,翁姑在旁嘆息,知爲輅之闖禍,即令輅向大娘請罪。輅負杖跪地,求其寬恕,雪梅不允,因往哭訴於其父遺像之前,願從此改過遷善,聲隨淚下,悽楚動人。雪梅追念前情,立刻回心,許其自新。輅經此教訓,矢志攻書,於是學業大進,每試輒冠其曹,乃辭祖父母及二位母親上京赴考,雪梅珍重勗之,含淚而別。

春風得意,輅屢試皆捷,連中三元,急遣人飛報家中,全家歡欣,莫不羨雪梅教子成名。商輅在朝,啓奏皇上,謂其母誓守貞節,請立碑爲之表彰。皇上甚喜,即遣文禧往商府立節義碑。文禧素不服輅才,與陳部院商議,欲陰謀之,僅建廟而不立碑。輅又奏帝,帝立責禧,限期敕其立碑。禧再與部院定計,告假回鄉,在商家花園對面,蓋一樓臺,每日在其上吹簫度曲,飲酒作樂。雪梅耳目所觸,不覺心動。禧又遣婆扮爲賣花婦,逕入商府,婦見雪梅玉容清瘦,知爲心事之病,遂乘機下說辭,勸其人生須行樂,勿誤青春,並告以隔牆之文相公,風流蓋世,倜儻不群,求一表物爲記,即可提親。雪梅一時無主,以汗巾付之,來往數次,因約中秋夜在花園相會。愛玉得訊,知小姐已受人愚,諫其勿敗壞名節,以誤兒子前程。雪梅始悟,因以艷服衣婢,往花園待之。是夜月明如晝,文禧大樂,以爲計售,不覺飲酒大醉,步至花園,醉眼惺忪,與女婢攜手入室,即以口咬斷其指,袖之而去,星夜入京奏帝,謂商輅既奏母親守節,何以手指被人取出?帝即傳輅訊問,輅出班伏地,無言可對。幸王丞相啓奏,願以全家代保商輅,使其回家查明復奏,帝準之。輅詐病歸鄉,雪梅探視兒病,輅請其雙手捧藥飲之,雪梅知前日之事已發,因出雙手示之,輅驚喜過望,又視愛玉十指亦全,遂以兩暖轎輿之共往京師,兩人十指各戴一戒指〔按閩諺有商輅母能戴十金手只(即戒指)之語〕上殿請驗,帝令內監仔細驗之,十指果全。於是即將文禧及姦黨陳部院全家大小等一齊斬首,以懲謀害忠良之罪,並勒封雪梅衣錦還鄉。

雪梅至家,中夜不能成寐,回憶往事,險成大錯,以誤兒子前程,遂決一死,隨亡夫於地下,以免古井重波,遂留詩案上,以七尺紅綾自縊死。愛玉見小姐已死,伏屍大哭,知者無不垂淚。後輅又奏帝,請賜誥封,以慰其母親在天之靈云。

按《訓商輅》一節福建思明林鴻霽秋所編的《泉南指譜》(民國元年本)第廿九套《斷機》錄有曲文,並附工尺。此書福建以外的人不易看到,謹錄全文於次,以供快覩:

〔青松操〕春今返融和天氣,金梭頻整理。枝上鵲噪燕呼兒。看禽鳥亦識有這般恩義。那畏我養子不成,但恐我教子不成,枉我守這心堅節志。我一心望汝,我一心望汝鵬程志,門前有旌表我名字。汝若還忘我養育恩,恰真係殘燈油盡,枉我擁心挑起。我記得當初孟母教兒,伊曾擁這機頭斷棄,機頭斷棄。吾夫君,我一心望汝舉案齊眉,今來反作參商兩星,見商郎除非南柯夢裏,見我商郎除非南柯夢裏。

〔三學士〕啓公婆,聽訴告,痴媳婦怎學得三遷孟母。爲兒孫伊懶學,悖着先生出街去游蕩爭鬥,致惹伊,引惹伊來登門吵鬧。伊又説,子不是伊人親生母子。因此上擁這機頭斷了。(又)

〔嬭兒嬌〕(愛玉唱)聽見(又)機房內鬧聲悲,放落針綫(又)我今出綉帷。不讀書,汝今不肯讀書,忤逆大人,忤逆娘母,汝是麼道理?機頭斷費了前功,這是愛玉又失教示。賢小姐爲麼眉頭不展?默默無意。(雪梅答唱)爲不肖忤逆兒。千端萬緒,萬緒千端,我亦難説起。婆,伊説我説我守節婦,説我作寡婦,心性硬,從今後去教子,前功就一旦抛棄,教子個前功我今盡抛棄。

〔霜清諧〕我爲麼(又)只得孤單冰清玉潔守節志,望汝成器。我這門前,又張挂有旌表金字。見汝説,我今聽汝説,説這親疏言語,言語分疏。我今情願(又)返來鄉里。

〔胡搗練〕(公婆)不肖致惹汝娘親心受氣,商家只有一孫兒。日後若有差錯,教汝公婆今誰倚?(娘嫻)商郎汝夫似顏回逝,耽誤我雙人,汝在九泉何忍。我爹爹公婆娘親説汝在九泉心何忍,眼睜睜又叫都没起!玉不琢,不成器;不讀書,不知義:只得教伊奮志。(公婆)看兒孫行動舉止,真象我子商琳伊今再來出世,今旦日形無踪,踪無影,日後若再相逢,除非南柯夢裏。苦傷悲,我淚淋漓。火裏蓮花,今旦没得相見。(又)

〔尾〕(雪梅)不教終身爲着誰?吾兒今改前非,爲人不學非男子,從今奮志入書幃。

梆子腔關於商輅的戲常唱的凡四齣:

一、《秦雪梅觀文》 商琳出外游春,雪梅趁此機會,與婢潛入其書齋觀其所作文字。先見劣文,大爲灰心;後見佳文甚多,乃反悲爲喜,高聲朗誦。適商琳歸,乃強之合歡,不從,竟去。這齣戲裏提到八股:"起首先把破題念,然後再把承題觀。起講提股念一篇,中股後股細細觀。"又云:"破題上更含着一篇主見,觀承題最分明又不支蔓。起講上立主意不離不遠,領上文精氣合如同綫牽。提股上言語明最切最軟,平仄字對的是實實相連。中股上襯古人起承合轉,後股上按下文不漏真言。"

二、《秦雪梅弔孝》 雪梅弔孝時,公婆向之云:"君兒得病之時,思念小姐。你公公來到你府,求完婚姻。你父不允,病已沉重,嚇得我二老無奈,將愛玉扮作小姐,配合婚姻數月,誰料他解其意,反病身亡。"雪梅乃決定與愛玉一同守節:"我情願與你來作伴,立志守節不嫁男。"我在民初還親自看過此齣的屢次上演,大約此齣是梆子腔中比較最流行的。

三、《秦雪梅上墳》 其中穿插十二月歌。

四、《秦雪梅做夢》 當在訓子前後,即商琳托夢,勸雪梅勿歸娘家,仍宜教子成名也。

以上均有陝西省城南院門義興堂書局本,《上墳》見第廿九册,《觀文》見第三十六册,《做夢》和《弔孝》,均見第三十八册。又北平中華印書局所出的《梆子戲齣大觀》第五册上也有《雙弔孝》。大鼓也有《秦雪梅弔孝》。惟云愛玉乃商家婢,非雪梅所遣,與閩戲不同。

又有《秦雪梅弔孝三元記》,中有游地府一節,似由寶卷改編,内容爲七字唱及攢十字,槐蔭山房版。此書沒有閩戲雪梅心動和自盡的情節。

明初傳奇《商輅三元記》已由鄭振鐸影印刊行,曲譜和選本裏也保存了一點吉光片羽,我在《九宫正始與明初傳奇》裏已經説過,此處不贅。

商輅連中三元,事見《明史》:"商輅……舉鄉試第一,正統十年會試、殿試皆第一。終明之世,三試第一者,輅一人而已。"惟商輅是在他父親的衙門裏生出來的,當時有火光異象,詳見清黎士宏的《仁恕堂筆記》,並非遺腹子也。《曲海總目提要》卷十六《斷機記》有詳細考證。

本文參考書均得之周貽白兄所藏,謹此志謝。

讀康對山文集

在青木正兒的《中國近世戲曲史》上有一節關於明代曲家康海的話:"相傳正德初李獻吉(夢陽)代尚書韓道貫草疏,以其言極爲切直,劉瑾深恨之,而下之於獄,必欲殺之。獻吉寄書康海求救,康乃至謁瑾。時劉瑾正以不能招致康海門下爲恨;大喜,盛稱揚海,爲關中增光者。康海曰:'海何足言,今關中有三才:老先生之功業,張尚書之政事,李郎中之文章是也。'瑾曰:'李郎中非李獻吉耶?應殺毋赦。'海曰:'應則應矣。殺之關中少一才奈何?'明日瑾上奏赦李。後瑾失敗,海亦坐之免官。時人作《中山狼》雜劇以刺李獻吉忘恩不救海難;或云,即海所作也。就余所知範圍之中,以《中山狼》雜劇爲康海之作者,以明末《盛明雜劇》爲最早;清黃文暘之《曲海目》,亦取此說。然通覽《劇說》卷三所舉關於康海與《中山狼》之明何元朗、戒庵、清朱竹垞、王阮亭四家之說,及《小說考證》所引《觚賸》之說,大要皆同,概云:'康海嘗救李獻吉之難。後海得罪,獻吉不之救。兩人之師馬中錫撰《中山狼傳》,諷刺獻吉忘恩,其文載馬中錫《東田集》。'又謂'康海《對山集·讀中山狼傳》詩,有平生愛物未籌量,那記當年救此狼句,則《中山狼傳》爲諷刺此事者無疑。諸說所言,皆舉馬中錫有《中山狼傳》,而不言康海有《中山狼》雜劇。余雖未獲見馬中錫《東田集》,然《古今說海》中有無名氏之《中山狼傳》,殆即爲馬中錫之文也。大意與雜劇無所異,其與雜劇有極深之關係也無疑。且明何元朗、王世貞、王驥德等比較評論王、康二家之北曲時,皆僅舉王之《杜甫游春》,不云康有《中山狼》,蓋諸君所評論者,爲康海之散曲,而非雜劇也。以此等諸說合併考之,'時人作雜劇刺之'之說,或爲穩當歟?抑康海私作而秘其名歟?姑存疑。"

最近我買到一部陝西武功縣藏板的《康對山先生文集》,其中一篇光禄寺卿馬理所寫的《對山先生墓志銘》,也談到康海救李夢陽的事情:"公在館日,慶陽有李戶部夢陽者,因論諫下詔獄,罪擬死矣,乃鳴號於公。時宦瑾用事,能生殺人,雅欲見公,弗得。明日,公謀諸柏齋何子,欲見瑾而援李。何子曰:'瑾好名負乘之徒也,可詭言説之。'公曰:'然。'遂往。瑾聞公至,即倒屣迎客,延上座,復肆筵飲公。公笑談良久,皆格言典訓。時瑾所無抗禮語者,見公申如愉如,言復懸河有章,益敬重。左右侍瑾者立如堵牆,悉貴人,咸俯首諦聽,稱夫子焉。瑾曰:'人謂狀元舉不如公,恨不獲一見;今幸見之,又過於所聞,誠增光關中多矣。'公紿曰:'海何足言!今關中有才子,乃海之所不及也;第豪傑不相容耳。'曰:'爲誰?'曰:'李夢陽其人也。'瑾曰:'斯人麗死刑,朝夕戮矣。先生乃謂之才耶?'公曰:'海不言,正爲是爾。'他日,夢陽遂獲宥而出,公之力也。後瑾敗,忌者謂公交瑾,遂罷其官。"這一段比青木正兒引《列朝詩集》詳細得多,只是不曾提到李夢陽不救康海的話。

我想,《中山狼》雜劇也許是康海作的。嘉靖劉儲秀序《康對山文集》,説康海:"其他樂府傳奇,亦皆可録;然各有別乘,已傳於世。"我疑心這裏所謂的傳奇就指的是《中山狼》雜劇。因爲康海戲曲,只此一種,此外就沒有別的作品。康海自己的書簡中也常提到他自己的著作,可惜太簡,無從取爲佐證。如《答蔡承之》云:"新刊四種,《碧山》乃渼陂之作,其三皆出鄙手。"《與馬伯循》云:"小書二册附上啓覽。"《與賈鳴和》云:"小書二本附上。"

康海對於劉瑾,當然是深惡痛嫉的。他去見劉瑾,的確是爲了救李夢陽。但看下面兩節文章,就可以知道。《野田先生碑》云:"時劉瑾方軌事,忤瑾下錦衣詔獄,三月始釋。……先生往遼東,時瑾率以指授先生,惟不如指,故瑾益怒,先生遂免官歸。"(《對山文集》卷六)這位先生名叫韓福。《有明詩人邵晉夫墓志銘》云:"太監劉瑾爲其姪求婚曰:'吾女必得名士。'大夫争以福建戴大賓泊晉夫薦。瑾曰'吾關中人,所婚惟邵生乃可。'卒以晉夫壻焉。晉夫躑躅呼天,百計求免弗得。乃克自樹立,略不與一人通;終日閉户,拊膺讀書而已。後謹伏誅,天子以晉夫無所預事,赦爲編民。關中縉紳大夫,莫不重以爲冤。而晉夫洋洋粹粹,曾無少動於中;險夷不改,寵辱不形,厥覬淵矣。"(《對山文集》卷七)他一方面在稱讚晉夫,一方面恐怕也在夫子自道,遭遇相似,在那兒稱讚他自己吧?

康海對於免官這件事,有意看得很豁達,好象是滿不在乎,反引以爲快。他在《亡妻安人尚氏墓志銘》(卷七)中説:"瑾伏誅,言官論予爲編氓。報至,安人撫掌曰:'不垢得垢,是謂罔謬。而今而後,夫子蓋卒無垢矣。非大慶耶?'"

其實康海對於免官這種恥辱,是未嘗一刻忘懷的。在卷二的書簡部分,時常提起這一件事。《與唐漁石》云:"某事所司明知冤苦,皆引嫌勿究,君相極力明刑於上,而天下依違之習自若。含垢冒污,僕分所宜耳,尚何忍言!"《答王汝言》云:

"每遇士大夫率肆言毋諱,不知觸人邁怒已厚,乃竟以罷官,至罔爲姦人之黨。交遊諸公,或以書責我,宜改易往轍。得書後大笑索酒曰:'我罪蓋如是,然我何能改也!夫予不能行事於世,以誅其姦,乃並不得肆論其短長哉!'"《與何粹夫》云:"不才宜受重辜,乃冒輕典,直先生陰庇,天子仁聖耳。"《答沈崇實》云:"士之所哀,莫甚於名喪節靡,而身死不與也。今不肖已喪名靡節矣。即使長生百年,有顏回曾子之行,程伯朱季之作,亦不可自明於千世之下,此固志士之深悲也。"尤其是《給彭濟物》的一信,可說是大放厥辭:"僕自庚午蒙詔之後,即放蕩形志。雖飲酒不多,而日與酩酊爲事。人間百事,一切置之。此蓋素性疎懶,偶因官秩羈繫,數年若招豚臂鷹。而一旦得此,中心之快,實有人所不知而己獨知者。……飲酒散髮,箕踞林麓,此其性習之已成,激之不返,雖三公之貴,刀鋸之辱,不可奪也;況數石之粟,半幅之紙乎!僕自幼支謾無狀,性好古而非今。……謾論譏說,略無忌畏。日就月將,幾踵奇禍。幸免殺身而歸,而二三者又補砌所無以爲真,有使僕含垢於有罪者之籍,與不肖之人同被驅放,上辱兩朝作養之恩,下累先人蠋介之業。生平微志,付之穢塗。情苦心局,不復自愛。暇日偶讀皇甫規避梁冀之事,與蔡邕卻九錫之書,喟然嘆曰:'彼何獨不得含垢冒污,而成致美節如此也!'又偶讀柳宗元傳曰:'即宗元有不同於叔文,然親與之交,而受其職任矣。'夫身有規、邕之操,而跡廁宗元於九錫之間,仁人志士,宜於此何如也!今僕之所憂者,在忽有犬馬之疾,死邱壑之下,不得伸其宿心原悰耳。而區區官秩之事,非所念慮也。瑾之用事也,蓋嘗數以崇秩誘我矣。當是時持數千金壽瑾者不能得一級,而彼自區區於我,我固能談笑而卻之;使饕虓巉巖之人卒不敢加於我。此其心與事,亦雄且甚矣。當朝大臣蓋皆耳聞目見而熟知其然。……鄙人之心,至此益放。益以披髮嘯歌,至於終身而不敢悔,此非甘心爲長沮桀溺之徒也。"他又與王廷相談起這件事:"近濟物以他人之謀,將致我幕下。昨已爲數言絕之,頗涉峻厲。於乎,彼殆以我爲何人耶!……苟有所不可,則亦寧死守而不易耳。平生碌碌,別無他事,維此點檢最熟,而又失之,死無面目見先人於地下也!……去秋有一客相過,極言彼所以拳拳於僕之意。方在杯酒間,僕變色大罵,聲徹四鄰。僕豈彼之所宜論耶!"

奇怪的是,儘管他發牢騷,却沒有一句埋怨李夢陽,說他不夠交情。他的《友論》也只說到不要交"淫褻狎媚"的朋友,也不曾暗含着指斥忘恩負義者的話。王九思的《對山集舊序》開端云:"嗚呼!朋友之道,缺絕久矣。昔人有言,一死一生,乃見交情。"以下敘的是張孟獨、吳六泉、翁東厓三個人怎樣的夠朋友,替康海刊印文集,也不曾提到李夢陽不救康海的事。我想,中山狼的故事,本是流傳世界各國的一個民間故事,康海也許取爲題材,借以諷世,不見得一定是指着李夢陽說的吧?

附帶要說的,就是看了《康對山集》以後,對於同一作者的《沜東樂府》可以明了不少。我們可以替《沜東樂府》加上一些附注:

《粹夫封事》 卷二有《與何粹夫書》。

《二月晦日同張舜卿》 卷四有《張舜卿東征詩序》。

《北山宅夜宴》 卷五有《五幸亭記》,乃北山夫子所居。

《寄歆湖》 卷六《馬公墓碑》云:"歆湖馬子應祥以進士歷知河内,累官山西按察司副使。"

《同東谷小酌》 卷三有《送東谷子序》,時官户部員外郎。東谷即張用昭。

《有懷十君子詞》除渼陂是王九思,空同是李東陽以外,可以考出北山就是楊宗文,卷八《祭北山文》故中憲大夫都察院左僉都御史乃其姊丈,見卷九《贈灤江公》十首。何賓見卷二《與唐漁石書》中,說起何賓爲李開先送行。谿田見卷五《光訓堂記》云:"吾友谿田馬先生伯循。"柏齋即何瑭。涇野見卷三《送白貞夫》,序云:"涇野吕仲木。"只有平泉、可泉和白坡還不曾考出。

論伯虎雜曲

盧前《飲虹簃叢書》第二集第五册爲《伯虎雜曲》，據萬曆間何大成刊《六如集》卷四刊印。不過，"原本錯綜失次"，他按宫調重加編排，使得小令俱在前，套數俱在後，同調的列在一起，眉目清楚，的確方便不少。可惜他不曾像任訥編曲集那樣，把原來的次序附在篇末。現在我把原來的次序，鈔在下面，以供參考。

《六如集》原書先標出"曲"字來，選録十三題：① 〔步步嬌〕，《春景》，樓閣重重。② 〔步步嬌〕，《夏景》，閣閣蛙聲。③ 〔步步嬌〕，《秋景》，滿地繁霜。④ 〔步步嬌〕，《冬景》，落木哀風。⑤ 〔黄鶯兒〕小令六首，殘月照妝樓，羅袖怯春寒，蝴蝶杏園春，疏雨滴梧桐，無語想芳容，衣褪半含羞。⑥ 〔二郎神〕，人不見。⑦ 〔桂枝香〕，《春情》，相思如醉。⑧ 〔桂枝香〕小令，《春情》，東風寒峭。⑨ 〔好事近〕，《春情》，雲雨杳無踪。⑩ 〔步步嬌〕，滿目繁華。⑪ 〔步步嬌〕，滿地梨花。⑫ 〔步步嬌〕，花落花開。⑬ 〔針綫箱〕，《傷春》，自别來。末注："右曲十三套見《詞林選勝》。"何大成是把〔黄鶯兒〕小令六首和〔桂枝香〕小令一首也看成套數了。我不憚煩地抄這目録的原因，是讓我們知道何大成從魏良輔點板的《詞林選勝》輯出的衹是這十三題，並不是全部都從《詞林選勝》輯出。

《六如集》後來再編《附伯虎雜曲》，並小序云："伯虎雜曲，散見諸樂府，或誤刻他姓，或别本互見者，種種不同；不佞悉爲銓次，以備闕遺。然皆各有所據，不敢混入，以滋贗訛云。"這一部分所録的是：⑭ 〔集賢賓〕小令，冰肌玉骨。⑮ 〔黄鶯兒〕小令三首，孤枕伴殘燈，燈火夜闌珊，日轉杏花梢。⑯ 〔山坡羊〕小令九首，新酒殘花迤逗，窗下雞鳴天曉，信迢迢無些憑准，燕子妝樓春曉，纖手尋常相挽，睡昏昏不思量茶飯，暖融融濕香肌體，明月梧桐金井，嫩緑芭蕉庭院。⑰ 〔香遍滿〕，《秋思》，春風薄分。⑱ 〔榴花泣〕，《情束青樓》，折梅逢使，注云："此套系孫西川作，今正之。"⑲ 〔排歌〕小令，《詠纖足》，第一嬌娃。⑳ 〔黄鶯兒〕小令四首，寒食杏花天，細雨濕薔薇，風雨送春歸，秋水蘸芙蓉。㉑ 〔桂枝香〕小令四首，蓮壺漏啓，紅樓凝思，芳春將去，封侯未遇。㉒ 〔香遍滿〕，因他消瘦。㉓ 〔集賢賓〕

小令四首,紅樓畫閣,春深小院,閒庭細草,窗前好花。注云:"已上四闋,別本誤刻沈青門。今考《三徑詞選》,實係唐六如先生作。"㉔〔月兒高〕小令四首,煙鎖垂楊院,園苑飄紅雨,送別長亭柳,髻綰香雲擁。㉕〔山坡羊〕二首,情和愁纏人沈醉,數過清明春老。㉖〔新水令〕,一從秋暑路傍窺。㉗〔對玉環帶清江引〕小令四首,《嘆世詞》,春去春來,極品隨朝,禮拜彌陀,暮鼓晨鐘。(盧前據任訥指示,從《珊瑚網》另錄《嘆世詞》四首,並附王荊石和作十二首。)

現在我想就我所藏和所曾寓目的散曲選本作一個總的探討。所以我要列出上面二十七題的原因,也就是在對照時容易說明一些。

一、《南九宮詞》鄭振鐸跋,說此書"版式字體,全同萬曆初元。所收皆嘉隆前作。今存南詞選本,當以此為最古。"卷上頁一有〔桂枝香〕小令四首⑧,第一首《六如集》闕字甚多,盧本亦未增補,現鈔在下面,闕字用括弧表明:"蓮壺漏啓,薰籠香細。寒輕小閣春殘,人'在遼陽天際'看鞦韆影度牆,(何本無牆字,下同。)看鞦韆影度牆,無奈芳心搖曳。(何本此句作"疑是冤家來,"下闕二字,疑為"相聚"二字。)'又早一番花'事到薔薇。摘花浸酒,春愁重,燒竹'煎茶夜臥遲。'"這四首題作《新詞》。頁十〔月兒高〕四首㉔題作《古詞》。頁四二〔針線箱〕套⑬題作《舊詞》。卷下《香遍滿》套㉒題作《樂府》。以上四題,或題《古詞》、《舊詞》,或題《新詞》,或題《樂府》,三徑草堂主人都不知何人所作,但何本却都算是唐伯虎作的了。卷下頁一六〔黃鶯兒〕四首⑳,倒是的確明注"唐解元詞"的,我們對於這四首可以確信為唐作無疑。

二、《雍熙樂府》卷十六悉為南套。頁十三〔香遍滿〕套題作《閨思》㉒。按,此套《飲虹簃叢書》、《秋碧樂府》兼收之,題作陳鐸。《南宮詞紀》卷一、《詞林逸響》風卷、《南音三籟》上卷、《吳騷合編》卷二,衆口一詞,都說是陳鐸所作,且趙元度給何大成的信,也說這一套"因他消瘦為古詞,元末國初人作,非唐先生者",似以歸之陳鐸為是。

三、《南宮詞紀》卷三頁二〇有〔二郎神〕,人不見,題作"客中春思",乃楊升庵作。次句非"奈料峭東風送曉寒",而是"正三五銀蟾影乍圓"。可見單看首句有時也會上當。卷四頁三有《纖足》,乃〔排歌〕⑲,題祝枝山,頁二還有同調的《細腰》,亦題祝枝山,二首似同時作,不宜僅以其中一首歸之唐寅。頁十〔黃鶯兒〕小令題《美人洗浴》,周秋汀⑤。頁廿一〔月兒高〕小令四首怨別㉔,將第三首題作第一首。題作"亡名氏"。這第三首的字句頗多不同,"送別"作"謾折","跨"作"上","端的"作"端的是","盟言"作"回言","鮫綃透"作"奇和偶","只怕"作"我只怕","酒醒更殘"作"酒醉還醒"。最有趣的是《雍熙樂府》卷十六頁三七,竟將〔月兒高〕小令認作套數的首曲,加上不相干的〔桂枝香〕和〔玉抱肚〕,再加上另從別處取來的〔掉角兒序〕和〔尾〕,糊裏糊塗的放在一起,就算是一套。卷四頁五一有《閨思》八首〔黃鶯兒〕⑳和⑮以及⑤,倒寫明是唐六如作的,次序是寒食杏花天、細雨濕薔薇、日轉杏花梢、羅袖怯春寒、風雨送春歸、殘月照妝樓、蝴蝶杏園春、秋水蘸芙蓉。另四首未錄。

四、《詞林摘艷》據鄭振鐸《困學集·詞林摘艷里的劇本及散曲作者考》(原載《暨南學報》二卷二號),"因他消瘦"㉒亦作陳大聲,〔月兒高〕謾折長亭柳㉔亦作"亡名氏"。

五、《吳騷集》卷一〔桂枝香〕蓮壺漏啓四首㉑題唐伯虎。卷二〔香遍滿〕㉒亦題唐伯虎。〔步步嬌〕樓閣重重①亦題唐伯虎。惟卷四〔石榴花〕折梅逢使⑱則題梅禹金。卷一有〔新水令〕一套,題唐伯虎,為《伯虎雜曲》所未收,首句是"水沈消盡瑞爐煙",亦為南北合套。

六、《吳騷二集》卷三"〔仙呂二犯月兒高〕"㉔題作古詞,首句即"慢折長亭柳"。注云:"中一段犯〔五更轉〕,後一段似犯〔紅葉兒〕,姑闕之。"卷四有〔黃鶯兒〕蝴蝶杏園春、殘月照妝樓⑤、細雨濕薔薇⑳、燈火夜闌珊⑮四首,總名《題情》,均題唐伯虎作。值得特提的是,又有一套"〔梁州新郎〕,《詠艷》,飛瓊伴侶"題唐伯虎作,見卷三,為《伯虎雜曲》所未收的南曲。

七、《吳騷合編》卷一頁二三有〔二犯月兒高〕小令《閨情》四首㉔題唐六如。卷二頁七五〔梁州新郎〕,飛瓊伴侶,詠遇,亦題唐六如。卷四頁一四〔步步嬌〕,樓閣重重,①《怨別》,題唐伯虎。又卷四頁六六〔新水令〕南北合套,水沈消盡瑞爐煙,《閨情》,亦題唐伯虎。

八、《詞林逸響》風卷〔步步嬌〕樓閣重重①題唐伯虎。花卷〔榴花泣〕折梅逢使⑱和〔梁州新郎〕飛瓊伴侶均題唐伯虎。〔黃鶯兒〕蝴蝶杏園春⑤亦題唐伯虎。〔二犯月兒高〕,煙鎖垂楊院㉔,《閨悶》,則題高東嘉。

九、《太霞新奏》卷九頁三〔越調亭前柳〕,瓶墜寶簪折,唐伯虎,墨憨齋改本,這又是《伯虎雜曲》中所沒有的。末批注云:"此套詞甚本色,而腔多不叶。《三籟》頗嚴於律調,乃推為上乘,吾不解也。得墨憨改本,為之一快。"

十、《南音三籟》上卷〔榴花泣〕折梅逢使⑱作梅禹金,注云:"《吳歈萃雅》以為唐伯虎,非也,相傳是梁少白。"〔香遍滿〕春風薄分⑰作唐伯虎。〔針綫箱〕自別來⑬作鄭虛舟。下卷〔亭前柳〕作唐伯虎。樓閣重重①作唐伯虎,滿目繁華⑩則作康對山。煙鎖垂楊院㉔則作高東嘉。蓮壺漏啓㉔作失名。第一嬌娃⑲作唐伯虎。羅袖怯春寒⑤作楊升庵，衣褪半含羞⑤作周秋汀。

試將上面所述綜合起來，至少下列八題曾另題作者：⑤周秋汀，楊升庵。⑩康對山，⑬梅禹金，⑱孫西川，梅禹金，梁少白，⑲祝枝山，㉒陳鐸，㉓沈青門，㉔高東嘉。怎樣抉擇、去取，倒的確是不大容易的事。

《伯虎雜曲》可補下列三套：①〔新水令〕南北合套，水沈消盡瑞爐煙。②〔梁州新郎〕，飛瓊伴侶，《詠遇》。③〔亭前柳〕，瓶墮寶簪折。因這三篇均爲通行的《吳騷合編》和《太霞新奏》所有，故不鈔出。

盧前排列先後也可稍加更動。例如，《黃鶯兒》與《集賢賓・山坡羊》同屬《商調》，當中不應用〔仙呂桂枝香〕隔開。且《月兒高》亦爲仙呂，〔桂枝香〕應與〔月兒高〕放在一起。

集中〔集賢賓〕二首併收，似一爲初稿，一爲改稿，錄二首全文如下：

"冰肌玉骨香旖旎，藕花深處亭池。碧玉欄杆誰共倚？辜負了涼風如水。光陰撚指，又早是破瓜時序。鸞鏡裏，只怕到崔徽憔悴。"

"窗前好花香旖旎，藕花深處亭池。碧玉欄杆誰共與？嘆瞬息年華如水。光陰撚指，又早是破瓜年紀。鸞鏡裏，細看來十分憔悴。"

這兩首，改動得極少，似當初何大成編集時就應該刪掉其中的一首。

以上所說的雖衹是唐寅的散曲，實際上明代散曲，大多作者很難考訂；舉此一例，可概其餘。我很希望有人能把所有明代散曲的作者問題，括垢磨光，搞它個一清二楚。

鄭若庸的玉玦記

《玉玦記》不能稱爲駢儷的作品,只能稱爲典麗的。典麗與駢儷不同,用典故並不就是講對仗。駢儷的作品一定是典麗的,故典麗可包括在駢儷以内;典麗的作品不一定是駢儷的,故駢儷不能包括在典麗之中。《玉玦記》的説白除了一個角色上場第一次説一段駢文或律詩以外,此後都只説極普通的話,並不是開口駢四,閉口儷六。至於曲辭,雖然用典甚多,但每支曲子都有一定的規律和字數,大都長短不齊,不可任意填寫,要想駢儷也駢儷不起來。

因此,下面的評語,説《玉玦記》用典太多,是不錯的:

一、徐渭《南詞叙録》:"故事太多。"

二、臧晉叔《元曲選》序:"至鄭若庸之《玉玦》,始用類書爲之。"

三、王驥德《曲律》卷三:"《玉玦》句句用事,如盛書櫃,翻使人厭惡。"

四、徐復祚《三家村老委談》:"鄭虛舟(若庸)余見其所作《玉玦記》手筆。凡用僻事,往往自爲拈出。今在其從姪學訓(繼學)處。此記極爲今學士所賞,佳句故自不乏。如'翠(按一作繡)被擁雞聲,梨花月痕冷'等,(按:見第四齣《送行》〔香柳娘〕)堪與《香囊》伯仲,《賞荷》(按:即十二齣《賞花》)《看潮》(按:第即二十齣《觀潮》)二大套亦佳。獨其好填塞故事,未免開釘餖之門,闢堆垛之境,不復知詞中'本色'爲何物,是虛舟實爲之濫觴矣。"

五、沈德符《顧曲雜言》云:"鄭山人若庸《玉玦記》使事穩帖,用韻亦諧。内《游西湖》一套,(按:即《賞花》)尤爲時所膾炙,所乏者生動之色耳。"(徐又陵的《蝸亭雜記》引此條,焦循的《劇説》卷五復轉引之。)

但吕天成《曲品》的話是不對的,《曲品》把鄭若庸列爲上中品,並云:"《玉玦》曲雅工麗,可詠可歌,開後人駢綺之派。"綺則有之,駢却未必。

鄭若庸還作有《大節記》,今不傳,識者以爲不及《玉玦》遠甚。騷隱居士《衡曲塵譚》云:"鄭所爲《玉玦記》,見其一斑,它未足道。"徐復祚《三家村老委談》也説:"虛舟尚有《大節記》,不足觀已。"《五福記》是無名氏作的,《曲品》附於中中品,並明説:"還妾事已見鄭虛舟《大節記》中。"可知《五福記》並非鄭氏作品。

關於鄭氏的生平,可看下列各條:

陳田《明詩紀事》己籤卷二十卷:"若庸字中伯,崑山人,有《蛞蝓集》八卷,《北游漫稿》二卷。"並引《明詩統》云:"虛舟山人客趙,與謝四溟齊名。今觀其詩,氣格稍弱。"詩録《代人寄遠》一首云:"病骨經秋强自持,寒條飛葉費相思。可憐陌上垂楊柳,不似君來繫馬時。"

朱竹垞《静志居詩話》卷十四云:"鄭若庸字中伯,崑山人,有《蛞蝓集》。中伯曳裾王門,妙擅樂府,嘗填《玉玦記》以訕院妓。一時白門楊柳,少年無繫馬者。群妓患之,乃釀金數百行薛生近袞作《繡襦記》以雪之,秦淮花月,頓復舊觀。承平盛事,雖小堪傳。今之秋兔寒鴉,想像昔年之酒旗歌扇,良足艷也。《秋涉》詩云:'蒼山崔巍照秋渚,紅樹離離夕陽渡,行人涉水更看山,馬足凌兢來復去。雲際人家望欲迷,松關蘿徑隔煙扉。山僧卧隱西巖寺,時有鐘聲落翠微。'"(《曲品·繡襦》條云:"嘗聞《玉玦》出而曲中無宿客。及此記出,而客復來。詞之足以感人如此。")

《列朝詩集》丁集九云:"虛舟早歲以詩名吳下。趙康王聞其名,走幣聘入鄴,客王父子間。王父子親逢迎接席,與交賓主之禮。於是海内游士,爭擔簦而之趙,以中伯與謝榛故也。中伯在鄴,王爲庀供帳,賜宫女及女樂數輩,中伯乃爲著書,采掇古今奇文累千卷,名曰《類雋》。康王薨後,乃去趙,居清源,年八十餘卒。"

《吳騷合編》卷四録有鄭虛舟〔沉醉東風〕、《春閨》"海棠花開還未開"一套,吳梅《顧曲麈談》轉録之。

《静志居詩話》和《曲品》的曲中傳説似不足信。《繡襦》之作成,在正德或成化弘治間,而《玉玦》則似作於嘉靖間。《玉玦》在《繡襦》後也。

《玉玦》以耿京、辛棄疾、張安國事爲穿插,愛國詞人的故事,讀之使人奮發。但據《宋史·辛棄疾》傳云:"紹興三十二年,京令棄疾奉表歸宋。高宗勞師建康,召見,嘉納之,授承務郎,天平節度掌書記,並以節度印告召京。會張安國、邵進已殺京降金。棄疾還,至海州,與衆謀曰:'我緣主帥來歸朝,不期事變,何以復命?'乃約統制王世隆及忠義人馬全福等,徑趨金營。安國方與金將酣飲,即衆中縛之以歸。金將追之不及。獻俘行在,斬安國於市。仍授前官,改差江陰僉判。棄疾時年二十三。"像這樣的快人快事,不照樣演述,却歸功於張浚,既違史實,又多添出一個角色,頭緒既增加紊亂,角色又不經濟,實爲不解。

著名的《賞花》齣有〔吳歌兒〕二首云："南高峯相對北高峯,十里荷花九里紅。水面金魚無盡數,不如湖上做梢公。"又云："湖上花船日日來,黃金散盡不曾回。多少人家傾廢去,只有梢公不走開。"

第十七齣《投賢》有內場說話的例：

"（生）開門,開門。（內應）這是空房。（生）早間有人在此,如何是空房？（內應）前日李媽媽稅來喫酒,今日搬去,沒人在此。"

此劇前半似《繡襦記》,妓女用倒宅計,與《繡襦》同取材於唐蔣防的《李娃傳》,故《繡襦》的作者也常被誤爲鄭若庸（《曲品》和《曲海總目提要》）,後半則似《焚香記》；《陽告》、《陰告》被改作《陽勘》、《陰審》。此劇的全稱該是《玉玦癸靈祠記》。

關於水滸記的作者

我們常看崑曲《借茶》《活捉》,知道這是出於明代戲曲家許自昌的作品《水滸記》裏的。活捉的唱句可說是一句一典,簡直是駢儷派的典型。流傳到日本去的同一作家的《橘浦記》也是如此。但《橘浦記》却有萬曆四十四年穢道比丘的序,此時駢儷派似已早無光燄,許自昌不過作了一次反時代的回光返照罷了。

關於許自昌這一作者,我們在《八十九種明代傳記綜合引得》中找不到他的傳記材料。

王古魯譯《中國近世戲曲史》(青木正兒著)述及:"《陳眉公集》卷二十二《梅花墅記》中載'吾友秘書許玄祐所居,爲唐人陸龜蒙甫里。'(據友人長澤規矩也所查出者)則與陳眉公爲同時也。以其顯爲萬曆間人,故列入此期。"譯文陸龜蒙旁加人名綫,甫里旁不加綫,似乎把甫字作名諱解,里字作里居解了。其實甫里是個地名,就是甪直,在吳縣東南五十里;接崑山縣界,唐陸龜蒙住在這兒,所以稱爲甫里先生,龜蒙的墓就在鎮旁。

偶然看到鍾惺的《隱秀軒詩集》,有《游梅花墅》詩云:"閉門一寒流,舉手成山水。動止入户分,傾返有妙理。脩廊界竹樹,聲光變遠邇。從來看園居,冬日難爲美。能不廢暄妻,春夏復何似?何以見君閑,一亭一橋里。閑亦有才識,位置非偶爾。"

又翻到同人的《隱秀軒文集》,居然還有《梅花墅記》,詳細解釋他的這一首詩。他說:"人各有其園,然不盡園於水。園於水面稍異於三吳之水者,則友人許玄祐之梅花墅也。玄祐家甫里,爲陸龜蒙故居,行吳淞江而後達其地。三吳之水,不知有江,江之名復見於此,是以其爲水稍異。予以萬曆己未冬,與林茂之游此,許爲記。諾諾至今,爲天啓辛酉。予目嘗有一梅花墅,而其中思理往復曲折,或不盡憶。如畫竹然,雖有成竹於胸中,不能枝枝節節而數之也。然予有游梅花墅詩,讀予詩而梅花墅又在予目。"以下便歷敘梅花墅中許多取景,其中有一座"得閑堂,在墅中最麗,檻外石臺可坐百人,留歌娛客之地也"。這地方也許要演唱全本《水滸記》或《橘浦記》加燈彩吧?

  按,萬曆己未即萬曆四十七年,亦即萬曆最後一年,西曆是一六一九,過兩年是天啓辛酉,亦即天啓元年,西曆是一六二一。此時許自昌當尚活着,否則《梅花墅記》寫出來就無從接受。鍾惺本是明末人,如此說來,許自昌該也是萬曆末期的人了。

玉簪記的演變

鍾嗣成《錄鬼簿》卷上著錄元關漢卿的《萱草堂玉簪記》，恐怕不見得與後來明高濂的《玉簪記》有什麽關係，只是題目偶合罷了。

高濂的《玉簪記》有八齣至今傳唱不衰，那就是俗稱的：《茶敘》（《幽情》）、《琴挑》（《寄弄》）、《問病》（《耽思》）、《偷詩》（《詞媾》）、《姑阻》、《失約》（原爲《姑阻》一齣）、《催試》（《促試》）和《秋江》（《追別》）。所敘爲道姑陳妙常的故事。筆記中所記的這故事極爲簡單。如馮夢龍《情史》卷十二《友媒》第一條《潘法成》云："陳妙常，宋女貞觀尼姑也。年二十餘，姿色出群，能詩，尤善琴。張于湖授臨江令，途宿女貞觀，見妙常驚訝，以語挑之，妙常拒之甚峻。後與于湖故人潘法成，私通情洽。潘密告于湖，令投詞托言舊所聘定，遂斷爲夫婦。"《情史》雖較《玉簪記》爲晚出，但所據之書，當較古遠。

張宗橚的《詞林紀事》卷十九引陳妙常〔太平時〕云："清靜堂中不捲簾，景悠然。閑花野草漫連天，莫狂言。獨坐洞房誰是伴？一爐煙。閑來窗下理琴絃，小神仙。"注云："《古今女史》：宋女貞觀尼陳妙常年二十餘，姿色出群，詩文俊雅，工音律。張于湖授臨江令，宿女貞觀，見妙常，以詞調之，妙常亦以詞拒。詞載《名媛璣囊》。後與于湖故人潘法成私通情洽。潘密告于湖，以計斷爲夫婦，即俗傳《玉簪記》是也。"又宗橚按語云："橚按，此詞見《初蓉集》。考于湖並無調女貞觀尼詞，豈自毁其少作，不俗流播耶？又按《玉簪記》中有于湖調女貞觀尼詞，恐不足據。"按，《于湖詞》中有〔減字木蘭花〕"贈尼"一首。

許善長《碧聲吟館談麈》卷三《陳妙常詞》條云："《玉簪記》傳奇《偷詩》一齣中有'松舍青燈閃閃'云云，詞句甚俚。不知陳妙常本能詞，見於《宋閨媛詞錄》云：潘法成妻陳妙常酬張于湖〔太平時〕一闋：'清净堂前不捲簾，景翛然。閑花野草漫連天，莫相牽。獨坐洞房誰是伴？一爐煙。閑來窗下理琴絃，小神仙。'確是女尼口吻。《偷詩》前尚有《琴挑》一齣，或即因此詞而附會也。"

此外《詞苑叢談》、《宋人軼事彙編》、《漁磯漫鈔》等所載，也都大同小異，不再贅録。現在所能看到的最早的《玉簪記》故事編成小說戲曲的該是：

一、《張于湖誤宿女貞觀》。這是《孤本元明雜劇》第二十三冊所載，末注"乙卯四月初七日校抄于小谷本"。大意云：楔子敘陳妙常自幼十歲，父母即將其捨身於建康府通江橋女貞觀中出家，觀主名潘法誠（筆記小說中男主人公的姓名竟變成了姑母的名字，不過"成"字添了一個言字旁罷了）。做伴的女童名張道清與沈道寧，門公名王安。她在涼棚下操琴，與衆姑姑賞中秋明月。第一折敘張孝祥號于湖居士，本貫溧陽人。大宋孝宗朝，賜進士出身，除授長沙太守，考滿來京，路過金陵。（按，張孝祥實爲歷陽烏江人，高宗朝紹興二十四年試策擢第一。歷知平江、静江、荆南，皆有聲績。）他到女貞觀去閑游，在壁上題七律一首；見到妙常操琴，又題七律二首。道清對妙常説，"師父，今夜霧氣重，琴絃不響。"于湖做了一首《臨江仙》，托王安遞與妙常，詞云："誤入蓬萊仙境，松風十里悽涼。衆中仙子淡梳妝。瑤琴横膝上，一曲冷宫商。獨步寂寥歸去睡，月華冷淡高堂，覺來猶惜有餘香。有心歸洛浦，無計夢襄王。"妙常拒之以〔楊柳枝〕詞："襄王夢裏雨雲期，兩心知。子羔無意戀瓊姬，漫心癡。吾心恰似絮沾泥，不狂飛。任把楊枝作柳枝，枉挨屍。"于湖又和一首："碧玉冠簪金縷衣，雪如肌。從今休去説西施，怎如伊！杏臉桃腮不敷粉，貌相宜。好對眉兒共眼兒，覷人遲。"妙常又和一首："清净堂前不捲簾，景幽然。閑花野草漫連天，莫胡言。獨坐洞房誰是伴？一爐煙。閑來窗下理冰絃，小神仙。"于湖要門公轉達，請妙常記住"清净堂前不捲簾"七個字，説過他就走了。

第二折敘妙常事後自恨"一時無見識，不曾請他吃盃茶。"潘必正亦和州溧陽人，應舉京師，因病誤了科場，羞歸故里，便去見女貞觀中的姑母潘法誠，預備來年下科赴試。姑母見姪兒有琴，便説起妙常會彈，着沈道寧去請來，並令拜爲兄妹。必正云："指法荒疏，但恐污耳。"妙常云："願聞雅操，何勞太謙！"後來妙常也謙虛，説是"焉敢班門弄斧"。必正贈妙常〔楊柳枝〕云："傍觀仙子過茅屋，驚人目。星冠珠履逍遥服，能妝束。弄玉儀容瓊姬態，傾人國。雅淡全無半點俗，荆山玉。"妙常的唱句〔呆骨朵〕中有"不枉了夜月琴三弄"一語。聽必正彈〔鳳求凰〕曲之後，一夜春心無奈，作了一首〔西江月〕："松舍青燈閃閃，雲堂鐘鼓沈沈。黄昏獨自展孤衾，未睡先愁不穩。一念静中思動，徧身慾火難禁。强將津液嚥凡心，爭奈凡心轉甚。"她命道清將詞壓在硯匣底下，恰好觀主請妙常去講話，必正掩入，看見這詞，便藏入袖中。必正也作了一首〔西江月〕："玉貌何須傅粉，仙花豈類凡花。終朝只去煉黄芽，不顧星前月下。冠上星簪北斗，杖頭經挂《南華》。

未知何日到仙家,曾許綵鸞同跨。"妙常怒,欲告其姑母。必正便念出她的詞句,妙常無言可答,他們倆便成就了姻緣。

第三折敘半年後妙常有孕。法誠請必正喫飯,必正失約。妙常又寫了一首《楊柳枝》。必正也寫了一首〔楊柳枝〕謝罪。事爲法誠所知,便拷問妙常,將她與必正用一根繩子縛了,預備送建康府去發落。

第四折敘建康府尹即張于湖,重提"清淨堂前不捲簾"七字,判他們二人完姻。

二、《張于湖傳》 見《國色天香》卷十。大意敘張孝祥乃和州涇陽縣人,除授江西臨江縣尹。後改陞建康府尹,到任後欲尋一寺觀洗浴,便尋到了潘法誠處。于湖改名洛陽何通甫。在雜劇裏,王安本是觀中門公,現在算是于湖的僕人。于湖叫王安給門公一匹布,他在壁上題詩二首。他偷聽琴,琴絃忽斷。他贈給妙常的〔臨江仙〕是:"誤入蓬萊仙洞裏,松陰忽覩數嬋娟。衆中一個最堪憐。瑤琴橫膝上,共坐飲霞觴。雲鎖洞房歸去晚,月華冷氣侵高堂,覺來猶自惜餘香。有心歸洛浦,無計到巫山。"妙常所答的〔楊柳枝〕是:"襄王魂夢雲雨期,兩心知。子今無計戀瓊姬,自著迷。道心堅似絮沾泥,不往哉。任取楊枝作柳枝,強挨屍。"(二詞不協韻,且多誤字。)于湖和云:"碧玉冠簪金縷衣,雪如肌。從今休去說西施,怎如伊。杏臉桃腮不傅粉,最偏宜。好對眉兒好眼兒,覷人遲。"妙常和云:"清淨堂前不捲簾,景幽然。閑花野草漫連天,莫胡言。獨坐洞房誰是伴?一爐煙。閑來窗下理琴絃,小神仙。"于湖被拒即去,妙常懊悔不迭。

和州涇陽潘必正因病未能應考,來尋姑母。他送紬一匹給門公戚中立,請他引見妙常。必正贈〔楊柳枝〕云:"傍觀道觀過茅屋,驚人目。星冠珠履逍遥服,能粧束。絕世儀容瓊姬態,傾城國。淡粧全無半點俗,荊山玉。""次日,妙常使女僮請必正吃茶。茶罷,妙常請必正撫琴,然後知客亦撫。撫畢各自散了。自此往來半月。一日必正走到妙常房中,女僮曰:'官人請坐。'必正曰:'師父何在?'女僮曰:'去石城長春院訪一觀主,未回。'必正見書廚未鎖,開拿一部《通鑑》來看,內有一帖,見了一驚,去了三魂,蕩了七魄,讀曰:'松院青燈閃閃,芸窗鐘鼓沉沉。黃昏獨自展孤衾,欲睡先愁不穩。一念靜中思動,徧身慾火難禁。強將津唾咽凡心,爭奈凡心轉盛。'必正曰:'此乃凡胎俗骨,何苦出家!有此怨意,不若趁此嘲戲。他若不從,卻有招詞在此。'亦寫〔西江月〕一首云:'玉貌何須傅粉。'(以下煉作戀,挂作誦,餘同)"結果自然也是成就好事。

失約是這樣寫的:"樓頭鼓播,寺內鐘鳴,衆道姑上殿,各散回房睡了。必正關了房門,正欲掇梯過牆之際,只聽得隔牆叫一聲潘必正。……必正聽叫,連忙下來,却是姑娘。姑娘曰:'你那裏去?'必正曰:'登厠。'姑娘曰:'你彈一曲〔鳳友鸞交〕與我聽者。'必正即撫。及畢,姑娘去了。必正依舊上牆,陳妙常接着下來,兩人攜手到亭子上,並肩而坐。妙常曰:'你先上牆來了,如何又下去撫琴?'必正曰:如此如此。妙常曰:'早是不曾過來。倘若被他看見,如何是好?"後來妙常有孕,必正去買墮胎藥,路遇友人張于湖,叫他捏造指腹爲親,爲因兵火離隔,欲求完聚,叫他告一狀來,自有道理。必正回觀,便"將妙常之事説與姑娘",次日便去告狀。

潘法成的狀詞云:"本觀女姑陳妙常。伊父陳谷(國)英,將女妙常曾指腹與潘必正爲妻,有原割衫襟合同爲照。爲因兵火失散,各無音耗。幸蒙天賜,偶然相會。訴説舊日根苗,輻湊姻緣,俱在青春之際。所有原關度牒在身,未敢自便還俗。如蒙准告,望乞台判。"

三、《玉簪記》 高濂的《玉簪記》當是從《張于湖傳》來的。版本方面,徐調孚《六十種曲敍錄》云:"有文林閣刊本、廣慶堂刊本、繼志齋刊本、陳眉公評本、一笠庵評寧致堂刊本。萬曆間白綿紙印本,名《三會貞文庵玉簪記》,疑爲原刊本。"高濂的生平不甚詳悉,只知道他是字深甫,號瑞南,浙江錢塘人。《杭州府志》卷九十五,載他有《芳芷樓詞》。卓人月等的《詞統》裏也錄有他的幾首詞。他的散曲亦見各選本。《玉簪記》把張于湖所定的計策,捏造的謊語改爲事實,説他們的確是指腹爲婚,因兵火隔離。"原割衫襟合同"改爲玉簪爲聘。那麽,張于湖似乎沒有用了;於是又添了一位王公子,想娶妙常,在于湖面前謊告,于湖把他打了出去。于湖改名爲河南王通,命王安送兩匹布與香公,也是借觀沐浴。也有偷聽妙常彈琴,琴絃忽斷的事。第十齣《手談》敍于湖與妙常下棋。于湖的〔臨江仙〕已櫽括成爲七絶:"瑶琴一曲邀殘月,松梢露滴聲悲切。歸去洞房更漏永,巫山有夢和誰説。"雜劇的"獨步寂寞歸去睡",小説作"雲鎖洞房歸去晚。"現在傳奇作"歸去洞房更漏永",故傳奇是根據小説寫的,不是根據雜劇寫的。妙常的〔楊柳枝〕,也改爲七絶:"意絮沾泥心煉鐵,從來不愛閒風月。莫把楊枝作柳枝,多情還向章臺折。"兩首〔楊柳枝〕也保存在《手談》裏。于湖第六句作"最偏宜",與小説同,雜劇則作"貌相宜"。惟第七句作"好對眉兒共眼兒",與雜劇同,小説共字作好,嫌復。第二句作"玉如肌",雜劇和小説均作"雪如肌"。有名的"清浄堂前不捲簾",妙常念前四句,于湖念"獨坐洞房誰是伴",妙常再念後三句。此詞第一句作"清浄堂中",第四句作"莫狂言"。又,第七句作"閒來窗下理琴絃",與小説同,與雜劇"理冰絃"異。凡此,都可證明傳奇是根據小說作的。

小說中一句"妙常使女童請必正吃茶",引出第十四齣《茶敍》。有名的第十六齣《琴挑》俗本下面的語句與雜劇偶合:"久聞足下指法精妙。""只是班門弄斧,怎好出醜!""休得太謙。""但恐污耳。"〔懶畫眉〕的唱句中有一句"誰家夜月琴三弄?"第十七齣《問病》是添出來的。第十九齣《偷詩》說起妙常睡熟了,既不曾被師父請去講話,也不曾到長春院去訪一觀主。必正不是來翻《通鑑》,而是在經典中翻出一首〔西江月〕。第十八齣妙常寫這詞以前,也曾檃括其意,先唱一支〔桂枝香〕:"雲堂松舍,清燈長夜,聽鐘兒敲斷黃昏。擁被兒臥看明月,心中自思,心中自思,猛可的身如火熱,值恁的睡不寧貼,好難說。嚥不下心頭火,轉添些長嘆嗟。"後來必正唱〔醉太平〕暗含此意,已是第二次了。第二十一齣《姑阻失約》大意敍姑娘云:"一邊我打坐,一邊你讀書。待我出定時,方去寢息,不可不依。"這樣必正便失了約。第二十二、三齣又增出《催試秋江》的情節。姑娘逼必正坐船去趕考,妙常追舟。既是指腹爲婚,重會玉簪,當然只要托一位觀鄰張二娘做媒來完婚就行了。

四、喬合衫襟記　凌濛初對於高濂《玉簪記》用韻夾雜不滿意,便自己寫了一部《喬合衫襟記》。這當然是從小說"有原割衫襟合同爲照"這一句話來的。也就是說,他認爲不必捏造"玉簪"爲聘,就照小說上所說的"衫襟"爲照寫去就行了。所以我認爲關漢卿的《玉簪記》不一定是寫這一件事。《衫襟記》我們雖不能看見,幸虧他自己的《南音三籟》裏還保留了五齣曲文,使我們可以略窺一斑。這五齣是:《題詞》、《得詞》、《心許》、《佳期》和《趨會》。除《趨會》外,主要的情節就是《偷詩》。不但偷,還照雜劇與小說所說,也和作了一首,所以《題詞》中〔集賢賓〕云:"無情暮雨燈上時,更鐘聲遲速參差。分去悽涼相共爾。兩心中多少嗟咨。閑愁正始,又早耐黃昏至。空叩齒,這凡念愈然難死。"大約這就是隱藏《西江月》的詞意了。《得詞》中《撲燈蛾》云:"却將供狀招,袄廟火難住。"又云:"漫將原調賡,都來合心語。"可是必正是有和詞的。《趨會》大約相當於《秋江》〔山坡羊〕云:"但嘗酸便覺稍寧貼。……想多應害那些。"當是妙常懷孕時唱。必正上京趕考,放心不下,又折回與妙常相會。

讀湯顯祖

婁江的知音

張友鸞先生在一九三〇年出版過一本《湯顯祖及其牡丹亭》。這是我國唯一研究湯顯祖的專著。可惜張先生編此書時,也許還不曾看到過《湯若士全集》原書,因此他説:

"'湯義仍有哭婁江女子詩,敍略曰:婁江女子俞二娘,年十七,未適人,酷嗜《牡丹亭》傳奇,批注其側,幽思苦韻,有痛於本詞者,憤惋而終。周明行中丞言:王相國嘗出家樂演此劇,言:吾老年人,頗爲此曲悒悵。詩曰:畫燭摇金閣,真珠泣綉窗;如何傷此曲,偏只在婁江?'"(《柳亭詩話》)

"湯顯祖的詩中,有'偏只在婁江'一語,可知婁江傷此曲之人,必在兩個以上。不過其餘婁江《牡丹亭》的讀者,姓甚名誰,一時却無從探訪,只好擱下不提。"

張友鸞先生不曾見到原詩,以致不知。他所引的是《柳亭詩話》,《詩話》不曾全録原文。原詩見《玉茗堂詩》卷十三面廿四,"王相國"三字上有"向婁江"三字,該詩還有第二首云:"何自爲情死?悲傷必有神。一時文字業,天下有心人。"既云"向婁江王相國",可見王相國也是婁江人。他説:"吾老年人,頗爲此曲悒悵。"自然他也是爲此曲而傷神的。張先生所説:"其餘婁江《牡丹亭》的讀者,姓甚名誰,一時却無從探討。"其實就是這一位王相國。

四夢的歌者

湯顯祖的《四夢》,一直傳到現在,諸如《牡丹亭》《學堂》、《游園》、《驚夢》、《尋夢》、《拾畫》、《叫畫》、《硬拷》,《紫釵記》《折柳陽關》,《邯鄲記》《掃花三醉》,《南柯記》《瑤臺》,還常可以在曲社裏聽到。那麼,當時有那些人唱他的《四夢》呢?據他自己的詩文,可分爲曲友和優伶二類:所謂曲友,就是他的朋友中能夠唱曲的;所謂優伶,連宜黃的優伶在内,宜伶恐怕也就是他所養在家裏的家伶。曲友中有:

一、玉雲生　《玉茗堂文》卷六《玉合記題詞》云:"第予昔時一曲才就,輒爲玉雲生夜舞朝歌而去。生故修窕,其音若絲,遼徹青雲,莫不言好,觀者萬人。"玉雲生是玉茗青年時代的伴侣。《玉茗堂詩》卷九《第後寄玉雲生有懷帥思南》云:"深尊小拍近如何?興淺當年恨别多。秋幙有情留燕語,春林無那厭鶯歌。"

二、帥惟審　當即前引詩的帥思南。玉茗堂文卷六《紫釵記題詞》帥惟審云:"此案頭之書,非臺上之曲也。"又云:"帥郎多病……倖無能歌樂之者。"《玉茗堂詩》卷一,"《懷帥惟審郎中》"云:"帥生能造酒,酒色清如菜。高談常夜分,哀歌忽雷潰。"卷九又有詩題云:"初入秣陵,不見帥生,有懷太學時作,"可見他倆在太學讀書時,就填曲歌唱爲樂了。

三、謝九紫　《玉合記題詞》云:"九紫君之酬對悍捷,靈昌子之供頓清饒,各極一時之致也。梅生(按指梅禹金)工曲,獨不獲此二三君相爲賞度,增其華暢耳。九紫玉雲先嘗題書問梅生。梅生因問三君者,一來游江東乎?予曰:自我來斯,風流頓盡,玉雲生容華亦長矣。"

四、吴拾芝、曹粤祥、姜耀先　均見《紫釵記題詞》:"往余所游謝九紫吴拾芝(不知是否即靈昌子)曹粤祥諸君,度新詞與戲,未成而是非蜂記,訛言四方。諸君子有危心,略取所草,具詞梓之,明無所與于時也。記初名《紫簫》,實未成,亦不意其行如是。……姜耀先曰:'不若遂成之。'南都多暇,更爲删潤,訖名《紫釵》。……曲成恨帥郎多病,九紫、粤祥各仕去,耀先拾芝局爲諸生,倖無能歌之者。人生榮困,生死何常?爲驩苦不足,當奈何?"

優伶方面則有:

一、羅章二　《玉茗堂尺牘》卷六《與宜伶羅章二》云:"章二等安否?近來生理何如?《牡丹亭記》要依我原本。其吕家改的,切不可從。雖是增减一二字,以便俗唱,却與我原做的意趣,大不同了。送人家搬演,俱宜守分。莫因人家愛我的戲,便過求他酒食錢物。如今世事總難認真,而況戲乎?若認真,並酒食錢物,也不可久。我平生只爲認真,所以做官做家都不起耳。《廟記》可覓好手鐫之。"

二、于采　《玉茗堂詩》卷十七《聽于采唱牡丹》云:"不肯蠻歌逐隊行,獨身移向恨離情。來時動唱盈盈曲,年少那堪數死生?"

三、王有信　同卷《滕王閣看王有信演牡丹亭》云："韻若笙簫氣若絲,牡丹魂夢去來時。河移容散江波起,不解銷魂不遣知。樺燭煙消泣絳紗,清微苦調脆殘霞。愁來一座更衣起,江樹沉沉天漢斜。"

此外曲友和優伶唱四夢的當尚多,如《玉茗堂》詩卷十七《唱二夢》云:"半學儂歌小梵天,宜伶相伴酒中禪。纏頭不用通明錦,一夜紅氍四百錢。"卷十六說到"正唱《南柯》,忽聞從龍悼內傷之"云:"緣煙吹夢老南柯,淚濕龍岡可奈何?不道楊花真欲雪,與君翻作鼓盆歌。病酒那將心痛醫,白楊風起淚絲垂。可憐解得《南柯》曲,不及淳郎睡醒時。"

派別與腔調

玉茗最初大約是駢儷派。這可以拿他的《紫簫記》作爲代表。就是《紫釵記》,單看《折柳》一齣,用一支〔寄生草〕的曲牌,只形容得一個淚字,便可知他是怎樣與那鋪張的駢儷派接近。即以他的交游而論,如詩文中常有贈答的友人屠隆、學生梅禹金,也都是駢儷派。

若士青年時代,與呂玉繩大約是好朋友。如《玉茗堂詩》卷八面九有《即事寄孫世行呂玉繩》,同卷面二二又有《初秋邀于中父呂玉繩孫世行樂之初邸閣小飲》。後來爲了呂玉繩改他的《牡丹亭》,他倆才鬧翻了的。

有人說,湯顯祖曲子的唱法,"雖承襲海鹽戲的資產,其中畢竟滲合有弋腔的成分。可說是海鹽腔和弋腔的混合產物。"那麽,不合崑腔唱法,也不足爲病了。因爲他的班子本來就不是崑腔班,他也不是給崑腔班演唱的。

桃符記傳奇

《桃符記》傳奇的作者是明萬曆間的沈璟。沈璟是與湯顯祖對抗的吳江派的領袖。沈璟的《屬玉堂傳奇》雖有十七種，但我們所能看到的不過是《義俠》、《埋劍》、《博笑》三記算是比較普遍一些，其餘的就不大容易得到了。但最近我却看到兩種抄本的《桃符記》。呂天成的《曲品》上談起這部傳奇道："即《後庭花》劇而敷衍之者，宛有情致，時所盛傳。聞舊亦有南戲，今不存。"

這劇本的情節是：軍牢賈順，娶妻鄧氏。他的妻子與堂候官王慶私通。王慶對鄧氏說，有一個裴青鸞，她的父親病死，她的母親曾氏因為年歲荒旱，帶她到京城裏來。樞密傅忠買青鸞為妾，他的妻子雲氏很是妒忌，要王慶把她領出來，並且叫他把她殺掉。王慶要想叫賈順來殺青鸞，鄧氏替王慶想辦法。王慶叫賈順領青鸞母女到家殺掉，鄧氏却囑賈順放走青鸞母女，只取她們的釵飾。母女倆倉卒逃走，昏黑中在出城門時相失。青鸞走到黃公店叩門求宿。店小二因為有一個書生劉天義出外未回，便把他所住的地方留青鸞住。半夜，店小二要強姦她，她不從，店小二舉起斧頭恐嚇她，說是要把她殺死，立刻她就嚇死了。店小二就拿天義所寫的桃符板"長命富貴"一片，插在青鸞鬢髮上作為鎮壓，把她埋在後園的空地。

再說賈順騙王慶，說是已將青鸞殺死。王慶便盤問他。鄧氏又作證，說是賈順不曾殺死青鸞，實是把她放了。王慶便說賈順犯了大罪，不遵樞密的盼咐，要把這私放的事告訴樞密，藉端要挾，賈順要肯寫休書，讓他的妻子嫁王慶，王慶便可把這事給瞞起來。賈順知道這是王慶與他妻子串通的計策，口出怨言，要到開封府尹處去告，王慶與鄧氏便把賈順勒死滅口，投在後園的枯井裏面。賈順有一個啞巴兒子，目擊慘痛，雖是心痛，却無法說話。

汴京城隍說賈順的陽壽已終，並且頸子已被勒斷，無法還魂；不過城隍允許賈順在包公審案時，可以附在他啞兒子身上說話。青鸞命中是劉天義狀元的妻子，城隍就叫她到黃公店去與劉生相會。

天義回家，挑燈讀書。青鸞魂現，假意説是鄰家女子。天義便寫了一首〔後庭花〕詞送給她，青鸞和了一首。這天晚上，曾氏也住在黃公店，聽見她女兒的聲音，便推門進去，他的女兒忽然不見。曾氏以爲天義把她女兒藏了起來，便向開封府控告。

樞密傅忠索青鸞母女不得，便追問王慶，王慶説已發給賈順，賈順不知逃到什麼地方去了。傅忠大怒，也告到開封府包龍圖那兒。

包拯一日之間接到兩個訴狀，又有鬼魂訴冤，很是懷疑，便叫人把王慶捉來。啞兒看見，便報信給他的母親。包拯審訊天義，見青鸞詞中有云："不見天邊鴈，相親井底蛙。"知道青鸞已死，叫張千跟隨天義到黃公店，要天義等青鸞來，向她索取信物。夜間青鸞果然來到黃公店，將鬢髮邊的碧桃花送給天義。天義回到開封府，包拯叫張千到賈順家裏去，"有溝下溝，有井下井。"張千到了賈順家中，悄無一人，看見一口枯井，揭去石板，尋到一個蔴布口袋，其中有男子的屍首，啞子跟着哭泣，張千便帶他到府裏問，不能説話，只會做手勢，包拯便叫張千去捉他的母親。

碧桃花變成桃符一片，包拯叫張千尋找那丢掉桃符的。到了黃公店中，只剩下"宜入新年"一片，便把店小二捉住，審訊之下，知道了實情；店小二畏罪，尋了自盡。(《曲海總目提要》卷十三頁十一説店小二正法，與此不同。)包拯又審王慶，賈順的魂附在啞子的身上説："殺我父親的就是他！"王慶只得服罪，鄧氏也不能抵賴。包拯便判斷天義無罪，青鸞當牒請還魂，啞兒由富民養育，王慶定了殺頭罪，鄧氏定了剮罪。

以上就是《桃符記》傳奇情節的大概。我所見到的兩種鈔本：一種十七折，是《梨園公報》上刊登的；還有一種二十七齣，是精抄本，前八齣和二十四齣以下，都是《梨園公報》所没有的。

精抄本第一齣開場的〔滿庭芳〕説："天義劉生，青鸞裴氏，前緣合締幽婚，裴當窮困，隨母鬻豪門。主母無端酷妒，付豪奴致起紛紜。姦淫董勒財釋命，母女各離分。佳人投旅邸，不良備保，惡曜和平。遇才郎偕宿，冥約朱陳。老母沖開鳳侶，陷劉生縲絏羈身。神明尹，桃符勘破，理柱更諧姻。來者劉天義也。"

兩本相較，即使内容是相同的，分齣和牌名也不全同。《公報》本第二三折，精抄本合爲一齣，〔泣顏回〕多一個〔前腔〕，〔玉交枝〕前多一個〔尾聲〕，當以《公報》本分成二折爲是。〔好姐姐〕下也多一個〔前腔〕。《公報》本第四折〔六么令〕下，精鈔本多一〔前腔〕和〔東甌令〕。《公報》本第五折〔香柳娘〕下，精鈔本也多一個〔前腔〕。《公報》本第六折〔亭前柳〕下,精鈔本是〔蠻牌令〕、〔憶多姣〕和〔前腔〕。《公報》本第七折相當於精鈔本第十四齣,後者聯套是〔神仗兒〕、〔憶秦娥〕、〔山坡羊〕、〔前腔〕和〔尾〕。《公報》本第八折〔梁州序〕,精鈔本凡三疊〔前腔〕,這却是精鈔本來得對。因爲自從《琵琶記》以來,〔梁州序〕沒有不重頭三次的。《公報》本的兩個引子,只說是引子,精鈔本却指出這是〔探春令〕和〔菊花新〕。《公報》本第十折的聯套是〔神仗兒〕、〔滴溜子〕、〔前腔〕、〔前腔〕;精鈔本却是〔神仗兒〕、〔滴溜子〕、〔神仗兒〕、〔滴溜子〕,是子母調,回環往復,也要算精鈔本對。《公報》本第十二折〔青衲襖〕,精本作〔紅衲襖〕,青紅不分,這從《琵琶記》《盤夫》,就已經是這樣的了。《公報》本第十三折〔桂枝香〕、〔前腔〕、〔前腔〕、〔清江引〕,精本作〔桂枝香〕、〔前腔〕、〔大迓鼓〕、〔前腔〕、〔清江引〕。《公報》第十四折引,精本明注〔夜行船〕。《公報》第十四五折,精本合爲一齣。

比勘的結果,精本比《公報》本好得多。《梨園公報》本恐怕是伶人的臺本,精鈔本却出之知識分子之手。

沈璟傳奇輯逸

沈璟是明萬曆年間吳江派傳奇的盟主。關於這位在中國戲劇史上有名的人物，我曾在《讀曲隨筆》中寫過一篇《沈璟》，此外還有《沈璟的十孝記》和《桃符記傳奇》二篇。《十孝記》已經輯錄，本文便不再重引。沈璟的《屬玉堂傳奇》有十七種之多，結果傳世者寥寥無幾。不比湯顯祖，雖只有《四夢》，卻每一部都是傳世之作，至今崑曲演唱不衰；沈璟的傳奇能在舞臺上演出的，只有《義俠》一記，但唱清曲的仕女們卻不屑一顧；注重音律，蔑視才華，弄到如此結果，真是老沈始料所未及的！

幸虧沈璟的侄兒自晉在《南詞新譜》中替他保存了一些，我還可以搜集這些一鱗片爪，否則恐怕連這一點點輯逸工作也無從做起了。

我們且按照呂天成《曲品》的次序，輯錄逸曲：

一、《紅葉記》 這是根據唐薛瑩的《鄭德璘傳》而作的：《曲海總目提要拾遺》著錄此書，似乎清初尚存。〔南呂春瑣窗〕云："懷姜被，隔孟鄰，范張期應同古人。只怕阮生途困，到門題鳳，把嵇康窘。羨南昌仙尉韶顏，嘆京兆拾遺斑鬢。我與君谷口舊相親，豈同西第留賓。"大約這傳奇是沈璟的處女作，所以這支曲子像點鬼簿似的，列舉許多古人名，幾乎每句一典。他自己也說："字雕句鏤。正供案頭。"（一二：一六）可見他最初也是駢儷派；他的《紅葉》、《埋劍》，猶之湯顯祖初期寫《紫簫》，大勢所趨，未免要受感染。又〔商調貓兒墜桐花〕云："雨餘游冶，涼思動青袍。又不是濠梁同見招，無媒徑路草蕭蕭。統饅動兒枉惹笑，怎知佳人有意偏憐少。"（一八：三一）

二、《分錢記》 《曲品》云："全效《琵琶》，神情逼似。第一廣文不料有妾，事情近酸，然苦境亦可玩。"不知本事究竟如何。〔商調逍遙樂〕云："寂寞衡門裏，何幸吾兒漸崢嶸。孤窮極矣運將通。襄江渺渺，桂水迢迢，欲往相從。"（一八：三）

三、《鴛衾記》 大約這故事略近於唐許堯佐的《柳氏傳》，也許竟是當時的實事。〔仙呂勝葫蘆〕云："昨日銜恩下玉除，飛寫遠問祥符。卻念西臺為訪停驂

處,還疑此際,端笏螭頭侍鑾輿。"(一:五)

四、《四異記》 本事就是《今古奇觀》裏的《喬太守亂點鴛鴦譜》。《曲海總目提要》卷五引《笑史》云:"嘉靖間崑山民爲男聘婦,而男得痼疾。民信俗有沖喜之說。女家度壻且死,不從。強之,乃飾其少子爲女歸焉,將以爲旬日計。既草率成禮,男父母謂男病不當近色,命其幼女伴嫂寢,而二人竟私爲夫婦矣。踰月,男疾且瘳,女家恐事敗,始以他故,邀女去,事寂無知者。因女有娠,父母窮問得之,訟之官,獄連年不解。有葉御史者判牒云:'嫁女得媳,娶婦得壻,顛之倒之,左右一義。'遂聽爲夫婦焉,"〔越調梨花兒〕云:"又要巫家回說話,弓鞋尺二走得乏。教人望了這半夏,嗏,好把磕瓜頭上打。"(一六:一五)這一支曲子明注"先詞隱未刻稿",很是難得,大約寫的是中間人如媒婆之流正在爲兩家折冲,結果大約是打翻了梅醬。

五、《鑿井記》 此記留下逸曲約十二支,可說除《十孝》外,要算它最多。彙錄在下面:

〔仙呂一封羅〕云:"初年運丙丁,恨傷官破敗生。交寅運漸亨,又將臨卯運行。驟然榮貴,百般稱情。有兒皆顯,夫妻壽星。謁侯門不得完尊命。"(一:二八)這當然是算命先生對男主角的父親所說的話。

〔正宮普天帶芙蓉〕云:"荷垂慈如一體,把情愫陳丹陛。更蒙恩特賜新居,休沐去爲促佳期。封侯貴,布衣中已極。願從今以忠爲孝任驅馳。"(四:一〇)

〔正宮錦芙蓉〕云:"盼親幃,阻隔着不能奮飛。嚴父久拋離,破賊來多方問取消息。又非關流落在故里。莫不是遠播天涯,憐吾弟,別慈親久矣。幾時得鴈行階下戲斑衣。"(四:一二)這是兒子思父之辭。

〔南呂辭太師〕云:"休嘲,只爲家鄉路杳。怕他年歸去遭遇強暴。還因就學,與園公幼子爲曹。思着,他每年歲剛湊巧,還配你弱冠的兒曹。恩光炤無福可消,忙頓首階前謝得榮耀。"(一二:二三)

〔黃鍾滴溜兒〕云:"你那風狂的風狂的敢來搖鼓,敢是賊姦細賊姦細溷咱帥府。快說身名鄉故?幕中識認誰,有甚雄文壯武?威凜凜敢支吾,威凜凜敢支吾?"(一四:一二)〔黃鍾雙聲滴〕與上韻同,當爲同齣:"初開府,初開府,早得此雄威助。這是宗社福,宗社福。滅寇在朝和暮。與咱韜戈息鼓。銜枚捲大纛,拔營往赴,掣電教他不及掩目。"(一四:一三)

〔商調二賢賓〕云:"聞說起,搵不乾幾千行血淚。記父子夫妻完聚日,奈星河影動,一時瓦解星飛。結髮有妻,十五歲嬌兒失隊。還問你,與賈宅是何親戚?"

(一八：二〇)

〔仙吕入雙調桂花徧南枝〕云："要把吾兒提抱，切休推調。他時結髮重逢，要你伏低伏小。這籌兒要講，這籌兒要講，若還不肯謙卑，只是你緣不到。聞古人說得好，要家和須是大爲小。"(二三：一)

同調〔海棠醉東風〕云："偶自展，自身難認生來面。這分明是個帥府官員。請慈親少坐須臾，兒拜別薄游非遠。願勿挂牽，願妻孝賢，爭知此去相逢是幾年？"(二三：一四)

同調〔沉醉海棠〕與上曲同韻，當同在一齣内："荷天地神明見憐，使母子一家歡忻。願封侯見父，盡皆不爽神言。敢祈求祖代先靈，使幼子隨爹回轉。家積善，仗祖宗餘蔭，感動蒼天。"(23B：11)

以下兩曲也都同調同韻。〔江兒撥棹〕云："游子衣先破，慈親你怎穿？訪尋吾母乘君便，菽水糟糠奴當勉，藁砧遠出伊休怨。做女子難遮羞面，盡飢寒守自然，恁窮忽莫問天。"(73B：14)

〔五枝供〕云："尋思展轉，行後家中缺少盤纏。權將銀印典，兒目寄青錢。只怕神明譴呵莫浪言。我婦姑績紡堪供膳，今日牛衣泣，莫埋冤，待看龍節任兵權。"(23B：16)

所謂"事奇，湊泊更好"的《鑿井記》，只知道有些悲歡離合的情節，一家骨肉，由散而聚，兒子也做了很大的武官，詳細情節仍是不得而知，還待考證。

六、《珠串記》《曲品》云："崔郊狎一青衣，賦'侯門如海'詩，事足傳，寫出有情景，第其妻磨折處不脱套耳。"原來這也是據唐人小說改編的。〔仙吕望遠行〕一支也是詞隱未刊稿："三冬二酉，自謂文章魁首。萬里雲霄，六翮尚羈陽九。過了官道槐黄，早是旗亭柳瘦，辭不了郵程生受。"(一：三)《雲溪友議》云："崔郊秀才，蘊藉文藝。姑婢端麗。……姑貧，鬻於連帥。郊思慕無已。其婢因寒食出，值郊，立於柳陰，杳若山河。郊贈詩曰：'公子王孫逐後塵，綠珠垂淚滴羅巾。侯門一入深如海，從此蕭郎是路人。'"

七、《奇節記》《曲品》云："正史中忠孝事宜傳。一帙分兩卷，此變體也。"又於高濂《節孝記》下注云："陶潛之《歸去》，李密之《陳情》，事佳。分上下帙，別是一體，詞隱之《奇節》亦然。"〔仙吕小蓬萊〕亦"詞隱未刻稿"："良馬任從驅駕，諒千金市骨非夸。但凤蒙芻秣，垂韁報主，一念無差。"(一：一)

八、《結髮記》《曲品》云："是吾所作傳，致先生而譜之者。情節曲折，便覺一新。"〔越調浪淘沙〕也是"伯英未刻稿"："一葉忽驚秋，分付東流。殷勤爲過白

蘋洲。洲上人家簾半捲,誰識仙游?"(16:32)

九、《墜釵記》 故事來源是《拍案驚奇》第二十三卷:《大姊魂游完宿願》,《小妹病起續前緣》。〔雙調風入松慢〕云:"博陵族望著中原,七姓誰先?滿牀牙笏今不見,飄蓬隻影風前。漫說當年舞綵,愁聞永夜啼鵑。"

此外《合衫》、《分柑》二傳奇已只字無存。《十孝》輯逸,另有專文。《沈璟傳奇輯逸》,僅錄《南詞新譜》已足。他如《南曲譜》、《九宮譜定》、《九宮大成譜》等書所收,都遠不及《南詞新譜》;因爲《南詞新譜》是沈璟的姪輩有意要保存沈璟的曲子,自然他書所收,就遠不及《南詞新譜》數量之多了。其他五種,均有傳本。據松梟室《現存雜劇傳奇版本本記》云:"《埋劍記》,明金陵陳氏繼志齋刊本二卷,三十六齣,有圖十二;《雙魚記》,《繼志齋》刊重校本,三十齣,圖十幅,通縣王氏藏;《義俠記》,富春堂本、文林閣刊《傳奇十種》本;《桃符記》,內府鈔本;《博笑記》,明刊本。"許守白曾見《紅葉記》亦有明刻本。

總之,《屬玉堂傳奇十七種》除《合衫》、《分柑》隻字無存外,其餘存殘文十種,全本五種,(其中《桃符記》或許略有缺失)這就是沈璟傳奇遺產的全部。

(按:此文乃舊作。《紅葉記》現已發現全本,收入《古本戲曲叢刊》第三集中。統計應作"殘文九種,全本六種。"1957.6.30校記)

楊珽的龍膏記

楊珽據王國維《曲録》云："字夷白,錢塘人,"作有《龍膏記》和《錦帶記》,姚梅伯《今樂考證》誤作楊第白,且云《錦帶記》"一署四德堂作"也許是誤把刊刻者世德堂看成作者的名字了吧?

呂天成《曲品》把他列在"下上品",記載較詳：

楊夷白（所著二本）
《龍膏》 此張無頗事。往余譜《金谷記》。此君見之,謂龍宮近怪,易爲元載女,是亦一見也。然非傳（暖紅室本作"本傳"）矣。
《錦帶》 余述事乃假托,詞亦具有情致。

《金谷》當是《金合》之誤。因爲：一、據《太霞新奏》,呂天成作有《金合》,並無《金谷》；二、暖"金合"確是此劇主人公重要的媒介,沒有它張無頗與龍宮女或元載女是不能成爲婚媾的。所謂"本傳",就是唐裴鉶的《傳奇·張無頗》條,見《太平廣記》卷三百一十。(《情史》卷十九《廣利王女》條轉録之)

《龍膏記》易龍宮廣利王女爲元載女,因之元載便也成了重要的人物。所寫元載事多有根據。如第五齣《起釁》和第六齣《成隙》就是根據唐胡璩的《談賓録》的：

"郭子儀爲中書令,觀容使魚朝恩請游章敬寺,子儀許之。丞相意其不相得,使吏諷請君無往。邠吏自中書馳告郭公：'軍容將不利於公,'亦告諸將。須臾朝恩使至,子儀將行,士衷甲請從者三百人。子儀怒曰：'我大臣也。彼非有密旨,安敢害我。若天子之命,爾曹胡爲?'獨與童僕十數人赴之。朝恩候之,驚曰：'何車騎之省也!'子儀以所聞對。且曰：'恐勞思慮耳!'朝恩撫胸捧手嗚咽揮涕曰：'非公長者,得無疑乎!'"

第十六齣《賜玦》有云："(外)元載妻王氏,太后聞你賢淑,勅免汝死。着你掌管後官彤管事務,意下如何?(老旦)妾身二十年太原節度使女,十六年宰相妻,怎書得長信昭陽之事?……(外)叫左右,先把元載並妻王氏押往萬年縣,聽候審決,一面抄沒家產。"這一小節也有所本,就是唐蘇鶚的《杜陽雜編》:

"載被戮,上令入宮備彤管箴規之任,嘆曰:'王家十二娘子,二十年太原節度使女,十六年宰相妻,誰能書得長信昭陽之事,死亦幸矣。'堅不從命。或云上宥其罪,或云京兆笞之。"

楊玨借元載為廣利王,身份恰合,因為元載的宮中,也就和龍宮差不了多少,窮奢極侈,在《唐書》和《杜陽雜編》裏都有很詳細的記載。如青紫絲縧、金銀爐、金絲帳、卻塵褥、龍綃衣等,奇珍異寶,不勝備舉。元載女湘英似由瑤英轉來,瑤英是元載的愛妾。在《唐書》和《舊唐書》上,元載女的名字並無記載。

除了把龍宮的事改成人間的事以外,《龍膏記》大部分是根據《張無頗》寫作的:

第二齣《旅況》 "長慶中,進士張無頗,居南康,將赴舉,游丐番禺。值帥府改移,投詣無所,愁疾臥於逆旅,僕從皆逃。"

第四齣《買卜》 "忽遇善易者袁大娘來主人舍,(傳奇作無頗去買卜)瞪視無頗曰:'子豈久窮悴耶?'遂脫衣買酒而飲之,曰:'君窘厄如是,能取某一計,不旬朔自當富贍,兼獲延齡。'無頗曰:'某困餓如是,敢不受教!'大娘曰:'某有玉龍膏一盒子,不惟還魂起死,因此亦遇名姝。但立一表白,曰能治業疾。若常人求醫,但言不可治。若遇異人請之,必須持此藥而一往,自能富貴耳。'無頗拜謝受藥,以暖金合盛之,曰:'寒時但出此盒,則一室暄熱,不假爐炭矣。'無頗依其言。"

第七齣《聞病》第八齣《投膏》 "立表數日,果有黃衣若宦者扣門甚急,曰:'廣利王(傳奇作元載)知君有膏,故使召見。'無頗誌大娘所言,遂從使者而往。"此下將龍宮改作人間宰相府,不錄,總之兩書都是說龍膏治好了一個女孩子的病罷了。

第十齣《酬詠》 詩句相同。

此下傳奇曲折較多。小說寫廣利王發覺金合在張無頗處,以為是女兒私贈的,(其實是袁大娘盜來送給張生的)把女兒嫁給張生就算了。但傳奇卻不然,此後發生了很多的事故,元載很生氣,假意和悅地要張生代送一信給王縉,卻叫王縉結果了他，誰知張爲袁所救，並進京中舉。一面湘英恐父處死她，逃往其婢之母處。元載夫婦處死時，婢冒充湘英入郭子儀府。郭即以假湘英贅新中舉的張生。郭子曖到民間搶了真湘英來，囚之幽室。張生與婢因聞哭聲尋往，於是團圓大吉，這些情節都是添出來的。

　　傳奇任意增刪原來的情節，本無可議，但總不能相差太遠。其中把元載幾乎寫成了一個正生，(雖然是净扮)把郭曖寫成了一個花鼻子的小丑，(書中亦稱净)未免有點黑白混淆，邪正顛倒。照正史說，元載實是囊括民膏民血的蟊賊。魚朝恩是小人，他也不是正人君子。魚朝恩並未害死他，倒是他先把魚朝恩弄死，因此自居肅清君患之功，才目無王法胡作非爲起來的：

　　　　"魚朝恩驕橫震天下，與載不叶，憚之，雖帝亦銜恚，乃乘間奏誅朝恩。帝畏有變，載結其愛將爲助。朝恩已誅，載得意甚，益矜肆。"(《新唐書》卷一百四十五。又《唐書》卷一百十八稍詳，大意相同)

　　至於郭曖則《舊唐書》卷一百二十說他"尚代宗第四女昇平公主"。朱泚至，不從，辭以"居喪被疾"，以當時的倫理說，是頗知大義的，尚不至糊塗到搶掠民家婦女，(《新唐書》卷一百三十七大略相同)《情史》卷十二《情媒類》"郭曖"條說他爲了李端的詩做很好，就把婢兒鏡兒送給他，可見甚知風趣，不見得只懂千字文！

　　《龍膏記》幾乎全部駢儷，但其年代實在嘉靖以後。萬曆年間駢儷派已不甚行，楊珽可說是不識時。第二十三齣《砥節》郭曖云："我前日見搬琴什麼記的戲文，那故事你可記得麼？"衆云："是《琴心記》。"可見此劇系作於孫柚的《琴心記》以後。照現在的話來說，該是落後於時代的作品了。

四賢記

這是一本提倡舊禮教的戲,所謂"不孝有三,無後爲大。"最末下場詩云:"須信人生貴弄璋,更難妻妾並賢良。"大意謂元朝烏古孫澤無子,不欲娶妾;夫人杜氏替他娶妾王氏;王氏不與夫人爭妒,且焚香祝杜氏生子,杜氏果得一兒;兒子良禎受讀於王氏,敬如己母——一門四賢,故劇名《四賢記》。末齣〔尾聲〕云:"一門賢孝堪誇獎。"

此劇本事,多不合《元史》。慶童與徹里帖木雖均元史有傳,與烏古孫氏却並無關涉。《曲海總目提要》卷四辨之甚詳,此地不贅。《提要》稱此劇"流傳已久,當系元人之筆。"云:"徹里帖木兒首議罷科舉,天下士子觖望,無不痛恨徹里。作者力詆,恐亦當時舉子所爲。"似均揣測之辭,不甚可信。諸曲譜和《九宮正始》以及《永樂大典》戲文目中都沒有類似《四賢記》故事的名目,恐怕最早不過是嘉靖前後的作品吧?

《六十種曲撰人考》稱此劇爲《連環記》的作者王濟所撰,不知何據,不可信。

第十四齣《致歸》有山歌一齣云:"昨夜江邊春水生,艨艟巨艦一毛輕。向來枉費推移力,此日中流自在行。"

第三十四齣《請假》曲牌的聯套一部分是:〔入破〕第一、〔入破〕第二、〔袞〕第三、〔歇拍〕第四、〔中袞〕第五、煞尾〔出破〕——猶依稀可見唐宋大曲的形式,當是套用《琵琶記·辭朝》的。

此劇結構尚可,遣詞也平穩適當,但很少有精彩或出力描寫的地方。

跋"沈自徵的生平"

敦易兄根據葉紹袁等的《午夢堂集》和《天寥四種》中鉤稽出沈自徵的生平，考證和推測都很精密，極爲欽佩。現在把我所得到的材料，也寫出來，以供敦易兄的參考：

《吳江縣志》卷三十二"文學類"《沈自徵傳》云："沈自徵字君庸，國子監生。父珫，見《名臣傳》。自徵幼自負，喜談兵，爲大言。父授以田五十畝，乃笑曰：'吾家祖業恒豐，自父以清苦結百姓歡，載家租往餉官署，而先業墮焉。有世上男子而五十畝者耶？'一朝盡棄之，得二百金，購周親饗賓客立盡。天啓末入京師，遂游歷西北邊塞，窺其形勝，還而矗矗不置。於山川陸原要害，如視諸掌。居京師十年，爲諸大臣籌畫兵事，皆中機宜。名聲大振，而囊中亦累數千金。乃歸山，裝置房舍於府城之閶門，甚宏麗，置良田千畝，給昆弟宗族及故人數百金。已念早喪，未嘗一日養，盡取所置房舍田畝，歸釋氏宮，資母冥福。仍作寠人，隱於邑之西鄉茆屋躬耕，豁如也。崇禎七年葉紹顒巡按廣東，海寇劉香作亂，遣使問策。自徵密函授計紹顒，遂與平兩廣，受勅獎。十三年國子監祭酒某薦諸朝，以賢良方正舉。自徵曰：'吾肆志已久，豈能帶腰冠首，受墨吏束縛耶！'辭不就。明年卒於家，年五十一。自徵穎悟絶人，爲詩文立就，不一體，亦不録稿，故無集。惟仿元人爲《鞭歌伎》、《霸亭秋》、《簪花髻》三曲以自寓，友人刊之行世。友人咸目爲明以來北曲第一云。（參《啓禎野乘》）"

由上所述，可以解答敦易兄幾個問題：第一，敦易說自徵"落拓半生"，"轉客粵南，仍是飄蓬之局"，"晚年景況，要仍不免悽涼"，似乎說他不曾有過好日子；但據上面所引看來，似乎也曾闊過一陣，"囊中累數千金，裝置房舍於閶門，甚宏麗；置良田千畝，給昆弟宗族及故人數百金"。他是自己把房舍田畝送給廟裏替母親資冥福的。究竟這是否在替他裝面子，那就不得而知了。第二，敦易說："自徵是年已五十六歲，不知尚健存否。"但據方志傳略所云，則在五十一歲的時候就已經去世了。逝世的那一年是崇禎十四年，即西曆一六四一。由此推算，當生於一五九一,即萬曆十九年,辛卯。敦易的推算是不錯的。

敦易説:"他異母弟沈君晦,系江南義軍領袖之一,和吴日生等一起,兵潰杳無消息。自徵究曾否在國變前後,也去削髮僧服,更不可知。"其實自徵甚爲積極,他也是一個民族英雄,簡直是曲壇的辛棄疾!看他後半生的所作所爲,幾乎是一個武將。徐鼒《小腆紀年》卷十頁三三説:"陸世鑰字兆魚,以財雄於洞庭東湖。有十將官者,集衆千餘屯湖中。世鑰慮其爲亂,亦聚千餘人;名爲掎角,實防遏也。薙髮令下,鄉民駭愕。吏胥又魚肉之,民洶洶思亂。十將官因邀世鑰起兵殺吏胥。同郡沈自徵亦任俠士,造漁船千艘,匿于湖。自徵死,其弟自炳、自駉收其船以集兵,與世鑰相應。時義兵多劫掠,惟世鑰毁家充餉,部下妄掠一錢者,罪必死,故一軍獨戢。自炳字君晦,自駉字君牧。"

陳去病的《吴長興伯傳》中也講到沈自徵和他的弟弟:"沈氏有恢奇士曰自徵,知天下將亂,預造漁艘若干匿湖中,事未集而殁。及吴公(指吴日生)軍興,其弟自炳、自駉亦自史公幕歸,因以其艘佐公。又襲擊松江群盗沈潘等降之,并其軍得千四百人,益船七十,屯長白蕩。而自炳復造船五百,號箭艘,屯爛溪,并出入五湖三泖間,與公軍相掎角,多所殺傷。時北騎初至,俱不習水戰,而箭艘顧窄小多利便,往來施兩槳,則捷如飛,人不可測度。"

《吴江縣志》説自徵"爲詩文立就,不一體。"現在就把他的詩詞略舉一臠。朱彝尊的《静志居詩話》卷三十二云:"沈自徵字君庸,吴江人,副使珫子。舉賢良方正,不就。沈氏多才。自詞隱生璟訂正《九宮譜》,爲審音者所宗。而君庸亦善填詞。所撰《鞭歌伎》、《灞亭秋》諸雜劇慨當以慷。世有續《録鬼簿》者,當目之爲第一流。詩則嫌其稍平衍也。和施蜃山學博送别云:'苜蓿闌干春漸肥,榆關滇海鴈書稀。管城亦有封侯骨,磨盾看君試短衣。'"

沈自徵的詞,王昶的《明詞綜》録有一首〔鳳凰臺上憶吹簫〕閲《古今名媛詩集》云:"霧鎖春風,煙埋秋月,一生心事全休。恰雨窗弔古,檢點鴛儔。多少名姝珠淚,虚染就錦筆銀鈎。傷情處金環不見,玉葉空留。抬頭斜陽荒塚,原來是綺閣妝樓。悵塵縁雖破,夢境難收。説甚裁云好手,也幾度驚徹雞籌。沉吟久,知音罕嗣,若個能酬?"

關於沈自徵的胞姊宜修,妻子張倩倩,外甥女小鸞和小紈,《吴江縣志》都有記載,一並録在下面:

"沈宜修字宛君,副使沈珫女。工部郎中葉紹袁妻也。紹袁風流韶令,宜修十六來歸,生三女:長曰紈紈,次曰蕙綢,幼曰小鸞:蘭心蕙質,皆女秀也。宜修與三女題花賦草,中庭之詠,不減謝家。紈紈、小鸞皆不永年,宜修神傷心死,未幾卒。仲韶合妻女所著詩曰《午夢堂集》行於世。"

"張倩倩,自徵妻。自徵爲宜修弟,而倩倩即宜修之姑之女也。美而惠,無子,女乃宜修之季女小鸞,教育之。年三十四卒。工詩詞,作就棄去。小鸞記憶其數首。宜修爲作傳,並錄小鸞所記詩附傳中。自徵繼室李玉照亦能詩。"

"小鸞字瓊章,一字瑤期。四歲能誦《楚辭》,十歲侍母宜修初寒夜坐。母云:'桂寒清露濕',即應云:'楓冷亂紅凋'。後遂工詩,多佳句,兼善琴。能模山水,寫落花飛蝶皆有致,將婚而歿,年十七。"

"葉小紈字蕙綢,諸生沈永禎妻。幼端慧,與昭齊、瓊章以詩詞相倡和。後相繼夭殁。小紈痛傷之,乃作《鴛鴦夢雜劇》寄意,有貫酸齋、喬夢符之風。詩極多。晚歲汰存二十之一,名曰《存餘草》。情辭黯淡,過於姊妹二人。女樹榮,字素嘉,亦工詩詞,適葉舒穎,與吳鏘妻龐蕙孃善,所贈答盛稱於時。"

以上這些,我想,可以供給敦易兄作爲參考。

明末曲家沈自晉

一

　　散曲這一體裁是從元朝開始的。因爲蒙古族入主中華，漢人多屈沈下僚；既沒有力量反抗，又不願做他們的走狗或順民，因此形式是散曲，內容每每不是吟風弄月，就是隱居避世，很少有發揚踔厲的作品。稍稍不同儕類的，也不過是王和鼎寫寫幽默有趣的話，或是劉致罵罵貪官污吏，要想在元季求一個民族散曲家可説是難之又難的。

　　明朝的情形比較好一些，梁辰魚的《江東白苧》中似乎就有一篇長篇的散套，寫的是明妃的故事；雖是詠的古人，激昂慷慨，也許有些絃外之音。李開先的《南曲次韻》尤爲雄壯，使人感發；我且抄録四首在下面：

　　"陣堂堂，邊關萬里賴金湯。何人身貫黄金甲，坐擁碧油幢？盤龍路上煙如雨，射虎林梢月似霜。獸心難測，夷情不當，得提防處且提防。"

　　"淚潸潸，辭家上馬據雕鞍。雄韜未遂平生志，莫作等閒看。飄飄雪下鵝毛細，陣陣風來馬耳寒。平西域，逐北番，得生還處且生還。"

　　"鬢班班，愁聞邊塞對敵難。只須平把住黄花鎮，橫當了紫荆關。金戈耀日狼煙息，鐵甲沖風鳥陣閑。雕弓勁，畫角殘，得加餐處且加餐。"

　　"哭啼啼，非關心事有相違。只愁少個千人俊，帶個萬人敵。子卿仗節生歸漢，王蠋堅心死在齊。扶中國，拒北狄，得支持處且支持。"

　　但這些都是客觀的寫法，並不含有個人的抒情成分在内；也就是説，作者並不曾深切的感到痛苦，並不是從内心深處發出來的，頗似浮雕。真能感到亡國的痛苦和民族意識的散曲家，似乎不能不首推明末的沈自晉。我現在且就所能得到的手頭的殘缺不全的材料把沈自晉來介紹一番。

二

談到沈自晉,似乎應該先敘述一下他的生平。他是吳江人。《吳江縣志》卷三十三《隱逸傳》上有他的傳記:

"沈自晉字伯明,別自號鞠通生,太常漢元孫,明諸生。爲人謙和孝謹,工詩詞,通音律。乙酉後隱居吳山,年八十三卒。所著有《廣輯詞隱先生南九宮十三調詞譜》二十六卷,較原本益精詳。至今詞曲家通行之。子永隆字治佐,亦明諸生,從父隱居吳山,工詩詞。父遺產三百畝,自取其瘠者三十餘,盡以讓庶弟,宗族稱之。年六十二卒。族子永馨,字建芳,僉事瓚孫。年十三,值明亡,遂志於隱居,寄情詩歌,日與四方高士相贈答。有《通暉樓詩藁》行世,《輟耕堂詩稿》藏於家。"

沈家可以說是一門曲學,數代以來,作散曲與戲曲的人層出不窮,其中吳江派的創始人沈璟和《鞭歌伎》、《霸亭秋》、《簪花髻》的作者沈自徵,在文學史上尤爲有名。自晉自己的《廣輯詞隱先生南九宮十三調詞譜》(簡稱《南詞新譜》,有北京大學影印本)裏面搜羅了很多自己家裏的人曲子,列表如下:

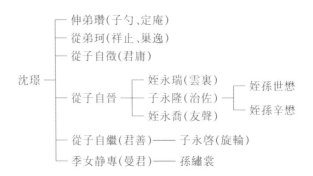

上表除了璟、自徵、自晉、永喬四人寫作傳奇外,其餘都只有散曲保留在《南詞新譜》裏。此外還有他們本邑的同宗沈雄(偶僧)和《丹晶墜》傳奇的作者沈君謨(蘇門)。以上還只是就散曲說的。其餘我們在《吳江縣志》卷二十四科第裏還可以找到沈璟的兒子自銓,字穉衡,後改名鶴臺,曾中舉人。同書卷二十八《名臣傳》裏沈璟還有一個兒子自鋐,"諸生,有文行,周忠毅宗建推重之。"卷三十二《文學傳》裏自南著有《樂府箋題》等,子永義(二聞)、永智(四明)皆工詩,孫始樹(景馮)

博學強識,文辭高古,朱彝尊推重之,以爲能世自南之業。自徵弟自然(君服)工歌詩。卷三十三《隱逸傳》裏自東(璟幼子,字君山)有《小齋雜制》十餘種,乙酉後杜門著述。卷四十六《書目》裏有自友的《綺雲齋稿》、自然的《來思集》和《閑情集》、自炳的《再棘堂集》、自駉的《亡友王君傳》、自藉的《嘯阮集》、自南的《酬贈草》、葉小鸞的《疏香閣遺集》以及沈静專的《頌古》和《適適草》。葉小鸞是沈璟的外孫女。沈家一門風雅,人才濟濟,真如《吳江縣志》所說,是"沈氏世有文采"了。

沈自晉尤其是其中的佼佼者。在《南詞新譜》的末尾,還附有《鞠通生小傳》,就是寫他的生平的。

關於沈自晉的生卒年,鄭震的《中國近代戲曲史》似乎只有一個推測:

"順治十六年鄭成功率兵擊瓜州時,袁于令適在杭,聞亂歸南京視衆族,路過吳江,訪沈自晉,互嘆衰老,兩人的年齡大概相差不多。"

現在我們從沈自晉自己的〔皂羅袍〕(壬辰九月,《七十自慰》,和壬寅《歲旦詠》,《八十自慰》)知道壬辰是清順治九年,壬寅是康熙元年。又從《吳江縣志》知道他"年八十三卒",那麼卒年該是壬寅的後三年,即乙巳,康熙四年,也就是西曆一六六五;由此上推,他的生年該是八十三年前的一五八三年,也就是明萬曆十一年。據孟森《心史叢刊》的考證,袁于令約卒於康熙十三年。壽在七句以上;那麼自晉卒於康熙四年,年八十三歲,可見二人的確是年齡相差不多的。

自晉的生日是九月十八日。〔皂羅袍〕有一首《誕日復自省》,《九月十八詠》。他又有〔二犯傍妝臺〕,題云:"丁酉仲冬,予年七十有五。"是年乃順治十四年。

自晉的確是老當益壯的。《七十自慰》云:"感得前身和尚,種些兒善果曰壽而康。只有頭顱白如霜,諸餘尚覺無他恙。耳堪遠聽,無煩絮將;目於燈下,能書細行,人前不作龍鍾狀。喜的是言詞條暢,更談鋒侃侃,不讓兒郎。步履身輕只如常,何須學古攜鳩杖?飲還薄醉,食無過忙。舌因柔在,齒不坏剛,杯盤濟楚無劣相。"首句注云:"前生和尚,金山老僧也。曾見夢於先大父云。"

三

我們現在再稍談他的傳奇三種。把他的民族散曲留在下一節講。

他的三種傳奇就是:《望湖亭》、《翠屏山》和《耆英會》。《望湖亭》有玉夏齋《傳奇十種》本。《翠屏山》有傳鈔本,恐不全。《耆英會》恐怕只能看到一點零星的曲子。

《望湖亭》的本事就是《今古奇觀》裏的《錢秀才錯占鳳凰儔》。這大約是沈自晉五十歲以前的作品。因爲《鞠通樂府》序上有這樣一節話：

"昔歲客武林，與郭子彥深遇於湖上，彥深曰：'音律名家近於子吳江而得二人焉。一即子家君庸氏，讀其《漁陽三集》，真北調之雄乎！其一即鞠通生，所著《翠屏山》，如芙蓉出水，《望湖亭》若楊柳因風，實當今南詞津梁矣。'……兄幼精舉子業，躓於棘闈，每不爲意。間作歌詩，成即棄去。……憶於燕市同譜諸盟讌習平康，賞《望湖亭》劇。時觀者如堵，坐中擊節，疑大手作，非古名家不能，恨不得拜其下風。予謂此予家伯兄作耳。伯兄家居著書，年故未艾也。則咸駭嘆。……弟自南謹題。"

序中所說的郭彥深就是《百寶箱傳奇》的作者。我們在《劇說》卷四上看到卓珂月的《百寶箱傳奇》引，先說"昔者《玉玦》之曲，風刺寓焉；刻畫青樓，殆無人色。嗣賴汧國一事，差爲解嘲。"後來說："必可以生青樓之色，唾白面之郎者，其杜十娘乎！此事不知誰所覼記，而潘景升錄之於《亘史》，宋秋士采之於《情種》，今郭彥深復演之爲《百寶箱傳奇》，蓋皆傷之甚也。"此劇《來鳳館精選古今傳奇》三集上《情俠集》曾選有四齣，題竺涇嘯客作。大約竺涇嘯客就是郭彥深的號吧？《望湖亭》中的《照鏡》一齣至今傳唱，王傳淞尤擅此，票友中如徐聯奎等亦多能者。

《翠屏山》在《綴白裘》上有六齣，等於《醉怡情》上的四齣，因爲前者每每把後者的一齣分爲二齣至三齣。《翠屏山》演《水滸》石秀楊雄事，大約是自晉的第二部傳奇。華傳蘋善演此，惜已於一九四二年患傷寒病死在嘉定。

《耆英會》在《九宮大成譜》卷三十二頁三、七、三〇、三七裏可以看到四支殘文。大約我們所能見到的，即此而已；我已收入拙輯《明清傳奇鉤沉》。（另外有一種同名的《耆英會》，敘文彥博事，乃清人喬萊所作，並非沈自晉作。）這《耆英會》大約是自晉晚年的作品。自晉的散曲集《越溪新詠》中有一首〔畫眉扶皂羅〕，序云：

"伯范長兄八十初度，諸昆弟約爲捧觴。適詞友虞君倩予作《耆英會》傳奇，爲其尊人稱壽。傳成且將汎往，歸期可待，賦此以訂。"

曲中有句云："漁陽鼙鼓下江東,寂寞玄亭老鞠通。遙憐有客問雕蟲,喜心且獵還能動。"所謂詞友虞君大約是金壇虞巍(君哉)。《南詞新譜》中也選有虞君哉的散曲。《耆英會》是與張鳳翼《祝髮》、《平播》一類的頌諛之作,其不能傳世,正是分有應得。

四

現在我們要轉入本題,談談沈自晉的民族散曲了。

自從甲申三月崇禎皇帝吊死煤山,接着吳三桂領清兵入關,第二年即乙酉年,沈自晉就住在自己家鄉的舊莊裏。他的〔六犯清音〕(旅次懷歸,乙酉冬寓子昂村舊莊)云:

"愁的我寒煙宿雨殘兵燹,愁的我衰草斜陽欲暮天。江山千古波縈翠,鑴興亡一旦歌狂酒顛,揮毫寫不盡登樓怨。梅含韻,柳待妍,羈人應想舊家園。好倩東風便乘帆,早放船。"

自晉象杜甫一樣,為了避難,只好從舒服的新莊,逃到比較破舊的舊村,當然是時常要想念常住的故居(即新莊)的。散曲集之一名叫《黍離續奏》,所寫的也正是禾黍離離之感。他的〔皂羅袍〕《小瓶梅竹詠序》云:"避亂荒村中,折得蠟梅幾朵,殊不成供,聊以竹葉一枝伴之。"又〔畫眉序〕"頻夢故里黯然賦此"云:

"客夢繞城東,迤邐還尋舊簾櫳。問歸程何必片影孤蓬?蝸封冷絕跡頹垣,蛛鎖斷驚心殘棟。笑他錯卻邯鄲道,空隨幻蝶迷蹤。"

又〔二犯月兒高〕亦題作《新居頻夢故里》。〔八聲甘州〕注云:"乙酉五月,予避亂於鄉;至閏六月,兵入江城,掠過同川。是日又倉皇東走,正二十四日也。"接着第二年丙戌又是逃難。〔漁家傲〕序云:"再亂出城,暮奔石里問渡。石里,西郊梅地也。丙戌正月十五之難。"其曲文云:

"急忙走身脫危城,又驚喧烽起戰場,怎知他燕雀嬉游嘆處堂。(〔剔銀燈〕)回頭看風鶴盡影響,泥踏步任把腳蹤兒安放。急打點着一家忙趨向,急竄逃再免一番兒摧喪。……(〔麻婆子〕)浪灘浪灘尋覓處,迢迢野渡航。幸有幸有船答應,紛紛取路忙,拋囊脫屐走如狂。"

凡有過逃難經驗的人,看了這段散曲,一定要說作者是寫實如繪,情景宛然在目。但是,誰使我們的曲家逃難的呢?還不是侵略我們的敵人麼?

因為異族入主中華,所以沈自晉最着力表現的就是不做漢奸,不做新貴。他的〔皂羅袍〕"誕日復自省"寫有七個大字,就是:

"自憐清節無彫喪。"

同樣,他對於他的兒子們也有如此的期望。他的〔金絡索〕"四兒詠"云:

"更堪憐弱小頑豚,略教他兔穎成文,做不得貂錦新朝俊。"

第四個最小的兒子只要稍微認得幾個字,寫得通文章就行了,還是不必去做什麼新貴吧。又〔解三酲〕"久雨乍晴,同大兒子一步春畦,感懷賦此"云:

"譬如我血濺戈矛,等閒如刈草;譬如我風雨沉埋何處招;譬如你圖南不返迷荒徼,使我窮淚眼望歸軺;譬如你紛華未斷還來入市朝,使我愁見蒙茸一錦貂;今番好,喜的是承顏無恙,洗耳能逃。"

他的孩子們到底能繼他的大志,保守他們的節操,仍舊穿着漢朝衣冠,不穿那錦貂裘。這是最值得我們佩服的。

沈自晉的《鞠通樂府》共分三輯,即《黍離續奏》、《越溪新詠》和《不殊堂近草》,有《飲虹簃叢書》本,所說的與民族文學有關的,不是寫逃難的流離之苦,就是寫不做漢奸和新貴的節操。

至於以行動來抗敵的,就是他的弟兄自炳(君晦,副使沈玖子)和自駉(君牧),都是他的弟兄。他們打造漁船五百艘,出沒水中,常作游擊戰,最後終於與吳易的軍隊聯合一起,因勢孤投水而死,與自晉可說是互相輝映的。

沈自晉的散曲除《飲虹簃叢書》所收的三種以外,還有這三種書中所不曾收入的,約套數九,小令五,列目如次:

〔醉扶歸〕　　　喜萍踪一葉相逢乍　　　紀情
〔四季花〕　　　驀地把慾擔　　　　　　題情
〔字字錦〕　　　江東送彩船　　　　　　贈月來

〔金梧桐〕　　　　　相思本自雙　　　　　詠相思曲
(以上並見《吳騷合編》與《太霞新奏》)
〔白練序〕　　　　　晴霞起　　　　　　　詠美人紅裙
〔集賢賓〕　　　　　無端尺水　　　　　　絕蟾姬代人作
〔黃鶯兒〕　　　　　晴閣曉推窗　　　　　西湖即事
〔醉歌小帳纏春姐〕　想着想着　　　　　　偶題
〔巫山十二峯〕　　　一片情雲引弄　　　　序夢
(以上見《太霞新奏》　共套數九)
〔玉芙蓉〕　　　　　貞姿染墨妝　　　　　題美人畫竹扇面
〔懶畫眉〕　　　　　草綠平堤　　　　　　斷橋閑步
〔一江風〕　　　　　臂雙鉤　　　　　　　詠鉤臂
〔大勝樂〕　　　　　喜春宵一刻千金　　　閨思
〔三學士〕　　　　　歌舞宮娃　　　　　　弔古
(以上見《太霞新奏》　共小令五)

《吳騷合編》和《太霞新奏》是明末人所編，當然沈自晉的這些作品是早期的，也就是在三種散曲集以前的作品。即就這些題目來看，也可以知道大部分都是無聊作品，不能與後來的三種相提並論的。

凌濛初的衫襟記

日前借來一部凌濛初的《南音三籟》，其中收有凌濛初自己的傳奇《喬合衫襟記》五套，甚以爲喜。此書大約是初版，所謂"椒雨齋主人點參"，大約就是凌延喜的刻本。潞河王立承跋《拜月亭記》，説起"《喬合衫襟記》見《琵琶記》序，疑即《顛倒姻緣》，抑另是一曲，無可考。"我認爲《顛倒姻緣》當另爲一劇，決非《衫襟記》。而凌延喜所寫的是《琵琶記》"跋"，非"序"；云："古曲有必不可移動處，遵守恪然，而可一按者竟蔑之若無，不一考索。余向爲憤懣，没由正之。會同叔即空觀主人度《喬合衫襟記》，更悉此道之詐。旋復見考覈《西廂記》，爲北曲一洗塵魔。因請並致力於《琵琶》，以爲雙絶。"

聽説《衫襟記》有傳本，王孝慈曾經見過，（見武進涉園陶瓦鑑藏明版書目）可惜我不曾見到。但《南音三籟》中能保存五套，已是很難得的了。該書《藏曲下》頁一九云："此即空觀所度傳奇，即陳妙常事也。緣《玉簪記》失其本情，舛陋可厭，故爲重翻而更新之。聊選數曲，以見一斑。此其《題詞》折也。知音者試以較之《玉簪》之詞何如。置之於此，亦以位置自難誣耳。"我且把這五齣抄録於後，聊以嘗鼎一臠：

一　題　詞

〔商調二郎神〕從來此，嘆花容付空中枉自。閃去青春緣底事？淒涼境裏，無端誤了芳姿。聽敗葉瀟瀟聲過耳，羞殺人孤單舉止。意難支，悄一似登樓去了梯兒。

〔前腔〕尋思，由來麗美多情種子。那個不和調琴瑟事？誰人似我，生生的連理無枝。陡遇風流忒浪子。夸殺他人間少二，甚因兒，怎害的無頭亂縷如絲。

〔集賢賓〕韶華隊裏年少姿，更含笑迷睁，不管傍人憔悴死。聽他言語也三思，將人暗指。恁的個一雙誰似？難動止。盡伶俐盡來安使。

〔前腔〕無情暮雨燈上時，更鐘聲遲速參差。分去淒涼相共爾，兩心中多少嗟咨。閑愁正始,又早耐黃昏至。空叩齒。這凡念愈然難死。

〔黃鶯兒〕無緒把頤支,向孤衾懶睡時,幾番收頓閑情思。奈青年怎支,奈芳心怎支,早難道西風消了黃花事。勉題詞,圖他遣悶,剛念轉已如斯。

〔前腔〕無話淚痕滋,盼清秋可費思,那堪梭擲流光駛。寫春情那詞,寫芳心那詞,是心情都付與迴文字。想喬廝,向東牆滿目,有美至於斯。

〔琥珀貓兒墜〕鸞箋題罷,猛可意何之。難道你是個追魂掌命司,那方尋取魔鬼。孜孜,怎當得遣去還來,節外生枝。

〔前腔〕等閑胡想,豈敢便因而,落得腌臢減玉姿。那瞞明鏡一些兒。嗤嗤,多應是命裏生來錯了干支。

〔尾聲〕生憎冤債逢蕭史,海角天涯有盡時。怎做得桃李春風牆外枝。(卷下頁一七)

二　得　詞

〔中呂泣顏回〕兀的不閑殺馬相如。任把琴心挑取,文君無主,姻緣遽難相許。他粧喬撤古鳳求凰,擔閣了當鑪譜。既生成敵手棋逢,怎寧耐待賈沽諸。

〔前腔〕躊躇。他意兒裏定何如?待道你無情推阻,等閑眉宇。春心有時描出機關惹處。敢應承約也常居五。待孜孜熱話勿答,又生生冷面枝梧。

〔石榴花〕登壇那日覷着恁喬模,似回絕了似水如魚。到得下壇周折步徐徐,娉婷樣子,猶古自內家姝。想其間巧言亂紫朱,料伊家打熬不去。他聰明性自關心,豈模糊?粧不就檀口說虛無。

〔前腔〕終朝廝趁,不是偶須臾。早難道野鴛鴦打不上羅敷。況今才貌恰相符,陽臺路上豈可任荒蕪?多應礙他赸眼拘,料伊家有心難吐。秀才價盡癡心盡沒福,管須君子斷其初。

〔太平令〕學弄嚚虛,喬作相探往覷渠。若教一見非投梭,驀承望共歡娛。

〔前腔〕特訪仙姝,忙報尊師莫囁嚅。盈盈又隔銀河許,這消渴豈能除?

〔撲燈蛾〕却將供狀招,祆廟火難住。假乖脫塵凡,春心暗藏新句也,孤男寡女,月下老該久銓除。你如今真心自吐,平空的口中投下會親符。

〔前腔〕漫將原調賡,都來合心語。這詞是良媒,怕不是赤繩有簿也,我是班門弄斧。倒做個先唱隨夫。盡平銷愁城怨府,勾涂抹幾時,朝夜短長吁。

〔尾聲〕今朝覓着桃源渡,此夜巫山那問途,真個是腸斷蕭娘一紙書。(卷上頁四六)

三　心　許

〔仙呂入雙調步步嬌〕俊美才郎憨忒恁,浪逞風情甚,喬將語話侵。意底埋藏,惹下人擷窘。一片道家心,反供你一抹胡廝唗。

〔前腔〕半紙多情迴文錦,是否姻緣審？將伊款狀緘。仕女場中,到了烟花任。帶笑莽相臨,管教你一霎裏生寒噤。

〔忒忒令〕法門中清規自森,閑亂語也須聲噤。奈何出話便撩人？忒甚。咱道你讀書人識高低,知時務,心坎裏不細審。

〔沉醉東風〕我傷秋返吟復吟,料知客孤眠獨寢。多一樣少知音,可教人怎,各閑着半邊衾枕。非關話侵,實由縈心。時光彈指,怎前程付溺淫。

〔園林好〕你緣何將人逼臨？看咱做紅裙誨淫。似這般顛狂一任,拴不住那癡心,拴不住那癡心。

〔江兒水〕知客何須怒,從容且量斟。你分明親許同鴛枕,也道書生忒福蔭。如何到此還澈沁？爭奈凡心偏甚,何必粧喬,閃得我一身難禁。

〔尹令〕不合偶將語滲,奈他扭成符讖,只落得氣吞聲飲。滿腔自承,說甚麼嬉游翰墨林。

〔品令〕婚姻那符,一字值千金。赤繩繫矣,何須再沉吟。可憐我腰如病沈,幾椿兒都緣恁。佳人才子,只合向翠紅鄉投贄。早判佳期,這段恩情似海深。

〔豆葉黃〕我下場頭沒奈只得說與真心。我本是個閥閱名家,因離亂到觀中經稔。不比閑花浮蕊,柳營月陰。相邂逅把賤軀輕失,倘明月蘆花甚處相尋？

〔川撥棹〕咱和恁美前程一片錦,聽你言都是中忱,聽你言都是中忱。好男兒誰甘負心？這機關吾自斟,這擔當吾自任。

〔嘉慶子〕你終身結果能力任,敢愛惜微軀洽瑟琴？得托君家麻廕,脫珮履與冠簪,免玉瘞與珠沉。

〔尾聲〕臨行執手佳期審,得便宜詩對會家吟。詞呵,謝你個良媒綫引針。
（卷下頁五九）

四　佳　期

〔商調水紅花〕昨宵相訂探春光,興顛狂。歡娛難量,從新除授楚襄王。過東牆,無人來往,料他倚門兒凝望。獨對燭兒光,教人移步意洋洋也囉。

〔前腔〕天台初約待劉郎,意難忘。神思恍惚,微聞彈指隔紗窗,是伊行,含羞一晌。且喜更闌人靜,受用足夜兒長,相攜含笑入蘭房也囉。

〔鶯兒皂〕才貌恰相當,領春風喜欲狂。等閑好事從天降,蓬萊在那方?桃源在那廂?是風流占盡無謙讓!滿懷僕倖,離消俊龐。幾多珍重,今朝付郎,沉沉擔子輕輕放。

〔琥珀貓兒墜〕春生幃帳,夢亦為花忙。暢好盡蘇州刺史腸,從今證果了小潘郎。雙雙,不知此夕何年壘就高唐。(卷下頁四五)

五 趂 會

〔商調山坡羊〕意茫茫無端冤業,悶懨懨心腸惡劣。亂紛紛不耐煩的情懷,急煎煎分外生枝節。空自咽,向誰把滋味說?但嘗酸便覺稍寧貼。沒處思量,好難打疊。周折,想多應害那些;差迭,又何曾曉這些。

〔前腔〕遠迢迢長安游謁,杳漫漫音書沉滅。黑魆魆難料度的利名,眼巴巴盼不到的孤行客。他名幸捷,做人便能做徹。倘然姓字成虛撇,作甚機關來相帶挈。周折,滿圖他死共穴;差迭,生將人斷送也。

〔鶯集御林春〕聽言你邐還車轍,見情厚意切。我舊恨新愁堆下些,但聲出痛喉仍咽。我忙來覷你,只合兩人重對歡悅。你何故恁悲啼,好難忖量,莫非怨拋撒?

〔前腔〕明知你用情稠疊,豈心事見別?奈鬼弄狐由惹下些,今日個上樓梯拽。渾將謎語,教我百般酬度難裁決。你何病恁愁煩,怎不向恁男兒細分說?

〔前腔〕如今把病根饒舌,我心亂智竭。為甚裙腰窄下些?下場頭請看供牒。這何難搖把,如今權自捱時月。我春榜得題名,管教指日成合枝葉。

〔前腔〕功名事未知真捷,我身兒裏較別。眼底旁人窺下些,生生地便招唇舌。你何須過情,便萬般顛窘能團捏。些個事又何憂,商量出落,我心中自疼熱。

〔四犯黃鶯兒〕聽說罷心裏少寬貼,願靈丹可救徹。省得眼睜睜獻出風流業,嚇得人打呆,閃得人害跌。兩情詞幾做了勾魂帖,甚計分解生揉磨滅,仗得蕭郎剖決。

〔前腔〕名利事旁掣,美恩情枉夢蝶。想煞人當日倉惶別。待不得榜揭,等不得報捷,急回頭要正本西江月。意外愁緒,心中虛怯,管取今宵盡徹。

〔尾聲〕夢魂惚還驚絕,趁心窩到了個疼人骨血,將一個壘就了的愁城打破也!(卷下頁三五)

馬佶人的荷花蕩

貽白贈我一部《荷花蕩》。這兩天抽暇取出來看完了。關於此劇的作者，清初高奕的《新傳奇品》云："馬亘生，吳縣人，五陵年少，白眼調人。所著傳奇三本：《梅花樓》、《荷花蕩》、《十錦塘》。"姚梅伯《今樂考證》著錄八云："馬亘生四種：《索花樓》、《荷花蕩》（一名《蓮盟》）、《十錦塘》、《梅花樓》。亘生吳縣人，或作更生。案《荷花蕩》刻本署上黨擷芳主人編。或云《索花樓》只《梅花樓》，姑俟考。"《蓮盟》似《墨蓮盟》之誤。刻本的署名的確是上黨擷芳主人。惟暖紅室作"明刻原本"，那麽馬亘生似是由明入清之人，而《荷花蕩》是在明季時的作品了。上黨郡乃山西長治，上黨縣乃江蘇宿遷或安徽蕪湖西南。或許作者不願出名，故意這樣寫，也未可知。王國維《曲錄》云："《梅花樓》一本，《曲海目》作《索花樓》。"那麽，姚所寫"只"當爲"即"字之誤。王氏又據《曲海目》定馬亘生名佶人，更生爲其字。《十錦塘》本事見《曲海總目提要》卷十九頁三，關目也和《荷花塘》一樣的用過一番苦心。大約作者爲蘇州人是確實可靠的，《荷花蕩》所寫，正是本地風光。各劇均以花爲名，《十錦塘》實以梅花爲背景，《索花樓》更不必說，無怪乎作者要自署爲擷芳主人了。作者的生平無可考，但據《新傳奇品》評語所說，"五陵年少，白眼調人"，頗像《荷花蕩》中所寫的李夢白。說不定作者自己也是風流自賞，喜歡挾妓的浪漫人物吧？作者敘徐燦"九歲馳名庠序，直至八十應試不第，遂哽咽而死"。第七、十、廿三齣都寫得很著力，也很沈痛。說不定作者自己也是科名不第的人呢！

倘若此劇果如劉鳳叔所云，是"明刻原本"的話，那麽其中兩點頗值得注意：第八齣丑云："且住，我們先打一套十泛去何如。（作打樂器介）（〔醉太平〕）鐃聲鼓聲，弄管調簧，荷花深處逞其能，按宮商實可聽。"按，十泛即十番。倘若《荷花蕩》是明本，那麽明朝就有十番，並非是從清朝開始的了。其次，第二十二齣敘演《連環記》，副末家門只說不唱，說到"柔以制剛，遂成嫌隙，反間裙釵事竟成。除元惡司徒妙算，（內云）海宇賀昇平。那來者非別？（內云）誰？（末）王司徒是也。

交割排場,緊做慢唱"。接着就是王允上場。或許明末演戲,果真是這樣的情形吧? 按,《荷花蕩》一名《墨蓮盟》,另有《玉夏齋傳奇十種》本,《中國近世戲曲史》作"明末清初(?)刊本,"也不曾作一個確定。但鄭振鐸的《西諦所藏善本戲曲目錄》却是逕稱爲"明末刊本"的。

《南詞新譜詞曲總目》云:"馬更生《梅花樓》(名佶人,字吉甫,吳郡人。)""字吉甫"是他書所不曾提及的。《梅花樓》不易得。《南詞新譜》卷一頁二六引有〔桂香轉紅月〕一支云:"芳魂何所,將情傳訴。他爲你見彼羈縻,怕你因他摧挫。倩鰍生寄語,鰍生寄語深閨婦。今已仗劍平戎,出關平虜。苦特地慰嬌娥。霜殞紅顏,玉埋在黃土。"

明代二戲曲家小考

一　所謂女曲家顧采屏

王國維《曲録》卷四面一二八（《增補曲苑》本）著録《摘金圓》傳奇一本云："明閨秀顧采屏撰。采屏，崑山人，《歷朝詩集》有顧氏妹，崑山顧茂俊之妹，雍里方伯之女嫁孫僉憲家爲婦，甚有才情。案，方伯及茂俊兄弟均善制詞曲，則采屏或即其人歟？"

這一節話完全説錯了。

按，沈自晉《南詞新譜》卷首《詞曲總目》有《摘金園》一種，注云："傳奇，顧來屏作。"可見"圓"乃"園"之誤，"采"乃"來"之誤；園圓和采來均形似，以致王國維把男性也認成女性了。《詞曲總目》又有《顧來屏散曲》，注云："曲名《耕煙集》。"可見顧來屏除傳奇外，還兼擅散曲。

《南詞新譜凡例續紀》云："適顧甥來屏寄語，曾入郡訪馮子猶先生令嗣贊明，出其先人易簀時手書致囑"云云，可見來屏是自晉的姪婿，稱甥不稱甥女，一定不是閨秀。

更有一個有力的證明，就是《詞曲總目》裏還有《沈幽芳散曲》一條，注云："名蕙端，沈巢逸孫女，伯明姪，卜大荒甥，顧來屏内人，所著詩句均未收列。"

按，《摘金園》僅存一曲，見《南詞新譜》卷一八，頁二二："（〔集鶯郎〕）（〔集賢賓〕）郊寒島瘦驀地更，奈愁陣心兵。〔鶯啼序〕苦窮途萬點風飄，聽無聊寒雀哀鳴。休説是芭蕉畫景，憶别去堤楊垂映。〔二郎神〕淚眸凝，打帽兒成珠，兩袖凌冰。"後來《南北宫詞九宫大成譜》卷五十八頁十三和《南詞定律》卷十頁五都照樣地録下這個調子，因爲這個集曲是由顧來屏創始的。"郊寒島瘦"本指中唐詩人孟郊賈島的作風和特徵，現在竟作爲普通的郊野和島嶼來解釋了。

顧來屏的散曲集《耕煙集》在《南詞新譜》裏留下了四首。〔解封書〕"咏宿蝶"云："〔解三酲〕倩春風舞衣堪惜，肯亂逐野蜂游戲？寧神且向花間息。板兒歌倦栖栖。敢是圖成滕閣今已非,一任粧罷唐宫渾不知。〔一封書〕斂香肌,莫紛飛,免得翠袖兜籠輕受欺。"《勝寒花蘭閨悼亡》云:"(〔大勝樂〕)瑶琴斷空對芳蓀,對芳蓀思美人。(〔瑣窗寒〕)桐風漸冷,楚騷傷神,怎得個香魂葉夢,英葵粧鬢,只愁他路漸難引。(《奈子花》)幽韻,愁我室莫同作紉。"《繡針綫》云:"(〔繡帶兒〕)看尾外層戀翠拱,晴天暖溶溶。鎮援琴想帝子湘南,空詠絮有謝女江東。〔針綫箱〕盼殺人蘭槳汛汛桃花水,惱殺人鐵馬燕子風。是《離騷》草恨新封,子弟愁多宋。"〔六犯新音〕云:"(〔梧桐樹〕)前生弄玉胎,今世飛瓊態。到此黃昏,疑是巫雲采。非花霧心中揣。天與多情也命裏該。(〔東甌令〕)三生打算酬誰債?算不盡相看愛。休言露水少恩哉,悄地話乖乖。(〔浣溪紗〕)為雨來,傾城色。等身全也难將強買,不枉了天寬地窄多年耐。因得個鳳渴龍孤一味諧。(〔劉潑帽〕)氤氲含受名香拜,積悶懷,到這裏都通泰。(〔大迓鼓〕)歡腮能愛才,鶯膠從此不許分開。潛踪準擬時交亥,銀燈落地會芳齋。(〔香柳娘〕)喜飛來小鞋。無痕即苔,教誰迎鸞?"

　　王國維《曲録》説起《摘金園》引自《傳奇彙考》,也是誤記。其實該書並没有著録這一本傳奇。

　　要説女曲家,顧來屏的太太沈幽芳倒可以算數。《南詞新譜》録她的散曲二首。《全括落粧臺咏佛手柑》云:"(〔金梧桐〕)兜羅一握香,分現金身樣。把玩秋風,豈承露仙人掌?來從祇樹園,指點成千相。不須拳作魔,却撮合慈悲向。(〔傍粧臺〕)可也拈花一色晚離黄。"〔封書寄姐姐〕詠紡紗女云:"(〔一封書〕)他娘在錦機,促鮫梭呼緯急。停針響繡帷,學蠶絲蠶疾。似你蜂簧吟柳絮,兩腋風生冷怯衣。(〔好姐姐〕)姜勞矣,不比半天鞦韆戲,敢月暈嬌娥吐在圍。"

　　沈幽芳的祖父是沈珂,字巢逸,亦能散曲,《南詞新譜》録他的〔太師接學士〕云:"(〔太師引〕)禪窟中藏其用,可知他内典恁通。早撑達古今青史,却同塵得柳下和風。〔三學士〕喜是煙縈胸谷昏安枕,月映心城度曉鐘。錫飛敢應支道種?等閒話身世空。"

二　所謂梅映蟾傳奇

　　王國維《曲録》卷五末,録有莊親王《九宫大成南北詞宫譜》所載清人傳奇四十二本(實為四十一本)。其中有"《梅映蟾》一本"。這"《梅映蟾》"是不是傳奇呢?

　　原來這"《梅映蟾》"見《九宫大成譜》卷五十八頁四〇,所收的是〔二集山坡羊]:"慘昏昏虹橋星漢,亂昏昏雪灘荻岸,冷搖搖潭移塔尖,閃離離草掩宮牆燦。鄰空巷半刪,日瘦門嘗晚。苔蘚初開,逼窄的侵蘿蔓。遙連畫棟,飛浦雲南,接不接,攬不來,我空凝盼,因此撇離半載半載心腸爛。花間纖纖蝶粉乾,雲間寥寥鴈影寒。"按照《九宮大成譜》例,如果不是傳奇,便寫作"散曲";並且,從來沒有刊載傳奇,不載傳奇名,反而載上傳奇作者的姓名的。由此看來,莊親王等的確是把"《梅映蟾》"當作傳奇名看待;王國維編《曲錄》,照樣抄上去,並不能算錯,至多只能說是失檢。

倘若我們一檢沈自晉《南詞新譜》卷十八,便知道梅映蟾實在是曲家的姓名,並不是傳奇名。這一支是散曲《代友寄別園亭》裏面的。卷首作者姓名並注明:"梅映蟾,名正妍,吳江人。"那麼,這曲家姓梅,名正妍,字映蟾,是吳江人,有名有姓有籍貫,散套有題目,《南詞新譜》上面說得清清楚楚。有此証明,我們該不至於再誤會梅映蟾是傳奇名了吧?

雜劇三編與無錫曲家

《雜劇三編》是無錫人鄒式金編纂的,他自己是無錫人,因此所交游的曲家也以無錫人爲多。因此,這部書中的曲家有不少是無錫人,也有些是無錫附近的常州人。我們看上元周暉的《金陵瑣事》和江寧顧啓元的《客座贅語》,知道其中所敘,大半都是南京曲家;現在也一樣,在無錫鄒式金的《雜劇三編》裏,其中所收,也大半都是無錫曲家或無錫附近的常州曲家。

《雜劇三編》共三十四卷,每卷一劇。卷五是鄒兑金的《空堂話》。《無錫金匱縣志》卷四十《雜識》記鄒兑金軼事一則云:"鄒叔介兑金崇禎丁丑公車北上,渡江,泊舟金山,狂風大作。叔介見有覆舟,招手疾呼,出金援救。衆操舟競渡,活十一人,獲死屍十九。復捐三百鍰,設救生船二十餘艘,號紅船。至今好善者踵行之。叔介費資既罄,竟歸,不復赴試。子即殿撰忠倚。"按同書卷三十九《藝文志》鄒忠倚著有《雪蕉集》。

卷二十九是孫源文的《餓方朔》。焦循《劇説》卷三云:"余嘗憾元人曲不及東方曼倩事,或有之而不傳也。明楊升庵有《割肉遺細君》一折,又茅孝若撰辟戟諫董偃事,皆本正史演之。唯笨庵孫源文《餓方朔》四齣以西王母爲主宰,以司馬遷、卜式、李陵、終軍、李夫人等串入,悲歌慷慨之氣,寓於俳諧戲幻之中,最爲本色。"《無錫金匱縣志》卷二十三《忠節孫源文傳》云:"孫源文字南宫,繼皋幼子,諸生,有至性,善飲酒,好讀書。其學經史百家,無不畢覽。軀幹短小,服古衣冠。慷慨語天下事,或古今成敗,莫不窮其源流。崇禎十七年,聞京師陷,帝死社稷;源文行坐悲泣,無間晨夜。及秋賦《聞鴈詩》曰:'少小江南住,不聞鳴鴈哀。今宵清枕淚,知爾舊京來。'未幾咯血音瘖,淚盡而絶。乾隆四十一年賜入祀忠義祠。"又,同書卷三十九孫源文著有《晴天屐》和《笨庵集》。

孫源文的好朋友就是黄家舒。《雜劇三編》卷三十録有黄家舒的《城南寺》。《錫金識小録》(乾隆十七年序,黄印輯)卷十四《聽社十七子》條云:"與幾社復社遥相應和,有合刻《十七子社稿》行於世。"在十七子姓氏中,黄漢臣家舒就是一個。《無錫金匱縣志》卷二十六云："黃家舒字漢臣。自少稱高才生,與孫源文善。甲申之變,源文殉節,家舒遂棄諸生服,坐臥斗室,謝絕交游,自名其集曰《焉文堂集》以見志。知府宋之普聞其名,欲一致之,不可得。體羸,以病自廢。修静業,無子。門人馬翀刻其遺文,秦松齡序之。"同書卷三十九《藝文志》著錄他的《焉文堂集》十卷和《南忠紀錄》。卷三十七録有他的散文《歐陽林曾三公祠堂記》,中有句云："逆閹盜柄,三公與東林相爲始終。"卷三十三録有他的詩《過顧子方故居》云："擊築悲歌記昔時,烏啼月落酒盈卮。羊曇悔踏西州路,虎賁空餘北海思。池館尚存書散盡,衣冠非故燕來遲。田光刎首荆卿死,寂寞西風哭漸離。"卷四十《雜識》云："黃漢臣與孫笨庵交善。笨庵死節,漢臣有與張秋紹書云：'弟曩與笨庵隔河而語,憂形於色。笨庵果以殉國死矣。弟以孱軀,尚存人世,每食脱粟半盂,諒無久理。惟兄留心吾邑文獻,實有賴焉。家舒病中伏枕書。'"

卷三十二是堵廷棻的《衛花符》。《無錫金匱縣志》卷十六《選舉表》順治二年有堵廷棻,乃丁亥進士。又,卷三十九《藝文志》有他的《襟蘭集》。

卷三十四是鄒式金自己的《風流塚》。《無錫金匱縣志》卷十六《選舉表》天啓六年説他是庚辰進士。

卷二十七是薛旦的《昭君夢》。薛旦當然也是無錫人。《武進陽湖縣志》録有富室薛旦,字號與行事均不類。當另爲一人。

卷二十八是張龍文的《旗亭讌》。張龍文雖是常州人,無錫也是屬於常州八邑以内的。《武進陽湖合志》卷二十八云："張龍文字掌麟,武進人。府學廩生,倜儻有奇氣。隱居季子墓旁。大兵往攻江陰,經其地。龍文倡鄉民禦之,衆潰,龍文被斫死,遍體皆創,猶扶牆植立不僕。(陳志忠：《義祠録》)"

卷十七到二十是鄭無瑜的雜劇四種：《鸚鵡洲》、《汨羅江》、《黃鶴樓》和《滕王閣》。每劇首頁均署作"西神鄭瑜",當爲姓鄭名瑜,字西神。但王國維《曲録》却説他是西神人。按,西神山即慧山,在無錫。

因爲《雜劇三編》的編者鄒式金是無錫人,所以他在集中所搜羅的曲家,如鄒兑金、孫源文、黃家舒、堵廷棻、薛旦和他自己六個人便都是無錫人。張龍文則是無錫附近的常州人。

此書所著録的其他曲家,籍貫可考的有卷一二《通天臺》、《臨春閣》的作者太倉吳偉業,卷三、四《讀離騷》、《弔琵琶》的作者長洲尤侗,卷六至卷十一《蘇園翁》、《秦廷築》、《金門戟》、《醉新豐》、《鬧門神》、《雙合歡》的作者浙江歸安茅維,卷二十一《眼兒媚》的作者會稽孟稱舜,卷二十四《續西廂》的作者海寧查繼佐,卷三十一《西臺記》的作者長洲陸世廉。太倉和長洲都是無錫附近的地方。

　　籍貫不可考甚至有些連姓名也不知道的是卷十二到十六《半臂寒》、《長公妹》、《中郎女》、《京兆眉》、《翠鈿緣》的作者南山逸史，卷十七到二十的作者鄭瑜，卷二十二、三《孤鴻影》和《夢幻緣》的作者周如璧，卷二十五《不了緣》的作者碧蕉主人，卷二十六《櫻桃宴》的作者張來宗，卷三十三《鯁詩讖》的作者土室道民。

明人散曲的輯逸

散曲是中國文學上較新的闖入者。在十餘年前，一般中國文學史的論著對於散曲幾乎隻字未提。經任訥、盧前等人的努力，散曲才逐漸在中國文學史上占據重要的地位。一向我們對於散曲實在太不注意了。陸侃如、馮沅君夫婦所著的《中國詩史》，大膽地每一個時期選擇一種詩體作爲主潮；不，我們應該說很自然地按照文學進化的原理去編，大刀闊斧地削去了一切的旁枝蔓葉。他們在春秋以《詩經》爲代表，在戰國以《楚辭》爲代表，漢魏六朝以樂府詩與五言詩爲代表，唐以律絶爲代表，宋以詞爲代表，元明以散曲爲代表，明清以小曲爲代表。因此，散曲在他們的著作裏，占了很多的篇幅，敘述得極爲詳盡。張振鏞的《中國文學史分論》四冊雖寫得不怎樣好，除了搜集他人現成的資料以外，幾乎沒有創見，但他能夠以半本的容量給散曲，使得散曲占有八分之一的位置，這卻是值得特提的。至於梁乙真的《元明散曲小史》專著的刊行，任訥的《散曲叢刊》，盧前的《飲虹簃叢書》，任、盧二氏的《散曲集叢》等散曲集的彙刊，更是值得我們感謝。鄭振鐸《插圖本中國文學史》和我自己的《中國文學史新編》對於這一方面也給予了不少的篇幅。

研究散曲，首先須搜集其材料。所以輯逸實是散曲研究的第一步工作。打開我的《文學史新編》來看，這裏面明人散曲家的選擇，大部分是根據《中國詩史》下卷的。已經有散曲集的不外下列三部叢書：

一、《散曲叢刊》：康海的《沜東樂府》、馮惟敏的《海浮山堂詞稿》、王磐的《王西樓樂府》、施紹莘的《花影集》、沈仕的《唾窗絨》這五種。

二、《飲虹簃叢書》：王九思的《碧山樂府》、常倫的《寫情集》、李開先的《南曲次韻》、陳鐸的《秋碧樂府》和《梨雲寄傲》、金鑾的《蕭爽齋樂府》、沈自晉的《鞠通樂府》三種：《黍離續奏》、《越溪新詠》和《不殊堂近草》。一共九種。上列二叢書所刊所輯以豪放清麗二派爲主。雕琢派作家僅沈自晉一人而已。

三、《散曲集叢》：這是抗戰後出版的，至此才兼顧到雕琢派的作家。內收陳所聞的《濠上齋樂府》、馮夢龍的《宛轉歌》、王驥德的《方諸館樂府》等三種。

《散曲叢刊》是中華書局出版的,《散曲集叢》是商務印書館出版的,《飲虹簃叢書》則由盧前自費雕板刊行。此外還有單行的兩種,就是楊慎夫婦和梁辰魚的散曲。任訥編有《楊升庵夫婦散曲》在商務出版,後來福建閩侯黃緣芳等又在中華出了一部《升庵夫婦樂府》,校勘甚勤,且附錄參考材料甚多。梁辰魚的《江東白苧》有好幾種版本。以董康所刻的本子爲最貴,劉世珩所刻的《暖紅室叢書》本較廉。另外還有一種是附在《重訂曲苑》裏面的。

像這樣統計一下,我所舉的二十一個作家:

一、豪放派　王九思、康海、常倫、李開先、馮惟敏。

二、清麗派　王磐、陳鐸、楊慎、黃峨(即楊慎夫人)、金鑾、沈仕、陳所聞、施紹莘。

三、雕琢派　梁辰魚、沈璟、王驥德、張鳳翼、史槃、沈自晉、卜世臣、馮夢龍。

上列二十一位明代散曲家,前二派俱有專集,後一派除梁辰魚、王驥德、沈自晉、馮夢龍四人外,其餘如沈璟、張鳳翼、史槃和卜世臣這四個人根本無專集可看,因此就非另行輯逸不可。而已有專集的作家,也有一些作品是專集以外的,值得再加搜集,如陳鐸、沈自晉這兩家。一共是六家的明人散曲,應該輯集起來。沈自晉的《賭墅餘音》,我已在《明末曲家沈自晉》上介紹過。下面便只輯集五家散曲。

陸侃如、馮沅君夫婦在《南戲拾遺》的第二面上曾經提起他們編有《明人散曲十種》不曾刊行。聽說凌景埏也在做這工作。我也同樣地做這個工作。現在只好把輯逸的經過和目錄開列出來,希望能與陸、馮二氏的未刊本以及凌景埏本參證,並且希望讀者的指正增補,雖不能過屠門而大嚼,也總算是望梅止渴或是畫餅充飢了。

一　陳鐸的雪秀亭散曲

陳鐸的散曲實非《秋碧樂府》和《梨雲寄傲》兩小冊所能盡,在此二書以外的南北套數小令至少比這兩本小書要多兩三倍。盧前編過《陳大聲及其詞》,惜未出版。這一散曲集不妨定名爲《雪秀亭散曲》,因爲據《江南通志》卷一九四《藝文志》頁二一,陳鐸作有《雪秀亭稿》和《秋碧軒稿》。

陳鐸的北曲共有三十五套,爲已出二書所未收,材料的來源是《北宮詞紀》、《雍熙樂府》、《詞林摘艷》以及《吳騷合編》。茲列《北宮詞紀》上的二十八套的目次如下：(另有四套已見《秋碧樂府》,不收。第二欄列卷次頁次,第三欄列宮調、篇名和首句,第四欄列《雍熙樂府》上同內容的卷次和頁次,以便相互校勘。如此套爲《北宮詞紀》所特有,而爲《雍熙樂府》所無,則以▲爲記。)

一	1：3	〔黃鍾醉花陰〕《賞燈》 風調雨順萬民喜	1：35	
二	1：7	〔黃鍾醉花陰〕《秦淮游賞》 深淺荷花二三里	1：32	
三	1：8	〔黃鍾醉花陰〕《夏日即景寫懷》 楊柳橫塘淡煙鎖	1：33	亦見《詞林摘艷》
四	1：19	〔仙呂村裏迓鼓〕《秦淮午日泛舟》 淮水上彩舟無數	4：71	
五	1：24	〔中呂粉蝶兒〕《富文堂讌賞》 萬卷圖書	6：94	
六	1：26	〔中呂粉蝶兒〕《賞桂花》 萬斛秋香	▲	
七	1：30	〔南呂一枝花〕《春日即事》 草堂外嵐光映日妍	9：28	
八	1：31	〔南呂一枝花〕《春夜南寧總戎宴集》 詩成奪錦袍	▲	
九	1：33	〔南呂一枝花〕《夏日寫懷》 正楊柳成陰復短牆	10：41	
十	1：46	〔雙調夜行船〕《秋日寫懷》 席上催花送酒籌	12：65	
十一	1：48	〔越調鬥鵪鶉〕《賞金陵八景》 帝業南都	13：78	亦見《詞林摘艷》
十二	2：29	〔南呂一枝花〕《集曲名壽史癡》 勸金杯竹葉春	▲	
十三	3：34	〔南呂一枝花〕《閒述》 清風臥楊孤	9：30	
十四	3：35	〔南呂一枝花〕《秦淮漁隱》 不沾朝野名	9：27	
十五	3：51	〔雙調新水令〕《漁隱》 白蘋風細一絲輕	11：22	

續表

十六	4∶27	〔雙調新水令〕《哭萬柳溪》綠楊溪上木蘭橈	11∶23	
十七	4∶35	〔南呂一枝花〕《詠月》清光亂乳鴉	9∶60	
十八	5∶1	〔黃鍾醉花陰〕《復歡》破鏡重圓帶重結	1∶40	亦見《詞林摘艷》
十九	5∶22	〔南呂一枝花〕《贈妓陳卿雲》包含着世情	8∶30	
二十	6∶1	〔黃鍾醉花陰〕《春情》簾捲春寒杏花雨	▲	
二一	6∶18	〔正宮端正好〕《春情》珊枕畔麝香	2∶24	亦見《吳騷合編》
二二	6∶39	〔中呂粉蝶兒〕《效楊景言》冷雨梧桐	6∶82	
二三	6∶68	〔雙調新水令〕《春怨》枕痕一綫粉香殘	11∶86	
二四	6∶81	〔雙調夜行船〕《憶所見》缺月風簾碎影篩	12∶66	
二五	6∶85	〔雙調行香子〕《題情》朝也相思	▲	
二六	6∶89	〔越調鬥鵪鶉〕《譏子弟》往常時伴了些珠履瓊簪	13∶79	亦見《詞林摘艷》
二七	6∶95	〔商調集賢賓〕《秋懷》憶吹簫玉人何處也	14∶9	並見《摘艷合編》
二八	6∶97	〔商調集賢賓〕《秋懷》瑣窗寒井悟秋到早	14∶10	亦見《詞林摘艷》

此外《詞林摘艷》上也有六套爲《北宮詞紀》所無,繼續表列在下面:(此書是以天干從甲到癸分卷的。《雍熙樂府》仍列在第四欄。其中〔雙調夜行船〕一套,《北宮詞紀》裏也有,不過題湯式作。)

二九	丁	〔仙呂村裏迓鼓〕《元夕》 正值着太平時序	▲	
三十	戊	〔雙調夜行船〕《西湖》 花柳鄉中自在仙	12：26	
三一	戊	〔雙調新水令〕《閨情》 碧桃花外一聲鐘	11：9	
三二	己	〔南呂一枝花〕《元夜》 皇都錦綉城	8：1	
三三	庚	〔商調集賢賓〕《無題》 敞南樓夜深簾半捲	14：91	
三四	壬	〔黃鍾醉花陰〕《秋懷代人作》 窗外芭蕉戰秋雨	1：41	亦見《吳騷合編》

最後《吳騷合編》上還有一套爲《北宮詞紀》和《詞林摘艷》所無；

三五	4：87	〔南呂一枝花〕《詠遇》 嬌滴滴千金玉體輕	▲	

南曲方面陳鐸也有八題爲已刊二書所未收，除《冬景》爲《太霞新奏》所收外，其餘均見《吳騷合編》：

調　名	題　目	首　句	《合編》	《南宮》
〔錦庭樂〕	《春怨》	枕兒餘被兒單	1：65	1：20
〔泣顏回〕	《閨怨》	薄倖式情雜	2：3	▲
〔一江風〕	《四時閨情》	到春來	2：35	4：32
〔梁州新郎〕	《夏日閨怨》	西園暮景	2：71	▲
〔金梧桐〕	《春思》	香醪爲解愁	3：72	1
〔黑蟆序〕	《冬閨》	點簡梅花	4：3	▲
〔十二紅〕	《曉夜閨情》	伴孤燈	4：54	1：53
〔金梧桐〕	《冬景》	深深簾幙遮	太11：5	2：15

以上八題，兼校《南宮詞紀》。南北曲合共四十三套。不過《南宮詞紀》有四五十題，似非已刊二書所能盡收。凡本篇所載詳目，均從平日讀書札記取材。當日惜未取《南宮詞紀》與已刊二書互校，否則佚文恐怕還不止這一點呢。

二　沈璟的沈伯英散曲

沈璟的散曲集有《情癡寱語》、《詞隱新詞》和《曲海青冰》。大約翻調的都應列入《曲海青冰》。《太霞新奏》卷一至卷八所錄此類翻元人北詞爲南詞的作品最多,先把此類作品列在下面:

卷次	調名	首句	題目	參校
1	〔八聲甘州〕	因緣簿冷	《集雜劇名翻北詞》	
1	〔皂羅袍〕	別後春山眉淡	《別恨翻元詞》	
1	〔皂羅袍〕	得遇鸞凰佳配	《別情翻元詞》	
5	〔泣顏回〕	風露怯青衫	《秋懷翻北詞》	合編2
5	〔石榴花〕	碧桃花外	《春恨翻北詞》	合編2
5	〔駐馬聽〕	敗葉蕭蕭	《秋閨翻北詞》	
5	〔古輪臺〕	沒來由	《閨怨翻北詞》	
7	〔懶畫眉〕	鏡破重圓	《復歡翻北詞》	
7	〔瑣窗寒〕	想當初	《秋思翻北詞》	
8	〔畫眉序〕	冷雨落梧桐	《憶舊翻北詞》	

以上十套,第一套如兼校《南詞新譜》卷一頁五,曲文相同,明注出自《曲海青冰》,可以作爲有力的證據。此外《南詞新譜》卷十二頁二十一的〔宜春樂〕、卷十八頁八的〔山坡羊〕以及卷二十三頁二十四的〔松下樂〕也都明注出《曲海青冰》。沈璟普通的散曲尤多,仍先采《太霞新奏》,錄目如下:

2	〔四時花〕	秋雨過空墀	《思情》	合編1
3	〔刷子序犯〕	回首曉窗別	《麗情》	
3	〔普天樂〕	片時情	《書懷》	合編1 旅懷
3	〔白練序〕	晴霞起	《詠美人紅裩》	
5	〔古輪臺〕	問當時	《問月下老》	
6	〔梁州序〕	三生業鏡	《贈外》	
6	〔香遍滿〕	千般驚訝	《思情》	
7	〔綉帶引〕	驀忽地	《題情》	合編2

8	〔太平歌〕	鶯穿柳	《春恨》	
10	〔二郎神〕	天若肯	《閨情》	
10	〔集賢賓〕	春來見花	《集舊》	
10	〔集賢賓〕	彩雲收鳳臺	《男思情》	
10	〔集賢賓〕	一聲杜宇	《傷春》	
10	〔山坡羊〕	竊香的	《怨憶》	
10	〔鶯啼序〕	盈盈十五	《麗情》	合編3
11	〔金梧桐〕	柳含煙翡翠柔	《相思曲》	
11	〔金梧桐〕	頻來眼上兜	《麗情》	
11	〔金梧桐〕	偷傳袖裏私	《寄情羅帕》	
11	〔金梧桐〕	煙鎖楊柳絲	《傷秋》	
11	〔金甌綫解醒〕	相思没奈何	《招夢》	合編3
11	〔黄鶯兒〕	清瘦仗誰醫	《客懷》	
12	〔步步嬌〕	一葉梧桐	《秋思》	
12	〔步步嬌〕	楊柳枝頭	《閨思》	
12	〔步步嬌〕	杜宇無情	《告杜鵑》	
12	〔江頭金桂〕	曾邂逅城隅月下	《思情》	
13	〔巫山十二峯〕	記得當初聚首	《代友悼吳姬》	

以上共二十六套。參校《南詞新譜卷》十二頁十五與頁十六,知道〔金甌綫解醒〕出於《情癡寱語》,參校同書卷二十三頁三、十七、二十二、三十,知道〔江頭金桂〕亦出於《情癡寱語》;參校同書卷十二頁十八至二十,知道〔綉帶引〕亦出於《情癡寱語》。《南詞新譜》卷十八頁二十四還有一支曲子是從《詞隱新詞》上選下來的。《太霞新奏》卷十四所録均爲小令,有十首是沈璟的作品:

〔二犯桂枝香〕	風情難改	《代友》	
〔解袍歌〕	數日間不來不往	《代友懷人》	
〔醉羅歌〕	不吞不吐	《思情》	
〔醉歸花月渡〕	見人未語	《代友贈人》	★
〔浣溪劉月蓮〕	丹桂枝嫦娥面	《見缺月怨别》	★
〔浣溪劉月蓮〕	香被餘薰爐剩	《擁孤衾》	

〔浣溪劉月蓮〕	羞鳳衾偎鴛枕	《欹剩枕》
〔山坡羊〕	困懵騰	《思情》
〔步步嬌〕	春是人間	《思情二曲》

有★的二支,據《南詞新譜》卷一頁十六和卷十二頁十均云見《情癡窺語》。《吳騷合編》中有五套是《太霞新奏》中所沒有的:

1	〔醉扶歸〕	效於飛鴛侶天生就	《題情》
2	〔懶畫眉〕	落日遙岑淡煙孤	《題情》
3	〔降黃龍〕	雨細堦墀(僅二曲)	《秋思》
4	〔步步嬌〕	別鳳離鸞	《離情》
4	〔巫山十二峯〕	一片情雲引弄	《友人談夢戲贈》

卷二的〔懶畫眉〕,《太霞新奏》題無名氏作。合共套數四十一,小令十。可惜只有沈璟的族人沈自晉所編的《南詞新譜》透露了一點消息,讓我們知道少數的散曲出於《曲海青冰》、《情癡窺語》和《新隱新詞》,不能替沈璟逸曲很清晰的劃成三部分;只好混而統之的總名爲《沈伯英散曲》,這是我引爲遺憾的。希望最近的將來,明刊本的沈璟散曲集能夠發現,或者至少能夠多供給我們一點參考的材料。

三　張鳳翼的敲月軒詞稿

張鳳翼存曲不多,僅三套五小令而已:

《太》14:16	〔石榴花〕(令)	《寄情》	梅花小蠟
《太》14:30	〔鶯花皂〕(令)	《相思》	別後泛衾裯
《太》14:30	〔鶯花皂〕(令)	《相思》	梧葉又飄零
《合》2:94	〔十樣錦〕(套)	《懷舊》	燈兒下低頭自忖
《南》3:12	〔賀新郎〕(套)	《秋懷》	筠窗星散
《南》4:1	〔桂枝香〕(令)	《風情》	半天風韻
《南》4:30	〔九迴腸〕(令)	《怨別》	一從他春絲牽掛
《二》4	〔十樣錦〕(套)	《有懷》	今宵夢

以上《太》代《太霞新奏》,《合》代《吳騷合編》,《南》代《南宮詞紀》,《二》代《吳騷二集》。此四書以《吳騷二集》最爲名貴,乃海內孤本,友人阿英以鈔本贈我,使我增加了不少研究散曲的資料。

四　史槃的齒雪餘香

史槃的散曲也不多，僅九套七小令：

《太》1	〔小措大〕	《旅思》	敲冰進舫 《南》3《合》4
《太》3	〔白練序〕	《咏紅葉》	金風巧 《南》2
《太》3	〔錦纏道〕	《舟中懷清源胡姬》	滿帆風 《南》3《合》1
《太》13	〔六犯清音〕(令)	《詠簾櫳》	銀玕細截 《南》5
《合》1	〔傾杯賞芙蓉〕	《冬閨》	隔牆新月上梅花
《合》2	〔宜春令〕	《爲陳雪箏賦》	燕臺駿
《合》2	〔針綫箱〕	《春閨》	萬斛愁等閑堆垜
《合》4	〔九迴腸〕	《贈李姬香蘭一闋》	爲一點香生九畹
《南》1	〔普天樂〕	《閨情》	武陵花春難放
《南》3	〔桂枝香〕	《旅怨》	青燈殘夜
《南》4	〔解羅歌〕(三令)	《題情三闋》	難道難道丟開罷
《南》4	〔六犯清音〕(令)	《宮怨》	翠梧風墮
《南》5	〔黃鶯兒〕(令)	《咏病鶴》	絮氅怯飛鳴
《南》5	〔黃鶯兒〕(令)	《答僧惠茶》	芽自虎丘生

五　卜世臣的卜大荒散曲

卜世臣的散曲"比張史二氏稍多，約存套數十三，小令八首，均見《太霞新奏》。《吳騷合編》亦稍有可以校勘的地方"：

1	〔上馬踢〕	金天霽爽開	《中秋集虎丘》
3	〔刷子序犯〕	一綫枕鴛痕	《閨情翻北詞》
3	〔玉芙蓉〕	紅舒臉上桃	《勸妓從良翻北詞》
5	〔瓦盆兒〕	瞥間又早落紅滿地	《憶舊翻北詞》
5	〔顏子樂〕	錦貂換宮粧	《擬元帝餞明妃》
5	〔泣顏回〕	雲雨會巫峽	《私期翻北詞》
7	〔懶畫眉〕	落瓣輕粘	《春恨翻北詞》
7	〔針綫箱〕	進別觴	《送歡翻北詞》
8	〔畫眉序〕	花信曉風微	《春景翻北詞》
12	〔步步嬌〕	露點幽花	《離恨翻北詞》

12	〔步步嬌〕	萬點飄零	《山居清況》
13	〔六犯清音〕	波澄深碧	《七夕》
13	〔巫山十二峯〕	墜葉霜飆緊後	《贈曾姬》
14	〔二犯傍粧臺〕	緊隨行(此下小令)	《詠人影》
14	〔桂枝香〕	玉毫分頸	《詠鶴》
14	〔排歌〕	萬里西風	《詠白鶴》
14	〔解三酲〕	乍相逢臉潮羞暈	《村莊偶賭》
14	〔醉花雲〕	偶逢故苑	《詠白燕》
14	〔月照山〕	一枕寒燈傍	《聞角》
14	〔懶畫眉〕	青袱蒙頭	《詠插秧婦》
14	〔大勝樂〕	愛尖如筍早參差	《詠纖手》

上列〔玉芙蓉〕又見《吳騷合編》卷一,〔瓦盆兒〕和〔顏子樂〕又見《吳騷合編》卷二。

我對於明人散曲的輯逸,曾經花過不少的工夫。除以上五名家以外,我還輯有高明、祝枝山、秦復庵等人的散曲,並作有《南北宮詞紀》、《太霞新奏》、《吳騷合編》、《吳騷二集》等書的全部索引。看看好像是鈔胥的工作,所用的精力實不下於有系統的論文。最後,我再說一遍,希望同好者的補正。

關於吳騷合編和吳騷集

德均兄：

你來信說到互校《吳騷合編》和《吳騷集》的結果，發現許多亂題作者姓名之處。或者目次與正文姓名不同，或者二書姓名不同；真是荒謬極了。我因此想到，輯曲爲集子是一件頗不容易的工作。元人散曲，已有陳乃乾的《元人小令集》。鄭振鐸有《全元曲》的雄圖，惜未實現。明代散曲，最易購得的總集，是任訥的《散曲叢刊》和盧前的《飲虹簃叢書》。此外別集是不大容易買到的，也有根本失傳的。陸侃如、馮沅君曾在《南戲拾遺》上說起，他們倆曾輯過《明人散曲十種》，惜未刊行。盧前在河南大學教書時，他的學生們也曾輯過《元明散曲七種》，已有刻本，惟流傳極少。你現在互校《吳騷合編》和《吳騷集》，正也是這種工作的開始。我們自然希望凡失傳的元明散曲都有輯本出現。但如經濟力不够的話，也不妨像你這封通信似的，把目錄發表出來吧，像索引那樣的工作，不過使讀者費力一點；但這有何法可想呢！我們既不能使《全元曲》、《全明曲》的計劃實現，便也只好自安於索引式的目錄了。你既用了兩天工夫，我也陪着你稍作追踪吧。

我把鄭振鐸所印的《南九宮詞》（三經草堂本）與《吳騷集》互校，發現二書相同的頗多，大約是《吳騷集》采用《南九宮詞》的了。因爲《南九宮詞》不録嘉隆以後的散曲，可說是一部最早的明散曲總集。你說〔金絡索〕，《初》題梁少白，《合》題常樓居，但《南九宮詞》（以下簡作《南》）却題祝枝山。你說〔畫眉序〕，《吳騷集》卷四題古調，《合》題虞竹西，但《南》却題劉東生。

其他的不同按照《吳騷集》的次序如下：《六犯宮詞》（《初》：文衡山，《南》：李日華）〔二犯桂枝香〕（《初》：文衡山，《南》：秦憲副）以上卷一。〔好事近〕（《初》：沈青門，《南》：陳大聲）以上卷三。惟《南九宮詞》多不題姓名，僅作"舊詞""新詞""樂府"者也不少。後二者不去管他。所謂新詞，必在嘉隆以前，至少該是元末明初人的作品了。例如卷二〔桂枝香〕作吳崑麓，卷三〔四塊玉〕作李東陽，〔畫眉序〕作祝枝山，卷四〔絳都春〕作王渼陂，〔梁州序〕作祝枝山，這五套《南九宫詞》均作舊詞。

你説《吳騷集》卷二〔香遍滿〕"因他消瘦"作唐伯虎,《合編》作陳鐸。似以《合編》作陳鐸爲是。《六如居士全集》亦收有此套。但《全集》〔排歌〕後附注云:"趙元度啓云:因他消瘦一套,□□見其爲古詞,元末國初人作,非唐先生者。"此話甚是。《南九宫詞》常採《雍熙樂府》,可見前者較後者爲晚出。後者此套見卷十六,僅作"幽思",不題姓名。《詞林摘艷》亦收有此套。《南宫詞紀》亦題陳鐸。盧前所刻《秋碧樂府》,亦收有此套。

説到唐寅,趁便就檢查《六如居士全集》所收的散套。"因他消瘦"已知應歸陳鐸。其他還有誤收。〔針綫箱〕"自別來杳無音信",《初》作古調,《南》作舊詞,可見非唐寅作。〔榴花泣〕"折梅逢使",《初》作梅禹金。〔月來高〕"煙鎖垂陽院"《南》作古詞。凡此,都至少是可疑的。

《吳騷合編》中也有《六如居士全集》所未收的散曲四套:(一)〔梁州新郎〕"飛瓊伴侶"。(二)〔亭前柳〕"瓶墜寶簪折"。(三)〔畫眉著皂〕"扶病倚南樓"。(四)〔新水令〕"水沈消盡瑞爐煙"。《初》採(三)作失名。《南》採(四)作南北詞。

弟,景深。

怡春錦

《怡春錦》全稱爲《新鎸繡像怡春錦》，扉頁題作武陵曲癡子參訂，一名《新鎸出像點板怡春錦》或《纏頭百鍊》。我所見到的刊本似不全，僅《禮》、《樂》、《射》、《御》四集，缺《書》、《數》二集；也許這所缺的二集，有一部分散曲在內吧？此書性質與《最娛情》極似，所選曲亦多雷同，大約時代與《最娛情》極相近。最早是明末。現在把目錄抄在下面：

　《幽期寫照》　《禮集》
　《西廂記》　《赴約》　　　《紅梨花記》　《佳期》
　《錦箋記》　《尼姦》　　　《玉合記》　《義媾》
　《紅拂記》　《私奔》　　　《珠衲記》　《私計》
　《青瑣記》　《贈香》　　　《水滸記》　《野合》
　《明珠記》　《珠圓》　　　《存孤記》　《私期》
　《玉簪記》　《詞媾》　　　《紅鞋記》　《私會》
　《還魂記》　《驚夢》　　　《灌園記》　《機露》
　《玉玦記》　《入院》　　　《義俠記》　《巧媾》
　《異夢記》　《夢圓》
　《南音獨步》　《樂集》
　《玉玦記》　《酖喜》　　　《西廂記》　《報捷》
　《明珠記》　《煎茶》　　　《繡襦記》　《剔目》
　《浣紗記》　《行春》《採蓮》　《琵琶記》　《旅思》
　《幽閨記》　《分鳳》　　　《灌園記》　《贈袍》
　《荊釵記》　《送親》　　　《祝髮記》　《入禪》
　《雙珠記》　《投崖》　　　《彩樓記》　《別試》
　《尋親記》　《訓子》　　　《金印記》　《逼釵》
　《名流清劇》　《射集》

《曇花記》	《度迷》	《還魂記》	《幽會》	《尋夢》
《錦箋記》	《重晤》	《西樓記》	《緘誤》	
《合紗記》	《投紗》	《鴛鴦被記》	《繡被》	
《弄珠樓記》	《盟約》	《南柯記》	《就徵》	《玩月》
《驚鴻記》	《路詬》	《靈犀珮》	《情鍾》	《密訂》
《霞箋記》	《尚主》			
《絃索元音》	《御集》			
《紅拂記》	《海歸》	《歌風記》	《困羽》	
《邯鄲記》	《度世》	《青樓記》	《訂盟》	《鼓琴》
《焚香記》	《陽告》	《寶劍記》	《夜奔》	
《紅梨花記》	《計賺》	《千金記》	《追賢》	《點將》
《鮫綃記》	《訪賢》	《明珠記》	《重合》	
《連環記》	《探報》	《彩樓記》	《榮會》	
《四郡記》	《單刀》			

上列各曲，有許多是至今傳唱不衰的。如《西廂記・赴約》(《佳期》)、《玉簪記・詞媾》(《偷詩》)、《雙珠記・投崖》(《投淵》)、《還魂記・驚夢》《尋夢》、《邯鄲記・度世》(《掃花三醉》)、《寶劍記・夜奔》、《連環記・探報》(《周探》)、《四郡記・單刀》(《刀會》)等，尤爲著名。

還有一小部分是極爲罕見的，略撮本事如次：

《存孤記・私期》陸弼作。某宦位高侍朝。帝宮中放還美人支通期，宦密留爲外室，生子伯玉。其妻欲奏，宦央求其母，叩頭謝罪，方寢其事。而妻亦有外遇，愛少年秦宮，春燕、秋鴻二婢爲之牽引。本折敘宦在菟苑宴客，其妻趁此時機，與秦宮幽會事。

《紅鞋記・踰牆》 目作《私會》。當與元雜劇《董秀英花月東牆記》有關。馬相公與某小姐有私。相公以繡鞋命僮金徽上梧桐樹拋過東牆爲暗號，婢嬢煙接鞋即引生入。文筆甚輕倩，跳脫。

《異夢記・夢圓》 此折完全翻《還魂記・驚夢》而作。王奇俊即柳夢梅也，顧雲容即杜麗娘也，主婚使者即夢神花神也。所不同者，驚夢爲生入旦夢，此則爲旦入生夢耳。排場詞句，亦有相似之處。

《合紗記・投紗》 崔袞船泊采石磯。鄰船爲姚太守之船，將赴山東袞州任。崔生寂寞無聊，弄琴綠綺以自遣。爲姚小姐所聞，乃推艙門後窗竊窺，未免有情，欲投贈茉莉而未敢。生乃以銀紗題詩欲拋贈之。女閉窗,生乃自窗隙塞入。生恐事洩,爲姚太守所知,急揚帆去。與《恒言·吳衙內鄰舟赴約》略相似,惟此故事如何發展未可知,故未敢斷言。

《鴛鴦被·繡被》 某公有一女。朱公子來訪某公,對答如流,公擬以女妻之,稱之爲賢壻,詢其住所,知寓招提寺。其女亦愛朱公子才貌,乃親繡鴛鴦被命婢送往,囑云:"你去,不要送差了。"僅此一折,未能窺其後事。惟據囑語觀之,則有錯認之事,如《釵釧》故套,亦屬可能。

《弄珠樓記·盟約》 婢女柳枝愛阮生,阮生作詩二句,柳枝讀之。惟阮生之詩非自作,乃在楓橋月下泊船,有女在河邊樓上玩月所墜者。後訪知此女乃曠姓。料想此後阮生必娶曠柳兩女,況末節云曠家聞柳枝解詩,欲以二婢換之,其主已允,(阮生乃主之姪)則以後情事,自不難測知,蓋與《平山冷燕》、《好逑傳》之類相似耳。

《靈犀珮·情鍾密訂》 寶二在西湖昭慶寺設有酒肆,其妻當壚賣笑,生涯日盛。妻死後,生意清淡。有女小字湘靈,非其所生,乃爲人拐賣者。其父逼其賣笑。適有信安蕭鳳侶赴考途中投宿,兩情相悅。又來一惡人尤效欲加強占;父懼其勢,亦逼湘靈,湘靈終不爲屈。

《青樓記·訂盟鼓琴》 略仿《焚香記》而反其結果。敍淑貞"父掌兵權,忝宦豪,日暮泊江皋。失警夜遭江上盜,孤身漂泊,落入圈套。"淑貞因江浙被盜,乃流落姑蘇娼門,與趙璫訂盟於龍神廟。後趙璫中狀元,"恐人譏議,欲尋訪(淑貞)父母下落,差人接回家,然後納幣求婚,那時節正是宦門之女,狀元之妻,却不好也。"

暇時我曾略習拍曲,因此對於"點板"也感興味。如《掃花》何仙姑唱詞僅有底板,可見明末何仙姑還是唱散板的,與呂洞賓"秋色蕭疎"唱法相似。《游園》曲周貽白《中國戲劇史》曾列舉諸譜,現在把此書點板錄下:

〔步步嬌〕裊晴絲吹來閑、庭院、搖漾春、如綫、停半、晌整花鈿、沒揣菱、花偷、人半面、迤逗的彩、雲偏、步香閨怎便把全、身現。

〔醉扶歸〕你道翠生生出落的裙、衫兒茜、艷晶晶花簪八、寶填、可知我常一生兒愛好是、天然、恰三春好處無、人見、不提防沉魚落鴈鳥、驚喧、則怕的羞花閉月花、愁顫。

〔皂羅袍〕原來姹紫、嫣紅開遍、似這般都、付與斷、井一頹坦、良辰美、景奈、何天、賞心樂、事誰、家院、朝、飛暮卷、雲、霞翠軒、雨、絲風片、煙、波畫船、錦屏人忒看的韶、光賤。

〔好姐姐〕遍春山、﹅啼紅了杜鵑﹣荼䕷外煙、絲醉、軟、牡丹雖、好他春歸怎、占的先┙閑凝盼﹅﹣生生燕、語明┙如翦、瀝瀝鶯、歌溜、的圓。

此譜點板，與近日所唱，仍頗合符，惟近日多有以一板作兩板者，即加一贈板。字句稍有異同，如"一生"作"常一生"，"青山"作"春山"，"眄"作"盼"，"鶯聲"作"鶯歌"等均是。"誰家院"句下並有夾白云："恁般景致，我老爺和奶奶再不提起。"這兩句夾白倒是湯顯祖原本所有的。

勸善金科

數年前我曾寫過一篇《目蓮故事的演變》，後來收入《銀字集》。當時我因不曾見過《勸善金科》原書，以致好多問題，都不能得到解決。例如，崑曲《思凡下山》是怎樣來的？京劇《滑油山》、《目蓮救母》是怎樣來的？民間的《目蓮》戲《張蠻打爹》又是怎樣來的？這些問題，單靠明朝鄭之珍的《目蓮救母全傳》，決不能得到圓滿的解決，因爲《勸善金科》實是過渡的最重要的橋樑；拆掉這橋，是怎樣也接不上去的。現在，我已經讀過這部《勸善金科》了。

《勸善金科》，十厚册，每册百餘頁，每面八行，每行二十二字，是一部四十萬言的鉅著。凡例有云："《勸善金科》，其源出於《目蓮記》，《目蓮記》則本之《大藏盂蘭盆經》：蓋西域大目犍連事跡，而假借爲唐季事，牽連及於顔魯公、段司農輩，義在談忠説孝，西天此土，前後古今，本同一揆，不必泥也。顧舊本相沿，魚魯亥豕，其間宮調舛訛，曲白鄙猥，今爲斟酌宮商，去非歸是，數易稿而始成。舊本所存者，不過十之二三耳。""舊有十本，每本中或二十一二齣，或三十餘齣，多寡不勻。今重加校訂，定以二十四齣爲準，仍分十本，共二百四十齣。""宮調用雙行小綠字。曲牌用單行大黄字。科文與服色俱以小紅字旁寫。曲文用單行大黑字。襯字則以小黑字旁寫别之。""曲文每句每讀每韻，每疊每格每合之下，皆用藍字注之，以免歌者誤斷而失其義。"像這樣紅黃藍緑黑五色刻本，可説是極講究的。

《勸善金科》第一齣云："這本傳奇原編不過傅門一家良善，念佛持齋，冥府輪迴，刀山劍樹。"當是指的鄭之珍的《目蓮救母全傳》。現在却是"兼羅今古"的。把鄭著的一百齣擴大爲二百四十齣，當然要增加不少材料。所謂"牽連及於顏魯公段司農輩，義在談忠説孝"，當指顏真卿、段秀實諸人事。特别是段秀實與朱泚，恐怕是此劇的另一主綫，份量幾可與劉清提比並。第九本第五齣《採訪使號簿詳查》，採訪使要城隍報告爲惡的人，可説是替全劇的惡人結了一筆總賬。各方城隍的報告是："爲惡的如朱泚、李希烈謀反叛逆，源休、姚全言、周曾、李克誠助賊興兵。""張三背倫打父,莫可交貪淫犯殺,李文道害命謀財,鄭賡夫之母讒言殺子,陳氏之姑强逼其媳,自縊身亡。""盧杞陰狠,殘害良善。田希監逞志作威,極刑枉法。""臧霸棄法受賄,壞倫滅理。""張捷害衆成家,好色謀命。劉賈凌孤逼寡,挾詐懷欺。"大約本劇的情節從這裏也可以略窺一二了。

本劇的確"兼羅今古"的,連元曲的材料甚至曲文也都用了進去。第一本第九齣陳榮祖賣小兒就用的是《看錢奴》,惡人就是張捷;第三本第九齣黃彦貴大雨古廟被害,用的是《魔合羅》,惡人就是李文道。

民間的"啞子背瘋"經戴愛蓮一演而紅。這見於第四本第二十一齣《傅羅卜行善周貧》。小旦扮癱婦扎啞老切末,穿衫繫汗巾持扇,從上場門上唱〔孝南枝〕:"夫啞聾,奴又瘋,奇貧室如懸磬空,如花柱麗容。"癱婦常向啞老耳邊説話。例如,瘤子在後面趕來,癱婦就説:"老頭兒,叔叔在後面喊叫,不知爲着何事,你我在此等他一等。"又有科介云:"癱婦向啞老耳邊虛白。"又云:"老頭兒齋公教你上橋去。"也許要用扇子打啞老的頭,提醒他一下吧。民間的五瘟神,則見第五本第十九齣《五瘟使咄咄齊來》,曲調亦用〔五方鬼〕。

劉氏開葷作惡,地獄受苦,以及目連救母的部分幾乎都用鄭書原文。我不想在此列舉二書的對照表,總之,《勸善金科》很多齣是引用原來的曲文就是了。

我所特別高興的是《思凡下山》的娘家居然找出來了。我們看見《思凡》常題作《孽海記》,這是毫無根據的,恐怕根本就没有《孽海記》這樣一部書。現在我才知道,應該題作《勸善金科》。《思凡》就是《勸善金科》第五本第九齣《動凡心空門水月》。是這樣開端的:"(小旦扮尼静虚戴尼姑巾穿水田氅繫絲縧帶數珠持拂塵從上場門上唱)四平調曲〔頌子〕:削髮爲尼實可憐,禪燈一盞伴孤眠。光陰易過催人老,辜負青春美少年。南無佛,阿彌陀佛。(中場設椅轉場坐科白)三千禪覺侣,十八女沙彌。應似仙人子,花宫末嫁時。小尼静虚,自入庵門,謹遵師教。每日看經念佛,不敢閒游。誰想塵心未斷,俗念頓生。對此佳景,令人感傷。今日師傅師兄,俱已下山去了。奴家獨自看守山門。正是,寂静禪房無箇伴,鳥啼花落有誰憐?不免將我出家的光景,摹想一番則箇。"這段與現今流行所唱者不同,此處的唱句前四句已改爲上場詩,另換四句唱句爲:"昔日有個目蓮僧,救母親臨地獄門。借問靈山多少路,有十萬八千有餘零。"説白亦已改簡,人名亦改爲趙色空,上場詩後,僅六句:"小尼趙氏,法名色空,自幼在仙桃庵内出家,終日燒香念佛,到晚來孤枕獨眠,好悽涼人也!"

〔山坡羊〕唱句"年方二八"原作"十八",餘均與今本同。説白又與今本不一樣。今本僅二句："想我在此出家,非關別人之事嚇。"《勸善金科》卻是:"記得當初,在爺娘身畔,插柳穿金,梳得光油油的頭兒,穿得紅拂拂的襖兒,圍繞膝前,何等歡喜！今日削髮爲尼,你道卻爲何因？"

〔采茶歌〕唱句原分兩截；從"則因俺父好看經"到"平白地與地府陰司做功果"稱爲〔初轉采茶歌〕。從"多心經都念過"到"遶迴廊散悶則個"稱爲〔二轉杜鵑花〕。"功課"作"功果","不住口""不住手"下無的字。説白則"越思越想,反添愁悶"原作"展轉思量,心中焦燥"。又,"你看兩旁的羅漢塑得來好莊嚴也"原作"轉過迴廊下,又到佛堂前。你看那些羅漢,面貌不同,神情各別,塑得來好不蹊蹺也！"

〔哭皇天〕則作〔三轉哭皇天〕,全齣均注作〔四平調〕曲。唱句全同。説白和科介則多了一大段："(內奏樂科靜虛白)門外鼓樂聲喧,不免到高阜之處,偷覷則個。(雜扮六局人各戴紅氈帽,穿箭袖,繫搭包,披紅氈。雜扮二燈夫,各戴紅氈帽,穿窄袖,執燈。雜扮二院子,各戴羅帽,穿屯絹道袍,繫鸞帶。雜扮八吹手,各戴紅氈帽,穿窄袖,繫搭包,執樂器。丑扮儐相,戴儐相帽,穿藍衫,披紅。副扮媒婆,穿老旦衣,披紅。雜扮四轎夫,各戴紅氈帽,穿箭袖轎夫衣,擡花轎。小生扮新郎,戴巾穿道袍,騎馬：同從上場門上,遶場科,從下場門下。)靜虛白：原來是山下人家娶親的。前面綵旗鼓樂,人從跟隨。這時節新人乘轎,新郎騎馬。到晚間歸了洞房,不知作出什麼事來。我想人生在世,男大當婚,女長須嫁,夫妻會合,理所當然。偏我靜虛呵。"我覺得這段穿插甚好,不妨改復舊觀。好處有二：其一可免單調,變得熱鬧些,雖然上場人不一定要這樣多。其二,唱的人可以有機會休息。這叫做討好不吃力。現在的唱法只能演給內行看,一個人玩獨脚戲,這叫做吃力不討好。韓世昌唱《思凡》,用降龍伏虎等羅漢上場,大約也是這個道理。

〔香雪燈〕作〔四轉香雪燈〕,"直裰"原作"皂袍","阿呀天嚇"原作"天嚇"。説白："今日師父師兄多不在庵,不免逃下山去。倘有機緣,亦未可知。有理嚇有理。"原作："先前凡心難起,看了這樣光景,我也把不住了。且喜師傅師兄,都已出去,不免逃下山去,尋個終身結果,快活這下半世,有何不可。有理。"

〔風吹荷葉煞〕,"奴"作"我","埋"作"賣","僧和俗"作"僧胡做"。

《下山》就是第五本第十齣《墮戒行禪榻風流》和第十一齣《僧尼山下戲調情》。兩齣並作一齣,改動較多。最有趣的是,凡是"滾白",今天都填有工尺,或許我們從這裏也可以看到一點弋腔的規範吧。〔賞宮花〕和〔尾聲〕都是原來所沒有的。〔玉天仙〕原作〔步步嬌〕云:"離了庵門來山下,善念從今罷。行行徑路差。忽聽得鴉鵲齊鳴,心中疑訝。此去恐有波查,由不得膽驚怕。"《勸善金科》末有〔駐雲飛〕,今本無。今本末的〔誦子〕和〔清江引〕,《勸善金科》無。

　　《勸善金科》上的滾白是:"因此上爹娘憂慮。""他道我命犯孤魔,三六九歲,其實難過。""香醪美酒應無分,紅粉佳人不許瞧。雪夜孤眠寒悄悄,霜天悄髮冷蕭蕭。""果然是臉如桃花,鬢似堆鴉,十指纖纖,金蓮三寸,傾國傾城,且莫說凡間女子。""因此上心頭牽掛,爲甚的朝朝暮暮,撇他不下。歸家來也只是念彌陀。木魚敲得聲聲響,我的意馬奔馳怎奈何!""我將這陷人坑。"與今本不同之處,請讀者自己對照《下山》原文,我現在不繁舉了。

　　後來第六本第九齣《貪歡密計尋安樂》敘本無與靜虛在土地祠中暫住,以爲實非久計,隨身帶得幾兩銀子,擬"長起頭髮,再往他鄉,另尋活計。人人只道一對夫妻,那知是還俗的尼姑和尚"。不料第十齣《罰惡同時證果因》即敘他們倆被鬼捉拿。那麽,"有心人"正可放心,不必把千古至文的《思凡》來"佛頭著糞",改作什麽味如嚼蠟的《新思凡》了。

　　京劇《滑油山》和《目蓮救母》與《勸善金科》對看,也可以看出蛻變的痕跡,比對照鄭著更爲密合。試比較下列兩個開端,即可知道:

　　(劉氏魂上唱)商調集曲〔十二紅〕(〔山坡羊〕首至四)黑沉沉,冥途深杳;冷颼颼,悲風叫號。(白)老身行年五十歲,(滾白)方知四十九年非。(《勸善金科》第六本第二十齣《滑嶺愁移寸步難》)

　　(劉氏在幕內唱《二簧倒板》)黑暗暗,霧濛濛,一路上無光;陰慘慘又來到天地無光。……老身今年(跟板起唱《二簧原板》)五十歲,才知道四十九年作事荒唐。(京劇《滑油山》,戲學書局本)。

　　《目蓮救母》原見《勸善金科》第九本第八齣《歷苦劫聖僧見母》。茲節錄《勸善金科》原文如下:

　　"(班頭上)自家六殿阿鼻地獄班頭是也。我殿主九華山赴會去了。命我在此主管阿鼻地獄。獄中鬼使聽者,須要遵守法度,不得有違。(生扮目蓮從右旁門上)來此已是阿鼻地獄。(以錫杖卓地科白)唵嘛呢薩婆訶。(班頭從酆都門上白)甚麽東西震響?待我看來。原來是一位禪師。尊姓大名?

（目蓮白）我是目蓮僧。（班）到此何干？（目）特來救母。（班）你母親是何姓名？（目）老母劉氏。（班）我替你獄中問來。獄中的鬼使，外面有兒子尋娘的，有兒子的女犯走出來。（劉氏魂內唱〔繡帶兒〕）驀聽相呼驚又疑。（班）他母是劉氏。（魂唱）老身便是劉氏。（班）你的兒子可是個僧人麼？（魂唱）若僧人却不是我孩兒。（班）你的兒子姓甚名誰？（魂唱）傅羅卜名姓是實。（班）這等不是你兒子，他名叫目蓮僧。（魂唱）心感。劉氏非我還是誰。長官，還望你問和尚可曉得傅家消息？（班唱）陰司裏怎去訪陽間信息，只好向望鄉臺，汪汪攔淚。（白）禪師，獄中有個劉氏，他兒子不叫目蓮僧。（目）叫甚麼？（班）叫做傅羅卜。（目）傅羅卜就是我，母親在這裏了。（唱〔香遍滿〕）早求相會，料吾娘親盼想兒。得使我娘兒談片刻。荷恩施，俺當酬謝伊。俺今拜懇伊，幸迅把囹圄啓。（班）待我行個方便，見你令官一面。（目）多謝尊官。（劉氏魂作口內出火燄立酆都城上科）（班）禪師請看令堂。（目）長官沒奈何，望你發慈悲。（班）城上的，將劉氏口內焰火去了。（鬼卒與劉氏魂去口內火焰科）（劉滾白）兒，你乃是陽世人，似這等陰陽間隔，重重黑獄，渺渺冥途，虧殺我兒，怎到得這陰司地府？自拘地獄，日月無光。我的兩眼盲瞎，今在鐵圍城上，只聽你的聲音，不見你的模樣了。你娘曾有言詞，若要我持齋茹素，則除非鐵樹開花，豈知天網恢恢，到如今果應其言。可憐你母親千磨萬難，（唱）望你相搭救，救老娘離災岔。（目）長官，容我母子再見一面。（班）相見過了，怎麼又要見？（目）這怎麼算得？（班）我殿主回來，不當穩便，禪師請去罷。（目蓮欲以錫杖卓地科）（班）住了。又動這個買賣。待我叫出來，母子説句話兒，就請去罷。裏面鬼使，快將劉氏帶出來，與他母子一會。（劉）兒，你去哀告長官，將我枷鎖鬆解一時，也是好的。（目）孩兒自有佛法。俺嘛呢薩婆訶。（劉）枷鎖去了，覺得眼明身爽，只是腹中飢餓難當。（目）孩兒知道了。俺嘛呢薩婆訶。（作托鉢進飯與劉氏魂食科）（鬼卒持馬鞭上）値殿的，殿主回在中途，快去迎接。（班）知道了。禪師快去吧。殿主回來了，不當穩便。（鬼卒帶劉氏魂，班頭作推目蓮）（劉）指望母子相依，又誰知法不容情，依舊分離。"

最後自然是痛哭分別。惟京劇加添餓鬼搶飯和逃生情節（連大鬼也一同逃生），《勸善金科》是放在第九本第十六齣《收回鬼魅仗鍾馗》裏的，逃生的餓鬼雖被鍾馗大部分收回，仍然逃去八百萬托生去了。這樣便產生寶卷上目蓮轉世爲黄巢,殺人八百萬的傳説。此劇只在第十本第一齣,由玉虚神君説起,"已逃往陽世者,悉免追尋;未經放出者,咸與超脱"。就此了結公案。

作者似乎也不相信鬼神之説,甚爲豁達。所以第十本第十五齣《刀山劍樹現金蓮》中〔五綽消丸〕云:"一切惟心所造,諸位衆善,今成正果,自然是現作種種極樂佳境,倍添奇花茂景。"第十六齣《苦海迷津登寶筏》傅相目蓮云:"一切因緣,俱從心起。善惡之境,惟心所造。一念遷善,苦海便成樂土;一念作惡,菩薩即成羅刹。"所以,奈何橋會一變而爲金橋。

昭代簫韶第七本

偶然一個機會，能以看到穆藕初先生所藏的曲學書籍。其中有兩本是《昭代簫韶第七本》。據《國立北平圖書館戲曲音樂展覽會目錄》，這部書有嘉慶昇平署鈔本，計十本二百四十齣，也就是每本二十四齣。我所看到的第七本却是硃墨套印本。

關於此書，周志輔（明泰）曾在《劇學月刊》上寫過一篇《昭代簫韶之三種脚本》，證明崑曲本改編皮黃戲演唱，並舉崑曲本第二本第十五齣《頭觸碑敬心未泯》與皮黃本第八本第一齣《撞碑矢忠》爲例，説明現代流行的《李陵碑》的來源。他説起崑曲翻皮黃，只翻到第七本第三齣爲止，因此他的崑亂對照表也只列到此處爲止。恰好我所看到的是第七本，就把崑曲本第七本的目錄全列在下面：

1	建大纛奮起雄師	2	舉神刀劈開金鎖
3	九環被攝因貪績	4	二將爭功互逞雄
5	椿樹精假幻木刀	6	紅顏女巧逢黑煞
7	重入北營心益壯	8	先尋南將智尤深
9	恩愛重夫唱婦隨	10	夢寐酣帳空刀失
11	假黑混戰終受戮	12	邪難勝正總成虛
13	邀孤意合揚氛猛	14	舐犢情深出令難
15	小將抒忠甘盡令	16	香童慕色自燒身
17	欲解夫危空闖陣	18	驚聞子厄急冲圍
19	發援兵令如火急	20	破惡陣魔似冰消
21	幻世相仙姥圓姻	22	駕妖雲邪魔攝鏡
23	夢境迷離偶會合	24	鏡輝明朗大團圓

這一本的大意是敍破金鎖陣與人和陣。金鎖陣上失刀復得，人和陣上楊宗顯幾乎喪命，終於回來。助遼的是椿樹精嚴洞賓，助宋的是鍾離權。但據明季的《楊家府演義》和《東游記》以及清代的《楊家將》都説與鍾離權鬥法的是呂洞賓。

記得在什麼筆記書上看見過,說起三戲白牡丹一類的壞事是嚴洞賓作的,他是冒了純陽祖師的大名。把壞事都推在嚴洞賓身上,於是呂洞賓就可以更加為人尊敬了。

　　這一本的情節是:宋營楊景命楊宗顯用金刀破金鎖陣。宗顯等斬了遼營大將馬榮,楊春等打死大將黑太保,木桂英與杜夫人遣天神破了妖法,但宗顯却把九環神鋒的金刀失落陣上,被嚴洞賓攝去。後來焦贊去偷刀,却是假的;孟良再來偷刀,得到四郎楊貴和他妻子耶律瓊娥以及八郎楊順和他妻子耶律青蓮的協助,方才把真刀盜回。後來打人和陣,鍾離預言宗顯要死於此陣。不料黎山老母手下侍香童因慕狐精白雲仙子之色,下界代替宗顯,以致喪命,宗顯被黎山老母救去。跟隨宗顯打陣的九妹、八娘、呼延赤金、王魁英、杜月娥、木桂英六位女將還當宗顯真的死了。連宗顯的未婚妻李剪梅下山也信以為真,以致要抱牌位做親。後來是黎山老母幻化夢境,使宋營諸將入夢完姻,然後才是真人宗顯與李剪梅團圓,即此劇終。

　　劇中人楊德昭大約是八賢王,女將除上述者外,還有金頭馬氏、紫媚春、馬賽英、韓月英、黃月娥、耿金花等,登場人物的紮扮,書上也都詳細注明。大約臺分三層,末層演戲的是"壽臺",出神仙的叫做"禄臺"。但"福臺"書上還不曾提起。現在節錄第十七齣的一小節如下:

　　"(旦扮李剪梅,戴仙姑巾,翠過翹,穿道姑衣,繫絲縧,背鏡劍,乘雲兜從天井下至壽臺。李剪梅唱)些時,早破陣也來扶宋;些時,助夫埽也除強橫。(嚴洞賓作望科白)妖魔,俺李剪梅破陣來也!(雲兜仍從天井上)"再錄第二十四齣的一小節在下面:

　　"(內奏樂。雜扮雲使各戴雲,馬夫巾,穿雲衣,繫雲肚囊,執彩雲,引化身歌童、化身舞女,從仙樓兩場門上。雜扮護山力士,各戴馬夫巾,紫額穿鎧,執金鞭,乘四雲兜,從四隅天井下至半空。旦扮仙女,各戴魔女髮,穿宮衣。旦扮黎山老母,戴仙姑巾,鳳冠,穿蟒束帶,帶數珠,同乘大雲板從天井下至半空。德昭等仰望科,同白)你看空中,祥雲環彩,寶炬千行,好奇異也!……(大雲板四雲兜仍從天井上)"

　　至於"虎精豹精豺精狼精鹿精羊精狗精蟒精"則"各戴本形膁腦"。布陣破陣時則布"烟雲帳",不知是否透明的薄紗帳。第二十二齣有云:"(生扮黎山老母化身……從禄臺上……作攝鏡從天井上,黎山老母化身作持鏡從禄臺下。白雲仙子等作驚駭科同白)好奇怪,寶鏡從空飛去,定被李剪梅攝去了。"凡是這些,都是清宮庭戲中的機關布景和燈彩切末之類。

傅青主的雜劇

復旦陸萼庭同學送給我一本《紅羅鏡》，是傅青主所作的雜劇。末附一折劇《齊人乞食》和《八仙慶壽》。這書本來是鈔本，上書"五世孫履巽順庵輯"，後來被山西同鄉張赤幟先生購得，便鉛印行世。雖是鉛印本，卻似乎不大多見。各種曲目似乎也不曾著錄。

卷首有張赤幟所釋劇中"晉陽川方言"。我不曾到過陽曲，不知他解釋一百幾十年前的陽曲話是否準確，但覺有的解釋得不顯豁，或者不十分恰當。例如，話攏，釋云："言説即提起作證據也。"實則話攏即話把，《金雀記·喬醋》丑最末說："話把，真真話把。"言被人捉牢把柄，作爲笑談也。所以話把一作話柄，都是一樣的意思。又解釋"冒忽天"爲"突如而來便啓口動手"，解釋"呆答孩"爲"一直走動不知有所妨害"。原文云："若是他使來的呵，爲甚的瞪着眼不采俅；若不是呵，爲甚的牽著馬忘奔走；既不合冒忽天問等甚人，只得呆答孩往前徑就。"我以爲冒忽天就是冒失的意思，呆答孩就是發呆或束手無策的意思。《西廂記·佳期》張生出場後唱道："倚定門兒待，只索要呆打孩，青鸞黃犬信音乖。"

傅山對於俗話用字多與今所通行者不同。例如"只"字，今作"這"字。"爬不跌"今作"巴不得"，"唉嘎"今作"哎呀"。

傅山對於雜劇不肯遵守元曲規律，《紅羅鏡》第一折〔仙呂〕套陸生與弱娟均唱；第二折〔正宮〕套弱娟唱前九支外，下面五支四妓各唱一支，最後則由四妓合唱；第三折〔雙調〕也有田基、弱娟、陸生、家人等唱；第四折〔商調〕套最好，由林木公獨唱，既合規律，文字又最出色；第五折〔南呂〕套也寫得不壞，並且是妓女岫雲的鬼魂獨唱的；第六折〔越調〕套由亨公公唱，後面弱娟答謝衆人成全好事，大家另唱〔雙調〕套，實應爲第七折，不應並爲一折。第一折前面有〔仙呂賞花時〕兩支，也應該分出來爲《楔子》。

《紅羅鏡》情節很簡單，只是敘妓女弱娟攜帶紅羅所裹之鏡與陸龍一同逃走，逃到一個和尚庵裏。和尚起了歹念，想姦弱娟，爲弱娟亡友鬼魂所救。一面俠客田基助以坐騎，林木公說動亨公公將妓家拿辦，弱娟便與陸龍名正言順的公開結合了。

《齊人乞食》當然是取材於《孟子》的。這故事曾寫爲《東郭記》傳奇，還被寫爲鼓詞，可說是大家喜歡採取的題材。

《八仙慶壽》敘衆仙各誇功行，幼伯子說："休嗤笑幼伯年少沒勛庸，只一個知故主，列瑤宫；到如今還時時誡誥老家翁，從來得渡的是純孝愚忠。"我疑心這位幼伯子是傅山令郞的寫照。傅山是明末的遺民，李元度《國朝先正事略》卷四十六《遺逸》有《傅青主先生事略》，大約是根據全祖望《陽曲傅先生事略》編入的。傅青主是"堅苦持氣節"的，他與提學袁繼威有交往，曾爲他聲冤得雪，後來他就因此受了牽連被捕，"抗詞不屈，絕粒九日，兒死"。他寫字學趙孟頫，一學就會，可以亂真，後來懊悔道："如學正人君子，輒苦其難；近降與匪人游，不覺日親。"於是改學顏真卿，還說："寧拙毋巧，寧醜毋媚，寧支離毋輕滑，寧真率毋安排。"這就可以看出他的人格。清廷要他應博學鴻詞科，又給他中書舍人的官職，他對於前者的應付是"固辭不可，乃稱疾，有司令役夫舁其牀以行，二孫侍將，至京師三十里，以死拒，不入城"。他對於後者的應付是不肯謝恩，吏使硬把他抬到午門前，"馮公强掖之使謝，則僕於地"。這時他已經七十四歲了。他的兒子眉負薪讀書，頗有朱買臣的風味。《事略》上說："子曰眉，能養志。每日樵山中，置書擔上，休擔則取書讀之。中州有吏部郎者，故名士，訪先生，問郞君安在，先生曰：'少需之，且至矣。'俄有負薪歸者，先生呼曰：'孺子前來肅客。'吏部頗驚。抵暮，先生令伴客寢，則與敘中州文獻，滔滔不置，吏部或不能盡答也。詰朝，謝先生曰：'吾甚慚於郞君。'"

盧前《明清戲曲史》人物分佈，山西省只錄清汾州宋廷魁，現在可以加上明陽曲傅山了。傅山是明末清初人，說他是晚明人，是從他的志願，因爲他是不願向異族低頭的。我們知道傅青主，恐怕還是醫學，不知他却是一位挺拔的民族曲家呢。

容居堂傳奇三種

　　最近我翻閲了周稚廉的《容居堂傳奇三種》。王國維《曲録》(《增補曲苑》本)既在面一五〇著録:"《珊瑚玦》一本,見《傳奇彙考》;《雙忠廟》一本,見《曲海目》:右二種國朝周稚廉撰。稚廉字冰持,華亭人。"又在面一五九著録:"《珊瑚玦》一本,《元寶媒》一本,右見《曲海目》。右二種國朝可笑人撰。"他不知道可笑人就是周稚廉的别號,也不曾細辯《珊瑚玦》書名相同的原因。其實,《珊瑚玦》、《元寶媒》、《雙忠廟》就是《容居堂傳奇》中所收的三種。

　　現在我想對於周稚廉這位作家略加介紹。

　　《小説考證》卷七引《青鐙軒快談》云:"周冰持,名汝廉,天分絶人,傲倪軒冕。所著傳奇數十種。如《元寶媒》,尤膾炙人口。范武功爲之序云:'考元寶之稱,晉高祖詔鑄錢,以天福元寶爲文。宋太宗又御書淳化元寶,作真行草三體行世,此泉之以元寶名也。至元世祖時,從楊湜言,乃以庫銀爲元寶,每銀五十兩,易絲紗千兩。'則銀之以元寶名,元時始也。中云:'窮士持三寸弱管,當桂薪瓊粒時,求入首陽餓莩,且不可得。縱使有博施利物心,猶足不能行,而賣甓藥,誰能信之!今傳中所載乞兒,其至窮無告,更甚窮士,乃能哀多益寡,援人於草莽之中,濟人於顛危之際,雖古俠烈丈夫,不過如是。彼挂金鑰,持牙籌,錙銖自守者,又何能與之頡頏哉!'後云:'乞兒豪俠事,皆未獲窖金時所爲。獨不傳既富後舉動如何。得毋不事生産,原屬貧人常態,一擁高資,便不能復歌渭城邪?'戲語典雅。武功名纘,著有《四香樓詩詞》。"按,我所見的本子僅有康熙辛酉(康熙二十年,一六八一)細林張憲漢度氏序,並無范纘序,不知何故。

　　《小説考證》同卷又引《娛護室隨筆》云:"周冰持,華亭人,名稚廉。賦性穎敏,下筆千言,才名籍甚。嘗游浙,值文會,題爲《浙江潮賦》。冰持展紙疾書,頃刻立就,合坐愕眙。明日物色之,已挂帆行矣。其清狂辟俗如此。王文恭公,其舅氏也,欲繩以禮法,攜之入京。一夕,臺省諸公畢集,咸願一識周郎。詎冰持出,踞高座,引刀割肉,旁若無人,衆皆目爲狂士。年二十九卒。相傳其父釜山先生嘗假寐,夢其弟子夏存古突入,少選而冰持生,人遂謂存古再世,故宿根穎悟如是也。或謂自來忠魂義魄,不輕降生。釜山夢境模糊,豈容以諛南冠長歔、不辭刀鋸之國殤耶?冰持所著,有《容居堂詩詞》及四六文。今詢之故家,無有知者。又著曲三種,為《元寶媒》、《雙忠廟》、《珊瑚玦》,當時曾刊版行世,唯未久版本即為揚州書賈售去,今顧曲家亦不復能舉其名矣。"(《江南通志》卷一六六略同,詳見拙作《方志著錄明清曲家考略》。)

焦循《劇說》卷四云:"周冰持,雲間才士,狂誕不羈,善填詞,時最稱其《珊瑚玦》開場《西江月》云:'秀才之苦苦無加,黃蘖、黃連之下。作者偶然寄託(按,原書云,命意絕非罵世),看官切莫(按,原作萬勿)疑嗟。周郎亦是秀才家,肯減了(按,原作詎肯)自家(按,原作低)聲價?'《茶餘客話》云:'華亭周綸,字膺垂,才士不偶。有子名稚廉,字冰持。少年以《錢塘觀潮賦》知名。除名署門云:論家世如閣帖官窯,可云舊矣。問文章似談箋顧繡,換得錢無?二物皆松江產。稚廉好吃生蝸牛。'"這一節前半不知是否從王士禎《香祖筆記》取來的。按,其中所述,如其性格狂誕,《總目提要》卷廿二頁六《珊瑚玦》條云:"稚廉字冰持,順治己丑(順治六年,一六四九)進士茂源之孫。少時穎悟絕倫,自負才情,以不得科第為恨。"

青木正兒《中國近世戲曲史》三九七,說周稚廉的父親周綸是王士禎的門人,"與祖父茂源皆善詩。康熙二十八年(一六八九)孔尚任遇冰持揚州,以詩酬應,見孔尚任《湖海集》卷七中。又併合《感舊集》卷十四所記,其祖父茂源為順治六年進士之言考之,則稚廉與尚任為同時或稍稍後輩之人。而其友所撰《元寶媒》之序云:'余差長周,今年已三十。……周郎所著傳奇數十種,如《元寶媒》,尤膾炙人口。'然則其傳奇概為年少時所作也。"按,我所見的《元寶媒》,也沒有這篇序。如果《娛萱室隨筆》,"年二十九卒"的話可信,"傳奇概為年少時所作"就更沒有問題了。

愚谷老人張氏的《珊瑚玦》序也談到周稚廉的生平及其著作:"周子真奇才也。周子年弱冠耳,才雄天賦,加之讀書嗜古,靡不宏覽。制藝以逮雜著,沈博絕麗,迥非儕輩所及。予每見輒心折之。間出為詞餘,異采紛披,機穎觸發,匪可思議。且人情物態,纖微凌雙之事,咸能曲折縷析,無所不能。予見周子於廣庭中,眾或喧呶,一人獨靜默如面壁者,知其生前於蒲體趺坐之力深也。其得之家學淵源者,竿頭更進矣。……且所作已有數十種。"這一節話也可以作為傳奇悉為少作的說明。開端張氏說:"湯若士先生作《四夢》,最後作《牡丹亭》,鬧了一個笑話。

　　作者自己對於作詞亦頗自負。《珊瑚玦》第一齣發端〔蝶戀花〕首句云："十歲填詞能合調。"《雙忠廟》第一齣"大概"〔蝶戀花〕首句亦云："自小填詞多綺語，刻羽流商，頗受伶工許。"但他的《容居堂詩詞》，可惜我們已經看不到了。僅在《松江府志》卷七十二上知道他有《容居詞》。此外我們只能在《清詞綜》（王昶纂）卷十八裏看到他的兩首詞，注云："周稚廉，字冰持，婁縣人，有《容居詞》一卷。"〔相見歡〕云："小鬢衫，着輕羅，髮如螺。睡起釵偏髻倒，喚娘梳。心上事，春前景，悶中過。打疊閑情別緒，教鸚哥。"〔謁金門〕云："風屑屑，吹冷一簾新月。深苑薔薇和影折。兜裙紅刺密。昨夜露濃苔滑，早又淺花濃葉。閒倚紅窗尋綠蝶，犀簾銀蒜揭。"

　　我所看到的《容居堂三種曲》凡六冊，每種二冊。每面九行，每行二十字。第一種扉頁僅《珊瑚玦》三個大隸字。第二種扉頁當中《元寶媒》三個隸字，右旁是"容居堂第二種"六字，左旁是"本衙藏版"。第三種扉頁同第二種，當中《雙忠廟》三字，左右旁僅改"二"爲"三"。每種前有插圖四頁，第一頁第二行均作"可笑人填詞"。每種序文均僅一篇。《雙忠廟》序是千山樵者瞿天滽作的。

　　這三種傳奇的本事和考證，《曲海總目提要》卷二十二都記錄得有，惟《元寶媒》誤記乞兒張尚禮還人遺金事，想另是一本。湊巧青木正兒《中國近世戲曲史》中記《元寶媒》的本事，我可以不必把三種本事重述一遍了。

　　在曲律方面，如〔雙調新水令〕、〔黃鍾醉花陰〕的南北合套，〔啄木兒〕、〔三段子〕、〔歸朝歡〕的連用，〔中呂粉孩兒〕套的連用，〔風入松〕、〔急三槍〕的子母調，〔芙蓉〕聯套、〔梁州新郎〕聯套，都用得很恰當，準確。〔玉井蓮〕、〔雙勸酒〕、〔水紅花〕等是他愛用的引子和過曲。但其中也有一些特殊的，如中有〔粉蝶兒〕南北合套，他用〔北粉蝶兒〕、〔南泣顏回〕、〔北上小樓〕、〔南泣顏回〕、〔北黃龍滾犯〕、〔南撲燈蛾犯〕、〔北上小樓犯〕、〔北疊字令犯〕、〔尾聲〕，（見《元寶媒》第十五齣《奏聖》；又《雙忠廟》第五齣《神暱》改第三曲爲〔北石榴花〕，餘同）這是與普通用法不同的。子母調亦多不常見者。《珊瑚玦》第五齣《揚幖》爲〔北點絳唇〕、〔南縷縷金〕、〔北斗鵪鶉〕、〔南縷縷金〕、〔北紫花兒序〕、〔南縷縷金〕、〔北小桃紅〕、〔南縷縷金〕、〔北禿廝兒〕、〔北尾〕。第九齣《營別》爲〔顆顆珠〕、〔憶多嬌〕、〔鬥黑麻〕、〔憶多嬌〕、〔鬥黑麻〕。第十二齣《訃愕》爲〔玉井蓮〕、〔前腔〕、〔剔銀燈〕、〔不是路〕、〔剔銀燈〕、〔不是路〕、〔剔銀燈〕、〔不是路〕、〔皂角兒〕、〔尾聲〕。《元寶媒》第二十二齣《寬鞠》爲〔西河柳〕、〔懶畫眉〕、〔縷縷金〕、〔懶畫眉〕、〔縷縷金〕、〔懶畫眉〕、

〔縷縷金〕、〔皂羅袍〕、〔前腔〕。又《元寶媒》第二齣《財源》連用〔北沽美酒帶太平令〕四支，我認為這是不應該的。

作者雖說"命意絕非罵世"，我們却常可在《珊瑚玦》中看到罵世之語。例如，他不責備賊寇，而說官軍的搶劫姦淫，甚過賊寇，待老百姓也虐待備至。實例就是晏竽將納祁氏，和卜青至各營訪妻，備受折辱。

《元寶媒》中故事，如正德皇帝游大同宿娼；無賴失金八十兩，反誣拾者偷去二十兩，經官斷此非彼物，因無賴所失為一百兩，拾者所拾為八十兩：這都是民間相傳的故事。

作者作意好奇，故《珊瑚玦》中秀才做夢，夢見判官罰惡輕者入畜道，惡極者做秀才，夫婦白首，五男四女，壽至八十，他不禁大笑。判官解釋道："犬雖是畜類，不比別畜定受刀砧之慘，搖頭擺尾，却也無悶無憂。乞丐雖是人身，不得逍遙自在，一遇陰雨連旬，無處行乞，瘟病傳染，沒路祈求，那時凍餒難挨，好生苦楚哩。若說秀才，勢位更慘。倘是家貧如洗，館穀不周，衣不充身，食不充口，孑然一身的還好，五男四女，啼飢號寒，壽命夭折那還好，杖鄉杖國，銅傾鐵鑄，求生不得，求死無門，不要說不能學畜類的自在，要想如乞丐的安閒而不可得矣！"（第三齣《儒報》）這種"秀才不如丐，丐不如狗論"的確很新奇，也可看出作者的憤慨。他在《元寶媒》中，以乞丐做主角；又在《雙忠廟》中，使得"男生乳，女生鬚"（《劇說》卷三，實際是太監生鬚），這些都是故意作驚人語。

他以"不得科第為恨"，實際上也只是狐狸得不着葡萄，便說葡萄是酸的。張憲序《元寶媒》，說他"間為荃綺語，則又穠纖合度，香艷絕倫。至帖括一道，每為才人所鄙彝，復研細心，克臻上乘，諸名流奉為袊式，傳寫紙貴"。可見他對於帖括也是下過工夫的。

薛旦的九龍池

最近我發現了清初無錫人薛旦所作的《九龍池》傳奇。薛旦字既揚，一字季央，號訴然子，吳縣人，原籍無錫。高奕《新傳奇品》著錄《書生願》、《醉月緣》、《戰荆軻》、《蘆中人》、《昭君夢》、《狀元旗》六種，還說到他的作風是"鮫人泣淚，點滴成珠"。不過其中《昭君夢》一種，實是雜劇，並非傳奇，已收入鄒式金《雜劇三編》。《戰荆軻》似乎取材於《今古奇觀》中的《羊角哀死戰荆軻》，這一篇原見《清平山堂話本敧枕集》上卷，篇幅不多，情節很少，無法敷衍爲傳奇。《戰荆軻》雖沒有傳本，想來恐怕也是雜劇吧？《蘆中人》不過是伍員故事中的一節，大概也無法鋪張，或許也是雜劇，不是傳奇。總之，不曾看見原書，只好存疑。從前人對於雜劇傳奇的分別，不大嚴格，每每混稱；現在卻界限分明，不能胡亂併在一起了。《江蘇詩徵》除了上列六種以外，還著錄《續情燈》、《長生桃》和《一宵秦》三種，《傳奇彙考》又有《九龍池》一種。張傳芳向江女士借到《九龍池》抄本，我才得着機會看到這部罕見的傳奇。抄本原名《十二金錢》，不過其中提到《九龍池》，因此我懷疑這就是《九龍池》的別名，便取《傳奇彙考》來比對，果然情節相同，便這樣的斷定了。《崑曲大全》第一集第六冊錄有《薦館》、《贈錢》、《奪錢》、《踏鏡》四齣，又改名《金錢緣》。這戲的來源是元朝石君寶的雜劇《柳眉兒金錢記》和喬吉的《李太白匹配金錢記》。喬作見《元曲選》和《元明雜劇》。抄本《十二金錢》的封面和首頁都有"瑞鳳臣印"一章。扉頁有"隴西李翥岡印"。抄本格子是光緒壬寅年印的，附有工尺。李翥岡先生是賡春曲社幹部之一，一九四二年已經去世了。

《九龍池》的情節如下：第一二齣是《吟詩》、《脫靴》。這就是著名的李太白故事。唐明皇因爲御花園中牡丹盛開，便召李白草《清平調》三首。李白酒醉，叫貴妃捧硯，力士脫靴；豪情逸態，不可一世。崑曲班有合稱爲《吟脫》的，也有單稱《吟詩》的，如《新樂府》就單稱《吟詩》。照曲牌聯套來説，應該合爲一齣，因爲這兩齣聯套與第十齣《仙飲》是相同的，都是：〔引〕、〔梁州新郎〕、〔前腔〕、〔節節高〕、〔前腔〕、〔尾〕。

顧況，字逋客，海鹽人。游長安，做李白的學生，李白將他薦給賀蘭進明，與他的兒子晃一同讀書。當時是帝詔令士女們踏青游九龍池，恰好就是顧況進館的第一天，顧況想去觀光，賀蘭進明請女教師鳳十三娘向他的女兒洛珠訓話，教她讀書，把御賜的開元金錢十二個給她作爲鎮書之用。顧況到九龍池去，在路上遇見洛珠，對她望了許久。洛珠也有意，趁空把十二金錢拋給顧況。顧況得錢以後，就到賀蘭進明家裏去處館。看見洛珠已經先從後花園裏進去，才知道洛珠就是進明的女兒。洛珠聽見父親稱讚顧況的才貌，也知道了他就是她在九龍池遇見的那個人。她走到花園裏，偷看顧況的書房，頗爲清幽，便在竹上刻詩一首云："陌上春歸後，金錢未卜停。好將斑點淚，灑上竹青青。"（按"未卜停"三字，《曲海總目提要》作"卜未曾"）一面顧況正用金錢來卜問他與洛珠能成姻事與否，恰被賀蘭晃看見，便搶去三個錢來告訴他的父親。顧況恐怕惹禍，抹去洛珠竹上的題詩，拋棄書箱，便逃走了。進明知道這事以後，便叫僕人去追顧況，還把洛珠鎖在三層樓，砌起牆來，讓她自己餓死。三天以後，他就到北海任太守去了。

　　顧況逃到磨鏡人奚少山的家裏，恰好遇見賀蘭進明派家丁來追查。顧況躲在少山的女兒眉仙的牀底下。眉仙坐在牀旁，家丁不便搜查，因此得免。

　　李白與友人汝陽王、賀知章、張旭聚飲。賀蘭晃來尋顧況，反被李白與龍人毒打一頓。連日天雨，顧況留在奚少山家裏，眉仙要想托以終身，顧況感謝他父親的包庇，就用金錢六枚聘了他的女兒眉仙。（按，《曲海總目提要》"六枚"作"三枚"）一方面鳳十三娘叫園丁打破牆垣，救出洛珠，還縱火把三層樓燒掉，讓人家疑心洛珠已被燒死。誰知一燒不可收拾，整個房子都燒光了（按，《提要》"第宅丘墟"，在張巡陰索進明命之後）。

　　安祿山以討楊國忠爲名，起兵攻打西京。奚少山父女逃難，經過馬嵬坡的時候，拾到楊貴妃的鞋子，把它寶藏起來。恰巧鳳十三娘帶着洛珠也到了這兒，便一同走。

　　顧況到了華陰，縣令捉住了他，要把他解給賀蘭進明。恰巧李白也到華陰。縣令責備他不下驢；後來聽說他是李白，便前倨後恭起來。李白看見顧況被捕，便勸縣令放了他，贈給他盤纏，叫他暫住太華山玉女峯讀書候試。李白忽奉永王璘的徵辟，勉強答應了下來。

　　眉仙既與洛珠同行，談話之間，彼此心事全都知道了，便結爲義姊妹。奚少山與眉仙洛珠回到西京時，國家已經太平。新天子迎養太上皇還宮。求看貴妃鞋的人很多，每個人要納一個錢才可以看。後來皇帝用千金來買這鞋子，少山獻了上去，因此發了大財。

　　賀蘭進明死在任上，奴僕家將，把財産搶奪一空。(《提要》上説：安史叛亂，張巡守睢陽，派南霽雲請救於淮南招討賀蘭進明。進明忌張巡功，不往救。巡與南霽雲雷萬春都盡了節。張巡陰索進明的性命。臺本把這大段的情節全都刪掉，只説進明是病死的)他的兒子賀蘭晃只好做乞丐，把以前所搶來的三枚金錢，當給奚少山所開的當鋪，管帳的人恰巧就是女教師鳳十三娘，憐他貧窮，留他居住，並且去告訴洛珠。洛珠來見她的哥哥賀蘭晃，晃疑心妹妹是鬼，一嚇就嚇成了狂病。

　　顧況走到賀蘭府劫餘的瓦礫場，遇見淘沙人，知道洛珠被焚而死，痛哭得暈了過去。醒時遇見奚少山，要將女兒嫁給她。後來遇見女教師，方知洛珠也要嫁給顧況。顧況在奚家花園裏偷看眉仙和洛珠，後來遇見鳳十三娘，説明原因。顧況考試，中了狀元。洛珠和眉仙不知道狀元就是顧況，都不願意嫁他。女教師仔細説明以後，便都高高興興地嫁給顧況了。

　　以上是《九龍池》的情節。關於《九龍池》的本事、角色和曲調三項，有須加補充和説明的。

　　關於本事，就是《吟詩》、《脱靴》問題。這兩齣《綴白裘》説是《彩毫記》，其實屠隆的《彩毫記》現存《六十種曲》中，其中並沒有這兩齣，所以有人説這是吳世美的《驚鴻記》，現在我們却又在《九龍池》裏看到了。我猜測，這大約是臺本有意把《驚鴻記》的《吟詩》、《脱靴》，硬拉了來，裝在《九龍池》上的。理由有三：第一，《吟詩脱靴》與後面所敘毫無連鎖關係；我們刪去《吟詩》、《脱靴》，對於全劇結構毫無妨礙，可見這是硬生生的插進去的。第二，普通填曲的人不喜歡填同一聯套，恐怕人家譏笑他才短，洪昇的《長生殿》就沒有一套是重複的。但《吟詩脱靴》的聯套却與第十齣重複，也可看出此非薛旦所作。第三，《曲海總目提要》的作者是看過《九龍池》原書的，卷十九頁十的《九龍池》提要中，並沒有提到李白吟詩脱靴，可見原劇的確沒有這樣的關目。

　　關於角色。《九龍池》中稱奚眉仙爲花旦，恐怕也是臺本的誤寫，其實應該作貼，花旦是京劇的名稱。有人説，花旦起源於妓女多貼花於額，崑曲有稱貼爲六旦的，因爲以老旦、正旦、作旦、刺旦、五旦、六旦爲序，貼旦恰好排在第六之故。正旦多演苦戲，例如《琵琶記》裏的趙五娘、《白兔記》裏的李三娘。作旦一稱娃娃旦，專扮男女小孩。刺旦就是刺殺旦，例如《刺梁》、《劈棺》和其他的武戲。五旦就是閨門旦，專演小姐。六旦就是丫頭或小家碧玉。

關於曲調。第八齣與《十五貫》末齣相近似,〔縷縷金〕、〔越恁好〕、〔紅繡鞋〕三調相連是相同的。第十一齣〔尹令〕應該與〔品令〕相連。《崑曲大全》就錄有〔品令〕。這個抄本把〔品令〕刪去,實不合理。第十四齣寫奚少山父女、鳳十三娘和洛珠逃難,連用四支〔香柳娘〕,很是適當。大約陰柔性的行路宜用此套。記得崑弋社演全本《霞箋記》,敘戀人在行路時相會,也用這四支。如果是陽剛性的行軍,就該把〔朝天子〕和〔普天樂〕相間而用。例如:梁辰魚《浣紗記》中著名的第十四齣《打圍》。第十六齣是全劇文字最好的一齣,所用〔雙調新水令〕南北合套尚合規矩,不過〔僥僥令〕下應有〔收江南〕。最末〔滴溜子〕二支,不在本聯套之內,所敘事也是李白奉永王璘徵辟,與鬧縣另爲一事。所以我以爲這一齣應該分爲二齣,〔滴溜子〕兩支該另行獨立,標爲《奉辟》。第十七齣,〔二郎神〕與〔集賢賓〕連用,這是通例。如《長生殿·密誓》、《牡丹亭·叫畫》、《西樓記·玩箋》,都是這樣的。第二十齣連用〔懶畫眉〕四支。按此套似多寫戀愛或夫婦之愛。顧傳玠灌過一張唱片,一面是王濟《連環記·梳妝》,一面是汪廷訥《獅吼記·梳妝》,很有意思。這張片子的兩面,不但齣名《梳妝》相同,連調名〔懶畫眉〕都是相同的。高濂《玉簪記》〔懶畫眉〕四支,尤爲著名。《九龍池》此齣敘兄妹相會,兄疑妹爲鬼而嚇得發狂,也用〔懶畫眉〕,似乎不大恰當。不過也有些實在無道理可講的。例如:〔黃鍾醉花陰〕南北合套,用在《賜福》上,就是吉祥瑞應的戲,雍容華貴;用在《水門》上,又是好勇鬥狠的戲,殺氣瀰滿;用在《問探》上,又是補敘戰爭的戲,有條不紊;用在《雲法》上,又是人間悲痛的戲,悽涼慘淡;用在《絮閣》上,又是拈酸喫醋的戲,旖風旎光:同是一個黃鍾南北合套可敘喜(賜福)怒(水門)哀(雲法)樂(問探)愛惡欲(絮閣)等情,究竟應該怎樣用法,似乎也沒有一定的規矩。大約情節重要,人物繁多,常用任何南北合套,却是事實;因爲無論如何,一用南北合套,至少牌子多了一倍,可以多容納一些字數。第二十二齣集曲都注明第二支的全稱,其中似有薛旦的創調:〔宜春馬〕(轉〔竹馬兒〕)、〔學士醒〕(轉〔解三醒〕)、〔浣溪月〕(轉〔秋夜月〕)、〔東甌蓮〕(轉〔金蓮子〕)、〔撥帽寒〕(轉〔窗寒尾〕)、〔秋夜鼓〕(轉《迓鼓》)尾。

張大復的傳奇

明末清初的張大復，可說是一位多產作家。他所寫的傳奇和雜劇，據現在所知，已達三十五種，其中有六種是雜劇。我們看高弈的《新傳奇品》和李斗的《揚州畫舫錄》，都知道他寫過十六種傳奇，那就是：《如是觀》、《醉菩提》、《海潮音》、《釣魚船》、《天下樂》、《井中天》、《快活三》、《金剛鳳》、《獺鏡緣》、《芭蕉井》、《喜重重》、《龍華會》、《雙節孝》、《雙福壽》、《讀書聲》和《娘子軍》。但《如是觀》也有人說作者是吳玉虹，似不可靠。《快活三》也有人說作者是朱佐朝，《龍華會》也有人說作者是王翔千。

這十六種傳奇大部分在《曲海總目提要》中都有本事和考證，卷十有《龍華會》(頁一九)，卷十一有《如是觀》(頁一一)，卷二十一有《海潮音》(頁一七)、《醉菩提》(頁一八)和《天下樂》(頁二〇)，卷二十八有《釣魚船》(頁一三)、《井中天》(頁一五)、《快活三》(頁一七)和《金剛鳳》(頁一九)，卷二十九有《獺鏡緣》(頁一)。《曲海總目提要拾遺》面四五有《雙福壽》。《拾遺》後附《索引》說起，《喜重重》又名《天錫貴》，見《提要》卷四十六頁一六。惟《芭蕉井》、《雙節孝》、《讀書聲》和《娘子軍》四種本事在《提要》裏不曾著錄。

王國維根據《傳奇彙考》又知道張大復作有《小春秋》、《天有眼》、《發琅釧》、《龍飛報》、《吉祥兆》、《癡情譜》和《紫瓊瑤》這七種。不過我們只能查到《提要》卷十二的《天有眼》(頁十七)，卷二十九的《吉祥兆》和《紫瓊瑤》(均頁二)。至於《小春秋》、《發琅釧》、《龍飛報》和《癡情譜》這四種却是《提要》與《傳奇彙考》中所沒有的。因此我想到王國維所見到的抄本《樂府考略》必有陳乃乾伯英諸氏所不曾見到的部分；換一句說，《拾遺》之後似乎還有希望出版《拾遺補編》的機會，只要我們能找到王國維氏所見到的抄本。倘若我們仔細查對《曲錄》與《提要》，一定能在這四種傳奇以外，找到其他未被陳乃乾等所發現的傳奇本事與考證。

據一厂的隨筆，我們又知道抄本張大復《南曲譜》中有他自己的記錄。除了上述二十三種傳奇以外，他還寫了六種傳奇和六種雜劇。未刻的四種傳奇是《大節能》(能字疑當作烈)、《羅江怨》、《新亭淚》和《金鳳釵》。未成的傳奇是《智串旗》和《三祝盃》。雜劇就是《萬壽大慶承應雜劇》六種，細目是：《萬國梯航》、《萬家生佛》、《萬笏朝天》、《萬流同歸》、《萬善合一》和《萬德祥源》。

《如是觀》這傳奇一名《倒精忠》，振鐸藏有抄本。我在《讀曲隨筆》面一二一上不能決定"《秦本》是否也是《倒精忠》裏的，《掃秦》是否也被《倒精忠》偷了去用"。

後來我寫《民族文學小史》，算是把《秦本》的問題解決了。我說："現存《精忠記》全本並無《秦本》一齣。《秦本》或許是俗增的《精忠記》的一齣，恰排在《掃秦》之前的。"焦循《劇說》卷三云："秦檜擅權久，大誅殺以脅善類。末年，因趙忠簡之子汾以起獄，謀盡復張忠獻、胡文定論滅族。棘寺奏牘上矣，檜時已病，坐格天閣下，吏以牘進，欲落筆，手顫而汗，亟命易之。至再，竟不能字。其妻在屏後搖手曰：'勿勞太師。'見岳珂《桯史》。今傳奇《精忠記》有《秦本》一折，本此。"

至於《掃秦》，現在我可以十分肯定地說，也不是隨便假設的。咸同年間陳金雀錄有《崑曲全目》，跋云："此本於咸豐十年三月攜入海甸圓明園昇平署內。八月二十二日英人入圓明園，因倉卒避難，不遑顧及，以致遺失。旋於九月初五日偕二兒與杜步雲、方鎮泉回園。時值陰雨在道旁水中復得之，且獲零星書籍，如見故人，此心大慰。遂急取曬晾，藏諸篋中。同治元年閏八月十二日陳金雀記。"

他所記錄的《倒精忠》計廿二齣，齣目是：《遊宮》、《小報》、《起兵》、《逃宮》、《設計》、《殺木》(疑當作水，即李若水)、《採桑》、《交印》、《刺字》、《放歸》、《遇秦》、《走雪》、《祭旗》、《閱報》、《草地》、《翠樓》、《敗金》、《點化》、《訪聖》、《捉秦》、《殺秦》、《團圓》。除《走雪》外，所有情節似均可與《提要》比勘。《交印》、《刺字》、《草地》、《翠樓》、《敗金》五齣最常見，《崑曲粹存》全收。其餘齣目比照如次：

《遊宮》　李綱、李若水請徽宗臨朝奏事。徽宗宣至便殿，二人因奏兵機事，徽宗宴飲不怡。副文武狀元遊宮，幸翠華樓觀之。李若水言秦檜利於北，不利於南；岳飛利於南，不利於北。遂命檜為河北行人司使，岳為江南游擊將軍。

《小報》　兀朮令粘罕為先鋒，斡離不合後，自領中軍。

《起兵》　(兀朮)長驅渡河圍汴京，要道君親至軍前。

《逃宮》　李若水見諸臣奔竄，勸之盡節，不從。

《殺水》　又見康王飛馬至金營議和，因至萬壽宮見道君。金以康王年幼，不准議和，逼道君、欽宗俱至營中，李若水從行。見二聖在金營受辱，極罵而死。二聖及后妃等北去。

《設計》　秦檜聞幹離不要送還二聖,班師北還,與妻王氏議。王氏逆料二聖決不能回宮,立意身在南朝心向北,乃設香粉鴛鴦計。

《採桑》　假作採桑婦,以誘兀朮。秦檜見之,因俯伏獻酒。兀朮抱王氏上馬而去。

《放歸》　其後岳飛連復數郡,王氏獻反間計,金雖令檜夫妻南回,贈王氏以金念珠,王氏亦以九珠金鳳釵獻。兀朮欲放二聖回,為王氏所阻。

《遇秦》　檜夫妻道遇岳兵,紿言殺監守逃回。牛皋勸飛殺之,不從。

《閱報》　檜至臨安,即拜平章。王氏憶兀朮恩情,相思成病。因閱報見飛連破兀朮,煩惱泣下。檜回朝置酒東窗,為王氏解悶。設計陷飛,假作詔書,將十二金牌召飛班師。且欲首飛通謀金國,令家將田思忠齎詔以往。王氏因作私書付田,密送兀朮。

《祭旗》　飛接假詔不肯班師,百姓攀留。牛皋拿獲送私書人,因將田思忠梟首,連夜進兵。

《點化》　牛皋追擊,遇仙人鮑方。

《訪聖》　飛到五國城,迎二聖還朝。

《捉秦》　勘問秦檜、王氏,指出通姦兀朮。

《殺秦團圓》　搜王氏金念珠。將檜與王氏凌遲處死。

在這廿二齣中,根本沒有《掃秦》。並且,在這翻案文字的《如是觀》裏,像周樂清寫《碎金牌》一樣,也無法把《掃秦》給加進去,否則就要自相矛盾了。《如是觀》寫的是岳飛殺秦檜,《掃秦》則追敘秦檜殺岳飛,這怎麼能湊得攏?《崑曲粹存》的編者因為不收或不知《捉秦》和《殺秦》,便胡亂地把《如是觀》和《精忠記》合而為一了。

《天下樂》據云:"此本傳奇久已散失,今日僅存《嫁妹》一齣,見於選集。各家曲譜,均無收錄。然此齣於梨園中,至今盛演勿替。"

按,《嫁妹》一齣,有曹心泉譜,曾載《劇學月刊》。《九宮大成譜》的確未收《天下樂》佚文,《南詞定律》卷六頁一一都收了一支〔好事近〕云:"瑞靄布瑤天,鸞鶴漫空翔衍。龍旌鳳輦,擁護環珮聲遠。飄然,一片瑤笙玉磬,建千幢繡佛金邊。見江山隱現,攬紅塵不勝哀苦連綿。"

《獵鏡緣》據說:"大復此作流傳極罕,梨園中亦久無爨弄者,而戲曲選集曲譜,均不採錄,乾隆時,黃文暘編纂《曲海》一書,尚獲見此傳奇;故其散失,當作乾隆以後也。"

按,曲譜不採錄的話不確。關於《獵鏡緣》的佚曲,我們至少還可以看見兩支。其一爲〔尾漁燈〕,見《南詞定律》卷六頁一一,又見《九宮大成》譜卷十二頁一一:"容似海棠嬌,怯暑唐宮,睥纖腰。粉澤雲鬆,似霞飛霜皎。魂遊似飛花浪飄。悄背寒燈孤衾影,却早是誰人聲喚小。涼月照,郎才女貌,俏嫦娥有意,不放無聊。"又其一爲〔鴈燈錦〕,見《九宮大成譜卷》三十二頁三〇:"誰譴?輕扶款抱。原來是夙緣這遭。幾度欲言不語情難曉。苦同悲,喜同樂,甚意兒教你煎熬?蹊蹺,爲甚愁縈悶攪?楚岫夢魂招,疑雲疑雨,姻緣未易牢。似風裹楊花舞,眼前怎見,不相拋。"

《芭蕉井》佚曲較多,約有八曲。其中四曲爲蕭豪韻:

〔鮑老節〕我冤魂痛號,負冤聲屈恨怎消。城隍五嶽恐禍招。只見神嗟嘆,鬼淚垂,無門告。感十王哀念,冤情浩。上天入地無分掉。除非佛力或能降,因來座下祈恩照。(《南》一:一五;《大》七二:三)

〔黃頭獅子〕難消,止望邦畿永保。豈料狼心,不終歡笑,將我赤身跣剝,古井埋藏,土填深窖,掩以芭蕉。天不知,地不知,鬼不知,我的妻兒怎曉。可憐我孤魂渺渺,泉路迢迢。(《南》一:一五;《大》七二:三)

〔撥神仗〕枉有慈悲心膽小,出家人法力少。枉了你痛苦號咷,怎能將你沉冤來報?枉辛勤走這遭,枉勞叨話一宵。(《大》四:六七)

〔宜春瑣窗〕變我容和貌、來坐朝,撫黎民賞罰自叨。妻兒拱侍,恣姦淫不忍分明道。兇殘,遍國人命難逃,只落得人怨語聲高。(《大》五一:二四)

又有四曲爲鳩由韻:

〔喜漁燈〕雲浮只在前和後,恩德厚。報私情没半點相酬。拋離可憂。遺留,風和雨稠,保社稷如天之久。(《南》一:一六)

〔石榴燈〕名香滿斗,篆裊翠雲幽。留心黎庶恁懷憂。使人徬徨思慮音啾啾。怕恩多作怨,敬處反成讐。我祈求神天見周,無災患家國永修。(《南》六:四;《大》一二:六)

〔尾犯燈〕我豪情興未休,將浪酒閒花,消我虎性狼謀。我也枉自相思,你也未討甜頭。鶯喉,珠光翠流,奉王侯嬌花美酒。(《南》六:一〇;《大》一二:九)

〔泣銀燈〕無由，攔不住彩雲輧，端的是號泣悲啼無救。鼎湖龍去，止留得瑞雲珠鬥。虔心從人所求，又道好完美夫妻子母。(《南》六：一二)

《芭蕉井》本事無考。據逸文看來，大約是近於《包公案·玉面貓》一類的寃獄故事。一位帝王被妖怪赤身跣剝，埋在古井裏，用芭蕉掩蓋着。他就冒充皇帝，妻兒盡為所占。大約他是能够變形的，所以有"變我容和貌"的話。他又神通廣大，連城隍五嶽都怕招禍，有道行的和尚也無法可想。也許這寫的是《西游記》中烏鷄國王鬼魂泣告唐三藏的事吧。蕭豪韻四曲，〔撥神仗〕該是唐僧所唱，餘均為國王唱。

《井中天》據説："乾隆間尚傳於世，故黃文暘《曲海》曾著録之。其後未見流傳之本。《今樂考證》《曲録》二書所載名目，乃本於黃氏《曲海》，至未獲覩原書。戲曲選集及曲譜中，亦不見採録。而梨園中，更無演者。蓋此傳奇，散佚久矣。"

但我在《九宮大成譜》卷十二頁十裏却看到了一支〔尾犯錦〕，就是《井中天》的佚曲："歸來問起自驚惶，愁苦何如？清白誰講？生有污名，死無人謗。心傷。待一死怕夫君絶後，待偸生羞慚難向。思之痛傷腸。展轉處別無生望，只得把香羅三尺赴無常。"

張大復的戲曲，大多與佛教有關，也許他是一個佛教徒吧？

李玉的占花魁

《占花魁》是李玉的《一笠庵四種曲》之一，其他三種是《一捧雪》、《人獸關》和《永團圓》。一般收藏曲籍的，如北京圖書館、言言堂等，大都只有清乾隆甲寅寶研齋的重刊本，惟有鄭振鐸除乾隆重刻本外，藏有明末刊本的《一笠庵新編占花魁傳奇》殘存一册，雖只半部，但也已極爲名貴了。據言言堂抄本曲目，知道《占花魁》一共有廿八齣。全書前有吳門揆八愚序。

我從曲友沈琢如女士處借到故葛緝甫的手鈔本、計二十齣：

(1) 開宗　(2) 覲王　(3) 驚陷　(4) 寇聚　(5) 拐騙
(6) 托業　(7) 落娼　(8) 勸粧　(9) 品花　(10) 賣油
(11) 楊花　(12) 得妻　(13) 湖樓　(14) 定願　(15) 返中
(16) 受吐　(17) 雪塘　(18) 獨占　(19) 贖身　(20) 寺會

這在傳唱本中，恐怕算是收羅得最完備的了。第二齣《覲王》當作《勤王》。但我們從《曲海總目提要》卷十九頁十六上，知道在第十二齣後，應該還有如下情節：「沈仰橋妻設酒肆於盛澤鎮，誘卜喬，若與將狎者，納之籠中，鎖擲於路。巡徼官搶視，以投於江，(即《開宗》所謂"淫風煽身葬江潮")仰橋遂遷居湖上之十錦塘。」第十七齣後，又應該有下面半齣：「秦種扶美娘入堤前茶肆，則仰橋夫婦所居也。」

伶工陳金雀的抄本僅十五齣，茲對比沈藏本如次：

(2) 起任　(3) 逃難　(6) 落店　(10) 販油　(8) 勸粧
(9) 品花　(11) 楊花　(13) 酒樓　(15) 逃閨　(14) 交銀
(16) 醉歸　(17) 雪塘　(18) 獨占　(19) 贖身　(20) 相逢

齣名相異處極多，次序亦有顛倒。倘未曾看過曲本，是無法比較其異同的。讀者但須按照號碼查對，即知二抄本齣名相異之處。

乾隆年間的《納書楹曲譜》齣名又異，共收八齣，即：8《勸粧》、10《一顧》、13《再顧》、14《探芳》、16《醉歸》、17《巧遇》、18《獨占》、19《贖身》。我們大家都知道，伶工的抄本只是舞臺上用的本子，偸工减料，每每略去原作某幾支不唱是常事。試取葛抄本與《納書楹曲譜》對照，便可發現《再顧》（即《湖樓》）〔忒忒令〕下缺〔嘉慶子〕，《醉歸》（即《受吐》）、〔沉醉東風〕下缺〔忒忒令〕，〔桃紅菊〕下缺〔雙蝴蝶〕。《巧遇》（即《雪塘》）、《納書楹曲譜補遺》卷二頁七十〔粉孩兒〕、〔紅芍藥〕、〔耍孩兒〕、《會河陽》下，尚有〔縷縷金〕、〔越怎好〕和〔尾聲〕。葛抄本《雪塘》僅至〔會河陽〕爲止。按照規矩，此下應有〔縷縷金〕、〔越怎好〕和〔尾聲〕，也許就是在茶店裏遇見沈仰橋夫婦，追敘彼此的顚沛流離吧？《贖身》〔紅衫兒〕缺〔前腔〕，〔獅子序〕則缺首曲。《一顧》、《再顧》的齣名甚好，使我們聯想到但丁與比特麗絲的相遇，又使我們想起唐伯虎與秋香的三笑。"一顧"是在花魁送客出外，秦種正在他家門口賣油："二顧"是在西湖樓上，看見花魁行過。

《綴白裘》初集有 8《勸粧》。十集有 16《種情》（即《受吐》）、17《串戲雪塘》（一齣分爲兩齣）和 18《獨占》。《受吐》多穿插的小曲〔剪綻花〕三支。十二集有 13《酒樓》（即《湖樓》），亦缺〔嘉慶子〕，可見這支〔嘉慶子〕在乾隆年間就已經不唱了。

近時的曲譜《集成曲譜》有 8《勸粧》、9《品花》、10《賣油》、13《湖樓》、14《定願》、16《受吐》、18《獨占》。《六也曲譜》的《賣油湖樓》、《受吐》和《獨占》未能出《集成曲譜》範圍之外。《崑曲大全》則除 9《品花》外，另選 7《落娼》、19《贖身》和 20《寺會》。

此劇本事與《醒世恒言·賣油郎獨占花魁》頗多不同。《曲海總目提要》已指出：(1)劇言秦種之父良本种世衡部將，小說則系經紀人。(2)劇言美娘受万俟公子之侮，小說云吳八公子。(3)劇言秦良自金逃回，從楊沂中破劉豫，以功擢太尉。此非小說所有。(4)劇言秦良主寺。小說云秦良爲寺中香火道人。除了這四點以外，我還看出下列另外的四點：

(1)沈仰橋夫妻是傳奇增出的人和情節，小說只有莘善阮氏夫婦與女兒瑤琴一同逃難被沖散。傳奇則言瑤琴的父母早故。(2)小說言瑤琴被騙，至多不過十四歲，至少留養了一年方才用酒灌醉，被金二員外壞了身子，傳奇則直接敘瑤琴落娼時即被勸服爲娼。(3)小說言秦種"十三歲賣與清波門開油坊的朱十老"。蘭花調戲秦種，秦種不從。蘭花反在朱十老面前説秦種調戲她，又誣賴秦種盜銀，實則與油坊另一伙計邢權兜搭，錢是邢權和她偸去的，朱十老一怒之下，不問情由，便將秦種趕了出去，秦種這才自己賣油。後來朱十老悔悟，再將秦種喚回。不久朱十老逝世，秦種便承繼油坊産業，瑤琴的父親莘善恰巧是因逃難收留在油坊裏做老伙計的。這些情節都與傳奇不同。(4) 小說只說:"傳出一個美女,叫做花魁娘子。"傳奇則有《品花》一齣,像清末編《群芳譜》那樣的,王美娘被選爲花魁即牡丹花。相異之點大約還有,但重要的不過是這四點。

《拐騙》一齣,中有賣朝報一節,似可作爲《中國報業史》的材料:"(净喊上)賣朝報,賣朝報。八十萬金兵,打破了汴京。搶了兩個皇帝,擄了許多宮娥彩女,文武百官,多往金營去了。新天子即位臨安,大赦大下。(旦)你去買一本朝報來看看。(介)是。賣朝報的,幾個錢一本?(净)兩個錢一本。(價)賣一本與我。(净付報喊下)"有趣的是,這與現今街上吆喝的賣報聲並沒有什麽兩樣。

朱佐朝的漁家樂

多年以前，我曾因看仙霓社的《漁家樂》引起興趣，翻閱各種曲譜，也曾看過《曲海總目提要》卷二十七的《漁家樂》，似乎模模糊糊地，總不能把故事完美地貫串起來。《曲海總目提要》上所敘到的許多異同的比較，在殘存的曲譜裏也找不到比證。最近我才向沈琢如女士借到她所珍藏的她的亡師葛緝甫所手鈔的《漁家樂》全部曲譜，雖然也還有殘缺，但已近於全；在我所看到的曲譜中，要算是最完全的了。

這部《漁家樂》，共有下列二十八齣。為便於説明起見，都加注齣次：

1 亭相　2 賣書　3 賜針　4 議本　5 矯旨　6 藥酒
7 題詩　8 喜從　9 納姻　10 漁錢　11 逃宮　12 端陽
13 藏舟　14 贈銀　15 起兵　16 舟別　17 路遇　18 遇駕
19 邊報　20 設計　21 代換　22 相梁　23 刺梁　24 接差
25 營會　26 請行　27 羞父　28 祭圓

我覺得任何曲譜很少能超出這二十八齣以外的，至多只能多一齣。內庭供奉陳金雀的鈔本該是比較完全的，然而也只有二十四齣，次序也顛倒得令人不能相信：

1 亭相　2 賣書　3 賜針　4 奏本　5 差尉　7 題詩
20 設計　6 藥酒　9 納姻　11 逃宮　10 漁錢　12 端陽
14 送米　13 藏舟　16 拜別　○店會　15 起兵　17 問路
21 代替　25 營會　22 相梁　23 刺梁　27 羞父　28 團圓

這本咸豐十年的《崑劇全目》中的名稱，多與葛鈔本不同，《奏本》當即《議本》，《差尉》當即《矯旨》，《送米》即《贈銀》，《拜別》即《舟別》，《問路》即《路遇》，《代替》即《代換》，《團圓》即《祭圓》。

惟《店會》似為葛鈔本所無，不知其中是什麼情節。葛本有而陳本缺的計18《遇駕》、19《邊報》、24《接差》、26《請行》這四齣。

我自己也買到一個鈔本,兩册,僅十八齣,次序倒還近情,僅《藥酒》移在《漁錢》後,《賣書》、《賜針》前後互易而已。但缺曲更多,計缺 4《議本》、5《矯旨》、15《起兵》、17《路遇》、18《遇駕》、19《邊報》、20《設計》、21《代換》、26《請行》、28《祭圓》這十齣。

振鐸也藏有《漁家樂》鈔本一册,他那藏曲目上未曾注明齣數,不知究有多少齣,但既僅一册,似乎也不會太多。此外,《集成曲譜》、《六也曲譜》、《崑曲大全》、《綴白裘》、《納書楹曲譜》等書中,也都不能出葛鈔本以外,甚至不能出我所有的鈔本以外。

這傳奇寫的是後漢權臣梁冀及其反對者的鬥爭。除了幫閒者以外,梁冀這邊,似乎只有一個馬融,其餘都是反對他的人,在朝的有張陵、李固和杜喬,在野的有鄔飛霞和馬融的女兒瑤草這兩位女性,還有簡人同和他的叔父簡章,相士萬家春等人,都是擁護清河王劉蒜的。在野的都以潯江附近為背景。

全劇大意是:1 沖帝病危,鄭國公梁冀專權。太后擬詔清河王劉蒜和渤海王劉纘進宮,議立大位。他們倆來到夏門亭。遇見相士萬家春,相他們倆,弟纘當先即帝位,惟不久長。兄蒜即位遲,且有風霜之苦,須謹記"漁家樂"三字。4 張陵、李固、杜矯三臣都擁護清河,但梁冀卻立了八歲的渤海王做傀儡皇帝。三臣議事,張陵說起:"前日聖上有言,梁冀是跋扈將軍。此賊(指梁冀)大恨在心,必有弒君之禍。"三臣便想奏本太后。歷數梁冀"帶劍入朝"等罪狀。5 自然因此得禍,梁冀便矯詔捉了李固、杜喬。6 將他倆收監,用藥酒毒斃。張陵是劉蒜的師傅,梁冀不敢害他。11 但劉蒜已難立足,便從宮中逃出,並與張陵約定,以"漁家樂"三字為相會的暗號。

2 且說潯江有簡人同,貧無立錐,只好賣僅有的幾本破書,又無人買。幸為鄔老漁翁所見,與他的女兒飛霞常周濟他柴米。3 飛霞又得九天玄女娘娘賜予神針,說是日後自有用處。7 馬融女瑤草諫父勿從梁冀,並題詩句云:"須知由命不由人,"勸父勿逆天命。父怒,定須由人,要將他贈與簡人同。8 瑤草欣然願去,9 便由鄔漁翁父女為媒人伴娘,使他倆成婚。(10《漁錢》略)14 奶媽送米給馬瑤草小姐。簡人同即去河間看他叔父簡章(任河簡節度使),以謀出路。

12 劉蒜逃奔,梁冀派兵追趕,卻誤射死了鄔漁翁。13 劉蒜逃到鄔飛霞舟中,允許將來封她為妃。16 他也預備去找簡章,15 因為簡章已經派佳兒人同為參謀,起兵討伐梁冀了。17 劉蒜在路上遇見張陵作道士裝。18 後來又遇見簡章的軍隊,便一同出征。

19 邊報來到，梁冀便命馬融討伐，此時還貪女色，要馬融獻他的女兒瑤草做他的歌妓，不論已嫁未嫁他都要。20 馬融僕爲設計，要馬融出去打仗，一邊派人強搶瑤草，送去成親。21 這事被奶娘聽見，跑來報信。恰巧鄔飛霞要報父仇，便冒充瑤草，讓梁冀手下搶去。一面吩咐奶娘與瑤草扮作漁家母女快逃，要她們冒充飛霞母女。

22 萬家春相梁冀三日內必被刺，因被拘。23 飛霞果以神針刺死梁冀，與萬家春一同逃走。24 簡人同派人接瑤草，却接到了飛霞；劉蒜派人接飛霞，却接到了瑤草。25 好在劉蒜和人同都在營中，接錯了掉換轉來就是了。又把瑤草的奶媽配給萬家春。

26 馬融兵敗，便厚顔迎清河王登大寶，當即打入囚車。27 劉蒜把馬融發給簡參謀審問。女兒瑤草羞辱了父親一場，要他承認"由命不由人"終於釋放了他。28 最後是劉蒜做了皇帝，鄔飛霞封了正妃。靖難諸臣中，李固、杜喬外，鄔漁翁也立了牌位。張陵爲信陽侯，簡章爲鄭國公，簡人同爲五經學士，萬家春爲光祿署勳。

《議本》仿《琵琶記・辭朝》，有〔入破〕和〔出破〕，惜其中各曲，未經一注明。《遇駕》用〔粉孩兒〕套，惟有意不用〔福馬郎〕。《祭圓》用〔黃鍾點絳唇〕北套。

全劇的曲子不多。情節大多捏造。馬融曾爲梁冀草奏，遂誣以獻女爲歌姬等醜行。李固也曾爲梁冀作《大將軍西第頌》，因爲他結局的確是被梁冀害死的，爲了一樁事便寬恕了他，可謂有幸有不幸。

這戲裏一些情節，使我們想起《王寶釧》和《千鍾祿》。

據《後漢紀》二十一建和元年九月説："甘陵人劉文謀立清河王劉蒜爲帝，蒜閉門拒。文事發覺，伏誅。貶蒜爲尉氏侯，徙桂陽郡。蒜自殺。"那麼，劇中説劉蒜做皇帝，也不過是幻想的快心之舉罷了。

十五貫傳奇敘録

《十五貫》故事原見宋人《京本通俗小説》第十五卷《錯斬崔寧》，晚明馮夢龍又收入《醒世恒言》第三十三卷，易名《十五貫戲言成巧禍》。清初朱素臣又據此作《十五貫傳奇》。朱氏吳縣人，所作傳奇甚多，凡十九種，至今傳唱者即此《十五貫》與《翡翠園》，王國維《曲録》另著録《傳奇彙考》中之《雙熊夢》，謂爲無名氏作，實則《雙熊夢》即《十五貫》之別名，非另有一種《雙熊夢》也。所謂雙熊即指《十五貫》中之重要角色熊友蘭、友蕙二人。《十五貫》僅《綴白裘》、《六也曲譜》中載有零星齣段，向無全本，即仙霓社所演出者，亦不甚全，頃得見許之衡所藏抄本，詫爲奇遇，亟爲著録。卷端題有"癸亥七月許飲流"等字。飲流，即之衡別署。許氏著有《曲律易知》、《中國音樂小史》等，又有《中國戲劇史》未刊行，往歲恒與安徽貴池劉世珩氏相往還，劉氏即刻暖紅室傳奇者，互相研討，鳌訂曲律，每至夜深燭盡始已。暖紅室傳奇無譜，劉氏復補綴舊譜，增訂新聲，成《南西廂》、《白兔記》、《霞箋記》、《秣陵春》、《小忽雷》、《情郵記》、《西園記》、《畫中人》等種。此數種工尺譜今暫存繆荃孫哲嗣子彬家中，《十五貫》一書，亦在子彬家中借閲也。下述本事文字，多遵《曲海總目提要》。

　　第一齣《開場》。〔西江月〕云："萬事酒懷第一，四時花興無雙。何須牽掛利名場，且聽笙歌嘹亮。鹿苑風流已歇，蘇臺景物難常，更留故事演金閶，且聽氍毹歌唱。"〔沁園春〕云："熊氏二男，以家貧廢學，受雇爲傭，以金環偶得，才郎誤殺，無辜士女，屈陷樊籠。旅客晨歸，閨貞曉遁，邂逅高橋片語通。十五貫冤沉獄底，兄弟宵逢。況公入夢雙熊，乞名烏臺子夜中。往淮陰踏勘，明探鼠穴，錫山廉訪，暗獲窮兇。兩案重翻，沉冤同白，桂杏齊攀帝眷隆。喬姊妹，聯姻婭，並沐恩榮。"

　　第二齣《討傭》。淮安人熊友蘭、友蕙兄弟，皆讀書，家甚貧窘，友蘭出外營生，爲舵工以自給，友蕙居家誦讀。

　　第三齣《付環》。鄰居曲鋪馮玉吾，其子錦郎甚醜，養媳侯三姑，美而慧，其室與友蕙僅隔一壁。聞友蕙書聲，嘗嘆羨之，翁頗以爲疑，移其室於後，並以鈔十五貫及釵環等物,予媳藏之。

第四齣《買藥》。友蕙嫌太逼近鄰女之室,亦移於後。適鈔被鼠銜入穴,環則銜入友蕙室中。友蕙乏米,謂是天賜;又因書籍屢為鼠損,買藥欲殺鼠,置熱餅中,鼠穴通兩家,竟銜餅潛入侯氏室。

第五齣《姑援》。蘇息娟乃雪山名家之女,父親早逝,隨母他適。繼父不仁,母親復吐血而死。繼父欲賣女至水販處。女懼,其姑慰之,謂若有此事,女赴彼家暫避可也。

第六齣《當環》。友蕙持環至鄰鋪易米,適侯氏因食鼠所銜來之藥餅而斃,翁遂執友蕙與媳俱送官,以為因姦而殺也。

第七齣《屈招》。推官不能辨,抵二人重罪,而索十五貫於友蕙家,則無有也。追責甚苦。

第八齣《贈貫》。友蘭舟抵維州,方執舵,且持書。舟中眾客聚談新聞,言及友蕙,友蘭僕於舟,問之則友蕙親兄也。有陶復朱者,老而好義,立取十五貫資之。

第九齣《盜殺》。尤乃屠戶,渾名油葫蘆。其戚助以鈔十五貫,囑重開肉鋪,持歸。女問何從得,誑以"賣汝為婢,此即身價也"。女大駭,及天將明,姑避於母族,以故早行。有妻阿鼠者,見其門開,潛入室內,欲取鈔去,葫蘆醒而禦之,阿鼠即以屠刀殺之。比明,鄰里見葫蘆屍,覓女不得,追跡之。

第十齣《遭捉》。友蘭負十五貫而行。天甫明,至無錫之高橋少憩,有一女子亦至,詢路,友蘭道所必經也,乃同行。適追者至,送兩人到官。

第十一齣《負冤》。推官不能辨,亦抵二人重典。推官自准改調,即前定友蕙罪之過于執也。

第十二齣《軍牢》。巡撫盼咐,各犯分頭監禁,侯、蘇二氏均發往常州女監,熊氏弟兄則暫寄司獄內。

第十三齣《監會》。熊氏弟兄在監中相會。

第十四齣《宿廟》。況鍾新授蘇州知府,宿城隍廟時,夢兩野人各啣一鼠跪而乞哀,又有其他變異。

第十五齣《女監》。侯、蘇二氏相會,義結姊妹。

第十六齣《判斬》。秋審奏下,熊氏兄弟皆當決,侯、蘇二氏亦當剮,況鍾心大疑之,夜半詣撫軍轅門,擊鼓請見巡撫周忱。

第十七齣《見撫》。況鍾請見周忱,願毋遽決,任其緝訪。半月內不得真情,願受罰無所避,周允之。

第十八齣《踏勘》。況氏抵淮,親往友蕙書室,及侯氏所居內室,細驗之,見有鼠出入,毀垣視之,毒鼠藥餅及鈔皆在其中。

第十九齣《測字》。復抵常,偽作拆字者,誆婁阿鼠入舟。

第二十齣《辨冤》。陶客聞友蘭抵罪,大憤,詣鍾陳情。

第廿一齣《審豁》。況既歸,乃出熊氏弟兄及侯、蘇二氏罪,定婁阿鼠死罪。

第廿二齣《認女》。鍾憫其無所歸,撫以為女。

第廿三齣《謁師》。熊氏兄弟皆就試,並登第,房師即前定其罪名之過于執,至是盡釋前嫌。

第廿四齣《議婚》。鍾使過為婚,嫁息娟於友蘭、三姑於友蕙。

第廿五齣《拜香》。友蘭選授南昌理刑,友蕙靖安知縣,手執條香,三步一拜,跪見況鍾。

第廿六齣《說親》。男女四方均不允親,因恐涉嫌疑,招人議論。況乃向男方詭稱其親生女欲嫁之,向女方詭稱有新登科第者欲娶之。

第二七齣《團圓》。四人完婚。

高弈《新傳奇品》喻朱素臣之風格為"少女簪花,修容自愛"。並云其作傳奇十本即《振三綱》、《一著先》、《錦衣歸》、《未央天》、《狻猊璧》、《忠孝閭》、《四聖手》、《聚寶盆》、《十五貫》、《文星現》、《龍鳳錢》、《瑤池宴》、《朝陽鳳》、《全五福》。《傳奇彙考》,另著錄《萬年觴》、《通天臺》、《大吉慶》、《翡翠園》四本,董氏誦芬室重刊《秦樓月》一本,亦朱素臣作,卷端題"吳門朱素臣編次,湖上李笠翁評閱"。因有吳綺題詞,《傳奇彙考》遂誤為吳綺所作。《十五貫》一劇,通常所見,僅《判斬》、《見都》、《測字》(分為《訪鼠》、《拆字》二齣)、《審豁》(改為《勘問》)、《拜香》數齣,亦即第十六、十七、十九、廿一、廿五齣,其他均不可得見。後仙霓社印《十五貫》,亦不完全,如《遭捉》、《團圓》二齣,即仙霓社本所無,謹錄曲文如次:

《遭捉》云:〔忒忒令〕(生)顫巍巍遙遙沉霭,急煎煎心窩百碎,鴒原誼篤,恨不能縮地,顧不得走荒郊,嘆獨行肩重負。〔嘉慶子〕(旦)厭浥行露非得已,則待護持蓮花,出污泥,自恨弓輕纖細。家近也,好依棲這兒至也好將息。〔尹令〕(生)天高霜痕早避,秋深木葉欲墜,路遙腳跟偏滯。聽細語嬌呼,敢則是朝為行雲向巫峽歸。〔品令〕(旦)低回寸趾,長任路人譏,舊交叉小徑，轉眼白雲迷。只爲葭莩在念，直做桃源避家貧少女，那有耕奴纖婢。曙色熹微，正恐游人量印泥。〔豆葉黃〕（合）姓名莫問瓜李，休疑，多只爲冰玉操持，也則任春秋責備。（生）苔茵正軟，（旦）柳蔭可歇，（合）誰承望消停半晌，（重一句）奈愁緒無端，足力先疲。〔玉交枝〕（丑）鼇魚擺尾，焰摩天終須趕及。天羅地網輕籠住，料寃魂緊緊相隨。野花艷目偏出奇，村醪可口多沉醉。你犯天條，拘拿敢違？我是公差，限期怎違？〔江兒水〕（旦）偶學流鶯竄，何來暴客欺？只看我全身可有三分力。海市方興蜃樓起，李公却替張公醉。天日何妨質對，俯首公庭，一任你瀾翻百喙。〔川撥棹〕（老）瓜葛誼，望錫山，掩翠微。你造姦謀地憤天悲。（重一句）我記深仇食肉寢皮，向公堂證是非，痛親情一旦灰。〔尾聲〕未經謀面成寃對，這件事可容兒戲，少不得牛渚高燃溫嶠犀。

《團圓》云：〔天下樂〕（外）燁燁三星今夕輝，（老）佳期雙締忒神奇。〔粉孩兒〕（合）殷勤的捧金盞，憑玉幾，聽雲璈聲奏，響徹天際。玲瓏花燭吐燄奇，護房闈香氣微霏。蕊珠宮並挾飛仙，萬花叢雙控游騎。〔福馬郎〕（生）紫陌芳容心上記，不道閨中艷，無少異。東牆曾半面，且驚疑，難道假意弄虛脾，將之子代于歸？〔紅芍藥〕心窩裏印下龐兒，豈相逢陽貨仲尼？同井依然舊寃對，換烏紗雙睛茫昧，須知冰操各自持，誰則嫌生瓜李。料鶯書不似爰書，豈禍水反成魚水！〔會河陽〕（老旦）火燦銀缸，風生繡幃，夜深猶自話支離。爲憐伊崑璧無瑕，牆茨有譏。險一霎雲陽市。遵慈教說不盡終身誓，遵慈教只索順從來意。〔縷縷金〕（外）持大義，秉清暉，聞言堪起敬，真不愧鬚眉。屋上烏堪愛，泰山依倚，由來生米已成炊，葭莩總無異。（重一句）〔越恁好〕（生）凝睛細認，（重一句）芳姿非穴窺，餘寃舊痛，從前事不須提。供奉長生寶位，金字題，薰沐頂禮。聽黔黎一路謳歌起，願雲程百代公侯繼。〔紅繡鞋〕（合）神明幾度憑依，陰陽一體提攜。十五貫禍根基，雙熊夢兆先機，天再旦，日重輝。〔尾聲〕笑有聲，哭有淚，文章真率動人寰，可奈《白雪陽春》屬和稀。

本劇曲調，有關曲律，極爲重要。例如第十三齣《雙調》，此十支決不可移易，《牡丹亭・硬拷》及《金雀記・醉圓》莫不如此，京劇中《石秀探莊》截取前半，實不足爲訓。《集成曲譜》中錄此全套凡十餘齣，莫不遵依規律，未敢稍踰。又如第廿一齣中〔粉蝶兒〕南北合套，最有名之《長生殿・驚變》即系如此。至於純粹南曲，時亦有一定聯套規例。如第十齣《遭捉》，類似李漁《風箏誤》中之《後親》，第廿七齣《團圓》類似《精忠記》之《刺字》，純北套如第十六齣之〔黃鍾〕，更無論矣。

其中最有趣者莫如十九齣《測字》，悉用集曲，循環連接，步步入彀，甚合劇情。蓋此齣乃況鍾誘婁阿鼠入舟載之歸去，以便結案。況鍾所言，固步步引婁阿鼠入彀，曲調亦似散曲中之"頂真體"循環銜接而下，以〔步步入園林〕起〔姐姐撥棹〕止，尤妙，步步引婁阿鼠入彀，終於撥棹而去也。所用曲調爲〔步步嬌〕、〔園林好〕、〔江兒水〕、〔五供養〕、〔玉交枝〕、〔月上海棠〕、〔好姐姐〕、〔川撥棹〕八支，集曲成爲〔步步入園林〕、〔園林通江水〕、〔江水供養〕、〔供養交枝〕、〔玉交海棠〕、〔海棠姐姐〕、〔姐姐撥棹〕，另加一〔尾聲〕。

如溯曲調來源，宋趙令時〔蝶戀花〕十闋合詠西廂故事，明曲一部分似承其餘緒。即如本劇重疊至四次者亦頗不少。例如第五齣之〔香柳娘〕四支、第六齣之〔鎖南枝〕三支、第十七齣之〔尾犯序〕四支、第廿二齣之〔祝英臺〕四支、第廿五齣之〔朝元令〕三支均是。《琵琶記》中此例尤多。

元曲有子母調如《正宮》之〔滾繡球〕與〔倘秀才〕，《仙呂》之〔後庭花〕、〔醉中天〕、〔金盞兒〕，均迎互迴環，南曲中亦有此例，如第七齣以〔風入松〕與〔急三槍〕循環即是。

仙霓社演此劇，顧傳玠扮演《男監》最爲可人，至有觀此齣而泣不成聲者。

此劇雖系根據《京本通俗小說》中之《錯斬崔寧》，實則不盡相同，且加入材料甚多。原有故事反處不重要地位。《錯斬崔寧》僅一結構，《十五貫》則除正結構外尚有副結構，《錯斬崔寧》在此劇中不過相當於副結構而已。試分析此劇，前十五齣敘冤獄，後十二齣乃爲況鍾之翻案及二結構主要角色之團圓。此二結構即一爲友蕙之冤獄，一爲友蘭之冤獄，友蕙事悉爲創作，二、三、四、六齣，專敘此獄，而友蘭相當於崔寧，五、八、九、十、十一齣則敘此獄，雖名相當，與《錯斬崔寧》符合者不過九、十兩齣，且《錯斬崔寧》中女主角乃被殺者之妾，此則烈女。《錯斬崔寧》中妾後嫁盜，多年後得悉真情，殺盜報仇，凡此故事，此劇並未採用，可見此劇用《錯斬崔寧》甚少。《測字》一齣滑稽突梯，尤足令此劇生色。拙藏有《十五貫》前灘，其中《測字》一齣，尚能保存原劇優點。

呆中福傳奇敘錄

《呆中福》傳奇不知何人所撰,向未見傳本。其中《達旦》一齣,至今仙霓社及平聲曲社尚有演者。一九三九年冬余偶借得《呆中福》傳奇抄本,紅格書寫,尚覺工整,每頁中縫印"小小三吾亭曲譜本",蓋此紙專作抄寫曲譜之用者。小小三吾亭當爲冒鶴亭,乃冒辟疆後裔。《呆中福》傳奇共十六齣,雖非全帙,主要情節,已能貫串。以其難得,亟敘梗概如次:

第一齣《巧遇》(《招朋巧遇》)。刁嚚與陳直爲友。刁詭言將爲陳作伐,娶其舅父之女;以陳貧,僅以《易筋經》爲聘即可。適逢五月初一,虎邱盛會,刁喚船觀龍舟,召薄情姐爲伴。惟刁素懼內,遂約陳同去;蓋欲借陳兄邀請爲名,行其狎妓之實也。刁往訪陳,適遇葛巧姐,乃陳母之徒,陳母教以女工及綱常,頗識大義。刁見巧姐美,乃以無後爲名,托陳爲媒,娶住陳家,陳允之。

(曲調)〔普賢歌〕〔懶畫眉〕〔東甌令〕

(角色)丑(刁嚚) 老旦(陳母) 副(陳直) 貼(葛巧姐)

第二齣 《龍舟》(《龍舟盛景》)。刁嚚偕妓薄情姐觀龍舟,遇侯客人。

(曲調)〔字字雙〕〔新水令〕〔步步嬌〕〔折桂令〕〔園林好〕〔鴈兒落〕〔得勝令〕〔玉嬌枝〕〔沽美酒帶得勝令〕〔尾聲〕

(角色)淨(五虛) 丑(六耗) 刁(刁嚚) 副旦(薄情姐) 淨(刁之岳父) 雜旦(劉海姐) 老旦(劉海姐之跟隨者) 小生(侯客人)

第三齣 《作伐》(《屠豕作伐》) 葛出血正欲將其女巧姐嫁人,俾得財禮生息;恰遇陳來作伐,一說即合。

(曲調)〔勝如花〕〔前腔〕〔玉嬌枝〕

(角色)淨(葛出血) 貼(葛巧姐) 丑(葛母) 副

第四齣 買靛(《買靛相親》)。刁訪陳,陳告以婚事已成;趁此即欲刁亦爲其作伐。刁遂偕陳往靛行,詭向陳云,僅能以買靛爲名。如其舅父宮道能求得上上籤,婚事即諧矣。刁遂令陳向侯客人買靛青一百擔,陳無錢,刁允可出,並令其立期票,言明七月底還錢。並未相親,即去。

(曲調)〔梁州序〕〔前腔〕〔節節高〕

(角色)丑　副　老生(宮道)　院(院子)　小生(侯客人)

第五齣　《替婚》(《央友代替》)。刁娶巧姐事,為其妻所知,趕來吃喜酒。刁惶懼,乃托陳頂替,代為成親,即云巧姐乃陳所娶。及送入洞房,刁又為其妻捉耳而去。刁臨行時,一怒將靛青簍子踢翻。

(曲調)〔四邊靜〕〔朱奴兒〕〔前腔〕〔園林好〕〔前腔〕〔江兒水〕〔前腔〕〔五供養〕〔前腔〕〔玉嬌枝〕〔前腔〕〔川撥棹〕

(角色)丑　副　老旦　衆雜　淨(刁之丈人)　末(淨之僕)　旦(刁妻)　雜旦(刁妻之僕)　貼

第六齣　《拒色》(《見色不迷》)。巧姐見夫乃陳直,甚以為異。陳告以故,巧姐不願失節,必欲嫁陳,並向其師即姑說明,姑亦允之。惟陳仍忠於友,不與同眠。

(曲調)〔集賢賓〕〔集鶯花〕〔黃鶯兒〕〔前腔〕〔簇御林〕〔前腔〕〔尾聲〕

(角色)貼　副　老旦

第七齣　《逢財》(《逢財不苟》)。陳直見靛青簍被踢後,每簍內俱有銀四隻;二百五十簍,共千隻,每隻值百兩,共值十萬,堅欲還與侯客人。巧姐私取四錠,以便他日還刁財禮。陳直蓋欲學范仲淹還金,將來亦望能出將入相也。

(曲調)〔憶多嬌〕〔鬥黑麻〕

(角色)副　貼　老旦

第八齣　《還銀》(《還銀認婿》)。陳至宮宅,欲見丈人。適宮道出外,乃由宮妻出見。宮妻不知有此婿,欲逐之。陳乃言非為親事而來,欲還以銀。宮妻奇之;以為如此正直之人,其女確可托以終身,乃遣僕尋夫歸,以女妻之;並與其甥對穿,不欲彼作媒,刁羞慚而去。銀擬一半賑災,一半為嫁區。

(曲調)〔金錢花〕〔惜奴嬌〕〔尾聲〕

(角色)副　老生　丑　雜(門子)　正旦　作旦(子)

第九齣　《訴侯》(《求媚反辱》)。刁往尋侯,告以靛青簍內有銀。適侯與薄情姐繾綣,不願生事;並云靛青既為陳買去,即為陳有,此乃陳之福分。刁一怒而去,將告侯窩娼。

(曲調)〔引〕〔二郎神〕〔貓兒墜〕〔前腔〕〔尾聲〕

（角色）小生　旦　淨（薄母）　丑

第十齣　《求雨》（掛榜求賢）。能求雨者將與重賞。

（曲調）〔朝元令〕〔前腔〕〔前腔〕

（角色）衆　外（周巡撫）　老生（縣令）　末（同）　小生（同）　淨（玄都觀方丈）　中軍

第十一齣　《達旦》（秉燭達旦）　巧姐因宮道欲贅其夫，益懼，乃向師說明，百計誘其夫，其夫竟不爲所動，仍欲將巧姐還與刁嚚。平日觀孫吳兵法，此夕則觀《感應篇》。

（曲調）〔出隊子〕〔前腔〕〔絳都春序〕〔鬧樊樓〕〔滴滴金〕〔浣溪紗犯〕〔三段繡〕〔下小樓〕〔永團圓〕〔尾聲〕

（角色）貼　老旦　副

第十二齣　《巧拒》（《鬧房見逐》）。刁來索巧姐，巧姐詈逐之；還以銀，刁不受去。

（曲調）〔鎖南枝〕〔前腔〕

（角色）丑　副　貼

第十三齣　《刁謀》（《刁謀圖妾》）。陳往訪刁，必欲還巧姐。刁乃命陳向岳父自陳已娶巧姐，懇岳父逐巧姐去，巧姐無所歸，必歸刁矣。陳乃依計而行。

（曲調）無

（角色）丑　副

第十四齣　《巧全》（《巧計求全》）。巧姐往訪刁妻，言明前後事由，並還聘銀四百兩，刁妻受之，並允爲助。

（曲調）〔不是路〕〔下山虎〕

（角色）旦　雜　貼　丑

第十五齣　《自陳》（《自陳停妻》）陳往宮岳父處自陳停妻，岳父大怒，命人問其母。後得知實情。巧姐亦來，入內；宮女深明大義，與之結爲姊妹，且令巧姐認其父母爲義父母，並允爲巧姐設計成全。事既大白，刁復受辱罵。

（曲調）〔泣顏回〕〔尾聲〕

（角色）副　老生　正旦　雜　貼　丑

第十六齣　《真合》（《還真戲謔》）。七夕宮道贅陳郎，宮女令巧姐替拜堂；並令女僕詭云此即宮女，與巧姐面貌相似。及既同眠，宮女方出而說明。此齣語句悉照應第六齣，結構緊湊有趣。

（曲調）〔粉蝶兒〕〔泣顔回〕〔石榴花〕〔泣顔回〕〔鬥鵪鶉〕〔查字令〕〔上小樓〕〔疊字令犯〕〔尾聲〕

以上敘梗概竟。此劇人名均含有倫理，或其他意義。如陳直即"誠實"，刁嚚如字面所云，宫道即"公道"，葛出血即"割出血"：如此人名，頗似彭揚之《天路歷程》，可見事本子虛烏有。清季果報之說甚盛，如《閱微草堂筆記》即其代表，此劇其亦同類之反映歟？第十三齣無唱句，不圖在明屠隆《綵毫記》後，復有此大膽之嘗試，此可謂話劇發生之春雲再展矣。此抄本當從伶工轉錄，故不全備，且有錯誤。〔雙調新水令〕南北合套，向有成規，不容或踰。第二齣竟與成規不同，實乃伶工寫本之咎。如〔鴈兒落〕與〔得勝令〕實應合稱爲〔鴈兒落帶得勝令〕，此下缺〔僥僥令收江南〕，〔玉嬌枝〕應爲〔園林好〕，〔沽美酒〕應帶〔太平令〕，不應仍帶〔得勝令〕。第十六齣乃〔中呂粉蝶兒〕南北合套，亦與著名之《長生殿・驚變》不盡相同，其中〔查字令〕，〔疊字令犯〕均非此合套所宜有。南北合套律令綦嚴，清代填曲者如蔣士銓、黃燮清輩悉守此法，未有似此抄本之雜亂者。

揣測全書，當尚有陳直求雨成功(以《求雨》爲張本)及掛印征番事(以《達旦》觀孫吳兵法爲伏綫)，惟近俗套，似因此不傳也。

南樓傳

我在寫《彈詞考證》的時候，還不曾看見《南樓傳》傳奇的原書。最近才看到穆藕初先生的藏書，布函抄本二册。布函上的紙籤題着"建國六年春三月，優優錄於京寓"。

與《南樓傳》同一題材的，丁日昌禁書目還有《摘錦倭袍》可補《彈詞考證》之闕。

《崑曲大全》所收《斬刁》實爲《判斬》與《斬刁》的合併。《判斬》尚無大出入，《斬刁》幾乎全不同。抄本比較複雜得多，徐氏祭夫王文，說王文不聽他勸諫，致有此禍。王祿祭刁劉氏，劉氏罵王祿都是惹出來的禍，沒有王祿告發，她不致受苦。這些都映帶前文作結；《崑曲大全》既只有四齣，這些情節添了上去，反覺突兀，還是删去，顯得頭緒清楚，自然詞句便不得不另編簡單的了。即以曲調而論，抄本有〔端正好〕、〔滾繡球〕、〔倘秀才〕、〔叨叨令〕、〔脱布衫〕、〔小梁州〕、〔么篇〕、〔快活三〕、〔朝天子〕九曲，而《大全》僅有〔端正好〕、〔滾繡球〕、〔楚歌曲〕、〔脱布衫〕、〔小梁州〕五曲，即可知道。〔楚歌曲〕一名甚奇，北曲中向無此名，南曲中亦無此調，當只能解作湖南湖北的俗曲。《斬刁》王文上場白有云："個是偷堂客個報應嚇"（抄本）純爲湖南湖北的方言，因此二地稱"這"爲"個"，稱"女人"或"妻子"爲"堂客"也。《大全》則作："想我王文，拉女春面上，僭子一世個便宜，阿殼張今日，倒要做奪頭勝會個篤。"便全是蘇白了。我想決非因王文住在襄陽，讓他說湖北話，說不定作者竟是洞庭湖南北的人，偶然露出了他本家鄉的土白，但這也只是猜猜罷了。

《南樓傳》的針綫甚密。例如，王文與劉氏園會，遺下巾幘衣服，被二娘看見。另一次王文誤從前門進去，又被王禄看破。偏偏王文睡時又遺下方巾，交毒藥與婢女時又特提一句，無非要刁南樓毒發時看見這方巾，知道他的妻子與外人有染。

據我的看法，這抄本與懷寧曹氏的藏本想是一本，也許穆藏本就是抄曹本的，因爲這抄本就是在"京寓"鈔的。兩本齣目完全相同。《大全》所載當是晚出的修訂本，文詞較爲雅馴，但因此本來的樸素和野趣也就大爲減色了。

　　細看《南樓傳》的用調，頗覺有趣。例如《結盟》齣，到佛堂去，就用〔繡真兒〕，刁、毛、唐三人結義就用〔三學士〕。《聽琴》就仿《琴挑》，連用〔懶畫眉〕。但《琴挑》用四支，抄本祇用兩支，《大全》不倫不類地用了三支零兩句，也許被省略掉三句吧，這在曲律上是不應該的。《私會》因爲是在園中相會，便用《牡丹亭·游園》的曲牌：〔步步嬌〕、〔醉扶歸〕、〔皂羅袍〕與〔好姐姐〕。祇是抄本多了一支〔春風滿皇州〕，〔皂羅袍〕多了一支〔前腔〕，《大全》則無〔春風滿皇州〕，而〔皂羅袍〕的〔前腔〕却連用了兩支。《勸夫》用的是北曲一套，即〔越調鬥鵪鶉〕、〔紫花兒序〕、〔柳營曲〕、〔小沙門〕、〔聖藥王〕、〔調笑令〕和〔煞尾〕。按〔柳營曲〕即〔寨兒令〕，〔小沙門〕即〔禿廝兒〕。《算帳》寫刁劉氏與王文二次幽會，用曲牌〔劉潑帽〕，可謂妙極。不知是否我神經過敏，我總覺得作者是有意地這樣幽默地采用這個曲牌的。最有趣的大約是刁南樓"在途中旅邸，並沒有可口東西"，忽然吃到有毒的肉饅頭，便大爲贊美，這曲調便用"〔玉胞肚〕"(大約原義爲圍腰的玉帶)，諧音爲"肉飽肚"。

　　《大全》與抄本對比，《聽琴》、《園會》和《服毒》也都不同，但也有小同之處。因此推想《大全》是一個改動得極多的改本。這抄本甚至有未打工譜之處，或許是初稿本吧？

桃花影傳奇

最近讀到《桃花影傳奇》。此書一名《離魂記》，又名《五色綫》。《國立北平圖書館戲曲音樂展覽會目錄》面二二亦著錄本書云："二卷三十折，不著撰人，刻本。"並收入"時代不詳及佚姓名者"項內。

此書不題作者，亦不詳何時人。書前有"同硯弟劉大懿"題詞，內有句云："則有高平才子，揚國騷人，粉壁填詞，髫年工《白苧》之曲，紅牙按拍，醉後聽《紫綃》之歌。"似乎是能夠歌唱的。所謂高平，或許是郡名。考《百家姓》，"范"、"巴"、"公孫"等姓均屬高平郡，作者或許姓范。揚國則乃春秋時晉羊舌氏邑，古城在今山西洪洞縣東南十五里。那麼，作者或許是山西洪洞附近的人。書前又有嚴烺的題詞。按，嚴烺，仁和人，嘉慶間以主簿發南河，道光間歷官河東河道總督，江南河道總督。其治運河北路，以蓄汶敵衛爲最要；論江南河務，以蓄清敵黃爲最要。後以病乞休，坐事降運同。嚴烺既爲嘉道間人，此范某當亦嘉道間人，他們相識，或許是在嚴烺治運河北路的時候。清季洪洞范家是個大姓，如康熙間范鄗鼎以理學名，雍正間也有個范爾梅。

作者用韻多土音。每齣題出韻目，似甚講究，其實頗多未妥。例如第四折《仙覺》用尤侯韻，但"如花仙貌生人怒，冤家當路"，卻有怒、路等字出韻。第八折《妖氛》亦用尤侯韻，也有"氣短英雄阻"的阻字出韻。他是把"怒"和"路"讀作"漏"，"阻"讀作"走"了。又如第十折《遣真》用庚青韻，却有"頑仙無賴恣調弄，何處問東風"，以弄、風協韻，末句又是"是瓜蔓兒山頭人種"。作者對於庚青與東鍾兩韻是分不清的。反之，第十七折《合真》則用東鍾韻，其〔梁州序〕云：

"花迷潘岳，香涴荀令，煩惱洛陽張琪。曲江村墅，認成蕭寺蒲東。賴婚請宴，賴簡聽琴，從茲人臥病，晚粧樓上留殘杏。（又）隔着西廂幾重，草橋店更無夢。"

在作者看來,"琪"、"束"、"重"、"夢"與"令"、"琴"、"病"、"杏"是没有什麽分别的。

在聯套方面,作者似不甚了解。名爲傳奇,北套用得特别多,却每每隨便填幾支,不依規律。第九折是〔雙調新水令〕套。第十四折是〔南吕一枝花〕,却有〔前腔〕,真是千古創例,下面只用〔梁州第七〕和〔駡玉郎〕,就此了事,未免不倫不類。第十五折是〔正宫端正好〕套。第十六折是〔商調集賢賓〕套。第十九折是〔中吕粉蝶兒〕,下面只有兩曲〔石榴花〕,就此完結。第二十折是〔黄鍾醉花陰〕,填上〔出隊子〕和〔喜遷鶯〕兩支,就此不填下去。第二十四折只有〔端正好〕、〔呆骨朵〕、〔小梁州〕、〔笑和尚〕四曲。第二十八折只有〔越調鬥鶴鶉〕和兩支〔綿搭絮〕。一共八套,只有三套稍微像樣一點。南套自然也是胡來。第六折〔懶畫眉〕只填一支,第十七折〔梁州序〕只填兩支,第二十二折〔二郎神〕不帶〔集賢賓〕,第二十三折〔山坡羊〕只用一支。

《桃花影》的故事用的是《聞奇録》上的《畫裏真真》:"唐進士趙顔,於畫工處得一軟障,圖一婦人甚麗。顔謂畫工曰:'世無其人也。如有,某願納爲妻。'畫工曰:'予神畫也。此亦有名,曰真真,呼其名百日,晝夜不息必應。應則以百家彩灰酒灌之必活。'顔如其言,遂呼之,百日晝夜不止,乃應諾,急以百家彩灰酒灌之,遂活。下步言笑飲食如常,曰:'謝君召妾,妾願事箕箒。'終歲生一兒。兒年兩歲,友人曰:'此妖也,必與君爲患,余有神劍可斬之。'其夕乃畫顔劍,劍纔及顔室,真真乃泣曰:'妾南嶽地仙也。無何爲人妾之形,君又呼妾名,既不奪君願,君今疑妾,妾不可住。'言訖,攜其子却上軟障,嘔出先所飲百家彩灰酒。覘其障唯添一孩子,皆是畫焉。"范成大詩和《慵傭廨抹》均引用之。

此外,倩倩則用陳玄祐的《離魂記》。五色綫則見於《薛雍妻》,猪嘴道人則見《情史》卷九幻術類。

作者似未見吳炳的《畫中人》,故情節無相同處。文筆則甚佳,似乎想學湯顯祖。

此劇大意是:南嶽夫人座下,有真真、倩倩二姊妹。倩倩動凡心,降生張茂昭僕射家。真真則心堅,偶與鳩盤茶言語不合,鳩欲加陷害,托吳道子畫其象,幻作猪嘴道人,將畫贈與趙顔。趙先在曲江見倩倩,覺與畫中人無二,乃唤之百日,氤氲使者風送其音,真真心動,南嶽夫人乃命其下界,百日後仍歸畫上。趙顔偶過張寓,見倩倩在樓上,誤認爲真真,闖入桃園,爲僕所毆。真真又以色絲引倩倩離魂與趙相會。鳩破壞之,使倩倩魂歸。趙尾之,又被張僕射誣爲妖,繫獄。且令女倩倩至別墅休養。倩倩途中爲賊寇劉闢所刼,鳩設計使真真代之,救倩倩出。真真脱身後,圖劉闢山寨形勢俾獄中之趙顔,令申請代罪立功,白居易、元稹、令狐楚、張籍等助之上聞,帝許之。趙得真真助,平劉闢亂,僕射乃以女嫁之。時趙顔猶誤認真真、倩倩爲一人,得真真與鳩盤荼降臨説明,始知原委。

　　書名《桃花影》,是説真真和倩倩都愛桃花,且面貌相似。吴道子畫真真手持桃花,故名《桃花影》。

龍燮的江花夢

聽説安徽學院中文系三年級的同學龍健群是望江人，便向他提起望江的曲家龍燮，他説龍燮是他的祖先，《江花夢》傳奇曾留傳下來。我便托他趁寒假回家之便，把這傳奇帶來，同時抄寫其他作品和家譜中的傳記和年譜。我爲了這個新的發現，興奮了許久。

果然，健群同學今春來校帶來了《江花夢》傳奇抄本二册，燮公的哥哥龍光的《龍燮公傳》一頁，燮公的兒子龍垓的《龍燮公年譜》四頁，還有龍燮康熙己未年應博學鴻詞科考試的《璿璣玉衡賦》和乙丑春御試的《經史賦》各一篇。我現在就根據這些材料把《江花夢》大略地介紹一下。

據年譜，《江花夢傳奇》是龍燮三十六歲時的作品，那一年他住在揚州，是康熙十四年（乙卯），亦即西曆一六七五年。記得《今樂考證》眉批上也著錄此書，惟作《瓊花夢》，不稱作《江花夢》。全劇二十八齣，提綱齣〔漢宫春〕云："江子窮態，嘆文章無用，豪俠難求。不信憐才重義，俱温柔。吟詩聊許解魚腸，一笑相投。紅顏厄，賴揮金脱網，攜去段同稠。杖策書生年少，羨飛題羽檄，步上瀛洲。爲訪瓊花消息，來到邗溝。持箋暗想，列華筵二美俱收。歡娱極遇仙翁提醒，急切勇回頭。"大意敘花神托夢給江生，手持一箋一劍，終於持箋持劍的兩個女子都嫁了江生。在結構上說，第二齣《夢箋》可説是套《遊園驚夢》的。湯顯祖《牡丹亭·驚夢》與此多相似。二劇均有花神，無須多說。江生就是柳夢梅，箋和劍就是垂柳，受的是湯玉茗的影響，這在各家題詞中也可以看得出來：

"玉茗新聲筆已荒，歌場三夢絶華堂。誰知後起多才思，檀板輕敲滿座香。"（馮溥）

"玉茗蕭條檀板荒，羨君彩筆更堂堂。美人一去瓊花死，五夜空懷夢草香。"（尤侗）

"新聞又見《江花夢》，舊面還憐玉茗堂。此外騷壇餘子在，天磨小隊夜

郎玉。"（高珩）

"臨川遺跡草蕭蕭，絕調荆溪又寂寥。自招檀痕親顧曲，江東惟有阿龍超。"（王士正）

王士正、尤侗等的四首絕句，暗暗地都期許着龍爕繼跡玉茗，可見這是天下人的公言，並非我的附會了。

花神的打扮是"束髮冠紅衣"。紅衣人入夢，在他的傳記和年譜裏屢次可以看到。傳云："弟將誕之夕，先淑人夢大士攜一紅衣兒至。"又云："十四歲入泮。先府君淑人愛若掌珍，以取科第如拾芥，詎期屢躓棘圍。癸未秋予領鄉薦。先淑人聞捷，臥牀不起，曰：'安有二子赴舉，一落孫山乎？'未幾夢一朱衣人諭之曰：'爕雖不第，後亦不失爲鼎甲官，母無慍。'"年譜上也說："祖妣夢大士攜一紅衣兒至。"

原來寫箋的是揚州袁餐霞小姐。他是"一副彈才子的天平兒"，當今才子的詩詞文集，莫不受其譏誚。有一天"偶作小詩，題於花箋之上，放在案頭"，竟被隔壁瓊花觀的花神攝去。她看到江霖雲仲的《鄩雪齋集》，居然未曾取笑，反而十分佩服。

壞人黨同要替江霖做媒，娶一房財主媳婦。但江霖已經看中了夢中題箋的人，便把這事說給老黨聽，老黨便把詩箋抄去。不料這詩箋副稿又被黨同的兒子連城抄了一份去，竟冒充江霖逕赴袁家求婚。袁小姐見詩箋抄錯幾個字，那人氣質又不像才子，着實懷疑，便出詩題面試，又問他可知道《鄩雪齋集》。他說："《鄩雪齋文集》麼？那是小生幼年文字。近年著作，還有《廿一史》、《千家詩》、《萬事不求人》和那傳奇小說數十種，俟成婚之後，一併求教。"一下子就露了馬腳，因此被趕了出去。正在此時，江霖的僕人持真的詩箋來訪，袁小姐便再覆一詩，叫他珍重送去。

另一方面，江霖考試不中，還受了卓子然的閒氣。卓子然是二甲出身，三班供職，去拜訪新參政唐子方，在唐家遇見江霖：

"（丑）適聞老年翁大用還朝，特來恭賀。（指生介）此位是誰？（小生）敝友江雲仲，弱冠才高，文章詩賦件件都是絕妙的。（丑）高發過了麼？（小生）將來自然高發。（丑談笑介）這等文章，一定是不濟的了。（生驚愕介）（小生變色介）年兄難道不知他是楚中第一名士？（丑）老年翁，如今名士有幾個真的?(生怒介)足下與我素昧生平,怎麼就曉得我江雲仲文章不濟,怎見得我是假名士……

〔駐馬聽〕網混魚龍,自古科名不盡公。不過是金銀勢要,援引鑽營,情面關通。看文章出手面先紅,便雲霄捧足人爭誦。(指丑介)似你這先達詞宗,莫不是蒼天要絕斯文種。"(第七齣《觸熱》)

江霖一氣之下,便想"學那投筆的班超,捨書的婁護",從軍功方面去謀出路。"那頂方巾兒,既用他不著,不若一把火先送了他的行。"他一面祭巾,一面痛苦地說:"我爲你苦把頭埋,難把頭抬。"最後他竟痛快的把方巾數說了一陣:

"〔那吒令〕說甚麼喬才秀才,是窮胎苦胎。想著那經魁榜魁,總胡猜亂猜。等著你時來運來,已心頹氣頹。你慣把懵書生誤的多,又誰想腐儒冠,終日壞,只可惜我從前的本折工賠。

〔鵲踏枝〕你只望我插宮花走馬金街,只望我著朱衣簪筆蘭臺。誰知我書劍飄零,面目沉埋,做不的龍鬚友郝生下拜,反到這驪山下,秦始揚灰。

〔寄生草〕忘舊真無奈,超生也合該。你跳出了這座紅塵界,脫離了這件青衫誡,撇下了這甕黃齏菜,做遽遽蝴蝶夢魂間,看飛飛野馬窗紗外。"(第八齣《焚冠》)

法朗士說:"一切作品都是作者的自傳。"《江花夢》即使不完全是自傳,至少也有一部分是作者的影子。試看傳記:

"弟將誕之夕,先淑人……見魁光輝燦帷中。迨生,實有異質,伏犀貫頂後,三臺枕骨隆然,兩目鳳瞳如秋水,方頤虎額,骨相迥別時流。先府君撫之曰:'此兒當顯吾宗。'及同受業吳公延楷,府君常詢二子孰佳,吳公曰:'大蘇含貞蘊其璞,小陸迅發逞新硎,可以定終身矣。'從師吳公僅一載,弟一目可下數行,日能記千言。及期,五經已通曉,制藝外詩詞歌賦俱信筆成篇。語多俊逸而氣宇英勃。一往傲岸之氣,可辟易千人。十四歲入泮,先府君淑人愛若掌珍,以取科第如拾芥,詎期屢躓棘闈。"

請再看年譜:

"康熙癸卯府君年二十四年，鄉試已擬魁矣。以經藝字訛，遂置之。大主考王公曰：'高出闈知爲府君卷，始大悔，且慰藉曰：子豈長貧賤者耶！不知隋珠荊璧，終入誰氏之手耳！'時府君著作日富，才名藉甚，一時諸名公遂致慕焉。"……

"壬子府君三十三歲。曾記府君與友書云：'某四戰棘，不獲一售。今已矣，丈夫豈堪再辱也。計惟閉戶山中，十年靜坐耳。冬援例入國學，別號石棲。'"

"癸丑府君年三十四歲，既謝舉子業，益肆力於詩賦古文，編爲《石棲藏稿》。"

"某四戰棘，不獲一售。今已矣，丈夫豈堪再辱也。"這是多麽沉痛的話。不過龍燮並非無意功名，不被科舉牢籠，實是屢試不中，方纔灰心。所以他纔說"忘舊真無奈"，他纔說："今已矣。"他是在無可奈何的遭遇中纔謝絕舉業的。所以他寫江生後來做到楚國公還要歸隱，但兩個兒子卻中了進士，他帶着悲痛和喜樂交錯的情緒說：

"〔泣顔回〕青燈黃卷昔研摩，也受盡了朱衣摧挫。似你渾如拾芥，雙雙年少登科。"（第二十七齣《辭榮》）

《九種曲》的作者蔣士銓序文中也特別注意《觸熱》和《焚冠》兩齣，他說：

"事業不遽見，文其先見者也；功名不可期，文其自操者也。甚矣，士之自寶其文而重知己之爲貴也。蓋前不見古人，讀其文則知之；後之人不見我，讀我之文則知之。苟生同斯世，而人不我知，將何以托而紓其感以發其懷？嗚呼！塵刧中衆生所豔羨而不可必得者，爵祿聲色之好而已。既苟得之，則長生冲舉之願起。自達人視之，則一夢境之起滅也。夫人既有身，則墮刧而入夢矣。必欲於爵祿聲色外，別求長生冲舉之術固妄，即學志聖賢，倘七情五欲之不中乎節，轉有累其所學，則亦終無異於衆人也。奈何哉，奈何哉！石棲先生有神童之譽，十一齡，學使李石臺先生拔入縣庠。久困場屋，於是假填詞之文一發其鬱懣幽憂之氣，則《江花夢》院本所由作也。夫江郎，有文之士也，主焚棄儒冠，遠從戎伍，豈不曰斯世之大，終無知我者歟？

乃英華未洩,而袁氏知其文;功名未立,而鮑氏知其略。辛致建樹邊陲,纏綿閨闥,與世之兒女眤於其芳艷溺於淫狎者大有異焉。蓋入眾生中,能自出其劫與夢者,文之狡獪靈通,沈雄清麗其次也。既而先生以鴻博舉制科,涖官場,其文則受知天子矣。無何改水曹,督通倉,不終於子墨客卿之職,莫不疑其文之未足見知於上也。他日鑾迴潞河,見公蒲伏道左,有'汝是好翰林;如何改職?'之諭。天語惻然,於是益信其文之受知之深而嘆其官之限於祿籍也。江花夢醒,又何憾焉。鶴柴廉使為公從曾孫,以此本舊刻漫漶,將重鋟之,屬予校勘而序其略。予不見公,讀公之文,而知公自寶其文而重知己之心蓋如此,男女才色之借端,不復置論焉。乾隆丁酉夏五館後學鉛山蔣士銓拜撰。"

蔣士銓的序文倘參閱年譜,就更加清楚了:

"己丑,府君年十歲,已貫熟《六經》及《左》、《國》、《公》、《穀》、《史記》,漢、唐、宋諸大名家古文凡數百萬言。每一問及,輒滔滔如流水,源委包括無一遺。為文日盡奇肆。兼工詩賦,多信筆成篇。"

"辛卯,府君年十二歲,應童子試。郡守見府君幼小,戲出對云:'〔耍孩兒〕抱來應試。'應君應聲云:'〔朝天子〕看取同昇。'郡守大驚,遂首拔之。"

癸巳,府君年十四歲,始以童子試受知於即墨藍公潤。公以內翰視學江南,風裁嚴峻,得府君卷,大異之,復試令座於案側。發案後面諭云:"本應首拔,所以屈居第七者,本院入泮時亦在此數,故以為預兆耳。"又謂郡守李公士楨曰:"傳吾衣缽者,其在是子乎!"……

"戊午,府君年三十九歲。奉上諭開博學鴻詞科,詔內外百官,各舉所知,大學士馮公溥、中翰王公谷振、陳公睿思遂以府君應詔,六月束裝赴京師。"

"己未,府君年四十歲。三月御試太和殿,題為《璿璣玉衡賦》,首構五言排律。上御筆取中第四十八名,授翰林院檢討,校正《二十一史》,纂修《大清一統志》。"……

"甲戌,府君年五十五歲,正月上任,行督運事。夏五月皇上行幸天津,駕經大通橋,府君跪迎河干。天顏怡悅,溫諭屢加,且命以素系詞臣,不習奔走之勞,免令遠送。一時大僚皆環視動色。府君感上眷顧,賦詩以紀。十二月差滿回寺。《和蘇詩》二集成,大司寇王公士禎,少司農田公虔序而刻之。二公皆一代宗工,不輕許可,而顧於府君,極相推服。益信詩文高下,初不以勢位拘也。"

話說遠了再兜回來吧。江霖既決定從軍,便向中州行去,途遇女扮男裝的鮑雨臣(原名雲姬,也是揚州人,是個女俠),以寶劍相贈,暗托終身。

於今再說党連城被袁小姐趕出門來,惱羞成怒,便向四川防禦使牟四畏獻美,要他強娶袁小姐,借此報復私仇。袁太太一聽這個消息,非常驚恐,便請鮑雨臣設法。鮑雨臣知道牟四畏是怕老婆的,就打點千金禮物,送給牟家的雌虎。由雌虎下令,不准老年妄動,才算解此大厄。袁太太感恩圖報,便把小姐嫁與鮑雨臣,假騙小姐,說是去謝恩的。既到之後,鮑雨臣將計就計,說要娶袁小姐為妻。袁小姐心裏有了江生,不禁急了,便說:"蒙君高誼,奴家願隨老母前來拜謝。施恩望報,已非豪傑所為;賺弱欺孤,則與穿窬何異。為德不卒,君宜思之。"後來鮑雨臣逼得急了,她才說出花神傳箋之事。本來,鮑的意思想藉娶親為名,把袁小姐留下來,將來一同嫁與江霖,現在知道她倆也早已有過來往,便更加高興。最後與她攜手同下,戲謔地說:"和你向枕邊,細話根苗。"

再說江霖投入种世衡幕府,用離間計替這位陝西安撫退了元昊的叛亂。因功由參軍改授文職,掌樞密院,授翰林,加龍圖閣學士。江霖第一件事便是托鮑雨臣照拂袁小姐。他衣錦榮歸之後,自然首先便去訪鮑雨臣。鮑小姐想開他一個玩笑,叫僕人告訴他說是袁小姐已經嫁給鮑雨臣了,他很難過,想要不別而行,門又上了鎖,只得睡在牀上,輾轉反側,一夜不曾合眼。第二天早晨,江霖又要走,鮑雨臣把他留住。

"(小旦)兄不要這等忙亂,你且坐下,有件極湊巧的事,與兄商量。(小生)請教。(小旦)袁夫人還有一位小姐,原與賤內同胞,才貌相等,小弟有個舍妹,與我也是同胞。(笑介)老兄失一得雙,小弟願將功贖罪,不知意下何如?"(第二十五齣《請合》)

下文當然是鮑雨臣卸去男裝,與袁小姐一同出來,說明真相,一夫二婦團圓。我認為到此即可完結,最多再加第二十六齣《證夢》,感謝花神,亦可結束。下面第二十七齣《辭榮》,和二十八齣《遇仙》,實在大可不必。大約作者屢試不中,心灰意懶，才有此出世之想。倘若他這劇本是在博學鴻詞科中式以後寫的，恐怕又不一樣了。不過，話又說了回來，倘若真的到中鴻博以後才寫，恐怕他又不肯寫了。向來我國從前文人的觀念都是如此，曹雪芹不窮到居西郊啜饘粥，決不肯寫《紅樓夢》；吳敬梓不窮到遶着南京城玩長途賽跑，也決不肯寫《儒林外史》。因此，我們能夠看到這結構緊湊文筆雅淡的《江花夢》，還得感謝他早年的不中。

像這樣女扮男裝的故事，頗近似《玉嬌梨》、《平山冷燕》之類的清初同時小說。鮑燦霞可以說是盧夢梨。大約這是當時風行的說故事的方法吧？

可惜我不曾見到《和蘇三集》和未刻的《改庵詩文全稿》、《詞稿》、《晴牖隨筆》以及雜劇《芙蓉城》，所以對於他的戲曲還不能作進一步的探討，只能夠粗疏的把《江花夢》介紹一下。作者自己說："文章不可寄人籬下，須自我出者，方可成一家。"雖尊之為可繼玉茗，也許不是作者所願聞的吧？

暗香樓樂府作者考

在《西諦所藏善本戲曲目錄》第十一頁上著錄有："《鴈鳴霜》、《霧中人》、《木樨香》，以上鄭由熙撰，光緒間刊本。"又，在《言言齋刧存書目鈔》也著錄有這三種傳奇，但只署歗嵐道人，藏者似乎不知道作者本名鄭由熙。我曾在受古書局購得《鴈鳴霜》和《霧中人》二種，惟缺《木樨香》。湊巧從金寨歸來以前，曾在地攤上購到這一本我所缺的《木樨香》，很高興地將它帶回上海，這部書到底被我配齊了。

偶然在《抱經堂書目》上看到《蓮漪記》，以爲是傳奇；叫店伙拿來看，原來是《蓮漪詞》，作者是鄭由熙，一本我所需要的書竟於無意間得之，那欣快也是不言可喻的。

由於王玉章先生介紹《木樨香》，因此我就趁便談這《暗香樓樂府三種》傳奇的作者。

鄭由熙，字曉涵，一字伯庸，號歗嵐，一號堅庵，安徽歙縣人，寄籍江寧。同治優貢，以軍勞保知縣，歷江西瑞金、新昌、靖安知縣。他作有《晚學齋詩初集》二卷、《二集》十二卷、《續集》一卷、《文集》二卷、《外集》四卷。詩編年不分體，《初集》從咸豐三年到同治十一年，共二百四十七首，附二首；《二集》從同治十二年到光緒二十一年，共九百四十七首，附三十一首，《續集》五十首，是光緒二十一年以後所寫的。《文》二卷八十二首，有光緒二十三年的自序。《外集》四卷，是《先儒語錄》、《識小隨錄》、《楹聯錄存》和《贈答詩翰》。由熙對於詩頗推崇曹植、陶潛、杜甫、韓愈、蘇軾、陸游，又說嚴羽是詩人言詩。

《蓮漪詞》原刻二卷，光緒十五年合今舊作重加刪訂，仍二卷，有汪宗沂的跋，許善長的題詞。張鳴珂說他"取徑王沂孫、張炎，雖於周邦彥尚隔一間，而已視摹續綺靡者判若霄淵"。卷二〔惜黃花慢〕與《鴈鳴霜》所載不同，下闋"縱石衛大海"句，原來縱作便。"鬢絲唱老屯田"，原來作"淺斟醉倒屯田"。當以《蓮漪詞》所載爲佳。雖然照刊行年代說，《蓮漪詞》刊於光緒十五年，《鴈鳴霜》刊於庚寅（光緒十六年），但《鴈鳴霜》却是光緒十四年寫成的，《安徽通志稿·藝文考》卷三十四説："〔惜黄花慢〕與所撰《鴈鳴霜》院本所載不同，當系由熙自改。"

鄭由熙與許善長交誼似頗密。許善長所作的《碧聲吟館七種》傳奇如《靈媧石》、《神山引》、《茯苓仙》等，鄭由熙都有題辭；而鄭由熙所作的《暗香樓三種》傳奇中，《鴈鳴霜》也有許善長的題辭。《蓮漪詞》中提到與許善長交游的有下列七首：〔沁園春〕"許季仁太守屬題碧聲吟館圖"，末三句云："萍梗相逢章貢江。吾廬杳、嘆家徒壁立，榛莽寒螿。"大約他們是在江西認識的，許善長曾任江西信州、建昌等地的知府，鄭由熙也曾任江西瑞金、新昌、靖安等地知縣。〔六州歌頭〕詞序云："生平潦倒名場。一官從馬上得來，已違素志。江右需次十年，於役數州，無日不與水陸軍將校爲伍。今又奉檄率戈船赴吉郡會捕齾梟；雖紅旌雪浪，闌鼓奔流，一洗腐儒常態，而才與運舛，感慨繫之。用張安國韻，寄季仁、玉珊諸老。"詞中頗多牢騷語："十載飢驅走，冠蓋縱橫。似五都市上，朱碧不分明，匣劍孤鳴夜來驚。""笑滕王閣，才人賦，雕蟲技，究何成！""嘆馬周老矣，上賞不堪膺，樽酒徒傾。"又，〔乳燕飛〕，"本意，玉珊屬和，次季仁太守韻"。又，〔一萼紅〕序云："移居栩園（季仁太守）主人用玉田賀弁陽翁新居韻見贈，次酬。"又，前調，《歲暮書懷》"呈栩園再用玉田韻。"中有句云："莫笑家徒壁立，慷慨歌詩。""豈無衣？正綈袍贈燠，獸炭餽寒時。""恁一般心頭滋味，付哀絲彈與夜燈知。日暮天寒袖薄，倚竹吟詩。"又，〔菩薩蠻〕"栩園爲人題背面美人畫屬和"。又，〔惜黄花慢〕，"栩園用賀雙卿調韻依夢窗去聲律題余《鴈鳴霜》院本次酬。"

《暗香樓》三種，《木樨香》事略已由王玉章先生介紹，餘二種本事據《安徽通志稿藝文考》卷三十四介紹如下：

《鴈鳴霜》八齣，詠賀雙卿事。雙卿，江蘇丹陽人。夙慧，工詩詞小楷，適金壇綃山周姓農家子。嘗見孤鴈哀鳴投宿，乃爲孤鴈詞，調〔惜黄花慢〕云："孤鴻一個，去向誰邊？索霜已冷蘆花渚，更休倩鷗鷺相憐。"故是曲以《鴈鳴霜》名。又以雙卿寫詩詞以葉不以紙，以粉不以墨，故一名《花葉粉》。惟張學仁、王豫同輯之《京江耆舊集》卷十二載雙卿字秋碧，金壇趙某室，與此異。余瑞障跋稱曾遇其族人，所紀當不誤。《曲阿詩綜》載"雙卿詩詞事略"，然自罹兵燹，無重刊者"。《潤州詩錄》不列事蹟。《縣志》以綃山隸金壇，又不爲列傳，僅附見《藝文志》載所著有《雪壓軒集》（按有近人張壽林輯本），然其書亦不可得見。

《霧中人》十六齣，光緒十六年余鎔刻（見《晚學齋詩》二集卷九《留別余鎔詩》注）。據《晚學齋詩》二集卷一《霧雪行》自序："庚申秋避亂曹竹嶺寺，寺僧多田，流民就食者衆。賊利其資，十二月十五日黎明冒雪至。忽大霧，乃脫於難"云云。

《霧中人》蓋爲此作。庚申爲咸豐十年。書中之庾信懷，由熙自謂；龔常字草市隱張芾，平陽君晉詢隱李元度；北鄉太史隱宋夢蘭；學使當指沈祖懋，字念農，時駐徽郡辦防堵；分見前《國史列傳》及陳澹然《江表忠略》、黃德華《竹瑞堂詩鈔》中，皆實錄。

花裏鐘傳奇

清道光間安徽阜陽人劉竹齋（一名伯友）寫了一本《花裏鐘傳奇》。我知道有這一本書，便寫信托住在阜陽的朋友蘆春替我尋覓，果然他替我借到了，寄給我看，這盛情是可感的。我且把看後所要說的話寫在下面：

這本書據說在阜陽也不容易找到了。書前有一篇朱鳳鳴的序。蘆春來信說起："朱鳳鳴號飛仙，字炎昭，別號癡友，阜陽城南朱寨人，能詩善畫，享年八十六。"從朱序我們可以約略知道一點作者的生平："竹齋年踰知命，而不能青一衿；終歲訓蒙，而不足糊其口；債主盈門，而嘯歌自得：是真能寬放鋼腸、健撐鐵骨者，而世之知者幾人也耶？"可惜序文不全，否則我們或者可以多知道一點。

在《花裏鐘傳奇》裏，作者自己也化名為紀峨（字遠山）登場的。首齣《標題》等於副末開場。第二折《憐貞》，作者自己就作為主角的生而上場。開頭兩句〔滿庭芳〕就是朱序所說的"寬放鋼腸，健撐鐵骨"。他自敘云："小生姓紀名峨，字遠山，阜邑曹店人。不賈不工，亦農亦士。鋤喜帶經，讀曾漂麥。吟詩只寫性情，不羨風雲月露；制藝為傳忠孝，非因富貴功名。叵耐運時乖蹇，家計蕭條，不受人憐，偏逢鬼笑。"照此說來，作者或許還有一點薄田，又曾吟過詩，不知詩稿尚有留存否。第四折《世評》寫兩位朋友：朱賀世，字鳴曉，富浦人；賈大邦，字慶華，安陵人。大約李鳴曉就是李鳳鳴，賈大邦或即題詞的穎尾沈梁，朱鳴曉說起紀峨云："奈為貧所累，弄的他一身債負，滿肚牢騷，親鄰訕笑，妻子怨嗟。"

這傳奇僅十齣，情節很簡單，只是翠雲的父母因凶災而斷炊，將女兒賣入妓院，不肯接客。紀峨聞訊，三數知友，備款往贖，但翠雲却在前一天晚上在花園裏海棠樹上自縊身死了。紀峨只得買棺將翠雲葬在義塚地裏，仍將募來的款子還給朋友們。他的朋友除上舉的朱、賈兩先生外，還有張仲守，字持貞，朱村人；杜季明，字重炎，順昌人。大約張持貞就是題詞的張持，杜季明就是鳳鳴序中所說到的杜亦郛。

作者不僅寫翠雲的人格，同時也把他自己一腔憤世嫉俗的情感發洩出來。

我偶讀元人張可久的〔醉太平〕《感懷》云："人皆嫌命窘,誰不見錢親？水晶丸入麵糊盆,才沾粘便滾。文章糊了盛錢囤,門庭改做迷魂陣,清廉貶入睡餛飩,葫蘆提倒穩。"這心情正與劉竹齋相似。劉氏在第二節裏說到衙中役吏："〔瑣窗寒〕爪牙隊,虎狼群,具人形,懷獸心,飛而食肉,亂嚙良民。可憐家傾產破,脂乾血盡,尚咆哮怒張饞吻,堂上把肥分,獨嚴弓矢之禁。"第八折《說哄》把一般貪官更罵得更兇,說他們連妓女都不如："〔北石榴花〕你看那姦臣污吏亂如麻,都哄着龍樓鳳閣帝王家。有何人披肝瀝膽肯把忠心拿？嘆脅肩羞僕婢,獻媚過嬌娃。盡是些逢迎法,盡是些逢迎法！怕少存剛正,這錢財又缺至乏,一個個擊鼓排衙,一個個擊鼓排衙。剝膏脂笑裏將人殺剮,何況是紅顏薄命賤煙花！"

論詞藻或文章,作者是寫得不壞的。第二折上場詞氣魄就大："〔西江月〕盤古開天闢地,女媧潑水和泥,捏成人樣已稀奇,又捏陰陽肢體。貴賤賢愚貧富,悲歡生死合離。當年何故使參差？惹得紛紛怨你。"後來的〔梧桐樹〕首四句亦恣肆："風姨運繡針,雨姥調朱粉,刺柳渲花,世界團成錦。"第四折借朱鳴曉之口自贊亦佳："〔會河陽〕莫解爲人,何須問天！重挑兒一躍上雙肩。任他撲面風霜,迷途冰雪,偏梗着頭皮趱。此身窮到骨,惟行善；此心直到死,終無染。"第八折妓女鶯儔說起,妓女待客人不差,客人也受用得很好,死也值得："〔寄生草〕羊羔兒酒,龍井兒茶,軟濃濃錦被兒他蓋搭,熱騰騰肉身兒他戲耍,嫩生生粉臉兒他摩擦：越思越想不虧他,黃金有價色無價。"

論排場和曲韻,似可議之處甚多。如第三折的〔懶畫眉〕應該連用,他却獨用。〔尾犯序〕也是應該連用的。〔玉芙蓉〕更不應該單用。把〔北甜水令〕和〔北鬥鵪鶉〕,放在將近〔尾聲〕之處,也覺得不倫不類。第四折該是常用的一套南曲〔中呂粉孩兒〕套,普通除引子外總不出下面這九支：〔粉孩兒〕、〔福馬郎〕、〔紅芍藥〕、〔耍孩兒〕、〔會河陽〕、〔縷縷金〕、〔越恁好〕、〔紅繡鞋〕、〔尾聲〕。像盧前的《讀曲小識》中所著錄的《萬倍利》、《七子圖》、《正昭陽》和《幻緣箱都》是如此。現在劉氏的次序却是：〔新荷葉〕、〔紅芍藥〕、〔粉孩兒〕、〔會河陽〕、〔耍孩兒〕、〔紅衲襖〕、〔縷縷金〕、〔越恁好〕、〔尾聲〕。不僅次序顛顛倒倒,還拿〔紅衲襖〕來代替〔紅繡鞋〕；這〔紅衲襖〕一向也是連用的,且常與〔青衲襖〕連用,現在却單用在〔粉孩兒〕套裏了。第六折〔漁燈兒〕單用也很少見,向來〔漁燈兒〕是與〔錦漁燈〕、〔錦上花〕、〔錦中拍〕、〔錦後拍〕等曲連用的。第七折〔雙調新水令〕南北合套用得不錯,最爲完整。第八折最莫名其妙,聯套如下：〔江兒水〕、〔遶池游〕、〔川撥棹〕、〔梁州序〕、〔月上海棠〕、〔北鴈兒落帶得勝令〕、〔剔銀燈〕、〔混江龍〕、〔寄生草〕、〔粉蝶兒〕、〔北石榴花〕、〔一枝花〕、〔尾聲〕。這未免太雜湊了。按照北曲成例，〔中呂粉蝶兒〕、〔南呂一枝花〕，都應該用作各該套的開端，他却用在最後，並且雜揉在一起，南曲換宮或可多變化，北曲實不應該如此隨便。他把雙調、中呂、南呂、仙呂等全都混在一起，弄成一個大雜拌兒。第九折既用〔商調山坡羊〕，以下即應與他調聯套，不得再用〔梧葉兒〕、〔黃鶯兒〕、〔集賢聽黃鶯〕、〔集賢賓〕、〔琥珀貓兒墜〕等。或者，比較簡單一點，這些商調都仍舊，只把開端的〔山坡羊〕換掉就行。〔山坡羊〕聲調高越悽涼，近於哭號；與〔二郎神〕、〔集賢賓〕的吞聲低泣大異其趣：所以二者總不能合在一起。又，既用〔集賢賓〕，就應該連用〔二郎神〕。

曲韻方面，似多阜陽土音，未能依照韻書訂正。即以第十折而論，就是東同韻夾雜了別的韻：

〔趙皮鞋〕自信是英雄，吐氣揚眉説孝忠。賊來逃散剩空營，翻讓鬚眉守貞不惜命。

這裏出東同韻的有"營""命"二字，此下〔金絡索〕有"興""命"等，〔九迴腸〕有"魂""生""性""音"，〔好姐姐〕有"聖""命"，〔駐馬泣〕亦有"聖"字，〔遶紅樓〕有"平"，〔桂枝香〕有"境""性""醒"，〔歸朝歡〕和〔尾聲〕亦均有"醒"字。除音字是侵尋閉口韻，魂字是真文韻外，其餘都是庚亭韻，可見阜陽人對於東同和庚亭是分不大清楚的。

許善長年譜略

一八二三　道光三年　癸未　一歲

晚清傳奇家許善長生。浙江仁和人。

許善長《碧聲吟館談麈》卷四《聽秋啜茗圖恭紀》云："道光癸巳，先母倩費曉樓繪《聽秋啜茗圖》。是年不孝甫十一歲。"道光癸巳是道光十三年，那一年善長十一歲。由此推上去，故知善長生於道光三年。

同書卷四《歸舟安穩圖》云："余生於道光癸未。"這是很明白地說出他自己的生年，無須查考。

一八三三　道光十三年　癸巳　十一歲

其母請費曉樓繪《聽秋啜茗圖》，善長圖形於側。

《談麈》卷四云："道光癸巳秋七月，先母莊夫人倩吳興費曉樓先生繪小影，名其圖曰《聽秋啜茗》，時年二十九歲。不孝亦圖形於側。丱角侍立，手書一卷，依依膝前。回思此樂，雖神仙不易也。"

一八三六　道光十六年　丙申　十四歲

其母卒。從項小鶴讀書。

《談麈》卷四："道光癸巳先母倩費曉樓繪圖，閱三載而棄養。"同書卷一《項小鶴先生》云："項小鶴師蟾采以附貢肄業成均，入英相國幕中有年，屢試京兆，不得志，憔悴以歸，設硯予家三年，予才十四。師循循善誘，後以老邁辭歸。貧且病，鬱鬱不自聊，遺書別友，自沈於江，良可傷已。"

一八三八　道光十八年　戊戌　十六歲

其祖母古春老人維持家世，重輯園亭。

《談麈》（以下悉引此書，不再舉書名）卷四《家園紀勝》云："寒家自先祖駕部公周生先生歸隱後，手創園林，名鑑止齋。雖未能甲勝一郡，而樓臺高下，邱壑玲瓏，頗足以資游眺，一時聚者皆名流，如張皋文、洪稚存諸先生，文章功業，彪炳一朝。駕部公於嘉慶戊寅冬棄世，風流閒寂者十餘年。迨道光戊戌己亥間，先祖母古春老人維持家世,見子孫漸可成立,家業不至頹廢,於是重輯園亭,復聯觴詠。其時適閨秀競起。每逢佳日,先令子孫輩灑掃潔淨。善長已十餘歲,略知文墨,以後輩禮廁於其間,折紙磨墨,欣欣然為鈔胥。其聚也,自午至戌不撤席。始以時新點果置席上,隨意取食。迨後擯除海味,不設盛饌,惟以小簋進,至四十餘品之多,概取其新。小食五六進亦然,窮極心思,至以雨前茶果品等入菜,可謂奇矣。"

一八四二　道光廿二年　壬寅　二十歲

從宋幼海學。

卷三《宋幼海》云:"同邑宋幼海肇昌,道光乙未孝廉,與家叔芷淥公更稱莫逆。壬寅設帳其同年吳薇客家,教其子弟,課餘常主於余家,頗承青目。素患喘疾,後成丁未進士,出宰甘肅張掖。以地寒苦,舊疾時舉,遂告歸,掌教石門書院有年。……性倜儻,愛談論,然非其人則掉頭不顧也。"

一八四三　道光廿三年　癸卯　二十一歲

初應鄉試。

卷一《乩示闈題》云:"道光癸卯予初應鄉試。"

一八四七　道光廿七年　丁未　二十五歲

從沈竹虛學。

卷三《沈竹虛師》云:"師姓沈,名璜,號竹虛,錢塘人,家小螺獅山,乃兄亦進士而部曹者。師行九,髫年入泮,初應歲試,取合屬古學第一,老宿皆駭然。食餼後尤卓卓有聲,及門甚眾。予於丁未戊申問學兩年,師登己酉鄉榜,己未成進士,官刑部,值家鄉兵亂,遂告歸。……生平著述,自出機杼。清剛雋上,不同凡響。"

一八五〇　道光三十年　庚戌　二十八歲

初次入京都,秋間離去。

卷三《詩境詩思》云:"憶道光庚戌年初次入都,道經十二聯橋,即趙北口也。車行橋上,頗似西湖光景,口占一絕云:'夾道垂楊任客攀,畫橋六六水彎環。西湖風景分明似,只少青青兩岸山。'是役也,積詩二十餘首,久已散佚無存。"

卷四《演桃花扇》云:"憶庚戌歲初次入都,同人招飲於蓮芬之室。余挾松煙十鋌、紫穎十枝為贄,蓮芬欣然書扇以贈,即錄《寄扇》首二闋,款署季仁先生雅正,蓮芬朱延禧,落落大方。藏之篋中,久為蠹魚消領矣。惜哉!"

卷二《高巳生》云:"高巳生年伯博學好古。庚戌歲余游京師,適高亦赴禮部試,遇於張惕齋比部。席間酒酣耳熱,呼歌伶小蟾穉雲來,老子婆娑,興復不淺。

追憶前游,忽忽二十年矣。愓齋出守建昌,旋作古人。其子學川(宗瀚)爲予子壻。"

卷一《南歸見道中題壁》云:"道光庚戌秋八月出都。"

一八五二　咸豐二年　壬子　三十歲

朝考報捷。家藏顧亭林《肇域志》手稿,趙之謙來鈔。

卷三《錄破簡中二則》云:"壬子報捷朝考時,殿撰章采南鋆、編修楊濱石泗孫、潘伯寅祖蔭,皆青年鼎甲,聯坐一處。因題紙遲下,倦而假寐,各憑小桌,以手支頤。"

卷四《趙撝叔》云:"余家藏有顧亭林先生《肇域志》手稿二十册,蠅頭細楷,先曾祖得之粤東藩司任内,先祖愛如珍寶,棄之内室,不與群書同列。溧陽繆武烈公觀察杭嘉湖時親詣索閱,愛不釋手,亟欲借錄副本。余云:'奉祖訓不令出門,如觀察欲抄,小園多空屋,可請人來。'次日觀察門下士數人襆被而來,宿於小園,中有會稽趙撝叔之謙,觀察高弟子也。因得朝夕聚晤,閱數月而書成,此壬子癸丑年事也。"

一八五六　咸豐六年　丙辰　三十四歲

入都供職。

卷四《趙撝叔》云:"丙辰余入都供職。"

一八五七　咸豐七年　丁巳　三十五歲

仍在京師。

卷四《翠琴輓聯》云:"余丁巳入都。"

一八九五　咸豐九年　己未　三十七歲

仍在京師。

卷四《趙撝叔》云:"撝叔於己未登賢書,計偕來都,因得重聚。"

一八六六　同治五年　丙寅　四十四歲

仍留京都。

卷四《演桃花扇》云:"丙寅正月,蘭仙初演此曲。其時余亦在都。"

一八六七　同治六年　丁卯　四十五歲

臘月由保定入都。

卷三《鐵篙行》云:"予於同治丁卯臘月由保定入都,車行積雪中,見涿州北門外永濟橋長二百餘丈,又北行入房山縣界,爲琉璃河橋,更長幾及四五里。中有鐵柱,斜侍橋闌,相傳爲王彦章鐵篙,出水約三四丈,河底不知尚餘幾許。其形方約四五寸。或謂石橋之梁,究不可考。"

一八六八　同治七年　戊辰　四十六歲

夏季薄游嶺南。

卷四《吴子登》云:"戊辰夏,薄游嶺南。"

一八六九　同治八年　己巳　四十七歲

冬攝河口鎮牙釐局事。

卷三《釐局聯》云:"予己巳冬攝河口鎮牙釐局事。"

卷四《趙撝叔》云:"己巳余奉檄來江。"

卷四《信州雜志》云:"余於同治己巳冬司榷河口。"

一八七〇　同治九年　庚午　四十八歲

仍攝河口鎮牙釐局,作《瘞雲巖》傳奇。

卷三《釐局聯》云:"次年懸春聯,見舊者皆泛語,因易之。局門云:'局是牙釐,爾須要投明行户;情無毫末,我惟有約束巡丁。'《票櫃》云:'牙爪莫相欺,休一味只趁虎威虎勢;釐毫敢輕視?無半點不是民脂民膏。'"

作《瘞雲巖》傳奇,除《傳概》外,共十二齣。序跋均庚午年作。首附柳江情癡子所作的《愛雲小傳》,傳奇即據此作。大意叙妓女愛雲與情癡子(劇作洪農)相戀,欲出火坑相從,雖請俠士諶麗川説項,鴇母也不答應。愛雲在妓院常受無賴凌辱,嫁洪之願又不遂,便仰藥而死。

一八七一　同治十年　辛未　四十九歲

作《風雲會》傳奇。

據唐小説《虬髯客傳》作,共二十三齣。此書自跋無年月,惟排在《瘞雲巖》後,姑定爲此年作。

一八七二　同治十一年　壬申　五十歲

河口牙釐局事卸任。

卷四《信州雜志》云:"余於同治己巳冬司榷河口,迨壬申秋交替,曾三至郡城(指信州)。"

一八七四　同治十三年　甲戌　五十二歲

改任湖口牙釐局事。

卷四《吴子登》云:"甲戌余權釐湖口。"

一八七五　光緒元年　乙亥　五十三歲

恩科充江右内簾監試。

卷三《秋闈紀異》云:"光緒紀元乙亥恩科,余充江右內簾監試。"

一八七六　光緒二年　丙子　五十四歲

三月權守建昌,八月交卸。作《茯苓仙》傳奇。

卷三《夫子解》云:"丙子歲予權守建昌。"

卷四《悼亡》云:"丙子權建昌,屬邑大水。恭人脫簪珥,雇舟拯溺者,猶自嘆曰:'惜無多資,不能遍及斯民也。'建昌人至今頌之。"

卷三《建昌記事》云:"余遠祖名孚遠,明萬曆進士。工爲文,選入《百二名家稿》。邃於理學,《明儒學案》首列者也。守建昌三年,民教嚮化,入祀名宦祠,有《麻姑禱雨記事》文,刊在府志。光緒丙子三月,余權篆建昌。緬懷祖德,欣幸何如!適大雨,又值廣昌南豐山中起蛟,急水奔騰,聲如雷震。上游有漂流人畜,雇舟拯救,率屬祈晴,余爲文敬告神祈。嗣至名宦祠設祭,亦爲文。至八月交卸,僅五閱月。"

卷四《趙撝叔》云:"更有《茯苓仙》一種,余權建昌時所著麻姑逸事也。"

按《茯苓仙》傳奇十四齣,首有自序,末署"光緒丙子冬仲玉泉樵子戲筆"。

一八七七　光緒三年　丁丑　五十五歲

權鰲饒郡。

卷三《記游薦福寺》云:"予於光緒丁丑權鰲饒郡,數往游,因記此。"按,此節敘薦福碑故事和寺景,可作爲馬致遠《薦福碑雜劇》研究的參考。

一八八〇　光緒六年　庚辰　五十八歲

四月攝信州郡篆。十月解綬。

卷四《信州校士館》云:"余於光緒庚辰四月攝信州郡篆。"

同卷《悼亡》云:"庚辰權廣信。蒞任數月,恭人操作如故。而精力驟衰,間獨坐飲泣,十月解綬。途次遂患病,然猶力疾至西山萬壽宮進香,回省亟延醫診治,卒不效。"

一八八一　光緒七年　辛巳　五十九歲

妻孫恭人卒。

卷四《悼亡》云:"先室孫恭人,爲海陽鉅族,生母許氏,吾姑也。恭人年十八來歸於余,事祖姑梁太夫人,克盡婦職。余官中書,從余入都,京僚俸薄,不足以自贍。恭人主內政,百計籌度,無令缺乏。值子女前後彫喪六人,恭人之心傷矣。及以知府次江西,屢司權稅,恭人軫恤物力,益自勤苦,布衣蔬食,不改其舊。……次年(辛巳)正月十一日亥時歿於寓舍,距生於道光壬午四月二十一日辰時,年正六十,是年八月,命子德滋扶柩回里。於十月二十五日卜葬於西湖玉泉仁壽山之陽。"

一八八三　光緒九年　癸未　六十一歲

作《靈媧石》雜劇十二種,每種一折。

《靈媧石》十二種:《伯嬴持刀》、《忠妾復酒》、《無鹽拊膝》、《齊婧投身》、《莊姪伏轂》、《奚妻鼓琴》、《徐吾會燭》、《魏負上書》、《聶姊哭弟》、《縈女救夫》、《西子捧心》、《鄭褒教鼻》。有癸未秋七月自序和九月憨寮序。

一八八四　光緒十年　甲申　六十二歲

又攝信州郡篆。《胭脂獄》傳奇刊行。

卷四《信州雜志》云:"光緒庚辰甲申兩攝郡篆。舟楫所過,隄草巖花,均如舊友,何論人民!"又:"甲申六月,復有信州之役,至乙酉四月交替。舊游重到,頗愜心意。正如冀子訓重來東瀕,摩挲銅狄,欣感交深。"

《胭脂獄》據《聊齋胭脂》作,共十六齣。扉頁題"光緒十年歲次甲申嘉平月署"。

一八八五　光緒十一年　乙酉　六十三歲

《神山引》雜劇刊行。

《神山引》據《聊齋·粉蝶》作,共八齣。扉頁題"光緒乙酉四月梓於碧聲吟館"。《胭脂獄》序云:"余既成《神山引》八齣,觀者謬加許可。或曰:《聊齋》內《胭脂》一則,層折頗多,奇冤超雪,且有施愚山先生一判,膾炙人口,事更徵實,何不譜之? 余唯唯。"可見《胭脂獄》成書在《神山引》之後。那麼,《神山引》至少該是與《胭脂獄》同一年的作品了。創作年代無徵,無從詳考。

一八八九　光緒十五年　己丑　六十七歲

是年尚在世。卒年無考。

《談麈》末卷(卷四)末篇《雙聯人》云:"光緒己丑夏間。"這是《談麈》所記最遲的年月,此時,許善長當尚在世,年已六十七歲。此後就無從查考了。

碧聲吟館曲話

前些時買到許善長的一部《碧聲吟館叢書》，除去他的六種戲曲《瘞雲巖》、《風雲會》、《靈媧石》、《神山引》、《胭脂獄》、《茯苓仙》以外，還意外地得到一部許善長自己的筆記《談塵》，共四冊。還有一本趙慶熺的散曲集《香銷酒醒詞》，已另有《散曲叢刊》本和單行本，並不值得注意。

我很高興，能夠看到《談塵》。因爲我向來有一個習氣，研究一個人的作品，每每喜歡把他的別種作品也找來看，藉以增加了解。也每每因此而得到意外的收穫。但《談塵》並不能使我多得到些什麼，除掉作者的傳記材料以外。我們不能從這書裏找到作者對於曲學的見解。雖然我們可以從《談塵》裏輯出有關曲的部分，成爲《碧聲吟館曲話》，却並不是一部精彩的曲話。傳記材料倒不少，我曾根據這些材料另寫成一篇《許善長年譜略》。此處且隨便談談他的談曲部分。

他在《春秋景物倒置》裏談起高濂《玉簪談琴挑》首曲〔懶畫眉〕悉詠秋景，末句忽然來一個"閑步芳塵數落紅"，變成晚春。這是讀曲細心之處；即使我們強辯，說那落下來的紅是楓葉，又將怎樣解釋"芳塵"二字呢？

接着他談《伶人薙鬚》，"四喜部有馬老旦者，還鄉久矣，忽來都門。同業者如獲至寶，先以三百緡令割鬚，復議包銀若干。時已六旬以外，每一掀簾，闐堂喝彩。"崑曲重藝不重色，於此可見。不僅老旦，據《揚州畫舫錄》所載，陳雲九年已九旬，還演小生呢！

《歌伶楹帖》談到蝶雲、蕊仙、雪卿、蘭初、玉如、葵秋、倚雲這些名字。

《賈御史奏疏》所彈劾的是同治年間"太監演戲，將倉存進貢緞匹，裁作戲衣，每演一日，賞費幾至千金"。

《香銷酒醒集》錄了幾首散曲，《趙笛樓》寫慶熺的從弟慶燨能够吹笛，詩詞也寫得好。以上是卷一。

《歌伶軼事》談："歌伶梅巧林者，字慧仙，有肥環之稱，栊裏登場，富艷奪目，與溫某交最深。聞溫死，擬撫棺一慟，而溫弟昧秋（忠翰）壬戌探花，素方古，憚其阻撓，未敢遽往，倩介夫為之先容。介夫請再三，味秋始頷之，云：'來祭則可，我不能見。'介夫曰：'是無庸。我為款洽可也。'至日，慧仙至，一身縞素，未至靈前，痛哭而入，悲動左右。味秋在內聞之，不覺悲從中來，亦痛哭而出。相對汍瀾，半晌收淚，各相慰藉而別。"緊接着下一節便是介紹黃燮清的《拙宜園樂府》，錄《帝女花觴敍》、《桃谿雪弔烈》曲文各一齣。再下便介紹同人的《倚晴樓詩集》。又，《舞腰》敍"四喜部優伶往往有腰圍綿軟，周遭四折，甚至以首納入袴下，奇變百出"。未記人名，殊不重要。以上是卷二。

卷三僅《陳妙常詞》一條："《玉簪記》傳奇《偷詩》一齣中有'松舍青燈閃閃'云云，詞句甚俚。不知陳妙常本能詞，見於《宋閨媛詞略》云：潘法成妻陳妙常酬張于湖〔太平時〕一闋：'清淨堂前不卷簾，景蕭然。閑花野花漫連天，莫相牽。獨坐洞房誰是伴？一鑪煙。閑來窗下理琴絃，小神仙。'確是女尼口吻。《偷詩》前尚有《琴挑》一齣，或即因此詞而附會也。"許善長未見《玉簪記》全書，不知其中尚有《手談》一齣，即敍張于湖事，這首八句的〔太平時〕，也收在這齣內，陳妙常念首四句，只是前段中，"莫相牽"改"莫狂言"。張于湖念第五句。陳妙常又念末三句，字句相同。

卷四《摩孩羅》條，敍述考證過簡。《覺軒戲作》記董沛觀劇於集秀部，贈桂伶八絕句。注中提起辛未榜首秋芬。又記董沛贈榮慶部韓雙喜二百八十字。《芝龕記》條無甚發明。《戲臺聯》尚有趣。

《演桃花扇》頗值得重視。南洪北孔齊名，但洪昇比較幸運，他的《長生殿》幾乎有一半齣數膾炙人口，孔尚任的《桃花扇》唱者卻甚少，又只有《訪翠》、《寄扇》、《題畫》這三齣有譜（吳梅譜《哭主》、《沉江》是後來的事），這一小段文字中告訴我們：道光乙未丙申間，王蕊仙演《寄扇》，咸豐壬子朱蓮芬再演此，同治丙寅，陳蘭仙又演此，蓮芬在道光十三年寫贈給許善長一把扇面，也寫的是《寄扇》的曲文。

《翠琴輓聯》則是演劇史的重要史料，於此可以窺見當時伶人所過的非人生活。"《法嬰秘笈》、《名僮小錄》傳誦一時，雖文人戲筆，而書法精妙，置之案頭，亦文房雅制也。京師積習使然，入其中者幾不自持。余庚戌入都，正當遏密之際，於福興居遇有翠琴者，號穉雲，蘇州人，眉目靈秀，年十三四，如奇花初胎，見之令人生歡喜心。余於是秋出都，聞壬子癸丑間，翠琴之名大噪。殆余丁巳入都，則已曇花影滅矣。翠琴生於二月十一日，其歿也在三月之杪。有人撰輓聯云：'生在百花先，萬紫千紅齊俯首。春歸三月暮，人間天上總銷魂。'不即不離，吐屬敏妙。或曰：'為嘉興陸眉生侍御（秉樞）手筆。'"庚戌是道光三十年（一八五〇），丁已是咸豐七年(一八五七),只是短短的八年工夫,翠琴就去世了。此中人幾乎每十年就換一批,過十年來看,全都不認得了,又有了新的犧牲者,而前一批的人早已日以繼夜地折磨死了！這就是當時所謂相公的悲慘生活。

《五萬春花》敘龔鼎孳與橫波夫人以及戲臺對聯。

全書十八條,以關於演劇史的為最多,而且也比較值得注意。

讀清人散曲四家

一　東籬南北曲稿本

友人凌景埏兄有意輯録《清人散曲》，實是一件極有意義的事，可以給研究散曲的人極大的方便。元明散曲，就現有的材料看來，大致都不甚難得；除去罕見的以外，至少可以看到十之八九。但清人散曲雖時代較近，却極難搜集。任訥《散曲叢刊》裏面的《清人散曲》，只收了六種；盧前在自編的書目裏介紹他自己的《校印清人散曲二十種》，似已刊刻，但我却無緣見到。雖説清代是散曲的衰微時期，但寫作中國文學全史或中國散曲全史時，清人散曲的材料不够，終究是個缺憾。所以我對於景埏兄的這個工作，特别感到興奮。

最近承他慨諾，從蘇州東吴大學將他手鈔的吴江爰龍治孫的《東籬南北曲》稿本寄借給我，使我對於這難得的清人散曲有欣賞的機會，非常感謝。

這稿子篇幅不多，分小令、段數兩部分，計小令二十五支、套數十套。小令以"題畫"爲最多，可以看出他自己歡喜繪畫，大約可以藉此也可以謀生吧？

第一首〔北越調寨兒令〕寫田園風味不壞："酒正熟，不須沽，江村日來風味殊。這青蚨，虚過白駒，不飲待何如？攜將兩尾鮮魚，添來幾種園蔬。雪藕兒切成白玉珮，石榴兒仰起紫金盂，都乾了這酒葫蘆。"

"題畫"之作也頗有一些好的，如〔北雙調水仙子〕云："嘯風吟雨竹千竿，臥月眠雲屋兩間。朝露暮靄時常换，好林巒無用揀。裝點着秋色斕斑。一鏡澄清水，半房供養山。留客坐詩話閑扳。"〔北越調天净沙〕云："疎松幽壑喧濤，扁舟絶澗停橈。寫幅溪山小人，博君一笑，倣肇黄鶴山樵。"〔北仙吕一半兒〕云："森林密樹護松杉，小小幽栖結草庵，隱隱遠山疊翠嵐，畫禪參，一半兒濃堆一半兒淡。"〔北中吕普天樂〕云："曲溪濱，重巖下，煙蘿叢雜，古木槎枒。清涼似帶秋，幽僻宜消夏。一逕斜通密林罅。恰逢着修竹人家，十分秀雅；蘆花蓋瓦，木槿穿笆。"

"倚聲徐迥溪道情，壽金亦愚七十"，雖是祝壽之詞，也相當的有味："話説那疏柳橋邊,數畝田園,老屋三椽,恰小於船。老先生自言自語,無罣無牽。鷄窩偕老,龜殼同仙。詩云子曰逢人説,也者之乎順口聯。忽憶重三日,將交七十年。特地做生辰,拼費緡錢。有老朋東籬野叟,踴躍來前。善戲謔頻換新鮮,姿笑罵半屬癡顛。畫一幅尋常壽意,來闖華筵。"看他自稱東籬野叟,大約這集子是他晚年所編訂的,他至少這時該也有六十歲左右了吧?説不定這位金亦愚就是套數中"壽業師愛廬兄五十"的愛廬,他們本是"別宗支弟與兄,同本原高與曾"。愛廬"爲長孫",也列"末行",愛廬是"一個人兩承祧"的。

小令中的傳記材料有〔南黄鶯兒〕題作"中秋無月時歲丁巳",又有〔北調折桂令〕題作"庚申中秋"。

套數十套,雖然壽詞占了一半(五套),倒也並不見得怎樣惡俗,還可以看。另外一套最好,也就是第一套。還有四套就是他自稱爲"少時戲作"的"綺語","因不忍割愛,故録存之"。

〔北黄鍾醉花陰〕套"四十初度自嘲"是傳記材料。節録如下:"月子纖纖掛松雪,是當日門孤乍設。……(〔喜遷鶯〕)想當初爹娘歡悦,鎮提攜常怕殀折。憐絶,看髮才垂額。指望我他年成俊傑,到得那強仕節,怎生般門閭顯耀,怎生般封誥重疊?(〔出隊子〕)誰知道索債的寃業,癡復頑,迃又拙。……到老一衿人笑説。(〔么篇〕)半生磨滅未中年,慈父撇。……!母與弟貧病相依眉共結。(〔刮地風〕)那更是烽火連年剛歷劫,……因此上蕭條庭院無家業。……(〔四門子〕)惟有那高堂年老須知者,……今年恰周花甲頻加額!……(〔古水仙子〕)……來來來老朋友也者之乎,教教教小蒙童詩云子曰。對對對對晴窗臨舊帖,畫畫畫畫雲山邱壑凹凸,……誓誓誓誓不向孟嘗乞食嘆長鋏。"從這一套知道他是冬天誕生的。父母對他期許頗大,舊思想,希望他能榮宗耀祖。結果他功名無分,仍舊是青衿。不到中年,父親又去世,與寡弱弟、貧病相依。又碰上太平天國起義,家益貧苦。只好教教小孩子,做個獼猴王。有時賣畫糊口。但他決不願低頭做那無聊的幕客。他四十歲時,母親恰好六十歲,可見他的母親比他大二十歲。可惜"家慈五十壽誕(〔北南吕一枝花〕)"竟不曾寫上年代或干支,使我無從訂他的生平。

《悲感》(〔北商調集賢賓〕套)序云:"時同治三年甲子二月初六日先考六十生辰。"有〔逍遥樂〕云:"嘆孤兒不肖,自失怙於今八年棄抛。誰知兵燹連遭,把遺下的守不堅牢。"

《復齋別》小序也寫得好,頗類姜白石詞序。《祝伯父七十壽》(〔北黄鍾醉花陰〕套）小序如戲曲的獨白，先集唐四句，作爲上場詞，可說是生面別開："願上南山壽一杯，白雲飛處洞門開。世間甲子須臾事，十月先開嶺上梅。你看律轉應鐘，星纏析木，正好小春天氣。今日是伯父七旬壽誕，只因他素性恬淡，更遭着時世流離，所以一切俗套，概不舉行。教我做姪兒的沒個盡心處。只得謅成曲兒一套，不免請他出來，聽我瞎唱一番，以圖一笑。"套曲用道白開端，可說是從來沒有的。

《別恨》一套連用"想着你"和"我這裏"的排句，使我們想起楊恩壽《坦園詞餘》〔戀芳春〕散套，連用"思量着"、"應記得"、"難忘你"、"怎知我"：情調幾乎是相同的。《戲贈》一套，寫尼姑思凡，似較《勸善金科》中常唱的一齣《思凡》爲板滯，但仍頗饒風趣。"草蒲團芙蓉褥"一句更使我們想起常唱的那齣名曲。

作者用調，有時未盡合律。例如《悲感》，僅用〔北商調集賢賓〕、〔逍遙樂〕和〔浪裏來煞〕三支，未免過簡。

全體看來，爰龍的散曲決不是雕琢的，但也不是完全白描的。"漸近自然"這四個字，或者可以作爲他的散曲的評語。

據景埏兄說，爰龍還有《白團扇》雜劇，曾刊載於《文藝捃華》第三卷第一二册。

二　玉玲瓏館詞曲

《通俗文學》第三十二期戴不凡先生寫了一篇《儒酸福》，是介紹清仁和魏熙元的傳奇的。昨天蒙凌景埏兄從蘇州借給我一册魏熙元的《玉玲瓏館詞存》，末附散曲二套。我取來與《儒酸福》對讀。不僅魏熙元的生平知道了不少，就是《儒酸福》中所影射的人物也差不多都知道了。高興之餘，就寫了這一篇劄記。

過去我對於魏熙元所知道的材料，僅只《兩浙詞人小傳》所轉引的《蕢洲秋語》："魏熙元字玉巖，仁和人，咸豐戊午舉人，居西湖之水磨頭。每草衣葛履，蕩舟煙際，興所至，信口而歌，天籟自鳴，宮商協焉，有《玉玲瓏館詞存》。"這一節話是從《玉玲瓏館詞存》楚南擔飯僧的序中摘錄下來的。

現在我可以把我所知道的魏熙元的年代鈎稽在下面：

戊午，咸豐八年，一八五八。這就是《蕢洲秋語》上所說的"咸豐戊午舉人"。擔飯僧序云："玉玲瓏館主人，余戊午同年友也。性豪俠，情溫雅。倜儻者品，浩落者才。居杭州西湖之水磨頭，故明媚之氣，溢於眉宇。幼愛漁善獵。每草衣葛履，盪舟煙際，叫跳巖嶺間。興所至，即信口而歌。天籟自鳴，宮商協焉。鄉里父老奇之。長好結客，善飲。家有池，種荷千萬柄。池旁有小榭，圍植古桂。夏初臨，遍邀能飲者寓其中，彈棋鬭韻，樂數晨夕無倦意。尤耽填詞，有《餐英館樂府四種》，當世宗匠咸許之。"

庚申，咸豐十年，一八六〇。擔飯僧序云："庚申歲被兵燹，家產蕩然，稿遂零落。"《儒酸福》跋云："曩余撰傳奇四種：曰《犁樂軒》，曰《玉堂春》，曰《西樓夢》，曰《寶石莊》，付梓初竣，頓遭劫灰。嗣後南北奔馳，不彈此調者二十餘年。"按此跋作於光緒七年，所謂"劫灰"，當指太平天國的戰爭，恰在二十一年以前，故斷爲此年之事。倘作者的話不虛，這真是極爲可惜的。

辛酉，咸豐十一年，一八六一。擔飯僧序云："辛酉，……舉室殉難，以子身逃。"

壬戌到甲子，同治元年到三年，一八六二到一八六四。擔飯僧序云："游異方者越三年。蒙袂輯屨，嘯傲自得，曠如也。"

乙丑，同治四年，一八六五。三月望日古越鮑存曉序《詞存》於寄居小築云："乙丑春，偕計入都，遇同年友魏君玉巖於清江舟次。旋登車。隨行者累日，未嘗一話及詩詞，更未由識其深於言情也。"

丙寅，同治五年，一八六六。鮑存曉序云："亡何，南宮報罷，落拓不能歸，余亦滯迹都門，相距半里許，數杯酒過從。飲輒醉，醉輒放言高論，旁若無人。而纏綿綺麗之態，往往流露眉宇間。"擔飯僧序云："今年春來自故鄉，晤於京邸，顏色慘淡，纍纍然如喪家狗，非若向之風流自賞者。叩其遭亂情狀，唏噓不肯言，忽有時談笑而道之，津津乎有味也。春闈報罷，二三知己，訂爲長夜飲。長安聲色，甲於天下。隻鷄之局無虛夕。嘗招主人同席飲，少輒醉，醉則歌哭笑罵不常，但見醉後擊以筯大笑，知歌聲將作也。歌不甚經意，隨歌隨忘，愛之者私錄之。而醒示之，茫然不記憶，稿即雜置衣履枕蓆間。晚來欲雪，旅館無聊，過齋頭，將前酒酣耳熱之作代揀若干首出，囑同人謄清。既成帙，爲誌其少而壯，而流離困苦，大概如此。"

壬申，同治十一年，一八七二。另一個壬申是嘉慶十七年，即一八一二。魏熙元在社會上的活動開始於一八五八年，當不是這個遙遠的一八一二年的壬申。我斷定是後六十年的壬申。魏熙元作〔桃源憶故人〕，題云："壬申秋，將返棹山陰，載菊人司訓持《東籬采菊圖》小影囑題，倚裝譜贈。"

辛巳，光緒七年，一八八一。《儒酸福》傳奇作成，倪星垣爲作序。

甲申，光緒十年，一八八四。仲春《儒酸福》開雕。

戊子,光緒十四年,一八八八。作〔金縷曲〕,題云:"戊子中秋,同年邵谷晨(元昌)訃至,填此哭之。"注云:"乙丑京寓歲暮,誦君近作:'天涯甚處逢青眼?客館從來易白頭。'二句,座中有泣下者。"按乙丑即同治四年,時邵谷晨尚在,可見邵谷晨死於同治四年後的戊子。《玉玲瓏館詞存》序於丙寅,即乙丑的後一年,倘若《詞存》先成,然後請擔飯僧和鮑存曉作序,則不應有同治四年後戊子的詞;可見這《詞存》是先請人把序作好,後來所作的詞,也一併收入的。同時,也附帶證明了壬申所作的《桃源憶故人》必是丙寅以後的壬申。

關於魏熙元有確切年代可考的,已止於此。他在北京(所謂長安)韓家潭妓院裏時常來往,所以他的散套《南仙呂普賢歌》"趙月樓司馬桐鳳宴"中稱讚妓女儀仙、芷衫、寶琴、琴香、蟾香等。但他最愛的是蟾香。故錢塘王堃小鐵題詩云:"月落韓潭酹酒盟,青衫揾淚孰無情?……蟾窟香原成宿果,桐花雲喜不孤生。"注云:"謂桐雲堂蟾香。"他自己的詞中也常提到蟾香。如〔沁園春〕云:"矧靈芝小朵,才分仙種:(謂蟾香)青雲衢路,又拍洪肩(謂雪卿)"。又〔花心動〕云:"怎如你阿婆老去,東風不管。(謂蟾香也。年十三,梨園中老旦腳色。)"〔玉蝴蝶〕云:"八萬戶蟾宮飛到,(桐雲)三千里鵬程翔游。(雪卿)"

關於《儒酸福》,作者自己在《例言》中說:"是曲之成,乃二三知己,酒乾燭跋,相對涕泣,因而援筆按歌,抒其憤悶之胸,以自快樂,本無意問世,自無煩敘籍貫名號,會心人當得之言外。"我雖非"會心人",却頗想於"言外""得之"。

《酸影》敘倪蟄齋畫梅,當指倪逸仙。魏熙元《詞存》中有〔一剪梅〕"題倪逸仙墨梅橫幅,並以送別。"倪星垣評云:"當時情事,如在目前,真有繪影繪聲之妙。"戴不凡也注意到這幾句,認為實錄。

《酸忿》疑華紫君即傅梅卿。《詞存》有〔醉太平〕"傅梅卿梅石緣小影"。

《酸趣》敘畢朗山、華紫君、殷夢良游南湖。畢朗山當即作者魏熙元玉巖自指。畢魏萬侯,熙朗,山巖,每字恰合。《詞存》有〔貂裘換酒〕"南湖秋泛圖",又有〔摸魚子〕"再題南湖秋泛圖",足見對於此次游覽,印象極為深刻。詞中有云:"鑑湖月朗(謂王丈庸吾),湘湖波潔(謂傅丈梅卿)更有西湖山水美,(謂蔡君春疇)。"稱王傅為丈,稱蔡為君,足見蔡春疇年紀還輕。劇中的小生殷夢良當即蔡春疇,意謂"春夢""良疇"也。華朗山云:"蕃卿辭世",即指汪薇伯。《儒酸福》作者自跋云:"今薇伯歸道山矣。"

《酸警》敘精嚴寺藏經閣高過學宮照牆數尺,府尊限三日內拆毀。恰好文照藜入內居住,幾天被壓,受驚不小。這位文照藜不知指誰。雖說這是倪星垣"目擊之實事",作者也説這是唯一的"實有其事,餘系憑空結撰出來"。但《詞存》中並無蛛絲馬跡可尋。作者對《金雀記·喬醋》甚熟,如《酸影》齣中商作甘上場詩即云:"正欲清談逢客至,偶思小飲報花開。"此即《喬醋》中瑶琴上場詩。文照藜則爲潘岳上場〔西江月〕句:"賦罷氣凌霄漢,文成口吐珠璣。夜常老叟執青藜,杖上紅光焰起。"但《詞存》中所列諸支,又没有姓潘的。或許文照藜是指邵谷晨吧?

《酸夢》當爲作者的企望,是仿《羅夢》、《癡夢》、《報喜》等而作。"你説校官一世窮到底的,不料果有發財之日",正是此齣立意所在。中敘"兵燹之警,餘痛尚在",當指太平天國之役。

《酸嘲》敘白家駒做官,快意一時。《例言》中已寫得明白:"帝君口中有蠢奴吐氣之話,不得不借白家駒描寫一通。知音者切勿謂真有是人。"

《酸思》敘殷夢良和文照藜游月宫。按文照藜或指邵谷晨,他是中秋逝世的。游月宫或係暗指他逝世的日子。

《酸海》是作者自讚詞曲之妙,借倪蟄齋口中傳出。那麽,倪逸仙大約就是倪星垣了。

《酸慰》敘周蝶仙游西湖,忽聞升爲教諭的喜訊。周蝶仙或係指鄭鶴汀,亦即小汀。王堃題詞注云:"南院、小汀、翰臣三同學皆君同年。"〔慶宫春〕"棣華堂題西湖全圖"末注云:"明日參軍鄭鶴汀之任揚州。"散套〔南仙吕普賢歌〕桐鳳宴注云:"時鄭鶴汀參軍唱曲,王小鐵(堃)中翰吹笛,孫玉坡明經拍板。"

《酸慶》敘畢朗山生日,有二女瑶仙(十七歲)和瑜仙(十五歲),幼弟桐溪(七歲)一同慶壽。由此可知作者有二女一子。

《酸毓敘》和子鶴得子,此人或即鮑存曉。和子鶴上場詩有云:"阿誰如我癡狂。"鮑序《詞存》首云:"余癡於情,細君戲呼爲癡蟲。"他與作者大約是京城韓潭的游侣。

《酸窘》敘作者慷慨施與,急公好義,也是自畫自讚。

最後録南仙吕套中〔玉交枝〕(戲蟾香也)摘調作結:"團團月湧,好清光漾漾溶溶。我閒愁閒恨,只有你嫦娥心事共。況分香名在蟾宫,爲什麽婆娑影兒辜負儂?搗元霜不做箇游仙夢,就擱你少年時雲雨踪,一霎裏嘆蕭疏雲鬆鬢鬆。"

三　朱彝尊和厲鶚

最近在《四部備要》裏找到了朱彝尊的《曝書亭全集》和厲鶚的《樊榭山房集》,特地把他們倆的散曲看了兩遍,隨便在這裏寫下一點感想。

大約散曲以元代爲最盛，亦以元代爲最好。那種元氣淋漓、自然樸素的風度，決不是後人所能學得到的。明季雕琢派如梁辰魚、沈璟輩，已奄奄無生氣，清代就更是強弩之末了。

說實話，朱彝尊和厲鶚在詞的方面，雖是浙派的主幹，但他倆的散曲，並不怎樣高明；尤其是厲鶚，簡直不懂怎樣寫散曲。

朱彝尊的散曲見《曝書亭全集》第八十卷即末卷後的"附錄"，名爲《葉兒樂府》，也就是只有小令沒有套數的意思。一般人都把他歸入清麗派，說他是學張可久的。我個人的意思，以爲與其說他學張可久，不如說他學馬致遠，比較來得切當。他的小令似乎還算疏放，並且歸田樂道隱居之類的黃冠體頗爲不少。例如開端五支〔折桂令〕，覺得沐猴而冠沒有什麼意味。連聲絕叫着"歸去來休"，就是很豪爽的。這一類的散曲不妨抄幾首在下面：

〔沈醉東風〕香茅屋青楓樹底，小蓬門紅板橋西。雖無蔗芋田，也有桑麻地。野薔薇結此笆籬，更添種山茶綠蕚梅，這便是先生錦里。

〔醉太平〕野狐涎笑口，蜜蜂尾甜頭，人生何苦鬥機謀？得抽身便抽。散文章敵不過時髦手，鈍舌根念不出摩登咒，窮骨相封不到富民侯，老先生去休。

〔一半兒〕諸小令也顯出夭矯的氣勢。

厲鶚的散曲見《樊榭山房續集》卷十。像他這樣的散曲，我倒極少見到；任誰的作品，也沒有他這樣拗澀，有時還喜歡故意用幾個怪字，或者放進一些典故，弄得一點活氣也沒有，論者也把他歸入清麗派。他自己作有〔柳營曲〕（《春思》，效張小山體），又有〔殿前歡〕（《愁思》，用張小山《春思》韻），似乎他自己也承認與清麗派的張小山是同派的。以我看來，他的作品有類詩中的柳宗元，詞中的吳文英。或者把他歸入雕琢派，還要妥當一點吧。他根本不曾獲得散曲的三昧，所謂"淺入淺出"，他就不曾辦到；大約也是可以稱爲"淺入深出"的。同樣以"三潭印月"爲題，朱彝尊就比他寫得好得多：

〔一半兒〕三潭印月浸魚天，十里長堤飛柳綿，尋到水仙王廟邊，裏湖船，一半兒剛來一半兒轉。（朱作）

〔清江引〕魚王國中看月上，三塔遙相望。浮珠白一丸，沈璧寒千丈，夜

深老禪心一樣。(厲作)

　　他們倆所作的都是北曲小令,像那些大氣磅礴的散套是他們所不敢嘗試的。因爲寢饋不深,根本就不曾抓住散曲的神髓。倘若沒有趙慶禧的《香消酒醒曲》撐撐場面,清人散曲就未免要貧乏得可憐了。盧前的《清曲十九家》似有成都大學本,不知究竟曾否出版,又不知其中有無值得稱道的作品。我因對朱、厲二家失望,因此對於盧前的這一輯集工作就更加眷戀了。

戲曲筆談

序

解放後十四年(一九四九——一九六二)的科學研究,同過去是無法比擬的。現在各方面的科學研究都比解放前有飛躍的進步。就拿我所搞的中國戲曲史來說吧,這十四年來,由於黨所領導的"百花齊放、推陳出新"方針的正確,使我對於中國戲曲史的研究,不再僅僅囿於文人的作品,更注意到民間的各種戲曲,擴大了眼界,我應當感謝黨的賜予。我一面在復旦大學講授"中國戲曲研究"、"戲曲專書選讀"等課,一面參加了戲改運動,我個人雖沒有什麼成績拿出來,究竟與過去也多少有些不同的。我參加過一九五〇年和一九五一年上海春節戲曲競賽的評獎和戲曲研究班的專題講授以及一九五四年的華東戲曲會演,又參加了一九五六年的全國戲曲劇目工作會議和崑劇會演、1957年滑(滑稽戲)話(通俗話劇)會演以及一九五九年的上海戲曲會演。在這些工作中,也逼出了一些長長短短的文章。現在就把這些文章選擇了一下,專取較長的文章,編成一個集子。

這本集子凡十七篇,共分四組文章:第一組六篇是綜論元明戲曲的,或概述中國古典喜劇的傳統,或研討關漢卿和馬致遠的全部雜劇,或介紹元代南戲和明代青陽腔劇本的新發現,或略論明代重要的戲曲和散曲;第二組五篇是分論元明某些著名戲曲的,如關漢卿和王實甫的雜劇、《琵琶》《荊釵》等戲文和湯顯祖的傳奇;第三組四篇談四個劇種,即江蘇的崑劇和蘇劇以及浙江的紹劇和婺劇;第四組二篇是介紹宋金雜劇的雕磚和專著的。除《明代的戲曲和散曲》和《談紹劇》第三、四節不曾發表過以外,大都在《戲劇論叢》《戲劇報》《戲劇》《上海戲劇》《文學遺產副刊》《復旦學報》等刊物上發表過。

我希望解放後十四年來這些戲曲論文能夠同我解放前所寫的《明清曲談》和《讀曲小記》有些不同。我相信至少在更加重視民間戲曲這一點上是一個小小的進步;考證的積習雖然一時還不容易除掉,但似乎更多地注意到思想性了。我還希望出第二本解放後的戲曲論集的時候,能够比這一本多有收穫。

趙景深
一九六二年七月十四日

目　錄

中國古典喜劇傳統概述 …………………………………… 193
關漢卿和他的雜劇 ………………………………………… 199
關於評價馬致遠及其作品的一些問題 …………………… 206
元代南戲劇目和佚曲的新發現 …………………………… 212
明代的戲曲和散曲 ………………………………………… 222
　一　前言 ………………………………………………… 222
　二　徐渭 ………………………………………………… 224
　三　馮惟敏 ……………………………………………… 227
　四　崑腔的產生與《浣紗記》 ………………………… 231
　五　湯顯祖的生平和思想 ……………………………… 235
　六　《牡丹亭》 ………………………………………… 237
　七　湯顯祖其他劇作 …………………………………… 239
　八　沈璟 ………………………………………………… 241
　九　李玉的生平與創作 ………………………………… 242
　十　《清忠譜》與《一捧雪》 ………………………… 244
　十一　其他戲曲作家 …………………………………… 247
明代青陽腔劇本的新發現 ………………………………… 249
讀關漢卿劇隨筆 …………………………………………… 262
　一　談《詐妮子調風月》 ……………………………… 262
　二　關於關漢卿的散套 ………………………………… 265
讀湯顯祖劇隨筆 …………………………………………… 268
　一　《牡丹亭》是浪漫主義的戲曲 …………………… 268
　二　《牡丹亭》的原本和改編 ………………………… 270
　三　清暉閣本《牡丹亭》 ……………………………… 272

  四　《紫簫記》的作者問題 …………………………… 273
  五　《邯鄲記》的寫作年代 …………………………… 274
  六　湯顯祖的《問棘郵草》 …………………………… 274
  七　談《牡丹亭》的改編 ……………………………… 277
談《琵琶記》…………………………………………………… 281
  附　紹興高腔《琵琶記》 ……………………………… 287
談《荊釵記》…………………………………………………… 296
《明何璧校本北西廂記》跋 …………………………………… 302
談崑劇 ………………………………………………………… 306
  一　淵源和發展 ………………………………………… 306
  二　角色和劇目 ………………………………………… 311
  三　表演內容和形式 …………………………………… 316
  四　對其他劇種的影響 ………………………………… 318
  五　解放以後的崑劇 …………………………………… 322
  六　崑劇劇本的改編 …………………………………… 323
  七　向崑劇學習些什麼 ………………………………… 326
談蘇劇 ………………………………………………………… 328
談紹劇 ………………………………………………………… 332
  一　紹劇的曲調 ………………………………………… 332
  二　紹劇的高腔 ………………………………………… 333
  三　解放前後上海的紹劇 ……………………………… 334
談婺劇 ………………………………………………………… 339
  一　婺劇高腔與弋陽高腔 ……………………………… 339
  二　古老優美的婺劇 …………………………………… 340
  三　婺劇的劇目 ………………………………………… 341
北宋的雜劇雕磚 ……………………………………………… 343
《宋金雜劇考》評介 …………………………………………… 348
後記 …………………………………………………………… 352

中國古典喜劇傳統概述

中國文化是歷史悠久的,單就喜劇來説,可説是已經有了兩千年的歷史,這是任何國家所没有的。根據《史記・滑稽列傳》所載,首先秦代的優㫋就引起了我們的注意。除了養鹿和漆城這兩個例子以外,我們還知道有一次秦始皇大宴群臣,恰逢下雨,外面一些衛士都受了寒。優㫋很同情他們,問他們道:"你們需要休息麽?"衛士們都説:"當然需要囉!"優㫋説:"我馬上喊你們,你們可要答應呀!"過了一會,殿上正在上壽喊"萬歲!"優㫋就對着門外喊衛士們,衛士們就立刻應聲。優㫋説:"你們雖然長得高,却要雨中來站立。區區雖然生得矮,却能好好來休息!"於是秦始皇就讓他們一半對一半地輪流休息。

根據《樂府雜録》,漢和帝時館陶令石耽貪贓布匹,就要他穿着這布匹做成的衣服,大家在宴席上戲弄他。據説這就是參軍戲的來源,那麽漢朝就已經有參軍戲了。魏晉南北朝大約也有優語的資料,我們還不曾仔細地去搜尋。最近我翻檢曹綉君《遊戲文學叢刊》中所收的《伶官諷諫録》,這書的第一條就是北朝喜劇的記録。那就是《北史・尉景傳》所載:"尉景以勛戚,每有軍事,常被委重,而不能忘懷財利。轉冀州刺史,又大納賄。神武令優者石董桶戲之。董桶剥景衣曰:'公剥百姓,董桶何爲不剥公?'神武戒景曰:'可以無貪也。'"這記録簡直跟《樂府雜録》所記的參軍戲的起源石耽貪贓如出一轍。石耽貪了布匹,就要他穿着這貪贓的布所制成的衣服在宴會上自我表白;尉景剥百姓,石董桶就來剥他的衣服。這都可以起到警誡别人貪污傲尤的作用。

所謂"參軍戲",也就是滑稽戲。"參軍"兩個字念快了就是"净"字。演員演這類戲總有參軍和蒼鶻這兩個角色。蒼鶻的鶻字與末字同一韻母。一净一末,正如今天相聲裏的"逗哏的"和"捧哏的"。我們今天,在南方,從獨角戲到踱覺戲,最後才是滑稽戲①;在北方,相聲分爲單春和雙春,單春又稱爲隔壁戲或説笑

---

① 見1961年4月1日《文匯報》范哈哈的《獨脚戲・踱覺戲・滑稽戲》。

話,所謂相聲,實在是宋代"象生"之遺。

　　唐宋的滑稽戲,王國維的《宋元戲曲史》和《優語録》裏都已經記録了不少,但也有他所没有記録的。宋代魏象先説得好:"俳優非滑稽,捷給善中事情,能諷諫,有足取者!"① 徒然爲了滑稽而滑稽,是没有多大意義的。喜劇是人民的尖鋭的思想藝術武器。關於階級矛盾,我舉《舊唐書·李實傳》爲例:"(貞元)二十年(804)春夏旱,關中大歉。實爲政猛暴,方務聚斂進奉以固恩,顧百姓所訴,一不介意。因入對,德宗問人疾苦,實奏曰:'今年雖旱,穀田甚好。'由是租税皆不免。人窮無告,乃徹屋瓦、木,賣麥苗以供賦斂。優人成輔端因戲作語爲秦民難苦之狀云:'秦地城池二百年,何期如此賤田園。一頃麥苗五石米,三間堂屋二千錢!'凡如此語有數十篇。實聞之怒,言輔端誹謗國政,德宗遽令決殺。當時言者曰:聲誦箴諫,取其詼諧以托諷諫,優伶舊事也。設謗木,採蒭豆,本欲達下情,存諷議。輔端不可加罪。德宗亦深悔。京師無不切齒以怒實。"請再舉一條宋龔明之《中吳紀聞》卷六《朱氏盛衰》:"初(朱)勔之進花石也,聚於京師艮嶽之上,以移根自遠,爲風日所殘,植之未久,即槁瘁,時時欲一易之,故花綱旁午於道。一日内宴,諢人因以諷之。有持梅花而出者,諢人指以問其徒曰:'此何物也?'應之曰:'芭蕉。'有持松檜而出者,復設問,亦以芭蕉答之。如是者數四,遂批其頰曰:'此某花,此某木,何爲俱謂之芭蕉?'應之曰:'我但見巴巴地討來都焦了。'天顔亦爲之少破。"我們從這側面看到當時花石綱爲害人民之深,無怪《水滸》《金瓶梅》等都插叙花石綱的故事了。我還要再引宋周煇《清波雜志》卷六:"蔡京罷政,賜鄰地以爲西園,毁民屋數百間。一日,京在園中顧焦德曰:'西園與東園景致如何?'德曰:'太師公相東園佳木繁蔭,望之如雲;西園人民起離,淚下如雨。可謂東園如雲,西園如雨也。'語聞抵罪。"關於民族矛盾,像二聖環故事②和天靈蓋故事③,大家都已熟知,我這裏就不列舉了。唐代成輔端因敢言被殺,宋代焦德因譏諷抵罪,這兩位古代演員敢於觸犯統治階級的正義精神,是值得我們肯定的。

　　宋官本雜劇和金院本當中的一些滑稽戲,由於胡忌的《宋金雜劇考》和宋畫宋墓一些遺物的發現,我們是知道得更多了。胡忌從《孤本元明雜劇》等書裏細心地發掘出《針兒綫》和《清閒真道本》。前者諷刺了一個屢戰屢敗的將軍,他打仗總帶着針綫,以便自己肚皮被敵人戳破時可以立刻縫補。宋畫裏的《眼藥酸》

---

① 見宋魏象先的《丞相魏公談訓》卷十,《四部叢刊三編》本。
② 見宋張端義《貴耳集》(《叢書集成》本)和宋岳珂《桯史》卷七,木刻本。
③ 見張知甫《可書》;《宋元戲曲史》引。

和宋墓雕磚上的《走鸚哥》應該也是滑稽戲。

元代雜劇保存得比較多。關漢卿的喜劇《救風塵》和《望江亭》,普遍地爲大家所知。其他如鄭廷玉的《冤家債主》形容富人的吝嗇,真是入木三分;戴善甫的《風光好》寫一位假道學的學士,實際上却是卑污齷齪的好色之徒。這些都是諷刺的名作。宋元南戲遺佚過多,但我們看到《拜月亭》中,如《大話》、《上山》、《請醫》等就有不少丑角的戲。元代後期,南戲翻北雜劇,如《冤家債主》、《風光好》等至今還保留了一些殘文。

明代雜劇,我們立刻會想到沖和居士所編的《歌代嘯》,傳爲徐渭所作。這個雜劇巧妙地引用了許多諺語,如"張冠李戴""只准州官放火,不許百姓點燈"等,諷刺一些貪污的官吏和爲非作歹的和尚,極爲深刻。淮劇《官禁民燈》即據此劇第四折改寫。還有徐復祚的《一文錢》寫臭員外盧至偶然拾到一文錢,居然大爲看破,買了芝蔴,怕人和動物來搶,就躲到樹上去吃。這一篇與《冤家債主》有異曲同工之妙。沈璟的《博笑記》名爲傳奇,實際上是十個雜劇湊在一起的。我在《明清傳奇選》中選用了其中的一齣《乜縣丞》,這一短劇對於官場的逢迎拍馬,終日昏昏地睡眠,不替老百姓辦事,作了毫不留情的抨擊。

明代傳奇有孫仁孺的《東郭記》①,着重地刻畫了那位"有一妻一妾"的"齊人"!無名氏的《玳弓記》中《李巡打扇》和《鳴鳳記》中《嚴嵩慶壽》更是對明代的大姦臣劉瑾和嚴嵩、趙文華等輩的卑鄙無恥和毒害百姓描寫得窮形極相。

清代雜劇,首先讓我介紹楊潮觀的《吟風閣》。他的《吟風閣》三十二種中有一種名叫《偷桃捉住東方朔》,東方朔偷桃,被王母捉住,東方朔的一段説白是頗爲高妙的。他説:"若論偷盜,就是你做神仙的慣會偷。世界上人那一個没有職事,偏你神仙避世偷閑,遇事偷懶,圖快活苟安,要性命偷生。……就是得道的,也是盗日月之精華,竊乾坤之秘奥。你神仙那一樣不是偷來的,還嘴巴巴説打我的偷盜。我倒勸娘娘不要小氣。你們神仙吃了蟠桃也長生,不吃蟠桃也長生,只管吃它做甚!不如將這一園的桃兒,盡行施捨凡間,教大千世界的人,都得長生不老,豈不是個大慈悲、大方便哩!"這一段話外表説的是神仙,恐怕就是説的"不勞而獲"的統治階級。東方朔認爲偷桃不算偷,要偷閑、偷懶、偷生才是慣會偷的,這個偷字就用得高妙。他要王母將蟠桃給世間大衆吃,實有博施濟衆的思想。其次,楊潮觀的《窮阮籍醉罵財神》最後的一段對白也寫得很好。財神將阮

---

① 收入《六十種曲》(有中華和開明本)。

籍從人間捉了來，又要鬼卒送阮籍還陽，鬼卒就向阮籍要錢，顯示了過去隸卒的陋規："（雜）錢來！（生）什麼錢？（雜）公門蕩蕩開，有理無錢莫進來！（生）我那有錢，還不知我是窮鬼。（雜）那怕你窮，快拿錢來！（生）我就見閻王，也只一雙空手！（雜）如此我就不送你前行！（生）我要你行！（雜）我不動，非錢不行。（生）你大王太歲頭上動土，你還想石人頭上出汗？（雜）我把你這石人推倒，看有汗沒汗？（推倒生介，生作醒介）"這一段對白妙在刻畫出了兩個人的性格：鬼卒等於陽間的公差，一副兇惡的嘴臉，強橫霸道，不給錢就不送阮籍還陽；阮籍却是放蕩不羈，狂妄傲世，"老子就是沒有錢，看你把我怎麼樣！"最近我還看到一個罕見流傳的雜劇，那就是壽陽劉元一（字仲孺）的《驕其妻妾》。他嫌傅青主的一本寫得不大好，便動手改寫，並且自己加評注。在《東郭記》以後，這已經是相同題材的第三個本子了。首曲〔混江龍〕云："墦間何在？是誰人涎臉守荒臺？滿腔內抱着鬼胎。昧良心，且做出豪華態。……幸只幸人藏閨閣，風隔牆隈。"明明是他自己做了虛心事，却要說"是誰人"。他以為他的醜事不曾被妻妾瞧破，不知他的妻妾却早已偵察得一清二楚，他是在人家祭掃墳墓時討一些殘羹剩飯來吃的。

　　清代傳奇我想舉阮大鋮的《燕子箋》中《姦遁》和李漁的《風箏誤》。阮大鋮本是明清之際的人，因為他做了投降清朝的漢奸，故把他算作清朝人。阮大鋮的《燕子箋》中《姦遁》寫鮮于佶並不太滑稽可笑，由於多少年來藝人們演出的加工，就把這位不識字的狀元卑鄙齷齪的醜態形容得淋漓盡致。因此，今天演出的《狗洞》（《姦遁》的別名）已經不能算是阮大鋮的作品了；同樣，川劇《春燈謎》也只能說是另一高腔劇本，已經遠不是原來的面目。從《燕子箋》和《風箏誤》這兩本戲裏還可以看出我國喜劇的一些民族色彩，那就是一些有關中國方塊字和風俗人情的特殊情況。法國柏克森在《笑之研究》[①]裏有一句話說得很對："有許多滑稽不能把它從甲國的語言翻譯成乙國的語言，因為它們是由特殊社會的風俗和思想而來的。"因此，有些中國的喜劇就有中國的特點。中國的方塊字就是歐美所沒有的。像上舉的《狗洞》，鮮于佶連"恭維大駕"的"駕"字也不認得，竟誤認為"馬"，為"篤"。這種字形的差別就是中國所特有的，不容易翻譯的。《風箏誤》中《後親》表演結婚，詹淑娟戴了兜頭巾（舊式婚姻都要戴兜頭巾，這是一種禁忌的信仰，怕被邪鬼所奪），這也是外國所沒有的。韓琦仲認為她就是他所領教過的那個醜婦，揭開蓋頭後也不去看她，自回書房去睡。及至丈母娘一定要他拿蠟燭

---

① 有張聞天譯本，商務，1923。

來照,誰知竟不是醜陋的愛娟,而是美麗的淑娟,他擦了擦眼睛,不禁喊了一聲"妙呀!"旁邊的丫頭說:"勿是廟,是子孫堂!阿要再看看咧!"立刻將淑娟回過身去,"耐要再看,是勿撥耐看哉!"諸如"妙"和"廟"的諧音,蘇州白的應用,翻譯起來,也都會感到困難的。滑稽戲靠語言的訛錯來表現笑料的特別多。

花部戲方面,《綴白裘》第六集和第十一集供給了我們不少材料。如《借妻》(京劇名《一匹布》)、《借靴》、《打面缸》就都是出在這部書上面的。解放後發掘出來的小喜劇如《煉印》、《三家福》、《九子鞭》之類,更給了我深刻的印象。並且,這三齣戲中的主角還都是正面人物。華傳浩同志說,副多壞人,丑多好人。這話足以引起我們深思。所謂副即方巾丑,亦即知識分子,他們轉彎抹角的地方是多一些的,心思是複雜一些的;丑角則多勞動人民,心地光明直爽,遠非搖擺不定的知識分子所可比擬。

清代演戲,從京劇的規律來看,極為重視丑角。我藏有富連成社的抄本《梨園條例》①,那上面說:"生行坐二衣箱,貼行坐大衣箱,淨行坐盔頭箱,末行坐靴包箱(即三衣箱),丑行不分。"又說:"丑行開筆勾臉。"這就是說,丑行任何衣箱可坐;並且,必須丑行開筆勾臉以後,別的角色才能勾臉。這些都是對於丑角的重視。楊掌生的《夢華瑣簿》②也說:"丑腳最貴。今入班訪諸伶者,如指名訪丑腳,則諸伶奔走列侍。其但與生旦善者,諸伶不為禮也。……每演劇,必丑腳至,乃敢啟箱。俟其調粉墨筆涂抹已,諸花面始次第傅面。"九龍口是打鼓老坐的,別的演員都不許去坐,但丑角卻可以坐。中國大文豪司馬遷在《史記》中早就稱贊了滑稽的角色:"天道恢恢,豈不大哉!談言微中,可以解紛。"至於京劇丑角戲之豐富,我們只舉一件事就可以證實。過去香菸牌子有《百丑圖》和《續百丑圖》,這就是說,京劇丑角所演的不同角色至少有兩百人;除去同在一戲的角色以外,就劇目來說,至少也有一百幾十齣。一九四三年還有人寫過一本詳細的《百丑圖說》,是由趙如泉審定的。

古典戲曲寶庫裏不知道有多少珍珠寶石,還需要我們勤於發掘,把一些未知的予以刮垢磨光。不僅此也,我們還可以眼光放得更遠一些,連喜劇的素材也包括在內。藝術中的喜劇,同在生活中是一樣的,它也有濃淡不一的色澤。魯迅的《古小說鈎沉》輯錄了最古的笑話集兩種,那就是後漢邯鄲淳的《笑林》和隋侯白

---

① 有丙寅(1926)仲春之初王蓮平的序。
② 所據為石印《京塵雜錄》卷四頁卅七,同文書局,1886。

的《啓顏錄》。接着而來的該是《歷代笑話集》,這書把各種古代的笑話集都選輯在一起,給了我們很多的方便。明代吳承恩的《西遊記》和清代吳敬梓的《儒林外史》可稱爲諷刺小説中的雙璧,湊巧兩位作家都姓吳;前者連孩子也欣賞據此改編的《孫悟空三打白骨精》,後者應該也可以讓熱心中舉的范進、卑鄙的嚴貢生……這一系列的人物在舞臺上活起來。《捉鬼傳》和"三言二拍"裏的短篇如《神偷寄與一枝梅》之類也是值得注意的。我國民間故事也有很多有意義的素材,我曾看見過長工與地主的故事改編爲滑稽戲;又在最近看到有名的蒲松齡俚曲《牆頭記》的重新改編演出,這也是根據民間故事寫的。總之,我國傳統喜劇極爲豐富,我們應該批判地繼承下來。

關漢卿和他的雜劇

一

　　劇協決定在一九五八年舉行紀念關漢卿的活動,假定關氏死於一三〇八年,今年正是他去世六百五十週年紀念。當然,關氏是一位非常偉大的劇作家,因此,即使今年不恰是他去世的六百五十週年,也同樣值得紀念。

　　過去對藝人、戲曲作家都非常輕視,關於他們生平的史料,也記載、流傳得很少。因此,雖有人認爲關氏是在一三〇八年去世,但也缺乏確證。我們可以說大致是在這一年前後。周德清《中原音韻》自序說:"樂府之盛、之備、之難,莫如今時。……其備則自關、鄭、白、馬,一新製作。……諸公已矣,後學莫及。"周序成於元泰定元年(一三二四),而序中說"諸公已矣",可見關、鄭、白、馬都是死在一三二四年以前,這一點是可以肯定的。同時,關氏流傳下來有十首《大德歌》,"大德"是元成宗在一二九七年改元的年號,由於關氏《大德歌》中有"唱新行《大德歌》"的話,可以證明是在改元"大德"之後才寫的《大德歌》。並且,大德之前是元貞,據《錄鬼簿續編》所載賈仲名輓詞如:"樂府詞章性,傳奇幺末情,考興在大德、元貞。"可知元貞、大德之間正是元曲鼎盛時期,關氏參加了這一時期的活動,也是合理可信的。因此,我們可以確定關氏的去世,當在一二九七年之後,一三二四年之前的這一段時期中。

　　《輟耕錄》還載有一節和關氏有關的故事,略云:"大名王和卿,滑稽佻達,傳播四方。……時有關漢卿者,亦高才風流人也。王常以譏謔加之。……王忽坐逝,而鼻垂雙涕尺餘,人皆嘆駭。關來弔唁,詢其由,……關云:我道你不識,不是玉筯,是嗓。"王和卿死在一三二〇年,從這故事中看,則關氏應死在一三二〇年之後。就是在一三二〇年至一三二四年這一時期中。

　　如若肯定關氏是在一三二〇年後去世,又和關氏曾在金爲"太醫院尹"的傳說有些衝突了。因爲金亡於一三二四年,假如關氏在金時做過"太醫院尹",則最少總也有廿幾歲,這樣,一三二○年時,就要有百年以上的高齡了,這似乎也不太可能。我認爲關氏曾任金"太醫院尹"說是未必可信的。據明抄郟本《錄鬼簿》和《柳枝集》本《錄鬼簿》均不作"太醫院尹",而作"太醫院户","醫户"並不是一種官職,而只是元朝的一種特殊户口。我們看關氏的《不伏老》作品中,歷數自己的才技,却没有説到過醫學,所以很可能是由於"尹"、"户"二字形近,他本《錄鬼簿》就將"户"誤爲"尹"了。

　　總之,根據現有的一些資料,是很難確定關氏的卒年的,但國内諸家之説,如鄭振鐸先生認爲應在一三○○年左右,吴曉鈴先生主張應在一二九七年左右等,却又都出入不大。這是因爲已有了《大德歌》和《中原音韻》周序所確定的年代上下的局限。有人建議今年可作爲關氏戲劇活動七百週年紀念,這也是可以的。

　　關於關氏的籍貫,實際上是沒有什麼異説的。《錄鬼簿》作"大都人",乾隆廿年《祁州志》説:"漢卿,元祁州之任仁村人也。"(在今河北安國縣)又有説他是蒲陰人的。其實三個名稱實質上是一個地方,祁州即是蒲陰,而在元時又是大都的屬地(元時凡中書省所轄之地,均可稱爲大都),所以,這三種説法是沒有衝突的。

　　關氏是否中過解元,似乎也是個問題。這一問題是由一本傳爲關氏所作的叫作《鬼董狐》的書引起的,在該書卷末跋中曾稱作者爲"關解元"。其實,這本書可能不是關氏所作。何況在金、元時代,解元是可作爲讀書人的通稱,而有才技的藝人也可以稱爲解元的。

　　有人疑心元代有兩個關漢卿,這主要是因爲一方面相信關漢卿在金時做過"太醫院尹",年紀已經不小,另一方面又相信關氏至早不得死於一三○○年以前,而這當中年代太長,在百年以上。我們既然了解"太醫院尹"是"太醫院户"之誤,這個問題也就可以解決了。

　　賈仲名於《錄鬼簿》裏補撰的弔詞,説關氏是:"驅梨園領袖,總編修師首,捻雜劇班頭。"趙孟頫記錄關氏的話則是:"非是他當行本事,我家生活。……子弟所扮,是我一家風月。"(《太和正音譜》)臧晉叔的《元曲選序》中也説:"關漢卿輩爭挾長技自見,至躬踐排場,面傅粉墨,以爲我家生活,偶倡優而不辭。"根據這些記載,可以知道關氏很可能是"書會"(有些類似於現在的戲劇家協會的組織)的"才人",既富於才學,又有豐富的戲劇修養,能編、能導、能演。而這,就使得他的劇作能符合於演出的需要,雅俗共賞。此外,關氏的生活絶不只是局限在讀書人或官吏的小圈子裏,對於下層社會,如妓院和妓女等的生活,關氏也非常熟悉、了解。在《不伏老》散曲中他曾介紹自己説:"我是蒸不爛、煮不熟、搥不扁、炒不爆、響噹噹一粒銅豌豆。……我也會吟詩、會篆籀、會彈絲、會品竹；我也會唱鷓鴣、舞垂手、會打圍、會蹴踘、會圍棋、會雙陸。"這說明他對於一切伎藝都十分精通。就因爲這樣，他寫妓女生活的戲，如《救風塵》、《金綫池》、《謝天香》等，都寫得異常出色。總之，生活接觸面的廣和深，使得他的作品能如實地表現出現實生活。過去，我受了《太和正音譜》的影響，醉心於馬致遠、白朴、鄭光祖等人的詞藻，所謂"典雅清麗"，而不了解關氏，認爲他是"可上可下之才"。現在才認識到關氏在對生活的深刻了解和真實的表現上，在他把文學和表演、導演溶合在一起而組成的戲劇文學上，都有獨到之處，我覺得推關氏爲元劇作家的第一人，是很恰當的。

以上是對於關氏生平、生活等的一些簡單介紹。

二

關氏劇作，傳目有六十多種；但現存的，據徐調孚《現存元人雜劇書錄》所載，只有十九種。並且其中有五種還不一定就是關氏所著。這樣，現存而確實可以肯定是關氏的劇作就只有十四種了。此外，在我的《元人雜劇鉤沉》中還輯錄了三種逸曲。

現存的可以肯定是關氏的劇作是：

一、寫妓女生活的：(1)《趙盼兒風月救風塵》，(2)《杜蕊娘智賞金綫池》，(3)《錢大尹智寵謝天香》；

二、寫其他女性生活的：(4)《望江亭中秋切鱠旦》，(5)《詐妮子調風月》，(6)《閨怨佳人拜月亭》，(7)《溫太真玉鏡臺》；

三、寫官場的黑暗統治的：(8)《感天動地竇娥冤》，(9)《包待制三勘蝴蝶夢》，(10)《錢大尹智勘緋衣夢》；

四、歷史劇有：(11)《關大王單刀會》，(12)《關張雙赴西蜀夢》，(13)《鄧夫人苦痛哭存孝》，(14)《狀元堂陳母教子》。

爲了紀念關氏，在今年將要研究、改編和演出關氏的劇作，因此我們特別有必要對那些傳爲關氏所作而又有可疑之處的劇本進行研究，辨清真僞。下面就逐個的來談一談：

(1)《西廂記》第五本：金聖嘆評《西廂》時，大罵第五本，並說這非王氏所作。在今天，學術界大多都已承認第五本也是王實甫寫的。過去，我曾經寫過文章論證這一問題，指出元末明初人所寫的《太和正音譜》、《錄鬼簿》等書都沒有提到過關氏曾續寫《西廂記》。直至嘉靖以後，才有徐復祚的《三家村老委談》、王世貞的

《曲藻》等書主張王作關續之說，我們還是相信同關氏時代相去不遠的元末明初人的記載呢？還是相信時間距離很久的明中葉以後的人的意見呢？很明顯的，當然應該信任《錄鬼簿》等書的著錄。並且由《董解元弦索西廂》衍變而成的《王西廂》，最後有《張君瑞慶團圓》一本，也是十分自然的事情。

(2)《山神廟裴度還帶》：也是園本有此劇，作關漢卿著。但據《錄鬼簿》，關氏所作是：《晉國公裴度還帶》，而《山神廟裴度還帶》則爲賈仲名所著。我們看現在流傳的本子中沒有講到過裴度作晉國公的事情，題目正名和內容不同，這已是一大破綻。並且，文字風格也和關氏不相近，而有似於明初；同時劇中還引用了馬致遠《劉阮誤入桃源洞》、紀天祥《韓湘子三度韓退之》、李直夫《尾生期女㳻藍橋》等劇，如果是關氏所作，似乎不會引用這麼多同時期作家的作品，更何況，還引用了劉君錫《龐居士誤放來生債》的故事，劉君錫是元末人，關氏更不可能引用他的東西。所以，我覺得今傳本《山神廟裴度還帶》並非關氏之作。

(3)《劉夫人慶賞五侯宴》：《錄鬼簿》和《太和正音譜》在關氏名下都沒有著錄這個戲而只有《曹太后死哭劉夫人》。兩本內容不同，所以《五侯宴》不是關氏寫的。

(4)《包待制智斬魯齋郎》：這個戲也可能不是關氏所作。因爲假定這個戲是關氏所作的根據，只是《元曲選》題作關著，但是，不僅《錄鬼簿》、《太和正音譜》未有著錄，就是《元曲選》卷首所載的關氏六十本雜劇，也未收此劇，而《古名家雜劇》本則作無名氏作，抄本《續錄鬼簿》有《雲臺觀》，可能就是這個劇本。所以，要確定這個劇是關氏所作，似還缺乏有力的例證。但是，現在許多文學史著作中，仍把它算是關作，恐怕是由於這個戲的思想性比較突出的緣故吧？

(5)《尉遲恭單鞭奪槊》：也是園本署關氏著，但《太和正音譜》和《錄鬼簿》都未收，也只好存疑了。

此外，我所輯的三種逸曲是：

(1)《唐明皇哭香囊》。共四曲，約近於《長生殿》《小宴》《驚變》時的情景。

(2)《風流孔目春衫記》。只一曲，故事不明。

(3)《孟良盜骨》。僅二句。

三

關氏的劇作，一般可以《竇娥冤》、《救風塵》爲代表作。此外，《調風月》、《望江亭》、《拜月亭》等在關氏諸作中也是較爲出色的。

在幾個寫妓女生活的劇本中，關氏從各方面來揭發封建統治階級的殘忍和妓女所遭遇的沉重的壓迫和悲慘的生活。

作了妓女，在愛情生活上就完全喪失了自由。《金綫池》中的杜蕊娘，年逾三十，鴇母還要逼她賣笑趁錢，不許她"從良"。謝天香一聽錢大尹"喚官身"，就不得不去，並且毫無商量的就被滿嘴大胡子的錢大尹收之爲妾了。此後，謝天香不僅是過了三年冷淡悽清的生活，更連自己心愛的柳耆卿的名字都不敢提。雖然劇中錢大尹是出於一片好心，但由這裏也可以看出妓女被人侮弄，毫無自由的痛苦。杜蕊娘也是在如若不應允嫁給韓輔臣，石府尹就要打她四十板子的威脅下才勉强同韓輔臣重歸於好的，從這種"團圓"中，也反映出了妓女生活的悲慘。

《救風塵》的宋引章，似乎是嫁到了一個自己選擇的、如心如願的周舍。但是，周舍在沒有得到手時，對宋引章是曲意奉承，一旦把她弄到手了，動不動就是打五十皮鞭。而鴇母則只曉得："全憑着五個字迭辦金銀，無過是惡、劣、乖、毒、狠。"在這種情況下，妓女自然是進退兩難，"待嫁個老實的，又怕盡世兒難成對；待嫁一個聰俊的，又怕半路裏輕抛棄。遮莫向狗溺處藏，遮莫向牛屎裏堆，忽地便吃了一個合撲地，那時節睜着眼怨他誰"。更何況她們還根本得不到選擇的自由，而時常是被迫的任憑別人揀來揀去呢！

關氏還突出地塑造了趙盼兒這樣一個熱情勇敢的妓女形象。她具有豐富的生活經驗和敏銳的洞察事物的能力，一下就看穿了周舍是不可靠的。她是非分明，具有强烈的愛憎和同情心，不惜身入虎穴地去拯救宋引章，並且成全宋和安秀實的姻緣。同時，她又十分機智、聰慧，她騙得周舍寫了休宋引章的休書，又估計到周舍會來搶休書，而預先準備好一分假的來等待着；周舍是用欺騙的手段弄到了宋引章，而趙盼兒則同樣用以毒攻毒的"欺騙"方法救出了宋引章。雖然同是"欺騙"，但是二者之間有本質的不同。

《竇娥冤》、《蝴蝶夢》、《切鱠旦》等劇，對黑暗的吏治進行了尖銳而真實的鞭撻。在元時，把人們分爲四等：蒙古人、色目人、漢人和南人。這之間，民族矛盾和階級矛盾都已經達到了尖銳化的程度；權豪勢要之家到處橫行霸道，魚肉鄉里；官吏貪贓枉法，草菅人命。富有之家則以每年利息照本加倍的所謂"羊羔利"來盤剥窮人。這一切殘酷的現實，在關氏的劇作中都得到了集中的、突出的反映。例如《竇娥冤》中蔡婆所說的"竇秀才從去年向我借了二十兩銀子，如今本利該銀四十兩"，和竇秀才因無錢還債而竟以女兒"准了這四十兩銀子"。桃杌知縣見了告狀的就跪下，說："但來告狀的就是我衣食父母。"葛彪的"打死人不償命"，以及疑是關氏作的《魯齋郎》中的強搶民妻、無所不爲的魯齋郎。這一切,都是關氏對當時強暴的統治階級的尖銳、大膽的揭露;他的針鋒主要是攻擊官吏的昏庸、強暴;此外,也涉及高利貸、童養媳、婦女守節等封建社會下的不合理的制度。

除掉正面的揭發、暴露之外,關氏在這些劇作中還表達了人民的願望和感情。如性格善良、忍辱負重的竇娥,最後却滿腔悲憤地提出了"三願",這不僅是竇娥的"一腔怨氣怨如火"的憤恨的表現,同時也是關氏代表了人民以浪漫主義的手法,對"官吏們無心正法,使百姓有口難言"的黑暗統治提出的嚴重抗議,控訴了統治者的罪惡,並表現了人們復仇的決心與信心。

在《蝴蝶夢》中,關氏所刻劃的包公,是異常的細緻、真實的。王氏弟兄爲了復仇,打死葛彪是合乎正義的,包公不忍殺死王氏弟兄。但是,在封建制度下,包公儘管同情人民的疾苦,他的權力還是有限的,爲了拯救王三,他就得把偷馬賊趙頑驢吊死,只有這樣,才能在皇帝面前有個交代。這正如《鍘美案》中包公在鍘陳世美時,不得不摘下烏紗,唱出,"拚上烏紗我不戴,天大的禍事我擔承"。通過這些描寫,是更深一步的從反動黑暗的骨髓中揭發出了它們的兇惡本質。

寫青年男女對幸福的婚姻生活的追求,關氏也寫得細膩生動。例如他寫《拜月亭》就是個成功之作,此後的南戲《拜月亭》等等,都受了它很大的影響。在這個戲裏,像第四折,老相公先將王瑞蘭許配給武狀元,而將蔣瑞蓮許嫁給蔣世隆,在經過曲折複雜的劇情發展之後,王瑞蘭才得重歸蔣世隆;這裏面,含有合情合理的富有戲劇性的情節,又含有對蔣世隆的委婉含蓄的批判,確是生動細緻。

由於歷史條件的限制,關氏劇作中自然也存在着一些落後的思想,例如《蝴蝶夢》中所存留的宿命論觀點,《玉鏡臺》中對老夫少妻的無批判的態度等等。這些落後思想在關氏劇作中雖是存在着,但並不多,也不是主要方面。

《鄧夫人苦痛哭存孝》一劇也反映了一些現實內容。在封建統治的黑暗時期,是非不明、有功不賞、有罪不罰,"狡兔死、走狗烹"的現象,是經常出現的。李存孝就只落到個五牛分屍的下場,楊繼業父子、薛仁貴等等也都是遭受到奸佞的坑陷。在元蒙的殘酷統治下,關氏是否是借古喻今地來說明這一問題呢?我想這也是可能的。

四

關氏劇作不僅在主題思想上反映了當代人民的願望,富有人民性和現實意義;在藝術境界上,它也達到了很高的成就。由於關氏對下層社會生活的熟悉,對女性、妓院生活的了解和對女性尊重的思想,他劇作中的飽受迫害的婦女形象大都塑造得非常生動、形象鮮明。同時關氏又非常善於把人物和環境密切結合起來,借景抒情。例如《單刀會》中的:"我心中喜悅;昏慘慘晚霞收,冷颼颼江風起,急颭颭雲帆扯。承管待,承管待;多承謝,多承謝。喚梢公慢者:纜解開岸邊龍,船分開波中浪,棹攪碎江心月。正歡娛有甚進退,且談笑不分明夜。"

這一段既是寫景,而又處處都顯出了關羽單刀赴會,以英武之氣懾服了魯肅之後,江山風雲都爲之增色的英雄氣概,所謂"寓景於情"。這實在是藝術上的高度境界。最後,關羽還有幾句唱詞是:"說與你兩件事,先生記者:百忙裏稱不了老兄心,急切裏倒不了俺漢家節。"就進一步地不僅是對一般的英雄的歌頌,而隱隱地表現出在異族統治下的對"漢家節"的堅持與信心。

由於關氏劇作既富有濃烈的人民性,而又具有高度的藝術成就,它對後世戲曲的影響是很大的。若干年來一直在舞臺上演出的如南戲和湘劇的《拜月亭》、京劇的《六月雪》、崑劇的《單刀會》等等,都是關氏遺留下來的劇作或由此衍變而來的。

爲了擴大紀念關氏的影響,我們應當整理、改編和演出關氏的劇作。上海越劇院演出過《竇娥冤》,合作越劇團改編過《救風塵》,成都川劇團演出過《譚記兒》,都得到了各界的歡迎和好評。我希望能更多地看到各劇種、各劇團改編演出關氏的劇作。

今天來演關氏的劇作,我們也不一定拘泥於元雜劇的演出形式。例如《單刀會》可以只演單折;如演全本,也可以由幾個人來分別扮演各折的"末"。

關於評價馬致遠及其作品的一些問題

元代馬致遠的雜劇，究竟哪些是精華，哪些是糟粕呢？我這篇短文想從這方面提出一些我的看法。

毛主席告訴我們："中國的長期封建社會中，創造了燦爛的古代文化。清理古代文化的發展過程，剔除其封建性的糟粕，吸收其民主性的精華，是發展民族新文化提高民族自信心的必要條件；但是決不能無批判地兼收並蓄。必須將古代封建統治階級的一切腐朽的東西和古代優秀的人民文化即多少帶有民主性和革命性的東西區別開來。"（《新民主主義論》）我由於毛主席這番話的啓示，就想看一看馬致遠的雜劇中究竟含有多少糟粕，又有哪些是"多少帶有民主性"的東西。

我在一九二八年編寫《中國文學小史》，曾經特別欣賞馬致遠的"神仙道化"的一些雜劇，覺得這些雜劇寫的是"仙境的幻美"，引了不少曲文。我雖也説出這些雜劇有出世思想，却不曾加以批判。當時我是頗有些"爲藝術而藝術"的不正確的觀點的。今天看來，明代朱權把馬致遠的散曲比作"朝陽鳴鳳"，認爲"宜列群英之上"，未免推崇得過高。一些解放前的文學史論著對馬致遠作品的估價，也都有過高之處。

我認爲，要適當地評價馬致遠，首先應該理解他的生平。可惜馬致遠的生平，今天我們知道得太少；不像研究白樸，還有他自己所寫的《天籟集》和別人的序文可以作爲依據來加以論述。我們只知道馬致遠作過江浙行省務官或提舉，這是一個無足輕重的小官。總之，他説不上是講究民族氣節的人，至少他曾經做過蒙古貴族統治下面的一員官吏。

我們從馬致遠自己的散曲裏也看到他阿諛元朝皇帝的一些句子。例如，明末清初的李玉《北詞廣正譜》裏面就著錄了馬致遠的一支〔中呂粉蝶兒〕云：

至治華夷，正堂堂大元朝世。應乾元九五龍飛。萬斯年，平天下，古燕

雄地。日月光輝,喜氤氳一團和氣。(以下尚有數曲,不錄)

這支曲子發生了一個問題,那就是開端"至治"兩個字。按照"至治"這兩個字來說,是元朝的一個年號,相當於一三二一年到一三二三年。但是根據周德清的《中原音韻序》,讓我們知道,在周德清作序的一三二四年,馬致遠已經死了。他說:"樂府之盛之備之難,莫如今時。……其備則自關、鄭、白、馬,一新製作。……諸公已矣,後學莫及。"從口氣來看,馬致遠不像是剛剛逝世不久的人,也就是說,馬致遠也許在一三二一年,已經去世了。因此,倘若"至治"是元朝的年號,那麼這支曲子就可能不是馬致遠寫的,而是李玉搞錯了。李玉的《北詞廣正譜》搞錯的地方本來就不少。否則我們就只能把"至治華夷"解釋為"中外都治理得很好",把"至治"兩個字只作普通的詞語來解釋,而不作元朝年號來解釋。

不過,馬致遠曾經寫過歌頌元朝帝王的散曲,不管我們怎樣愛護或袒護馬致遠,想要替他洗刷,說他不曾寫過這一類的曲子,那是無論如何也洗刷不掉的。因為,新近發現了九卷本《陽春白雪》,在隋樹森校訂的鉛排本第170頁上,就有一整套散曲,雖然曲文不同,意思卻是差不多的,其中也有"九五龍飛""萬年"等字樣。由於這套散曲不算長,還不曾被引用過,現將全文錄在下面:(有黑點的與上引〔粉蝶兒〕同)

〔中呂粉蝶兒〕寰海清夷,扇祥風太平朝世。贊堯仁洪福天齊。樂時豐,逢歲稔,天開祥瑞,萬世皇基,股肱良廟堂之器。

〔迎仙客〕壽星捧玉杯,王母下瑤池,樂聲齊眾仙來慶喜。六合清,八輔美,九五龍飛,四海昇平日。

〔喜春來〕鳳皇池暖風光麗,日月袍新扇影低,雕闌玉砌彩雲飛,才萬里,錦綉簇華夷。

〔滿庭芳〕皇封酒美,簾開紫霧,香噴金猊。望楓宸八拜丹墀內,袞龍衣垂拱無為。龍蛇動旌旗影裏,燕雀高宮殿風微,道德天地,堯天舜日,看文武兩班齊。

〔尾〕祝吾皇萬萬年,鎮家邦萬萬里,八方齊賀當今帝,穩坐盤龍亢金椅。

這真是道地的阿諛的作品,自然是糟粕。這種歌頌帝王的作品是馬致遠前期作的。雖然沒有太多的證據,可以說,只有三種可能:作者一生都處於矛盾的狀態中,他的作品同時有歌頌帝王的,也有對當時的統治不滿的,這是一種;前期作品落後,後期作品較進步,這又是一種;前期作品較進步,後期作品落後,這又是一種。

我認爲馬致遠的作品屬於第二種。第一種,說馬致遠同時阿諛帝王,又不滿帝王,發發牢騷,我認爲是不可能的。第三種,"蓋棺論定"最爲重要。一個人的行止,常在最後最被輿論所注意。倘若馬致遠果真是到晚年才寫這類無聊的近似明代三楊"臺閣體"的文字,那他也就不會被人民批準稱爲"元曲四大家"之一了。因此這第三種也是不可能的。

我倒不是主觀一套的想法,而是有證據的。試看馬致遠號爲東籬,散曲集又名爲《東籬樂府》,當然就是羨慕那位寫"採菊東籬下,悠然見南山"的陶淵明,陶淵明就正是歸隱的文人。馬致遠當然比不上陶淵明,但從他的《東籬樂府》看來,他該是先經歷過仕元爲官的一個途程,然後才不習慣於這種"密匝匝蟻排兵,急穰穰蠅爭血"的生活,要想脫身而去的。《秋思》的最後說:"便北海探吾來,道東籬醉了也!"正說明了他對於宦途的厭倦;也就是說,他在《秋思》裏顯示了他與元朝統治者合作一段時期以後,不願再合作下去的意願。

馬致遠的那些神仙道化的雜劇想來也是後期的作品。他處於異族統治時代,知識分子政治上受壓迫,心情苦悶,因此就寫神仙劇,企圖解脫現世煩惱,向往虛無縹緲的神仙世界。馬致遠不及關漢卿具有反抗的精神,在雜劇中顯示了猛烈的鬥爭;馬致遠只是消極的反抗,聲音是非常微弱的。作爲對於觀眾的影響來說,我同意復旦大學《中國文學史》中冊第三九二頁所說,像馬致遠的《岳陽樓》、《任風子》等作品的主題都是說:"現實是黑暗的,人生是痛苦的,要消滅人生的痛苦,就只能像神仙一樣超然於現實之外。這種虛無幻滅的消極思想的宣揚,引導人們逃避現實鬥爭,鞏固了封建剝削制度。"尤其對觀眾來說,即使作者主觀企圖並非想鞏固封建剝削制度,客觀上却起了鞏固封建剝削制度的作用。馬致遠的壞劇本還可以加上《陳摶高臥》。

不過,我認爲馬致遠的雜劇《黃粱夢》,應該比《岳陽樓》、《任風子》等雜劇稍高一點,雖然它具有上文所舉的那些消極思想的缺點,但它有兩點是值得我們稍加注意的,我們應該作更細緻的分析:

第一,這本雜劇《黃粱夢》是集體創作。作者除馬致遠和另一知識分子李時中外,還有民間戲曲藝人花李郎和紅字公(即紅字李二)。馬致遠在前期任職江浙行省提舉時,可能會兩眼朝上翻,看不起花李郎和紅字李二這類被人輕視、穿猪鬃靴的人的。只有在他棄職歸隱時,他才能與民間藝人交往,這在當時是一件不簡單的事。像關漢卿那樣,一天到晚混在藝人堆裏的,並不多見。馬致遠與民間藝人合作,民間藝人的一些思想感情,當會多少感染了他。這就是一個因素,使得他的雜劇注入了新血液,多少顯得與他自己單獨寫作的有所不同。自然,也由於民間藝人也還受了一些封建統治的消極思想的影響,使得《黃粱夢》仍舊不能是完全健康的。

第二,在這本《黃粱夢》裏曾經暴露了當時現實的腐朽和黑暗,使人讀了以後對於當時現實的本質更能認識清楚。即如唐沈既濟的傳奇《枕中記》是《黃粱夢》故事取材的來源,却是寫盧生壽終後夢醒的,這就不能使人警惕。《黃粱夢》却寫盧生發配沙門島後方才夢醒,這樣悲慘的下場就與《枕中記》平靜的下場有所不同。它說明了封建社會中有些趨附於統治階級的知識分子,時常沒有好下場。

馬致遠的《薦福碑》,散播了宿命論的壞思想,所謂"時來風送滕王閣,運去雷轟薦福碑","命裏窮,只是窮,拾着黃金會變銅"。這樣的思想,的確是有毒素的。但是《薦福碑》也表現了另外一面較好的暴露,那就是當時的讀書人得不到出路,"'儒人'不'如人'"(諧音謔語)的情況在元代社會中是很普遍的。《薦福碑》第一折中那一支"這壁厢攔住賢路"提出來作爲單獨的曲子來看,也表現了馬致遠的憤慨,正如復旦《中國文學史》中冊第三九三頁所說,它"描寫了在黑暗現實中知識分子的悲慘遭遇"。我覺得這肯定的部分還可以稍強一點。

《青衫淚》是馬致遠的一個較好的劇本,它實際上是《蘇小卿月夜販茶船》的翻版。

馬致遠最好的雜劇當推《漢宮秋》。王昭君真實的故事應如《漢書》和《後漢書》所說,漢元帝當時國勢強盛,昭君只是賜給匈奴以睦鄰邦的。毛延壽也不曾逃到番邦去,昭君嫁給單于,夫死後還請示了漢室,從胡俗嫁給她那名分上的兒子。這與我國封建道德是相違背的。《琴操》便說昭君不願,仰藥而死。到了《西京雜記》,才有了毛延壽等人因昭君未行賄賂,就將昭君的像畫醜了。後來毛延壽等畫工一併棄市。唐代還有昭君變文。直到馬致遠,方才將昭君故事大大地變了樣。

馬致遠所以要使得昭君到了黑水河,就不願入匈奴境內,而要投水而死,這正表示了他那愛國主義的精神。元人雜劇每每是借古喻今的,馬致遠在這劇本中反映出他不願與元代貴族統治者合作的意願。馬致遠倘若不曾寫《漢宮秋》,恐怕將不能列於元曲四大家之林。臧晉叔《元曲選》將《漢宮秋》列於第一篇,我看不應該看作僅只欣賞第三折中〔梅花酒〕和〔收江南〕等名篇,而是把作者的愛國精神估計在內的。

《元明清戲曲研究論文集》中收了四篇有關《漢宮秋》和馬致遠其他雜劇的論文,我完全同意徐朔方、宋玉柱、陳述桂等人的看法,特別是宋玉柱列舉呼韓邪單于和使者的話,"若不肯與,不日南侵,江山難保","陛下若不從,俺有百萬雄兵,刻日南侵,以決勝負",說明了敵人的咄咄逼人。我不能同意的是孟周的看法,他把《漢宮秋》的主題思想縮小到"不是表現反元的思想,而是寫的漢元帝和王昭君的愛情和離別愁恨之情"。我認爲這是歪曲的。

徐朔方認爲神仙道化劇中偶然也有幾個強烈的音符,說明馬致遠是有意這樣寫的。孟周不同意這樣的看法。可能徐朔方所舉的幾個例子不太恰當,但不能說馬致遠完全沒有這樣的企圖。這問題還值得仔細地推敲和研究。

馬致遠的生平難以探索,是評論馬致遠雜劇一個很大的障礙。馬致遠即使也是由金入元的人,我以爲與關漢卿和白樸一樣,大致也不過是七歲到十歲左右光景。這樣,馬致遠成人時期已在元代,並不曾在金代作官,或者甚至根本就是在元朝生長的。那麼,他雖然說不上有民族氣節,卻也不能把他當作漢奸看待。必須有這樣的認識,才能對馬致遠作出較正確的估價。大約馬致遠跟宋代詞人張炎、王沂孫等人有相似的地方,特別是消極反抗這一點,但馬致遠却有張炎、王沂孫等所沒有的那本雜劇《漢宮秋》。那劇本斥責了那些不能扶保社稷的文臣武將,特別是下面這一支曲子值得欣賞:

〔得勝令〕他去也不沙,架海紫金梁,柱養着那邊庭上鐵衣郎。您也要左右人扶侍,俺可甚糟糠妻下堂。您但提起刀槍,却早小鹿兒心頭撞。今日央及煞娘娘,怎做的男兒當自强。

這幾句話罵盡了當面的尚書和一切文臣武將。這使我很自然地想起後來同一題材的常在劇場演出的《昭君和番》開端文臣武將的唸白:

朝廷待漏午朝門,鐵甲將軍去跳井。
跳了一個又一個,撲吞撲吞又撲吞!

所謂鐵甲將軍,不會禦敵,敵人來了,沒有別的本領,只會一個一個地"撲吞撲吞"

地跳下井去。這諷刺是非常深刻而又幽默的！

綜上所述，我認爲應該仔細辨別古典作家的精華和糟粕，尤其象馬致遠這樣複雜和矛盾思想表現的作家需要我們作更細緻的分析。我認爲馬致遠前期的作品如兩種〔中呂・粉蝶兒〕都是最壞的作品，因爲它們是阿諛元朝帝王，這種作品簡直不堪一讀。但馬致遠後期，棄官歸隱，就表示他多少有些覺悟，雖然是消極反抗，究竟比俯首帖耳地做羔羊要好一些。因此那些神仙道化劇雖有出世思想，却也有寫得較好的，例如《黃粱夢》，並且這是馬致遠與藝人們合作的作品。至於《任風子》、《岳陽樓》、《陳摶高臥》，自然是壞作品，《薦福碑》有較好的片段，但全劇是宣揚宿命論的壞作品。《青衫淚》寫得較好。馬致遠被一致公認的代表作是《漢宮秋》。他的作品有的是精華，有的是糟粕，我們應該實事求是地對待，不必強求統一。以上只是我對於馬致遠雜劇初步的看法。

元代南戲劇目和佚曲的新發現
——介紹張大復的《寒山堂曲譜》

一

我在《元明南戲考略》裏寫過一篇《元明南戲的新資料》，介紹清初張大復的《寒山堂新定九宮十三攝南曲譜》六册抄本（據一厂一九四四年所發表的《寒山堂曲譜》一文）。我那篇文章的末尾説起："一厂先生説，預備將這抄本《南曲譜》出版，這正是我們所熱烈盼望着的。因爲既有'總目'，必有殘文，由此，我們又可獲得不少的南戲材料了。"現在距離一厂發表該文的時間已經相隔十多年，這抄本一直不曾影印出版；聽説北京大學録副一部，我還不曾見到。但是，在去年，我却由於路工的介紹，向傅惜華把另一抄本《新定九宮十三攝南曲譜》三册五卷殘本給抄了一份，雖還不全，但十五年來的願望一旦得償，却是非常高興的。並且，這部殘抄本與一厂所提的李盛鐸藏本和孫楷第藏本字句間似乎都不盡相同，足資比勘，可以說這是這部抄本的可貴之處。根據一厂的介紹，與孫楷第藏本比較，傅惜華藏本卷一的仙吕，卷三的大石調，卷四的小石調，卷五的黄鍾宫，均爲孫本所有，不過卷二的正宫，却爲孫本所無；孫本所有的中吕、南吕和雙調的四分之一，却是傅本所没有的。孫本的黄鍾宫還有《犯調總論》，也爲李本和傅本所無。

一厂說："譜中多引范文若、李玄玉、孟稱舜諸人傳奇文。……范、李、孟皆崇禎、順治間人。"可能這是錯誤的。因爲，據此譜凡例第二條云："此譜不以舊譜爲據，一一力求元詞，萬不獲已，始用一二明人傳奇之較早者實之。若時賢筆墨，雖繪采儷藻，不敢取也。"我所看到的傅本根本就不曾選用范、李、孟三位的任何一支曲子。此譜的重要性即在於保存了不少較古的劇本的劇目和佚曲。它主要以元代南戲和元代南散曲爲主，明初南戲引用得極少。

下面就分敘劇目和佚曲兩項。最後還附論元代的南散曲和張大復的曲話。

二

《寒山堂曲譜》卷首有《譜選古今傳奇散曲集總目》七十種,其中二十四種已在我的《元明南戲的新資料》中叙到。這裏要補充下列重要的三點:(1) 所有的"敬仙書會"和"史九敬仙"實爲"敬先書會"和"史九敬先"之誤抄;這樣,史九敬先當另爲一人,就不會被誤會爲武昌萬户的開國元勛史九敬仙。他是書會裏的才人,猶之柯丹邱不是柯九思或丹邱生(朱權)一樣。(2)《風風雨雨鶯燕爭春記》的說明,開端應補一句"《雍熙樂府》第六種"。(3)《金銀猫李寶閑花記》,我想一定要作《金鼠銀猫李寶閑花記》。因爲按照神話的慣例,一物克一物,猫能克鼠;《書生負心》套云:"陳留李寶,銀猫智伏金天神。"這金天神應該就是金鼠。此外,《江雪舟記》下,應補"一字不易"四字;《西池宴王母蟠桃會》,"蟠桃會"應作"瑶臺會";《羅惜惜兩美更夫記》,"羅惜惜"應作"薛惜惜";《韓湘子三度韓文公》,"韓湘子"應作"韓公子"。

未曾叙及的四十六種中,如已有傳本的《破窰記》《牧羊記》《精忠記》《黄孝子》《殺狗記》《琵琶記》《八義記》《拜月亭》《尋親記》《張協狀元》《金印記》《古城記》《珍珠記》《胭脂記》等十四種都有全稱的劇名,有的還有值得注意的按語:

(1)《吕蒙正風雪破窰記》(《盛世群賢雍熙樂府》六種之第三種。)

(2)《蘇武持節北海牧羊記》(江浙省務提舉大都馬致遠千里著,號東籬。)

(3)《岳忠孝王東窗事犯記》

(4)《黄孝子千里尋母記》

(5)《楊德賢女殺狗勸夫記》(古本淳安徐畹仲田著。今本已由吳中情奴、沈興白、龍猶子三改矣。)

(6)《蔡伯喈琵琶記》(東嘉高明著,字則誠,著《柔克齋集》,傳奇之首。古本比今本多兩齣。明周藩刻本。)

(7)《趙氏孤兒大報仇》(明徐元改作《八義記》。)

(8)《蔣世隆拜月亭記》(吳門醫隱,施惠,字君美著。武林刻本已數改矣。世人幾見真本哉。五十八齣。按察司刻。)

(9)《周羽教子尋親記》(今本已五改:梁伯龍、范受益、王陵、吳中情奴、沈予一。)

(10)《張協狀元傳》(吳中九山書會著。)

(11)《蘇秦傳》(沈采改作《千金記》。)

(12)《關大王古城會》

(13)《高文舉兩世還魂記》

(14)《郭華胭脂記》

以上，須説明下列三點：(1) 馬致遠字千里，是前所未知的。他作南戲《牧羊記》，似不可靠。這是沿襲呂天成《曲品》的錯誤。《曲品》中"妙品二"即《牧羊》，注云："元馬致遠有劇。此詞亦古質可喜，令人想念子卿之節。梨園演之最可玩。"馬廉的《録鬼簿校注》也據《曲品》在馬致遠條下補入《牧羊記》。(2)《殺狗記》的四位作者和《尋親記》的五位作者大都是前所未知的。以前只知道徐畖作和馮夢龍（即龍子猶，不作龍猶子）改《殺狗記》以及王錂（不作王陵）改《尋親記》。吳中情奴不知是否王百谷，曾作有雜劇《相思譜》九折收入《盛明雜劇二集》。由此或可肯定徐畖是《殺狗記》的作者，他是元明間的劇作家。(3)《琵琶記》所多的兩齣當即我在《元明南戲考略》上所録的那兩齣。《拜月亭》今本四十齣。五十八齣本却是從未見過的。不知天壤間還有機會能見到這個本子否。

剩下的三十二種，可説全都已收入《宋元戲文輯佚》，只有一種《席雪飡氈忠節蘇武傳》和一種《詐妮子調風月記》需要加以説明。前者特別慎重地注明："與前《牧羊記》不同，今多混爲一。此亦鈕丈所假，只十五齣，戲文之至短者也。"但是，實際上就是《南戲拾遺》所收録的《現團圓月輪》。我曾在《元明南戲考略》面10—11疑爲散曲，同意馮沅君等的意見。因爲《南曲九宫正始》注明，有三曲出於《遏雲奇選》，明書"元散套"，有二曲明書"明散套"。現在張大復却説這是鈕丈（鈕少雅）借給他的《蘇武傳》，説得千真萬確。究竟誰的話對呢？像《琵琶記》中秋賞月那樣，倘若未見原書，可能也會當作散曲的吧？爲了謹慎起見，現在我對這問題，只好存疑了。至於《詐妮子調風月記》，却與《風風雨雨鶯燕爭春記》分列爲二，顯然二者不是一個劇本。這也是很難分辨的。

其他三十種中，有十種劇目名稱較長，或有所不同，但却沒有附上説明。這十種就是：《孝感天王祥臥冰記》《陳巡檢梅嶺失妻記》《朱買臣潑水出妻記》《鬼判何推官傳》《賈充宅韓壽偷香傳》《崔鶯鶯待月西廂記》《薛雲卿偷贈錦香囊記》《陳叔文負心金錢串記》《鄭孔目風雪酷寒亭記》和《蘇小卿西湖柳記》。

現在只剩下二十種了。其中有四種見於《百二十家戲文全錦》，那就是《史弘肇》《王子高》《岳陽樓》以及《司馬相如》，還有一種《江流和尚陳光蕊傳》，注云："與舊本《百二十家南戲文全錦》不同。"二十五年前就聽説張牧的《笠澤隨筆》裏有《百二十家戲文全錦》的目録，但我至今還不曾見到，也頗爲係念。還有《章臺柳》和《蔣蘭英》是劇名較短的。

還剩下十三種，都有説明，録在下面：

(1)《風流李勉三負心記》(史九敬先、馬致遠合著，《雍熙樂府》第四種。)

(2)《唐伯亨》(此本從里丈鈕少雅處假來，前明内府官抄也。)

(3)《開封府風流合三十》(此亦鈕丈抄本。)

(4)《王魁負桂英傳》(戲文之首，南宋人作也。惜不全。)

(5)《孟月梅寫恨錦香亭記》(近有小説，同一故事。)

(6)《樂昌公主破鏡重圓記》(中州韻有《樂昌分鏡》，南宋人曲也。)

(7)《張資傳》(李玄玉一笠庵藏本，即《鴛鴦燈》。)

(8)《李亞仙詩酒曲江池》(明鄭若庸改作《綉襦記》。)

(9)《子母冤家》(明官抄，一笠庵假來。)

(10)《貞節孟姜女》(極古拙。)

(11)《王仙客無雙傳》(墨憨齋贈本，與《明珠記》完全不同。)

(12)《裴少俊牆頭馬上目成記》(曲白俱美，必才人手筆也。大人已付梓，章邱李中麓公手抄本也。)

(13)《崔護謁漿記》(隆福寺刊。)

以上這些劇目的説明使我很感到興趣，我要説明下列兩點：(1)以前我所不知道的《雍熙樂府》第三、四、六種，現在都知道了：第三種是《吕蒙正風雪破窰記》，第四種是《風流李勉三負心記》，第六種是《風風雨雨鶯燕争春記》。十五年來的疑問，一朝解決。(2)清初張大復編纂《寒山堂曲譜》的時候，鈕少雅還藏有明内府官抄本《唐伯亨》和抄本《開封府風流合三十》，李玉藏有《張資傳》和明官抄本《子母冤家》，馮夢龍藏有《王仙客無雙傳》，想來也是抄本，李開先藏的手抄本《裴少俊牆頭馬上目成記》也保存到清初。這樣豐富的元代南戲的抄本都保存了下來，真是令人神往。倘若能夠保存到今天，那該多麼好呵！只有《王魁負桂英傳》注明"不全"，想來上舉的鈕少雅、李玉、馮夢龍等人所藏的抄本，應該都是全本了。

三

我曾經仔細地檢對過傅本《寒山堂曲譜》和《宋元戲文輯佚》，凡並見二書的，都加以校勘，也翻檢了《南曲九宫正始》，結果發現《寒山堂曲譜》為填譜者設想，盡量少用襯字。我不想在這裏一一列舉我詳細比勘的結果，只在這裏舉一個例，便可明白。我舉的是《東牆記》裏的〔針綫箱〕：

爲薄情使人縈繫，終日把圍屏閑倚。(病)懨懨頓覺貪春睡，一日瘦如一日。有時(待重)整(些)殘針指，(我便)拈起東來(卻)忘了西。香閨裏，(悶)無言空對〔着〕針綫箱兒。

以上録自《宋元戲文輯佚》面一九七，但《寒山堂曲譜》卻把"病"、"待重"、"些"、"我便"、"卻"、"悶"這八個字刪去，(以括號爲記)還增加了一個"着"字(以〔〕爲記)。其他大多類此。有時字句間有異同，關係不大，也不瑣碎列舉，這裏只舉兩曲改動稍多的。其一曲是《金鼠銀猫李寶》中的〔燈月交輝〕，《寒山堂曲譜》卷五卻題作《梅嶺記》，當以《李寶》爲是：

昨宵夢覺，聽門外珍珠灑，漸覺無聲墮萬家。對良辰爭似我，晚來時推起紗窗，歡笑處説些情話。休歸也，那雪兒洋洋正下。(八句，四十七字。)

但《宋元戲文輯佚》面90第四句却是"且開懷同歡宴樂"。第五句"晚"作"曉"，"紗窗"作"窗紗"。第六句作"觀賞處同尅玉斝"。第七句"也"作"去"。第八句"洋洋"作"滿空"。又一曲是《崔鶯鶯西廂記》中的〔永團圓〕，亦見《寒山堂曲譜》卷五：

夫人小玉都睡了，莫辜負此良宵。中天皓魄光如洗，庭砌畔花陰遶。韶華易老，雙徑小庭花綉草。樓閣浸雲表，風清露皎。山隱隱，水迢迢，悶把湖山靠。羅襪鞋兒小，雲鬢亂，金鳳翹。慢行休囉皂，只恐外人瞧。(十六句，七十八字。)

《宋元戲文輯佚》面一四六第二句"此"作"好"。第三句到第六句是："望天外月如洗，看砌畔花陰遶。韶光半老，雙岸小溪花綉草。"末句作："惟恐怕外人瞧。"

《南詞定律》和《九宮大成譜》多沿襲《寒山堂曲譜》。還有一些異文，《宋元戲文輯佚》已經根據這兩部曲譜校過，我就不再根據《寒山堂曲譜》復校了。

最值得注意的是所謂南戲《李玉梅》，《宋元戲文輯佚》面七三，引了殘曲〔普天樂〕、〔雁過聲〕和〔小桃紅〕。我却在《南九宮詞》卷上頁一三一一四發現了全套。套數分題是：〔普天樂〕、〔雁過聲〕、〔傾杯序〕、〔玉芙蓉〕、〔山桃犯〕(相當於〔小桃紅〕)以及〔尾聲〕。爲節省篇幅起見，這裏只録下《宋元戲文輯佚》未録的三支曲子：

〔傾杯序〕思着掩翠屏冷絳綃，寂寞向誰行告？捱幾個黃昏，幾番明月，幾度青燈，和我知道。把歸期暗數，寶釵劃損，畫欄雕巧，不由人不罵他做薄倖絮叨叨。

〔玉芙蓉〕金爐香篆消，寶鏡塵埋了。數歸期一夕又還一朝，薄衾小簟殘鏡曉，暮雨梨花魂暗消。我的相思病多應是命所招，算人心不比往來潮。

〔尾聲〕悽涼運莫再交，但願得鴛鴦會早，莫待秋霜染鬢毛。

《寒山堂曲譜》卷二録此套〔雁過聲〕，注明是"元散曲"，從《凝雲奇選》録出，我相信是可靠的。《南曲九宮正始》卷二此曲稱爲《李玉梅》，不知何據。我斷定這套是散曲，理由有三：(1)《李玉梅》未見他書著録。(2)《南曲九宮正始》既稱〔小桃紅〕見於元傳奇《李玉梅》，又稱此曲乃"明散曲"，見於《樂府群珠》，未免自相矛盾。(3)《南九宮詞》只稱此套爲"舊詞"。至於《吳騷合編》卷一稱此套爲李東陽的"閨怨"，似是隨便挨派的，我也不曾聽説李東陽還寫過散曲。

我所發現的佚曲不多，《風風雨雨鶯燕爭春記》有佚曲兩支，且録一支在下面：

〔仙呂宮〕〔八仙過海〕喬柯挺干，記當時封號，不減朝班。蟠龍棲鶴，矯若勢撑霄漢。千齡古柏堪並侶，五色雲芝和露湌。逢華誕，翠靄庭闈，掩映斑斕。（卷一）

《王祥臥冰》，我也發現了一支佚曲，見《寒山堂曲譜》卷二：

〔正宮〕〔緑襴衫〕請起來，兄弟今朝情願替着你。年少那曾曉世事。聽響聲好似虎聲嘯，雙雙就把繩穿了。

《秋夜月》中民間戲曲《臥冰求鯉》也有類似的曲文："待王覽替着哥哥臥魚回。……忙將柳條穿將起。"

《關大王古城會》曲一支見《寒山堂曲譜》卷三，亦見《南曲九宮正始》卷二，惟未注明出處，且字句略有不同：

〔大石調〕〔催拍〕受君恩身居從班，食天祿怎敢辭難。非同小看。看看看，看上京虛實，便往邊關。漠漠平沙，路遠天寒。一別後涉水登山，今日去也甚時還。

《南曲九宮正始》"天"作"君"，"辭"作"避"，"非同小看"前有"此行"二字，"看看看，看"作"疾探"，末句無"也"字。

《元永和》也有三支。曲目上說是"洪武間一教諭作"，卷一錄了〔鵝鴨滿渡船〕和〔赤馬兒〕各二支，卷二錄了〔泣秦娥〕一支，卻都說是"元傳奇"，是否作者也是由元入明的作家呢？究竟《元永和》作於元末，還是作於明初，就無從證實了。現在姑且都錄在下面：

〔仙呂〕〔鵝鴨滿渡船〕釣魚船隨浪滾，（又一句）傍水人家戶半扃。時見天漸暝，（又一句）邊城戍鼓暮猿啼，教人越添愁悶。
〔前腔〕蘆葦岸蓼花汀，（又一句）能解閑行有幾人？只見浪鷗眠未穩，（又一句）水雲深處，澄波數點，兀的不是野岸漁燈。
〔赤馬兒〕數剪孤縈，照見幽欄獨憑。聽得幾聲離群雁，呀呀飛過沙汀。山寺送來幾聲金磬，人煙寂靜。（合）我這時幾覺清冷。
〔前腔〕絮琴再整，流水泠泠，高山絕頂，個中名利羽毛輕，（又一句）智者何勞弦上聲。（合前）
〔泣秦娥〕此身若不去科舉，淺耕深種，村落修己。養北堂萱草，啜菽飲水。須盡禮，向階下戲舞斑衣。名韁利鎖，閃得孤館無依倚。恨海闊天高，難寄鯉魚一紙。

除上列五曲外，《南曲九宮正始》卷二還有〔花壓闌〕兩支，〔怕春歸〕、〔春歸犯〕以及〔本宮賺〕各一支，都是《元永和鬼妻傳》的佚曲，看來是個悲歡離合的戀愛故事，本事不詳。

四

一般講到元代的文學史，常以北雜劇和北散曲為主，也附講一些元代南戲，但對元代南散曲卻極少注意。其實，元代既有南戲，當然也該有南散曲的。《南曲九宮正始》和《寒山堂曲譜》明注"元散曲"、"元詞"、"元散套"的就有不少，後者據我所見到的傅惜華藏殘本也有二十支左右。其中由於這條綫索，還可以在別處找到全套。即如《寒山堂曲譜》卷一從《遏雲奇選》等選了〔長拍〕、〔短拍〕以及〔小措大〕，就可以在《南九宮詞》裏找到全套，我且把這一套全文錄在下面：

〔小措大〕暗潮拍岸，斷風送蘆花，鷗鷺破天，飛落汀沙。見漁舍兩三家，在夕陽下，一簇晚景堪畫。悶無語時將淚珠灑，愁轉加，瘦損丰標只爲他。事縈心鬢添白髮，蹉跎負卻年華。

〔不是路〕暗憶秦樓，（又一句）一別後蛾眉誰與畫？沉吟久，徘徊無語自嗟呀。恨無涯。強和哄時把芳樽飲，離緒共別情，酒怎啞。霍索殺千般煩惱縈心下，好難唵呐（又一句）。

〔前腔〕幾回按下身心，兀兀自喃喃唸誦他。一夜加，兩只業眼怎睁着。恨無眠，酒乍醒，欹枕衾衣冷，夢初斷，蓬窗月影斜。看看曉，那堪迤邐蘭舟駕。事冗如麻。（又一句）

〔長拍〕疊疊離情，（又一句）重重幽恨，羈旅怎生禁架。家鄉遙遠，楚水洶涌，闊迢迢去程無涯。斜日映紅霞。望水村深處，酒旗高掛。淺水灘頭有鷺立，枯樹上噪寒鴉。來往櫓聲咿啞。正野塘水漲，浪激汀沙。

〔短拍〕紅蓼灘頭，（又一句）白萍岸側，曲灣灣水遠人家，還自赴京華。怎訴得許多般瀟灑。異日圖將此景，俺只待歸去鳳城誇。

〔尾聲〕煙光淡，斜陽下，漸覺荒村暮也，借旅邸今宵一睡啊。

以上這套又見《南曲九宮正始》卷三引《樂府群珠》，也説是元散套。《吳騷合編》也説這是"古調"。但《南音三籟》却説這一套的作者是羅欽順，我看這話是故意炫奇，不足信的。我想《新編南九宮詞》裏面有不少所謂"古詞"、"舊詞"，都可被疑爲"元散曲"。設法把元代的南散曲多鈎稽一些出來，的確是一件相當有意義的工作；可惜的是，這裏面恐怕還是離情別緒和談情説愛以及寫景的較多，有關政治的元代南散曲幾乎很難找到。

最後，我想談一談《寒山堂曲譜》的編者張大復。他自己還是一位多産的劇作家。他字彝宣，與《梅花草堂筆談》的作者張大復不是一人。他的兩個兒子：一名繼良（君輔），一名繼賢（君佐）。除《古本戲曲叢刊》還保存了他的傳奇《醉菩提》《快活三》《如是觀》《海潮音》《吉祥兆》《讀書聲》《重重喜》《金剛鳳》《釣魚船》《紫瓊瑶》《雙福壽》十一種外，我在《明清曲談》上還輯錄了他的《天下樂》《獺鏡緣》《芭蕉井》《井中天》四種傳奇佚曲。據高奕的《新傳奇品》和李斗的《揚州畫舫錄》，除以上十五種外，還知道他作有《龍華會》《雙節孝》《娘子軍》等三種傳奇。王國維據《傳奇匯考》又知道張大復作有《小春秋》《天有眼》《發琅釧》《龍飛報》《癡情譜》等五種傳奇。根據《寒山堂曲譜》張大復自己的著錄，除了以上廿三種外，他還寫了《大節烈》《羅江怨》《新亭淚》《金鳳釵》《元宵鬧》《智串旗》《三祝杯》等六種傳奇以及雜劇六種。

《寒山堂曲譜》開端有曲話十七則。我且摘錄他轉抄凌濛初《譚曲雜劄》的一部分在下面，藉以了解他是同意凌氏對於戲曲的見解的：

　　　曲始於胡元，大略貴當行，不貴藻麗。其當行者曰本色，蓋自有一番材料；與修飾詞章，填塞學問，了無干涉也。故《荊》、《劉》、《拜》、《殺》爲四大家，而長材如《琵琶》，猶不得與，以《琵琶》間有刻意求工之境，亦開琢句修詞之端；雖曲家本色固饒，而詩餘弩末亦不少耳。前明如湯菊莊、馮海浮、陳秋碧輩，直闖其藩，雖無專本戲曲，而製作亦富，元派不絕也。自梁伯龍出而始爲工麗之濫觴，一時詞名赫奕。蓋其生嘉隆間，正七子雄長之會，崇尚華靡，弇州公……盛爲吹噓，其實於此道不深，以爲詞如是觀止矣，而不知其非當行也。以故吳音一派，競爲勦襲，靡詞如'綉閣羅幃'、'銅壺銀箭'、'黃鶯紫燕'、'浪蝶狂蜂'之類，啓口即是，千篇一律，甚至使僻事，繪隱語，詞須累詮，意如商謎，不惟曲家一種本色語抹盡無餘，即人間一種真情話亦埋沒不露。至今胡元之竅塞而未開，間以語人，如痼疾不解，亦此道之一大劫哉！

　　　今之時行曲，求一語如唱本〔山坡羊〕、〔刮地風〕、〔打棗竿〕、〔吳歌〕等中一妙句，所必無也。故以藻繢爲曲，譬如以排律諸聯入〔陌上桑〕、〔董妖嬈〕樂府諸題下，多見其不類。

　　　元美責《拜月》以無詞家大學問，正謂其無吳中一種惡套耳，豈不冤哉！然元美於《西厢》止取其"雪浪拍長空"、"東風搖曳垂楊綫"等句，其所尚可知已，安得不擊節於"新篁池閣"、"長空萬里"二曲，而謂其在《拜月》上哉！《琵琶》全傳自多本色勝場，二曲正其稍落游詞，前輩相傳謂爲贋本者，乃以繩《拜月》，何其不倫！

還有一則批評張鳳翼用典的，也說得很痛快。但只看上面三則，也可以很清楚地看出張大復爲什麽這樣喜愛元代本色的詞語，這樣推崇宋元南戲，在他所編的

《寒山堂曲譜》裏，作爲曲調格範的，非要用"元詞"不可，"萬不獲已，始用一二明人傳奇之較早者實之"；原因就是"時賢筆墨，雖繪采儷藻，不敢取也"。他把《琵琶記》裏面《琴訴荷池》和《中秋賞月》兩出看作"稍落游詞"，也是同樣的道理。戲曲是從民間來的，"以藻繢爲曲"，就好像拿排律放在樂府詩裏一樣，當然要顯得不倫不類。梁辰魚的《浣紗記》出現以後，風靡了文壇，連湯顯祖都受他的影響，寫作駢儷的《紫簫記》，沈璟也寫駢儷的《紅葉記》，王世貞主持文壇的力量，在這一點也可以窺見一斑。但是，張大復却是最看不起這種"使僻事，繪隱語，詞須累詮，意如商謎"的作品的。他在《寒山堂曲譜》裏輯錄了不少宋元的民間戲曲，因此也就完全可以理解。而我們研究元代南戲，借此也就可以多獲得一些元代南戲的劇目和佚曲了。

明代的戲曲和散曲

一　前　言

十六世紀以後，明代的經濟、政治都有較顯著的變化。

在經濟方面，空前繁榮的工商業促成資本主義因素的發展，東南地區尤爲顯著。資本主義的萌芽雖是微弱的，仍是封建的生產關係，但是已經在緩慢的發展中走向"新時期"，已經有了工場手工業的形式。江南嘉、湖區的絲綢織花技術相當進步，松江的棉布織造也已有了高級技工，蕪湖的漿染業也是著名的。江南的一架大紡車晝夜可以紡績棉紗一百斤。以上這些，都説明了江南的富庶。至於北方，冶鐵和採煤也是很盛的。江西的瓷器更是著名。此外，土地也更加集中到封建統治的帝王官員和地主的手裏了。可説是"私家日富，公室日貧"。農民因破產而流亡的，也不知多少。

在政治方面，皇帝是更加昏庸荒淫了。皇帝整天地不上朝，只是把走狗們當作耳目。嘉靖年間，宮中鷹、犬、蟲、鳥的食肉每年達到肉一萬六千多斤，米五千二百多石；萬曆年間，只是宮女所用的胭脂，每年要四十萬兩，這還是最小的開銷；即此兩端，就可以知道皇帝們是怎樣地剝削民脂民膏。所謂走狗，主要是權閹權相。大家知道，劉瑾、魏忠賢都是最壞的、無惡不作的太監。權相則有嚴嵩父子等。楊繼盛暴露嚴嵩的罪惡説："百官請命奔走，直房如市。……內外之臣被中傷者，何可勝計。……凡文武遷擢，不論可否，但衡金之多寡而畀之。將弁惟賄嵩，不得不朘削士卒；有司惟賄嵩，不得不掊克百姓。士卒失所，百姓流離。"[①]

經濟雖然好轉，卻好了在上者；政治腐敗，自然是苦了老百姓。在這樣的經濟、政治的情況下，勢必至於引起人民的反抗，外族的侵略以及歐洲商業資本主

---

① 見《明史》卷二〇九《楊繼盛傳》。

義先遣隊的侵入。下面就分這三項來叙述。

關於人民的反抗，萬曆二十七年至二十九年武昌商民反抗陳奉，是有名的人民反抗的事件。萬曆二十九年（一六〇一）蘇州稅監孫隆盤剥機户，勒索商稅。機户就關門罷織，織工、染工失業的各數千人，推葛成爲首起義，打死孫隆的參隨黃建節，把六七個稅官投到河裏去，孫隆嚇得逃走了。①

關於外族的侵略，可舉嘉靖年間的俺答入侵和倭寇侵邊爲例。嘉靖二十一年俺答蹂躪了十衛三十八州，殺掠人口二十餘萬，掠去牛馬雜畜二百餘萬頭，金銀財寶無算，焚燬民居八萬户，結果是我國的農田荒了數十萬頃。②曾銑準備收復河套，築邊牆，訓軍隊，加火器，嚴嵩卻責備他是好大喜功，窮兵黷武，竟把曾銑殺掉。嘉靖二十九年俺答又來侵略，兵犯通州，京師大震。由於仇鸞行賄，俺答不曾侵犯仇鸞所鎮守的大同。仇鸞帶領十幾萬人馬，連一支箭也不曾射向敵人，只顧自己，不管王城是多麽的危險。嚴嵩也若無其事地説："這些人，只是搶食物的賊，吃飽了自然會退去的。"倭寇是由於限制通商而起。成化以來，限制"十年一貢，人止二百，船隻二艘"。倭寇不能滿足，就勾結沿海的舶主，進行武裝走私和掠奪。嘉靖二十五年，倭寇侵擾寧波、台州等地，朱紈自殺。嘉靖三十二年，倭寇又侵擾浙東、浙西。嘉靖三十四年，倭寇竟圍困杭州。幸賴戚繼光、俞大猷和張經的討伐，直到嘉靖四十三年，方將倭寇全部肅清。像嚴嵩的手下趙文華，卻只會濫殺平民來冒充倭寇首級請功，實在最爲毒辣，也最爲無恥。

關於歐洲商業資本主義先遣隊的侵入，有如下的幾件事實：正德末年葡萄牙的船隻來到廣東，嘉靖十四年租借了澳門；嘉靖四十四年西班牙侵占了吕宋；萬曆年間（十七世紀初）荷蘭成立了東印度公司，準備向我國侵入。③

十六世紀以後，思想文學方面也同樣有顯著的變化。

在思想方面，王學的左派泰州學派的繼承者李贄就是以反封建著名的。他住在湖北黃安，與假道學耿定向鬥爭，又公開斥責孔、孟以下的儒學，大膽猛吼，致被朝廷拘捕，下獄而死。他對於小説戲曲，曾給以極高的地位，提倡不遺餘力。《焚書》《續焚書》《藏書》是他的代表作。

在文學方面，樣式有了變化。雜劇已經打破了元代的規律，並且產生了南雜劇，也就是純用南曲來寫雜劇。與文學相結合，音樂也起了變化，水磨調的崑腔

---

① 見《明萬曆實録》卷三六一。
② 見《明史紀事本末》卷六〇。
③ 本節的經濟、政治部分大都採自李洵的《明清史》。

也起來了。在內容方面,也起了變化,政治性的題材較多,體現了民主思想。例如上面所敍的蘇州機戶的反抗,李玉就寫成《萬民安》傳奇;俺答入侵和倭寇侵邊,以及楊繼盛暴露嚴嵩的罪惡,無名氏就都寫入了《鳴鳳記》傳奇。戲曲和小説,特別是戲曲,更見蓬勃。東南地區的工商業空前繁榮,市民富庶,就使得東南地區成爲戲曲的重心。雜劇的轉變和傳奇的繁榮構成戲曲的高潮。高潮的展開是從十六世紀到十八世紀。十六世紀後期和十七世紀是高潮的高峰。長江下游各地是高潮的中心地區,南曲占壓倒一切的優勢。

二 徐 渭

徐渭的劇作代表了明代雜劇的轉變。在徐渭以前,雜劇的變化還不太大。臧晉叔《元曲選》也收有明初人的作品,如王子一的《誤入桃源》、谷子敬的《城南柳》、賈仲名的《鐵拐李》《對玉梳》和《蕭淑蘭》以及楊文奎的《兒女團圓》,基本上能够遵守一本四折,用北曲和一本一人唱的規律,但也有不只四折的。如劉東生的《嬌紅記》就有八折,楊景言的《西遊記》甚至有二十四折。

到了周憲王朱有燉,元雜劇的規律就逐漸打破。以一本四折而論,朱有燉的《牡丹園》就有五折兩楔子。一本一人唱的規律打破得尤多:《仗義疏財》中燕青和李逵二末可以分唱,又可以合唱;《曲江池》五折,一、三、五折是旦唱,二、四折是末唱。至於慶賞的戲如《牡丹三劇》那就花樣更多:《牡丹仙》可以旦扮末唱;《牡丹品》可以多人合樂而唱;《牡丹園》竟有十個牡丹仙子分五對先後上場,每一對都是先分唱,後合唱,最後十個仙子出齊,一同來一個大合唱。

在思想方面,朱有燉是一個養尊處優的貴族,雖然《牡丹三劇》序文裏也曾提到白居易的"一叢深色花,十户中人賦",他的散曲《憫農》也有同情農民疾苦的詞語,雜劇《慶朔堂》也同情妓女被壓迫的生活,究竟他是貴族,把文學創作當作娛樂。他的《水滸》劇《豹子和尚》,甚至把梁山英雄説成扒牆頭的小偷,《仗義疏財》竟盛稱梁山英雄平定農民革命軍方臘隊伍的功績。

雜劇轉變的先驅者是王九思和康海。王九思有一折雜劇《中山狼》,這也是元雜劇所罕有的。

王九思(一四六八——一五五一),陝西鄠縣人,與劉瑾同鄉,受劉瑾的籠絡。劉瑾失敗,九思也遭貶謫。他將作曲前,先以厚資募名曲師,關起門來學彈琵琶三弦以後才開始寫作。康海(一四七五——一五四〇)字德涵,陝西武功人,弘治壬戌(一五〇二)賜進士第一,授翰林修撰,以救李夢陽故,被指爲劉瑾一黨,落職爲民。有《對山集》。他歸田以後,耽心詞曲。死的時候,家裏什麼東西也沒有,只有腰鼓三百多副。

他們倆都寫有散曲集。王九思有《碧山樂府》,康海有《沜東樂府》。他們的散曲是由個人的政治牢騷而走向批判現實的。他們揭露了統治階級內部的互相排擠和熱中者官迷的可鄙。王九思的《歸興》云:"路危常與虎狼狎,命乖却被兒曹罵。"康海的《秋興》云:"夢不向鳳池游,座不許朱衣摧,身不要黃金鑄。"這些話都說明了他們的傾向。

王九思的《沽酒遊春》雜劇,表面上假托杜甫,實則對明朝的時政進行諷刺:

〔朝天子〕他狠心似虎牢,潛身在鳳閣,幾曾去正綱紀,明天道! 風流才子毀文學,一個個走不出漫天套。暗裏編排,人前談笑,把英雄都送了。

〔調笑令〕我這裏從容問蒼穹。爲着那平地裏風波,損了英雄。三三兩兩廝搬弄,管什麼皂白青紅。把一個商伯夷生扭做虞四兇,兀的不笑殺了懵懂,怨殺了天公。

他這些話實際都是罵當時的相國李東陽的。李東陽明知劉瑾姦邪,卻仍舊與劉瑾共事,這就是李東陽軟弱的地方。① 王九思和康海也明知劉瑾姦邪,卻與劉瑾有些瓜葛。這樣看來,王九思和康海,比李東陽也好不了多少。

康海的雜劇《中山狼》取材於民間故事,這是世界各國都盛行的一個故事。蘇聯、印度、朝鮮、法國、挪威都有類似的傳說。② 據說康海曾爲了救李夢陽而去謁見他所不願接近的劉瑾;後來康海削職爲民,李夢陽竟不替他說話,不幫他的忙,康海才寫這《中山狼》,把李夢陽比作狼。其實這是不大可信的。在《對山集》中,只看到康海屢次把削職引爲奇恥大辱,終身飲恨,卻不曾對於李夢陽有什麼微詞。③ 即使康海的動機是爲了諷刺李夢陽而作,它的客觀效果卻遠遠地超過了一般所認爲的主觀企圖。這雜劇的教育意義在於揭穿溫情主義的毒害,譴責負心者。它指出對於有毒的事物的溫情妥協是危險的;對敵人溫情,就是對自己人殘忍。它的藝術成就在於把狼寫成人格化,刻劃得像壞人一樣。至於寫秋野景色如畫,富於民間傳說的風味,也是這雜劇的優點。

---

① 詳見《明史》卷一八一《李東陽傳》。
② 詳見鄭振鐸的《中國文學研究》:《中山狼故事的演變》。
③ 詳見我自己的《明清曲談》:《讀康對山文集》。

現在要談到徐渭了。

徐渭(一五二一——五九三)字文長,號青藤,又號天池,浙江山陰人。善詩、文、書畫,有多方面的藝術才能。屢應鄉試,終不中。壯年時爲浙江總督胡宗憲所賞識,招致幕下。胡宗憲出事後,就不曾再入宦途。曾經下過牢,發過狂。靠着賣詩文書畫糊口,窮困以終。

他的雜劇顯示了他的進步的文藝思想。他尊重個性,要求解放,反對傳統,這些都帶有民主思想。這種思想同他文藝上的成就和一生所受的折磨是密切聯繫着的。

他的劇作有《狂鼓史》(即《漁陽弄》)、《玉禪師》(即《翠鄉夢》)、《雌木蘭》以及《女狀元》,這四種雜劇總稱爲《四聲猿》。此外還有一種雜劇《歌代嘯》,作者有異說,但就内容和風格來看,可能也是徐渭作的。

緊密地結合着他的思想傾向與平生遭遇,徐渭雜劇最大的特點是反抗性強烈,浪漫色彩濃厚。他用高度的憎惡,無情地諷刺着迫害人的人與這樣的風俗制度,又用深切的同情爲被迫害者、被壓迫者申訴,使他們揚眉吐氣。

在《漁陽弄》中,作者幻想地把陰司與天上作爲合理的社會的象徵。在那裏,生前被迫害的禰衡得到天上修文郎的職位,受到尊敬;生前專橫殘暴、陰險狡詐,迫害人的曹操,就降爲囚犯,受着奚落。同時,從具體數落曹操的罪行中,也借古諷今地斥責着當時的權貴嚴嵩和張居正。

在《歌代嘯》中,作者將人民的智慧、具有諷刺性的諺語,以及人民對官吏和和尚的痛惡,都通過劇中人物的活動表現出來,在這裏,反面人物的荒唐、卑鄙是用漫畫的手法,高度地夸大了的。官吏與和尚表面上莊嚴爲善,實際是作惡、無恥。這就使得讀者在詼諧的語言動作中體會到嚴肅,在虛構的戲劇情節中體會到真實,而罪惡者、錯誤者的可憎可笑就更顯得突出,鼓勵着人們去反對它,消滅它。

《翠鄉夢》的題材是"月明和尚度柳翠"這個民間故事,主旨大約是揭露寺院中性的不正常的關係。作者讓我們看到官吏的陰詐(借刀殺人),僧侣的僞善(自己犯了法戒卻歸罪別人)以及寺院禁欲主義的反人性與脆弱無力。同時,作者又肯定當時被人斥爲最淫賤的妓女,如果真心向善,也可以得道昇天。這戲的表現方式還有民間藝術的跡象(如第二折月明向柳翠説法用手勢,劇尾〔收江南〕一曲有民間舞劇的意味)。這種重視民間藝術的態度是與他的反抗精神統一的。這也使我們感悟到爲什麼他在《南詞叙錄》裏會那樣的重視野生的宋元南戲。

《雌木蘭》與《女狀元》的主角(木蘭與黄崇嘏)都是婦女。作者選擇這樣題材的動機,當然免不了從浪漫的奇想出發或由蔑視當時文官武將出發,但我們必須注意到對她們的肯定。他寫出了她們的熱情、勇敢、機智、不甘雌伏的壯志,對成功的信心,以及她們在文學、吏治、戰爭上的勝利。她們有與男子同等的能力。婦女是被壓迫的,是處在社會的底層的。對被壓迫者贊揚,使她們揚眉吐氣,這就具有反抗統治、反抗傳統禮俗的意義。

結合着内容上浪漫的反抗精神,徐渭還有次要的特點。首先是語言的創造性。他的語言是用辛勤勞動換來的,他不屑拾人牙慧。他的語言雖不完全是人民口頭活的語言,但它新鮮活潑,出人意外,切合實際,富有風趣,真如他自己所説的,能令人"如冷水澆背,陡然一驚"。[①] 其次,他的作風是處處充滿着喜劇氣氛,奔騰馳騁,如生龍活虎。再次,他有突破音律束縛的勇氣。在體裁和曲調上,他完全突破成規:《女狀元》五折,《漁陽弄》一折;《女狀元》用南曲。

三 馮惟敏

散曲在明代,頗似詞在南宋;雖然最後趨於僵化,但一般地説,還能保持一定程度的繁榮。這種繁榮首先表現在作家的質量與數量上。明曲家中姓名可考的凡三百三十人(元代只二百餘人)。而且大作家如馮惟敏、王磐等,放在元代大作家中,也是没有愧色的。其次,散曲不但活在作者們的筆下,也活在歌者的口中。《金瓶梅詞話》談到清唱的地方約百餘處,其中散曲竟居十之八九,絶大多數是明人之作。

馮惟敏以前的曲家有楊慎、常倫、李開先、王磐等。

楊慎因觸犯統治者,長期謫居雲南,這段生活在曲中占突出的比重。滇南山水,思家情緒,也有表現得親切生動的。他有《陶情樂府》。

常倫是有遊俠風味而又深好黄老的人,在政治上也碰過釘子。這種性格遭遇,與思想上的薰陶,是互相滲透着。因而在作品中失意的憤慨,狂放的情趣,神仙的修煉,常糾纏在一起。如〔山坡羊〕云:"恢恢,試問青天我是誰;飛飛,上的青霄咱讓誰。"他有《寫情集》。

李開先的散曲頗爲豪放,例如他的《南曲次韻》之十八云:"鬢斑斑,愁聞邊塞對敵難。只須平把住黄花鎮,權當了紫荆關。金戈耀日狼烟息,鐵甲衝風烏陣閑。雕弓勁,畫角殘;得加餐處且加餐。"

---

① 見《徐文長佚稿》:《與許北國書》。

王磐是在這些曲家中較大的曲家。他字鴻漸，號西樓，高郵人。他的生卒不易確定，大約較馮惟敏早到半個世紀以上。他的家庭很富有。他兼能琴棋書畫及度曲。在當時頗有名氣，一時文人多與他有交誼。他一生既不做官，也沒有功名。他爲風月山水所陶醉，自稱爲"天上漏籍神仙户"，所以他同馮惟敏的生活環境是很不同的。

　　王磐的生活遭遇雖然順利，他的性格雖然瀟灑，但就他所處的時代而言，在武宗時，明代的政治早已開始走上了下坡路。武宗的荒淫，劉瑾的專橫，更加深人民的災難。這是善良人所看不下去的，儘管他是剝削階級。同時，在那個科舉盛行，一般知識分子都趨之若鶩的時代，王磐單單不插這一手。這能説不是反抗性的表現麽？因此，這個看來已"斷塵根"的人，並不是"渾身靜穆"，完全置身世外的。他對群衆有感情，他蔑視不良的政治制度，他要動火了。他用作品來鬥爭，用詩篇來發泄他的憎恨。他在《久雪》（〔一枝花〕套）中，指出惡勢力"陰邪"毒害的嚴重性。它蒙蔽一切，迫害一切，毒害普及到各方面，尤其是貧苦人民。他説："陰邪"是禍胎，希望它早日垮臺，而且也相信它必然垮臺。在《咏喇叭》中，他指出權閹們把人民搞得家破人亡。他看見民生凋敝，在"元宵"節日，"愁也千家，怒也千家"，他就感到詩酒"消乏"，春風冷落，梅花憔悴，索然寡歡了。這些構成全曲的消沈氣氛，然而這不是純粹爲作者個人。

　　腐朽政治固然是王磐所憤恨的，抨擊的，那些拜鬼神，信僧道的迷信習俗，也是他諷刺的對象。在《嘲轉五方》（〔一枝花〕套）中，他尖刻地挖苦着做道場的和尚。他説他們是"喬和尚"，"急波波似爺死娘亡，忙劫劫似救火奔喪"。

　　只有在一定程度接近人民，關心人民的作家方能寫出這樣的作品。他們都是屬於現實主義範疇的。只有它們帶給作者的榮譽是確切不移的。

　　就藝術性來講，王曲的成就也是傑出的。作者用簡短的篇幅（聯套也是短的），華美精巧而又流暢新鮮的語言，配合着豐富的觀察力、表現力，創造出清新、秀麗的風格，提供給我們抒情、寫景的完整詩篇。除《清明日出遊》外，如《秋雨晚霽》（〔醉太平〕）云："看秋光倒影，斷虹斜插珊瑚柄，斜陽倒掛軒轅鏡，殘霞亂擺錦幛屏。"作者認爲這是畫景。我們通過作者創造性的勞動，也分享了這大自然中絕妙的藝術品。

　　現在要談到最大的曲家馮惟敏了。

　　馮惟敏（一五一一——一五七八？）字汝行，號海浮。臨朐人。他作過幾任州縣行政官吏。他作過涑水知縣、鎮江儒學教授、保定通判。六十歲後就辭官歸田。

他的散曲集是《海浮山堂詞稿》,有小令四百多首,套數五十多套。對於這個大作家,我們應該了解他的為人和同他一生有關的重要事跡。首先,在科舉上他是不得意的。他只是個舉人。這種失意也是他對當時政治不滿的次要因素。這在他的雜劇上表現得比較明確。其次,他作地方官,原想作個良吏。但是當時政治環境不允許他如此。他辭官更是出於不得已。他不會諂上凌下;也就是說,他對老百姓的心沒有別人那樣黑,手段沒有那樣毒,對於上級官吏的巴結奉承不夠;尤其是官場中顛倒是非,他受不了。這樣情況,在他的散曲中可以約略地看到一些。你看他作官的存心:"起初時也作了個喬知縣,只想把經綸大展。"(《辭署縣印》〔耍孩兒〕)"俺也曾循行阡陌中,徘徊里巷邊,農桑種植身親勸,長安大道千株柳,野店荒村萬畝煙。"(同曲〔么篇〕)再看他辭官的自白:"聽斷呵,生只怕虧了情法;擬罪呵,又只怕差了律條。旱潦了田苗,怎下的惡狠狠追糧料;重併了差徭,誰能實丕丕戀土著。"(《庚午春試筆》〔得勝令〕)在慶賀別人休官時,他也寫當時低級地方官吏所受的壓迫:"見了官來客來繫上了條低留答剌的帶,又不是金階玉階,免不得批留鋪剌的拜。""但沾着時乖運乖,落得他稽留聒剌的怪。"(《徐我亭歸田》〔叨叨令〕)他自己身受的地方官吏的壓迫是:"來來往往成了讎恨,唧唧噥噥堵了業冤。有幾起屈枉事行咱辦,開一伙江洋巨盜,盡都是本縣的生員。"(《辭署縣印》〔耍孩兒么〕)這樣他就決心辭官:"再不替別人瞎頂缸,再不做現世的虛套圈。"(《庚午春試筆》〔雁兒落〕)辭官這種行為當然是消極的;但無可否認,這裏面存在着一定程度的反抗因素。這是不與貪官污吏合作的堅決的表示。至於作者品質的比較善良,正直,對人民有豐富的同情,也都是很明顯的。掌握了這些,我們方能了解馮曲思想內容的基礎。馮惟敏在散曲上的貢獻是輝煌的。我們應該承認,在明代散曲家中,他是第一人;在所有的散曲家中,他是第一流。他的地位不獨建立在作品的數量上,而且建立在質量上。

馮曲的質量主要建立在內容上,尤其是內容的教育作用和社會意義。首先,馮曲的內容是豐富的。它差不多可以說全面地表現着作者的思想、感情與生活:作者用它寫家訓,如〔醉太平〕;用它抒寫情懷,如〔倚馬待風雲〕的追悼死者,〔月兒高〕的寫男女歡愛;用它寫莊園的閑居生活,如〔折桂令〕《環山別業》;用它與朋友贈答,如〔朝天子〕《答陳李二君》;用它來嘲笑別人或自己,如〔折桂令〕《下第嘲友人乘獨輪車》;這種豐富廣泛的高度,只有詞中的蘇、辛詞可與比擬。

馮曲的社會意義、教育意義,在於它反映了當時社會的矛盾和不合理的現象。這可以從三點來看:

第一，作者展開了貪殘驕橫的官吏的罪惡畫卷。統治階級剝削人民，壓迫人民，倚仗權勢，對人民進行敲詐。在專制的淫威下，他只好從側面著筆，托之於神仙，托之於枯骨，托之於表面看上去無關重要的小事，但也有從正面控訴的。在《骷髏訴冤》裏，便是托之於枯骨的。他憎恨地、尖銳地、堅決地斥責那些假借"報冤"的美名進行貪污勾當的官吏是"贓官"，他們審案的目的是"莽要錢"，他們將"抱狀"的，"訪事"的都當作財神，他的作法是"要了官司要使錢"，給他們的判語是"執法司倒作了枉法"。《三界一覽》和《財神訴冤》便是托之於神仙。他在這兩套裏無情地揭露貪官們打擊爲善的，支持作惡的。祇要行賄能滿足他們的貪欲，供狀也可以翻。作者把這些貪官污吏比作"追魂使者"、"餓虎"、"貪狼"，說他們要把老百姓攪的"水盡鵝飛"，把百姓逼得"一個個哭天無淚"，"一個個入地無門"（均見《財神訴冤》）。最後說到他們一定要受到應有的處分。《十美人》是借妓女的無端受刑這件"小事"揭發官吏的殘酷。跋語云："暴虐扇禍，以訪捕爲一切之政；民無良賤，隸於法率無辜人。"至於《戊午感事》〔醉太平〕"小民何處得伸冤"，那更是單刀直入，從正面來控訴了。

第二，作者顯示了與農民悲喜共鳴的崇高情感。他的曲時常關心農業生產，關心農民生活，甚至由同情而達到一定程度的了解。他知道農民愁的是什麼。他因農民得到活路而歡喜，因農民的痛苦而擔心。在《刈麥有感》裏，他叙述"糧"這個不合理的重擔對於農民的重壓："賣田宅無買的，典兒女賠不上"，只好挨"官棒"。他看見農作物得到雨的滋養，就欣喜地說："都開罷，蕎花，豆花，眼見的葫蘆棚結下個赤金瓜。"（《蕎花》）他看到"穀也不熟"，"菜也不熟"，"田也棄，房也棄，東走西遷"，他就深深地嘆息："誰敢替百姓擔當，怎禁他一例誅求。"（均見《刈穀有感》）他對雨與晴，有時歡迎，有時擔憂，對風不惜苦苦哀告。（《喜雨》《苦雨》《復苦雨》《苦風》）爲什麼？爲的是"水旱相仍，農家何日足！"（《農家苦》）"拯群生脫離了泥塗。"（《喜晴》）"民人何罪？"（《苦風》）"民不安。"（《憂復雨》）當然他是一個地主，他剝削勞動人民，但他在自己"濁酒山妻，賽羊羔，勝黨姬"的時候，還能夠"念窮民肚裏無食"，這在散曲家中，是不可多得的。

第三，作者寫出了對各種社會病態的批判和嘲諷。他嘲笑"卜"，說他是"莽謅"，"瞎謅"，"花打算"，"胡將就"；他指摘"醫"，"處心醫富不醫貧"；他漫畫着"巫"，"扇鼓兒狠敲，背膊磣搖，不住的梭梭跳"；"相"也是他諷刺的對象，說他看相不準，只是"胡指點"。這類作品，雖採用詼諧的形式，但在骨子裏，本質上是嚴肅的。它所表現的不是低級趣味，而是對醜惡事物的憎惡。

在藝術成就方面,馮惟敏寫人物形象和自然形象都很生動真切,例如《三界一覽》中的貪官形象,《治源十景》中的水上風景。

馮惟敏的語言,是活潑、老辣、新鮮、樸素的,是從廣大人民的語言中提煉的,是充滿生活氣息的。他的筆鋒犀利,乾淨利落。這固然由於作者觀察力敏銳,能抓住事物的本質部分來表現,但語言的力量,也必須給以應有的估價。

就氣魄言,馮曲是雄偉的、豪放的。這表現在作品的篇幅上,也表現在作品的辭句上。馮惟敏擅寫長篇,《徐我亭歸田》是由三十一曲組成的。這種大型作品,如果作者沒有足夠的氣魄和卓越的組織能力,不能達到前後貫注,精神飽滿的境地。這篇一開頭就是"跳出了虎狼穴,脫離了刀槍寨",強烈的力量領着這大型詩篇,使它象長江大河一樣,滔滔滾滾地發展下去。

寓言性的諷刺手法,自然也是馮曲的長處。例如,《財神訴冤》《骷髏訴冤》《三界一覽》等。

馮惟敏在詩歌中提供了優秀的古典現實主義的典範,他在戲劇上的成就也是較出色的。他的雜劇有《不伏老》和《僧尼共犯》。《不伏老》的題材是宋梁顥八十中狀元的故事,作者雕塑出一個活生生的、長期在科場碰釘子、而老當益壯的倔強的老頭子的形象,表現出他對科舉的留戀和憎恨交織成的心情。梁顥的老文士面貌是虎虎有生氣的。語言文雅而又樸素潑辣,都同人物身分相稱。尤其重要的是,通過人物和故事,當時科舉制度在社會上造成的深鉅而錯誤、惡劣的影響都全部給掀出來了。科場的成敗決定考者的榮辱,這就逼着知識分子們向這條死路上鑽。同時,在一段很長的説白中,作者用諷刺的筆調,有聲有色地替科場作了窮形極相的描繪。

《僧尼共犯》寫的是僧尼相愛悦而為貪官污吏敲詐的故事。作者於抨擊貪污而外,又辛辣地諷刺着寺院的非人生活和禁欲主義。在當時的歷史條件下,這兩篇雜劇都有較重大的社會意義。

四　崑腔的產生與《浣紗記》

崑腔就是崑山的腔調,它的產生該是由漸變到突變,不會一下子在嘉靖年間冒出來的。也就是説,它應該有民間的基礎。根據周元暐《涇林續記》上的記載,應該説在明朝洪武年間,就已經有崑腔了。[①]　最近我們又知道,元朝顧堅已經創

---

① 　周元暐的《涇林續記》上説,朱元璋找周壽誼,問他:"聞崑山腔甚嘉,爾亦能謳否?"

始了崑腔。①

在崑腔産生以前,南曲係戲劇腔調還有不少。徐渭《南詞叙錄》曾經談到各種腔調流行地點的分佈:"今唱家稱弋陽腔,則出於江西、兩京、湖南、閩、廣用之;稱餘姚腔者,出於會稽,常、潤、池、太、揚、徐用之;稱海鹽腔者,嘉、湖、溫、台用之。惟崑山腔止行於吳中,流麗悠遠,出乎三腔之上。"湯顯祖的《宜黃縣戲神清源祖師廟記》還談到各種腔調的特點:"此道有南北:南者崑山之次爲海鹽,吳、浙音也,其體局静好,以拍爲之節;江以西爲弋陽,其節以鼓,其調諠。至嘉靖而弋陽之調絶,變以樂平,爲徽青陽;我宜黃譚大司馬綸聞而惡之,自喜得治兵於浙,以浙人歸教其鄉子弟,能爲海鹽聲。"湯顯祖説"至嘉靖而弋陽之調絶",不對,"絶"字應改爲"衰",實際並不曾"絶",甚至一直保留到現在。

崑腔的産生是在南曲盛行的基礎上出現的。這是文學史上的大事。這種新腔,實是藝人們的集體創造。

一般人認爲崑腔是魏良輔創始的;其實不是,魏良輔只是崑腔的革新者。我們知道下面這些人是魏良輔的前輩或同輩:袁髯、尤駝、王友山(余懷:《寄暢園聞歌記》)、過雲適、陸九疇、張新、趙瞻雲、雷敷民(張大復:《梅花草堂筆談》)、陶九官、周夢谷、滕全拙、朱南川(李開先:《詞謔》)、宋美、黄問琴(潘之恒:《亘史》)。崑腔實際上是在這些人和另外一些不知名的人集體創造之下逐漸進步的。不過,魏良輔使崑腔變得更動聽,其功實不可没。他在聲律上有高度修養,喉轉聲音像絲樣的輕柔婉轉;在咬字發音上,又掌握字頭、字腹、字尾、開口、閉口、鼻音種種技巧。經過長時期的辛苦鑽研與鍛煉,終於超越了弋陽、海鹽等舊腔調,而成爲悽厲深邈的新的崑腔。

崑腔本來是野生的。自從梁辰魚采用魏良輔的新崑腔歌唱他的《浣紗記》以後,崑腔便由漸變達到突變,立刻興盛起來。好處是刺激了戲劇創作的發展,壞處却是助長了某些戲曲作品的典麗化和板滯化,形成了駢儷派。這一類的駢儷作品有鄭若庸的《玉玦記》、張鳳翼的《紅拂記》《祝髮記》、梅禹金的《玉合記》、邵璨的《香囊記》、屠隆的《曇花記》、陸采的《明珠記》等等。梁辰魚的《浣紗記》是其中最爲著名的。不過,《浣紗記》雖然流傳於"藩邸戚畹,金紫熠爚之家",梁辰魚在創作過程中,却也吸收了各種階層的人的生活經驗。舉凡"擊劍扛鼎之徒","羽衣草衲之士,無不以辰魚爲歸",他所交往的,倒不僅只是"尚書王世貞、大將

---

① 見新發現的抄本魏良輔的《南詞引正》。載《戲劇報》1961年第56期合刊。

軍戚繼光"或是"騷人墨客"。①

梁辰魚(一五二〇——五八〇),崑山人,以例貢爲太學生。"修髯,美姿容,身長八尺,爲一時詞家所宗。……歌兒舞女,不見伯龍,自以爲不祥。其教人度曲,設大案西向坐,序列左右,遞傳疊和。所作《浣紗記》,至傳海外。"②"梨園子弟爭歌之。生平倜儻好游,足跡遍吳楚間。"③除傳奇《浣紗記》外,還著有雜劇《紅綫女》和《紅綃》,散曲集《江東白苧》等。

《浣紗記》是一部歷史劇,寫西施亡吳事。作者雖然把西施和范蠡當作主角生旦和情侶,但他的目的却在於寫吳越的興亡;西施和范蠡的悲歡離合只是其中的綫索。他表現這個歷史與傳説相渾融的題材時是有明顯的傾向性的。他肯定越國,批判吳國;肯定越國君臣的艱苦復國,批判吳國君臣的驕淫亡國。特別突出的是對於西施的歌頌,她美麗、聰慧、熱情;在拯救祖國的要求下,她犧牲自己的青春幸福,投身强敵核心,從内部腐蝕敵人。

這樣寫作的動機、題材與傾向性對劇作的藝術評價,起着決定性的作用。《思憶》齣通過細緻的心理描寫來完成西施這一人物生動自然的形象。她愛范蠡,但爲了國家,却不能不對吳王"勉强也要親承受",她是"暗裏做成機穀,一心要迎新送舊,專待等時候"。她在吳王宫殿是"乍掩鴛幃,疑臥虎帳;但帶鸞冠,如罩兜鍪",回想到與范蠡在"浣紗溪上游,笑無端邂逅成婚媾",這歡樂却已不能再得,"問君早鄰國被幽,問臣早他邦被囚,問城池早半荒丘",她心裏非常地痛苦,她希望能有一天"報怨南飛湖上舟",與范蠡一同過幸福的生活。果然,她復了仇,吳國滅亡,最後是西施和范蠡一同"泛湖",充滿詩情畫意的場面給全劇一個含蓄、新穎的喜劇性結尾。這劇作用的是華麗而不雕琢的語言。只情節嫌散漫,結構嫌鬆懈,所以吕天成《曲品》説它"羅織富麗,局面甚大,第恨不能謹嚴,中有可減處,當一删耳"。

他的散曲工麗而不明朗,不生動。他首創着這種風尚。不獨不能使讀者眉飛色舞,而且令人有霧裏看花之感。就題材言,有的寫懷古的感慨,有的寫客居的鄉愁,有的描摹某種事物(如《咏簾櫳》套曲),都同廣大人民無關,缺少社會意識、教育意義。内容比較單薄,導致散曲的衰落,梁辰魚是不能辭其咎的。

在駢儷派盛行的時期,却產生了一種值得重視的傳奇,那就是《鳴鳳記》。

---

① 均見《崑新兩縣續修合志》卷三十"文苑"。
② 見徐又陵的《蝸亭雜訂》。
③ 見《五石脂》。

《鳴鳳記》揭開了傳奇的新頁，它是以當時（或時代略後）的黑暗政治爲題材的。作者明確地表示了他的立場。它批判政治的標準是譴責誤國殃民的權奸集團，頌揚憂國憂民的正直官吏。這部劇作直接反映、批評政治，是以空前的姿態出現的。

《鳴鳳記》的特點和優點有三：

第一是準確地、藝術地反映統治階級的內部矛盾和同這有關的階級矛盾、民族矛盾。這矛盾雖然主要是統治階級的內部矛盾，但也涉及階級矛盾。嚴嵩和他的兒子世蕃都以貪污著名，同官吏勾結，魚肉人民。嚴嵩的家產，祇原籍分宜，就有金銀、珠寶、田宅等估銀二百三十六萬兩，他處也很驚人。嚴世蕃夫婦窖藏金銀，每百萬兩爲一窖，凡數十窖。這裏面該有多少人民的血汗！本劇第三十九齣所寫他們的罪行如"白占鄉民田產，強搶良家子女，縱家奴打劫鄉村"等都不是虛構。這矛盾也涉及民族矛盾即國防問題；也就是河套問題與倭寇問題。河套爲韃靼所侵擾始於英宗，這是北方邊防的大患。夏言、曾銑等要想恢復河套是正確的。嚴嵩却與仇鸞勾結，竭力阻撓，借此殺害夏、曾，說他們敗壞國事。嘉靖時倭寇侵略江浙，沿海數千里同時告警，人民遭受大害。嚴黨趙文華督察軍情，竟顛倒功罪，殺死有功的將領張經，任用私人楊宜，更助成東南的糜爛（殘破五六省）。因此，這矛盾雖然是統治階級的內部矛盾，却也是階級矛盾和民族矛盾。嚴嵩、趙文華諸人是完全同人民爲敵的，他們專橫殘暴，貪污、無恥；夏言、楊繼盛諸人是注意到國家人民的利益的，廉潔、正直，富有正義感。這些都是我們對當時的矛盾性質應有的認識。

第二是結合政治變化建立結構，組成緊張壯烈的場面。嚴嵩和他的黨徒開始是獲得勝利的。他通過勾結宦官，得到昏庸皇帝世宗的信任，將政敵領袖和中堅分子夏言、曾銑、楊繼盛等處死。他們無疑的是矛盾的主要方面。但對方的鬥爭是堅韌的、頑強的。同時嚴嵩等人的罪行也逐漸嚴重、明顯，於是矛盾的次要方面就不斷地向主要方面推移；反嚴的官吏起初是處死，後來只是貶謫，最後嚴嵩、趙文華先後以罪免職，嚴世蕃伏誅。矛盾消滅。（當然這不等於黑暗政治的消滅。）本劇的劇情發展以至於結構穿插是服從於這客觀的政治性的矛盾的。先就劇情發展來看，矛盾的雙方衝突呈現爲三個回合：第一個回合包括楊劾仇鸞被貶；嚴、夏爭議河套，夏被誣殺；楊得赦還京，彈劾嚴嵩，又被殺，妻同死。第二個回合包括鄒應龍、林潤忤嚴，不受招致，得惡差；董傳策、張翀、吳時來連名劾嚴，受刑謫戍。第三個回合是鄒應龍、孫丕陽、林潤先後劾嚴嵩及子世蕃。這三個回合好象三次浪頭的衝擊,構成全劇發展的三個主要階段。其中楊繼盛夫婦死節是正面表現的,最爲悲壯。以後的鬥爭頗受此事的激發,故爲全劇的高潮。次就結構穿插來説,這個統治階級矛盾前後歷時十六七年(一五四六——一五六二),是兩個集團的搏鬥,人多事多。作者以鄒、林爲綫索,組織着其他情節,以完成全劇結構。全劇以鄒、林定交始,以鄒、林敗嚴終。中間以他們祭夏、楊靈忤嚴,促使他們投入戰鬥。在穿插上,作者抓得很緊。如第十一齣,從夏言妻充軍宜山,見楊繼盛,楊由此知夏死,決定鬥嚴,並引出張翀;第二十三齣在鄒、林謁夏、楊靈時,穿插乞婦,暴露嚴氏奪人妻財的罪惡。

第三是通過複雜的政治性衝突;展開人物的畫廊。善惡對照,忠姦都有鮮明飽滿的形象。對於楊繼盛,突出地表現了他那憂國憂民、嫉惡如仇,不怕犧牲的優良品德。《燈前修本》寫他奏劾嚴嵩時,他的祖先的魂靈和妻子都勸阻他,不要惹禍,他還是不顧一切地把奏本寫好了。《吳公辭親》寫吳時來要想彈劾嚴嵩,假意騙他母親道:"爲朝廷興造,差委點計王木,早朝後不得歸,視饍問安,恐有缺失。"但他的母親却深明大義,知道他要犯顏諫君,願成其忠,便説:"甘旨乃小孝,但願兒匡濟國家,勝於奉養。"以上是寫善人和忠臣的。至於寫惡人和姦臣,却以《嚴嵩慶壽》爲代表。這齣戲是姦相嚴嵩與其狐群狗黨的醜惡群像的集中展覽。

綜合起來看,《鳴鳳記》作者的立場是正確的。他肯定了應該肯定的人與事。人物與史事都在他的藝術修養和辛勤勞動中得到相當正確完整的表現。惟一的缺點是語言的駢儷化,相對地削弱了作品的説服力量;雖然還流暢可讀,終欠生動自然。但作品的政治意義、社會意義,也就是作品的真實價值,並不因此而有損失。

五　湯顯祖的生平和思想

"臨川派"和"吳江派"是晚明兩個對立的重要劇派。臨川派以江西臨川人湯顯祖爲領袖,吳江派以江蘇吳江人沈璟爲領袖。臨川派注重辭藻,却不是駢儷派,耍才華,却不到雕琢的地步。爲了辭藻,寧可不顧音律。湯顯祖《答孫俟居》説:"弟在此自謂知曲,意者筆懶韻落,時時有之,正不妨拗折天下人嗓子。"[①]但是吳江派却是注重音律的。沈璟的〔二郎神〕南曲一套正是針對着湯顯祖來説話的:"名爲樂府,須教合律依腔。寧使時人不鑒賞,無使人撓喉捩嗓。説不得才

[①] 見湯顯祖的《玉茗堂尺牘》卷三。

長,越有才越當著意斟量。"①

湯顯祖(一五五〇——六一七)字若士。他具有倔强高潔的性格,從來不肯巴結權貴。萬曆五年(一五七七),宰相張居正要想他的兒子及第,網羅海內的名士來作陪襯,聽說湯顯祖和沈懋學的聲名,就叫兒子們延致他們。湯顯祖不肯去拜見張居正,結果沈懋學就同張居正的兒子嗣修一同及第,湯顯祖當然就落第了。直到張居正死後的第二年,也就是萬曆十一年(一五八三),湯顯祖方才中了進士,授南京太常博士,遷禮部主事。萬曆十八年(一五九〇),神宗要諸臣諫事,湯顯祖就揭發時政積弊,抨擊輔臣欺騙的政論。他的《論輔臣科臣疏》云:"皇上威福之柄,潛爲輔臣申時行所移,故言官向背之情,爲時行所得。……首發科場欺蔽者,非御史丁此呂乎?……時行教吏部尚書楊巍覆而去之,惟恐其再入都矣。終言邊鎮欺蔽者,非御史萬國欽乎?……時行不能辨其贓也,諷大學士許國,擬而竄之。……言官噤無言之者,正以丁此呂、萬國欽爲戒,恐失富貴也。……此輩不知上恩,專感輔臣,其所得爵禄,若輔臣與之者;雖他日有敗,今日固已富貴矣。……夫吏科給事中楊文舉者,非奉詔經理荒政者乎?文舉所過,輒受大小官吏公私之金無算。迫至杭州,酣洒無度,朝夕西湖上,其樂忘歸。……而廣賣薦舉,多寡相稱,每薦可五十金,不知約得幾千金;至於暮夜爲人鬻獄,……又不知幾千金。……而吏部記録,居然首諫垣矣。……至於禮科都給事胡汝寧,除參主事饒伸外,一蝦蟆給事而已。此二臣者,正聖諭所謂風尚賄屬者,何能爲皇上發人之私?……陛下經營天下,二十年於兹矣:前十年之政,張居正剛而有欲,以群私人囂然壞之;後十年之政,時行柔而有欲,又以群私人靡然壞之。……伏惟皇上特諭時行,……痛加省悔,以功相補,無致他日有負恩眷;輔臣國等,堅正相規,無取觀望,以瘵時政。其楊文舉、胡汝寧亟行罷斥,選補素知名節者爲都給事,以風其餘。"②疏上以後,神宗大怒,把湯顯祖貶謫爲徐聞典史,稍遷遂昌知縣。他在遂昌,吏治尊重人民的願望,除掉了虎患,並且在過年的時候放獄囚去看花燈。五年内他不曾打死過一個囚犯。萬曆二十七年(一五九九),他被削籍,家居二十餘年,雖然老而窮,生活很苦,仍然不向權貴低頭,一直到死。他的思想屬於王艮的左派王學一流,厭惡假道學,鄙視"拘儒"。有人要他去講學,他說:"諸公所講者性,僕所言者情也。"從這兩句話就可以看出他對於性

---

① 見馮夢龍《太霞新奏》卷首。
② 《明史·湯顯祖傳》所載此疏不是湯顯祖原來的句子。兹據《玉茗堂文》卷十六。

理之學的叛逆性。他豐富地接受着遺産,①反對摹仿死板的程式和重視性靈。他的文藝主張接近袁宏道,袁宏道也引他爲知己。② 不過,他晚年思想上也沾染了一些禪學的成分,這顯然是一個缺點。

六 《牡丹亭》

湯顯祖的名字永遠是同他的名著《牡丹亭》分不開的;也就是說,他的榮譽主要是由《牡丹亭》保證着。這個劇本叙述了少女杜麗娘因爲遊春傷感,夢見一個書生,手執垂柳,夢醒後相思成病,自畫形容,就懨懨地死去。死後三年,魂魄居然同這書生相會(這書生竟實有其人,名叫柳夢梅),得慶更生,終成夫婦。湯顯祖自己在卷首題詞云:"天下女子有情,寧有如杜麗娘者乎?夢其人即病,病即彌連,至於畫形容,傳於世而後死。死三年矣,復能溟莫中求得其所夢者而生;如麗娘者,乃可謂之有情人耳。情不知所起,一往而深。生者可以死,死可以生。生而不可與死,死而不可復生者,皆非情之至也。"這就是作者主題所在。《牡丹亭》的思想内容就是賦予愛情以超越生死的力量,揭示封建家教殘暴性中的脆弱性,從而支持青年人爭取幸福的鬥爭。

《牡丹亭》的藝術成就主要在於人物形象的表現,如杜麗娘、杜寶、陳最良等,特別是杜麗娘。

杜麗娘是一個爲青春幸福同"禮教"堅決鬥争的、永生的女性典型。她聰明美麗,有一顆熾熱而温柔的、酷愛自己青春的心(如第十四齣《寫真》)。她受着封建家教的摧殘。如第三齣《訓女》,父親認爲"刺綉餘閑,有架上圖書,可以寓目",目的不是研究學問,而是"他日到人家,知書知禮,父母光輝",還是爲的謹守禮教。母親也認爲女兒"怎念遍的孔子詩書,但略識周公禮數"。第五齣《延師》,父親仍舊以爲《詩經》開首便是"后妃之德,……習詩罷。其餘書史盡有,則可惜他是個女兒"。言外之意,就是她不應該讀。第十一齣《慈戒》母親更明顯地主張連聖賢書也不必讀,認爲"女孩兒只合香閨坐,拈花翦朵,……去花園怎麽?"但是,杜麗娘却不願戴這些精神上的枷鎖,她的青春活力將這些枷鎖燒煨了。她有強烈的生的要求,她要想獲得青年男女應享的權利。她一向囚禁在書齋裏跟腐儒陳最良學習什麽"后妃之德",春香告訴她後花園好玩,她悄悄地去了,像被關在

---

① 見姚士璘的《見只編》。
② 在《袁中郎尺牘》頁六裏袁宏道有這樣的表示。

籠裏的金絲雀一旦飛出了籠，到了自由的天地，她不禁絶叫起來："不到園林，怎知春色如許！"她又説："良辰美景奈何天"，"錦屏人忒看的這韶光賤"，這血淚的控訴，説出了無數同一類型的少女的心情。她夢見了柳夢梅（第十齣《驚夢》），覺得夢去未遠，便去尋夢（第十二齣《尋夢》），她爲情而死後，還要尋找夢中的愛人（第二十齣《悼殤》和第三十二齣《冥誓》）。作者賦予她超越生死的力量，讓她反封建禮教的戰鬥意志能够突破生死的局限。她體會着封建社會無數被剥奪去愛的幸福的少女的哀怨和願望。她是中國古典文學中最有光彩的婦女形象之一。

杜麗娘的父親杜寶以良吏的面貌出現（如第八齣《勸農》），但他却是作爲封建家長的代表者而具有冷酷、死硬的面貌的。（第五十三齣《硬拷》）

杜麗娘的老師陳最良却帶有熏人的酸氣和落魄的可憐相。作者在第四齣《腐嘆》裏着實把他的"寒酸"嘲笑了一番。第七齣《閨塾》，他感覺到女學生"嬌養的緊"，難於教導；教課餘閑，還要"和公相陪話"，背後還要被春香駡"村老牛"。

通過人物形象和故事的發展，積極浪漫主義和現實主義的結合在作品中獲得高度的體現。但是，應該説，《牡丹亭》的精神和寫作方法主要是積極的浪漫主義，儘管《驚夢》《冥判》這些齣不多，却是最主要的部分，人物亦應以超越生死的杜麗娘爲主，儘管其他人物如柳夢梅、春香、杜寶、杜母、陳最良都是現實的人物，應該説他們都是爲杜麗娘服務的，是爲了要襯托出"愛情戰勝死"的杜麗娘的。

《牡丹亭》的藝術表現可説是曲折如意，無施不可，《驚夢》尤爲全劇的代表。在語言方面，可説是"雅""俗"交融，新穎鋒利，它不象駢儷派那樣的"雅"，但也不象吳江派那樣的"俗"，能够做到雅俗共賞的地步。

《牡丹亭》雖是明代戲曲的杰作，却也不是完全没有缺點的。鋪叙到五十五齣之多，結構就顯得鬆散。

《牡丹亭》所發生的影響很大，這可以分爲三點來談：

第一是劇壇上引起的争論。呂玉繩、臧晉叔、馮夢龍等認爲，湯顯祖這個劇本不合音律，便替他修改。但是湯顯祖却反對。他要宜黄腔的演員羅章二不要用呂玉繩的改本來唱①，他對於改本深惡痛絶，稱之爲"縱饒割就時人景，却愧王維舊雪圖"②。結果甚至形成臨川派和吳江派的對立。

第二是同類型劇作的出現。吳炳的《畫中人》和范文若的《夢花酣》都同《牡

---

① 詳見《玉茗堂尺牘》卷六《與宜伶羅章二》。
② 這是《玉茗堂詩》中七絶《題删本牡丹亭》的後兩句。

丹亭》的情節差不多。范文若雖是吳江派,其實吳江派在王驥德《曲律》刊行以後,已經也注重才華起來了。因此,范文若實是折中於兩派之間的。阮大鋮雖也學湯顯祖,但據《納書楹曲譜》的作者葉堂說:"阮圓海(大鋮字)自謂學玉茗堂,其實全未窺見毫髮。"這批評頗爲正確。

第三是婦女受到的感動。婚姻戀愛的不自由,是各個社會階層所共有的。杜麗娘雖是社會的上層人物,但這樣人物的影響却超過了她的階層。俞二娘十七歲,曾爲讀《牡丹亭》斷腸而死;金鳳鈿臨死的時候,要用《牡丹亭》來殉葬;杭州的女藝人商小玲,爲了她自己的戀愛不如意,唱到《尋夢》,竟在臺上死了;才女馮小青做了商人的妾,又爲大婦所不容,讀過《牡丹亭》後題詩云:"冷雨幽窗不可聽,挑燈閑讀《牡丹亭》;人間亦有癡於我,豈獨傷心是小青!"爲什麼《牡丹亭》偏偏有這樣多的女讀者呢?還不是由於湯顯祖說出了一般少女婚姻戀愛不自由的痛苦嗎?

七　湯顯祖其他劇作

湯顯祖除了代表作《牡丹亭》以外,還寫了《邯鄲記》《南柯記》以及《紫釵記》(初稿名爲《紫簫記》),合稱爲《臨川四夢》。《邯鄲記》和《南柯記》是同一類型的。《邯鄲記》取材於唐沈既濟的《枕中記》,《南柯記》取材於唐李公佐的《南柯太守傳》。

這兩個劇本言仙言佛,從表面看,是消極的、荒唐的,但實際上這裏却蘊藏着作者對醜惡現實的憎惡、鄙夷、輕蔑和由此而發的勇敢的諷刺。這當然含有幻想的成分,可是它具有強烈的說服力量。這兩個劇本都托於夢境展開具有高度真實性、概括性的現實社會畫面,批判着現實社會的病態,特別是統治階級的貪污、荒淫、狡詐、陰險。

《邯鄲記》的成就更高。這裏有婚姻的兒戲、科舉的行賄、閹人的淫威以及同僚的傾陷。婚姻兒戲的例子是第四齣《入夢》,盧生在夢中錯入崔家的花園,被崔小姐捉住,便問他要官休還是私休:"私休不許你家去,收留你在這裏,與小姐成其夫妻;官休送他清河縣去。"盧生當然願意私休,就這樣成爲夫婦。科舉行賄的例子是第六齣《贈試》和第七齣《奪元》。盧生聽從妻子的話,用金錢賄賂當道,奪取了狀元。盧生憤慨地說:"盡把那所贈金資,引動朝貴,則小生之文字字珠玉矣。"取媚權貴的主考宇文融說:"有個聞喜裴光廷,正是前宰相裴行儉之子……才品次些,我要取他做個頭名。"也許作者想起了張居正要想網羅他的舊事了吧?

但盧生走了皇帝的門路，因此狀元便被盧生搶去。第七齣下場詩云："如此朝綱把握難，不容怒髮不衝冠。則這黃金買身貴，不用文章中試官。"閹人淫威的例子是第十三齣《望幸》。皇帝巡幸，要一千名裙釵擺櫓，正是閹人作威作福之處。供應的驛丞嘆道："文武官員猶自可，有那等勢焰的中貂怎奈他！"同僚傾陷的例子是第十九齣《飛語》。宇文融上場云："自家宇文融，當朝首相，數年前，狀元盧生不肯拜我門下，心常恨之。"想來作者又想到張居正了。宇文融陷害盧生，說他通敵賣國。以上這些事雖托之夢境，其實就是明代黑暗政治的反映。此劇文字方面，以第三齣《度世》（即《掃花·三醉》）爲最佳，其次爲第十五齣《西諜》（即《番兒》）和第二十齣《死竄》（即《雲陽·法場》）。

《南柯記》還寫到宮闈中的私通和邊境上的慘敗。前者可以第三十七齣《粲誘》和第三十八齣《生姿》爲例，叙宮中瓊英、靈芝夫人、上真子等因淳于芬新近喪妻金枝公主，便設酒請他去，恣其淫樂。後者可舉第三十齣《帥北》爲例，周弁守塹江，與宋城卒飲酒大醉，檀蘿太子派兵攻打，周不支而退。在文字方面，以第二十九齣《圍釋》（即《瑤臺》）爲最佳。呂天成《曲品》云："方諸生極賞其登城北詞，不減王、鄭，良然良然！"

這兩個劇本雖以仙、佛結尾，但是上列的這些畫面和諷刺像兩面鏡子一樣地照出了明代官場的腐敗和讀書人的種種心理和醜態，就使得這兩個劇本的積極意義超過了其中的消極思想。

《紫釵記》和它的初稿《紫簫記》又是同一類型的。前者是後者的發展。《紫簫記》距唐人小說蔣防的《霍小玉傳》甚遠，《紫釵記》却大致根據《霍小玉傳》，只是把結尾改作團圓的喜劇。這兩個劇本比較起來，以《紫釵記》爲較好，情節比較曲折，心理描繪也比較深刻細膩，語言也比較活潑流利。《紫釵記》在思想內容上是寫一對情侶的堅貞不屈，如第四十七齣《怨撒金錢》就寫的是霍小玉對於李益的刻骨相思。它在藝術表現上也有一些成功的地方，如第三十四齣《邊愁寫意》就是融會了李益的七絕《受降城上聞笛》的意境來寫作的，這一齣做到了情景交融的境界；第二十五齣《折柳陽關》却是崑曲中常被歌唱的一齣。

從《紫簫記》到《南柯記》是作者三十年中的創作道路（一五八〇——一六一〇？）。他的處女作是《紫簫記》，約作於一五八三年以前。這時他受到駢儷派的影響，第二十四齣《送別》，爲了一個淚字，竟填了一支〔北寄生草〕，用去五十一個字。《紫釵記》約作於一五九一年以前，這時他差不多脫去了駢儷派的羈絆。到了一五九八年的《牡丹亭》就能夠獨樹一幟，顯示了他的才華，特別是他的民主思想發出了燦爛的光輝。一五九九年他被落職。第三年他就把明代官場的黑暗寫成寓言式的《邯鄲記》(青木正兒的《中國近世戲曲史》誤作一六一三年)。晚年他又寫了《南柯記》,繼續揭露明代政治的黑暗。他替我們留下了《臨川四夢》,至今仍在歌場上傳唱不絕。

八　沈　璟

　　沈璟字伯英,一字伯瑛,號寧庵,又號詞隱,江蘇吳江人。能作詩,會寫行書、草字。萬曆二年中進士,從吏部郎轉為光祿寺丞。壯年辭官歸鄉,放情詞曲,精心鑽研了約三十年。

　　他對於戲劇的主張就是"重視綱常"和"提倡本色"。在重視綱常方面,他曾編寫過《十孝記》表揚過黃香、郭巨、緹縈、閔子、王祥、韓伯俞、薛包、張孝、張禮、徐庶等十個孝子。他所編的《南曲譜》引《臥冰記》的戲文最多,引周(《尋親記》)黃(《黃孝子》)兩孝子的戲文也不少。(他自己的《博笑記》第十五齣云:"尋爹尋母皆獨行:尋爹的是周瑞隆,尋娘的是黃覺經。")他自己的《埋劍記》就是摹仿《臥冰記》的,推絹車、祭賽、僕救主這些情節都有。第二十三齣《療疾》甚至寫郭仲翔的母親病了,媳婦割股奉親湯藥,贊揚了吃人的禮教。不過,第二十二齣《殖貨》和第三十三齣《狂奔》寫郭仲翔和吳保安友誼的篤厚,以及《義俠記》第八齣寫武松《叱姦》,這些地方還是應該肯定的。

　　在提倡本色方面,他竭力推崇宋元戲文,抬高那些樸素的、被人罵為"打油"的作品,這一點倒極應稱贊。

　　他又是示人以法的作家。他編過曲譜,選過作品,談論過曲的作法和唱法。呂天成序《義俠記》云:"世所梓行者,……《考訂琵琶南曲全譜》、《南詞韻選》……半野主人(陳大來?)所梓行者,惟《論詞六則》《唱曲當知》及宋人之《樂府指迷》。"王驥德《曲律》還說他:"又嘗增訂《南曲全譜》二十一卷,……又有……《正吳編》。"

　　他在音律方面主張偏激,規律過嚴。根據他的〔二郎神〕套,他至少有以下六條規則:(1)"倘平音窘處,須巧將入韻埋藏。"(2)"若是調飛揚,把去聲兒填他幾字相當。"(3)"詞中上聲還細講,比平聲更覺微茫。去聲正與分天壤,休混把仄聲字填腔。"(4)"析陰辨陽,却只有那平聲分黨。細商量,陰與陽,還須趁調低昂。"(5)"用律詩句法須審詳,不可厮混詞場。"(6)"中州韻,分類詳。"最後他慨嘆着說:"自心傷,蕭蕭白髮,誰與共雌黃。……吾言料沒知音賞!"

他的散曲有《情癡寱語》、《詞隱新詞》以及翻元人北詞爲南曲的《曲海青冰》，內容單薄庸俗，全是些閨情、咏物之類，作風是穠麗雕琢，缺少生活氣息，他將散曲向僵化的道路上推進。儘管馮夢龍稱他爲詞家開山祖，給他很高的評價，我們對於他却只能是批判多於贊揚。

他儘管講究曲律，他的《屬玉堂傳奇十七種》却只有《義俠記》還有人演唱，至於他的《埋劍記》、《紅葉記》、《雙魚記》、《桃符記》、《博笑記》等倘若不是保存得好，都早已遺失了。但是，湯顯祖只寫了五種傳奇，除《紫簫記》是《紫釵記》的初稿以外，却是每一種都是傳唱不衰的。這就讓我們明白，內容是更爲重要的，斤斤於形式，結果必爲人所唾棄。

吳江派的作家前期有顧大典、葉憲祖、卜世臣、呂天成、王驥德等，後期有馮夢龍、袁于令、沈自晉、范文若等。後期的四位作家比較出色，就由於他們不僅注重音律，也注重文彩。他們受到王驥德《曲律》調和兩派的理論的影響很大。

九　李玉的生平與創作

李玉字玄玉，江蘇吳縣人。他的生平資料頗少。吳梅村《北詞廣正譜序》云："李子玄玉好奇學古之士也。……而連厄於有司。晚歲得之，仍中副車。甲申以後，絶意仕進，以十郎之才調，效耆卿之填詞。所著傳奇數十種，即當場之歌呼笑駡，以寓顯微闡幽之旨，忠孝節烈，有美斯彰，無微不著。"焦循《劇説》卷四云："玄玉係申相國家人，爲申公子所抑，不得應科試，因著傳奇抒其憤，而《一》、《人》、《永》、《占》尤盛行於時。"所謂《一》、《人》、《永》、《占》就是《一捧雪》、《人獸關》、《永團圓》和《占花魁》。所謂"家人"應該理解爲"門客"的意思。照吳梅村所説，李玉大約是在"甲申以後，絶意仕進"，才大量寫作劇本的。馮夢龍删定過他的《人獸關》和《永團圓》，馮夢龍是順治三年還在世的人。吳梅村曾替《眉山秀》題詞，説起他在順治三年（一六四六）住在拙政園，"盡讀其奚囊中秘義"；吳梅村爲《清忠譜》作序，稱此事發生於"先朝"，也可以看出這傳奇作於清初。大約順治初年是李玉寫作傳奇豐收的年代。他的生卒大約在一五九〇——一六六〇年左右。

李玉有多方面的戲曲才能；劇作和曲譜都有過人的成就。他有大量的劇作；王國維《曲錄》載他的劇目達三十三種之多。他的《北詞廣正譜》至今仍被當作北曲規律的典範。他的劇作題材比較廣闊，戀愛故事比較少；有些故事是向當時當地的社會汲取的。

他的創作的成就，首先應該肯定他能够反映社會的主要矛盾，真實而藝術地記錄人民的反抗運動,頌揚群衆所愛戴的人物。《萬民安》和《清忠譜》就是代表作品。《萬民安》寫萬曆二十九年葛成領導蘇州織匠向黃建節等作抗稅鬥爭。可惜這部傳奇已經失傳,只剩下梗概還保留在《曲海總目提要》卷十六裏。《清忠譜》寫的是天啓六年顏佩韋等五人領導蘇州市民反抗逆閹魏忠賢非法逮捕周順昌的鬥爭。下一節還要細講。

其次,李玉的劇作還肯定了樸素、真摯的健康愛情,暴露權貴、豪富的貪婪、毒辣、忘恩負義,紈袴子弟的蠻橫以及幫閒的無恥。凡是這些,都是同人民的思想、感情一致的。例如《占花魁》,寫的就是樸素、真摯的健康愛情。莘瑤琴是個花魁,有多少王孫公子追求她,但她認爲這些公子哥兒都是虛情假意,只有賣油的秦鍾才是真正愛她的,就嫁給了他。特別是紈袴子弟万俟公子蠻橫無理,逼她來侑酒演戲,還把她推到雪塘裏,使她受凍,但秦鍾却對她體貼得無微不至,還在雪塘裏救了她。兩者的對比,使得莘瑤琴更覺得秦鍾可以靠托終身。

另一方面,也可以説作者是要打破門第觀念,對於階級的限制投以憎惡的蔑視。《人獸關》寫施濟幫助桂薪,施濟死後,家人向桂薪請求周濟,桂薪爲富不仁,竟忘恩負義。作者讓桂薪受罰,墮入輪回,替施家做狗。《永團圓》寫江納嫌女婿蔡文英貧窮而賴婚,結果仍由官斷江納的女兒與蔡文英結婚。《一捧雪》寫權貴嚴世蕃和無恥的幫閒湯裱褙貪婪毒辣,爲了一只古玉杯"一捧雪"竟害得莫成和雪艷爲此而死。

在創造人物形象方面,作者也有成就。他創造了純潔、勇敢、爲大衆利益作自我犧牲的手工業工人和市民的形象,例如《萬民安》中的葛成。此劇雖已失傳,但就他書的記載和《清忠譜》的"五人"來看,葛成的形象應是作者精心塑造的,同"五人"爲同一類型。葛成具備着崇高的品質,僅就《萬民安》這劇名來看,就可以看出作者肯定人民反抗的正義性和他對於戰鬥英雄的無限敬愛。又如《清忠譜》中的"五人",特別是顏佩韋,他富有正義感,他有英雄氣概,他對於問題有明確的認識,在群衆中有威望。其次,作者還創造了身份低微而有品德、智慧的婦女形象,例如《占花魁》中的美娘。美娘這個秀外慧中的少女陷落在最殘忍的侮辱折磨中,艱苦的生活將她鍛煉成有計謀、有決心、有眼力的人。作者通過一些生活的描寫,表現她如何機智地掌握着自己的命運,沖開豪富權貴的包圍,找到了健康的愛和幸福。這個形象來自話本,而較原來的更有光輝。又如《一捧雪》中的雪艷,她是莫懷古的妾,却有正義感,不惜犧牲自己的生命,與嚴世蕃這一罪惡集團鬥爭,刺死了陰險狠毒的湯勤以後,從容自盡,既有智謀,又極勇敢,也是一個光輝的形象。

作者的語言樸素有力，有時樸素到接近口語。例如《清忠譜》《義憤》齣〔南縷縷金〕云："渾身汗，走穿鞋，各處人聲沸，鬧垓垓。要救周鄉宦，捧香奔快。一人一炷喊聲哀，天心也回改，天心也回改。"就是最好的例子。

十　《清忠譜》與《一捧雪》

《清忠譜》在寫周順昌與魏忠賢的鬥爭中，大力地、成功地表現着蘇州市民同其他階層人民的英勇行爲。這跟《萬民安》一樣，都是數萬人的大規模運動，其中雖有領導者，主要是產生於群衆保衛自己利益、反擊敵人的熱情和鬥爭意志。倘若作者在這方面沒有衷心的同情和深切的感受，專憑技巧是不易掌握、不能成功的。這個劇本的主題思想是：就明朝的政治鬥爭，說明正直善良的人終於會得到勝利，禍國殃民的人終於會要失敗。人民的選擇是正確的，人民的反抗是不可遏止的。

《清忠譜》在人物塑造和其他的藝術表現上有如下的五點成就：

第一是周順昌。他體現了當時社會的正氣和清正耿介。例如第一齣《傲雪》，他對妻子說："夫人，我白雪肝腸，堅冰骨格，生平不肯附勢趨炎，對此冰花玉樹，轉覺興志爽然。"知縣陳文瑞來，他只沽酒一壺，出腐一方。平時屏絕一切餽遺；自己曾說，五升米，十文錢，就能飽餐一頓，錢多有什麼用呢？他面臨危難之時，又很鎮定。例如第九齣《被逮》，妻、兒都哭，他却是"大丈夫視死如歸"，對妻子說："男兒事，有甚悲，無他畏，此身許國應拋棄。夫人，我如此收場，殊不慚愧。"全家哭送他，他却堅決地說："哦！你們還要哭些什麼。阿呸！我若是一步回頭品便低。"他還具有以生命與人民公敵搏鬥的大無畏精神。例如第十五齣《叱勘》，他罵魏忠賢"縱着十乾兒狠如狼豺，布着百千孫毒如蜂蠆"。他又罵審問他的倪文煥和許顯純："你是閹家惡犬，廠內豪奴，不過排陷邀歡愛。"他用枷扭敲他們的臉，接着唱："扭敲賊面也，好開懷，權當做笞擊權奸血濺腮。"他把他們倆的鼻子打斷，眼睛也打花了，捧着臉叫痛。他們倆用槌敲掉他的牙，他仍舊罵："齒雖斷，舌還在，我生平不受三緘戒，常山口，未虧壞。"他將齒血噴向他們倆，憤怒地指着他們倆說："我有口不能咀賊肉，好將碎齒嚼奸腸。"對於這樣一位大義凜然的人物，作者是寫得栩栩如生的。

第二是以顏佩韋爲首的"五人"。他們體現了市民品質的優點，豪邁痛快，有分明而正確的愛憎。例如第二齣《書鬧》，寫了他們參加鬥爭、領導鬥爭的思想基礎。聽過說書人講童貫誣陷韓世忠的故事,他們的精神已經播下了憤恨權閹、痛惜忠良的種子。他們有領導群衆與敵人鬥爭的力量。例如第十齣《義憤》和第十一齣《鬧詔》,他們同知識分子如秀才之類是不同的:秀才如王節之類是文縐縐的,但他們却是堅決痛快,領導了聲勢浩大的群衆。顏佩韋說:"衆兄弟不可縮頭縮腦,大家幷力同心便好。"他們在敵人的殘酷鎮壓下,毫不吝惜地將生命獻給正義,例如第十八齣《戮義》,這善良的行爲逼出了監斬者的同情淚。

第三是正面人物的共同性格,那就是:忠誠、正直、有強烈的鬥爭性。例如周順昌的兒子茂蘭在第十二齣《哭追》裏,要想追隨被逮的父親坐船上京,被差人從船上扛起來丟到岸上;又在第十六齣《血奏》裏,他刺血作奏書,擊登聞鼓,要想上達帝聽。茂蘭是堅決地要與敵人鬥爭到底的。

第四是群姦的醜惡嘴臉。例如第四齣《創祠》,魏忠賢生祠的堂長陸萬齡把魏忠賢阿諛成爲君王,到處逼迫"祠餉";李太監和毛一鷺也盡力奉承,要把生祠建蓋得比南京、杭州的都好,還要造石牌坊,替魏忠賢像用沉香木做頭,極盡奢侈。這些人都是極爲醜惡的。

第五,在人物塑造以外,還有驚心動魄的獨特場面。如第十齣《義憤》和第二十二齣《毀祠》寫的是理直氣壯、聲勢浩大的群衆運動。在周公被逮時,群衆們聚集了無數的人,人執一香,進城去請願;在搗毀生祠時,群衆們要打堂長陸萬齡,還用繩扯倒石牌坊,打碎魏忠賢的像,拋到河裏,火燒了祠堂。並且拿魏忠賢沉香木的頭去祭顏佩韋等五人。

跟《清忠譜》題材不同的,是《一捧雪》。《清忠譜》寫的是群衆運動,《一捧雪》却寫的是幾個人的事情;但是,在反抗權姦這一點上,二者却有相似之處。作爲劇名的《一捧雪》是一只其白如雪一捧的玉杯,嚴世蕃爲了奪取這玉杯,竟想殺死杯的主人莫懷古。義僕莫誠,替主就戮;妾雪艷爲了救主,竟答應湯勤的要挾嫁給了他,就在新婚之夜,將湯勤殺死,她自己也從容自刎。它的主題思想是:通過某些生活細節,譴責豪家迫害弱者的罪行。

《一捧雪》在人物塑造和其他的藝術表現上有如下的四點成就:

第一是湯勤。他是墮落的手工業勞動者,合幫閑和幫兇而爲一的典型人物,諂、刁、狠、淫、忘恩負義是他性格的特點。第五齣《豪宴》把他比作"中山狼",莫懷古在他困頓時救了他,並且推薦他到嚴世蕃那兒做門客,他却恩將讎報,反而陷害莫懷古。第十六齣《訐發》寫他看出莫懷古的人頭是假的,惹事生非。

第二是雪艷娘。這是優美的婦女形象,溫柔、順從和勇決、機智、自我犧牲,在她身上互相渗透地结合着。她对丈夫是温柔、顺从的（第三齣《燕游》），但她对敌人，却是勇决、機智的（第二十齣《誅姦》），她犧牲了自己的生命來同權姦作鬥爭，終於取得勝利。

第三是莫誠。他很機智，又很正直。第十一齣《搜邸》，他由於豐富的生活經驗所形成的臨機應變的才能，知道嚴世蕃爲搜杯而來，早就把玉杯藏到別處去了。第十五齣《代戮》，他不僅將生命換取主人生命的安全，也是將生命換取對萬惡的嚴世蕃集團的鬥爭的勝利，但總還是宣揚了奴爲主死的奴隸道德。

第四是劇情的發展，巧妙地運用了生活規律，以增加劇情的曲折變化。莫懷古帶着雪艷和莫誠一道逃走，以爲可以脱出嚴世蕃的魔掌，誰知莫懷古和雪艷竟被捉去（第十四齣《出塞》）。後來莫誠替死（第十五齣《代戮》），首級送到嚴世蕃處，嚴世蕃说是"腌腌臜臜的東西，瞧他怎麼"，"不消驗得，竟把去號令罷了"，又以爲可以無事。誰知湯勤卻偏要自驗，看出人頭是假（第十六齣《訐發》）。這固然是劇情有波瀾起伏，也更顯出莫誠的正義和湯勤的姦險。

《清忠譜》和《一捧雪》所共有的藝術技巧就是在組織穿插上，表現出高度成就，豐富了場面内容，突出了人物性格。例如《清忠譜》第十五齣《叱勘》主要是寫周順昌受審，但因楊漣、左光斗、魏大中等也是東林黨人，便插叙了楊漣和左光斗的死屍抬過，增加了陰慘的氣氛，也增加了周順昌和觀衆們的憤怒。魏大中的出場更是照應前文，把兩家結親的事再提一遍。這也顯出正義的人們是團結在一起的。又如《一捧雪》第六齣《婪賄》，主要是寫湯勤在嚴世蕃面前説出莫懷古藏有一捧雪古杯，却先寫皇帝要嚴世蕃票擬四件本章：第一件是任何邦鎮爲廣撫；第二件是河南道御史諌君不要信道，辱罵嚴嵩父子；第三件是户部奏缺邊餉；最後一件是總兵戴綸逢虜倒戈，坐失轄境。第一件爲了曾送嚴世蕃銀八千兩，當然照准；第二件當然批的是"着錦衣衛扭械拿問"；第三件批的是"速速另行設處，無誤軍需"；第四件送禮"值萬把銀子"，還有"漢玉杯"一只，當然有罪也就可以"姑與原官，立功候調"。主要是從漢玉杯來引起一捧雪，但是以上四件本章的票擬也不是閑文，由此可以看出嚴世蕃的醜惡面目：送了他錢，就可以得到美缺，連有罪也可以仍做原官；罵他的人就"扭械拿問"，要出錢的正事卻要下屬"另行設處"，幾乎是指示下屬去貪污和暴虐。這些不僅使得場面内容豐富，也把好人顯得更好，壞人顯得更壞了。各劇所用語言，飽和着人物的情感，也飽和着作者的情感。

總起來説，李玉傳奇的思想性和藝術性在明代傳奇中是突出的。他的《清忠譜》《萬民安》等明顯地、直接地、正確地表現了人民的英勇鬥爭，這是社會主要矛盾的反映，李玉即爲此而不朽。

十一　其他戲曲作家

萬曆以後的其他戲曲作家很多，我們這裏只選出高濂、孫仁孺、葉憲祖、孟稱舜以及徐復祚這五位來談談：

高濂，字深甫，號瑞南，錢塘人。有《芳芷樓曲》，不講究用韻，曾經馮夢龍等改削。《南北宮詞紀》等約收八套，又小令十支。他的傳奇《玉簪記》主要的矛盾是男女戀愛和寺院"清規"的矛盾。鮮明的人物形象體現着矛盾的力量和作者的傾向：陳妙常是個道姑，她聰慧、熱情、大膽而又嚴肅，堅持着青春幸福的追求，觀主也就是潘必正的姑母，卻是卑鄙頑固的。矛盾力量的衝突構成精彩的場面。崑曲常演的有下面這七齣：《茶敘》、《琴挑》、《問病》、《偷詩》、《姑姐失約》、《催試》、《秋江》。好多地方戲如川劇、揚劇等，也都根據《玉簪記》改編了一些劇目。

孫仁孺約一六一八年前後在世。他雖別號爲峨嵋子，當非四川人，大約是臨川人；又有一個別號叫做白雪樓主人。他作有《醉鄉記》傳奇等，以《東郭記》傳奇爲代表作。《東郭記》是一部少見的辛辣的諷刺劇。《孟子》中齊人故事本來就是諷刺性的，經過穿插組織，戰鬥性就更爲強烈。全劇除陳仲子外，不獨主角齊人是卑鄙下流的，其他各種配角，如王驩、淳于髡、陳賈、景丑等，無不如此。他們爲着富貴，什麼無恥的事都可以做。這裏的矛盾不是黑暗與光明的鬥爭，而是狗咬狗，因爲光明在這裏不能成爲主導力量。這是明末社會最腐敗的角落，無恥的官僚地主階級的真實圖畫。它是作者懷着高度的憎恨，運用精湛的藝術手腕畫成的。題材精煉、人物生動，結構緊密，語言通俗流暢。在第二十二齣《墦間》這場中，他借妻妾來表示對這種人的鄙視和蔑視。在第八齣《綿駒》中又借歌曲罵他們是"民賊"，是"豺狼"。作者這種正義感，保證作品是接近人民的。

葉憲祖（一五六六——一六四一），餘姚人。萬曆二十二年中舉，四十七年進士及第，崇禎三年南京刑部主事，改任廣西按察使。後來回鄉，家居五年。生平喜歡唱曲；寫完一曲，就叫伶人演習。雜劇九種，有的用細膩華麗的語言寫男女風情，有的用粗豪、樸素的語言寫慷慨激昂的歷史故事，最成功的當推《罵座記》。此劇寫漢灌夫使酒罵座，因而被殺事。結合着作者的性格、行事和他所處的時代來看，此劇借古諷今，很是明顯，作者的愛憎有現實的社會價值。他生當明末最混亂的時期，曾因得罪魏忠賢而削籍。劇中寫淨角是營裙帶關係貴爲丞相、驕奢蠻橫、目無朝臣的田蚡,丑角是田蚡的走狗、那奴顏婢膝、借刀殺人的籍福,還有趨炎附勢的滿朝官吏,這些都是作者政治生活中的現實人物。他用飽和着憎恨的筆端,通過歷史上近似的故事,使得這些醜惡的現實暴露出來。主角灌夫是作爲肯定人物出現的。他有義氣,不肯朝秦暮楚地替權貴捧場,甚且輕視他們。作者就借了他來斥責那些利祿熏心的無恥走狗。這個形象被描寫得生氣勃勃,把田蚡、籍福等人襯得那樣卑鄙、渺小,這種現實意義和藝術形象就使本劇在葉憲祖的雜劇中成爲突出的作品。

孟稱舜,約一六四四年前後在世,字子若,一字子塞,山陰人。崇禎時諸生。傳奇有《鴛鴦塚》、《二胥記》等,雜劇有《桃花人面》、《英雄成敗》(後來改作,名爲《殘唐再創》)《死裏逃生》、《眼兒媚》等。《桃花人面》是個戀愛短劇,通過華美秀麗的語言,作者寫了自然的美、春光和桃花;寫了人的美,青年男女真摯的愛情。《英雄成敗》的內容是黃巢起義。它的優點是:揭發當時科舉的弊端與官吏的無恥,對農民義軍不獨未加歪曲,而且用同情的態度表現出英雄反抗的精神。當時人就認爲感憤時事而作,可見它的現實性是明顯的。《死裏逃生》寫西山寺僧迫害楊宗玄事。《包公案》中的《桷上得穴》與此劇題材相同,它揭發的是寺院駭人聽聞的罪惡:姦騙良家婦女,強迫那發覺其罪行者自殺。它的結構謹嚴,情節奇險自然。當矛盾發展到逼楊自殺的場面,讀者和觀衆都要驚懼、憤怒,覺得這群和尚都是失去人性的魔鬼。這種通過藝術形象直接戳穿社會制度膿瘡的作品是鬥爭性最強烈的。

徐復祚,約一五九六年前後在世,字陽初,號䔩竹,又號三家村老,常熟人。傳奇有《紅梨記》、《宵光劍》等,雜劇有《一文錢》,筆記有《三家村老委談》(其中曲話頗多)等。他的《一文錢》借佛經故事,用誇大的手法,對以剝削起家的吝嗇鬼痛加諷刺。

明代青陽腔劇本的新發現

一

明代的傳奇曾用海鹽腔、弋陽腔、餘姚腔、青陽腔……唱過，不止崑山腔一種。崑山腔保存得比較完整，弋陽腔保留在江西和河北省高陽縣的較多，餘姚腔可能變而爲紹興大班裏的掉腔，海鹽腔至今還不曾找到明顯的綫索，青陽腔更是大家所搞不清楚的。一九五四年忽然在山西萬泉縣百帝村發現了青陽腔的四個全本和兩個零齣，這應該說是中國戲曲史上值得高興的一件大事，也應該說是中國戲曲史上的一個新發現，使我們對於青陽腔有了更多的認識。

在明朝人的記載裏，我們常看到對於各種腔調的叙述。徐文長的《南詞叙錄》云：

> 今唱家稱弋陽腔，則出於江西，兩京（北京、南京）、湖南、閩、廣用之；稱餘姚腔者，出於會稽，常、潤（鎮江）、池（貴池）、太（太平）、揚、徐用之；稱海鹽腔者，嘉、湖、溫、台用之。惟崑山腔止行於吳中，流麗悠遠，出乎三腔之上。

也就因爲崑山腔"流麗悠遠，出乎三腔之上"，它戰勝了各種腔調，獨霸劇壇，各種腔調流傳不廣，有的幾乎絕跡，我們對於這些腔調的研究，就時常要感到材料不夠了。沈寵綏的《度曲須知》所說的腔調更多：

> 詞既南，凡腔調與字面俱南：字則宗《洪武》而兼祖《中州》；腔則有海鹽、義烏、弋陽、青陽、四平、樂平、太平之殊。

沈寵綏提到海鹽腔和弋陽腔以及義烏腔（可能影響到現今的婺劇），卻不曾提到餘姚腔。據徐文長說,餘姚腔兼在池、太流行。沈寵綏另外提有青陽、太平等腔。《南詞叙錄》有嘉靖三十八年的自序。大約嘉靖三十八年左右,餘姚腔還不曾分化;沈寵綏年輩較晚,嘉靖三十八年以後,他所看到的已是餘姚腔分化爲青陽、太平、四平、樂平諸腔了。湯顯祖的《宜黃縣戲神清源祖師廟記》云:

>　　此道有南北:南則崑山之次爲海鹽,吳、浙音也,其體局静好,以拍爲之節;江以西則弋陽,其節以鼓,其調諠。至嘉靖而弋陽之調絶,變以樂平,爲徽青陽。我宜黃譚大司馬綸聞而惡之,自喜得治兵於浙,以浙人歸教其鄉子弟,能爲海鹽聲。(湯若士《玉茗堂文》卷七)

我認爲湯顯祖所說的"北"就是指的弋陽腔,而不是元雜劇。倘若把他這段話分析成圖表,應該是這樣:
　　南——崑山腔、海鹽腔、宜黃腔(體局静好,以拍爲之節)。
　　北——弋陽腔、樂平腔、青陽腔(其節以鼓,其調諠)。
湯顯祖自己的《牡丹亭》就是用宜黃腔來唱的,當與崑山腔相差不遠。(他在《玉茗堂尺牘》中有《與宜伶羅章二》)這裏還可以看出餘姚腔和青陽腔都是弋陽腔的系統。它的特點就是"其節以鼓,其調諠"。

　　青陽腔在萬曆元年(一五七三)特別盛行。日本内閣文庫藏有三種青陽調的選本:
　　1.《新刻京板青陽時調詞林一枝》
　　2.《鼎雕崑池新調樂府八能奏錦》
　　3.《鼎鍥徽池雅調南北官腔樂府點板曲響大明春》
前兩種是萬曆元年刊本,後一種是萬曆刊本。另外還有一種名叫《新選南北樂府時調青崑》。從"崑池新調"和"時調青崑"看來,可知這兩種選本兼收崑山腔和青陽腔(即池州腔),也可看出萬曆元年青陽腔已經可以與崑山腔分庭抗禮,各占一席地位。我國在抗戰前也曾影印《精選天下時尚南北徽池雅調》,更可看出池州腔已經成爲"天下時尚"了。

　　在《詞林一枝》、《八能奏錦》、《大明春》、《徽池雅調》這些書裏所看到的青陽腔劇本還都只是些零出,從來還不曾看到過全本。今天我們能夠看到四個全本,又怎能不高興呢!

二

弋陽腔系統的劇本與崑山腔系統的劇本除情節相似外，詞句幾乎是完全不同的。崑山腔所用的劇本基本上與現今流行的《六十種曲》之類沒有什麼兩樣，只是説白，特別是丑和淨的説白，改成蘇白，並且增添了很多語句，唱詞時常刪減幾支。它保留了知識分子的那一分典雅。但弋陽腔的劇本可能是藝人們自己改寫的，顯出淳厚樸素，特別帶有山野間的花草香氣。我們所熟知的《蘆林》就是一個好例。崑山腔完全根據《躍鯉記》，把那不能保衛妻子、愚孝軟弱的姜詩用生來扮演；弋陽腔重新改寫，却在姜詩的臉上涂起白粉，不客氣地讓他做一個副。王君九編《集成曲譜》，選用了崑山腔的《蘆林》；但他後來選編《與衆曲譜》時，却不能不遵照人民的愛好，還是選用了弋陽腔的劇本，那就是有名的"步出郊西"。

山西萬泉縣百帝村發現青陽腔劇本的經過，容我摘引萬泉縣人民文化館暢明生一九五四年九月五日給我的來信吧：

> 我縣范村、百帝村前多年有一種叫"清戲"（前給信墨遺萍誤寫爲腔戲）。范村現在會唱的人還很多，可惜本子已失。這次雖然在百帝村找了四本戲（有《三元計》、《黄金印》、《涌泉》、《陳可忠》），但多殘破不全，現在交給墨遺萍了。百帝村在七十年前演過，一般年青人卻摸不着頭腦，只有少數幾位老年人聽説過。後來在孫鳳科先生家的字紙簍裏找出來了。該村根本無人會唱了。在范村共有三條巷：東頭唱"蒲劇"，西頭唱"清戲"，南巷唱"雜戲"。村裏流傳着："真清戲，假亂彈（蒲劇），囉囉戲兒胡叫唤"。（據説西安有一種囉囉腔。）清戲無弦索，只有板、點鑼、銅器、鎖吶……等，調子特別多。它比我縣徐村的雜戲調子複雜得多，所用的打擊樂器也比雜戲要細緻些。

墨遺萍是山西太原蒲劇學社的負責人，著有蒲劇多種，對於戲曲史也極喜研究。這四個全本：《三元計》寫的是商輅和秦雪梅的故事；《黃金印》就是《金印記》，寫的是蘇秦六國封相的故事；《涌泉記》就是《躍鯉記》，寫的是二十四孝中姜詩得鯉的故事；只有《陳可忠》名目較爲陌生，明末還看見傳本，那就是鄭汝耿所改編的《剔目記》，但這個《剔目記》却又不是叙鄭元和唱蓮花落的那個《剔目記》。

根據傅芸子《白川集》中的《内閣文庫讀曲續記》，我們知道《詞林一枝》選有《三元記》一齣和《金印記》二齣。他談《三元記》云：

此乃《商輅三元記》，疑即出於明初戲文《商輅三元記》（見徐渭《南詞叙錄》"本朝"內）。蓋《詞林一枝》、《摘錦奇音》等所選之"雪梅弔孝"、"雪梅觀畫有感"等齣，均爲青陽調或滾調之曲文，此外如萬曆刊本《時調青崑》卷一下欄亦收"雪梅觀畫"一齣，明季刊本《歌林拾翠》二集亦然，齣名"雪梅觀畫"，均係青陽調。惟《萬錦清音》月集所收之"雪梅觀畫"列之弋陽調內，與上述各書曲文，詞句頗有出入，此豈即最初之戲文乎？

《八能奏錦》選有《三元記》二齣、《金印記》八齣以及《躍鯉記》一齣。《大明春》選有《三元記》二齣和《金印記》三齣；另有《賣釵記》一齣，其實也是《金印記》，只因選的是《周氏當釵見誚》，所以才有這個别稱。我國影印的《徽池雅調》裏也有《三元記》一齣。這四種選本雖也選有《三元記》、《金印記》和《躍鯉記》，少的只有一二齣，多的也只有八齣，究竟所選不多，不能窺見全豹。山西萬泉縣百帝村所發現的卻是四個全本，這就是可貴的地方。

由於這四個抄本破爛不堪，原來是全本，現在也有一些殘缺了。雖然是道咸年間的抄本，卻可信爲明代留傳下來的戲曲。據徐文長的《南詞叙錄》所記，本朝曲目有《陳可中剔目記》、《商輅三元記》、《姜詩得鯉》以及《王十朋荆釵記》；《金印記》雖然沒有，但在宋元舊篇曲目中也有《蘇秦衣錦還鄉》。我們推測得朝代早一些，就可以說是嘉靖三十八年左右留傳下來的。

《三元計》的本子很破爛，頭尾都不全，封面上有"道光十五年正月吉旦"和"百帝村北撰"的字樣，已是一百二十年前的抄本了。《黃金印》蔴紙皮已陳舊，上面有"咸豐十一年立"和"同治元年，後巷選"以及"暮襄記，孫存成記"等字樣，後附《徐母罵曹》一小回，《荆釵》"行程"一回，且批明是第十二回。《涌泉》寫的是後漢初年姜詩和詩妻龐氏（龐盛之女，賢孝）詩子安安送米以及赤眉樊崇被詩孝感故事，有"百帝村北社孫菉桂撰"和"咸豐丙辰年立"等字樣。所謂撰，當是依明代抄本改編的意思，不會是創作。這兩種也都是一百年前的抄本。孫菉桂和孫存成當是孫鳳科的祖輩。《陳可忠》一名《包公私訪江南》，布皮上有"同治八年正月穀旦"和"同治九年四月"字樣，這也是八十六、七年前的抄本了。

據說還有《白玉兔》是李三娘劉知遠的故事，又有《二郎山》是楊繼業被困二郎山的故事。

三

在曲調方面,抄録者可能有一些遺漏。從這四個抄本裏,可以發現下列這些曲調:〔甘州歌〕、〔不是路〕、〔月兒引〕(高?)(均〔仙吕調過曲〕)、〔駐雲飛〕(一作〔主雲飛〕)、〔紅綉鞋〕(均〔中吕宫過曲〕)、〔紅納(衲)袄〕、〔金錢花〕、〔一江風〕(均〔南吕宫過曲〕)、〔點江(絳)唇〕(〔黄鍾宫引子〕)、〔畫眉序〕(〔黄鍾宫過曲〕)、〔下山虎〕、〔億(憶)多嬌〕(均〔越調過曲〕)、〔山坡羊〕(〔商調過曲〕)、〔風舞(入)松〕(〔雙調引子〕)、〔鎖南枝〕(〔雙調過曲〕)、〔江頭金桂〕(〔仙吕入雙調過曲〕)、〔混江龍〕(〔北仙吕宫〕)〔醉玉樓〕(不知宫調)、〔尾聲〕、〔合口〕、〔合尾聲〕、〔干(乾)板兒〕:一共是二十二種。還有稱作"清揚腔"的,那大約就是"青陽腔"了。有人説:"恐係漢郊祀歌的青陽調,《史記》有'春歌青陽'。"我以爲那未免説得太遠。

在演出方面,墨遺萍一九五四年六月一日給我的信上説:

讀了這四本腔戲後,我有一點感覺:(1)寫重唱處(書一又字)很多。(2)寫合唱處很多。(3)不稱"折",不稱"齣",而稱"回"。(4)有曲牌而不用管與絃。……這對戲曲起自民間之説,更獲有力的證明。

墨遺萍所説的四個特點,正是弋陽腔系統戲曲的特點,特別是第一點和第四點。第一點的重唱,我想就是幫腔,我們在川戲所看到的最多,那是由場面幫唱的。第四點不用管與絃,而用"板、點鑼、銅器、鎖吶"等,也是這些戲曲的特徵。墨遺萍同意我的推斷。他在同年九月十七日給我的來信説:

關於腔戲,亦稱"青戲",曲牌中又有青陽腔。你認爲係安徽池州傳來,頗爲可信。暢明生同志由村人唱時譜了個〔混江龍〕,很類乎高腔,故我認爲同弋陽腔有一定的脈絡關係。

在流變方面,也可以説幾句。就是説,安徽池州的戲怎麽會到山西萬泉去的呢?我想,由安徽經由山東到達山西應該是可能的。即如山西的儺(讀如爪)戲,在鄰省山東就很流行。山西的戲可以傳到山東,當然山東的戲也可以交流到山西。現今山東還有青陽腔(下面還要稍詳地提到),當然,那是由鄰省安徽傳過去的。再説,山西票號裏的人常跑得很遠,戲班也有跟隨而去的可能。墨遺萍曾在清代山西的戲臺粉牆上，找到一些皖伶到山西的痕跡：（1）河津縣小梁村戲臺有："光緒二年江南四喜班在此一樂也。"（2）夏縣曹張村戲臺有："江南安徽鴻昇班光緒十四年七月十二日在此一樂。"（3）猗氏縣峨陽戲臺有："江南安徽鴻昇班，光緒廿四年七月初二日在此唱了三天，一樂也。"可惜這些記載都是清代的，不過，也證明了安徽的戲是常到山西去演出的，四喜班恐怕還唱的是有曲牌的戲。李調元的《曲話》也説：

  弋腔始自弋陽，即今高腔。……楚蜀之間，謂之清戲，向無曲譜，只沿土俗，以一人唱而衆和之。

如稱爲腔戲，腔字當是青陽二字急讀的合音，由青字的聲母和陽字的韻母所合成的。如稱爲清戲，那就是青陽腔的簡稱。

  在情節方面，《三元計》、《涌泉》和《黃金印》，大家都很熟悉，不必多説。但是，《陳可忠》却是一部大家所不熟悉的戲。明祁彪佳《曲品》在雜調四十種中，有鄭汝耿的《剔目記》，並且説：

  此龍圖公案中一事耳。包公按曹大本，反被禁於水牢，此段可以裂眦。

故事情節大概是這樣：土豪曹大本因爲要想謀占讀書人陳可忠的妻子周氏，就叫大盜雷虎危誣陷陳可忠爲同黨。縣官李揚德上下受賄，要將陳可忠處死，把他打在死囚牢內。關帝托夢給李揚德，要他改判代州充軍，否則就要降灾。李揚德只好照辦。曹大本就命媒婆謊報周氏，説是她的丈夫已死；又謊言陳可忠借銀三十兩未還，本利要六十兩，且命豪奴把周氏的子女玉絹、金綉搶走。周氏追踪而來，就被劫留。陳可忠被解上路，經一荒寺，包公也在此過宿，陳可忠就向他訴冤。包公扮作相士私訪，看見玉絹、金綉被打，周氏被踢暈去，就帶了周氏的子女逃走，被豪奴所獲，下在水牢。周氏把包公救了出來，包公向她説明自己的身分。劇本到此完結。大約後來是：含冤大白，夫婦團圓，曹大本伏法，李揚德革職。只是不曾抄寫下去。鈔寫人是"同治八年孫迪剛"。回目是：第一、二回缺。3. 理詞，4. 行賄，5. 探監，6. 講親，7. 起解，8. 無回目，可稱"相面"，9. 遭危，10. 趕脚。脚夫對曹大本也極憤恨，駡他"霸占民田該何罪，搜羅民妻罪不輕。"搜羅一詞當爲嘍囉之別寫，這裏當動詞用，即"擄掠"的意思，這戲明朝嘉靖、萬曆年間在松江也很盛行。范濂《雲間據目鈔》卷二云：

> 倭亂後，每年鄉鎮二三月間迎神賽會。地方惡少喜事之人，先期聚衆，般演雜劇故事，如《曹大本收租》、《小秦王跳澗》之類，皆野史所載，俚鄙可笑者。

所謂《曹大本收租》大約就是《陳可忠》的故事了。

四

這四本青陽腔的劇本文詞都比較通俗，繼承了宋元南戲的優良傳統。徐文長在《南詞叙錄》説："句句是本色語，無今人時文氣。""夫曲，本取於感發人心，歌之使奴童婦女皆喻，乃爲得體。"這幾句評論宋元南戲的話移贈給明代的青陽腔劇本，也是一樣適當的。它的詞句比弋陽腔更爲通俗。試比較最爲我們熟悉的《蘆林》首兩曲爲例。第一曲云：

> 〔駐雲飛〕：步出郊西，蘆林驚起雁鵝（鴻）飛，一個兒飛起（將去），一個兒正（落）在蘆林裏（内）。因爲（我爲取）蘆柴我（無我字）到這裏。拾起（我拾取）這一枝，觀見（兼取）那兩枝，遠望（觀）一行人，好象（似）奴夫主（塕），懷抱蘆柴到這裏（要與姜郎辯是非）要與姜郎辯是非。

凡括弧内的字都是弋陽腔的詞句與青陽腔不同的地方。第二曲不同處較多，我就並列在下面：

> 母病埃（挨）遲，問卜求神到這裏。轉過山坡寨，直入在蘆林裏移步橋西，猛然抬頭，見一婦人懷抱蘆柴不言語，聲聲哭斷長吁氣。好像不孝三娘龐氏妻，整衣莫管閒事（是）非。（百帝村抄本青陽腔《涌泉·蘆林揀柴》）

> 母病求醫，問卜求神到這裏。慌忙過了柳溪區，步入在蘆林内遠觀一婦人，看他手抱蘆柴，聽他哭哭啼啼，長吁短嘆，短嘆長吁氣，好一似不孝三娘龐氏妻。我且整冠前行作不知，整冠前行作不知。（王君九《與衆曲譜》卷八弋陽腔《蘆林》）

"慌忙過了柳溪區"是改作"轉過山坡寨"了,所有的"內"字都改作"裏"字了,"雁鴻"也改作"雁鵝"了。

我再比較明富春堂刊本《新刻出象音注姜詩躍鯉記》第二十折和青陽腔抄本的《涌泉》在下面:

〔甘州歌〕:憂心悄悄,只爲步難移,鞋弓襪小。玉莎瑤草葉,帶露凝珠繞。我把羅裙蹇起休污了。擔着擔着,臨江不憚勞,奴心願婆病好,一家都得樂陶陶,心頭急,行步小,已不能够到江皋。

〔袞遍〕:提桶望江潮,怒氣如山倒。促起絳羅裙,脫下鞋兒了。將進趑趄,心中驚跳。向前汲待泝流滑跌倒。浪打桶兒漂,裙兒都濕了。要水奉阿姑,沒水如何好。魄散魂飛,手荒(慌)脚掉,抽身起解下裙兒輕輕絞。

〔淘金令〕:婆婆病倒,口渴心焦燥,姜郎去了,請醫求藥療。裙兒濕了,衣衫都澆。沒水歸家,只恐老姑焦燥。……(崑山腔所用劇本)

〔甘州歌〕:憂心焦燥,行一步鞋弓襪小。羅裙斜扎起,□桶江□□,心急金蓮小。一點孝心天可表,奴心願婆病好,渾身冰凍似水洨(澆)。

提桶往江攬,浪又如山倒(又又)提起香羅裙,緊扣鞋兒小。向前來取水,險些兒滑跌倒。抽身起,恨怎消,羅裙脫下輕輕弔,將羅裙且搭在柳樹梢。

〔江頭金桂〕:都只爲婆婆有病,口渴味又酸,想飲江水,是奴家前來取水。我丈夫(又)的求藥苗(療),因此上前來取水。到此處風狂浪大,水桶兒飄去,裙兒濕了。可憐間(見)行船丟有一只搞(篙),是奴家取水會水,又恐我婆婆心焦燥,這場打罵非輕小。(青陽腔)

崑山腔所用的劇本有些地方太文雅,我都用黑點點了出來。爲了文雅難懂,以致"求藥療"改成青陽腔,竟成爲"求藥苗"了。

由於這些劇本大部分是藝人自己編寫的,因此也有些不押韻的地方。例如《陳可忠》第七回〔山坡羊〕云:

苦哀哀肝腸裂碎,苦哀哀頭彈珠淚。望家鄉迢迢路遠,生差(嗟),無有一條逃生路;悲傷,何日得到代州城;傷情,若得回家兩世人。(起解,陳可忠唱)

這一支曲子一共祇有九短句,却轉了三次韻。碎、淚爲韻,接着押路字,最後又以城、情、人爲韻。這種情形,是任何崑山腔所用的劇本中没有的。又如《三元計》第十二回"機房教子"云:

(雪上清揚唱)家緣就(舊)有,被先人費盡了許多計謀。創業方知守業難。……一心要學孟軻母,只怕畫虎不成反類狗。孩兒能守必須勤。(又)……(外淨上清揚唱)老公婆年紀衰老,賢媳婦青春節操。我孩兒學不得曾參行孝,到做了顔回喪早。是何人打的我孫兒高叫?安兒,問是何人打輅兒。

這兩支清揚(即青陽)腔很奇怪,全都押韻,偏偏末句不押韻:有、謀爲韻,難字不押韻;母(讀作某)、狗爲韻,勤字不押韻;老、操、孝、早、叫爲韻,兒字不押韻。兒字或可疑爲説白的誤書,難字和勤字無論如何該是唱句裏的。由這兩個例,就可以知道青陽腔劇本有些地方是不大講究押韻的。

爲了了解青陽腔劇本的全貌,我想抄録《荆釵記》第十二回"行程"全回來做一個例子。下面是可與《南北新調》對照的部分:

(親母上唱清揚腔)嘆當年貧苦未遇時,豈知道一旦分離。(我想我那先君在世,門客車馬,户納簪纓。不想我那先君去世,家業漸漸消滅,别無一有。真是人居兩地,天各一方。)十朋孩兒求功名。(似别人生下孩兒,讀書做官,榮先耀祖,改换門閭。不似老身生下十朋,一去求名,竟不思歸。)媳婦又去投江死。(白)(李成!)(成)(親母!)(母)(此去若到那京城之地,見了你那不幸的姐夫,寧可報喜,莫可報憂了。成舅呵,)千萬莫説那投江事。(成)(説了怕怎麽?)(母)你若説起投江,(豈不知你那姐夫,與你那姐姐,他乃是恩愛的夫妻,聽説此言,必定把肝腸裂碎,血淚兒交流。成舅呵,)怕只怕唬煞我那嬌兒。囑咐你言詞須牢記,切莫説(又)與他知。(成唱)親母不必雙淚垂,容李成一言訴起。我姐夫中狀元,僉判只在饒州地。他乃是讀書人,知禮義,豈肯停妻再娶妻?勸親母,休憂慮,免傷悲。(又)(母唱)教我如何不憂慮,不傷悲!(自從你那姐姐死後,老身無三男四女,你叫我指望着誰來,依靠着何人?)怎奈我年華高邁無所依,孩兒在京城,媳婦不知在那裏。行一步悶癡癡了兒,閃的我只在途路裏行。好恓惶,(李唱)途路程。(母)(追思昔日離了家,)(成)(千山萬水受波查。)(母)(此去若到京城地,)(成)(親母,負屈含冤訴與他。)(母唱)追思昔日離了家,(成白)(親母,想當初我爹爹命我,搬我親母之時,就在此路相等。)(母)(哎咳是了麼?成舅,恐當初令尊命你搬取老身之時,那時命媳婦孩兒在前,老身在後,)母女三人步步兒前行。(成)(親母,你看這田園地土,依然都在,只是不見我那受苦的姐姐咪。)(母)(這才是物在人亡,一旦無常,)怎不教人情慘傷。(哎咳罷了,玉蓮我那嬌兒,你若是失節改嫁,遺臭萬年;你立志不從,投水兒身死,你的芳名就耿耿了兒。)這才是丟下你爹,撇下你娘。浣紗女抱石投江,千年萬載流傳後世。(一山又過一山林,)(成)(鞋弓襪小步難行。)(母)(中途路上逢雪雨,)(成)(親母,看看來至接官亭。)(母唱)官亭路上逢雪雨,似這等悽涼實可傷。(成)(親母,此間就是我姐姐投水之地。)(母)(成舅何不早說。老身來時,無有帶上紙馬銀錢,祭奠於他。就此捏土焚香禱告。)(成)(親母講的那裏之話!你乃堂上婆婆,他乃廚下媳婦,怎敢受你一禮?)(母)自古道在世為人,死後為神,禮當拜他一拜。成舅,打開雪雨。(成)(哈哈,親母請來。)(母唱〔下山虎〕)深深下拜,拜禱江岸神。(河伯水神,水母娘娘,老身今日禱告,非為別的而來,為只為錢氏玉蓮,不遵母命,投水而身死。他的靈魂在你帳下所管。)只望你有靈有聖,有感有應,叫你那招魂的童兒,引路的仙官,送發他靈魂兒去。(哎,罷了。玉蓮我那嬌兒,往常在家,我這裏叫你一聲,你那裏應我一聲。似今日叫之無聲,視之無形,是怎的了,兒!)叫的娘咽喉哽哽,(又)我的兒哪見你的形踪。(老身此去若到那京城之地,說與你那不幸的丈夫,交他請上幾位兒高僧高道,超度於你。我的兒,)休戀長江,跟着老娘。(合)我這裏趲行趲行數程,長亭共短亭。(成)山程共水程,(母)望不見京城,悶煞老身。(成)思起家鄉,愁煞李成。關河雪冷(又),似葉兒飄零。走的我渾身上冷,戰戰兢兢。(白笑哭)(哈哈,哎!)(母)(成舅為何又哭又笑?)(成叫板)(非是我又哭又笑,)哭姐姐死的苦,笑姐姐(又)死的好。(哎咳,我那受苦的姐姐,怎奈你在陰司,我在陽間,再也不能與你相逢,與你團圓。若要相逢,若要團圓,)除非南柯一夢間。猛然想起老爹娘,(又)(往常在家,你那裏叫我一聲,我這裏應你一聲。到今日大雪紛紛,小雪片片,你那裏倚門懸望,不見兒歸。叫了一聲李成,)我兒你在那裏?(母唱)哎咳十朋狗才,(你看成舅乃是義子,他倒有思親之心,你在那……)(誤字已改正)

以上已占全回的十分之八,都是《新選天下時尚南北新調》上卷下層末篇"十朋母官亭遇雪"所有的部分,與今本《荊釵記》第二十八齣"哭鞋"完全不同。凡是括弧裏的句子都是説白,没有括弧的是唱句。從"嘆當年貧苦未遇時",到"切莫説與他知"用的是〔風入松〕曲牌。從李成唱"親母不必雙淚垂"起,直到"途路程"止仍舊用的〔前腔〕(即〔風入松〕)。緊接着就是四句七言詩,由母子倆輪流各唱一句,這七言四句就是"滾唱"。下面母唱"追思昔日離了家",直到"千年萬載流傳後世"用的是〔下山虎〕曲牌。緊接着又是四句七言詩,那就是第二個"滾唱"。下面從"官亭路上逢雪雨"直到"我兒你在那裏?"連用了三個〔前腔〕(即〔下山虎〕)。我們拿青陽腔抄本與《南北新調》對照,可以發現二者頗多相似之處,即使《新選天下時尚南北新調》不是青陽腔,而爲另一"新調",也一定是弋陽腔的系統。更重要的是,從這個例子可以看出民間戲曲的感情是更加奔放的。還有,"滾白"的使用法在此也可以仿佛一二。它惟恐觀衆不懂,一件事必須説好幾遍,好像經文加注疏一樣。例如,唱兩句"嘆當年貧苦未遇時,豈知道一旦分離",就要解釋八短句;再唱一句"十朋孩兒求功名",又要解釋七短句。以下由此類推。這些就都是"滾白"。青陽腔的另一特點是使用"滾調",既有"滾唱",又有"滾白"。上舉"滾唱"二例,使用在〔風入松〕和〔下山虎〕唱完以後,也有使用在當中的,也算常見,但使用在一曲的開頭的卻較罕見。現在再繼續抄錄"行程"最後的十分之二,這是《南北新調》所没有的,我們是用民間流傳的抄本將"十朋母官亭遇雪"補全了;從這一點可以看出這四本抄本是明代遺留下來的古劇:

(紅樓暖閣,貫串百家,枉讀詩書。)看將起來,你就越發成成不的人了,狗才!閃的娘只在這雪路裏行。(合)我這裏趕行趕行數程,長亭共短亭。(成)山程共水程,(母)望不見京門,閃煞老身。(成)思起家鄉,愁煞李成。(母白)(成舅轉上,受我一禮。)(成)(此禮爲何?)(母)(請來。老身上京找子,禮之當然;成舅上京,所爲何來,所爲這何來!)是老身多多的感謝着你。(成)(一來遵父命,二來況又是門親。理當相送。親母乃是婦人家,自幼不曾出閨門。在家不算貧,路途貧煞人;怎奈你鞋又弓,襪又小,山高水又長了。親母呵)怕只怕高山峻嶺。(母)(我若是個男子,走遍天涯,游遍海角。説甚麼乃婦人家,自幼不曾出閨門。在家不算貧,路途貧煞人;説甚麼鞋又弓,襪又小,山高水又長了,成舅呵)那怕他高山峻嶺。(合)我這裏趲行趲行數程,長亭共短亭。(成)山程共水程。(母)望不見京城,悶煞老身。(成)思起家鄉,愁煞李成。(尾聲合唱)今朝吃盡途中苦,萬里關山何處休!(同下)

所謂"滾白"和"滾唱"都是很快的意思,大有連珠而下的意味。從前大鼓書場中的"快書"恐怕就有多少類似的地方。王驥德《曲律》論板眼中有云:

今至弋陽、太平之滾唱,而謂之流水板,此又拍板之一大厄也。

清劉廷璣《在園雜志》卷三也説:

舊弋陽腔乃一人歌唱,……較之崑腔則多帶白作曲,以口滾唱爲佳。

可見滾唱是唱得很急,像流水一樣。我們看上引一節,雖不曾聽見歌唱,自己暗念一遍,也能感到像流水一樣的快。

五

我曾説過,青陽腔是從安徽池州到山東再到山西的。直到今天,山東也還有青陽腔的遺跡。山東有一種大絃子戲,我在紀根垠處見到《賞軍釣魚》、《華容道》、《古城會》以及《單刀赴會》這四齣戲。它們所用的曲調約如下列:

《賞軍釣魚》:〔大青揚〕、〔普四(不是)路〕、〔大青羊〕、〔青陽〕。
《華容道》:〔大青陽〕、〔説普娥〕、〔青陽〕、〔山坡羊〕、〔桂子(枝)香〕。
《古城會》:〔賴花梅(懶畫眉)〕、〔朱(駐)雲飛〕、〔大留曲〕、〔筵爾樂(雁兒落)〕、〔普拉娥〕、〔抱龍臺〕、〔娃娃〕、〔高調犟〕、〔説腔〕、〔娃娃〕、〔普娥〕。
《單刀赴會》:〔青陽〕、〔點絳(唇)〕、〔鎖吶〕、〔青羊〕、〔青羊死板〕、〔二板青陽〕、〔越調子〕。

以上這些曲調,有很多是特別的,像〔説普娥〕、〔大留曲〕、〔抱龍臺〕、〔普娥〕、〔娃娃〕、〔高調辇〕、〔説腔〕、〔鎖吶〕、〔越調子〕都不知道是什麽曲牌的訛寫,也許竟是青陽腔所特有的曲調。其他所謂〔青揚〕、〔青羊〕當都是青陽的別寫。那麼,青陽腔是有所謂"大青陽"、"青陽"、"青陽死板"、"二板青陽"這些分別的。《單刀赴會》又稱爲"柳子戲",大約就是所謂"東柳西梆"當中的柳子戲了。我抄錄在弋陽腔中也極有名的《賞軍釣魚》的片斷在下面:

敬:〔大青揚〕我在此張仙莊甚安樂,有多少公卿不勝我。休彌裏啜這裏無實無禍,他那裏叩柴門起風波,酒醒來把事兒與他解和。我要是解了呵,和衣兒去睡臥,羞殺了王孫公侯,聽雞鳴早離朝閣。辭君王一時錯,爲君者無有差錯,惹不出那樣炎禍,刀劈了天還大,恰邊事待過如何!

仁貴唱:〔普四路大青羊〕我這裏問着他,他那裏端然正坐,並無有回話。(敬)張仙莊有一個胡老兒,無是無非落到漁樵,並無有賓朋閑來到,有什麽言語説於我曉(重一句)。(薛)征東人兒薛東遼,特意前來訪故交。問漁公知不知來曉不曉(重一句)。(敬)我這裏忙登岸,上前來問一個真情實略。貴弟到來所爲何,你把那袖裏言語來説破。(薛)可憐你張仙莊上苦安樂,今相逢好一似夢裏南柯。(敬)張仙莊上常想你,你在朝裏念我不念我?惡狠狠抖起虎狼威,今相見好比就真心得脱,無是無非常安常樂。

最近我又發現福建戲裏也多少與青陽腔發生過關係。即如《徽池雅調》,刊刻者就是閩建書林熊稔寰。其中有一齣《古城記・張飛祭馬》我親自看到了演出,與刊本很少差別,這莆仙戲很值得我們注意。所謂"青歌"當是"青陽腔"的意思。此外,閩劇《漁船花燭》有〔清言詞頭〕。那就説明閩劇是青陽腔的後輩,它是以青陽作爲詞頭的,也就是"青陽詞頭"的別寫。川戲有一部分有"崑頭子",就説明是崑山腔的晚輩;正如崑山腔自己,要用詞牌來做引子或頭子一樣。莆仙戲裏《張果老種瓜》也有"青歌",當也是青陽腔。

今天各種戲曲可能有一些是保存着古代的戲曲某些方面的遺留物的。我們研究戲曲史,不應該放過這些活的戲曲史資料。正如我所探討的明代青陽腔一樣,它在山西、山東、福建省還有它的綫索可尋。我願以這篇小文作爲溝通中國古今戲曲探討的開始,寫出來請大家指正,希望因此引起大家的興趣,共同來開墾這一塊中國戲曲史的處女地。

讀關漢卿劇隨筆

一　談《詐妮子調風月》

《元刊本古今雜劇三十種》中有關漢卿的《詐妮子調風月》，這是一個光輝燦爛的好劇本，可惜主要只有唱句，賓白極不完全。大家好像"猜詩謎的社家"，來猜這個劇本。由於這是一個好劇本，所以先後有蒲州梆子、河北梆子以及京劇以這劇本爲題材來改編。弄清楚這劇本的本事和詞語是有必要的。下面我就談一下我對於這原始劇本的一些瑣屑的看法，以供研究者和改編者參考：

（一）小姐名叫鶯鶯

1935年盧前編的《元人雜劇全集》第一册出版。這一册所收的盡是關漢卿的雜劇，其中就重排了《詐妮子調風月》，可惜錯字破句不少。最重要的是，最後的題目正名中的一句"雙鶯燕暗爭春"竟排作"鶯鶯燕暗爭春"，於是《劇本月刊》《戲曲劇本專刊》第二輯劉鑒三所編的蒲州梆子《燕燕》，竟以此爲根據稱小姐爲"鶯鶯"。其實，燕燕既是疊雙字爲名，小姐也應該疊"鶯鶯"爲名。鶯鶯這名字，並非《西廂記》專用，話本《鶯鶯牡丹記》裏的女主角也名叫鶯鶯，當然是可以有第三個鶯鶯的。小姐名叫鶯鶯，就符合原來題目正名上所說的"雙鶯燕"了。

（二）小姐不是燕燕的主人

一般改編的劇本都把小姐當作燕燕的主人，其實小姐是另一家的。這劇本中的人物很簡單，約如下表：

	燕燕等及其主人				千户與僕		小姐一家		婚日
	主人	主婦	女僕	燕燕	千户	書僮	父親	女兒	衆人
第一折	老孤	夫人	卜兒	正旦	正末				
第二折				正旦	正末	六兒	外孤	外旦	
第三折	孤	夫人		正旦	末	六兒	外孤	外旦	
第四折	老孤	夫人		正旦	正末		外孤	外旦	衆外

大致是這樣：小千戶帶領書僮六兒到燕燕的主人家裏來借住，主人和主婦留宿（卜兒大概是這家的嬤嬤）。後來主婦命燕燕向另一家小姐和她的父親求親。關係就是如此。

"老孤"決不是"外孤"。"外孤"是孤以外另一個孤，也就是做官的以外另一個做官的。第四折開端明云："老孤外孤上"，這是很顯然的，他們是兩個人，所以才能一同上場。

第一折是寫燕燕愛上了小千戶，要小千戶不要忘記她，希望能做他的小夫人。第二折開端是"外孤一折"、"正末外旦郊外一折"，我認爲這就是一個過場。大約外孤帶女兒（外旦）郊遊，也許竟是清明前夕祭掃母親的墳墓。否則第四折成婚的時候，丈母娘不會不到場的。不知怎樣，父女竟走散了。或許父親先走一步，女兒趕不上，就遇見了小千戶。贈帕的事，大約即在此時。倘說小姐就是燕燕的主人，大約不會這樣巧。小姐贈帕的事，被燕燕知道以後，燕燕方知小千戶對她不是真心。小千戶將要娶小姐的話告訴主婦，主婦竟命燕燕去求親。倘若小姐就是主婦的女兒，主婦自己去説就行，又何必兜圈子讓自己的婢女去説親呢？主婦着婢女爲自己的女兒説婚，恐古來無此習俗。燕燕唱〔聖藥王〕，明説："我若到那戶庭，見那娉婷，若是那女孩兒言語没實成，俺這斯強風情。"連用三個"那"字。倘若是自己家裏，便不必説"那戶庭"；倘若是自己的小姐，便不必説"那娉婷"；她不敢也不應該稱小姐爲"那女孩兒"。這都顯然是別家小姐的口吻。接着就是"虛下"。我認爲燕燕下場，就是第三折第一場的結束。下面該是第三折第二場，在小姐和她父親的家裏。先是"外孤上"，再是"旦上見'外'孤云：'夫人使來問小姐親事。相公許不許，燕燕回去。'""外孤云了，閃下。外旦上，旦隨上見了：特地來問小姐親事，許不許聞（回字之誤）去。"這兒寫得很清楚：燕燕先問小姐的父親，不管許不許，要討一個回音回去；後來燕燕又見小姐，也是不管許不許，要討一個回音回去。既是自家小姐，就用不着説"回去"。倘若是在自己家裏，就不必説"回去"了。再説，燕燕是婢女中最出色的。倘若她做自家小姐的丫環，必然是貼身的丫環，小姐的手帕常由她經手洗乾净，必能辨認。第二折寫燕燕發現了手帕，却不認識，反問："手帕是阿誰的？"（〔堯民歌〕）這也可以看出小姐是別家的。

小姐不是燕燕的主人，還可以舉南戲《風風雨雨鶯燕爭春記》（一名《鶯燕爭春詐妮子調風月》）來做旁證。湊巧殘文保留了清明郊遇的唱詞〔綉停針〕。大約小千戶看見小姐的美貌以後唱道："景入清明，訪柳尋花閑自遣。偶然見多嬌面，猶如似入桃源。看容貌羞花閉月，知他是誰家宅眷？"小姐接着便唱："未知君是誰家子？如何施禮到跟前？從頭說與根元。"（錢南揚《宋元戲文輯佚》面二七三）如果小姐與小千户同住一處，決不會彼此都不認識的。小姐即使藏在深閨，也不會永遠不出房門的。

　　有人說，第四折叙燕燕替小姐婚期梳裹插帶，倘若是别人家的小姐，爲什麽不讓别的丫環梳裹插帶呢？我以爲，小姐未上轎時，當然由小姐自己的丫環梳妝。現在轎子已到婆家，在行婚禮以前，可以由燕燕梳裹插帶，因爲這時小姐已經到婆家來了。燕燕唱〔甜水令〕云："姐姐骨甜肉净，堪描堪塑。生得肌膚似凝酥，從小裏梅香嬷嬷抬舉，問燕燕梳裹何如？"這顯然是初次細看小姐的話。倘若小姐是燕燕自己的小姐，平日相處在一起，小姐是否"骨甜肉净"，是否"肌膚似凝酥"，早就知道，何必説這些廢話呢？説是"從小裏梅香嬷嬷抬舉"，當然是説别人家的梅香和嬷嬷抬舉小姐，這也是别家人的口氣。説是"問燕燕梳裹何如？"應該也是第一次替小姐梳裹的口氣。否則燕燕梳裹的本領，小姐早就知道，又何必問呢？

　　倘若說小姐是燕燕的主人，那麽外孤又是誰呢？

　　倘若説小姐是另一家的，一切就都説得通了。

（三）燕燕最後同意做小夫人

　　單只從劇本來看，應該説：燕燕最後是同意做小夫人的。

　　有人從燕燕最後的一支曲子斷定燕燕拒絶做小夫人。這曲子是這樣唱的："滿盞内盈盈绿醅，則合當作婢爲奴。謝相公夫人擡舉，怎敢做三妻兩婦。則得和丈夫一處對舞，便是燕燕花生滿路。"他以爲"謝相公夫人抬舉"是氣憤的話，"怎敢做三妻兩婦"是反話。他着重在"和丈夫一處對舞"，以爲這句話只有兩個人，意思是要一夫一婦地一處對舞，三個人就不能稱爲"對舞"。

　　上面的這個解釋是不對的。我以爲前四句是謙辭。燕燕説："酒盞裏斟滿了绿酒，我是只該做奴婢的。感謝相公和夫人抬舉我，要我做小夫人，我怎敢做第二個太太、第三個太太呢？"後兩句的意思該是："既然一定要我做小夫人，我只好應承，與我的丈夫一處對舞，這就是燕燕前途有望，滿路花開了。"這裏要注意"則得"兩字，意思是"祇好"、"無可如何"，有首肯的意思。（有人把"則得"解釋作"祇有"，那是不對的。）"和丈夫一處對舞"，舞蹈常是一男一女成對的，也可以輪换着舞，但同一個時間内，一般總是兩人"一處對舞"。再説，在當時的社會環境裏，燕燕倘要出走，老夫人是可以將她送官的。燕燕把小千户稱作"丈夫"，就是已經承認了這個關係。恐怕燕燕的主人、主婦連小夫人也不讓燕燕做。燕燕做小夫人，也不算過於減弱思想性。當時人的目光與今天不同，燕燕也會為做小夫人而勉強滿意的。

從劇名來看，所謂"調風月"的"調"字就含有"調和"的意思。凡是宋元戲曲以"調風月"為名的每每都是喜劇。元人杜善夫《莊家不識拘闌》所說的院本《調風月》，敘張太公"見個年少的婦女向簾兒下立"，他"待娶做老婆，教小二哥相說合。"那婦女"教太公往前挪，不敢往後挪，抬左腳不敢抬右腳，翻來覆去由它一個。太公心下實焦懆，把一個皮棒槌，則一下打做兩半個"。戲雖未完，但看得觀衆"大笑呵呵"，應該是一個喜劇。《永樂大典戲文三種》中《張協狀元》有《呆小二村調風月》也是喜劇。我還不曾看見過不是喜劇的"調風月"。

關漢卿的雜劇不是每一本都是杰作，像《玉鏡臺》和《金綫池》對於女性的看法就都不大妥當。因此，我們不能用"類推法"，認為《竇娥冤》是悲劇的結束，《調風月》的企圖一定也是燕燕出走。有時關漢卿主觀願望是想把主角寫得堅強一些，可能為了適應演出，會改動結尾。關漢卿寫燕燕聰明自負，性格倔強，用情熱烈，不甘人下，不願退讓。她發現小千户負心，就騙小千户出去盟誓，將他拒之門外，不想聽他那一套假話。在小千户與小姐結婚的那一天，燕燕又假說會看相，借故將新娘子連帶新郎大罵了一通，罵他們倆要"死得滅門絶户"。這樣一個被損害與被壓迫的女性敢於這樣發泄，實在是當時罕有的，這就可以使得關漢卿不朽(劉鑒三先生的改編本去掉這一節很是可惜，京劇本適當地采用了這一情節是好的)。至於結尾，就顯得不太重要。

二 關於關漢卿的散套

關漢卿的散曲，任訥曾輯集，收入《元人散曲三種》，於一九二七年在上海中原書局出版。其中關漢卿的散套一共收了十全套，另有三套只剩下殘文。這十套的來源約如下列：

1. 〔雙調新水令〕 楚臺雲雨會巫峽
    見《陽春白雪》後集卷五。
2. 〔黄鐘侍香金童〕 春閨院宇
    見《陽春白雪》後集卷五。
3. 〔仙呂翠裙腰〕 曉來雨過山橫秀　閨怨
    見《太平樂府》卷六，又見《北宫詞紀》卷六和《雍熙樂府》卷四。

4. 〔越調鬥鵪鶉〕 換步那踪　女校尉
   見《太平樂府》卷七。

5. 〔越調鬥鵪鶉〕 蹴踘場中　女校尉
   見《太平樂府》卷七。

6. 〔大石調青杏子〕 殘月下西樓　離情(思情)
   見《太平樂府》卷七,並見《北宮詞紀》卷六和《雍熙樂府》卷十五。

7. 〔南呂一枝花〕 普天下錦綉鄉　杭州景
   見《太平樂府》卷八,並見《雍熙樂府》卷十。

8. 〔雙調二十換頭新水令〕 玉驄絲鞚錦鞍韉
   見《樂府新聲》卷上,並見《北宮詞紀》卷六、《雍熙樂府》卷十一以及《盛世新聲》午集和《詞林摘艷》戌集。

9. 〔中呂古調石榴花〕 顛狂柳絮撲簾飛　怨別
   見《雍熙樂府》卷七,並見《盛世新聲》辰集和《詞林摘艷》丙集。

10. 〔南呂一枝花〕 攀出牆朵朵花　不伏老
    見《雍熙樂府》卷十。

當時《盛世新聲》頗難購買,所以任訥本不曾提到或校勘那部書。我詳細地注出書名卷次,目的是爲了便於研究者的查考和比勘。最近吳曉鈴又輯出一些罕見的散套,收入《關漢卿戲曲集》,這是我非常高興的。

那三套殘文是:〔雙調喬牌兒〕(世情推物理)、〔大石調〕(律管灰飛)以及〔南呂一枝花〕(輕裁蝦萬須)。《北詞廣正譜》對於第一首錄有〔慶宣和〕一支和套數分題,第三首錄有〔梁州第七〕的殘句"凌波殿前"。最近隋樹森校訂的《新校九卷本陽春白雪》(中華書局)出版,任訥所錄的殘文第一套和第三套便可以補全了。原來〔雙調喬牌兒〕套見九卷本的後集卷四,〔南呂一枝花〕套見九卷本的後集卷三,這兩套都是《隨庵叢書》本、《散曲叢刊》本、《國學基本叢書》簡編本以及《萬有文庫》本中所沒有的。

不過,這裏發生了一個問題:九卷本後集卷四還收錄了關漢卿的〔新水令〕五套,這五套是否關漢卿的作品呢?第一套《楚臺雲雨會巫峽》不成問題,確是關漢卿所作,十卷本也說是關漢卿作的。下面的四套,十卷本失注,我看就不見得一定是關漢卿所寫的了。

我認爲〔新水令〕後四套非關漢卿作,理由有下列兩點:

第一,九卷本的目錄不一定可靠。隋樹森《陽春白雪》校例第九條云:"抄本有目録,但不知係抄者所編抑出於原刻。書中失注作者之曲,有據目録可考知者。惟是否完全可靠,尚難斷定。茲大體根據原目録迻録之。〔一枝花〕的第二套《閑爭奪鼎沸了麗春園》下,隋樹森云:"據本書目録,此套及以下三套俱屬關漢卿,元刊本亦失注撰人。"可見隋樹森也不大相信這四套是關漢卿所作。

第二,《北詞廣正譜》可以作旁證。李玉編這《北詞廣正譜》時,一定見過九卷本《陽春白雪》;因爲,除此書外,他再沒有機會能看到〔雙調喬牌兒〕套《世情推物理》和〔南吕一枝花〕套《輕裁蝦萬須》。既然他從九卷本《陽春白雪》看到這兩套,也必然會看到〔新水令〕五套。那麼,究竟九卷本是否將這五套都歸給關漢卿,李玉必然會注意到。《北詞廣正譜》録有這五套中的《攪閑風吹散楚臺雲》裏面的一支〔駐馬聽〕,見該書十七帙第三頁,只注作"亡名氏譔,閑風吹散"。他只注作"亡名氏譔",不注"關漢卿譔",可見李玉所見的九卷本一定也不曾明注這四套〔一枝花〕爲關作。抄本九卷本的目録應該是後人妄加的。

因此,我認爲任訥《散曲叢刊》本《陽春白雪》目録中稱〔南吕一枝花〕後四套爲"失注四套",還是比較審慎的。

讀湯顯祖劇隨筆

一 《牡丹亭》是浪漫主義的戲曲

明代大戲曲家湯顯祖的傑作《牡丹亭》傳奇，竟有一些人認爲是現實主義的；即使與浪漫主義相結合，也是現實主義要多一些的。他們的論證如下：

第一，從作品的分量來説，現實的部分占了很大的篇幅。第一齣直到第二十齣杜麗娘死，基本上是現實主義的；做夢帶有浪漫主義的色彩，也還是現實。從第二十一齣到第三十五齣，這裏面如《冥判》、《魂游》、《幽媾》、《旁疑》、《懽撓》，直到《冥誓》、《回生》，才稍有一些超自然的情況。後來第三十六齣直到第五十五齣又都是現實的了。所以，在五十五齣裏面，除了當中有七齣出現杜麗娘的鬼魂以外，絕大多數都是現實的。杜麗娘回生以後，所過的都是現實生活。所以，《牡丹亭》的創作方法，現實主義應該是主要的。假定削去《牡丹亭》的頭尾，只留中部，也就不成其爲《牡丹亭》了。

第二，從人物描寫來説，大多數也是根據現實來塑造的，不容易看出浪漫的色彩。柳夢梅、杜寶、杜母、春香和陳最良都是如此。杜麗娘在生前和還魂以後，她的人物性格基本上也是現實的，在她所生活着的典型環境中顯示了典型的性格。作者通過真實的細節來寫封建環境下被壓迫的婦女的圖景。杜麗娘出場直到傷春，矛盾展開都合乎生活的真實。她的動作、思想、感情都是現實的，只是《冥判》到《回生》帶有浪漫的成分。

第三，也有人認爲，杜麗娘即使在《冥判》到《回生》的階段也與活人的行動差不多，與《西遊記》不同，她的鬼魂有人格化，也還有一些真實。

第四，又有人説，矛盾是在現實中展開的，也是在現實中產生的，最後又在現實中進行鬥爭。所以從精神上來説，《牡丹亭》也應該是現實主義的。

我不同意上面的這四種説法。我認爲《牡丹亭》當然與現實主義相結合，但它主要的方面，無論是精神或創作方法，都應該是浪漫主義的。我的看法是：

第一，把《遊園驚夢》裏的做夢看作現實，這只是看到現象。杜麗娘所夢見的那位不曾見過面的書生居然實有其人，就是柳夢梅，因此，《驚夢》也要算是浪漫主義的。《驚夢》與後來的《冥判》、《幽媾》等有密切的聯繫。可以說，整部《牡丹亭》的精神就在《驚夢》這一齣戲。《冥判》到《回生》自然也是主要的部分。頭尾都是次要的。劇本倘從第七齣《閨塾》演起，只演到第三十五齣《回生》，也不能算是不完整；到此時矛盾已經解決，此後只是讓杜寶夫妻批準一下，合乎法定手續罷了。柳、杜早已結合，"父母之命，媒妁之言"只是具文而已。在演出上，只演《春香鬧學》（即《閨塾》）和《遊園驚夢》（即第十齣《驚夢》）也沒有什麼不可以。倘若去掉這兩齣，即使演出其餘的五十三齣，也還是有很大的缺陷的。

　　況且，認為描寫了現實生活中可能有的事情，就一定是現實主義，而不是浪漫主義，這看法也是不對的。因為，任何作者，都生活在現實生活中。從創造人物的方法來看，杜麗娘却是通過一些撲朔迷離的情節和意境來創造的。以杜麗娘的生活環境，和在這種環境教養下的性格，如果不是作夢，不是死而復生，就決不可能找到意中人柳夢梅；湯顯祖心目中的唯一概念，所謂"情之至者"，便無由表達出來了。

　　第二，我們不能把《牡丹亭》所描寫的人物割裂開來看。柳夢梅、杜寶、杜母、春香和陳最良這些人物應該看作為杜麗娘服務的。柳夢梅是杜麗娘理想的對象，春香使杜麗娘打開了心靈的世界，使她接觸了大自然以後獲得覺醒，杜寶、杜母和陳最良就都是束縛杜麗娘的，他們要她綉花或是看些聖賢之書。既然承認杜麗娘從《冥判》到《回生》這主要部分帶有浪漫的成分，就應該承認整部《牡丹亭》都帶有浪漫的成分。《牡丹亭》應該是一個整體。

　　第三，《西遊記》寫孫悟空的聰明和豬八戒的愚蠢，也還是人格化的。不能說，有了人格化就是現實主義的寫法。

　　第四，從精神來說，《牡丹亭》是浪漫主義的更是無可置辯的。湯顯祖在《序言》裏已經明白地告訴我們："天下女子有情，寧有如杜麗娘者乎？夢其人即病，病即彌連，至手畫形容，傳於世而後死。死三年矣，復能溟莫中求得其所夢者而生；如麗娘者，乃可謂之有情人耳。情不知所起，一往而深；生者可以死，死可以生；生而不可與死，死而不可復生者，皆非情之至也。夢中之情，何必非真？……理之所必無，安知情之所必有邪？"湯顯祖所寫的是"情"，浪漫主義的作品是充滿感情的。他的感情帶來一種理想，就是愛情戰勝死，死可以復生，這就是《牡丹亭》的精神所在。在明代死沉沉的禮教的束縛之下，湯顯祖是把杜麗娘從夢和死當中解脫出來了,在絕對不能實現理想的環境裏用想象和夸張把理想實現了;這理想的基礎當然還是現實主義。積極的浪漫主義總是引人向前看的。杜麗娘在做夢以前和回生以後與夢境和冥界的思想感情甚至行動有很大的不同。在做夢以前,春香"不攻書,花園去",陳最良這腐儒要用荆條打她,杜麗娘居然照着老師的意思去執行;遊園的時候,杜麗娘還羞澀地認爲她"步香閨怎便把全身現。"但在夢境之中,杜麗娘看見書生,雖説"這生素昧平生,何因到此",終於還是依從地跟隨書生到"芍藥欄前,湖山石邊"去了。《冥判》以後,杜麗娘甚至主動地去尋找柳夢梅"幽媾"。這該是多麼的大膽!這時她再也不想起母親要她"做些針指",父親要她"略識周公禮數",那些勞什子,她早已抛在腦後了。但是,回生以後,却又要"父母之命,媒妁之言",記起古書的話來。作者借杜麗娘的口點得很清楚,"前夕鬼也,今日人也;鬼可虛情,人須實禮。"作者所可貴的,就在於虛情衝破實禮。倘若杜麗娘只是在現實境界中那樣俯首帖耳地背那"后妃之德",規行矩步,把當中這幾齣删去,那麼《牡丹亭》還有什麼活潑潑的生命呢?我們要知道《牡丹亭》的矛盾是用浪漫主義來解決的。判官就是柳、杜的媒人,陽世裏是找不到温暖的。最後一齣(第五十五齣)《圓駕》,杜麗娘認爲陽世的萬歲臺前,即使"在閻浮殿見了些青面獠牙,也不似今番怕";替她"保親的是母喪門,送親的是女夜叉",作者的愛憎在這裏很明顯地揭示出來了。在當時的歷史條件下,現實中不可能勝利;作者要使柳、杜勝利,達到目的,必須用浪漫主義的方法,超現實地實現理想。夢與鬼魂,表現超現實的環境,這是浪漫主義,却不能割裂,從現實到浪漫,再從浪漫到現實,要看作統一的、不可分割的過程,否則就不是整個,只是一部分。《牡丹亭》基本的精神和創作方法應該是積極浪漫主義。

二 《牡丹亭》的原本和改編

湯顯祖對於他自己的《牡丹亭》頗爲自負,不願人家改編。《玉茗堂尺牘》卷六《與宜伶羅章二》云:"《牡丹亭記》要依我原本。其吕家改的,切不可從!雖是增減一、二字,以便俗唱,却與我原做的意趣,大不同了。"同書卷四《答凌初成》云:"不佞《牡丹亭記》,大受吕玉繩改竄,云'便吴歌'。不佞啞然笑曰:'昔有人嫌摩詰之冬景芭蕉,割蕉加梅。冬則冬矣,然非王摩詰冬景也。'"他因此又有詩云:"縱饒割就時人景,却愧王維舊雪圖。"他堅决地認爲:"弟在此自謂知曲意者,筆懶韻落,時時有之,正不妨拗折天下人嗓子。"(《玉茗堂尺牘》卷三,《答孫俟居》)

但是,事實上怎麼樣呢?就拿京劇中流行的《春香鬧學》和《遊園驚夢》來説,就改動得很多。湯顯祖連"增減一、二字,以便俗唱"都不以爲然,認爲與他"做的意趣大不同了。"現在改得這樣多,實在可以說是太不尊重作者的原著。只就《春香鬧學》和《遊園驚夢》來說,連崑劇的演出,也不是原樣。湯顯祖原本的確有一些好東西被改掉了。

先說《春香鬧學》。杜麗娘(旦)和春香(貼)上場,現在是旦唱兩句"素妝才罷,款步書堂下",貼唱一句"對淨几明窗瀟灑"。其實這是偷懶,原本這三句都由旦唱,貼另唱三句,方才完成一曲〔遶地遊〕:"昔氏賢文,把人禁殺,怎時節則好教鸚哥喚茶。"僅只這三句話,就把明代的八股文罵倒。明代八股文,只許照着朱熹的四書注來說話,不許自己發揮,簡直像鸚哥學舌一樣。陳最良所教的,也不過是這些東西。陳最良上場"備課"的幾句也很傳神:"我且把毛注潛玩一遍。……君子好逑。好者,好也;逑者,逑也。"這等於沒有解釋。好像魯迅先生所遇到的一位塾師,也是這樣講書的。這"備課"的一節,今本也沒有。還有一段小諷刺也刪掉了:

〔末〕春香,取文房四寶來模字。〔貼下取上〕紙墨筆硯在此。〔末〕這甚麼墨?〔旦〕丫頭錯拿了。這是螺子黛,畫眉的。〔末〕這甚麼筆?〔旦作笑介〕這是畫眉細筆。〔末〕俺從不曾見,拿去拿去。這是甚麼紙?〔旦〕薛濤箋。〔末〕拿去,拿去。只拿那蔡倫造的來。這是甚麼硯,是一個,是兩個?〔旦〕鴛鴦硯。……

也許這是暗示春香對於陳最良的反抗,情願搞自己所喜愛的,卻不要陳最良那迂腐的一套。陳最良正是作者所嘲笑的人物;第四齣《腐嘆》挖苦了他一番,第十八齣《診祟》甚至寫他提到端節,春香就嘲笑他想吃粽子。

再說《遊園驚夢》。原本貼說:"今日穿插的好。"旦方唱:"你道翠生生出落的裙衫兒茜。"現在刪去貼的說白,文意就不貫串,"你道"憑空而來,使人摸不着頭腦。其次,原本在唱過"賞心樂事誰家院"以後,夾白:"怎般景致,我老爺和奶奶再不提起。"非常顯豁,也是不可少的。這比旦的說白:"不到園林,怎知春色如許"和唱句"錦屏人忒看的這韶光賤"要清楚得多。在緊要的關節上,應該是不嫌重複的。杜麗娘一向被關在籠裏,像金絲雀一樣,一旦走到自由、廣闊的天地,她該是多麼的喜悅呵!這真像金絲雀從籠裏飛了出來一樣,她不禁歡喜得不知怎樣是好了。復次,原本是貼的夾白:"成對兒鶯燕呵!"這才能引起下文杜麗娘的

"忽慕春情"。但是現在都這樣念:"你看鶯燕叫得好聽嚇!"這還有什麼意思呢!最後,〔山坡羊〕以前的說白,原本雖嫌長了一些,卻更易使人了解,如云:"天呵!春色惱人,信有之乎!"如云:"吾生於宦族,長在名門,年已及笄,不得早成佳配,誠爲虛度青春,光陰如過隙耳。(淚介)可惜妾身顏色如花,豈料命如一葉乎!"也許要被人認爲沒有含蓄吧?但這比起今本的四句來,究竟哪些句子容易了解呢?"默地遊春轉,小試宜春面。春呵春,得和你兩留連,春去如何遣",誠然是蘊藉了,無如聽的人一滑即過,倘若沒有下文"唉,恁般天氣,好困人也",是不容易使人一聽立刻就懂的。

三　清暉閣本《牡丹亭》

文學古籍刊行社一九五四年十月借用商務印書館《國學基本叢書簡編》舊紙型付印了《牡丹亭》,它所根據的本子是暖紅室復刻冰絲館刊清暉閣本。這個本子是進呈給清朝皇帝看的,因此凡遇提到金人韃子的地方,都加以刪改。第十五齣《虜諜》全齣删去,第四十七齣《圍釋》也删去不少;這兩齣現在都已補在後面。但是,還有不少地方是曾經改動過的:

第一,第十九齣《牝賊》改動了好幾句。開端李全的唱句"殺氣秋橫,陣頭雲擁",原本卻是"世擾羶風,家傳雜種"。上場詩後二句"受他封爵聽他令,不算虧心負義人",原本卻是"漢兒學得胡兒語,又替胡兒罵漢人"。兩相比較,改作的人真是煞費苦心!

第二,第三十八齣《淮警》改動得也不少。開端溜金王的四句上場詩完全被删去了:"賊子豪雄是李全,忠心赤膽向胡天。靴尖踢倒長天塹,却笑江南土不堅。"此下"騷擾"改作"騷動",關係不大。

第三,除了上面兩處較大的改動以外,還有不少個別字句的改動。連〔征胡兵〕都要異想天開地改作〔蒸餬餅〕(第十一齣《慈戒》)。例如:第二十齣《悼殤》"金寇南窺"改作"李全作亂"。第二十三齣《冥判》"金韃子"改作"那金朝"。第三十一齣《繕備》"胡塵漲"改作"邊塵漲"。第四十一齣《耽試》"金兵搖動"改作"邊疆多故","近聞金兵犯境"改作"近日邊疆未靖","金人的,金人的"改作"邊關的,邊關的","邊關"改"孤城","金兵"改"邊兵","金主此行"改"此次興兵","癡韃子"改"好癡子"。第四十二齣《移鎮》"金兵"改"邊兵","萬騎胡奴"改"萬騎喧呼","要降胡"改"事難圖"。第四十三齣《禦淮》凡"胡笳"、"胡兵"、"胡塵"都改"胡"爲"邊","虜騎"則改爲"鐵騎",尾聲前則删去下列二句:(衆)則怕大金家來了。(外)金兵呵"。第四十四齣《急難》"金家"改爲"李全"。第四十五齣《寇間》"小旗婆旗婆"改作"小軍婆軍婆","南朝俺不蠻,北朝俺不番"改作"南朝道俺番,北朝笑俺蠻"。第四十六齣《折寇》"胡天"作"寥天","有三光不辨華夷,腥羶吹換人間"改作"黯三光慘淡紅旗,把烽烟吹滿人間"。第五十一齣《榜下》"金主"改"邊塞","擒胡過汴梁"改"勤王到汴梁"。

我不殫煩地校勘《牡丹亭》的進呈本,目的在於讓我們了解清代的文網是多麼的嚴密,這是一個很好的實例。其次,這個本子既已印行,好多人都已有了這部書,知道原本是個什麼樣子,免得大家自己檢查校正,也就等於大家有了一部基本上未經改動的較好的本子,也是一件好事。我是根據我所藏的吳吳山三婦評本來校正的。就是《六十種曲》本,也比這清暉閣本好。

四 《紫簫記》的作者問題

《紫簫記》是湯顯祖作的,本來不成問題;但是,徐朔方先生在《戲曲雜記》上提出了異說,認爲可能這是湯顯祖、謝九紫、吳拾芝、曾粵祥等人合作的,(見《湯顯祖和他的傳奇》)這卻有辯明的必要。

徐朔方先生的根據是《玉茗堂文》卷六《紫釵記題詞》:"往余所游謝九紫、吳拾芝、曾粵祥諸君度新詞與戲未成,而是非蜂起,訛言四方。諸君子有危心,略取所草,具詞梓之,明無所與於時也。記初名紫簫,實未成,亦不意其行如是。……南都多暇,更爲刪潤,訖(按,應在"訖"字下作逗點。"潤"字下逗點應删。)名'紫釵'"。

我認爲徐先生是標點用錯了。"四方"下的句號應改爲逗號,這還沒有太大的關係;要緊的是,"諸君子有危心"下的逗號應改爲句號。標點一改,意義就大有不同。徐先生的解釋是:"由於諸君子有危心,諸君子便把他們所寫的劇詞印了出來。"實際上應該是"諸君子有危心",下面省略了一個"余"字,也就是湯顯祖自己一個人把他自己所寫作的《紫簫記》印行,說明他自己並沒有攻擊時人的心意。上文"度"字也應當解釋爲"度曲",不能解釋爲"作曲",意義甚明。謝九紫、吳拾芝、曾粵祥三位應該是歌唱《紫簫記》的人,而不是寫作《紫簫記》的合作者。

據《玉茗堂文》卷六《玉合記題詞》云:"九紫君之酬對悍捷,靈昌子之供頓清饒,各極一時之致也。梅生(按,指梅禹金)工曲,獨不得此二三君相爲賞度,增其華暢耳。"由此可見,謝九紫是賞度戲曲的人,他只能欣賞或度曲,並不是一位戲曲作家。

其次，徐先生所録的文字，下面還有這樣幾句："曲成恨帥郎多病，九紫、粵祥各仕去，耀先、拾芝局爲諸生，倅無能歌之者。"這裏，帥郎指帥惟審，湯顯祖與他相交最厚；帥惟審死後，湯顯祖還照顧他的兩個兒子。耀先指姜耀先。這幾句話很清楚，說明湯顯祖《紫簫記》改成《紫釵記》後，帥惟審多病，謝九紫和曾粵祥都做官去了，姜耀先和吳拾芝仍是諸生，不很得意，可能也沒有心緒，因此就沒有人來歌唱他的《紫釵記》了。

湯顯祖與吳拾芝（一作之）和姜耀先很要好，他在浙江遂昌縣放囚犯出去過年看花燈，這件事，也寫信並且寄他自己有關這事的七絕給他們倆看。他對吳拾芝說："兄來署中，真是'寒從一夜去，春逐五更回'也。"吳拾芝一來，他就感到溫暖；他是多麼地希望朋友們來唱他所寫的傳奇呵！

五　《邯鄲記》的寫作年代

日本青木正兒的《中國近世戲曲史》談到《邯鄲記》的寫作年代，他在這書第九章第三節之三上說："《邯鄲記》據自序，成於萬曆四十一年（六十四歲）。"我認爲這個說法有問題，青木正兒是把《邯鄲記》的寫作年代移後十二年了。

我認爲《邯鄲記》的寫作年代應該是萬曆二十九年，那時湯顯祖是五十二歲。無論《古本戲曲叢刊》覆明朱墨刊本或我所藏的臧晉叔改訂本，都有寫刻的六頁序，字跡行款都完全相同，最後寫的是"辛丑中秋前一日臨川居士題於清遠樓"。辛丑是萬曆二十九年；倘若是萬曆四十一年，就應該寫作癸丑了。

湯顯祖就是在五十二歲的那一年被正式免職的。他對於官場黑暗的一腔憤慨，寄托在《邯鄲記》裏，很是自然。試看第二十五齣《召還》，對於官場那些卑鄙形象的辛辣諷刺，可知作者是多麼地憤怒！第六、七齣《贈試》和《奪元》，可能作者這時會回想到張居正叫兒子與他結交，被他拒絕。像這樣對於晚明黑暗政治的攻擊，在晚年的《南柯記》裏就沒有這種凌厲之氣，使人感到有一點蕭瑟。這一點也可以附帶說明《邯鄲記》不會產生於十二年後。《南柯記》才真正是晚年的作品。

六　湯顯祖的《問棘郵草》

這部《問棘郵草》是頗爲難得的。它是《玉茗堂全集》所未收的部分。在康熙癸酉（一六九三）年間，陳石麟重刻全集的時候，已經在《序》文中說起："其集有《雍藻》、《問棘》、《玉茗》等編，然二編散佚無存，惟《玉茗堂集》，韓術仲、沈何山二先生校讎詳核,而韓本爲尤精。"現在這部《問棘郵草》居然能夠發現付印,真是值得高興的事。希望《雍藻》集子也能有發現的一天。這部書收刻湯顯祖丁丑(一五七七)和戊寅(一五七八)與朋友們酬唱的詩篇,前面加賦三篇,後面附傳贊七篇。

這書有十卷本,天一閣著録,前有萬曆六年謝廷諒的《序》文云:"刻其丁丑以來詩賦,題曰'郵草',所傳達四方馳示者。"那是初刻本。這裏複印的是兩卷本,爲徐文長所刊,當稍後。

本書對於研究湯顯祖是相當重要的參考資料。它反映了湯在那一個時期的思想情況和詩賦的特色。

這一時期,湯顯祖在思想上是苦悶的。"設罝守麂兔,伐木玩庭狟。貞女亦懷春,志士豈忘援。"(《示饒侖》,頁二九)他對於功名進取也是熱中的。但不幸碰到權臣張居正當政,居正慕湯和沈懋學之名,幾次托人籠絡。在《門有車馬客》(一四頁)中可以看到來客是如何耍手段,用甘言引誘。"初言宦有善,再嘆士無媒,……願折金廉採,相依玉樹槐。"張居正要使他的兒子懋修和當代名士同時中式之意可見。本來,這原是一條向上爬的捷徑,可是湯顯祖却是"客言具知美,主性實難裁",斷然拒絶了。顯祖由此而下第。

下第的滋味是難嘗的。他一面説:"妙善逢司契,貞心敢自閑?……德輝終一覽,叢桂不須攀。"(《出關却寄京邑諸貴》,二三頁)對功名的得失表示無所謂,只要保持自己的貞心。但對這次落第,心裏總感到憤憤不平。他説那些試官是"誰道葉公能好龍?真龍下時驚葉公。誰道孫陽能相馬?遺風減没無知者"。諷刺這次會試是"擲蛀本自黄金賤,抵鵲誰當白璧珍"(《別荆州張孝廉》,頁六二)。他又感到這次的挫折是自己的命運。他説:"飛花比人命,片片隨風隕。迢遞轉裯帷,獨樹吹何緊!頓策委文君,艮裂愁心腎!"(《送新建丁右武理閩中》,頁四二)"人生有命如花落,不問朱裯與籬落。"(《別荆州張孝廉》,頁六二)他又感到不第的爲難處。在他的《寄司明府序》中説:"僕今退不能守雌遊牝,絶愛恚以完性;進不及雄飛牡决,極酒内以酬情。空爲陳人而已。……"在這種抑鬱不得志的境界中,也不免想到求仙訪道以尋精神寄托。(見《黄草壇上寄龍郡丞宋武大還一篇》,頁三四;《游卓斧金堤過白洲保望天堂雲林便去麻姑問道》,頁四七)

到了這種地步,只有"歸休守鄞郭,委曲抱營魂"(《示饒侖》,頁二九),"歸餐雲實蔭松蘿"(《別荆州張孝廉》,頁六二),回到家鄉閑居。

在家鄉閑居,其心情也不是開朗的。"一向無異,止有清夜秉燭而遊,白日見人欲睡。"(《答龍君揚序》,頁七七)生活得很無聊。幸虧他的祖母安慰他,使他能夠享受一些天倫之樂。(見《齡春賦序》,頁十;《從太母飲伯父園》,頁六六;《答龍君揚序》頁七七)

他儘管受挫回家,但並未對求取功名之念表示灰心。一方面是他的父親"第欲我在雲臺之上",希望他再進京去。另一面,顯祖本人也有此心。所以在《答龍君揚》詩末云:"美人贈我團圓扇,可惜秋來君不見。彩色明年儻未渝,會自因風托方便。"

這一時期,顯祖的交遊很廣泛,酬唱最多的是龍宗武、沈懋學、饒侖。同梅禹金也有來往。

書後附傳贊七篇,都是贊頌臨川郡的一些忠臣節婦。顯祖所以作這幾篇傳贊,一方面在封建時代,那些忠貞不屈的志士節婦,是爲人們所敬佩的,另一方面也是別有一番用意。歌頌忠臣節婦,也表示了顯祖的瞧不起權臣,始終不屑阿附張居正,自己正如忠臣一樣的堅強,節婦一樣的清白的意思。

他對於丁丑年間所看到的科場醜劇頗爲憤慨,曾經借題發揮地把這醜劇寫到他的《邯鄲記》裏面。他在第六齣裏讓盧生唱〔朱奴兒〕道:"我也忘記起春秋幾場,則翰林苑不看文章,沒氣力頭白功名紙半張,直那等豪門貴黨,高名望,時來運當,平白地爲卿相。"又說:"盡把那所贈金資,引動朝貴,則小生之文字字珠玉矣。"第七齣《奪元》又云:"(淨)有個聞喜裴光庭,正是前宰相裴行儉之子。……才品次些,我要取他做個頭名。(高力士)他與滿朝勛貴相知,都保他文才第一。就是本官,也看他字字端楷哩。"這就明說張居正的兒子嗣修,被權閹馮保由二甲改成一甲的事情了。

湯顯祖初期的劇本《紫簫記》寫於庚辰(一五八〇),在《問棘郵草》以後兩年問世,風格是駢儷派,還不能達到雅俗共賞的地步。所以他在《問棘郵草》裏的詩賦注重辭藻和駢偶。詩序也多用四六駢儷。徐文長評他有齊梁之風,很是中肯。他與梅禹金、屠隆這些駢儷派的戲曲家交往,也不是偶然的。

詩中運用的典故,奇特、生僻、古奧,又不乏杜撰。如"方希玄豹冥,寧徠鐵驄駿"。徐注:"馬八尺曰徠。"(《寄南京陳侍御東莞》二首之二,頁四一)"吉雲爲我服,甜雪以爲醻。"徐注:"吉雲神馬,東方騎以遶日。甜雪,西王母所服餌。"(《寄南昌萬和甫》,頁四二)"三市管弦無梵妓,"徐注:"梵妓用阿難事。"(《南禪寺尋饒侖不見》,頁六六)"金罍子孤往,"徐注:"金壇諱金陵,杜撰。"(《寄南昌萬和甫》,頁四二)這些都足以證明顯祖早期是綺麗派,並顯露了他的缺點。湯顯祖創作道路最初的歷程,在這部集子裏是可以更清楚地看到了。

七　談《牡丹亭》的改編

明代大戲曲家湯顯祖的名著《牡丹亭》應該怎樣改編呢?

首先,我認爲應該掌握原著的精神,突出主題思想。《牡丹亭》主要寫的是杜麗娘對於封建家教的反抗。它賦予愛情以超越生死的力量,揭示封建家教殘暴性中的脆弱性,從而支持青年人爭取幸福的鬥爭。

在原著中一場封建家教的維護者與反抗者的鬥爭,表現得非常明顯,在杜麗娘逝世以前,至少可以說有如下的三個回合:

第一個回合是《訓女》。父親杜寶教訓女兒道:"假如刺綉餘閑,有架上圖書,可以寓目。他日到人家,知書知禮,父母光輝。"他要女兒唸書,只是要女兒謹守舊禮教,將來到婆家去,可以知書達理,孝順公婆,讓做父母的也有一些體面。母親甄氏却更爽脆,認爲女兒"怎念遍的孔子詩書,但略識周公禮數"就可以了。反正只要帶上禮教的枷鎖就行。但是杜麗娘怎麼樣呢?她感覺到囚籠裏的生活沒有一點興味,只是懨懨欲睡。這一仗打得比較平靜。

第二個回合是《延師》和《閨塾》。父親杜寶爲了實現他的主張,就要找幫手。他請了一個幫手來,那就是腐儒陳最良,要他做女兒麗娘的老師,目的自然是傳播封建禮教。他對老師說:"《詩經》開首便是后妃之德,四個字兒順口,且是學生家傳,習詩吧。其餘書史盡有,則可惜她是個女兒。"言外之意,就是與甄氏的意見並無太大的不同,女孩兒家是不必多讀書的。杜麗娘在《閨塾》裏是怎樣鬥爭的呢?她也請了一個幫手,那就是丫頭春香。腐儒陳最良要她讀《詩經》,開始教《關雎》,陳最良解釋做"后妃賢達",恰巧就在這所教的書上引起了杜麗娘的情思。春香如此大膽地跟老師鬧,想來是得到杜麗娘的默契,否則春香是不會這樣放肆的。杜麗娘打春香,只是給老師面子;老師一走,杜麗娘立刻就問春香,"俺且問你,那花園在哪裏"了。這一仗是打得比較鮮明、比較熱鬧的。

第三個回合是《驚夢》、《慈戒》和《尋夢》。杜麗娘是一個爲青春和幸福與"禮教"堅決鬥爭的、永生的女性典型。她聰明美麗,有一顆熾熱而溫柔的、酷愛自己青春的心。她受着封建家教的摧殘。她不願戴這些精神上的枷鎖,她的青春活力將這些枷鎖燒燬了。她有强烈的生之要求,她要想獲得青年男女應享的權利。她一向囚禁在書齋裏跟腐儒陳最良學習,春香告訴她後花園好玩,她悄悄地去了,像被關在籠裏的金絲雀一旦飛出了籠,到了自由的天地,她不禁絕叫起來:

"不到園林，怎知春色如許！"她又説："良辰美景奈何天"，"錦屏人忒看的這韶光賤"，這血淚的控訴，説出了無數同一類型的少女的心情。她夢見了柳夢梅，一切的壓迫在夢中得到了解放。夢醒以後，壓迫又來了。母親一上場就説："怪她裙衩上，花鳥綉雙雙，"連花和鳥也不許綉成一對，那當然只好"行不露裙，笑不露齒"了。她告誡女兒："花園冷静，少去閑遊。"這還不够，還要特地"慈戒"一番："女孩兒只好香閨坐，拈花剪朶，……去花園怎麽！"杜麗娘是否屈服了呢？不，恰恰就在母親告誡女兒不要到花園去以後，杜麗娘偏偏要違背母命，到花園裏去尋夢，這實是用具體的行動來反抗她的母親。這一仗就打得更爲勇敢了。

我們改編《牡丹亭》，這三次鬥争是必需多少按照原著表演出來的。由於杜寶"訓女"和"延師"的壓迫，才產生杜麗娘"閨塾"和"驚夢"的反抗；接着甄氏又用"慈戒"來壓迫，再產生杜麗娘"尋夢"的反抗。這種來回衝突極爲鮮明。如果把《訓女》和《延師》删去，那就是删去了杜寶的壓力；如果把《閨塾》删去，那就是删去了陳最良的壓力；如果把《慈戒》删去，那就是删去了甄氏的壓力。這四齣情節是必需加進去的，否則杜麗娘的反抗就失去了根據。

在演出上，或者有人會對《閨塾》懷疑，認爲這是一齣以春香爲主角的戲，也就是崑劇和京劇場所常演的《春香鬧學》，插在全本中，也許會喧賓奪主。我認爲這顧慮是不必要的。以唱詞論，〔一江風〕本來是從《肅苑》齣搬過來的，春香當然不必唱這一曲；其他〔掉角兒〕三曲，分配得很匀浄，陳最良、春香和杜麗娘各唱一曲；就是〔引子〕和〔尾聲〕，三個角色（末、旦、貼）也都各有唱句，並没有什麼輕重之分。至於那些胡鬧的地方，都是後人加上去的，我們不妨照湯顯祖的原本演出。杜麗娘呆呆地坐着不動，那是導演處理的問題。倘若爲了省力，《閨塾》的杜麗娘不妨由另一人演。古典劇本來可以讓角色"前""後"換人的。

其次，我同意英郁同志的看法，認爲演到《婚走》就可以結束了。《牡丹亭》的重點是在《婚走》以前，而不在《婚走》以後。江西南昌石淩鶴同志改編弋陽腔《牡丹亭》，演到《回生》就終止，是不妨加一場《婚走》的。演到《婚走》，已經完成了湯顯祖題詞中"愛情戰勝死"的願望；既已結婚，也就是反抗了"父母之命，媒妁之言"的禮法；此下正式取得父母的追補同意，實在不是重要的了。

在《婚走》處剪下一刀，可能會失掉一些東西，例如：《硬拷》中那段柳夢梅所唱的好聽而又别具風味的〔折桂令〕是聽不到了，《索元》時四個孩子扮演報喜的人可愛的鏡頭也看不到了，甚至一般喜歡看"團圓"的人最後的熱鬧也看不到了。其實，這些都是枝節。倘若柳夢梅不中狀元，勢利的丈人還是不認他爲女婿的。

即使不説柳夢梅同他的丈人妥協,最後一場的風格近於交代劇情,完全失去了抒情的風味,白多唱少,類似京戲,也是與以前抒情詩的風格不調和的。況且,《婚走》結束,正可以加多前面的戲,《閨塾》等場加進去就不成問題了。

《西廂記》在《長亭送別》處下剪刀,《玉簪記》在《秋江送別》處下剪刀,這是一夜演完的戲必需如此的。更重要的是,這樣做已經能表現原作者的精神或靈魂。

複次,有人認爲不能更動原著,我看也應斟酌情況作不同的處理。只要不違背湯顯祖原作的精神,部分的改動還是可以的。

較小的更動,如加上夢神,雖爲原本《驚夢》中所無,就有需要。由於沒有布景,由夢神上場,説明杜麗娘在做夢,頭緒比較清楚。否則杜麗娘會見柳夢梅,究竟是夢是真,觀衆會要搞不清楚的。況且,夢神那樣子也很風趣,使人感覺可愛。不過,夢神説:"今有柳夢梅與杜麗娘有姻緣之分,"似乎有些定命論的意味,削弱了杜麗娘主動要求自由和反抗封建的精神。我覺得"有姻緣之分"不如改作"相會"兩字,就渾成了。

較大的更動,如《叫畫》,現在這樣的唱念,我認爲還是可以的。儘管馮夢龍、呂玉繩、臧晉叔等人竄改《牡丹亭》,毋須人民批準,倘若演出實踐上不能通過,他們改也是白改。馮夢龍把《牡丹亭》的《叫畫》改寫在《風流夢》裏,藝人們並不曾完全采納。下面可以較詳細地説明一下:

馮夢龍改本的開場就不曾采用,仍用湯顯祖原作。馮本開場用〔商調鳳凰閣〕作引:"客懷無那,且把丹青參破。"下面的説白和動作是:"(展開看介)嘖嘖,畫得好法相!"這一段就不及原作敘述得清晰,不及原作容易使人了解劇情。

馮夢龍接着把原作〔黄鶯兒〕和〔二郎神慢〕合併爲〔二郎神〕,這就被采用了。這樣,比較簡潔,又能不失原意。第一句"能停妥"就用的是原句。第二句"這慈容只合在蓮花寶座"就是"他真身在補陀,咱海南人遇他,甚威光不上蓮花座"。第三句"爲甚梅柳雙株人一個",却被藝人們改作"爲甚獨立亭亭在梅柳左",就是原作的"畫的這俛停倭妥"。第四、五句"不栽紫竹,邊傍不放鸚哥"是從觀音佛象推想出來的,爲湯顯祖原作所無。第六句"則見兩瓣金蓮裙半裹"却被藝人們改作"只見兩瓣金蓮在裙下拖",就是原作的"怎湘裙直下一對小凌波"。第七、八句"又(並)没有祥雲半朵,也非是嫦娥"就是"敢誰書館中弔下幅小嫦娥,……怎影兒外没半朵祥雲托"。最後第九、十句"這畫蹺蹊,教人揣着心窩",藝人們將末四字改作"揣着心窩",就是原作的"向俺心頭摸"。從以上的校勘,可以知道兩點:第一,馮夢龍所改的句子基本上只是湯顯祖原作的照搬或意譯,第二,馮夢龍的

〔二郎神〕第三、六、十句曾經後人再度修改，已非馮夢龍的原作。因此，可知這首集體創作的〔二郎神〕並不曾失去湯顯祖的原意。

接着，湯顯祖的〔鶯啼序〕、〔集賢賓〕以及〔黃鶯兒〕三曲，馮夢龍合併爲〔集賢賓〕一曲，這就牽涉到曲律問題。湯顯祖〔鶯啼序〕第一句"問丹青何處嬌娥"是三四，根據《曲譜》卷十一，這句是應該作四三的。〔集賢賓〕第五、六句"俺姓名兒，直麼費嫦娥定奪"也不好唱；第五句應該是平平去上，但"俺姓名兒"却是上去平平；因此鈕少雅的《格正還魂記》改作"俺(姓)名值麼，(恰恁地)嫦娥定奪"。湯顯祖的原作無法唱，這才改爲〔集賢賓〕的；在時間上也節省了許多。

在這以後，又用湯顯祖的原作了。只有〔簇御林〕的前三句用的是馮夢龍的改作，其他都是湯顯祖的原作。爲什麼後半不用馮夢龍的改作了呢？就因爲馮夢龍改作後半不及原作好。就拿〔尾聲〕來對比一下：湯作是"俺拾得個人兒先慶賀，敢柳和梅有些瓜葛。小姐小姐(今本作"美人嚇")則怕你有影無形看(盼)殺我"，寫得非常蘊藉，適合柳夢梅的身份；馮夢龍改作是"把影兒拾得先私賀，小姐小姐，且與小書生醫治虛火，倒不如和我和我帶去圖中一樂呵"，這就把柳夢梅寫成一個急色兒，簡直是糟透了，當然人民是不會批準的。

由於以上的仔細校勘，可知《叫畫》並不曾完全用馮夢龍的改作，開端和後面三曲(也就是《叫畫》的大部分)都是湯顯祖的原作。馮夢龍的改作只是兩曲零三句，其中還有後人改作的三句。因此，我們說《叫畫》仍舊保持了湯顯祖的原作及其精神，它是幾百年來藝人們結合演出的身段和唱腔用集體勞動來完成的藝術結晶。

談《琵琶記》

一

《琵琶記》是五百年前古典戲曲的名著，它在中國戲曲史上有很高的地位，至今許多戲曲劇種還都演出這個戲，雖然在文字上有些不同，在情節上是大致相同的。

最早談到《琵琶記》這個故事的應該是南宋陸游的詩："斜陽古柳趙家莊，負鼓盲翁正作場。身後是非誰管得，滿村聽唱蔡中郎。"（《小舟游近村》第三首）陸游指的是說唱。從詩句玩味起來，大約這說唱對蔡中郎頗有批判或責備的意思。事實上，可能這時已經有了南戲。祝允明的《猥談》就已經說到南宋"有趙閎夫榜禁，頗述名目，如《趙貞女蔡二郎》等"。陸游聽的是說唱，就記了下來；我們不能因爲陸游記的是說唱，就以爲南宋的時候沒有南戲《趙貞女蔡二郎》。趙閎夫以官府的身分來查禁，可見統治階級對於當時的南戲是很不喜歡的。正如徐渭在《南詞叙錄》中所説："即舊伯喈棄親背婦，爲暴雷震死，里俗妄作也。"

原來的情節在京劇《小上墳》的唱詞裏保留了不少："正走之間淚滿腮，想起了古人蔡伯喈。他上京中去趕考，一去趕考不回來。一雙爺娘都餓死，五娘子抱土築墳臺。墳臺築起三尺土，從空降下一面琵琶來。身背着琵琶描容相，一心上京找夫回。找到京中不相認，哭壞了賢妻女裙釵。賢慧的五娘遭馬踹，到後來五雷轟頂是那蔡伯喈。"

有人認爲這資料不能證明它是比較古老的，我却以爲相當可靠。因爲，《小上墳》是從南戲《劉文龍菱花鏡》來的（劉文龍草書起來便誤爲劉六敬）；《劉文龍菱花鏡》恰好在《趙貞女蔡二郎》之後出現，所以可以引用這個戲曲典故。揣想起來，最早的故事輪廓，是把蔡伯喈寫成陳世美型的。

除南宋戲文《趙貞女蔡二郎》外，金院本也有《蔡伯喈》。

元人雜劇有好幾本提到趙貞女羅裙包土築墳臺，這情節也產生得很早。

由於南宋戲文的失傳，隻字無存，我們今天來比較南宋戲文和高明改作的優劣是非常困難的。

二

高明字則誠，是温州人。他中過元朝至正四年（一三四五）的進士，做過處州録事。應該說是一個好官。監郡馬僧家奴貪殘，他處理得很好，百姓們都因此能够安居樂業；他又得罪過權貴，不懼怕惡勢力。所以，我認爲他雖是屬於統治階級方面，却是同情人民疾苦的。元末群雄並起，方國珍要他做官，他不幹；明太祖召他，他又以老、病辭謝。有人根據這一點說高明反動，不肯站在農民革命這一面，却在元朝做官，我認爲這看法不公平。高明在元朝做官，已在元朝統治很久將近滅亡之時，只要他不幫着元朝殘殺漢人，就不算壞；其次，方國珍領導的農民革命也不徹底，他在至正十一年投降元朝，至正十三年還占據了台、温、慶元三路地幫助元朝攻打張士誠；至於朱元璋平定天下以後，大殺功臣，並且逐漸倒行逆施，也是大家都知道的事實，我這裏也就不多説了。

高明改作《琵琶記》，與南宋戲文最大的不同之點是把蔡伯喈寫成摇擺不定的知識分子。他是介於陳世美和王十朋之間的人物；他沒有陳世美那樣的陰險毒辣，也沒有王十朋那樣的忠於愛情。蔡伯喈終於在牛丞相和皇帝的脅迫之下娶了牛小姐，但他好幾年以來，都一直愁眉苦臉，想念着他的父母和妻子。他到底娶了牛小姐，背負了他妻子南浦送別時的話，這是不可原諒的。但他究竟還不太壞。趙五娘在荒旱的歲月裏，同統治階級所造成的罪惡（不顧荒旱）鬥爭，終於支撐了過來，這一點想來與南宋戲文至少在輪廓上沒有多大的差別。

高明改作《琵琶記》是在寧波城十里以外的櫟社鎮。這地方解放前約有一百多户，居民以種田爲業，婦女都編蓆子。高明所住的地方是石牆頭，民國初年小樓猶存，遺址現在是菜圃。據說高明寫作的時候，怕來客攪擾，叫惡狗守門。還有兩個傳說：一個是高明按拍的桌子，板都拍穿了；一個是高明寫到《糟糠自厭》的時候，二燭交而爲一，因此他住的小樓名叫瑞光樓。傳說的可靠性是極少的，但傳說的起因却不可不注意。也就是説，爲什麽民間會流傳這樣的傳説，決不會沒有原因的。這説明高明對於藝術所付出的心血或勞動的代價很大。《琵琶記》確是精心結撰的著作。

就從蔡伯喈這個人物來看,高明比南宋戲文又躍進了一大步。南宋戲文把蔡伯喈寫成負心漢,劇情發展勢必很簡單,蔡伯喈很高興地允許了牛丞相的招贅,把父母妻子忘記在九霄雲外,一切內心的鬥爭都沒有了;高明把蔡伯喈寫成被迫成婚,這才產生出《激怒當朝》、《丹陛陳情》、《強就鸞凰》、《琴訴荷池》、《宦邸憂思》、《中秋賞月》、《瞷問衷情》這些齣。我相信這些齣是高明豐富了《琵琶記》,他使得蔡伯喈不是公式概念化的人物,却把他寫成性格比較複雜的人物。同時,由於蔡伯喈在牛府裏有戲可演,才能與陳留郡的饑荒成爲對照:16、18—19、22、24、26、28、30 等齣寫牛府的蔡伯喈享榮華受富貴,17、20—21、23、25、27、29 等齣就寫陳留郡的趙五娘受盡荒旱的痛苦。有人因此稱讚這個對照的結構是形象地體驗了杜甫的詩句"朱門酒肉臭,路有凍死骨"的。

《琵琶記》顯然有兩種風格:一種富麗,一種樸素。我以爲這兩種風格是由內容決定的。寫富麗的牛府,自然句子也顯得富麗;寫樸素的鄉民,自然句子也顯得樸素。大家對於趙五娘幾乎很少歧異的看法,基本上是稱頌的;但如因此一定就要把寫趙五娘的部分當作原來的被保留下來的東西,沒有高明的勞動在內,那是沒有根據的。倘若《糟糠自厭》的燭光傳說是高明"詐云神助,以冀其傳",他總不會那樣厚顏,把別人的作品當作自己的傑作來誇耀的。我們應該把《琵琶記》當作集體創作的整體,主要在於《琵琶記》是否有價值,而不在於辨別無頭公案:哪一部分是南宋戲文原作,哪一部分是高明改作。高明自己所作的詩不太華麗,相當樸素,但我決不因此就認爲《糟糠自厭》、《乞丐尋夫》完全沒有南宋戲文原作的成分在內。

高明的改作具體地說明了真正應該負責任的是以牛丞相等爲代表的封建制度,並且表彰了中國人民的偉大性格——趙五娘的賢慧善良和茹苦含辛以及張廣才的急公好義,還一定程度地批評了蔡伯喈的書生的懦弱。把問題歸結到社會制度的不合理,比天雷打死個把負心的蔡伯喈,意義要深刻得多。殺死蔡伯喈,牛丞相仍舊安穩地做丞相。權柄是操在帝王和牛丞相手中的。高明是把家庭個人的悲劇擴充而爲社會生活的圈子了。

《琵琶記》基本上是應該肯定的作品,某些細節的不合情理是次要的。我們從這戲所受到人民歡迎的情形,也可以推知這戲成功的地方。我們試比較一下各種流行曲譜所選的五大傳奇《荊》、《劉》、《拜》、《蔡》、《殺》的齣數,就可以推知《琵琶記》崇高的地位:

	荊釵記	劉知遠	拜月亭	蔡伯喈	殺狗記
納書楹曲譜	19	2	7	24	1
綴白裘	17	6	6	26	0
集成曲譜	28	1	6	36	1

乾隆年間的《納書楹曲譜》和《綴白裘》以及近時的《集成曲譜》所選齣數雖不能就此完全斷定人民的愛好，至少也可以算作一種參考。

三

現在我想嘗試一下進一步替《琵琶記》作一個估價。

《副末開場》表明了高明的看法，"不關風化體，縱好也徒然，……只看子孝共妻賢"。"全忠全孝蔡伯喈"這當然可以看作高明對於《琵琶記》主題思想的表白。不過，這也只是一個表白，主要地應該看他怎樣用形象來體現他的主題思想，他所說的"風化"、"子孝"、"妻賢"、"全忠全孝"究竟是怎樣的概念和範圍，這種封建道德和人民的道德觀念究竟有多大的區別。我認為二者有這樣一種分別：封建道德是不問你是否願意，你非遵守不可；人民的道德觀念是從自然的感情出發，由於自覺自願，而不由於強迫。趙五娘由於性格的善良，在蔡伯喈走後，擔當了家庭的重任。她忘我地在荒旱歲月中供養公婆，顯示了犧牲的精神、韌性的戰鬥和崇高的品質。公婆死後，她的責任應該說是已經完成，但她却還要畫公婆的像，背在身上，理由是："我幾年間和公婆廝守，如何捨得一旦撇了他。"這就雄辯地說明趙五娘奉養公婆是從感情出發，而不是由於什麼勞什子的封建道德。今天我們仍舊敬老，養老，對於老人特別照顧，在艱難歲月中人和人之間的相互幫助應該還是今天應有的道德。趙五娘的"賢"，我是這樣看的。至於蔡伯喈的"孝"，我也以為很自然，他也是從感情出發的。必須從感情出發，才能感動人。一個人做了大官，還能想念他的父母，派人去接，總該說是還不壞的。我也不替高明諱飾，他處在封建社會，必然會有封建思想。他寫過《五節婦詩》、《孝義井記》、《華孝子故址記》這些作品，他沒有封建思想那才是怪事。我覺得他自己是很愛(我不說孝)他的母親的。他的《春草軒》云："藿藿庭際草，皓皓陽春輝。……營恐霜露零，春輝報無時。願言慈母綫，永托游子衣。衣綫有零落，母恩無終期。築室在近郊，開軒面平岡。前營列賓友，中房鼓琴簧。綵服及春日，奉觴昇華堂。醴酒既嘉粟，肴蔬亦芬芳。流景雖易邁，春暉豈能忘。竭此寸草心，以慰母顏康。"他的感情還算是真摯的，由他來體貼蔡伯喈的思親之念，也就不會過於不真實了。蔡伯喈的"孝"，我是這樣看的。至於"忠"，蔡伯喈還談不上，沒有什麼事實的表現。倘若説服從君命，允婚允官是忠，這種忠使得家破人亡，父母雙雙逝世，妻子流為乞丐，實在是不值得提倡的。

高明寫《琵琶記》的時代大致是在元末。應考和做官不能説完全不好，我們不能要求所有的知識分子都做隱士，只要像高明自己那樣能做好官，也還是好的。但是，在元朝應考和做官應該與唐宋不同。在《丹陛陳情》中，黃門官把做官比作"四方戰爭多徵調，從軍遠戍沙場草"也就是拉夫，"九儒十丐"的説法也説明了元代少數野心的蒙古統治者對於讀書人的迫害。也只有在這基礎上，觀衆看到蔡伯喈那樣辭試辭官，才能引起共鳴。高明寫的是漢朝，而現實生活的基礎却是元代，由於做官使得家破人亡，當時的觀衆是能夠深刻地體會到元代政治的黑暗的。

因此，蔡伯喈《丹陛陳情》(一稱《辭朝》)就應該看作大膽的舉動。這在過去的戲曲上是少見的。蔡伯喈敢於辭官，只是不徹底，後來終於答應下來，連婚姻一並答應下來。高明身為知識分子，才能把知識分子的搖擺心理寫得這樣透徹。

有人説，朱元璋賞識過《琵琶記》，就因此斷定它不是好戲。我覺得這個看法太簡單。經過"御覽"的作品不知多少，不一定就是壞的。況且，各人看法的角度也有不同。朱元璋可能只看重蔡伯喈馴服的一面，以為他乖乖地就範，很聽話，能夠住在富貴的牛府裏，因此説《琵琶記》像"珍羞百味，富貴家豈可缺"；但湯顯祖的看法就與朱太祖的不同，他更注意於趙五娘的痛苦生活，就稱它為"布帛菽粟之文"。

有人説，蔡伯喈既想念他的父母妻子，為什麼《拐兒紿誤》以後不再派第二個人去呢？因此，就斷定蔡伯喈寫得不真實。其實，這是個細節，不必過於重視。主要在於蔡伯喈的怯懦。《瞷問衷情》(一稱《盤夫》)齣蔡伯喈所唱的有名的〔江頭金桂〕云："夫人，非是我聲吞氣飲(此應閉口，作"忍"非是)，只為你爹行勢逼臨。怕他知我要歸去，將人厮禁，要説又將口噤。"蔡伯喈所過的實在是囚徒的生活。(湘劇即湖南高腔本和紹興高腔本則説當時是亂世，吕布霸住虎牢關，以致音書隔斷。)

有人説："一門旌獎不好，封建氣息太濃厚。"我以為這是只能如此結局的。趙五娘受盡了苦，人們都希望她有一個好的結果。況且，這還是一個悲劇的團圓。所謂"不得孩兒名利歸",就是說要孝敬父母應該在活的時候,死了以後有什麼好"孝"呢?因此這個結局也還是帶有譴責的意味的。

總之,我以爲《琵琶記》雖然有些地方不夠好,它能夠取南宋戲文而代之,流行了五百年,應該說是人民愛好的結果,這個成功不是簡單的。高明細緻地刻劃了蔡伯喈的搖擺性格,又把趙五娘寫成中國勤勞、善良婦女的典型,還寫出張廣才、蔡婆甚至惜春這些人物的特徵,這些都是成功的地方。在音律上,《琵琶記》幾乎成爲南戲或傳奇的曲譜,以後凡作傳奇的,在聯套方面,莫不奉《琵琶記》爲典範,這一點也是我們不可不知道的。試以《琵琶記》與相類的題材《張協狀元》一比,就顯出了高低。經過時間的淘汰,好多南戲都遺失了,只剩下斷章殘句,惟獨《琵琶記》等少數幾種還繼續流傳下去。倘若不是人物描寫得好,文章好(如《乞丐尋夫》中的幾支〔三仙橋〕等等),有感動人的力量,是不會得到"南戲之祖"的榮譽的。

四

最後,我再談談《琵琶記》的缺點和改編的建議。

牛小姐寫得不算壞。比起杜麗娘來,她是封建禮教下的犧牲者,她沒有什麼反抗精神。爲了秉承父訓,不自然地"規奴",又不自然地答應做蔡伯喈的次妻。她應該是我們所同情的人物。可是,高明竟把她寫成"古井不波"像真正修道士一樣的人物。趙五娘來了,她一點也不難過,實在不像一個有血有肉的活人。我認爲只要添寫出她一定的内心苦悶和矛盾就行了。

牛丞相起初是死硬派,後來軟化,不過是爲了最後的團圓。倘若演到《書館悲逢》爲止的話,派遣人去迎養就不必稟明父母,由牛小姐作主去辦就行了。民間唱本《琵琶記》就是這樣處理的。如此,牛丞相的性格就可以統一,他最後也可以不必出場。

張廣才可以處理得統一一些。《張公遇使》(一稱《掃松下書》)寫他起初罵蔡伯喈,很是痛快,後來忽然來幾句"這是三不從把他厮禁害,三不孝亦非其罪。這是他爹娘福薄運乖,人生裏都是命安排。"不但把蔡伯喈寬恕了,並且還帶有宿命論的色彩。《一門旌獎》時,張廣才見了蔡伯喈,大爲奉承,也不很好。倘若演至《書館悲逢》爲止,這些缺點就都不在話下,否則,必須《打三不孝》方才過癮。蔡公臨死時本有這話,把拐杖交給張太公,對他說:"張太公,我憑你爲證,留下這條挂杖,待我那不孝子回來,把他與我打將出去。"民間唱本、湘劇都有《打三不孝》,

觀衆都很歡迎。

好多人看過湘劇《琵琶記》都流眼淚，足見感人之深；各種地方戲都有這個題材的劇本，足見傳播之廣。高明雖說"不關風化體，縱好也徒然"，基本上他是用情感來感動觀衆，而不是用說教來說服觀衆的。因此，那些概念式的什麼《五倫全備記》、《香囊記》之流據說受《琵琶記》的影響，却不得不陷於僵死的命運；只有《琵琶記》能夠永遠流傳下去，歷百世而常新。

附　紹興高腔《琵琶記》

一

新近我托人從紹興買到一本紹興高腔戲的抄本，其中有《琵琶記》六齣。紹興高腔一名掉腔，是紹興較古老的腔調，大約是餘姚腔的流派，也是屬於弋陽腔的系統。它和長沙湘劇高腔，應該有很密切的關係。大約這六齣紹興高腔，作爲一晚的演出，時間上是恰好足夠的。也許過去紹興就是選取這六齣來代替全本演出的吧？

在介紹這六齣紹興高腔《琵琶記》以前，先要說明兩點：

首先要說的是，高明的《琵琶記》盛行以後，他所塑造的蔡伯喈就成爲固定的形象，不再是"棄親背婦"類型的陳世美，也不是堅決辭婚的王十朋，而是介於陳世美和王十朋之間的徬徨動搖的知識分子。蔡伯喈的良心不曾全死，雖然他在牛府招贅，却是終日愁悶，想念他的父母和妻子。但是，不管怎樣，他到底屈服地重婚了，到底做了牛丞相的女婿了。因此，無論高明怎樣替蔡伯喈回護，人民歷來都是不太喜歡這個人的。

可是，人民的判斷也有分寸。他們對於蔡伯喈，也不曾達到恨入骨髓的地步。蔡伯喈究竟還不肯拋棄趙五娘，他究竟不像陳世美那樣的狠毒，派人到三官堂去殺死髮妻秦香蓮。所以，人民對於蔡伯喈，只想多罵他幾句。高明雖也常罵蔡伯喈，總覺得不太過癮。湘劇戲班不演《打三不孝》，還要罰戲。這就可以看出人民的愛憎分明。

不過，倘若把蔡伯喈用雷劈死，或者把趙五娘用馬踏死，人民也是不願意的。究竟蔡伯喈還不太壞。況且，趙五娘受了多年旱荒的痛苦，如果沒有一個好的結局，人民的感情重壓也要受不了的。因此，湘劇一演雷劈馬踏，觀衆就不要看，甚至當場責問。

明白了上述的人民觀劇的心理，才可以了解到爲什麼民間的戲曲在輪廓上不違背高明的《琵琶記》，而對於蔡伯喈的批判，却每每更加嚴厲。

其次，崑山腔或崑曲是水磨調，用笛伴奏，每每是長腔長板，遇到細曲，還要贈板；也就是說，本來唱四拍子的，就要加一倍，唱成八拍。但是弋陽腔的系統，無論是四川高腔、長沙湘劇高腔、紹興高腔或是安徽青陽腔，就不是那樣。它音樂的特點主要用的是打擊樂器，唱戲就像吟誦古詩文一樣，拖音不多。因此，唱一支崑曲所需的時間，改唱高腔，最多只要二分之一的時間就夠了。高腔多出來的時間，爲了使得老百姓容易懂，通常一支高腔曲子，儘管採用崑腔原本，也要用滾唱或滾白加上不少詞句的解釋。這些所加的解釋不僅使唱詞由於滾唱或滾白的生發，更易了解；最重要的是，它使得劇中所要表達的情感更豐富飽滿起來，每每達到"酣暢淋漓"的境界，儘管有時顯得"粗野"，這却正是文人學士所不易達到的境界。

二

第一齣是《吵鬧》，相當於長沙湘劇高腔的《吵鬧饑荒》。我覺得有的地方，紹興高腔寫得較好。例如，蔡公蔡婆要媳婦扶他們到外面走走，趙五娘說："外面風大，不要去吧。"湘劇蔡公蔡婆回答："走得一回，就是一回。"這只能給人一種"人世無常"的悲痛感覺，却不能表達出饑荒年歲二老的悲痛感覺。紹興高腔本二老却是這樣回答的："還怕什麼風，如今西北風來帶當飯吃。"這就顯示出二老在饑荒年歲的生活是多麼的困苦了。

又如，二老想念兒子，出門懸望，長沙湘劇高腔的劇詞如下：

（從簡白）媽媽，那是我們的孩兒回來了。（五娘白）不是的，乃是經商客旅。（從簡、秦氏白）一年回來幾次？（五娘白）春去夏回，秋去冬回。（從簡白）媽媽，經商客旅，一年回來兩次；你我孩兒，他竟一去不回。（從簡白）媳婦，三條大路，你丈夫從哪條路去的？（五娘白）從中道去的。（從簡、秦氏白）你我來喊叫。（合）蔡公、伯喈、媽媽、老老、媳婦、公公。（哭介，唱）〔尾聲〕形衰力倦勉支持。（五娘唱）口食身衣只問奴。（從簡、秦氏白）伯喈一去無消息，（唱）當念雙親日倚閭。（哭介，同下）

這本子也寫得不壞，這些劇詞是高明本中所沒有的。愈是突出地寫出二老倚閭遙望蔡伯喈，也就愈加襯托出蔡伯喈不曾迎養雙親，至少是沒有膽量迎養雙親。但是，紹興高腔本似乎更好：

（副白）我兒求取功名，往哪一條路而去的？（外白）往中道而行。（副白）怎麼？往中道去的。哎呀，兒嚇。（同唱）你在京中享榮華，受富貴，你爹娘活活餓死了。你那裏知不知，曉不曉？我這裏望斷眼穿盼兒不到。哎呀，兒嚇，你在京都可知道？（外白）媽媽，進去了吧。（副白）員外，哪，哪，哪。你來看，好象伯喈回來了。（同哭介，望介，外白）這是去的。（副白，望介）怎麼？去的？（外白）漸漸遠去了。（副白）當真去的。（同哭）哎呀，兒嚇。（副唱）心切切，淚盈盈，娘在家中兒在京。（外、副唱）只望養兒能防老，誰知一去不回程。早來三日爹娘在，遲來三日不見二雙親，畢竟喪幽冥。不傷情處也傷情，鐵石人聞也淚淋。（哭介）哎呀，兒嚇，鐵石人聞也淚淋。（下）

蔡婆望見一個行人，就以爲是兒子回來，母親望子歸來的心情，寫得很是真實。蔡公告訴她，這是去的。蔡婆還不相信，還要遙望。蔡婆看到那行人遠去了，證實了她自己的癡心，方才絕望地哭了起來。二老簡捷了當地指斥兒子"在京中享榮華受富貴"，也能使觀衆感到痛快。

三

　　第二齣是《辭朝》，也就是長沙湘劇高腔的《伯喈辭朝》。我認爲紹興高腔本也有一些好穿插。例如太監（副）與龍套（衆）的打諢云：

　　（副）孝子事親，忠臣事君；孝當竭力，忠則斷命。（衆）公公，盡命哩。（副）盡命也是死，斷命也是死。

反正在元朝（外表說是漢朝），盡忠就逃不了一死；蔡伯喈盡忠的結果是父母雙亡，妻子討飯。這節小科諢實是含有至理，發人猛省。蔡伯喈上了兩道表章，一道辭婚，一道辭官；結果兩道都不準。下面所增添的一大段，不僅高明原本沒有，連湘劇本也沒有：

　　（淨上）老夫所奏表章，全仗。請了！（副白）都在咱家，請了。（淨白）王門大宣，小女姻事全仗。（末白）晚生領命。（淨下。生）黃門大人，過去何衙門官？（末）就是令岳牛太師。（生白）怎麼就是他？如此待晚生與他面奏。（末白）狀元，他是一朝冢宰，狀元才進書生。到了萬歲跟前，只有他言，哪有你語？（生唱）是了麼？黃門大人，晚生豈不曉得，他是一朝冢宰，晚生是才進書生。他既有千金小姐,豈無豪門匹配,苦苦尋伯喈作甚!名爲冢宰,實爲讎寇,牛太師就是我的冤家。苦,苦見招,俺爹娘埋怨怎了!(小生白)黃門大人請了。(末)楊大人請了。手捧何本?(小生白)陳留郡饑荒本。(末)本上怎道?(小生白)道得急切。老者屍填於溝渠,少者離散於四方,不知幾多人也。望大人轉達天聽。請了。(末白)請了。(生白)黃門大人,過去是何衙門官?(末)戶科楊吉士。(生白)他手捧何本?(末白)狀元還沒有知道,這是貴郡饑荒本。(生白)本上怎樣道?(末)道得急,急得緊。老者屍填於溝渠,少者離散於四方,不知幾多人也。(生白)不不不好了。(唱)俺那裏饑荒年歲,怕那怎熬!俺爹娘怕不做溝渠之鬼!

民間的編劇家把氣氛布置得很是緊張。他讓牛丞相搶先奏本,作"明場"演出,並在蔡伯喈面前走過。蔡伯喈氣極,罵牛丞相爲"讎寇",爲"冤家",想來這兩句臺詞定是胸中氣憤萬分,在忍無可忍時迸發出來的。高明原作有一個小漏洞,蔡伯喈知道家鄉旱荒,從何得知,沒有交代,民間編劇家又讓戶科楊吉士奏陳留郡饑荒本在蔡伯喈面前經過。蔡伯喈辭婚辭官都不準,正在氣無出處,又劈面碰到丈人冤家,緊接着又得知家鄉饑荒,不如意事接連而來,一步緊一步,都在午朝門外進行。想來如此安排,蔡伯喈面部的表情,也愈來愈難看。我看這一段是能抓住戲,也就是能抓住觀衆的。

四

第三齣是《思親》,相當於長沙湘劇高腔的《伯喈自嘆》。這是一齣蔡伯喈獨唱的戲。滾白的例,可舉開端的〔喜遷鶯〕:

終朝思想,(終朝思想),但恨在眉頭,悶在心上。鳳侶添愁,魚書絕寄(我這裏思親不到,他那裏望子不歸),空勞兩處相望。(來此青鏡臺,人比黃花瘦,羞覷淚鏡臺),青鏡瘦顏羞照,(來此琴臺。有道夫妻好合,如鼓瑟琴。我今夫婦乖張,還去戀他則甚。)寶瑟清音絕響。(昨宵一夢到家鄉,醒來依舊隔天涯。)歸夢杳。(你看雲山疊疊,烟霧茫茫。)隔屏山煙樹,不知哪裏是我的家鄉。

試比較高明原本,括弧以內的字不計,那麼,除"悶"作"人","隔"作"繞",末句作"哪是家鄉"以外,就完全相同了。原曲只有五十一個字,加上滾白,就成爲一百三十九個字，幾乎達到三倍。第一句的疊唱可能是"幫腔"。此下每每先解釋幾句然後再唱一兩句。從滾白裏還可以看到一些舞臺部位；例如，先到青鏡臺，後到琴臺。

　　紹興高腔本基本上是同高明原本差不多的，〔雁魚錦〕五段正文，可説是很少差別；由此可以證明紹興高腔本較古，至少那是改動得較少的本子。紹興高腔本加上了不少的滾白和滾唱；這些滾白和滾唱，大致長沙湘劇高腔本裏也有，只是〔雁魚錦〕的原詞，甚至連有名的"四段"："幾回夢裏，忽聞鷄唱。忙驚覺，錯呼舊婦，同問寢堂上。待朦朧覺來，依然新人鳳衾和象床。"這七短句都看不到了。它的轉變的經過大致如下：

1. 高明原本：〔喜遷鶯〕、〔雁魚錦〕五段。
2. 紹興高腔：〔喜遷鶯〕、〔雁魚錦〕五段(均加滾白滾唱)。
3. 長沙高腔：删去〔喜遷鶯〕、〔雁魚錦〕(只留滾白滾唱)。

紹興高腔本説起蔡伯喈久不寫信回家的原因是："如今呂布把守虎牢關，慢説是孩兒回來，就是要寄一封音信，尚且不能得够。"長沙高腔本也是："呂布把守虎牢三關，老爹娘，要見家書難上難。"紹興高腔本寫蔡伯喈埋怨牛丞相道："牛太師你好沒來由，苦苦地强逼我重效什麼鸞凰。"這"强效鸞凰"是〔雁魚錦〕二段的原文，但長沙高腔本却是："牛太師，苦苦逼我結鴛鴦。"改成"結鴛鴦"就與原來的"强效鸞凰"這四個字不發生關係了。其他大多類此，我不再一一列舉。

五

　　第四齣是《落寺》，相當於長沙湘劇高腔本的《寺院上香》。比較起來，這一齣湘劇好得多。因爲，紹興高腔是作爲小丑戲來處理的，五戒和尚是這齣戲的主角。趙五娘的悲劇已達頂點，却用插科打諢來沖淡，我覺得很不好。這一點，高明原本穿插了兩個瘋子同趙五娘胡鬧了一陣，聽趙五娘唱行孝曲兒〔銷金帳〕，就脱衣相贈，後來怕冷，又要討還，簡直一點意思也没有。湘劇的處理就嚴肅得多。紹興高腔本唱大段的《四季召魂曲》，在民俗學的研究上或許有一些用處，但總覺用在此處，不甚恰當。秋季的一節裏面有如下的幾句："爲人可比一間房，口爲門户眼爲窗，肚腸心肝爲傢伙，舌頭可比官家郎。有朝一日無常到，閉了門户閉了窗。"我幼時曾聽母親背誦類似的句子給我聽過，我不知道她是從哪兒學來的。至少可以斷定，這幾句在寶卷、佛偈之中非常流行。

　　徐朔方先生在一九五六年四月八日的《光明日報》上寫過一篇《琵琶記是怎樣的一個戲曲》，我不同意他那主要的論點，但他對於民間戲曲蔡伯喈在彌陀寺曾經打過和尚的推測，我認爲頗爲細心。他根據明萬曆間的徽調《秋夜月》中的一齣別本《琵琶記·托夢》談到彌陀寺中曾經"沒來由拷打唐三藏"，斷爲"把和尚打了一頓"，這話是可信的。不過結論"這正可能是後來不認前妻以至把她害死的張本"却不可靠。理由很簡單，紹興高腔本既有蔡伯喈在彌陀寺打和尚的情節，也有認妻的情節。我以爲，這齣《托夢》應該看作產生於高明《琵琶記》以後的徽調，紹興高腔戲應該是與它同屬於弋陽腔的系統。高明《琵琶記》中的蔡伯喈成爲定型以後，後來的改編本只能在戲中多批判他一些，却無法把他改爲更壞的人，壞到像最早的《趙貞女蔡二郎》裏面"棄親背婦"的傢伙那樣。

紹興高腔本提供了徐朔方先生一個證明，在蔡伯喈知道五戒和尚賭錢、吃酒肉、玩女人以後，便要打五戒，同時追問畫像的來歷。對白如下：

（生）打！（衆）呵！（打介，丑）啊呀，小畫是道姑遺下的。（生）叫道姑來。（丑）……叫得轉來，也是要打個。

接着，演過一大段以後，又有類似的句子：

（衆）老爺又要打了。（丑）慢點，再讓我去話話看。老爺，打是痛個。……（衆）我們打你一個風流板，勿痛個。……要打個一封書，刮刮響。（打介，丑）啊嚇嚇，打是打哉。……（丑）那畫兒休提起，我被老爺打了二十大竹板。

蔡伯喈的性情脾氣在此處當然寫得比高明原本壞一些，卻也到此爲止，不再發展爲殘忍苛酷：究竟五戒是個不務正業的和尚，也有該打之處。

這一齣頗多紹興的方言土語，例如："其若與我好一好"，"其"就是"他"的意思。"好像來帶打水哉"，"來帶"是"在那兒"的意思。"若是寫丹冬"，"寫丹冬"是"寫在那兒"的意思，"冬"字有肯定的意味。"老爺來冬嘔你"，"來冬嘔"是"在那兒呼喚"的意思。其他不及備舉。

六

第五齣是《題詩》，相當於長沙湘劇高腔本的《書房題詩》。我以爲這一齣湘劇較差，只把它作爲"過場戲"來處理。雖是趙五娘獨唱的戲，卻只是淡淡地一筆帶過。高明原本前面多了一大段院子形容蔡伯喈書房的環境，實是不必要的。

湘劇除〔天下樂〕四句和引子兩句與高明原本相同外，全齣只有下面這一小段：

> 奴乃趙氏。進得相府，蒙牛氏賢淑，再三雅愛，想引我夫妻相會，恐怕他嫌奴襤褸不容，因與牛氏夫人商量，要奴書館題詩打動。趁他此時不在府中，不免轉過書房題詩一番。正是，當日受飢寒，雙親都死亡。如今題詩句，報與薄情郎。來此書房，我的詩句提寫在哪裏呢？（舉目四望）原來公婆真容在此。（哭）公公呀，婆婆，喂呀，我不免把詩寫在儀容後面。（寫詩一段）等他回來，看過明白。正是：貧無達士將金贈，病有高人說藥方。（唱〔一江風〕）莫從容，夫婦不隨共。結髮兩無緣，對面不相逢，各分鸞鳳。貪戀着新婚，往事如春夢。題詩忙打動（又），教奴若爲容？一齊吩咐與東風（又）。

兩首〔醉扶歸〕，這兒是改做〔一江風〕了。但是，紹興高腔本卻細緻得多。趙五娘唱過〔天下樂〕四句，念過引子和說明題詩後，下面還有這樣一段：

> 來此書館，不免徑入。好一所幽雅書館。正是天上神仙府，人間宰相家。有此洞天福地，怎肯歸家。你看上面"孝廉"牌匾。夫嚇，你爲官清正，"廉"字可加；撇下八旬老母，雙雙餓死，"孝"從何來？

這一段冷言冷語，實在罵得好。趙五娘雖然賢慧，深愛她的丈夫，她能在陳留郡擔起重擔，奉養公婆，也衹是爲了丈夫。長途跋涉，經過千辛萬苦，好容易找到牛府，忽然聽到丈夫重婚，她怎能不氣，又怎能不怨。至少，在背後總該罵他幾句。那麼，這幾句話的插入就不可少了。其次，民間戲曲家也很聰明。高明用院子來介紹環境，是生硬的插入；現在改爲從趙五娘眼中看出，就要自然得多，結構也更緊湊了。

趙五娘唱〔醉扶歸〕頭段到"兔毫繭紙將他來打動"時，下面補了一段滾白：

> 曾記起程之際，公婆說道："兒嚇，須念北堂春幃短。"婆婆說道："高堂母倚門。"伯喈回言，求取功名，多則週年，少則半載。誰想你到京得中狀元，貪戀榮華，不思歸家養親。你妻子送你到十里長亭，南浦之地，怎生囑咐你來？我說："夫嚇，儒衣才換青，快把歸鞭整。休戀上林春富貴，須念高堂白髮親。"臨行時囑咐你千言萬語，誰想你全然不知。枉了你讀書人，忒狠心。

這下面才接"把往事一旦爲春夢"。這一段也罵得痛快。這還不算,在〔醉扶歸〕二段"見了翰墨待教你心先痛"下面,又添了一句"未必我見夫心腸太毒狠了"。最後還添了一段:

> 相看過四壁間畫圖,這壁王祥臥冰、孟宗哭竹,那壁黃香扇枕、丁郎刻木,左邊負米供親,右邊賣身葬父。你看那邊二十四孝畫圖,在在在,一個個都是行孝父母,未有我兒夫,貪戀榮華,不思歸鄉故。(又)

民間戲曲就是這樣"酣暢淋漓"的。可能有人要認爲這樣會損害趙五娘善良的性格。我以爲即使是最善良的人,到了忍無可忍的時候,她也會勇敢起來的。

以上有關〔醉扶歸〕的滾白,我只舉趙五娘指斥蔡伯喈的部分,其他詞句,爲了避免煩瑣,就從略了。

七

第六齣是《書館相逢》,也就是長沙湘劇高腔本同名的一齣。這兩個本子都寫得不壞。題詩諷刺,究竟太文雅,典故又多,老百姓看不懂;還是要罵蔡伯喈。不過,太罵狠了又沒法團圓,還要突出地稱揚蔡伯喈一番,他想念父母妻子,究竟有真情感,因此又加了一段心理描寫。

高明原本開端,蔡伯喈讀《尚書》和《春秋》,説了一些經書裏的話,那又是老百姓聽不懂的,這兩百字光景就索性一筆勾掉。

紹興高腔本保留了所有高明原本的唱句,觀圖時添了一段描寫。高明原本詳細解釋五言十四句的一大段三百多字全都去掉了,(湘劇本也一樣)反正老百姓不懂,只知道這是罵蔡伯喈的就行。

牛氏説明題詩的是"伊家大嫂,身姓趙,名五娘"時,蔡伯喈還以爲父母一同來了。這一段描寫蔡伯喈驚喜的心理很精彩:

> (生)夫人,他來可有三人?(旦)有三人。(生)一位老公公?(旦)一位老公公。(生)一位老婆婆?(旦)一位老婆婆。(生)還有一位少夫人?(旦)還有一位少夫人。(生)下官在此問夫人。(旦)妾身在此問相公。(生)咳,酒醒來講話。(旦唱)正要説與你知道,又恐怕哭聲漸高。(生)住了。今日夫妻相會,母子團圓,怎説哭聲漸高?(旦)我説哭聲滿堂。(生)蔡福,取大衣過來。(旦)只怕穿不得了。(生)怎説穿不得了?就是便衣,快請過來

相見。

牛氏所説的三人，是趙五娘和公婆二人的畫像。蔡伯喈以爲真的是父母來了，便急切地要相見，可見蔡伯喈想念父母是真情真意。牛氏知道公婆已死，所以説不但是"哭聲漸高"，還要"哭聲滿堂"；大衣"穿不得"，應該穿孝服。牛氏向趙五娘説過以後，趙五娘急等蔡伯喈出來，蔡伯喈又急等父母妻子進來：

> （正旦）怎麼還不出來？待我進去。（生）待我出去迎接。伯喈爹娘在哪裏？哎呀，妻嚇。（唱）爲甚的身穿破襖，上下衣衫白粉粉，盡是素縞。莫不是我爹，敢不是我娘，哎妻呀，你口不言，伯喈心裏曉，莫不是雙親不保？

伯喈看見妻子戴孝，不覺一呆，這時他才猜想到他的父母都已經去世了。

夫妻倆談到別後情況，趙五娘把遭受饑荒、公婆餓死、張公周濟、麻裙包土、埋葬雙親、乞丐尋夫這些經過敘述了一遍。伯喈說："妻嚇，苦煞你了。"這就勾起了趙五娘三年來的一腔苦情，忍耐不住，就用"滾唱"唱出了下面的話：

> 住了！假慈悲怎的！當初送別十里長亭，南浦之地，深深下你一禮。我説道："夫嚇，你有官無官，早早回來。人不回來，倒也罷了；難道書信都沒有一封了麼？冤家嚇，（唱）你爲臣，臣不忠於君；爲子，子不孝於親。

這正是看戲的人所要說的話。

最後的辭官，湘劇表現得更爲激切，感情甚爲激動。

八

紹興高腔的《琵琶記》與長沙湘劇高腔的《琵琶記》極爲接近。作爲地方戲的演出，我以爲各地區的本子愈多愈好；湊在一起，謹慎抉擇，以彼所有，易我所無，相互豐富，一定可以有所提高。

我所見到的這紹興高腔的抄本像這樣選取六齣，不一定適當，可能這是紹興高腔本的精華，但《糟糠自厭》、《琵琶上路》甚至《琴訴荷池》、《瞷詢衷情》都沒有演，不能算是完整的戲。我也只是就手頭所有的資料，比較高明原本和湘劇本，提供以後《琵琶記》的改編者作一參考罷了。

談《荆釵記》

《荆釵記》是一部在人民中間流傳甚盛的戲曲,即使文人,對它也極重視。徐復祚《三家村老委談》云:"《琵琶》、《拜月》而下,《荆釵》以情節關目勝。"吕天成《曲品》也説:"《荆釵》以真切之調,寫真切之情。情文相生,最不易及。……真當仰配《琵琶》而鼎峙《拜月》者乎!"可見他們都是以《荆釵》來配比《琵琶》、《拜月》的。① 直到現在,還留存有《荆釵記曲譜》(朝記書莊,殷淮深本,一九二四)全部能唱;蘇州也有《道和曲譜》(振新書社,一九二二)以《荆釵記》廿六齣作爲道和曲社的代表曲譜。倘若説這些都是文人搞的,那麽我們不妨看一看民間戲曲這劇本流傳的盛況。明代萬曆年間,地方戲演出最盛,日本内閣文庫藏有不少種青陽腔弋陽腔的戲曲選本,其中常選有《荆釵記》;例如《新刻京板青陽時調詞林一枝》裏就選了一齣,《新刊徽板合像滚調樂府官腔摘錦奇音》裏也選了兩齣,我國影印的《秋夜月》裏也有《荆釵記》兩齣。② 直到現在,可以説凡是有高腔的地方戲都有《荆釵記》,流行是極爲廣遠的,温州崑腔到上海來演過全本《荆釵記》是不用説了。高腔系統的,我就看見過川劇《雕窗》的演出,那是《木荆釵》(《川劇傳統劇本彙編》第九集,第十四場)的一齣,李嘯倉説起湖南也有這場戲。我搜集到的山西清戲就有《荆釵記》一齣,與《秋夜月》中的《官亭遇雪》類似。我還搜集到兩種紹興高腔,都保留了《荆釵記》四齣,《逼嫁》、《投江》、《官亭》和《祭江》。福建戲裏也有。這些幾乎是舉不盡的。總之一句話,《荆釵記》在地方戲曲中已成爲最重要的戲曲之一,爲人民所喜愛。因此,我們對於這戲就必須鄭重對待,不能採取粗暴的一筆抹煞的態度。

---

① 吴梅雖然對《荆釵記》評價不高,但他却替此記的《道和曲譜》寫序,並且稱道此記"多本色語"。
② 明萬曆年間的一些選本,所選各齣,一般説來,大都是人民所喜愛的。《金印記》被選入的也較多,這戲本對於世情冷暖的諷刺也有可取之處,因此至今湖南、福建等高腔和古戲都改編上演。至於《商輅三元記》全劇,抱牌位做親是吃人的禮教的表現,自然是很壞的,但這情節就不曾成爲廣泛流傳的單齣,一般最流行的還是《斷機教子》一齣,這一齣也還有勸學的意味(當然其中也有一些揚名顯親的落後思想在内)。

最近由於新資料的發現，我們更可以確知《荊釵記》是人民的集體創作。根據清初張大復《寒山堂曲譜》的記載，①我們知道確有柯丹邱其人，他是民間戲曲家，在史九敬仙的敬仙書會中編寫劇本，是蘇州人，被稱爲"學究"，其實與民間藝人是極爲接近的；他不是那位能詩作畫的柯九思（敬仲），更不是道號丹邱生的朱權。據徐渭的《南詞叙錄》説，《荊釵記》有兩本，一本是宋元間無名氏的舊編，還有一種是明初李景雲作的。《南詞叙錄》序於嘉靖三十八年，李景雲至少是這年以前改訂《荊釵記》的。《荊釵記》本來是從民間來的，處於封建時代，民間戲曲家也免不了受到封建思想的影響，但那不是最主要的。我們首先必須澄清《荊釵記》是明初寧獻王朱權的作品的這個觀念，這對於我們破除陳見，認爲凡統治階級文人所寫的作品必然不好，是可以有一些幫助的。《荊釵》既非明初王爺的作品，那麽，即使唯成分論者，對這點也會失去根據了。

北京大學和復旦大學的中文系同學們在他們編寫的中國文學史中，能夠比較仔細地分析《荊釵記》，論述這個劇本的優缺點，這是很好的，過去還沒有人這樣細緻地分析過。但我對於這兩部文學史的結論，特別是北大本初稿認爲《荊釵記》是反現實主義的作品，持有不同的意見。對於個別的地方，我也有不同的看法，謹提出來討論。

我們評價一部古典作品是否是現實主義抑是反現實主義作品，最基本、最正確的方法就是運用辯證唯物主義和歷史唯物主義的觀點來對作者、作品進行綜合性的具體分析，特別是這種分析不能脱離當時的具體歷史條件。封建社會中的現實主義作品，有可能對整個封建制度進行全面的抨擊或徹底的否定。可是在比重上占絶大多數的作品，它所要抨擊的只是當時某種不合理的社會現象或某些具體制度。封建社會的作家在創作作品時不敢去觸動當時的社會制度，甚至在若干程度上依戀封建的意識形態，這是不足爲奇的，也是無可責備的。很多古典戲劇用清官出現來解決已展開的矛盾，很多古典小説在反映農民起義的結尾，用好皇帝來緩和階級矛盾，正是時代帶給作家們的限制，而體現在具體作品的思想內容，就必然有它的局限性和不徹底的主題思想。但是現實主義作品的肯定並不絶對排斥這種局限性，主要要看整個作品的基本傾向，不能擷取一枝一節，即認爲作者的主觀意圖是在宣揚封建道德，輕易地否定或抹煞作品的價值，

---

① 《寒山堂曲譜》雖爲清初人所編，可靠性相當大，因爲編者曾經多方面蒐集到一些罕見的古本戲曲，見聞較廣，才能編成這部曲譜。詳見拙作《元代南戲劇目和佚曲的新發現》。

或者粗暴地把它評定爲反現實主義作品。

北大本把《荆釵記》主角錢玉蓮和王十朋說成是完全概念化的人物,是封建道德的傳聲筒。① 復旦本對於錢玉蓮看法與北大本相同,對於王十朋肯定稍多,但也說這形象是"真僞雜揉"的。正由於兩書過於着眼於兩個主人翁思想意識落後的一面,没有把他們的典型性和社會意義進一步來觀察,這就勢必會得出片面的不準確的論斷。錢玉蓮是個封建社會普通的女子,雖然她父親錢流行是個貢生,有一定的社會地位,可是她七歲就死了母親,受盡繼母的折磨。在婚姻問題上,她不但敢於反抗,而且一貫地進行了寧死不屈的鬥爭。她具有善良和堅强的性格,封建倫理、道德禮教這些枷鎖,她是没有勇氣挣脱的;但是她敢於堅持自己婚姻的主張,反抗社會惡勢力的迫害,在這些地方錢玉蓮表現了封建社會普通女子非常難得的不妥協精神。如果説她的"抱石投江"是軟弱的行徑,那是"春秋責備賢者"的筆法;後來她被錢載和救起,表示爲王十朋守節,這有兩種解釋:第一,錢玉蓮誠然是承認封建道德的,並且願意遵從這種道德的,但是,即使是如此,也没有理由給她加上宣揚封建道德的罪名,這只能説明封建社會禮教長時期以來給予女性的毒害;第二,守貞守節是男性中心社會强加於婦女的道德規範,這是不必懷疑的。不過我們所以要堅決反對這種吃人的禮教,是爲了一般的守貞守節出之於家庭威逼或丈夫遺命,甚或目的在於争取一紙旌表,一座貞節牌坊。假如這動機是出於真摯的愛情,不含有强制的成分,這在當時那個社會,正是一種值得歌頌的高尚情操,更何況錢玉蓮的自願守節,還有"王十朋存亡未卜"這一原因在内呢!

再說王十朋這個人物。兩個本子都認爲王十朋堅決拒絶相府招親,是因爲中了聖賢經傳的遺毒,深怕"紊亂三綱五常",而錢載和要他做女婿的時候,他婉辭的理由是:"她抱冤守節先亡殞,我辜恩再娶心何忍?"由於這兩段曲詞,復旦本就確定了"這些顯然都並不是從愛情出發的,而只是他的'義'的表現"。北大本立論相同,所引曲詞也完全相同。總之,兩書爲了要證實王十朋是封建道德的傳聲筒,到處充滿封建的説教,僅僅摘録了少量原文,就得出了這樣似是而非的結論。我覺得兩書對王十朋的分析過於簡單化,王十朋在作者筆底是個被歌頌的正面人物,作者塑造這一人物形象是具有深刻的現實意義的。一方面,確如北大

---

① 我們不能因爲《荆釵記》副末家門的開場有宣揚封建道德的話,就斷定這劇本是完全宣揚封建道德的,須看作者寫這劇本中的人物是怎樣行動和思想的。

本所説,"表明作者不滿陳世美式的忘本人物";另一方面,作者賦予王十朋這一人物典型的意義,在於王十朋除了敢於反抗權姦之外,他還有無視封建倫理、妻死不忍再娶的那種較進步的倫理觀念。封建社會既然是夫權社會,男子不但可以再娶,而且可以納妾。從王十朋這個具體人物來説,他是知識分子爬上統治階層的"新貴",像這類人物,再娶是没有人會加以非議的,然而王十朋偏偏不忍再娶,所謂"並不是從愛情出發"的論斷,就顯然站不住脚了。

《荆釵記》不能算是反現實主義作品。相反,它在突擊封建社會婚姻悲劇這一主題的同時,揭露了許多有關封建制度本質的東西:它批判了門當户對的婚姻觀念,批判了繼母虐待前妻子女的不合理現象。至於反映封建政治黑暗和社會惡勢力對人民的危害,也是相當深刻的。

就藝術標準而言,《荆釵記》比之第一流元雜劇,不論是從結構縝密來要求或是從語言的"當行本色"來要求,它自然是稍有遜色的。但也不能就此把它說成是"基本失敗的作品",因爲群衆是最公正的批評家,這個作品流行廣遠,歷數百年不衰,要不是藝術上有較高成就,人民是不會那麽對它熱烈喜愛的。

以上是我基本的論點。北大新版本已經完全抛棄了《荆釵記》是反現實主義的作品的論斷,現在我只就復旦本三個個别論點再加以闡發和討論:

第一,關於錢玉蓮出嫁前對繼母的辭拜。復旦本諷刺地説這是"非凡的孝"。我認爲這是要從上下文來看的。在第十一齣《辭靈》裏,錢玉蓮在她生母祠堂神主前曾經哭訴:"誰知繼母心太偏,逼奴改嫁相凌賤。"她又説:"受他折磨難盡言。孩兒倘有一些差處,非打即罵,他全無骨肉親相眷。"可見這就是她對於繼母的真實看法。後來她又對她爹爹説:"爹爹,你與母親不諧,孩兒去了,凡事忍耐些罷。莫惹閑非免掛牽。"這幾句話相當重要。也就是在這種心情之下,她才向繼母辭拜,説出一些看來是"非凡的孝"的話的。而她所着重的主要的話,却是下面這兩句:"倘爹爹有些不是處,忍耐些罷。"這兩句話同對爹爹説的話對照,就可以知道她怕自己走後,没有人再來勸架,爲了委曲求全,才向繼母那樣低首下心的。①

第二,關於錢玉蓮不肯再嫁是爲了守節。我認爲這是要從封建道德和堅貞愛情來作對比的。按照封建道德,丈夫既已休了妻子,當然可以聽憑改嫁。繼母逼嫁孫汝權時,王十朋没有死,錢玉蓮談不到守節。她主要也決不是爲了"一女

---

① 在討論時,有人認爲錢玉蓮出嫁前對繼母的辭拜,只是遵守古禮,是一種儀式,説不上"非凡的孝",也不是什麽爲了委曲求全,方低首下心。我認爲這意見很好,也可備一説。

不嫁二夫"，而是對於丈夫的愛情有信心。她始終相信她的丈夫不會辜負她，這休書是虛假而且不通的。她堅決地喊出：她的丈夫"決不肯將奴負虧"。因此，我們不能説她是"毫無内心矛盾的、完全虛假的人物"，也不能説她是"作者進行封建説教的工具"。北大改編本的論斷是公允的："作者……描寫了一個忠於愛情、①頗有見識的錢玉蓮，她不貪富貴，拒絶了財豪孫汝權的求婚，寧願嫁給清貧的寒士王十朋。當她聽説王十朋負心時，她決不相信，她識破了那封家書是僞造的。"（北大改編本第三册頁三三五—三三六，下同。）

第三，關於王十朋拒婚相府是爲了綱常。我認爲除綱常以外，不能説王十朋"不是從愛情出發"；否則復旦本所稱贊的《時祀》一齣，"使人真切地感到了王十朋精神上的痛苦"，就不能自圓其説。王十朋與他的妻子新婚時，他感到"慈母心歡，賢妻意美，深喜一家和氣"。因此他臨别上京赴考時，依依不捨："因科舉，欲赴都，免不得抛妻棄母。千思百慮，母老妻嬌，却教誰爲主？"②他想到他的妻子肯接受他的荆釵，拒絶孫汝權的金釵和四十兩押釵銀，他的妻子愛他的才學，他是非常感激的，因此他臨别時向妻子表示："我守忠信，自古道貧而無諂。肯貪榮忘恩失義，附熱趨炎？"北大改編本關於這一點也説得頗爲妥當："王十朋雖然高中狀元，亦不忘貧賤之交、糟糠之妻，他堅決拒絶威勢顯赫的万俟丞相的逼婚，嚴詞駁斥了万俟的'貴易妻'的可恥謬論，對於万俟所施的種種刁難和折磨毫不妥協和屈服。在他聽到自己妻子已經亡故以後，他感於妻子的深厚情誼，決心不再另娶。……王、錢這種對愛情真摯的忠實的態度，互相信賴，堅守節操，不爲財富威勢所誘動的品格，是爲廣大人民所喜愛的。這也是這部作品的成功所在。"

至於説《晤婿》中的〔八聲甘州〕，"一種抒情詩式的語言，……顯然不是勢利刻薄、恣睢暴戾的錢母所能有"這倒説對了。因爲這支曲子本來是《錦香亭》戲文裏的，原本《荆釵記》裏並無此曲，這是借用來的。其次，談到"語言呆板而不生動，不能確切地表現出人物的性格"，我們還應該考慮到《荆釵記》曾經過不少人的修改。有的句子本來很能符合人物性格，由於有的文人改俗爲雅，反而改壞了。舉兩個例：第七齣《退契》孫汝權上場唱〔秋夜月〕："有的珍和寶，只少個妖嬈，將他摟抱。"（《南曲九宫正始》）這正適合孫汝權那樣不通的人粗俗的語言，但

---

① 錢玉蓮對於王十朋的愛情，從《閨憶》一全齣中表現得很充分。她離别以後，想念王十朋，以至於頭髮也懶得梳，甚至於夜不成寐。

② 王十朋想念妻子，常連帶母親一起説，是因爲他也很敬愛他的母親。這當中自然也有一些封建禮教的影響。《琵琶記·南浦》也是這樣寫的。

《六十種曲》本却改爲"少甚財和寶,未畢姻親,縈牽懷抱",變得文縐縐的了。又如錢玉蓮的姑母也是一個粗俗的人,第九齣《綉房》她唱:"〔花兒〕豪門議親,哥哥嫂嫂已依允。"(《南曲九宮正始》)但《六十種曲》本也改得過於文雅了:"〔青哥兒〕豪門議親,哥哥嫂嫂已許諧秦晉。"

李嘯倉説得好:"如果我們爲某些社會現象或人物口中帶有封建色彩的某些話句所嚇倒,不去看作者在這些現象或語句中所表現的是什麽;只看到人物做的什麽,不去看人物在這些現象中是怎麽樣做的;只停留在某些語句的字面上,不去看説這些話的是如何一個人,他在哪種情況下講的這些話,在這些話裏它所表現的思想情緒是什麽;那麽,我們就無法去真正理解一部藝術作品中的人物,並從而去辨別這個情節或那個情節的好或壞的。"(《談三個戲劇人物:陳世美、王十朋、蔡伯喈》)

由於復旦本《中國文學史》中册頁四一八—四二一還不曾修改,因此我提出以上的意見,以供參考。

《明何璧校本北西廂記》跋

這部明萬曆四十四年(丙辰)何璧寫序的《明何璧校本北西廂記》,過去從來沒有人著錄或提到過。上海古籍書店將它影印出來,以廣流傳,我認爲是有意義的。

這部書正文第一頁題作"渤海逋客校梓",與序文末行"萬曆丙辰夏日渤海何璧撰"合看,可知這部《北西廂記》正是何璧校訂的。《序》文後面還有三方圖章:"何璧之印"、"玉長"以及"俠骨禪心"。爲什麽何璧要以"渤海逋客"爲筆名,又自許爲"俠骨禪心",我們只要看下面所引的錢謙益《列朝詩集》丁十"何俠士璧"的小傳就可以完全明白:

> 璧字玉長,福清人。魁岸類河朔壯士,跅弛放跡,使酒縱博,聚里黨輕俠少年陰爲部署,植竿關壯繆祠下,有事一呼而集。上官聞而捕之,逾城夜走,亡匿清流王若家,盡讀其藏書。依其鄉人林古度、曹能始於金陵。携龍始書游新安,無所遇。聞邑令張濤,楚人,好奇士,爲詩四章投匭以撼之。濤大驚,延爲上客,贈以千金。濤開府於遼,璧往從之。濤將疏薦以布衣拜大將,會濤罷鉦而止。璧因此諳曉遼事,談夷漢情形如指掌。"如有用我,黑山白水,可克日而定也。"璧求用甚急,酒間奮臂抵掌,人皆目笑之,殊不自得。濤死,入楚哭之,遂以病死。濤門人胡汝淳權關荆州,買棺葬之沙市,爲石表曰"閩俠士何璧墓"。或曰:"玉長臨終念佛坐化,藏塔在袁石公蘭若之右。"秣陵艾容入荆,有詩弔之。

看了這小傳,可知何璧的生平差不多本身就是一首詩。他是福建福清人,因爲"上官聞而捕之",亡匿他鄉,故自稱爲"逋客";又因曾往遼任張濤的幕賓,故在自己的姓名或筆名上冠以"渤海"二字,其實他並不是渤海人。他少年輕俠,又念佛,故自許爲"俠骨禪心"。《明詩綜》卷六十四録了他的一首七律《西湖尋曹能始》。《列朝詩集》除也引這首詩外,另外還録了六首。如《金陵寄沈千秋》云:"挾策干時任轉蓬,壯夫曾悔學雕蟲。荒年有客曾炊桂,薄俗何人惜爨桐? 士到出山誰不賤? 術惟游士最難工。長安官道原如髮,只有狂生嘆路窮。"又《逢陳當時》云:"湖海年年氣尚横,相逢一笑蓋初傾。悔因任俠輕妻子,恨不從軍結弟兄。客里賣文難得價,市中畏劍説知名。燈前喜共猿公語,聞道遼陽正請兵。"

只有在了解他的生平的基礎上,才能更深切地了解他爲《北西廂記》寫序的心情。他認爲:"倚翠偎紅者,知淫而不知好色;偷香竊玉者,知好色而不知風流。"只有司馬相如、曹植這樣大才的作家,才配稱爲風流。並且,"惟有英雄氣,然後有兒女情。"我認爲他心目中的《西廂》,是同一般人的看法不同的。進一步,我幻想到似乎他把張生的性格給提高了。也許他自己没有這個意思。但他最後説:"庸詎知'西廂'之果劇耶,果假耶? 予之序'西廂',果非劇耶,果真耶?"又像是有這個意思。《奇逢》折,張生一出場唱〔點絳唇〕"遊藝中原,脚根無綫如蓬轉"一支,接連〔混江龍〕和〔油葫蘆〕,張生説:"才高難入俗人機,時乖不遂男兒願。空雕蟲篆刻,綴斷簡殘編。""九曲風濤何處顯? 則除是此地偏。這河帶齊梁,分秦晉,隘幽燕;雪浪拍長空,天際秋雲卷;竹索纜浮橋,水上蒼龍偃;東西潰九州,南北串百川。"張生這些豪放的唱句,其中似有何璧在。對照着他自己的詩句,"挾策干時任轉蓬,壯夫曾悔學雕蟲",可以看出。《解圍》折鶯鶯唱〔青哥兒〕:"不揀何人,建立功勛,殺退賊兵,掃蕩妖塵,倒陪家門,情願與英雄結婚姻,成秦晉。"這時張生立刻鼓掌上云:"我有退兵之策,何不問我?"其中也有何璧在。或者説,何璧看《西廂》到這兩處,應該是起共鳴的。

《西廂》現存的版本,當以弘治年間《新刊大字魁本全相參增奇妙注釋西廂記》爲最早;大致根據這弘治本刊行的該是隆慶間劉龍田所刻的《重刻元本題評音釋西廂記》;嘉靖年間《雍熙樂府》中所收的《西廂記》曲文,也是比較早的。何璧校刻的《北西廂記》,我看主要是根據劉龍田本。只要拿何本與劉本的齣目對照一下就能看出。何本將劉本四字齣目都改用最後兩字,劉本作《佛殿奇逢》,何本就簡稱《奇逢》。只有第八齣《琴心寫懷》改名《聽琴》,第十五齣《秋暮離懷》改名《送别》,第十七齣《泥金捷報》顛倒爲《報捷》,其他十七齣都不例外。此外,《聯吟》折多了一曲〔小桃紅〕〔么篇〕(十一頁後半頁),《解圍》折最後多了〔賞花時〕及其〔么篇〕(二十一頁後半頁),這三曲均爲今本所無,而爲《元本題評西廂記》所有(《解圍》二曲弘治本也有)。這也足以説明何璧本是從題評本來的。他在《例言》中所謂坊本兼作批評,題眉額,市刻有《鶯紅問答》詩在後,調俚而語腐,都是指劉本而言。何璧把那些點板、圈點之類全都去掉，認爲"會心者自有法眼"，這看法也是比較高明的；自然，要從普及着眼，這看法就有問題了。

　　何本既根據劉本略加刪改，劉本和更早的弘治本又都收入《古本戲曲叢刊》，因此在恢復《西廂記》最早的古本這意義上來看，何本並不能給我們更多的啓發。但是，作爲明代詩人何璧對於《西廂記》排場唱白的品評來看，這部《北西廂記》却是有意義的。在《西廂記》刊本演變的研究方面，這部何璧本作爲承前啓後的書來看，尤其是非備不可的書籍。何璧可能不大懂得音律，因此對於點板不感興趣，認爲點板的就是"俳優唱本"。也就因此，他不大敢改動《西廂》的唱句，比起王驥德、凌濛初等人的托古改制，却更能保存《西廂》的本來面目；在這一點上說，雖同爲萬曆或以後的本子，却比王伯良校注本和凌濛初刊朱墨本要好一些。不過，倘若把王、凌兩本不作爲古本來看，而作爲他們倆對於《西廂》曲律的見解來看，那麼王、凌兩本的價值又高了。

　　上海古籍書店將這何璧校刻的《北西廂記》影印出來，以供此道專家對於《西廂》版本的演變、《西廂》文詞排場的優劣，據此以爲材料，作一番縝密的研究，應該有其相當的作用。即如《解圍》折，弘治本孫飛虎上場，第四句就是"方今唐德宗即位"，解放後通行本也有這一句，何璧本就根據劉本將這句刪去了。因爲，"唐德宗"這稱呼應該是死後的謚號，孫飛虎是不會知道的。這就改得好。又如，通行本《送別》折鶯鶯說："你那知我的心哩！"似對張生不了解，不好。何璧改作："你怎麼不知我心哩！"就改得好，意謂："兩心相知，你是應該知道我的心的。"又如最後張生說："不知性命何如？且看下回分解"，這分明是說書人的口氣還沒有去除乾淨，現今通行本仍保留此二句，但何璧本却把第二句去掉了。這也刪削得好。在排場方面，《停婚》折最後紅娘向張生獻策，要張生彈琴打動鶯鶯。紅娘下場後，張生便理起琴來，向琴自語，祝告成功。張生這一段獨白應該也是《停婚》折中的，但通行本却將這段獨白改爲下折，讓張生再上場一次。我認爲這也是何璧本分場較好。他不懂音律，但他對於戲曲的結構該是有理解的。最後鶯鶯寫給張生的信改動較大，也改得較好。試比較下列一小節，就可以看出：

　　一、自音容去後，不覺許時。仰敬之心，未嘗少怠。縱云日近長安遠，何故鱗鴻之杳矣。莫因花柳之心，棄妾恩情之意。正念間，琴童至，得見翰墨，始知中科，使妾喜之如狂。郎之才望，亦不辱相國之家譜也。（通行本）

　　二、別逾半載，冥寄三秋。思慕之心，未嘗少怠。昔云日近長安遠，妾

今始信斯言。琴童至，得見翰墨，知君瑞置身青雲，且悉佳況，少慰離人沉思。有君如此，妾復何言！（何璧本）

通行本説："莫因花柳之心，棄妾恩情之意"，這就降低了鶯鶯對於張生愛情堅貞的信任。通行本又説："郎之才望，亦不辱相國之家譜也。"鶯鶯簡直變成老夫人的應聲蟲，庸俗不堪了。何璧本就没有這樣的話。以上我只是隨便列舉。仔細地比勘，還待專家們的研究。至於何璧改本對於後來《西廂》的版本有何影響，也讓給專家們去做勘對的工作了。

這部《北西廂記》的九頁插圖也刊刻得相當精細。"鬧會"一幅，頗爲傳神。由於鐘掛得太高，撞鐘的和尚仰面墊脚來敲擊；老和尚迎接老夫人，也神情活現。特別是張生望着鶯鶯出神，能將神態畫了出來。"聽琴"一幅，張生一面彈琴，一面神思飛越；鶯鶯凝神静聽，也能畫得恰到好處。

談崑劇

一　淵源和發展

我國戲劇從北宋宣和年間到南宋，在這整整一百六十年期間（一一一九—一二七九）北方先後是金、元兩朝的統治地區；所以在戲劇發展的初期形態上，就已經有了南、北兩大系統的區別：這就是初期南方的戲文和北方的雜劇。（戲文又叫做南戲。雜劇是以北方曲辭爲主的戲劇，和宋代所謂"雜劇"不同。）

所謂戲劇正式形成是説這種演出劇本，已經兼備歌、舞、劇三者並有代言體的劇本。元人雜劇所流傳的劇本還不少，宋、元的南戲則流傳下來的已很少。但從現存的戲劇資料中可以看出，在元時的戲劇演出中，除雜劇外，南戲也還占有一定地位。

元末高明的《琵琶記》和較前（或同時）的另一本南戲《拜月亭》（《幽閨記》）的成功都是巨大的，在故事、結構和文學語言三方面都很動人；這兩本南戲的產生，的確使整個的劇壇受到了不少的影響。

《拜月亭》是明人戲劇習語《荆》、《劉》、《拜》、《殺》中的一本，其他三劇就是《荆釵記》、《劉智遠白兔記》以及《殺狗記》。這四劇的作者和創作時代都不能確知：《荆釵記》雖有柯丹邱或李景雲改編二説（這兩個人都是元末明初時人）較爲可信，但他倆也只是"改編"者，並不是創作者；《拜月亭》傳爲元人施惠作，也不能使人相信；《白兔記》的作者根本無可考；《殺狗記》傳爲明初徐㬢所作，也可置疑。總之，這四種作品是元人所舊編的劇本則大致不差。此外，宋、元以來的尚存的南戲則有《張協狀元》、《宦門子弟》、《小孫屠》、《牧羊記》、《破窰記》、《趙氏孤兒》等，不再一一説明。至於零齣的舊戲，散見於選本或曲本中者較多。

以上我們説明了元代的戲劇是南、北二支都流行演出的，可是到了明初，就漸漸有了改變的趨向。這種改變的趨向是：雖然在元初的時期，北曲雜劇的勢力較大，但自元中葉後，南戲已經發展；元末的南戲有更大的成就，北曲雜劇已有了衰退的景象。這樣,進入明初不久,南戲就完全占了優勢的地位。而早在元末就已經出現了南、北腔調相互吸收的現象,其他像角色的分配,劇情本事的摹仿,彼此間也互有影響。由此,到了明代中葉(約一四五〇——一五二〇),就形成了"傳奇"的體裁。傳奇基本上是繼承了南戲的傳統的,但也保存了北曲雜劇的部分面目。傳奇的體裁,趨於定型以後,又產生了傳奇的駢儷派劇本,如邵璨的《香囊記》、鄭若庸的《玉玦記》、張鳳翼的《紅拂記》、梅鼎祚的《玉合記》、屠隆的《曇花記》等;但是,這一類作品的價值是比較小的。

上面已簡略地述及宋、元以來南戲和北雜劇的發展以及傳奇的產生。其次,我們也必須說到當時唱腔的流行情況。

元人南戲和北雜劇的唱腔,今天我們已很難找到具體的說明。不過,我們知道,由於地區、語言等條件的不同,同一劇本在各地的演出就漸漸地形成了各成系統的腔調。在明代中葉,"崑腔"未普遍盛行的時期,據記載所及,有海鹽腔、弋陽腔、餘姚腔、青陽腔、四平腔、太平腔……諸種,尤以海鹽腔的時期爲較早。到嘉靖末期(一五五〇年左右),徐文長所作的《南詞叙錄》上說:

> 今唱家稱弋陽腔:則出於江西,兩京(指南京、北京)、湖南、閩、廣用之。稱餘姚腔者,出於會稽,常(常州)、潤(鎮江)、池(貴池)、太(太爲太平,即今當涂)、揚(揚州)、徐(徐州)用之。稱海鹽腔者,嘉(嘉興)、湖(湖州)、溫(溫州)、台(台州)用之。惟崑山腔止行於吳中。

可知那時的崑腔,其勢力是很薄弱的;它遠不能同弋陽腔、餘姚腔等種腔調相比。但是在嘉靖以後,由於崑腔的改革和創造,促進了這一劇種的蓬勃發展。這種改革和創造的兩位首要的代表人物就是魏良輔和梁辰魚。

魏良輔別號尚泉,崑山人。寄居太倉。(一說原爲江西籍而移住崑山者)他曾以十年工夫竭盡全力研討音調的旋律和發音的準確;這樣,他就把南曲改革成爲一種新腔,當時叫做"水磨調",這名稱就象徵着細膩、婉轉和柔和。此調創作成功後,深得戲曲界的權威人物袁髥、尤駝等人稱道。不久,學習"水磨調"的人就漸漸地增多了。

"水磨調"興起後,就確立了現今所稱爲"崑腔"的基本音調。其實,從上面所引錄的一段《南詞叙錄》和嘉靖初期祝允明所作的《猥談》看來,"崑腔"的名稱原先已有存在的可能;(現知元朝就已經有了崑腔)它正像餘姚腔、海鹽腔等以發源的地區作爲名稱一樣,崑腔就是崑山腔,不過在魏良輔的改革創造後,進一步發展了腔調的動人的聲音罷了。

據現今研究的結果,"水磨調"之所以盛行,主要有兩個優點:第一,在"水磨調"以前,其他的許多腔調,大致是平直呆板,缺少抑揚頓挫的成分;"水磨調"却以婉轉、細膩的情調爲顯著的特色。第二,在"水磨調"以前,許多腔調在樂器伴奏上也不夠完整。有的唱腔且無樂器伴奏,只是乾唱;有的唱腔有簡單的伴奏樂器,但是不一定能襯托氣氛,也遠不能跟"水磨調"的採用多種樂器伴奏的情況相比。

梁辰魚字伯龍,崑山人。他的生卒年代約同魏良輔相差不遠,是一位有才能的劇作家。當"水磨調"開始盛行的初期,他就參加到崑山腔的陣營中去。那時,他一方面學習新腔,研究音樂的發音原理;一方面更從元人的劇作家所創作的許多優秀的劇作中去吸取它們的創作方法。由於這些方面的努力學習,創作了他的《浣紗記》,使這個劇本的各方面都能完全適合崑腔的特點而加以發揮。在這個劇本演出時,又得到笛、琵琶、弦子等樂器的名手合作,獲得了很大的成功。這樣,就更穩固了崑腔的基礎。這是崑腔的勃興時代,約在明朝的嘉靖到萬曆初年。

萬曆(一五七三——一六二〇)以後,崑劇就漸次流行。初時的發展範圍是江、浙兩省,繼而沿長江流域發展,向北就到山東、河北等地。我這裏所謂"崑劇",就是指用崑腔的唱腔,(主要是承繼了南戲的系統,但也有北曲的改制部分)來演出的戲劇。

自從梁辰魚的《浣紗記》在演出上得到成功後,在萬曆時繼起的兩位戲劇家(湯顯祖和沈璟)又使崑劇得到進一步的發展。

湯顯祖字義仍,號若士,江西臨川人。生於嘉靖二十九年,萬曆四十五年卒,年六十八(一五五〇——一六一七)。他壯年期間,是業餘的戲劇愛好者,且有初期的創作《紫簫記》和《紫釵記》,以及最有名的《還魂記》(《牡丹亭》)。後因對當時的統治者不滿,被劾而居鄉。晚年就一直居住在玉茗堂約二十年,專心於戲曲的創作,又接連創作了《南柯記》和《邯鄲記》兩個劇本。後人因爲他住的地方名叫玉茗堂,合稱《紫簫記》以外的四種爲《玉茗堂四劇》;又因爲他是臨川人,這四劇又稱爲《臨川四夢》。其中尤以《牡丹亭》一劇擁有廣大的讀者。

總的說來,湯顯祖所創作的劇本有兩大優點:其一,描寫人物個性的突出和劇本結構的完整。其二,他接受了元、明以來著名劇作家在戲劇創作上的豐富而活潑的語言，並加以提煉。由於湯顯祖劇作所起的巨大影響，尤其是《牡丹亭》的創作，使得在他以後的劇作家都向他學習或摹仿《臨川四夢》而進行寫作。

同湯顯祖相先後的劇作家吳江人沈璟，却有他另一方面的基本創作方法。沈璟所創作的劇本共有十七種，現存《義俠記》、《紅蕖記》、《埋劍記》、《桃符記》、《博笑記》、《雙魚記》、《墜釵記》七種，以《義俠記》（描寫《水滸》英雄武松的事跡）爲最著名。和湯顯祖一樣，也是畢生致力於戲曲創作而有巨大成就的。他在創作上的主張是：文字必須通俗化，音調必須適合曲律。這些要素的確是值得注意的，但是忽略劇本的結構和人物的創造，却使他自己的作品有了頗大的缺陷。此外，他所整編的《南九宮十三調曲譜》却是一部很有價值的書。這部書採錄了宋、元以來南戲的各支曲牌的組織大概面目，並說明了曲牌的應用規律和音調的所以諧適的理由；從此以後，劇作家和作曲家都有了一部研究南曲音樂的經典著作。由於他在戲曲創作上堅持他的創作方法的結果，加上擁護他的許多劇作家，自然地形成了中國戲曲史上著名的"吳江派"。

從湯、沈稍後的作家呂天成的《曲品》的名目看來，在萬曆前後崑劇的作者（七十七人）約一百五十餘本的創作中，絕大多數的作品都是受了崑腔勃興的影響而寫作的崑劇，而湯、沈二人則是其中的領導人物。

由魏良輔和梁伯龍的先導到湯顯祖和沈璟的努力結果，崑劇到萬曆後期就進入了極盛的時代，作品的豐富以及演出的頻繁，無論在哪一方面都有它燦爛的光輝。在明末清初的劇作家中，我們還要介紹的是：李玉、馮夢龍和李漁。

李玉創作的劇本爲數很多（約三十四劇），其中尤以《一捧雪》、《人獸關》、《永團圓》、《占花魁》爲著名，合稱作"一人永占"。不論在劇本內容以及文字、音律、排場上都很生動。他的《清忠譜》尤有價值。馮夢龍是明末一位極重要的民間文藝愛好者和提倡者，除所編集的"三言"是我國小說史上有代表性的作品外，他如收集民間的山歌、俗語，也有不少的功績。他在戲曲上的造就不在創作，雖然也有些劇本，但遠不如他所改編前人的劇本以適應舞臺要求的意義來得大。改編的劇本可以查得出的約有《新灌園》、《楚江情》、《精忠旗》等多種。

在許多劇作家中，有自編、自導的能力的，最著名的人物是李漁。他除創作十多種劇本外，也往往配合劇團的演出需要去改動前人的作品。從任何一個角度來看，他在演出實踐上的經驗是十分值得研究的。

清初的傳奇作家還很多，大體上他們的風格和明末相同；不過由於清軍的入關，也產生了些有濃厚民族意識的劇本，如王船山、鄒式金的劇作是。可是這些創作大多是不熟悉舞臺藝術的文士的感慨，往往有很多地方不適合舞臺演出。到康熙中葉時南洪、北孔的《長生殿》和《桃花扇》，纔又替趨向沒落的崑劇帶來了新的生命。

所謂"南洪、北孔"，就是杭州的洪昇和曲阜的孔尚任。洪昇字昉思，號稗畦居士。創作的劇本計七種，以《長生殿》爲最著名。至於孔尚任的《桃花扇》，相當具體地反映了明末的史實，這在傳奇的本事結構上是極少的現象，再加以作者洗練的文學語言，強烈的愛國主義精神，因此得到了高度的成就。正因爲把這樣強烈的民族思想反映到戲劇中去的緣故，在清代《桃花扇》便受到統治者的迫害，而沒有能廣泛的演出。

乾隆初年，統治者爲了裝飾他們的"太平盛世"，命當時的一般士人作了一大批的供奉劇，崑劇於是被正式選入宮去。當然崑劇進宮以後，就完全失却了它原有的朝氣，變成統治者的御用工具。只有在群衆中演出的班子，還保持着同人民的密切的聯繫。

儘管是統治者的愛好，文人墨客的捧場，但是這些終究挽回不了崑劇的頹勢。到了乾隆末年，被稱爲"雅"部的崑劇就被"花"部諸劇種相繼取而代之。這裏的原因較複雜，但其中最主要的有下列兩點：

（一）我們在前面已經說過，差不多在"傳奇"形成的同時，就產生了文士的駢儷派劇本；以後由於在崑劇的發展過程中，還有許多的作家都假冒風雅地去創作，形成了"文士"作劇的風氣，因而大多數的崑劇劇本顯出了生活內容空虛、思想貧乏、堆砌詞藻的通病。特別是堆砌詞藻的結果，使作品的語言僵化，直接影響了戲劇演出時觀衆的感受。

（二）由於保守意識的存在，在乾隆末年各地地方劇種相繼興起時，崑劇的戲班像慶寧、迎福、彩華、金玉等還想恢復崑劇的原來優勢，而不肯向別的劇種去學習、吸收，事實上，崑劇自己却仍停留在明代以來的藝術水平上，而無大的改進。

那時所稱的"花"部是同崑劇相對的諸劇種的總稱。主要包括有：京腔、梆子腔、勾腔、西秦腔、二黃腔等。這些新興的劇種都吸取崑腔在表演藝術上的許多優點來豐富、提高自己。這樣，就使得自尊自大的崑劇的沒落趨勢，更快地發展了。

到嘉慶初年，在北京的劇壇上，著名的四大徽班——四喜、三慶、和春、春臺——也吸收了崑劇的大部分演出劇目，唯一能保留純粹崑劇演出的班社集秀班,在支撐了一個時期以後,也終於在道光年間解散了。

崑劇在北京和其他地區先後趨向於沒落。在轟轟烈烈的太平天國革命後,僅有崑腔的發始地——蘇州附近地區有崑劇的經常的演出了。這些崑劇劇團的演出,在光緒初年有大章、大雅、全福、鴻福等班,其中以全福班的演出時期爲最久。

全福班解體後,當時社會上一般愛好崑劇的人,籌資組織了一個崑曲傳習所,聘請了一輩全福班的老藝人作爲教師來教練崑劇的表演藝術。其後崑曲傳習所的學員們在演出時,先後曾用過新樂府和仙霓社這兩個名稱。

在全福班和崑曲傳習所的同一時期中,北方也先後有小恩榮科班、益和班以及安慶班的演出。這些班子的上演劇目,除有崑劇外,也有許多高腔的戲,因爲高腔的腔調和明時的弋陽腔有直接的關係,所以,後來就稱呼這些劇班爲崑弋班。

總結上面所述的崑劇的歷史,我們可得到如下的概念:

一、自從傳奇產生,在接受南戲和北雜劇的遺產上是有極大貢獻的。但同時既出現了駢儷派的劇本,却替以後崑劇的發展提供了一個不利的條件。

二、崑腔的勃興時代最大的收穫是新的唱腔的改革成功和注意樂器的伴奏,同時在舞臺藝術上也奠定了一個基礎。

三、崑劇的極盛時代不論在劇本創作上,音樂曲調改革的成就上以及演出的各方面都達到了最高峰,這時崑劇在形式上是完全定型化了。

四、崑劇的餘勢時期雖然有《長生殿》和《桃花扇》的出現,但一般地說,趨向於排場呆板,詞藻堆砌,不求內容的充實,因此逐漸趨於衰亡。

五、新興的"花"部諸劇的發展代替並吸取了古老的崑劇,到仙霓社和崑弋社解散,崑劇的經常演出就宣告終止。

二 角色和劇目

崑劇的上演,因爲繼承了宋、元以來北曲、南曲的唱腔和表演藝術傳統的緣故,所以,到現在它能上演的節目中,劇本的底本所延續的年代是極長的。也就是說,從宋、元以來所創造的戲劇作品中都有它能上演的脚本;在現在,除了崑劇外,更沒有其他的劇種能象它那樣擁有多量的、豐富的戲劇遺產(包括戲劇文學遺產在內),這是最寶貴的。

元代所盛行的北曲雜劇,經過明中葉後,由於各種腔調的盛行,就完全失去它原有的風格,到現在,除了崑劇和部分劇種(如弋腔、梆子等)還吸取了它的唱法外,我們就沒法詳細知道它的聲調的組織了。而在這些受到它影響的腔調中,尤以崑腔的北曲部分吸取得最多。據清代乾隆末年的葉堂《納書楹曲譜》所收的可唱的元人劇本套數計有如下諸種:

關漢卿《單刀會》:《單刀》、《訓子》。

孔文卿《東窗事犯》:《掃秦》。

尚仲賢《氣英布》:《賺布》。

李壽卿《紅梨記》:《賣花》。

楊　梓《不伏老》:《北詐》。

吳昌齡《唐三藏》:《回回》、《北餞》。

喬夢符《兩世姻緣》:《離魂》。

金仁傑《追韓信》:《北追》。

朱士凱《昊天塔》:《五臺》。

羅貫中《風雲會》:《訪普》。

楊景言《西遊記》:《撇子》、《認子》、《胖姑》、《伏虎》、《女還》、《借扇》。

無名氏《貨郎擔》:《女彈》;《馬陵道》:《擺陣》、《孫詐》、《擒龐》;《連環計》:《北拜》;《漁樵記》:《漁樵》、《逼休》、《寄信》。

應該說明的是,這些北曲雜劇,有的只能唱,不能演;有可以演唱的諸種也是以下列兩種形式流傳的:一,直接吸取北曲雜劇的演唱形式,像《單刀》、《北詐》、《孫詐》……是;二,原來的北雜劇的一部分完全採錄到新編的傳奇中,此類較多,象《掃秦》被採入《精忠記》,《北追》被採入《千金記》,《漁樵》、《逼休》被採入《爛柯山》是。

由於年代的長久,在演唱上必然要改動些原來的面目。像關漢卿的《單刀會》,現在能演唱的腳本就和元人百種中有所出入,其他像《掃秦》等也是。不但是元代以來的劇本如此,即使是崑劇興盛後,當時的劇作家的作品由於上演時各種情況的需要,也都有改動的可能。試舉最盛行的湯顯祖《牡丹亭》為例,當時就有改《牡丹亭》劇本的諸家,如沈璟、臧晉叔,稍後又有徐日燨、馮夢龍等人。像現在還經常有上演的《春香鬧學》、《游園》、《驚夢》相連的三齣戲,不但同任何一種的改本不一樣,並且我們也不知道這三種改編者的姓名和改編的確實年代;但可以確定的是,這些改動是有經驗的藝人或編劇人所修改的。除《牡丹亭》外,其他類似這種經過修改的劇本也很多。

還有一些藝人所創作的劇目。又有一部分原是文人所作,因爲無法知道作者姓名的緣故,也變作了"無名氏"。這兩種的情況,在本質上是大有區別的。

藝人所創作的劇目,如《紅梨記》中的《醉皂》,《牡丹亭》中的《堆花》等,也是應該注意的。他們在原作的劇情發展外,添加了一些精彩的插曲,具有生動的形像和豐富的語言,像《醉皂》中的皂隸,真是一個有血有肉、富有人情味的人物。

在詳述崑劇所能演唱的劇目之前,這裏還補充説到兩點,就是:演唱時角色的分配;劇目編制的意義。

一、角色的分配:宋時的角色約可分成生、旦、淨三類(丑可以包括在淨類中)。到元人雜劇和元人南戲時,每一類的名目又分細了不少。傳奇多承繼南戲的體制,南戲的角色分配幾乎完全被傳奇採用了。我們只要看一下徐文長的《南詞叙録》所記的南戲角色是:

生、末、旦、外、貼、淨、丑

七項和傳奇所見的角色:

生、小生

副末、小末

正旦、貼旦、搽旦、小旦、老旦

外(老外)、雜

淨、副淨

丑

相比較,基本上是一致的(元人雜劇的角色名目繁多,且有準角色的詞語像曳剌、卜兒、孤等,和南戲不同)。事實上,在崑劇演出時,其角色的分類比後者還要細些。譬如旦,就分爲老旦、正旦、作旦(即娃娃生,兒童不分男女)、刺旦、五旦(閨門旦)、六旦(貼旦);小生一項,又有雉尾生、扇子生、鞋皮生、巾生、小冠生、大冠生……之分;丑項又有文丑(方巾丑)、武丑(開口跳)……之分,而且其間的界限也是頗爲明顯的。到現在,還沒有其他的劇種的角色分配比崑劇還要細緻的,而角色分類的細緻也往往是在舞臺表演藝術上比較細緻的主要原因之一。

二、劇目的編制:以上我們已經把元人雜劇的演唱目録寫過,這裏的劇目内容就可分爲三個段落來記録。第一,作品在崑腔流行以前的,是主要承繼南戲的部分;第二,崑劇的盛行期,明嘉靖後至清初,崑劇的主要代表作品;第三,清初至乾隆末年,後期的崑劇,雖然也有較好的作品,但數量已不能同第二期相比;且有一小部分的作品,創作在乾隆時的,已不是純粹的崑腔,像不知名氏的《花鼓》、

《拾金》《借靴》等是。

無名氏的作品，大致可探測其產生的時代，附於每期之末，不另作詳細說明。

乾隆以後，創作崑劇的劇本雖也有一些，但沒有一本有較顯著的優點，所以我們也不再一一列舉。

茲以仙霓社上演的劇目（參考崑弋社的演出）爲根據，按照上述分期立表於下：

（劇目上加"○"者有全劇刊本或接近全劇的抄本流傳；劇名後數字表示能演出的齣數。）

○高　明《琵琶記》二十　　　　　○無名氏《幽閨記》十
○無名氏《白兔記》五　　　　　　○無名氏《荆釵記》十五
○無名氏《尋親記》五　　　　　　○無名氏《牧羊記》六
○蘇復之《金印記》十　　　　　　○李日華《南西廂》九
○薛近兗(?)《綉襦記》九　　　　○王玉峰《焚香記》二
○李開先《寶劍記》一　　　　　　○沈　采《千金記》五
○王　濟《連環記》十一

以上第一期，《金印記》前約爲元人作品。

○梁辰魚《浣紗記》九　　　　　　○無名氏《雙紅記》四
○無名氏《鳴鳳記》九　　　　　　○張鳳翼《祝髮記》一
○徐　渭《四聲猿》一　　　　　　○徐叔回《八義記》五
○湯顯祖《牡丹亭》十三　　　　　○湯顯祖《紫釵記》二
○湯顯祖《邯鄲記》六　　　　　　○湯顯祖《南柯記》二
○沈　璟《義俠記》十　　　　　　○許自昌《水滸記》九
○高　濂《玉簪記》八　　　　　　○汪廷訥《獅吼記》五
○沈　璟《雙珠記》五　　　　　　○吳世美《驚鴻記》二
○陳羆齋《躍鯉記》一　　　　　　　鄭國軒《鷫鸘記》四
　范希哲《滿床笏》四　　　　　　　秋堂和尚《雁翎甲》一
○沈自晉《望湖亭》一　　　　　　○沈自晉《翠屏山》十
○徐復祚《紅梨記》五　　　　　　○徐復祚《宵光劍》三
○葉憲祖 袁于令《金鎖記》四　　　○袁于令《西樓記》七
○無心子《金雀記》四　　　　　　○月榭主人《釵釧記》九
○吳　炳《療妒羹》一　　　　　　　朱　虹《兒孫福》三
○李　玉《一捧雪》十　　　　　　○沈　鯨《鮫綃記》四

○李　玉《人獸關》二　　　　○李　玉《永團圓》十二
○李　玉《占花魁》六　　　　○李　玉《麒麟閣》二
○李　漁《風箏誤》十　　　　○李　玉《萬里緣》三
○李　漁《奈何天》　　　　　○朱素臣《十五貫》十三
○朱素臣《翡翠園》十二　　　○朱佐朝《漁家樂》八
○朱佐朝《吉慶圖》一　　　　○朱佐朝《豔雲亭》六
　朱佐朝《九蓮燈》四　　　　○陳二白《雙冠誥》四
○阮大鋮《燕子箋》二　　　　○無名氏《霞箋記》
　無名氏《三國志》四　　　　　無名氏《西川圖》二
○無名氏《古城記》一　　　　○無名反《千忠戮》五
○無名氏《衣珠記》八　　　　　無名氏《百順記》二
　無名氏《英臺記》？一　　　　無名氏《百花記》三
　無名氏《彩樓記》二　　　　　無名氏《爛柯山》五

以上第二期，約計齣目二百五十餘，無數字者曾排全本。

　石　龐(？)《蝴蝶夢》十一　　邱　園《虎囊彈》一
○邱　園《黨人碑》四　　　　○洪　昇《長生殿》十三
○孔尚任《桃花扇》二　　　　○張大復《醉菩提》三
○張大復《如是觀》五　　　　　張大復《天下樂》一
○蔣士銓《四弦秋》一　　　　○方成培《雷峰塔》九
○楊潮觀《吟風閣》一　　　　　無名氏《白羅衫》九
○無名氏《鐵冠圖》十四？　　○無名氏《金不換》二
　無名氏《一文錢》二　　　　　無名氏《還金鐲》一
　無名氏《天門陣》二　　　　　無名氏《孽海記》二
○無名氏《呆中福》十三　　　　無名氏《桂花亭》四
　無名氏《青塚記》一　　　　○無名氏《販馬記》四
○無名氏《南樓傳》　　　　　　無名氏《後尋親》六
○無名氏《五代興隆傳》四　　　無名氏《鬧昆陽》一
　無名氏《通天犀》一　　　　　無名氏《壽榮華》一

以上第三期
此外不知原劇作者或全劇名者，僅以單齣流傳演出的，也附錄在下面：
《狀元印》、《芙蓉嶺》、《十字坡》、《快活林》、《祥梅寺》、《四平山》、《乾坤圈》、

《蜈蚣嶺》、《三叉口》、《打花鼓》、《借靴》、《花子拾金》、《借妻》、《下海》、《甲馬河》、《下河南》、《棋盤會》、《功勳會》、《打馬》、《倒銅旗》、《打麵缸》、《打擂認姑》、《反五關》、《安天會》、《探莊》、《通天犀》、《功臣宴》、《虎牢關》、《羅藝斬子》、《天罡陣》。

從上面所列的劇目看來，可見崑劇（一部分是弋陽劇）所包含的演出內容是頗爲豐富的。傳習所由崑腔沒落時愛好者組織起來，當初全福班頗爲齊全的角色在傳習所創始的時候已經有好幾位去世了，可以想象得到的是必然有一部分戲劇遺產因此而失傳。

當時傳習所的教授是沈月泉的小生（包括冠生、巾生、鞋皮生、鷄毛生），沈斌泉的丑（包括大面、二花面、小花臉），尤彩雲的旦（包括老旦、正旦、作旦、刺殺旦、五旦、六旦），吳義生的老生兼大花面。傳習所的同學在學習三年後，結業的約四十八人。當他們可參加演出時，老先生也陪同他們在隨地指導，由是，傳習所（以後稱新樂府和仙霓社）的藝人在演出的修養上得到了更快的發展。

仙霓社的崑劇演出，當抗日戰爭初期，日寇進入上海時，遭到了直接的嚴重的打擊，不得已宣告解散；到現在，傳習所的同學可知的約有二十六人，還在上海市戲曲學校崑曲班等處繼續參加戲曲工作的也在二十人左右。

崑弋社也在抗戰時宣告解散，但現已建立北方崑曲劇院，爲崑曲改革而努力了。

三　表演內容和形式

現在進一步考察崑劇節目的內容，大致分爲如下兩項：

一、歷史故事劇：如《牧羊記》、《風雲會》、《八義記》等。

二、小說故事劇：如《琵琶記》、《綉襦記》、《牡丹亭》等。

有些劇本當然不能很明顯地決定爲那一項，所謂"歷史故事劇"，是指這些劇本的全部內容有歷史記載爲根據的。但就這類劇本的比例來說是較小的；而在"小說故事"類中尤以才子佳人型的劇本爲多。其他諸類像神話、民間傳說等也有。

這裏我們應該注意，雖然在崑劇的上演劇目中有這麼多定型的傳奇公式化的劇本，但是它們並不是整本地上演的。以熟知的《長生殿》爲例，全劇五十齣，經常上演的十三齣包括《定情》、《賜盒》、《酒樓》等不過約爲全劇的四分之一。這十三齣雖然只是原作的四分之一，但因都是劇本的主要組成部分，在某種意義上也可算是全本《長生殿》了；並且《定情》、《彈詞》等已顯然可自成一段落來演唱，因此傳奇的才子佳人化的故事結構還不是一個十分嚴重的問題。其他像《琵琶記》的《吃糠》、《描容》、《書館》、《掃松》以及《牡丹亭》的《學堂》、《游園》、《冥判》、《拾畫》等都是全劇的主要組成部分,而且都是可以單獨演出的。

另一方面,也因上面所說的這種緣故,有許多原有整本的劇本,到後來漸漸只留存了能演出的某部分的腳本。從這些地方看來,我們就可深切地了解劇本和舞臺有多麼深切的關係。

就總的表演形式來說,演劇習語"唱、做、念",是唱員的基本要求。此外場面的配合(即音樂部分的使用),舞臺的設計,服裝的渲染以及臉譜等項也是不可忽視的。對於舞臺設計、服裝、臉譜三項這裏不預備敘及,因爲這些和現今的京、川、徽……諸劇種大部分相同。

演員的"唱、做、念"都和音樂密切結合,這是崑劇在演出上的最主要、也是最足重視的特徵。往往在一齣戲的上演中,自始至終,每一角色都要熟練地掌握這一點。崑劇的丑角多是運用純粹的蘇白,這情況同現今的京劇丑角多念京片子的"傳統"類同外,其他各角色也沒有特殊可記的地方。至於唱、做二項卻可包括在音樂和舞蹈兩大類來加以敘述。

音樂的樂器部分——場面,可分成直接配合、襯托唱腔的和陪襯舞蹈用的兩類,一般稱做文場和武場。崑劇的文場最主要的是笛,武場則爲鑼,其中鼓板的地位更屬重要,它擔任了指揮和領導的作用。

崑劇的唱腔組織,承繼了南曲和北曲的傳統,已如上述。南曲的規格原是很自由的,北曲則較嚴格。南曲在一場中可一人獨唱,二人或多人連唱,合唱;每種角色都可應唱,不過因劇中人心理的描寫關係,生、旦和淨、丑多有慢曲和急曲、細曲和粗曲之分。北曲在一場中僅可由一人主唱,無連唱、合唱的使用,唱的角色僅有末、旦兩項,不過根據現有的元人的劇本看來,末實包有"淨"的成分,可以演唱李逵、尉遲恭等。一人主唱的原則,只有極少量的劇本不是這樣的(明人作品較多)。

任何一種劇種的舞蹈運用,都沒有崑劇那樣的細膩和繁重,演員在臺上的舞蹈動作(身段)必須隨着唱腔、音樂進行。

舞蹈的主要原則是用於配合劇情的發展和使唱詞的形象化。因爲古典劇常用象徵的手法,所以舞蹈的姿態常帶有誇大的描寫,這些誇大是適當的,也是美化的。崑劇各個角色的分配是很細的,每一角色都有他們基本的舞蹈原則。這原則的創造過程是從角色的社會地位上(也包括角色內心的思想活動)來奠定的。在舊時的演出上，界限很嚴，習慣稱爲角色的"家門"。

古代的劇場規模和演唱的情形，常受到很多的自然條件的限制。在崑劇的演出中，尤其在舞蹈方面，也可見到有這類情形，這就是道具少和演出人數少。事實上，道具的缺少是會增長舞蹈的發展的；演出人數的不多，結果會產生"獨脚戲"、"對子戲"的流行。所以除一部分武戲以外，多數的演出劇目自然難免使人有"冷靜"的感覺。

崑劇是古老的劇種，它的記譜方法具有我國音符記法的傳統性，這就是在直行的文字旁標出了注音的符號。注音符號有兩種：一種表示音高的，像合、四、一、上、尺、工、凡、六、五、乙、仕、伬、仜等字，其中一、凡是半音，相當於西樂的"7"、"4"，這兩個半音在南曲中是不用的，是很突出的現象。另一種是用粗點、圈、細點、橫等記號表示音拍。倘爲四拍子，一般以粗點代表板，細點代表頭眼和末眼，圈代表中眼。橫是代表底板的。

爲了適應文字的寫法，這種記譜法的流行時期是很久的，雖然現在我們看來頗有些不習慣了。其實它最大的缺點是表示音拍的部分不夠謹嚴，至於作曲的過程却是十分符合的。它不像有些地方戲那樣，先有了幾種定型的腔調，再把文字凑上去；而是先編成了句，再根據唱句選用樂曲的。

四　對其他劇種的影響

崑劇既然有了這樣悠久的歷史，對於其他劇種就有了廣泛影響。諸如：京劇、徽戲、湘劇、婺劇、溫州亂彈、川劇、莆仙戲、蘇灘、彈詞、"湖陰曲"以及越劇等劇種受到崑劇的影響都是大而顯著的。

徽戲和京劇：徽戲是京劇的前身，原來的發展地區是在湖北和安徽，就是現今二黃腔的創始地。崑劇在乾隆以後走向沒落時，徽戲在"花"部中的地位是最受人注意的；到後來，徽戲相繼吸取了其它劇種的優點如西秦腔、梆子、吹腔，才轉變成爲現時的京劇。

徽戲除了向別的地方戲吸收營養外，也受到崑劇不少的影響。乾隆末年的四大徽班中享名最大的四喜班幾乎完全承受了崑劇的演出劇目，而且其中不少的演員，往往是"崑、亂"都演的（"亂"是"亂彈"的簡稱，也可以代表崑劇以外的各種劇種，實質和"花"部的含義相似）。四喜班以外的其他徽班，也都有演唱崑劇的名演員。

徽戲進一步發展爲京劇，主要是采取了二黃和西皮的兩大唱腔，可是在武戲的領域中，崑劇還保持了相當的地位。因爲不論是二黃腔也好，西皮調也好，它們所用的腔調，有許多的行腔如慢板、原板（也是這兩種唱腔主要運用的調子），不適合於武劇的演出氣氛；例如胡琴的音樂伴奏，也不及嗩吶來得悲壯、悽厲。所以武場中的演出，多半還是保持了崑劇的格式，如《夜奔》、《挑華車》、《打店》、《安天會》等劇都是。

除了武戲的承繼部分以外，其他像《牡丹亭》的《春香鬧學》、《游園》、《驚夢》，《雷峰塔》的《水鬥》、《斷橋》，也是較常見的劇目。

川劇和湘劇：川劇包括了"崑"、"高"、"胡"、"亂"四種腔調，崑劇入川的時期，現無確切的記載——不過可以探測而得：至遲在清代的乾隆時，崑劇已經在四川演出了。起初因爲崑腔的唱、白是完全應用崑山語言而不易爲當地觀衆所接受，漸漸地就失去了崑腔的細膩柔和，再由於其他三調的能解易懂，到現在，崑腔雖然被列爲川劇四腔之一，但實際上的比重已是比較輕微的了。

最近四川省的川劇整理工作者所統計的川劇劇本數字約有近兩千本左右，這裏當然也有較早的崑腔的本子，但是現在能上演的成本的崑劇卻極少。一九五四年川劇在上海演出時，曾特地表演了他們還存留的崑劇《連環計》的《議劍》、《獻劍》。

除了極少的崑劇被保留在川劇演出劇目中外，崑腔對於川劇中其他腔調的影響，其最顯著而常見的就是"崑頭子"。

"崑頭子"的意義就是在非崑劇的劇本演出時，而在其演唱的前段加有一、二曲的崑腔（有時，是崑腔的劇本改編成爲他種腔調的演出本時還保留下來的，徽調中也有此例）。譬如川劇中的《雪夜訪普》劇，現用二黃腔，可是在劇中當趙匡胤前往趙普處途中所唱的二黃之前，卻有一支崑曲。並且這支曲文和正式崑劇《訪普》的曲文比較下，可見川劇采用崑曲的痕跡。

〔崑頭子〕瑞慶宮離金闕夜廣寒天，風颼颼冷透了鮫綃錦帳，瑞雪兒飄飄的空中降，忙將袖兒迎面遮藏，離紫闕王來在御街之上，但只見錦山河恰似銀妝。

〔端正好〕光射水晶宮，冷透鮫綃帳，夜深沉睡不穩龍床，離金門私出天街上，正風雪空中降。

〔滾繡毬〕似紛紛蝶翅飛，如漫漫柳絮狂；……將白襴兩袖遮，把烏紗小帽盪。……一霎兒九重宮闕如銀砌，半會兒萬里乾坤似玉妝。……

可見"崑頭子"確是從崑劇改變出來的,他例尚多,且有起用一句者,不另舉例。

由此可見崑劇在川劇中衰退時,少數仍原樣被保留下來,另一部分卻被以其他腔調演唱的劇目吸取而存在。

湘劇中的崑腔部分,除了有完全崑劇的形式演出外,並無"崑頭子"的應用。

不論是川劇和湘劇中的崑劇演出,其唱腔大都變成簡單、單純,說白部分尤其大量採用了本地口音,但是它們的舞蹈形式和技術仍是很細緻的。

婺劇和溫州亂彈:婺劇一稱金華戲,流行於浙江省的西南區域,也有較長的歷史。它的組成類型約有五類,即是:三合班、二合半、亂彈、徽班、崑班。

三合班包括崑腔、亂彈以及高腔三種戲腔;二合半本來稱崑亂班,後來帶演徽戲。婺劇中所包含的崑劇比重倒很不小,並且這些能演出的崑劇完全是原來的面目,尤其可注意的是:一部分的崑劇,在乾隆以後的沒落過程中,在江蘇的傳統演出中已經失傳,而在婺劇中却還能演出,像《翻天印》的《殺雷》,《長生殿》的《聞樂》等。此外還有整本的崑劇,如《琵琶記》、《荊釵記》、《蝴蝶夢》、《尋親記》、《雙官誥》、《火焰山》、《漁家樂》、《白蛇傳》(《雷峰塔》)、《鐵冠圖》、《浣紗記》、《醉菩提》、《奈何天》、《風箏誤》、《衣珠記》、《鳴鳳記》……等,有不少的齣目,也是它們所特有的。

約莫在清代的乾隆、嘉慶年間,溫州已盛行了亂彈腔;先後成立了新益奇、新聯奇、同福等班。後來,同福班漸漸轉變為專演崑劇的班子,溫州就有了純粹崑劇班的上演。

隨着清末崑劇在各地衰退的情況下,溫州亂彈中最後只能上演三本崑劇:《連環計》、《漁家樂》和《雷峰塔》;但在最近,永嘉崑劇團又恢復了《琵琶》、《拜月》、《荊釵》、《連環》、《八義》、《繡襦》、《永團圓》、《蜃中樓》等劇的演出。

莆仙戲:莆仙戲又名興化戲,主要是流行於福建省的莆田、仙游兩縣而得名;在福建省的中部其他地區也有演出,很可能是我國現存的最古的劇種之一。

莆仙戲在演出時有特殊的排場,在演出的劇目中也有元時北雜劇和南戲的脚本,如《單刀會》、《白兔記》、《拜月亭》等。因為崑劇主要是明代嘉靖以後的產物,所以我們不能同以上所說的徽戲、川劇、婺劇等類劇種中的崑劇來同樣估計崑劇在莆仙戲中的地位,只能說崑劇在莆仙戲發展中的影響如何。

莆仙戲所應用的曲調,過去有"大題三百六,小題七百二"的說法,雖然現在尚未確知"大題"、"小題"所指的內容(或形式)是什麼,但可以知道,同崑劇一樣,它包含的曲牌是很豐富的。

在劇本唱詞上也可找到相關聯的例子,以《玉簪記》一劇的《琴挑》唱詞中的一曲爲代表:

> (潘上,唱〔懶畫眉〕)一天秋氣露華濃,欹枕愁聽四壁蛩。萬里無雲月正中,蟲聲唧唧時雜間斷梵鐘,寄居蕭寺客思無窮。

這支曲不但和崑劇中的〔懶畫眉〕曲牌句法全同,而且用韻和造句也相同。根據已知的材料,《玉簪記》是明代高濂的作品,也是崑劇極盛時代的名劇之一;所以,莆仙戲中的和《琴挑》完全吻合的劇情曲詞大概是採自高作的,同時也可以看出崑劇曲文曾被莆仙戲採用了。

蘇灘和彈詞:蘇灘是戲劇劇種之一,彈詞則是曲藝,都是產生在蘇州地區的,因此同崑劇的關係也較密切。

據現今所發現的蘇灘劇目中,至少有七十餘齣是直接從崑劇所改編的(齣目不詳列)。改編的劇目、齣目往往跟崑劇相同,內容也完全一樣;主要的差異,不過是把崑曲中文雅的長短句改爲七字句型的通俗唱詞罷了。在舞蹈方面,蘇灘的演出比原來的崑劇來得輕鬆、活潑一些。

蘇灘和崑劇的最大差異部分要算是角色的分配。它把角色僅分爲陰陽面:陰面是旦,陽面是老生、小生和丑,一共只有這四類。丑可以包括老旦,老生可以包括淨。但是看近來的發展,仍有把蘇灘角色分細的可能。這樣,除了演出時的唱腔和崑腔有別(也採用一部分的音調)外,其他方面幾乎基本上承繼了崑劇的傳統(小戲除外)。

一九五五年有三個蘇劇團經常在南京、上海、杭州地區上演,這三個劇團的名稱是:國風崑蘇劇團、民鋒蘇劇團和青鋒蘇劇團,其中國風劇團部分演員也能兼演崑劇。現在蘇州有蘇崑劇團,杭州有崑蘇劇團。

蘇州彈詞也有很悠久的歷史,是蘇南地區頂受人民歡迎的一種曲藝。在表演上的眼風、表情和模仿動作,都受到崑曲的不少影響。

以上是崑劇對其他劇種所有影響的大概情況。此外,還有清代末期在安徽蕪湖地區產生的"湖陰曲",也像蘇灘一樣,祇改崑劇的長短句爲七字唱,說白不改。

越劇在舞蹈的加工上,也直接得到崑曲藝人的幫助,在舞蹈藝術上保存並發展了崑曲的遺產。

綜上所述，崑曲對其他劇種的影響是很大的。有的是原樣地吸收，像婺劇、徽戲；有的是改革吸收，像川劇的〔崑頭子〕，蘇灘；有的是部分吸收，像蘇州彈詞、越劇。而在其他藝術表現上受到崑劇的影響而不容忽視的，還有：服裝、臉譜、鑼鼓點子以及舞臺布置等項。

以流行範圍最大而為人民熟知的京劇來說，對於以上所說的四個項目幾乎完全是從崑劇相沿而成。我們知道，除了少數古老的劇種象福建的梨園戲、莆仙戲，北方的弋腔、梆子，西北的秦腔以及各地的傀儡戲外，崑劇給予其他許多劇種直接或間接的影響也都是巨大的。

五　解放以後的崑劇

解放以後，北京人民藝術劇院曾組織了舞劇隊，請了田菊林、趙金蓉和崑弋社的名演員白雲生、韓世昌、李鳳雲、馬祥麟等同志加入指導；曾經演出過《游園》等舞蹈較多的崑戲給工人們看，各廠的工人也頗愛好。外國的朋友們到我國來，也常要求觀摩崑劇。朝鮮名舞蹈家就跟韓世昌學習過崑劇的舞蹈，並且還同崑弋社同人合作，把崑劇中的舞蹈精華記錄下來。

新編的新崑劇也出現了。一九五四年華東區戲曲觀摩演出大會中的崑曲《擋馬》的成功尤其是值得重視的。原來在《綴白裘》中有亂彈腔的《擋馬》，崑曲本無此戲；這次經過戴夏、汪傳鈐、方傳芸等同志的改編，在原有的基礎上發展成熟練的技巧，載歌載舞，動作美觀，簡直不像是新編的劇本。崑劇的傳統劇目中必須修改的地方也很多。最為人熟知而改得有相當成就的即是《白蛇傳》的《斷橋》。原來在《斷橋》中，當白娘子和青姐到斷橋那邊去時，緊跟著就有法海帶領許仙的上場；這裏法海的上場僅有幾句唱詞，說明許仙還必須要同白娘子碰面的因果觀念（還削弱了許仙私逃下山的思想轉變），這不僅是多餘的事，而且會產生不好的影響。經過梅蘭芳和俞振飛的改革——取消法海的上場，而把許仙的下山改成合乎情理的說白——果然比原來的演出來得緊湊有力而且更有意義了。從此，凡是演出《斷橋》時，就很少有法海上場了。此外，像《白兔記》中的《出獵》、《回獵》，削去咬臍郎拜母而頭痛的迷信成分。還有像《玉簪記》中《琴挑》的一些色情成分，《躍鯉記》中《蘆林》的一些封建說教都適當地加以修改，得到完美的收獲。

最後我們要提到的是培養新生力量的迫切工作。

从南方的全福班解散以後,一九二一年創辦了崑曲傳習所,保存了一部分崑劇的藝術遺產。到現在,傳習所的演員,當時最年幼的一輩,都已經是五十歲以上的人了。而現存的僅有二十幾位演員,進行崑劇遺產的整理和發展工作是有困難的。所以培養新生力量是很迫切的任務。

遠在解放以前,國風劇團先後吸收了仙霓社的演員王傳淞、周傳瑛、包傳鐸、薛傳鋼四位演員,參加蘇劇團的結果,把一部分崑劇的節目也自然地參合進去而且經常上演。此外,原來蘇劇中有改編崑劇而成的節目也因他們的加入變成崑蘇合演的了(如《十五貫》、《白兔記》)。最重要的是,國風崑蘇劇團中有三十位左右的年輕男女演員,以"世"字排行,他們在前輩老藝人的培養和不斷的艱苦學習後,已經有一定的成就了。最近改名浙江崑蘇劇團,他(她)們就經常上演崑劇,像《西園記》、《風箏誤》、《十五貫》、《長生殿》……等劇,都是經常上演的節目。

比崑蘇劇團更年輕的一輩,還有上海市戲曲學校的崑曲班(原名崑曲演員訓練班)和南京的蘇崑劇團中"繼""承"兩輩的青年演員。北方崑曲劇院也培養了一些青年演員,演出了《紅霞》、《李慧娘》等新戲。

六 崑劇劇本的改編

現在我想談一些關於崑劇劇本改編和對劇目整理的問題。

崑劇劇本是不是可以改呢?我認為基本上是可以的。這個問題,我們如以崑劇劇本原本和演出本比較一下,就可以看得更清楚。現在的演出本,大多數都同原本有些不同的地方。那些原來是整本,現在只演幾折的固不必談,就是在單折裏面,也有許多與原來不同的。譬如很多在原本中是普通話,現在改為蘇白;有的原本是四句引子,現在只念兩句了;有的曲牌多的,現在減去一兩支不唱了。

一般人認為崑劇是士大夫的東西,是曲高和寡的。當然崑曲初起時是紅氍毹上的,然而我們的崑劇,卻不止大人先生作壽的時候演,在山野的地方也演,在農村的廟會上也演,因此這些戲逐漸被人民所豐富了。這種情況我們從各個戲劇的變遷可以看得出來,所以說崑劇完全是士大夫的東西也不一定全對。那樣一來,就無法解釋崑劇內容的改變了。譬如《燕子箋》的《狗洞》,這戲南方的王傳淞演,北方的徐惠如也演,本是阮大鋮的作品,但藝人就加了許多東西,形容"目不識丁"狀元的醜態,這是原本沒有的,這就不能算是阮大鋮的作品了。又如在《十五貫》裏,現在的本子差不多改了原本的十分之六七,連主題都改動了,從原來以情節離奇為主,改為三個問官的對比,只對原本的精華如《訪鼠》、《測字》等予以保留。所以崑劇是可以改動的。

我覺得崑劇可以改，但是改時要採取慎重的態度，一個人改不如兩個人商量改，兩個人商量不如大家商量。過去《京劇叢刊》有《春香鬧學》，春香上場有兩句詩："有福之人人服侍，無福之人服侍人。"這兩句被去掉了，原因據說是戲裏春香承認這兩句話，而這兩句話的思想是不好的。但我們說話，有正話也有反話，譬如魯迅先生諷刺當時的政府殘殺學生時，就說過有人"自動落水"，有人"頸子碰在槍尖上"，但大家都知道他的意思是在反說，是說該政府殘殺人民的。因此在文藝裏說反話是允許的，《鬧學》的這兩句就是春香的氣話，所以前面就有"我春香麼，豈是與他們出氣的"這一類話，前後互相聯合，因此，刪的就不太好了。

關於《火焰山借扇》，南方演法只是在孫悟空被扇子搧走以後就完結了，後面沒有牛魔王赴宴等等。這個劇本是楊景賢的《西遊記》第五本第三折《鐵扇兇威》，下面還有第四折《水部滅火》，上風雨雷電，情節與吳承恩的小說《西遊記》不同。我們現在加了些東西，意在使之完整，但所加的這些都是小說《西遊記》的情節，同楊景賢的《西遊記》不相干。我覺得我們現在要增加東西使戲完整是可以的，但似乎還是應該考慮照原本增加。

有些戲如《劉唐》，後面結尾原本是朱全、雷橫捉住劉唐，解他去見晁蓋，同《水滸傳》小說相近，現在改作朱、雷敬重劉唐英雄，一同去見晁蓋，劉唐是顯得英雄了，朱、雷兩人則同身分不合，因為《水滸》上說這兩人是捕盜的都頭，他們倆在沒有覺悟以前，是不會放過劉唐的。這樣一改，就不大對頭。

所以戲是要改的，但改的時候也應該慎重考慮。

有人演《單刀會》，其中有一段關羽敘述劉關張古城相會的故事，曲子是〔沽美酒〕帶〔太平令〕，這兩段不太好，而且曲文也是原本（指關漢卿原本）沒有的，就可以把這兩段刪去，恢復原本。

《寄柬》一折，個人覺得改得還可以；過去演出本裏紅娘要張生叫"娘"，這原是她在琴童那裏吃了虧，在張生面前設法扳回來的噱頭。這個穿插，在從前《北西廂》裏沒有，在李日華的《南西廂》裏也沒有，是後來添上去的。這種以輩分開玩笑的辦法，我覺得很庸俗。去掉了這些，並沒對紅娘有什麼損害。

在演出本上，有些戲比原本加了些過場，這些過場，有的是合理的，可以給演員以休息時間，但有的也可以考慮。譬如《夜奔》，有的加上徐寧過場，有的加上杜遷、宋萬迎接林沖的過場，照道理說似乎是不大對的。林沖是一個人步行，徐寧是馬隊，如果追，一定追得上，那時林沖就走不掉了；另外林沖上梁山以前，並沒有人去通知，所以梁山上差人迎接，似乎也有問題。

《武松打虎》，有人加了獵戶搜山等情節，也大可不必。

過去北崑演《思凡》，有堆羅漢的辦法，由於這戲是一個人演唱，非常吃力，有這個場子，倒可以使演員休息一下。這個戲在《勸善金科》裏也有，在那個本子裏，〔哭皇天〕之後，有趙尼說白"但聽鼓樂之聲……我且登高阜一望"，以下有吹打，新郎同喜轎吹鼓手過場，趙尼看了之後，感到"男大當婚，女大當嫁，古之常情，偏偏我——"以下接唱〔香雪燈〕，所以詞中有"見人家夫妻們灑樂，一對對着錦穿羅，啊呀天呀，不由人心熱如火"等語，相互照應。

白雲生演《琴挑》，恢復了原來的下場詩，這是很好的。

《水鬥》是藝人把《白蛇傳》豐富了，最初的本子是沒有《水鬥》的，所以通過這一折的改變，也可以看出崑劇究竟是不是士大夫的東西。據舊日某一說，《水鬥》是乾隆下江南時候，藝人加出來的，因是臨時改編，有些地方就直抄其他的戲文詞句，例如〔喜遷鶯〕一段，與《長生殿·絮閣》的〔喜遷鶯〕相似的地方很多。但是這一折加得很好，它不但豐富了白娘子的性格，而且也加強了白娘子的鬥爭精神。

所以崑劇是可以改的，希望大家都來參加這個工作。

應該怎麼樣改呢？

有些劇本我們大致滿意的，如《漁家樂》，可以少改；有些劇本比較差的，如《白羅衫》，可以多改。《白羅衫》中的一些場子如《賀喜》、《井遇》等可以考慮刪掉。山東曾把《羅衫記》劇本改編過，得了一等獎，我們也可以吸收他們的經驗。

有些戲如《尋親記》，這次演了《茶訪》、《認子》，也可以找出全本來，改編一下。

有些戲這次沒有演，例如《清忠譜》，現在有人認為可以同《牡丹亭》並駕，也可以考慮改編上演。

我同意歐陽予倩的話，我們不僅僅有一個《十五貫》劇本就滿意了。為了發展崑劇，需要很多的本戲，很多的老戲都可以改編，過去南崑改編過全本《奈何天》、《蜃中樓》，北崑演過全本《霞箋記》，戲校排過全部《九蓮燈》。這種工作，就希望大家合作了。

談到這裏，就接觸到一個問題，我們對於古典名著如《琵琶記》、《荊釵記》、《牡丹亭》、《長生殿》，究竟可不可以改呢？我覺得我們如果有大手筆，能同原作者並駕齊驅，是可以改的；如果自己估計沒有這個能力，改出來不能與原本配合，那就可以不必改了。改編應該是極愼重的事,《牡丹亭》有馮夢龍的改本,名《風流夢》,又有徐日燨改本(見《六十種曲》)。如"良辰美景奈何天",曾被改爲"美景良辰奈何天",但是没有人這樣唱,因爲這些句子人人都知道,改了以後大家都覺得拗口。換了字也要考慮根據字的四聲改工尺,否則就給藝人加了負擔。有些戲改編時也要考慮劇本原來的意思,譬如《驚夢》,原來是講戀愛,要是改爲愛惜花草的場面,就同原來的主題搭不在一道了。

總之,個人認爲對於古典名劇,可以不改就不改,可以少改就少改;當然必須大動的還是要大動。把崑劇古典名著改爲其他地方戲,也還是可以大改的;但是如果照崑本演出的時候,還是應該盡量尊重原著。

我們現在有許多崑劇劇本,需要加以整理,需要做一番存菁去蕪的工作,很需要有更多的人能夠從事整理和改編,這就希望大家共同來參加,共同做好這個工作了。

七　向崑劇學習些什麽

在一次華東戲曲觀摩演出大會中,崑劇也參加了會演,演出了下列六齣戲:《紅梨記·醉皁》、《擋馬》、《雷峰塔·斷橋》、《連環記·小宴》、《燕子箋·狗洞》和《漁家樂·刺梁》。我想試一試根據這次的演出,來簡單地說一說可以向崑劇學習些什麼。我以爲崑劇值得學習的有以下四點:

一、深厚的藝術基礎　崑劇是最古老的劇種之一,曾經流傳了四百年,積累了四百年的舞臺藝術的精華,身段繁重。因此,學演崑劇,也必須經過勤學苦練,才能掌握它的規律。這次觀摩演出大會,以《擋馬》爲題材的有柳琴戲和泗州戲的《攔馬》和揚劇《八姐打店》,這三齣戲都是舊有的,而崑劇《擋馬》却是這次由汪傳鈴新編、戴夏删潤的。但是我們看起來,崑劇《擋馬》竟不象是新排的,甚至表演技術,還要算它最好。這就是崑劇藝術基礎比較深厚,它有豐富的遺產,而汪傳鈴、方傳芸兩位演員平時的勤學苦練,也有相當的關係。

二、優美的舞蹈身段　崑劇頗多優美的身段。我國好多劇種,如京劇、越劇、川劇等,也都吸收了崑劇的身段。即以這次演出來說,甚至丑角的戲,身段也極注重,《醉皁》的醉舞,斜走着蹣跚的步子;《狗洞》的最後一段,載歌載舞,尤以兩手端着玉帶,踮着足尖,像陀螺似的旋舞,最爲難演。至於《小宴》中呂布甩動頭上的雉尾,先低一下頭,再仰起頭來,連帶雉尾竪起,又美觀,又英武,演員各種控制雉尾的技術,配合着表情,變化極多。《擋馬》中的楊八姐雖然表情較遜,雉尾的技術也是同樣的熟練。再說《斷橋》，白氏和小青互相手搭着背，裙角不是用手捏着舉起的，而是夾在兩個手指縫裏的。這種合伴向前的動作，使得臺下觀衆頓時靜了下來。後來遇到許宣，小青舉拳要打他，白氏一面阻止小青，一面維護許宣，三個人搭成一座造型藝術的雕塑，連變幾個式樣，都是很好的身段。《刺梁》的身段亦有優美之處，如在刺殺前的跌撲。

　　三、嚴格的音樂曲譜　　崑劇的音樂極爲嚴格。其他地方戲，學會一種調子，任何詞句都可以配上去唱，崑劇却不許可。即使是同一調名，也要另外譜曲，工尺各有不同。例如，《斷橋》的主曲，同是〔金絡索〕，許宣所唱的與白氏就不同；《小宴》中的〔滴溜子〕，王允所唱的與呂布、貂蟬所合唱的也不同。崑劇是先有曲詞，後有曲譜；什麽詞就填什麽譜，字面更換，工尺便同時更換，務使音樂與文字密切地結合，四聲準確，節拍勻稱。有的地方戲，唱的人隨口唱，脫板在所不計，這是不好的；應該學習崑劇嚴格對待音樂的態度。

　　四、豐富的文學遺産　　崑劇是活的戲曲史，它能照原詞演出元明清三代的戲曲。元代雜劇如關漢卿的《單刀會》、孔文卿的《東窗事犯》等十餘種，元代戲文如《岳飛破虜東窗記》《蘇武牧羊記》《周羽教子尋親記》以及《荆釵記》《劉智遠白兔記》《拜月亭》《蔡伯喈琵琶記》《殺狗記》等，都可以演出。明清傳奇如《牡丹亭》《西廂記》《長生殿》《桃花扇》等，那就更多，可以演出好幾百種。不僅文詞優美，而且是豐富的古典文學遺産，經過時間考驗的名著。在文字修飾上加工這一點，我們也要向崑劇學習。

　　總之，我以爲，無論從技術、身段、音樂、文字各方面來說，崑劇都有幾百年的歷史。我們應該珍惜祖國的寶貴遺産，拋棄它的糟粕，擷取它的精華，爲今後的各種戲曲的藝術服務。

談蘇劇

蘇州灘簧是一切灘簧(浦東灘簧、無錫灘簧、寧波灘簧、杭州灘簧……)中最早和最值得注意的一種。特別是它的翻崑曲底本的"錢灘"，爲他種灘簧所無。中央人民電臺對這劇種頗爲重視，曾來滬訪問蘇劇藝人，要爲他們的蘇劇進行錄音；藝專也曾爲蘇劇鋼絲錄音，一共整理出曲調四十多種；蘇南文聯的葉林同志在調任中央音樂研究院以前，也曾爲他們錄音。爲了各方面對這劇種重視，我就對這劇種略加介紹：

（一）起源　蘇劇原名蘇灘，起源有三種説法：第一種是陳蝶仙的説法。他作有《安康雅集小序》，認爲杭州的灘簧産生於宋末文天祥時代，甚至遠溯到晉代竹林七賢。我以爲這種説法太説遠了。第二種是徐傅霖等人的説法。徐傅霖在《中國民衆文藝一斑——灘簧》上説："清朝的全盛時代，盛行崑戲，不知哪個皇帝死了，必須在三年國喪期內，戲園一律停鑼。於是崑戲的故鄉蘇州有一位姓錢的就想出一個方法來，將崑曲減去鑼鼓與笛，全用絲弦樂器來和唱，把崑曲改成簡單唱法，便叫做灘簧。"但在一九五一年民鋒蘇劇團演出《桃花扇》時，編者徐傅霖登臺演説，却指實這一年是清咸豐元年，道光剛死掉，這一年是一八五一，所以這次的蘇劇演出恰好是百年紀念。有人又説這姓錢的就是蘇州吳縣的錢明樹貢士。(《新民報》報導又説是咸豐皇帝晏駕，同治皇帝登基，宣佈國喪三年，那該是一八六二——一八六四年，就更遲了。)又有人以爲錢灘指的是嘉道間的藝人錢坤元。我以爲這種説法太近了。可能蘇灘中斷了一個時期，從一八五一年開始，是蘇灘全盛時代。第三種是李家瑞的説法。他認爲："乾隆壽曲《桑農獻瑞》一種裏面已用着灘簧調，《霓裳續譜》裏也選有彈簧調三種。"我也找到兩個例證：乾隆間沈起鳳的《文星榜傳奇》第四齣科諢道士云："唱灘王是我起首。"又云："《賣橄欖》粗話直噴，《打齋飯》嚼蛆一泡。"按，《賣橄欖》和《打齋飯》都是"後灘"出名的戲，想不到在乾隆年間就已經有這些戲了。其次，乾隆三十九年《綴白裘》同集(即今本《綴白裘》十一集卷三)《算命》齣中有云："慢點，還要饒一隻灘頭來。"連道士和算命人也要唱灘簧，可見當時灘簧的普遍。灘頭約等於彈詞的開篇。我是承認這第三種起源於乾隆年間的說法的。

（二）劇本　徐傅霖云："灘簧劇本，向無刻本。"這是指沒有木刻本，因爲後來他又説："三十年前，小書攤上有一種石印灘簧本，是上海印行的，計共載灘簧十齣（其中後灘似只一齣），後來我又在蘇州覓得上海出版的鉛印本三十三册，每册一齣，後灘也只有一二册，還有絲竹工尺一册，鑼鼓一册。可見當時上海的灘簧，還是前灘爲主，不象近來那麽注重後灘。"所謂前灘，一說乃錢灘之訛，都是崑曲改編的；所謂後灘，即指"油灘"，意即"油腔滑調的灘簧"，大部分是男女戀愛的小戲。依照所發現的材料來推測，似乎前灘並不在前，後灘並不在後；倒是乾隆年間先有油（後）灘（《賣橄欖》《打齋飯》等），咸豐元年才由錢明樹等開始改崑曲爲錢（前）灘的。我曾向周貽白借閲過《灘簧考》，這書是一九一六年十一月武林印書館出版的。從這書所收的灘簧，以及這書凡例和閑評裏所提到的灘簧名目，可以發現灘簧裏至少有下列這些崑曲所改編的齣目：

＊賜福，＊單刀，掃秦，琵琶記書館、掃松，荆釵記見娘，白兔記出獵，西廂記游殿、寄柬，＊連環記議劍，牡丹亭學堂，綉襦記賣興、當巾、打子、教歌、刺目，獅吼記梳粧、跪池，水滸記活捉，尋親記跌包，紅梨記醉歸，鮫綃記草相，西樓記樓會，＊兒孫福橋別，占花魁遇美，＊勸粧，＊接吐，＊獨占，金鎖記斬竇，白羅衫看狀，雷峰塔斷橋、覆鉢，漁家樂羞父，吉慶圖扯本，長生殿酒樓，十五貫訪鼠，珍珠塔見姑、亭驚、贈塔，果報錄審問，當壚豔當壚，爛柯山逼休、癡夢，思凡、下山，借靴，羅夢，蘆林，和番。

以上共四十九齣，有＊的七齣兼有劇本刊載。我個人所藏的蘇灘則有下列四種：第一種是徐扶明送給我的《灘簧雅集》，一名《清韻閣校正灘簧》，這書正是徐傅霖所説的"三十年前石印本"的同類，共收灘簧脚本二十四齣，除《賜福》《受吐》（即《接吐》）《獨占》《酒樓》《出獵》《寄柬》《斷橋》《梳粧》《思凡》《下山》《活捉》這十一齣與《灘簧考》齣目相同外，尚有以下十三齣：

上壽，翠屏山反誆，白兔記養子，西樓記玩箋、錯夢，金雀記喬醋，西廂記惠明、拷紅，還金鐲哭魁，水滸記借茶，青炭，草囤，打齋飯。

據徐扶明説，另有較早的光緒年間石印本，没有《思凡》《下山》《借茶》《活捉》《打齋飯》等五齣，而有另外四齣：除《逼休》《當巾》已見前外，還有：

拜月亭招串，千鍾禄八陽。

第二種是抄本，計四册，除《獨占》《蘆林》《訪鼠》《斬竇》《見姑》《贈塔》已見前外，有下面八齣脚本：

琵琶記湯藥、遺囑，珍珠塔劫塔、認塔、羞姑、締姻，敗子回頭（即錦蒲團）前後本。

第三種是最近我從蘇州買來的抄本約二十册。其中有較早的道咸間的抄本，也有光緒年間的抄本。重復的也不少：《賣橄欖》有三本，《賣草囤》也有三本。後灘較多。除《賣草囤》《打齋飯》《教歌》已見前外，還有以下這些齣：

賈志誠嫖院，漁家樂端陽，綉襦記丐歌，看燈、分家、拆字、賣橄欖，賣布，棄行（即馬浪蕩），公公偷媳，蕩湖船，捉垃圾，扦脚做親。

第四種是最近我從蘇州買來的五册零本，木刻的、石印的和鉛印的都有：木刻的是蘇州恒志書社的一本《借茶》和一本《活捉》，鉛印的是上海振南書局的《游殿》，這三齣已見前；石印的是文元書局的《改良灘簧新集》二册，題作"林步青、范少山、鄭少賡、施步雲鑒定"，共收十齣。除《游殿》《齋飯》《借茶》《活捉》《思凡》已見前引以外，還有：

琵琶記賞荷、連環記問探、牡丹亭勸農、義俠記戲叔、玉簪記秋江。

最近出版的《蘇劇曲調介紹》舉不全後灘十八齣，我想《打齋飯》和《扦脚做親》也許可以作為補充的出名。

以上四種，連同《灘簧考》所列齣目，一共是九十齣。灘簧齣目當然不只這一些，據説本來有五六百種，但重要的大致已經都在這裏了。《戲考》中所載留聲機片，以灘頭或小調為多，這裏不再繁引。徐傅霖云："印本錯得很利害。《出獵》的抄本,李三娘開唱的兩句叫'旭日當空日轉西,李氏三娘日慘悽'。兩句中有三個日字,第一句簡直不通。"我查對《灘簧雅集》卷二頁十九,才知道這兩句的確錯得很厲害,原句是:"旭日東昇烏鵲啼,李氏三娘實慘悽。"我另藏有《湖陰曲》,乃阿英所贈,是蕪湖灘簧。我曾查對《花魁》、《下山》兩齣,竟與《灘簧雅集》大致相同,可見蕪湖灘簧也是從蘇灘演變出來的。

(三) 組織　蘇灘曲調,以七字唱為基本,也可以加襯字。唱腔有一百多種;其中如〔陰陽血〕、〔山歌調〕、〔紫竹調〕、〔費家調〕、〔銀絞絲〕等,正被滬劇、評彈、滑稽等兄弟劇種普遍而經常地採用着。據《蘇劇曲調介紹》,知道以〔太平調〕為主,此外還有〔孩兒腔〕、〔快板〕、〔流水板〕、〔快板慢唱〕、〔迷魂調〕、〔弦索調〕、〔南方戲調〕、〔反平調〕、〔三隱調〕、〔散板〕等是常用的曲調,還有〔十字調〕、〔柴調〕、〔別調〕、〔挑袍調〕等是不常用的曲調,插曲則有〔採茶調〕、〔湘江浪〕、〔金鈴塔〕等。角色分陰陽面:陰面是旦,陽面是老生、小生和丑,一共只有四種角色,丑可以包括老旦,老生可以包括淨。吳大琨在《太白》半月刊上發表《灘簧》一文,不懂"打碎頭是什麼意思",這在一九五一年《新聞日報》上得到了解釋:"一般人稱'錢灘'為'打山頭',山頭就是茶館;要打得進山頭,方可成一角兒。"

(四) 變遷　"錢灘在五十年前即流入上海,因當時上海劇種較少,故錢灘傳入後曾紅極一時。林步青能夠即興賦曲,也曾轟動上海。"但是,蘇灘怎麼會衰落的呢?徐傅霖云:"灘簧所用樂器,本來很簡單。鼓板之外,用胡琴兩把、琵琶一只、笙一只。有的用弦子代琵琶,笛是不常用的,要唱曲頭時才吹一吹。多用笛,這是上海派所作俑。蘇州都唱調面,唱高於樂器;上海都唱調底,樂器高於唱。"也就是說:"蘇州的蘇灘絲竹聲較低,故唱句字音清楚;而上海的蘇灘絲竹聲頗響,唱詞往往不易辨清。原因為蘇灘到上海後,上海人不大感興趣,於是便想法把絲竹聲提高,以音樂來吸取聽衆。積習一久,便成了致命傷,聽不懂蘇灘的人日多,同時其他淺顯易懂的劇種增多,蘇灘便被一般人所不注意了。"(嚴厲鎮:《介紹由蘇灘蛻變的蘇戲》)現在由於黨的大力提倡,蘇劇已經日益興盛。蘇劇的前途是光輝的,它會一天天地壯大起來。

談紹劇

一　紹劇的曲調

紹劇即紹興大班，是浙江紹興的一種地方戲，流行在浙東的上虞、紹興、餘姚、諸暨、嵊縣、新昌、蕭山、慈谿一帶；也能唱高腔、吹腔等，但以"亂彈"爲主。這亂彈二字，與戲曲史或《綴白裘》等書所說的不同，它不是幾乎代表崑曲以外的花部，而是專指紹興大班所特有的腔調。

紹興大班的曲子在演唱時，用板胡、二胡、斗子伴奏，有時配合笛子，音律很美，大部分的曲子能表現出激昂、緊張、雄壯的情調，最適合勞動人民的感情。又因它的曲調多樣化，更使群衆喜愛，但音部變化較少。打擊樂器如鑼、鼓等也不壞。缺點是唱法沒有一定規則，在音樂的反覆演奏中隨時可以唱進去，只要把前後句相間的距離處理得適當，就行了。但並不是說可以完全隨便唱，怎樣接上下句，也有統一的規定。曲調大致分"二凡"和"三五七"兩種。二凡用板胡不用笛。二凡又分爲中板正工二凡、正工慢二凡、快板尺字二凡、慢板尺字二凡、流水、倒板、大板等種。中板正工二凡比較多用，音色悠揚活潑，而又輕鬆愉快。正工慢二凡比較緩慢沉重，適宜於訴情悲嘆，旦角多用此調。快板尺字二凡最使人興奮，適宜於戰鬥場面，或緊張場面。慢板尺字二凡的音色和性質，與正工二凡大致相同。因變換調子，部分的地方稍有分別，生角多唱此調。三五七伴奏以笛子爲主，板胡次之。表演感嘆寂寞等情調，詞譜有一定規則，不能隨便亂唱。在唱詞的字數上，只有"太平三五七"才用"三、二、三、七"的字（基本上適合七字句），另有"七字句"是"上三下四"的字句，"六字句"是"三、三、三、三"的上下句各六個字，又如"雙點頭"的一句是"四、四"八個字，"單點頭"只四個字。①

倘將大班與越劇（原稱的篤戲）比較，那麼就顯得越劇的調子慢，大班幾乎永

---

① 見宋嗣祈著《紹興大班曲調介紹》。

遠快,永遠在緊張,調子比京劇更古老。因此,越劇在表演到緊張時,便只好借用大班的調子,稱爲"大板",以補越劇本身曲調的不足了。不過越劇的音調雖比紹興亂彈低,但它從"的篤班"轉爲越劇的關鍵,還在於採用了紹興亂彈的"六調二凡"(即C調)和"二凡弦下調"(低八度),改用二胡伴奏,現在越劇所唱的"倒板"、"混板"、"嚣板"、"弦下調"等都是。此外,越劇還受了京劇唱腔的影響。

角色也有生、旦、净、丑的分別。打雜的稱爲"撈豆腐皮"。據説過去老旦的威信最高,後臺無論有何糾紛,只要老旦説一句話,就可以解決。①

在化妝方面,女演員胭脂打在臉上,似可多加研究。臉譜色彩濃烈(京劇的更爲細緻),也是一個特點。

二 紹劇的高腔

紹興大班除亂彈班外,還有沿山班和高腔班。

沿山班一稱嵊縣班,是由嵊縣諸暨人組成的。"沿山"是指沿山賣唱的意思,取價較廉,腔調亦爲亂彈。以前在大世界演唱的民樂園,就是沿山班。有人稱它爲"閒散班",那是因爲演員的成分大都是農民,是在農作閒散時組織起來的。②

高腔班所唱的戲詞句通順,且很深奧,一般人不大容易懂。各角中除丑角有時可以用紹興話表示地方戲的特點以外,生旦净末都是用準確的官音來唱念的。他如身段、臺步,也都照規矩做,跟場面上的鑼鼓,完全相合。③

高腔班角色不多,除雜角外,只有八個角色:二生(一老生、一小生)、一大(大面)、一小(小花面)、一老(老旦)、二旦(正旦、花旦)、一宕(介於大小花面之間的)。據説一般只有十三個人,至多不過二十幾個人。因此,如演角色較多的戲,就只好一個人前後兼演兩個角色,只要不在同場會面。好在高腔戲没有角色太多的,即使演《金光陣》《鬧九江》一類的戲,也可以用一人演數角的方法來處理。④

高腔最突出的特點就是"掉腔",因此高腔又别稱"掉腔"。掉腔就是演員唱時,可以把腔丟掉尾巴不唱,這樣唱起來可以不致吃力,其餘的部分就由後場的人接唱。如本來唱的聲音粗,後場的聲音就細;反之亦然。因爲要掉腔、接唱,臺

---

① 見徐慕雲著《中國戲劇史》。
② 見《越劇雜談》。關於沿山班,承袁斯洪同志指示,謹此志謝。據説另外還有諸暨調,也是紹興亂彈的支派,後與徽班合班,演出上也有皮黄戲,故農民觀衆稱之爲"徽夾亂"。
③ 見徐慕雲著《中國戲劇史》。
④ 見《越劇匡略》(周錦濤,《戲劇月刊》二卷六期)。

詞就不能遺漏,學習起來也比較困難,因此學的人就比較少,掉腔班也就日趨衰落了。① "高調"是浙江農民對於"高腔"的別稱。

高腔的樂器以夾板、單皮鼓、大鈸和手鑼為文場,又以堂鼓、單皮鼓、大鑼、小鑼、大鈸、小鈸以及嗩吶為武場。最簡陋的文場只有兩個人,省卻大鈸,一人兼使夾板和單皮鼓,另一人使手鑼,這兩個人還要幫腔,稱為"接後場"。

高腔所用曲牌,除〔迓鼓梁州〕較罕見外,其餘大都與崑曲曲牌同名。有些看似新奇,實際上只是藝人們的口傳誤記,例如:"迷犯序"應作〔尾犯序〕,"耍孩子"應作〔耍孩兒〕,"劉海帽"應作〔劉潑帽〕,"鬥黑馬"應作〔鬥黑蟆〕,"羅帳怨"應作〔羅江怨〕,"賞官花"應作〔賞宮花〕,"千秋水"應作〔千秋歲〕,"舞衣裳"應作〔舞霓裳〕,"夜游廟"應作〔夜游湖〕。詳見蔣星煜的記錄。

高腔的戲有《關雲長》《鳳儀亭》(當即《連環記》)《琵琶記》《荊釵記》《西廂記》《破窰記》《都是命》《鐵冠圖》《蝴蝶夢》《陳琳救主》(當即《金丸記》)《漢宮秋》《壽星圖》《五倫全備》《大加官》《還金鐲》《金玉緣》(狄青和雙陽公主事,非《紅樓夢》)《雙報恩》《循環報》《打鳥記》《雙喜緣》《鳳玉配》《四元莊》《怨怨報》《分玉鏡》《仁義緣》《賜繡旗》《千忠戮》《玉簪記》等②。

三 解放前後上海的紹劇

紹興在十九世紀末(約光緒二十餘年,即一八九五——一九〇三)盛行武班。武班的來源,還沒有找到有力的綫索,大約是在目連戲的基礎上發展出來的。唱腔多用吹腔,後來也用亂彈。武工方面,如《蜈蚣嶺》《挑梁王》等戲,甩舢鬥總有好幾百個,跌打出場的"倒提筋"、"順提筋"至少也有五六個。還有"對頭舢鬥"也是一種絕技③。跌撲摔打工夫,勝過皮黃班,身手靈活,跌摔認真。他們到上海來,大受歡迎。如疊羅漢、造牌坊、荷花缸這些武術表演,尤為難能可貴。

後來武班人才日少,漸形凋落,一般市民觀衆又喜新厭舊,文班就取而代之,側重唱做。當時春仙臺的《西廂記》,稱為一時絕唱。看武班的以男性為多,看文班的却以女性為多,因為它所演的都是男女戀愛一類的戲。一九〇四年左右,文班最為盛行,有四十多班。學武班的藝人都改唱文班。雖然還有兩、三班武班,不過供五、六、七月唱大戲之用。平日減價演唱,都不大有人看。

---

① 見《紹興的戲劇》(謝德耀,《民衆教育》五卷第四、五期)。
② 見《紹興的高腔》(蔣星煜,《華東地方戲曲介紹》)。
③ 見《越劇雜談》(棘公,《戲劇月刊》二卷三期)。

再後來觀衆又覺得重唱做不大熱鬧，因此文武並重的亂彈班就興盛起來。既有文戲，又有武戲，唱腔又火爆，觀衆又大爲歡迎。

上海寄居的紹興人頗爲不少，因此在一九一四——一九一五年間，上海觀音閣碼頭的鏡中花，成爲大班來滬的第一聲。並且添上布景，模仿舞臺格式。當時演員有名丑王茂元、花衫胡鳳林、老生小鳳彩、林芳錦、青衣玉官、大面史亦奎，可稱人才集中，爲從來所未有。大班旦角不上蹻，從胡鳳林起方才上蹻。（這自然是不好的。）自備行頭也從胡鳳林開始。如胡鳳林、林玉麟、小小鳳彩、吳昌順等，行頭都有好幾箱。① 當時紹興人多住在後馬路一帶，看戲方便。嵊縣諸暨的裘家弟兄又加入演唱，大班就更爲生色。

鏡中花房屋破敗，不堪再演，因此又在一九二一年與海寧路天保里房東訂立合同，定造舞臺，名爲越舞臺。當時京劇靠本戲來號召，紹興人反而去看京劇。大班服裝布景都差，小鳳彩又回紹興，史亦奎又已去世，只靠林芳錦、胡鳳林、王茂元做臺柱。他們爲圖存起見，就由林芳錦來編新戲《鍘判官》，演出後果然營業又好了起來。後來林芳錦年老力衰，不肯再演戲，吳昌順繼起，又不能編新戲，大班便又衰落下去了。

一九二三年閘北昇平歌舞臺因事停鑼。有一位姓潘的便到紹興去請梁幼儂、林玉麟來演出，名爲閘北新舞臺，也因不能演出新戲而虧本。後來由梁幼儂把老戲加以貫串，演出《反五關》《雙剪髮》等，雖能客滿一時，終於難以持久；並因屋柱不固停演，從此，就不曾重建。

這大班轉到笑舞臺，再轉到大世界，人才也一天天地少了。②

一九二九年左右，大班可以注意的角色有二花臉王兔，擅唱《罵關》、《打太廟》、《上山》、《龍鳳鎖》、《紫玉壺》等，精神飽滿，聲音洪亮。旦角有愛金、小楊大官等。愛金擅演《後硃砂》、《鳳凰閣》、《龍鳳鎖》、《琴簫緣》、《磨串》、《戲叔》等，極肯認真努力，表情細膩。此外還有生角張富、阿長、鳳儀、阿水，淨角阿福、寶玉，丑角大豐、玉蘭等。

一九三四年小鳳彩病故，一九三五年梁幼儂又咯血而死，大班就更加不振。

以上所提到的這些角色，以梁幼儂爲最值得注意。他可以說是大班裏的譚鑫培。他演戲極爲認真嚴肅，表情細到。例如，《打登州》演秦瓊見瓦崗寨弟兄

---

① 見《三十年來越劇之變遷》（周錦濤，《戲劇月刊》一卷六期）。
② 見《上海越劇不能立足之原因》（周錦濤，《戲劇月刊》一卷十期）。

時,兩腿不跨大步,相距最多不過四五寸,因爲秦瓊是帶有脚鐐的;雖然兩腿相距不大,上身的表情仍極美觀。又如,《千忠戮》演建文帝,看到反抗燕王的臣子都遭屠殺,他就顯出愁眉苦臉的面容,傳達出一種無可奈何的隱痛,腔調也極哀苦。他又能唱老旦,《藥茶計》和《釣金龜》是最著名的。《藥茶計》的身段尤爲難得。①此外他擅唱的戲有《雙金錠》、《寶蓮燈》、《反五關》等。

小鳳彩擅唱《高平關》、《雙龍會》、《潼關》、《龍鳳鎖》、《紫金鞭》等。黑頭林芳錦擅唱《玉麒麟認罪》《楊六郎告御狀》、《沉香救母》等。

一九三七年抗戰以後,國民黨反動政府,勾結敵僞,以"冬防"爲名,禁止藝人演戲,切斷了藝人的活路。十多年來,紹興大班本身没有提高,人數也就逐漸減少。直到現在,大班的劇團就很少了。本來流行的農村,也很少他們的踪跡。②

解放以後在"百花齊放"的號召之下,紹興大班也開始被注意了。一九五三年七月十二、十三日由華東戲曲研究院主辦,舉行了紹興大班觀摩演出會,由同春劇團和同興劇團聯合演出,曾灌有唱片的有陸長勝、小月英、陳鶴皋、小金牛、小楊松等,他們兩天一共演了八齣戲,我挨次談談。

一、《潞安州》:比京劇情節複雜一些,表現士兵守城不屈的場面很好。它寫金人襲城,都被埋伏的宋兵斬首;後來金人又襲水西門,又被埋伏的宋兵斬首。它不僅寫大將,也寫大將手下士兵的勇敢。此戲慷慨激昂,淋漓盡致,比京戲好。兩人扯布作水波狀也是好的。

二、《三奏本》:漢劇和京戲都有這個故事。③ 這個故事實在是渺不可稽,所以《戲考》的編者只好謙遜地說:"櫪老學識淺陋,無從考證。"京劇《二進宫》也引有這個故事云:"昔日裏有個李文李廣,弟兄雙雙扶保朝綱。李文北門帶箭喪,萬家山前又收李剛。收了一將又一將,一將倒比一將強。到後來保太子登龍位上,反把李廣斬首慶陽。"李廣是漢朝的名將,却不曾封過什麽大官,京戲却說他虹霓奏捷,封了王位。更特別的,竟說王是周王。漢劇和京劇都稱國舅爲馬南或馬蘭,王妃爲馬氏;大班却稱國舅爲石彥龍,王妃爲石美容,這些都是不可究詰的。《三奏本》撇開歷史不講,它寫李廣不畏權勢,大罵國舅,却有意義:"你本是裙邊

---

① 見《悼憶越伶梁幼儂》(胡憨珠,《戲劇月刊》六卷二、三期)。
② 見《紹興大班曲調介紹》。
③ 漢劇是《李廣催貢》、《斬李廣》等,見《漢劇從新》第十集;京劇是《慶陽圖》,見《戲考》第十五册。《二進宫》見《戲考》第五册。

上帶來臭國舅,我國中那有你臭皇親。"

三、《打太廟》:此劇寫薛剛打死新科探花張德雲;又入太廟,見張德雲的祖先牌位和忠臣並列,一怒之下,將太廟打毀。因爲是片段,所以觀衆不易了解張德雲是張士貴(陷害薛仁貴的)的孫子。張德雲究竟做了些什麼壞事,觀衆也不知道。所以,前後情節是必須加上的。薛剛和薛丕醉態的步伐沒有變化,也應該設法改正。

四、《蘆花記》:這是吹腔戲,演閔子騫行孝事。警句"母在一子冷,母去三子寒",原出《說苑》:"大人有一寒子,猶尚垂心;若遣母,有二寒子也。"明沈璟《十孝記》《衣蘆御車》也改爲:"況慈親若在,唯兒受寒;慈親若去,小男影單。"這戲將農民李老老和李媽媽過於醜化,趣味性太強,沖淡了主題。陝西梆子的岳父母就比較嚴肅。舊本鞭打時蘆花紛飛,似更細膩。這戲的優點是人情味濃厚。

五、《英烈傳》:這戲也較少歷史根據,可能是根據"說書"改編的。據《英烈傳》第十六回,赤福壽是文臣,並非武將;武將該是平原指揮曹良臣。金陵盡忠時,並無赤福鳳和胡福的戀愛故事。過場戲也嫌太多。

六、《壽堂》:這是一個很好的戲,對於貪污分子給了當頭一棒。應該使得包公的不畏權勢再突出一些;包公臨行時,不妨再發揮一下,這樣就更可以顯出人民性來。

七、《磨串》:這是高腔戲,大致還保留了一些乾隆年間的原樣,① 例如"三個十年","一舉成名勿得知","九拜之交",以及最後的〔急板令〕和打官司等。孔妹的身段頗似秧歌,惜摔地的動作太多。兒子打媽,雖說串戲,到底不大好。

八、《梳妝樓》:這也是高腔戲。《楊家府演義》無此故事。楊七郎爲了爭功,打死潘仁美之子潘蛟,品質上不能使人同情。青龍和黃龍的出現有封建色彩。楊七郎用小生演,頗顯得年輕;京劇是用淨演的。

總的說來,這次八齣戲中,最好的是《潞安州》和《壽堂》,可以作爲保留劇目,但也須稍加修改。他如吹腔的《蘆花記》和高腔的《磨串》改一改也可以用。這兩個劇團演戲都很嚴肅認真,有幾場戲極緊張,顯出它是有優良傳統的。更值得稱贊的是,配角也發揮了應有的作用。動作夸大集中,表演達到了飽和點。感染力很強。但演出不要過長,過場戲和小兵耍刀的場面可以減少一些。

這次的觀摩演出,在保留遺產方面,讓我們看到比較古老的吹腔《蘆花記》和

---

① 見《綴白裘》第十一集卷四。

高腔《磨串》、《梳妝樓》等。可惜這兩個劇團能演的吹腔和高腔戲不多,吹腔只有《漁樵會》、《龍虎門》等,高腔只有《南唐》、《楊七郎招親》等。通過這次演出,紹興大班可以更進一步,把原有的戲改得更完善一些,逐漸發揚光大。我們希望能有幹部加入紹興大班劇團裏去,替他們改編並整理舊戲,排演新戲。特別希望藝人們自己能夠多學文化,比林芳錦更能編戲,更能編更好的戲。根據伊兵的意見,紹興大班今天的兩大任務就是保留遺產和整理劇目。只要努力,紹興大班將來的希望是很大的。

談婺劇

一　婺劇高腔與弋陽高腔

在毛主席對於戲曲"百花齊放、推陳出新"的倡導之下,我幸運地能够不出上海一步,看到或聽到各省市的地方戲,大大地擴大了我的眼界,使我從研究戲曲史的書齋走向舞臺,看到並聽到活的戲曲史。最近看了婺劇《槐蔭樹》,對弋腔若有所悟。現在把這些意見寫出來,向大家求教。

婺劇《槐蔭樹》被稱爲高腔。這腔調同我所聽過的一些高腔戲頗有不同:例如不久以前所聽到的紹興大班的高腔《梳妝樓》、湖南常德的高腔戲《思凡》,甚至我在收音機中所聽到的四川高腔《柳蔭記》,都有很多不同的地方。婺劇高腔《槐蔭樹》不及以上這些戲調子來得高亢激昂,似乎要舒徐平和得多;在幫腔方面,前者幾乎整句整句地幫,也不像後者每每幫在一小節的末尾之處。似乎《槐蔭樹》不幫腔也沒有什麼不可以。正如劉靜沅在《婺劇雜談》中所說的:"行腔方面,皆與四川高腔、湖南高腔不同。"

但在另一方面,婺劇高腔《槐蔭樹》却同崑曲班中所常唱的幾齣弋腔戲行腔極爲相近,韻味幾乎完全相同。我曾看過《拾金》,像唪誦佛經一樣的,如唱如念的句子,唱到末一字時略略挑起,最後又比較高揚地疊唱兩句,這樣的唱法我感到非常熟悉,倘將《拾金》和《槐蔭樹》放在一起唱,可以感到非常調和。此外如《蘆林》(《與衆曲譜》所刊,非《集成曲譜》所刊),如《磨斧》,如《借靴》似乎也都是這樣的風格。並且,崑曲班唱這幾齣戲時,後場並不和唱。

清康熙間劉廷璣的《在園雜志》云:"舊弋陽腔乃一人自行歌唱,原不用衆人幫合,但較之崑腔,則多帶白作曲,以口滾唱爲佳。而每段尾聲,仍自收結,不似今之後臺衆和,作喲喲囉囉之聲也。江西弋陽腔、海鹽浙腔,猶存古風,他處絶無矣。"所謂婺劇高腔,大約就是受海鹽浙腔影響的"猶存古風"的弋腔吧?這在明萬曆間湯顯祖的時代,恐怕已經是這樣了。湯顯祖在《宜黃縣戲神清源祖師廟記》裏曾說，"江以西則弋陽，其節以鼓，其調誼。"但接著卻說："宜黃譚大司馬綸，以浙人歸教其鄉子弟，能爲海鹽聲。"因此，我相信劉靜沅在《婺劇雜談》中的話：婺劇高腔"大部分皆有伴奏樂，想是加工較多之故。"主要的伴奏樂器是笛子，崑曲班中的弋腔亦然。我同意劉靜沅的話："婺劇中的高腔，是弋陽腔的嫡系。"

劉靜沅又說：婺劇高腔"也許是現在浮梁、弋陽一帶所流行的兩種高腔戲（饒河戲與高腔戲）之一。筆者……浮梁、弋陽一帶未能前去。"據去過樂平，看過饒河戲的人說起，"就我們聽到的《四盤山》來看，和我們的家鄉（金華）所流行的徽調大部分相同。其曲本、角色、樂器，和京戲也大部分相同。"（《在南曲的另一搖籃——弋陽》）這樣看來，婺劇高腔和饒河戲的關係恐怕比較淺，倒是婺劇徽調與饒河戲有相當的淵源。那麼，婺劇高腔可能與弋陽高腔是極爲接近的。

據說，可能"南昌戲保存着弋陽的風格。……弋腔以丑角爲主，語詞諧趣"。這使我恍然悟到《蘆林》中的正面人物姜詩所以要用副扮之故；《磨斧》、《借靴》、《拾金》本都是一些以丑角爲主的戲，那就更不用說了。婺劇《槐蔭樹》董永雖不曾用丑扮，但那位太白金星卻是極有風趣的。在本是民間小戲的弋腔中，丑角大約是從前人民所喜愛的一種人物吧？

二　古老優美的婺劇

浙江婺劇實驗劇團在大衆劇院的一次演出，可說是婺劇首次公開與上海人士見面。我看過以後，覺得它劇本古老，演出優美，是一種有優秀藝術傳統的劇種。

婺劇的歷史悠久，因此它保留了一些平常不易見到的戲曲。即如《三姐下凡》，過去我們就極難看到全本。現在卻從婺劇裏看到原原本本的情節。此劇的人民性，大家已經說得很多了，我不再贅。次之，《槐蔭樹》也不容易看到全本。黃梅戲《天仙配》只演一個片段，越劇《謫仙怨》又以意爲之，落了《寶蓮燈》的窠臼，甚至說董永原是天上的金童下凡，破壞了"農民企圖從主人的鞭子下掙脫出來而求得幸福的幻想"（齊軍文）。倘取婺劇與徽池雅調《秋夜月》中明代顧覺宇的《織錦記·槐蔭分別》或川劇《槐蔭分別》（重慶說文出版部土紙本）對照來看，就可以發現三者有不少相同的句子，可以看出遞變的痕跡。特別是看《秋夜月》下面幾句："這銀子把還你，縱有萬兩黃金，買不得我嬌妻；這釵子把還你，牢拴繫，繫不住我嬌妻；這鞋面綾索把還你，牽腸掛肚，覩物傷悲。"以前我不了解。插圖中鴛鴦，一只飛上天，一只在池中，也都不解其意。現在看過婺劇，竟能完全了解,也是使我高興的。複次,《打金枝》也演的是全本。京劇唐肅宗四句下場詩活畫出帝王的籠絡心理云:"駙馬犯罪難發放,難道説爲皇兒斬殺忠良。死罪不降反加賞,買動他父子們忠心好助孤王。"但京劇所演僅《綁子上殿》一節,婺劇却從郭子儀做壽演起,一直演到肅宗和皇后拉攏小兩口子講和爲止。

婺劇據説是"音樂强烈,動作粗獷"的,但我看過兩次演出以後,得到的却是相反的感覺,覺得它音樂柔和,動作細膩。至少,音樂中没有大鑼大鼓,最響鬧的是目蓮嘻頭,綉幕初啓,就嗚都嗚都地吹,却也不嫌嘈雜,决不至於震耳欲聾。説到動作,戴不凡在《金華崑腔戲》中所推薦的《借扇》,舞姿的確好看。此外如《三姐下凡》中的渡銀河和拾扇身段,《打金枝》中喊"駙馬""公主"的逐漸由生硬到親暱,《槐蔭樹》分别時的猜謎,《水擒龐德》的亮相,都是很細膩的。女角都不弔眼梢,我也覺得比較自然、好看。周越先的《雪裏梅》,我看了兩遍,也不覺厭倦。她時常做出聳身的姿勢,仿佛要把瘋女馱得高一點;老人滑了一脚,瘋女就撒開兩手,作出摇摇欲墜的樣子;涉水時老人豎起一條腿,連打幾個盤旋,仿佛要跌了下來……凡此都由一個人扮兩個人,表演得極其精彩。這些都可以説明周越先曾經仔細觀察現實生活的情况,經過悉心揣摩,方能有此成績。

婺劇劇本古老,可供研究;演出優美,可供欣賞。即此兩點,已經使我感覺到這次婺劇的演出,是極有意義的了。

三　婺劇的劇目

關於婺劇(俗稱金華戲)的參考資料,除了在新聞日報、文匯報、新民報晚刊所發表的以外,最詳細的要算《戲曲報》三卷六期上蔣風和沈瑞蘭所寫的《婺劇介紹》。後來,這篇文章又收到新文藝出版社所刊行的《華東地方戲曲介紹》裏面去。我特地介紹這一篇文章給喜愛或研究婺劇的人們參考。

這篇《婺劇介紹》分爲概説、組織、曲目與曲調、組班的類型、現狀等五節,内容豐富。但談到曲牌名時,舉有〔桂子香〕和〔五宫樣〕,這實是藝人們諧音的寫法,應該寫作〔桂枝香〕和〔五供養〕。還有一個曲牌名,叫做〔獅子亭〕,也極少見,大約是〔獅子序〕的誤書。

第三節談到崑曲的曲目,内有《金棋盤》、《翻天印》、《取金刀》、《九曲珠》、《通天河》等戲,不僅蘇州和高陽的崑曲班不能唱,王國維等《曲録》一類的書也不見著録,參考戴不凡的《金華崑腔戲》(見《華東地方戲曲介紹》),才知道這五本戲是"提綱戲,只有情節和説白,它的唱詞都借自他戲,集許多戲的唱詞而成一本新戲"。换一句話説,這五種崑戲是金華崑腔所獨有而爲他處所無的。

婺劇大約曾經到過永康。我們從李鴻祺的《永康的民衆戲劇》(《民衆教育》五卷八期,一九三七)一文中,可以替《婺劇介紹》中一些冷僻的曲目找到一點情節大要。例如:亂彈曲目中有《碧桃花》、《華芳寺》和《惠靈寺》。該文就説:《碧桃花》寫"美尼姑與闊少爺發生性的關係,少爺住在廟裏。一月後,被桃花女吸去。家人要殺尼姑,但她已懷孕。將殺時,桃花女把少爺放回,遂不殺尼姑。"《華芳寺》説"古時寺廟裏藏民家之女,經官方查明,把它毁掉。《惠靈寺》與《華芳寺》差不多性質。"崑腔曲目中有《金棋盤》,寫的却是"楊凡與樊梨花薛丁山之事"。

此外,在同一期《民衆教育》上,刊有李銓的《縉雲的民間戲劇》,那篇文章裏介紹亂彈曲目《日旺》乃前後本,是"狄青王天霸比武事"。

最胡鬧的是李鴻祺所記的《白蛇傳》的情節:"許夢蛟去應試,得中頭名狀元,即往金山寺探望父親,後又回姑母家完婚。當朝的太師爺田博與許仙有些釁隙,見許夢蛟中了狀元,想陷害許氏。他想了個借刀殺人的計策,叫某番邦興兵犯界。當戰書到朝廷的時候,他就上奏本,請萬歲叫許夢蛟爲帥去征討,萬歲爺答應了。文官任武帥,許夢蛟是九死一生的。但想不到他帳下的兵將十分驍勇,番兵竟戰敗了,番王亦被擒。許夢蛟得勝回來,萬歲更是器重他。他又到金山寺去探父親,並請父親還俗。法海和尚亦説許仙的根基淺,叫他下山去,許仙就回家來了。那時小青已奉着師父某某聖母的命令,把白素貞從雷峰塔裏救了出來,他們兩個人又來找許仙,説是還有一段姻緣未滿。許仙一見,轉身就跑,白素貞與小青緊緊追趕,一追二追,追到觀音菩薩面前來了,觀音菩薩把他們訓了一頓。白蛇傳四本至此才告結束。"

如此看來,婺劇中荒唐、迷信、封建的内容大約不少,我們希望浙江婺劇實驗劇團和别的婺劇團能够將自己所有能够演唱的劇本逐步整理一下,删去糟粕部分,發揚人民性的精華部分。

北宋的雜劇雕磚

宋官本雜劇和金院本究竟是怎樣演出的,過去我對於這個問題一直是概念模糊。所能看到的材料,主要的也只是兩個目錄:《武林舊事》上的宋官本雜劇目和《輟耕錄》上的金院本目。以前我特別側重在"打略拴搐"中從《星象名》到《菩薩名》二十一目,認爲這些東西類似相聲中的"貫子活"或"百本張",大鼓詞中的《百山名》、《百花名兒》、《青菜名兒》、《百蟲名兒》之類,是屬於曲藝一類的東西。我却忽略了其中還有一些類似故事性質的目錄,特別像《張生煮海》、《月夜聞筝》之類。也有人認爲這些演出主要是"務在滑稽",而忽略了其中的歌舞戲。像宋官本雜劇目中用〔六么〕來唱的就有十九種,如《鶯鶯六么》、《崔護六么》之類,他如用〔梁州〕、〔伊州〕、〔薄媚〕、〔降黃龍〕等曲唱的雜劇還有不少。應該説,雜劇或院本裏,既有滑稽戲,也有歌舞戲;既有曲藝,也有比較完整的情節,才符合實際。這本是顯而易見的。偏偏我們每每都只看到一面。由於胡忌的《宋金雜劇考》的出版,這些片面的看法大約可以澄清了。

過去我還有一種錯誤的看法,認爲既是曲藝或説唱,用〔六么〕、〔薄媚〕之類來唱故事,就不必裝扮,"貫子活"一類的《星象名》、《菩薩名》等等就更不必裝扮,推而至於其他滑稽戲一類的東西也該是相聲的同類。但是,一九五八年四月,在河南偃師酒流溝水庫西岸,發現了一座墓壁嵌有雜劇雕磚的宋墓以後,我才否定了我過去的那種錯誤的看法。並且,我想,完整的較有情節的戲曲,不應該始於北宋末年或南宋初年的南戲,至少可以推前一百年左右。在北宋應該已經有比較情節完整的戲曲了。也就是説,宋官本雜劇或金院本,不應該全是曲藝,它們還有不少是裝扮劇中人的滑稽戲;倘若是由曲藝變化出來的,也應該有一部分可以稱爲"曲劇"。南宋《眼藥酸》等兩幅雜劇畫旁邊都有平面鼓,就是一個例證。不知這個鼓與段安節《樂府雜錄》中所説的"鼓架部"有没有什麽淵源關係。

徐苹芳同志在《文物》一九六○年第五期上寫了一篇《宋代的雜劇雕磚》,對偃師宋墓發現的三方雕磚作了詳細的介紹。由於戲曲界看到這篇文章的人還不多，我就在這裏再介紹一下。我是樂於提出我自己的一些看法的。

徐蘋芳同志介紹第一塊雕磚說："一個戴幞頭的人，身着圓領長袍，腰繫帶，拿着一幅立軸畫，上身微俯，好像正對着觀衆們在獨白。"（三塊雕磚拓本的照片均見插頁）他懷疑這是"艷段"或"引首"，"顯然不是墓主人的僕從。而與'正雜劇'和'雜扮'也不同。"他既非"借裝爲山東、河北村人"，自然不是"雜扮"。但如果一定要說是"艷段"或"引首"，而不是"正雜劇"，似乎也缺乏根據。倘作爲艷段來看，可以疑爲展示喜慶賀軸之類。明初周憲王寫過一個雜劇《呂洞賓花月神仙會》，其中說到演出院本《長壽仙獻香添壽》，有捷譏、副末、末泥和淨獻畫的情節。這雕磚似乎是表演類似這樣的情節。倘作爲正雜劇來看，又可以疑爲演的是公案劇，即《古今小說》第十卷《滕大尹鬼斷家私》這類的故事。（如《曲海總目提要》卷二十七所記的《長生像》傳奇，《龍圖公案》中的《扯畫軸》以及《皇明諸司廉明諸判公案傳》下卷"爭占類"都是類似的故事。）這故事的來源很早，見《晉書》汝陰隗炤傳中。至於說，這雕磚是否跳加官，却不敢妄擬，因爲演出者並沒有戴上面具。我也只是一些臆測，聊備一說。

徐蘋芳同志介紹第二塊雕磚說："雕的是兩個人。一人戴展角幞頭，身穿圓領大袖袍，左手持笏，右手平握笏的中部，正在傾聽對方說話。另一人戴東坡巾，穿圓領長袍，前襟掖起，露出雙膝，右手捧一包袱，左手指着戴展角幞頭的人，並且側過臉去和他說話。這是正雜劇。……至於所表演的是什麼名目，則未敢臆測了。"我認爲，左面戴東坡巾的那個人似乎面有怒容，正在對着戴展角幞頭的人戟指而罵。他右手捧的包袱大約是官印；前襟掖起，表示他要"摜紗帽"，想辭官不幹了。正與《春香鬧學》中陳最良辭館不幹的動作一樣。那個戴幞頭的人低下頭來俯聽着。我猜想這或許是金院本名目"諸雜大小院本"中的《同官不睦》，甚至於竟是"打略拴搐"中的《刁包待制》。看雕磚上所刻的那官員義正辭嚴的氣概，是很容易令人想到包拯身上去的。

徐蘋芳同志介紹第三塊雕磚說："一個頭戴軟巾，着長衫，敞懷露腹，腰繫帶，下着褲，裹腿穿襪，左手托一鳥籠，右手指着、雙目也注視着鳥籠，張口，脚邁丁字步。另一人軟巾諢裹，着長衫，腰間扎結布帶，脚穿襪；口中含着右手的拇指和食指，正在吹哨，左手插握布帶；雙脚也邁着丁字步。這兩個人好像正按着同一的拍節，扭動作態。這是雜劇中的後散段——'雜扮'。"他斷定這是金院本"諸雜砌"名目中的《走鸚哥》。我同意他的這種猜想。但是，這是否"借裝爲山東、河北

北宋的雜劇雕磚　345

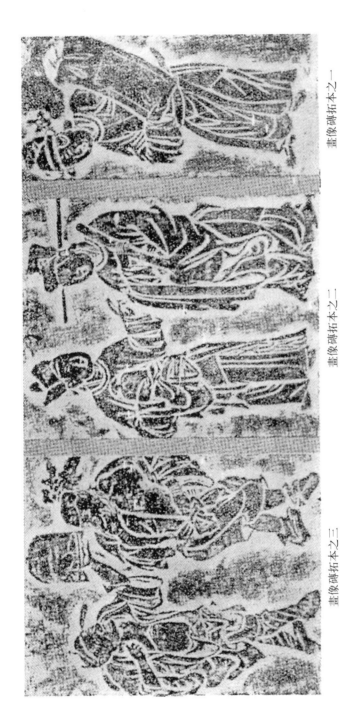

畫像磚拓本之一
畫像磚拓本之二
畫像磚拓本之三

河南偃師縣酒流溝水庫西岸出土的宋墓北壁上的磚雕

山西芮城永樂宮舊址元初宋德方墓石槨前壁上的雕刻（黎新摹畫）

村人以資笑"呢？恐怕就不是《莊家不識勾欄》那散套中所寫的一類情況了。徐氏稱爲"市井小民或農村人物"，恐怕是應該看作市井小民的。至於吹哨，金代侯馬董墓五個磚俑中右面第一人也是吹哨的。的確，"宋金雜劇的演出中，吹口哨是很重要的表演技巧之一，而且是丑角的一種專門表演。"大約元明雜劇和話本中以強盜吹口哨的爲多，有下面這三個例子：

1.《趙禮讓肥》第二折〔脫布衫〕內嘍囉打鼓科，打哨科唱："颼颼的幾聲胡哨，我則見齊臻臻的強人排列着。"

2.《昇仙夢》第三折南山馬客云："胡哨颼幾聲，那答兒強人一簇，吵鬧山下，我心驚體酸麻。"

3.《醒世恒言》第二十卷《張廷秀》中云："梢公口中唿哨一聲，便跳下船。"

看這雕磚上所刻，雖不一定是強盜，但却玩弄着鳥籠，至少也是游手好閒的市井小民吧？

有人説,這宋墓裏還有另外三塊雕磚,是砍鱠、司爐和抱經瓶的侍女;那麼這三塊所謂雜劇雕磚也該是故事畫、吉慶圖之類,我認爲這個看法不對。最有力的證據就是俑變化出來的最近又發現了山西芮城縣元代初年墓中的舞廳綫刻畫(見插頁),幾乎與上述第二、三塊北宋雜劇雕磚完全相同。1961年1月11日《北京晚報》刊載了《元代石槨上的雕刻》,3月15日《光明日報》刊載了《考古發掘中罕見的雕刻——元代石槨上的綫刻畫》。最詳細的要算徐苹芳同志在《考古》1960年第八期上的《關於宋德方和潘德沖墓的幾個問題》。他説:潘德沖墓石槨前端,刻出一座門樓,舞廳上立四個人:左起第一人,頭裹軟巾,身著長衫,口含右手拇、食指,正在吹哨,左手撩衫襟;第三人戴尖帽,着長衫,敞懷露腹,腰束帶,右手作指點手勢,左手上舉,肘間掛着布袋,撇着嘴,正與吹口哨人相招呼。試以他所説這左起第一、三人與宋墓第三塊雕磚對照,便可發現相差無幾。戴尖帽(相當於宋墓戴軟巾)的人左手仍是高舉的,只是沒有鳥籠。

還有,左起第二人戴展角幞頭,穿圓領大袖袍,雙手抱笏;第四人戴卷角幞頭,穿長袍,雙手叉拜。這與宋墓第二塊雕磚也頗近似。只是戴卷角幞頭(相當於宋墓戴東坡巾)的人已經減去了鋒芒,改戟指怒罵爲雙手叉拜。徐苹芳同志也説:"段子與宋墓雕磚同。"這四個綫刻畫的人像都是以舞廳爲背景的,舞廳也就是戲臺,因此就可以斷定:類似的宋墓人像都是扮演雜劇故事的。

徐苹芳同志認爲:"正雜劇是由女演員裝扮的。"我看,雜劇也有男演員扮演的。記載上的趙太、王侯喜等人就都是扮演雜劇的男演員。

由於北宋雜劇雕磚的發現,我們對於宋官本雜劇和金院本的裝扮演出情況,就有更具體的形象的理解了。

《宋金雜劇考》評介

胡忌的《宋金雜劇考》是一部研究宋官本雜劇和金院本的專著。他搞這工作是從一九五一年開始的。一九五四年他還只寫了五六萬字；到了一九五六年，竟寫成了一部二十四萬字的專著。到今天爲止，在這方面的研究，要算這部書最爲詳盡、也最有成績了。宋官本雜劇只在《武林舊事》上有一個目錄，金院本也只在《輟耕錄》上有一個目錄，比較容易找到的材料是非常之少的。過去王國維的《宋元戲曲史》和鄭振鐸的《中國俗文學史》談到這兩種東西也只能根據目錄略作歸納和分析，從來沒有人深入地探討過，這部專著的出版，對於中國戲曲的淵源和發展的研究，顯然是非常有用的。作者從各種戲曲、筆記、野史、詩文集等，一點一滴地積累材料，隨時留心，並加思索，才完成了這樣一部大著。

全書共分五章。第一章《名稱》解釋宋官本雜劇和金院本的名稱以及宋元以來對戲劇的混稱。研究任何學問，首先必須把含義搞清楚，這是有必要的。著者搜集各種書上談到"雜劇"、"院本"的文字匯集在一起，加以區別，頗費了不少工夫。第十七頁上談到《吳社篇》中的"會"，舉了雜劇十一目，我頗疑就是所謂"臺閣"，也類似現今國慶節扮演的一臺一臺的戲。其中《水晶宮》解作《風雲會·訪普》，我認爲理由不充分，與其他十目不相配，它不會以《訪普》的首句"水晶宮，鮫綃帳"來作爲劇名的。倘若可以任意猜想的話，不如猜作《柳毅傳書》(《張生煮海》流傳似較差)；或者看作龍宮故事更爲妥當。《采桑娘》可以猜作《秋胡戲妻》。

第二章《淵源與發展》先介紹唐五代的歌舞戲大面、撥頭和踏搖娘。最近《信西古樂圖》由中國音樂研究所影印出版，就可以補叙實際演出的情況。如"撥頭"，繪一人蹲在地上，頭微俯，長髮披在面前，面作啼狀，手持長帶；"胡飲酒"是高鼻子，左手舉一物如啞鈴，右手叉腰，作跳舞狀，頭髮是披散的，也有長帶，服裝與"撥頭"相仿，似乎都穿着縐邊的坎肩。"羅陵王"仿佛戴了一個龍頭的面具，衣服跟帶子也跟"撥頭"和"胡飲酒"差不多。這張長的畫卷是關於日本流傳的唐舞、散樂、雜戲的古圖，可以與鹽谷溫的《中國文學概論講話》或周貽白《中國戲劇史》中的彩色插圖對照着看。叙"踏搖娘"時,似可先叙"獨舞"。著者引用了《舊唐書·音樂志》和《教坊記》,最好能將段安節的《樂府雜錄·鼓架部》一並列入:"蘇中郎——後周士人蘇葩,嗜酒落魄,自號'中郎',每有歌場,輒入獨舞。今爲戲者,著緋,戴帽,面正赤,蓋狀其醉也。"我猜想,先有簡單的"獨舞",後來才有《舊唐書》所載的"醉歸必毆其妻";再後更加複雜,又添上《教坊記》所載的"每一疊,旁人齊聲和之"。著者接着就談滑稽戲和樊噲排闥劇以及宋代演劇、金院本的發展,院本與北曲雜劇的密切關係、院本四種、明代院本概況和明代的"過錦"。院本四種中有李開先的《園林午夢》;現在《李開先集》出版,又可以增補《打啞蟬》了。《一笑散》目作《皮匠參禪》,我頗疑心這是《打啞蟬》的初稿,參禪的對方或爲皮匠,或爲屠户,這兩個笑話前者我在書本上見過,後者聽相聲藝人説過。

第三章《角色名稱》是相當重要的,因爲宋官本雜劇和金院本很多以角色名稱放在劇目裏面,這就必須對於角色名稱先有一個了解,如"厥"爲戲劇藝人被輕視的稱呼,"和"爲農民,"爺老""曳刺"爲馬夫或軍役,"偌"或爲市井無賴,"列良"是星相數算一類人物,"良頭"或許是潑皮或流氓,"防送"是軍差,"都子"是乞丐,等等。惟"鄭"尚無確解,"哮"也只知是男性人物,尚須作進一步的探討。

第四章《内容與體制》應該是最主要的部分,占了全書三分之一以上的篇幅。著者每每從後來的元雜劇和戲文裏找到院本的遺痕,幾乎是化無爲有,這是最爲可貴的。他讓我們不僅只能看到一些目錄,還能具體地看到一些内容甚至是詞句。特别是在"打略拴搐"部分所引的李文蔚《張子房圯橋進履》中的《清閒真道本》和無名氏《飛刀對箭》中的《針兒綫》,我最爲欣賞。著者也曾抽出這一段刊在《文學遺產》週刊上。從宋代南戲《張協狀元》中找到《賴房錢》,也是很有趣的。下面提幾點零碎的意見,只是隨便談談,並没有多少根據:

(1) 在"題目院本"中,著者所舉"與官妓有關"的目錄,如《柳絮風》、《三笑圖》等,我還是認爲譚正璧《輟耕錄所錄金院本名目内容考》(《話本與古劇》頁一六八—二〇四)所論較確,這該是晉代謝道韞和陶淵明的故事,與官妓無關。《畫堂前》似爲"蘇小妹三難新郎"的故事。這些故事都是流傳較廣的,由於話本和口頭傳説的流播,可能藝人們就採爲題材了。《楊柳枝》,譚正璧猜是許堯佐《柳氏傳》,我却猜是白居易放楊枝,這倒是與妓女有關的。

(2) 頁二〇八説:"在《繁勝録》和《武林舊事》中都記載有'合生,雙秀才'一條。我們知道宋代的伎藝人大多有他們的綽號或諢名;這些假名和他們所擔任的演唱往往有關。"我認爲雙秀才只是藝人的通稱,猶之剃頭的稱爲"待詔"一樣,含有尊敬的意思在内,不一定"與他們所擔任的演唱有關"。

(3)"上皇院本"與其説是一般的"敷演皇上故事",不如大膽地説大部分是敷演宋徽宗故事的;"霸王院本"與其説是一般的"敷演將軍武士故事",不如依鄭振鐸説,大部分是敷演項羽故事的。(見頁二一一)南宋時期,人心思念故國,因而懷念徽宗,懷念失敗了的項羽,是非常自然的。

(4)頁二一六談《三出舍》,不妨略叙《劉弘嫁婢》的故事梗概,以免讀者翻檢之勞。

(5)頁二一八談《月夜聞箏》的雜劇和南戲,"並佚",應改作"均有殘文留存",可參看《元人雜劇鈎沉》和《宋元戲文輯佚》。

(6)頁二四三引《樂府雜録》云:"引歌舞戲有郭郎,髮秃,善優笑。"《武林舊事》卷二《大小全棚傀儡》又有"憨郭郎"一目。我在安徽學院教書時,曾向當地同學徵得三條歇後語云:"郭呆子賣天地牌子,想盡神方。""郭呆打先生,説上就上。""郭呆張黄鱔,莽上。"可能這三條歇後語與所謂"憨郭郎"有一些關係。

(7)我揣想"沖撞引首"就是"走江湖的頭場戲"的意思,略與《都城紀勝》所説雜劇四段中的第一段"艷段"相當。"沖撞"即"沖州撞府",亦即"走江湖";"引首"就是"開鑼戲"。這與"沖場"或許也有一點聯繫。

(8)頁二四七解釋"收束"似不够顯豁,容易被人誤會爲"收場"或"末場",實際上"收束"也就是"拴搐"的意思。據《康熙字典》,拴,繫也;搐,牽制也。既然是繫上,當然要收一收,要束得緊一些。也許這就是所謂"插演"吧?

(9)頁二五五談到"打略拴搐"中從"星象名"到"菩薩名"二十一目,引用我的《修辭講話》,説是源於"唐宋以來的鑲嵌游戲"。其實,這種鑲嵌游戲可以稱爲"雜體詩",論述或許源於唐宋,作品本身有東漢的藥名詩,梁簡文帝、謝莊、蕭繹、鮑照等的作品,因此,應該説源於"漢魏六朝",方才準確。再説,大鼓書詞中也有不少類似打略拴搐的名目,如百本張抄本大鼓詞中就有百山名、百花名兒、百鳥名兒、戲班名、顛倒古人名、青菜名兒、百蟲名兒等等。因此想起,院本中可能有一部分類似今天的大鼓書詞,除各種"名"以外,還有叙述故事的。如《鄭生遇龍女薄媚》似乎就該是董穎的大曲《道宫薄媚》(西子詞)的同類,甚至可以説王國維《宋元戲曲史》所舉宋官本雜劇中大曲一百零三本都是《道宫薄媚》的同類,即是用一種曲調反覆歌咏一個故事,包括玩笑的故事在内。

(10)關於《黄丸兒》,我説幾句話。頁一六八録宋官本雜劇目中有《黄元兒》,注云:"元當爲丸字之訛,院本作丸。"其實,有些地方"丸子"是稱作"元子"

的。頁二一四釋院本《黃丸兒》云:"《嬌紅記》中引此院本,内容和醫士有關,一説黃丸兒的'黃',就是假的意思,今俗言尚有黃貨代表假貨,未知然否?"頁一八九釋《黃丸兒》云:"《誠齋樂府·復落娼》曲文有云:'看他是個黃丸兒的太醫,將你個天仙子連累。'"按,下面還有一句:"登時間送了他那桃皮。"朱有燉《辰鈎月》第二折白:"(旦云)付能請個醫人來,又是個桃皮,好煩惱人呵!"可見"桃皮"就是蹩腳醫生的意思,因此可知這《黃丸兒》院本所叙必爲庸醫殺人的故事。元吳昌齡《張天師》楔子插叙陳世英染病,張千請醫生替他治療,太醫却不在家,原來"看病醫殺了人","兵馬司裏去"坐牢了。後又叙"黑丸藥吃了是死藥",黃黑雖不同,"看病醫殺了人"却相似,可能這科諢與《黃丸兒》有關。

第五章《其他》叙舞臺形象、雜扮研究、宋劇遺響等,並附録《談行院散曲箋注》和《徵引書目》,我没有什麽話要説。

胡忌從元代雜劇和宋元戲文中尋出宋金雜劇的遺痕,替後來的研究者開闢了一條道路。我們可能還可以找到類似《清閑真道本》、《針兒綫》、《賴房錢》之類的院本,這就在於大家多注意元雜劇和宋元戲文中的科諢了。即如明初朱有燉的《曲江池》第五折關於科場的科諢,如《祖先變驢》、《塔行千里》和《口不乾净》,就頗有院本的風味。記得胡忌找到的戲照,不只《眼藥酸》(封面)一種,希望另外一兩張也能够拍照放大或摹寫下來連同《信西古樂圖》的有關部分一同插在書裏,使得這本大著更加生色。

後　記

　　編好收在這本集子裏的十七篇文章以後，還想逐篇作一些説明：

　　《中國古典喜劇傳統概述》是一九六一年上海討論喜劇時在上海劇協所作的一個報告，目的是提供編寫喜劇的一些材料，曾刊《上海戲劇》一九六一年七八月號合刊。最近知道任中敏編著的《優語集》已經收録了四百多條，大大地超過了王國維的《優語録》。

　　《關漢卿和他的雜劇》是一九五八年關漢卿逝世六百五十週年紀念時，我在上海劇協關漢卿研究小組會議上的發言，曾刊上海戲劇學院的院刊，後來關漢卿被推爲世界文化名人，又在《文學遺產》第二一二期（一九五八年六月八日）上刊登了一次，並收入《關漢卿研究論文集》。

　　《關於評價馬致遠及其作品的一些問題》是我在復旦大學國慶十週年獻禮的論文，後來刊在《光明日報·文學遺產週刊》第 347 期（一九六一年一月十五日）。

　　《元代南戲劇目和佚曲的新發現》是我 1959 年在復旦大學的科學報告，曾刊《復旦月刊》一九五九年第六期。刊出後，孫楷第先生來信云："讀先生所著論《寒山譜》文，記述詳贍。對弟藏本加以表彰，甚以爲榮。此書乃弟三十年前在北京得之。白綿紙，書法頗整齊，書衣用硬貢紙。句讀處加圈，圈用硃色印泥印出。板用硃筆填寫。似從藏書家流出者。現此書已歸北大。北大所藏《寒山譜》只是弟本，並非據德化李氏本録副者。"又，《寒山堂曲話》好多條與凌濛初的《譚曲雜劄》相同，可能張大復是抄録凌著的。雖是抄録，也可以看出他是同意凌著的一些意見的。其實《譚曲雜劄》十七條，《寒山堂曲話》十八條，二者相同的只有一半，《中國古典戲曲論著集成》的提要，説《寒山堂曲話》"内容全同《譚曲雜劄》"，這話是不確的。

　　《明代的戲曲和散曲》是我一九五七年在青島寫成的，不曾發表過，後來於一九五八年在復旦大學作爲我的科學報告，其實只是講授《明清文學史》的筆記，其中不少地方曾得到山東大學馮沅君教授的幫助，謹此志謝。

《明代青陽腔劇本的新發現》是我一九五六年在復旦大學的科學報告,並刊載《復旦學報》一九五六年第一期,後來又轉載於《元明清戲曲研究論文集第二集》和《江西古典戲曲研究資料第一輯》。這篇論文曾引起江西文化局的注意,因而發掘了都昌和湖口許多本青陽腔劇本。

《讀關漢卿劇隨筆》凡兩節:《談詐妮子調風月》發表於《戲劇論叢》一九五七年第二輯,並曾先後收入《關漢卿研究論文集》和《關漢卿研究第一輯》;《關於關漢卿的散套》曾用鄒嘯的筆名發表在《文學遺產》第二一三期(一九五八年六月十五日)。

《讀湯顯祖劇隨筆》凡七節:前五節連載於內蒙古師範學院的《語言文學》一九五九年第五期和一九六〇年第一期;第六節是《問棘郵草》的跋文;第七節刊在《戲劇》第一輯上。

《談琵琶記》凡二節,都是一九五六年夏天《琵琶記》討論時在北京大方飯店寫的:前一節《談琵琶記》刊於《戲劇報》一九五六年第八期;後一節《紹興高腔琵琶記》刊於《琵琶記討論專刊》。

《談荊釵記》發表於《復旦月刊》一九六〇年第一期。這篇曾在復旦大學中文系古典文學教研組作為小型科學報告,附注七條就是在討論以後為了答疑而添上去的。

《明何璧校本北西廂記跋》是應古籍書店之請而寫的。後來張心逸先生又在《江海學刊》上詳細地評介了這部書。

《談崑劇》凡七節:前五節曾由蔣星煜同志規劃大綱,並由胡忌同志到蘇州去訪問崑劇老藝人供給了資料,此文曾收入《華東地方劇種介紹》第五輯;第六節收入《崑劇觀摩演出紀念文集》;第七節收入《新民晚報》和《華東區戲曲觀摩演出大會紀念刊》。

《談蘇劇》曾刊於《戲劇論叢》一九五七年第一輯。最近蘇州文化局出版了《蘇劇前灘》十集,計二百零九齣;又出版了《蘇劇後灘》八集,共二十六齣以及廿二種不同的《賣橄欖》和八十五種行業的《馬浪蕩》以及五十五種賦和十種小調。另外,他們還出了兩本《蘇劇研究資料》,我的這篇《談蘇劇》也被收入第一輯。

《談紹劇》的前兩節曾刊於《新民晚報》一九五三年十一月四日和十二日。近幾年來,我搜集了不少種紹興高腔和大班的戲以及新昌的目連戲腳本五厚冊,將來有機會想再作介紹。特別是紹興高腔,它在戲曲史上應占有相當重要的地位。

《談婺劇》曾在《新民晚報》上刊登過,時間是一九五三年八月,當時婺劇正在上海演出。後來浙江文化局又油印了不少婺劇劇本，連同別的劇本送了一全份共約一百多本給我，今後我可以更好地利用這些資料。

《北宋的雜劇雕磚》是應《戲劇報》編輯部之請而寫作的，登在該刊一九六一年第七—八期上。

《宋金雜劇考評介》刊於《文學遺產》第三二八期（一九六〇年八月二十八日）。

在校讀時，有些篇曾作了必要的極小的增删和修改。

趙景深

一九六二年七月十四日

附　　錄

趙景深先生的《明清曲談》與《戲曲筆談》

受業　江巨榮

趙景深先生(1902—1985),字旭初,四川宜賓人。生於浙江麗水,少年時代隨父母來往於寧波、蕪湖。1922年畢業於天津棉業專門學校。由於自幼喜歡文學與戲劇,在五四新文學運動的激蕩下,他積極參加學生愛國運動,並開始從事文學寫作與文學編輯工作,走上了文學研究與文學教育的道路。歷經數十年,在中國古代文學、現代文學、小説戲曲研究、俗文學研究、外國文學翻譯與研究等方面,出版了50餘本研究論著,成爲國内外著名的學者和翻譯家。他曾爲《新民意報》擔任副刊主編,擔任過開明書店、北新書局總編輯,主編過《現代文學》《青年界》,爲《神州日報》《大晚報》主編《俗文學》《通俗文學》等副刊。在文學編輯與出版方面做出過重要貢獻。作爲教育家,他曾擔任過上海大學、上海藝術大學教授。1930年未足三十歲,就受聘爲復旦大學教授。除抗戰後期,短時間擔任過安徽學院教授外,直到逝世,他在復旦大學中文系執教五十年,講授過中國文學史、中國戲曲、民間文學、文學理論、古文閱讀等課程,是在復旦大學擔任教職時間最長、最具名望的教授之一。

趙先生研究領域十分廣泛,研究成果涉及中國文學與外國文學、古代文學與現代文學、雅文學與俗文學、文學理論與語言學等各個方面。但從始至終,他的學術興趣主要在古代小説戲曲研究上。隨着20世紀學術的發展,文學研究各領域分工越來越細緻,文學門類之下,專業分工特點也越來越突出,他的研究興趣也就更明顯地集中於戲曲、小説和民間文學,其中尤以戲曲研究爲重點。因此趙先生的名字便與戲曲研究密不可分。説到趙先生,便會想到他的戲曲研究。説到近代我國戲曲研究,便不能不想到趙先生在戲曲研究領域筆路藍縷、披荆斬棘之功,欽佩他在文獻輯佚、劇目本事源流考證、作家生平史料的鉤稽、劇種特色和發展研究所作的貢獻了。

趙先生古代戲曲研究的著作主要有十二種,依出版時間順序,解放前有:《宋元戲文本事》(1934)、《元人雜劇鉤沉》(1935)、《讀曲隨筆》(1936)、《明清傳奇鉤沉》、《小説戲曲新考》(1939),解放後出版的有《明清曲談》(1957)、《元明南戲考略》(1958)、《讀曲小記》(1959)、《戲曲筆談》(1962)、《曲論初探》(1980)、《中國戲曲叢談》(1983年編,1986年出版)、《觀劇劄記》(1983年編,1989出版)。此外,還有依據《讀曲隨筆》和《小説戲曲新考》戲曲論文改訂重編的《中國戲曲初考》(1983年,中州書畫社出版),先生領銜,李平、江巨榮執筆的《中國戲劇史論集》(1987年,江西人民出版社)。可見戲曲研究伴隨了他的一生,直到晚年都筆耕不輟。

趙先生的戲曲研究從30年代起步,起點即是文獻輯佚、劇目鉤沉、本事考證。文章都採用隨筆、劄記形式,有話則長,無話則短,行文自由,短小精悍。內容新鮮扎實,文風簡潔精練,成爲先生學術論著的鮮明特色。

如對宋元戲文,前人很少涉及,有關劇目、本事、文本存佚都知之甚少。但依據《永樂大典》和《南詞敍錄》的著錄,南戲是我國最早成熟、定型的戲曲,它有豐富多彩的劇目,有反映廣泛社會人生的故事,可是當時學界還只能見到《永樂大典》所錄戲文三種和極少數南戲名作,這種狀況,於了解這一重要的戲劇形式和它的文學藝術成就相距很遠。這時戲曲研究與俗文學研究的有識之士,已開始從不同途徑探求它的歷史與劇目。趙先生作爲先行者,獨具眼光,從《南九宮譜》《新編南九宮譜》《雍熙樂府》《九宮大成南北詞宮譜》諸書中,輯得《王焕》《王魁》等50餘種南戲劇目佚曲260餘支,獲得了很大的成績。先生又據《曲海總目提要》及人物傳記、話本小説等文獻,考證劇目本事,用簡潔清新文字,勾勒、串連成引人入勝的故事情節,把枯燥的考證文章寫得充滿文學趣味,爲學術研究與大衆閲讀相結合開闢途徑。從現今對劇情的了解來看,當年這種串聯式的曲序排列,不免有若干臆測而不完全合乎實際的成分,但在南戲研究之初,這種學術探求往往都不能免。先生領先一步,完成了《宋元戲文本事》,成爲我國南戲研究劇目、佚曲輯佚的開創之作。

繼《宋元戲文本事》之後,歷經二十餘年,先生又完成了一部研究南戲的新著《元明南戲考略》,1958年,作家出版社出版。該書在原有的南戲輯佚和考證途徑的基礎上又有了新的發現和提高。它的主要貢獻是,依據新發現的《醉翁談錄》《寒山堂曲譜》《九宮正始》等書,輯得《張資鴛鴦燈》《崔懷寶月夜聞箏》《蘇秦衣錦還鄉》《太平錢》等劇的佚曲,從這些新文獻中了解到宋元南戲《蔡伯喈》、《荆》《劉》《拜》《殺》與明代流傳諸本的聯繫與區別,同時也回顧了前二十餘年南戲研究的成就和缺陷,糾正自己和同行在以往南戲輯佚和考述本事中的失誤,使南戲研究更科學、更可靠。這使本著作有繼往開來的學術價值。

　　戲曲文獻輯佚又一成果是《元人雜劇鉤沉》。受王國維《宋元戲曲史》的影響,趙先生很早就對元代雜劇產生了濃厚的興趣。元雜劇有臧懋循的《元曲選》一百種,又有元刊雜劇三十種及明刊雜劇、也是園雜劇等幾種劇集存世,不像南戲那麼分散難覓,這些元雜劇的選本和刊本,都是完整的,或經過整理修飾的文本。總計約130種。但先生在閱讀曲譜中還發現其中保留着一些其他的劇目和佚曲,這些佚曲如散珠沙金,未被收錄,也未受重視。先生非常珍惜這些散落殘文的價值,即從《太和正音譜》《北詞廣正譜》《九宮大成譜》等書中輯錄了《芙蓉亭》《流紅葉》《蘇武還鄉》《死哭秦少游》《月夜聞箏》《罟罟旦》《跨海征東》等殘折和殘曲,成《元人雜劇輯逸》,1935年由北新書局出版。書問世後即被曲學家盧冀野所重視,將它收錄於《元人雜劇全集》。此後,由於《孤本元明雜劇》《盛世新聲》《詞林摘豔》等的發現,作者對二十年前的舊著再作修訂增補,改編為《元人雜劇輯佚》於1956年由上海古典文學出版社出版。此書共收錄元人雜劇45種劇目佚曲,較前著新增了15種。成了現今在《元曲選》《元曲選外編》以外所能見到的元劇佚曲的總匯,至今仍是元雜劇研究中唯一的佚曲輯佚之作,在輯錄元雜劇的佚曲上作出了獨特的了貢獻。

　　輯佚之外,趙先生同時對劇作、劇史及劇作家也作了廣泛、深入研究,寫出了《讀曲隨筆》和《小說戲曲新考》兩部力作。前者1936年由北新書局出版。後者1939年由世界書局出版。二書收錄三十年代作者研讀元雜劇與明清傳奇的論文六十餘篇,集中探討元明清三代雜劇、傳奇作品的創作年代、情節本事、作家生平、劇目存佚,考述戲曲本事的流變,戲曲小說的相互交融影響,其中如《元曲的二本》《讀宋元戲曲史》《姚梅伯的今樂考證》,及關於《盛明雜劇》初集、二集,《清人雜劇》初、二集的介紹和討論,《西廂記》作者的考訂,朱有燉雜劇體例的闡述,屠隆傳奇與作者生平關係的考述,《千金記》《獅吼記》《水滸記》《玉簪記》等的考論,都無不是作過深入的資料挖掘、文字的仔細比勘而獲得的寶貴成果,都有作者的獨見和新見。各篇文章長短不一,但都言之有物,精練充實。誠如作者在《讀曲隨筆》自序中所說,這些文章"沒有一篇一句一字不是誠實的自己的話,沒有一篇不是仔細寫作的"。因此勝義疊出,精彩紛呈。這些文章雖然已過數十年,但至今仍有重要的參考價值。因此1983年中州書畫出版社以《中國戲曲初考》整理重印了它們,1999年上海文藝出版社也重版了《讀曲隨筆》,滿足了當代戲曲愛好者和研究者的渴求,在新時期繼續顯示了它的學術生命。

　　1949年新中國建立,國家政治結構發生了重大的變化,思想意識形態和文學思想都在馬克思主義和毛澤東思想指導下發生根本的改造。知識分子、學者,無論願意或不願意,自覺或不自覺,都需要適應形勢,適應變化,在學術思想上作出抉擇,反映變化。趙先生是一位單純、誠實和追求進步的學者,他早年思想活躍,參加過天津的學生運動,又以文學創作和文學研究參加新文化運動。抗戰時期,為反對日本侵略,他編撰了《民族文學史》,推崇愛國志士和文學。新中國成立,掃除了歷史的污垢,幾億人民在世界上站立起來了。趙先生對國家的變化是擁護的,歡迎的。新的文學理論、文學思想,他也滿腔熱情地認真學習、理解,並盡其可能努力應用貫徹於教學和研究中。於是在解放後出版的戲曲論著裏,就有了一些五六十年代中國意識形態和文學理論的印記。

　　解放後先生出版了兩本代表性的戲曲研究著作,一是《明清曲談》(1957,古典文學出版社),二是《戲曲筆談》(1962,中華書局上海編輯所)。兩書收錄戲曲研究論文約60篇,論題涉及劇史研究、作家作品研究、崑曲與地方劇種研究、民間戲曲研究、散曲研究等方面問題。這些論文,有的是解放前寫的,這次作了輯錄。有的是解放後所作課堂講稿、學術報告、會議論文。兩書寫作時間前後跨越二十餘年。這兩本論著就成了解放前後戲曲研究學術交替的產物,反映了他學術思想和著作內容新舊交替中與時俱進的變化和實事求是、對個人學術風格、學術精神的堅守。

　　先看《明清曲談》。此書雖出版於解放後,但所收論文四十篇都成於40年代。所論大多為明清兩代的劇家生平著作考證、劇本輯佚、本事演繹、劇集評述。只要瀏覽其中的目錄,如所列《商輅三元記》《鄭若庸的玉玦記》《讀湯顯祖》《關於水滸記的作者》《玉簪記的演變》直到同治間的《暗香樓樂府作者考》,道光間的《花裏鐘傳奇》而論,有關劇作與作者的論述就有三十餘篇,可以看出,從明初傳奇,到清晚期的傳奇、雜劇,都在先生的視野之內,也都在研究之中。此外,還有與戲曲家及當時戲曲氛圍密切相關的散曲與散曲家的研究篇目,宮廷大戲研究篇目。這些劇論、劇考文章彙集一書,可謂論題廣泛,內容豐富。

　　《明清曲談》的學術貢獻是多方面的。第一是若干劇目的辨證與考訂。編纂劇目是研究古代戲曲的基礎工作,考訂劇目便是對所錄劇目的論證。我國戲曲文獻十分豐富,僅劇目簿錄,元明雜劇有《錄鬼簿》《續錄鬼簿》《也是園古今雜劇目錄》等,明清傳奇有《曲品》《遠山堂曲品》《重訂曲海總目》《傳奇彙考標目》等,到晚近,同時著錄雜劇傳奇的則有姚燮的《今樂考證》和王國維的《曲錄》。我國戲曲簿錄雖然十分豐富,但輾轉抄錄,魚亥帝虎、錯訛遺漏也不能避免。先生所處的40年代,所見劇目文獻都未經很好校訂,差錯也就更多。這就需要隨時隨處多加關注,盡可能加以糾正。因此《明清曲談》於文中議論所及,對前人的劇目著錄如《曲品》《傳奇彙考》《曲錄》等的錯訛即多有糾正。

如明曲家楊珽,著傳奇兩種,一係《龍膏記》,一係《錦帶記》,説到《龍膏記》其中涉及吕天成《金合記》的文字,一些《曲品》的抄本、校本作《金谷記》,《今樂考證》甚至在《錦帶記》的作者問題上,加注爲:"一署四德堂作。"面對這種混亂的情況,先生據《太霞新奏》指出,吕天成所作爲《金合》而非《金谷》,又據唐裴鉶《傳奇·張無頗傳》,指出"金合"係劇中男女主人公婚姻的媒介,與金谷毫不相干。這就把該劇的劇名敲定下來了。至於《錦帶記》與"四德堂"的關係,那是誤把刊刻者當成作者了。①

如《傳奇彙考》著錄吴綺有《秦樓月》一種,這是聞所未聞的。歷來記錄,只知吴綺作過《忠潛記》。而李玉、朱素臣有《秦樓月》。趙先生揭示《傳奇彙考》所以誤記,是因爲此劇刻本前有吴氏一首套曲題詞,《彙考》不及細察,把題詞作者誤爲傳奇作者。(第145頁)

又如王國維的《曲錄》卷四著錄《摘金圓》一劇,云:"明閨秀顧采屏撰。采屏,崑山人,《歷朝詩集》有顧氏妹,崑山顧茂俊之妹,雍里方伯之女,嫁孫僉憲家爲婦,甚有才情。按:方伯及茂俊兄弟均善制詞曲,則采屏或即其人歟?"這段話雖説得模棱兩可,但其指向卻十分明確。他無疑説,《摘金圓》爲女作家顧采屏之劇。此女崑山人,嫁同里孫家爲婦。説得有鼻有眼,使人不能不信。但這則記錄,差錯很多。一是劇目文字差錯,《摘金圓》應作《摘金園》,二是顧采屏應爲顧來屏,三、來屏是男性而非女性,據《南詞新譜》有"顧甥來屏"云云,既然爲"甥"則男性無疑。如此,所謂某某之女嫁某某爲婦,都是空穴來風。所以先生大膽地説:《曲錄》"這一節話完全錯了"。(第92頁)

錯得離譜的還有《曲錄》卷五,《曲錄》據莊親王《九宫大成南北詞宫譜》載有《梅映蟾》傳奇一目。趙先生一翻檢《九宫大成》即指出劇目之誤。先生依據沈自晉的《南詞新譜》查得所謂"梅映蟾"係散曲作者名。《南詞新譜》明確寫着:"梅映

---

① 趙景深:《明清曲談》,參見本書第72頁。以下凡徵引本書者,皆用括注頁碼。

蟾,名正妍,吳江人。"所以《曲録》此處亦是沿襲前人著録之誤,把人名作劇名了。(第94頁)

凡此之類,說明在我國現代戲曲研究的初始階段,即便在劇目整理上,一面有深厚的基礎可以繼承,一面仍要在前人的成果上作很多的梳理和考訂工作。劇目研究只有經過這樣的考訂,才扎實、可信。趙先生和許多老一輩研究者在這方面的努力爲後人的研究掃除了許多障礙,作出了表率。

《明清曲談》第二方面的貢獻,是在劇作家生平、籍貫、字號、履歷的發掘與鉤稽上面。我國研究者歷來講究知人論世。要了解一部作品,必須了解作者的生平思想和時代背景。但在我國傳統的文學觀念中,戲曲屬小道末技,君子不爲。除某些著名的劇作者外,一些劇作家隱姓埋名,在文本上不署真名;一些劇作家地位低下,名姓不彰,在文獻上無跡可尋。還有一些梨園抄本,不署作者或誤署作者,這些都造成了研究作者和作品的很大障礙。趙先生處在現代戲曲研究的開創時期,研究者對戲曲家的研究還沒有起步,深感戲曲家生平資料的匱乏,對戲曲家了解的缺失,於是花了很多精力和時間,從地方志入手,收集、發掘劇作家的相關文獻。1942年秋,他曾用幾個月時間,鑽進圖書館,滿手灰塵,翻閱了千卷以上的地方志,從其中的人物志、藝文志中,抄録了不少戲曲家歷史資料,寫出《方志著録明清曲家考略》,對明清曲家的生平資料作了首次自覺的發掘。後來又從安徽通志中,輯録了《安徽曲家考略》(收入《讀曲小記》),對皖籍二十餘位曲家的相關文獻作了系統整理。由此發現了徐𣶜、王濟、胡汝嘉、陳與郊、卜世臣、顧大典、周履靖、周朝俊、佘翹、卜不矜、來集之、范文若、張龍文、葉奕苞、吳震生、程景傅、莊逵吉、吳孝思等一些劇作家的生平著述資料。並從中發現了一些未曾著録的劇目,如程景傅的《還婦篇》、莊逵吉的《江上緣》、吳孝思的《春夢婆》《昭君歸漢》等作品。在四五十年代,其中不少作者都不爲人知,其生平、籍里、字號和著述更知之甚少,先生不辭辛勞,披沙揀金,作了首次披露,故彌足珍貴。一些成果至今還被學界吸收引用,即見證了它的學術價值,也發揮了學術作用。受趙先生的啟發,後來張增元從各地方志中尋得更多的曲家生平史料,與先生早年的發現,共658家生平資料,合爲《方志著録元明清曲家傳略》一書,1987年由中華書局出版,成了曲家生平事略研究必備的參考書。這就是趙先生開創之功所結的豐碩成果。

先生除了作文獻的鉤沉、輯録外,同樣重視戲曲本體的研究,尤其是對戲曲本事源流與流變的考述,着力最多,創獲也最多。這是《明清曲談》第三方面的貢獻。如書中從《詞林紀事》《宋閨媛詞》等考證《玉簪記》來源，從《張于湖誤宿女貞觀》《張于湖傳》《喬合衫襟記》考察此劇的流變（第 57 頁）。如據《太平廣記》《談賓錄》《唐書》等考述《龍膏記》本事的取捨、人物關係（第 72 頁），從《後漢書》考述《漁家樂》的人物和重要情節的虛實（第 140 頁）。這些考證對了解劇情來源和劇作價值都有重要的參考意義。

突出的例子可以舉出康海《中山狼》雜劇的考證。這本雜劇的本事，歷來都謂出自馬中錫的《中山狼傳》。康海所以作《中山狼》雜劇，是因爲李夢陽受劉瑾陷害，康海爲救援李夢陽，屈志往見劉瑾，夢陽得以倖免於難。後劉瑾敗，康海因此受到牽連免官，李夢陽卻不出一言相救，因此康海作此雜劇以刺忘恩負義之徒。這種傳聞被何良俊等多位名家和劇論記錄，流傳不止，幾成共識。康海撰寫《中山狼》是出於私仇或出於公義，關係到劇作的評價，這需要作出判斷。先生對這類挾怨洩憤的主張有所懷疑。他特地購買了當時較爲稀見的《康對山先生文集》仔細研究，指出文集中有一篇記錄康海救援李夢陽事件更爲詳實的《對山先生墓志銘》，不曾提到李夢陽不救康海的話。文集中有很多文章直抒康海自己後來被免官而產生的牢騷，抒發心中的不平，但始終沒有一句埋怨李夢陽的文字，更不含指斥忘恩負義者的痕跡。王九思爲文集作序，也不曾涉及這類文字。因此先生依據康海文集並採用鄭振鐸的說法，作出論斷："中山狼的故事，本是流傳世界各國的一個民間故事，康海也許取爲題材，藉以諷世，不見得是指着李夢陽說的吧。"（第 47 頁）以諷世說取代洩憤說，恢復了劇作原有的社會意義。"文革"後，蔣星煜作《康海中山狼雜劇並非爲譏刺李夢陽而作》，以更翔實的文獻、嚴密的考證，肯定了趙先生當年的判斷，其論遂爲多數研究者接受。此後不少文學史、戲劇史在論及這本雜劇的時候，已捨棄洩憤說，採納了"諷世說"，這無疑顯示出趙先生的遠見卓識。

再看《戲曲筆談》。這是 1949 年後先生所作論文的初次結集。所收十七篇文章都是 50 年代戲曲教學、戲曲會議、戲曲調研的成果。這些文章顯示，他已不再像過去那樣單純從事作家作品考證，而是要研究並強調戲曲的思想性和它們的社會價值。他也不再像過去那樣力關注一些他人不曾注意的作家，研究一些細小而具體的問題，而是隨着社會潮流、學術熱點，去研究名家名著。他的文章風格，也不同以前那樣一事一議，點到爲止，而是力求全面概括，自成系統。在社會思想強調人民的歷史地位、人民的歷史作用的輿論下，他也更加重視民間戲曲和民間劇種。他一方面與時俱進,比較自覺地表達了對新體制下這種學術形態的認同,另一方面,他不懼壓力、堅持真理,仍然發揮着注重實際、熟悉史料、長於考證的優長,遵循自己的學術習慣,堅守自己的學術個性,而把理論與實際結合起來。文風仍然一貫地從材料出發,實事求是,不尚空談,形式仍以短文爲主。即便是内容較多、文字較長的文章,也大致是筆記式的心得聯綴,短篇的組合。

同以往的著作不同,《戲曲筆談》表現了先生的戲曲研究,論題更廣泛,視野更開闊,名家名作的研究有了新進展。翻閱三四十年代所著的《讀曲隨筆》《小説戲曲新考》《讀曲小記》,所列作家、作品,雖已琳琅滿目,但有一些著名作家和他們的劇作,如關漢卿、李玉幾乎没有出現,馬致遠、湯顯祖,也只觸及了個別問題。其關注程度與他們在戲曲史上的地位不很相稱。解放後,關漢卿成爲世界文化名人,其劇作因反映深刻的社會矛盾和人民的呼聲而受到高度評價。李玉的劇作反抗暴政,反映社會,表現下層民衆生活和市民運動,思想與藝術都具特色。湯顯祖的《牡丹亭》反抗封建壓制,表達青年男女愛情婚姻訴求,影響深遠。這些劇作家在解放後都受到高度重視,成爲文學史和戲劇史上的學術熱點。在這樣的學術氛圍中,趙先生寫出數篇研究關漢卿、馬致遠、湯顯祖、李玉等劇作家和他們的劇作的論文。如在《關漢卿和他的雜劇》中,除適度地考證關氏的生卒年、他的身份、籍貫、生活以外,重點關注關漢卿的劇作和這些劇作所表現的社會生活、思想價值、藝術成就。肯定他的風塵劇"從各個方面揭發封建統治階級的殘忍和妓女所遭遇的沉重壓迫和悲慘生活"(第203頁)。《竇娥冤》《蝴蝶夢》《切鱠旦》"對黑暗吏治進行了尖鋭而真實的鞭撻"(第203頁)。其論湯顯祖,除較全面地討論了湯顯祖的生平、詩文、四夢,及《牡丹亭》的版本、改編和創作方法之外,還畫龍點睛地指出:"《牡丹亭》的思想内容就是賦予愛情以超越生死的力量,揭示封建家教殘暴性中的脆弱性,從而支持青年人争取幸福的鬥争。"(第237頁)書中對李玉的生平和創作也作了較全面而深入的論述,指出他的創作多方面的成就。如"能夠反映社會的主要矛盾,真實而藝術地記録人民的反抗運動,頌揚群衆所愛戴的人物","肯定樸素、真摯的健康愛情,暴露權貴、豪富的貪婪、毒辣、忘恩負義,紈绔子弟的蠻横以及幫閑的無耻",同人民的思想感情一致。(第242—243頁)這些論述有時雖不免打上"階級性""人民性""現實主義""浪漫主義"的時代標簽,但先生總是從作品實際和歷史現實出發,仍然把握住劇作的本質,所論具有説服力。這些論題的出現及對這些重要作家、重要作品的分析評論,使趙先生在50年代的戲曲研究跟上了時代脈搏,也別開了生面。

《戲曲筆談》表現出趙先生戲曲研究的另一個較大變化是重視民間戲曲，推崇民間戲曲，傾注心力熱心研究民間戲曲。

趙先生從開始文學研究之初，就喜愛民間文學，重視民間文學。他從孩提時就愛看民間小戲，1928年出版過《民間故事研究》，他的文學史中也給民間文學以很高的評價。但在解放前他的戲曲研究中，談的幾乎都是文人劇作，很少看到民間戲曲的身影。解放後的政治理論，強調人民的歷史地位和作用，強調區分統治階級文化與被統治階級文化，因此民間文學的地位空前提高，民間文學研究也格外活躍。受到熱烈的民間文學研究氣氛的影響，趙先生開始以更大的熱忱，花費更多的精力，去觀摩、研究活躍在民間的地方劇種、地方戲。他廣泛收集地方戲的抄本、油印本、坊刻本，包括藝人自備的"掌中秘"（戲摺子）；他注意研究反映明清民間演出的戲曲選本，如《徽池雅調》《時調青崑》《八能奏錦》《摘錦奇音》《詞林一枝》《秋夜月》等所選劇目和其中表現的民間演出形態。可以説，舉凡反映民間戲曲演出的資料，都廣爲收集，認真比較。這爲研究民間戲曲準備了充分的條件。

他研究民間戲曲内容廣泛，其中包括宋元南戲、莆仙戲，明清以來的弋陽腔、徽州腔、青陽腔，以及由高腔系列衍生發展而成的紹興高腔、湘劇、川劇、婺劇，灘簧系列的蘇劇。他的《元代南戲劇目和佚曲的新發現》《明代青陽腔劇本的新發現》《談紹劇》《談婺劇》《談蘇劇》《談琵琶記》等一組文章，論述了明代弋陽、海鹽、餘姚、崑山諸腔在民間的流行狀況，論述了高腔系列劇目在聲腔、幫唱、伴奏樂器、語言文字的特點，它的民間色彩。在比較中，指出宋元南戲和它的民間演出，強烈地表現出了下層民衆的生活、思想和感情、願望。從地方戲演員的唱腔、民間口語、舞臺動作、表演風格等方面，闡明民間戲曲的思想藝術特點。他贊揚弋陽腔的滚唱、滚白，通俗易懂、自然本色，連珠直下，情感奔放。稱贊弋陽腔藝人們自己改寫的劇本和質樸的表演，"淳厚樸素，特別帶有山野間的花草香氣"（第251頁）。這些論述，概括了民間戲曲藝術的主要特質，對認識和研究民間戲曲有指導意義。

民間戲曲在當時是一片待開墾的處女地。因爲研究和關注者少，趙先生就特別注意闡述這種研究的重要性。他指出，研究民間戲曲是溝通中國古今戲曲探討的開始，有利於全面地了解明清戲曲發展的全貌。趙先生曾通過對《遠山堂曲品》"雜調"四十七種劇目的研究、青陽腔幾種稀見選本的研究、紹興高腔的研究，指出民間戲曲"蘊藏着一部活的中國戲曲史"，"民間戲曲是我國文學藝術的寶貴財富"。這種認識,指明了民間戲曲的歷史地位。他在《戲曲筆談》的自序中說:"解放後十四年的科學研究,同過去是無法比擬的。現在各方面的科學研究都比解放前有飛躍的進步。就拿我所搞的中國戲曲史來說吧,這十四年,由於黨所領導的百花齊放、推陳出新方針的正確,使我對於中國戲曲史的研究,不再僅僅囿於文人的作品,更注意民間的各種戲曲,擴大了眼界。"明確反映了先生學術視野的重大變化。此後他重視民間劇種和民間演出的研究,重視民間劇目和演出在思想與藝術上的變遷,都是在民間戲曲研究上的新變化、新拓展,有力地推動了戲曲研究中民間戲曲研究的新局面。他同時研究民歌、民間故事、民間曲藝,也取得了多方面的成就,被推爲上海民間文學研究會的主席。

解放後趙先生戲曲研究的新成果還有《讀曲小記》(1959)、《曲論初探》(1980)、《中國戲曲叢談》(1986)、《觀劇劄記》(1989)等論集。《讀曲小記》是趙先生解放前講授中國戲劇史和戲曲故事考證、戲曲格律、崑曲唱腔的文章結集。書中對戲曲本事演變的考述用力尤深,所考秋胡、董永、琵琶記、目蓮救母、活捉王魁、虎囊彈等戲曲本事來源與故事演變,引用了豐富的歷史文獻和俗文學資料,分析深入細緻,比較完整地勾勒了這些劇目的來龍去脈,在當時學術討論中尤見功力。

《曲論初探》是趙先生晚年整理完成的戲曲理論批評的著作,早在1961年,趙先生在復旦大學開設《中國古代戲曲研究》專題課,就開始給中文系同學講授"古代戲曲理論"和"明代民間戲曲",因其自成系統和別具新意,獲得好評,後來在滬上和江蘇、江西一些地方做過講授。1979年再經整理、修訂,題作《曲論初探》正式出版。該著簡要地介紹了宋元明清四代主要理論批評家的戲曲理論和批評標準,同時收錄了論述明清民間戲曲文章,關漢卿、湯顯祖評傳,與戲曲理論批評前後輝映,成爲先生晚年完成的最後一部戲曲論著,也是最早的戲曲理論批評史類著作。1984年獲文化部戲曲論著獎。

《中國戲曲叢談》和《觀劇劄記》雖在先生去世後出版,卻都是先生生前自己整理成書,寫好序言,分別交付齊魯書社、學林出版社出版的。《中國戲曲叢談》收錄所撰戲曲雜論,內容廣泛。寫作時間從解放前到作者晚年,跨度較長。主要篇目爲書評和爲當代戲曲研究著作所作序文,其次則爲談論崑曲源流與崑曲演唱的文章。全書涉及戲劇史、劇目考證、版本目錄、聲腔劇種等多方面的問題,反映出先生對所論問題的廣博知識和獨到見解。所作序文,平易中肯,既表現了先生與作者間深厚的學術情誼,又突出地表現了先生對戲曲研究方法、途徑的深刻思考,如提出從方志、家譜、詩文中探尋劇家生平履歷,強調實地調查作南戲新證,指出演出史的研究對戲劇史發展的重要意義、版本研究與作品研究的密切關係等等,至今仍有現實借鑒意義。《觀劇劄記》是趙先生自編的觀演崑曲及多種地方戲的劇評文字彙編。全書收錄作者自 50 年代至 80 年代所寫劇評 47 篇。同一般劇評文章不同,這些劇評大都聯繫本事考證、劇情流變、劇種歷史與劇種特色等問題,論述劇目源流與改編得失,都娓娓道來。學術意蘊深厚,文字清新淺近。作爲行家和熱心的觀衆,他在評述演唱與表演技巧、演員表演得失中,充滿對年青演員的鼓勵與關心,發表意見都要言不煩而切中肯綮,被稱作"一位難得的戲曲演出評論家"。

先生的戲曲研究,反映了數十年我國戲曲研究的艱難歷程,也表現了我國戲曲研究的多方面成就。他不僅自己辛勤耕耘,成績卓著,他同時熱情慷慨,毫無保留地提供資料,與友人相切相磋,協助同行完成了許多重要著作。他更熱情地獎掖後進,培養學生。先生以他的道德文章聞名於世。當新時期成立中國戲曲學會時,趙先生被推爲首任會長,顯示了趙先生在我國戲曲研究界的學術聲譽。

趙景深先生生平簡介

江巨榮

趙景深先生(1902—1985),字旭初。曾用過鄒嘯、景星、冷眼等筆名。原籍四川宜賓人,生於浙江麗水。少年時代隨父母來往於寧波、蕪湖,就讀於當地小學。1919年北上天津,入讀南開中學。因無力繳納學費,轉學後畢業於天津棉業專門學校。

由於自幼喜歡文學與戲劇,在"五四"新文化運動的激勵下,他積極參加學生愛國運動,並開始從事文學寫作與文學編輯工作。1922年擔任《新民意報》副刊主編,組織"綠波社",編撰新詩集。1924年入湖南,在長沙岳雲中學和第一師範擔任教職,由鄭振鐸介紹加入文學研究會。1925年赴上海,任上海大學、上海藝術大學教授,主編文學研究會機關刊物《文學週報》6—8卷。1927年任開明書店總編輯。1930年,受聘爲復旦大學教授,並先後兼任中國公學、光夏中學、上海中學等教職及開明書店、北新書局總編輯,《現代文學》《青年界》主編。1937年抗日戰爭爆發,上海淪陷,被迫舉家遷往安徽金寨,擔任安徽學院教授、中文系主任,一度兼任安徽省政府顧問。抗戰勝利後,趙先生回到上海,繼續任職復旦大學,兼職上海劇專,並爲《神州日報》《大晚報》主編《俗文學》《通俗文學》等副刊。1949年後專任復旦大學中文系教授,直至1985年去世。

"五四"新文化運動以後,受到魯迅、鄭振鐸等新文學家的影響,趙先生雖然是非文科專業出身,但他自學成才,艱苦努力,既寫小說,寫詩歌,搞翻譯,出版了《梔子花球》《失戀的故事》(小說集)、《荷花》(詩集)等作品,又翻譯出版了《柴霍甫短篇傑作集》《羅亭》《安徒生童話集》《格林童話集》等俄國、丹麥、德國等國作家的小說、童話作品,撰寫了俄國、歐美文學介紹和評論集。同時博覽群書,研究中國古代文學、現代文學、兒童文學、文學理論、語法修辭。一生著作達50餘種。其主要精力,多集中於研究中國古代小說、戲劇、曲藝,成績卓著,影響廣泛,爲我國著名的古代小說、戲曲、民間文學研究家,享譽世界的元明清文學研究家。

趙先生所著古代小說、戲曲、民間文學研究主要著作有：

小說研究類

《小說原理》(1933年,商務印書館)。

《小說閒話》(1933年,商務印書館)。

《小說戲曲新考》(1939年,世界書局)。

《銀字集》(1946年,永祥印書館)。

《小說論叢》(1947年,日新出版社)。

《中國小說叢考》(1980年,齊魯書社)。

戲曲研究類

《宋元戲文本事》(1934年,北新書局)。

《元明南戲考略》(1958年,作家出版社)。

《元人雜劇鉤沉》(1956年,上海古典文學出版社)。

《小說戲曲新考》(戲曲部分,1939年,世界書局出版)。

《讀曲隨筆》(1947年,北新書局)。

《明清曲談》(1957年,古典文學出版社)。

《讀曲小記》(1959年,中華書局)。

《戲曲筆談》(1962年,中華書局)。

《曲論初探》(1980年,上海文藝出版社)。1984年獲文化部戲曲論著獎。

《中國戲曲初考》(1983年,中州書畫社)。

《中國戲曲叢談》(1986年,齊魯書社)。

《觀劇劄記》(1989年,學林出版社)

民間文學和曲藝類

《民間文藝概論》(1950年,北新書局)。

《民間文學叢談》(1982年,湖南人民出版社)。

《曲藝叢談》(1982年,中國曲藝出版社)。

《彈詞考證》(1925年,上海書店)。

《大鼓研究》(1925年,上海書店)。

趙先生擔任過中國俗文學學會名譽會長,中國古代戲曲學會會長,中國民間文學研究會上海分會主席等學術職務。

趙景深先生學術年表

江巨榮

1902 年
　　生於浙江麗水。

1920 年
　　考入天津棉業專門學校,爲《益世報》編輯《新知識》副刊。

1923 年
　　任教長沙岳雲中學,加入文學研究會,出版《失戀的故事》。

1924 年
　　出版《安徒生童話集》。

1925 年
　　在上海大學任教,主編《文學週報》6 至 8 卷。始爲《小說月報》介紹世界文壇消息。出版《近代文學叢談》。

1927 年
　　任開明書店總編輯,兼任上海藝術大學教師。出版《童話論集》。

1928 年
　　出版《中國文學小史》,爲清華大學等校作教材採用,後多次再版。出版《民間故事研究》。

1929 年
　　出版《柴霍夫(今譯契訶夫)短篇傑作集》8 卷,爲我國最早契訶夫小說譯作。出版《俄國三大文豪》、《童話學 ABC》。

1930 年
　　始任復旦大學教授。兼北新書局總編輯,主編《現代文學》、《青年界》。出版《現代文學雜論》。

1932 年

出版《小說原理》、《格林童話全集》、《現代世界文學》。

1933 年

出版《文學概論講話》。作《郁達夫論》,署名鄒嘯。

1934 年

出版《宋元戲文本事》、《修辭學講話》。作《周作人論》,署名陶明志。

1935 年

出版《元人雜劇輯佚》。

1936 年

出版《讀曲隨筆》、《中國文學史新編》。

1937 年

出版《小說閒話》、《文壇憶舊》、《大鼓研究》。

1938 年

出版《抗戰大鼓詞》、《彈詞考證》。

1939 年

出版《小說戲曲新考》。

1940 年

出版《民族文學小史》、《文言初步》。兼任上海華光劇校中文系主任。

1941 年

出版《中國文學史綱要》。

1942 年

兼職上海光華大學,開設《曲選》課。因上海淪陷赴安徽金寨。

1943 年

作《冰心論》,署名李希同。

1944 年

任安徽學院教授,中文系主任。

1946 年

返滬後復任職復旦大學,主編《俗文學》、《通俗文學》等副刊。出版《銀字集》、《中國文法講話》、《文學常識》。

1947 年

出版《小說論叢》。

1950 年

出版《民間文藝概論》。

1951 年

辭北新書局職務,專任復旦大學教授。

1956 年

組建上海崑曲研習社,任社長。出版《元人雜劇鈎沉》。

1957 年

出版《明清曲談》。

1958 年

出版《元明南戲考略》。

1959 年

出版《讀曲小記》。校訂《南北宮詞記》。

1962 年

出版《戲曲筆談》。

1980 年

出版《曲論初探》、《中國小說叢考》。

1982 年

出版《曲藝叢談》、《民間文學叢談》。

1983 年

出版《中國戲曲初考》。爲中州出版社主編《中國講唱文學叢書》。

1985 年

主編《戲曲論叢》、《中國古典小說戲曲論集》。逝世後,1986 年出版了《中國戲曲叢談》,1987 年出版了《中國小說史略旁證》,1989 年出版了《觀劇剳記》。

本年表參考趙易林《趙景深先生年譜簡編》及《趙景深著譯年表》縮編而成,略有增補。重複書目不重列。(江巨榮)

校讀後記

　　趙先生的《明清曲談》和《戲曲筆談》原分別由古典文學出版社和上海古籍出版社出版,經過先生校訂。這次復旦大學出版社合編爲一書,承乏再行校讀。因爲原著已經先生手訂,校讀中力求保持原著面貌,不敢妄自臆斷、臆改。但由於二書出版於數十年前,當年先生的書寫習慣,簡稱、略稱的使用,今讀者一般都不易理解,這次校讀,不能不略作改動。書中一些標點符號,二書原不統一,還有一些符號,當年常見,現今已不再用。爲便利讀者,這次於二書一些明顯不統一的符號作了統一,一些於今不十分規範的符號作了改動。書中也有若干誤字,隨見也加以改正,未出校記。其類舉例如下:

　　1.《明清曲談》中所及書名號,原都作下曲線,《戲曲筆談》書名號,則作《》,現統一作《》。

　　2. 詞牌、曲牌,二書或使用(),或使用《》,均不一致,今改爲〔〕。

　　3. 劇名接齣名,書名接篇名,書中或作《＊＊記·＊＊齣》、《＊＊記＊＊齣》、《＊＊書＊＊篇》,今大致統作《＊＊記·＊＊齣》、《＊＊書·＊＊篇》。如《曲品·繡襦記》《宋史·辛棄疾傳》《裴鉶傳奇·張無頗》等。先生當年作《＊＊記》《＊＊齣》連書者不改。

　　4. 原書中留有一些作者筆誤和手民之誤的痕跡,如《人獸關》中人物爲桂薪,書中作桂遷(第243頁);《鳴鳳記》中張翀(字子儀),誤作張羽中(第234、235頁)。屬筆誤和引證之誤。斡離不,書中誤作榦離不(第133頁),〔賞宮花〕誤作〔嘗宮花〕(第116頁),武城縣誤作城武縣(第29頁),十餘年誤作千餘年(第98頁)。至於里、裏,發、髮之誤,更易混淆。凡此皆筆誤或繁、簡體字轉換之誤,校讀時即行改正。不出校。

　　5. 因當年時間匆忙,原書抄錄方志,多用簡稱,或作文字節略,時間既久,留下一些不易明瞭處。如徐霖簡歷,引錄《重刊江寧府志》(第9頁),今《中國地方志綜錄》皆作《嘉慶新修江寧府志》。所言卷四,實則爲卷四十。又謂"參郭志",

應指康熙二年郭廷弼主修《松江府志》。趙書不加書名號,現勉作"參郭《志》"。

趙書所錄海甯陳與郊生平有(金志)、(康熙志)之簡稱,都不帶書名號(第10、11頁)。經查,海寧縣志,有康熙十四年許三禮主修之《海寧縣志》,乾隆二十三年金鰲主修之《海寧縣志》,民國許圭所修《海寧州志稿》。金志,當指金鰲《海寧縣志》,今標作金《志》;康熙志當指許三禮《海寧縣志》,今標作《康熙志》。《海寧州志稿》,則爲民國許圭《志》。這些簡稱涉及面甚多,不能詳校注明。讀者如有興趣,可參閱趙先生與張增元合著的《方志著錄元明清曲家傳略》或查閱原著。

6. 趙著偶有句讀問題和連接問題,校讀中盡可能據原志、或史實加以更定。如太倉志記王衡事:"郎官高桂、饒伸疏論有私,詔會午門外複校,衡請錫爵疏救伸、桂"。《曲談》作"郎官高桂、饒伸疏論有私詔,會午門外復校,衡請錫爵疏救,人更以此多之"。似不確。人何以此多之,義亦不明。今于標點移易外,在"疏救"後補伸、桂二人名,纔明瞭人何以此多之的原因(第10頁)。《曲談》記吳綺"由拔貢生授中書。奉繼盛樂府"(第23頁)。此系節略,文意不甚明瞭。按原意系指吳綺授中書,奉詔,譜楊繼盛樂府,禁林傳演(見《乾隆甘泉縣志》卷十四),今補"詔譜楊"三字,以明原意。

趙師著作編纂過程,得到中文系領導的關心,復旦大學出版社的幫助,孫曉虹、高安琪、孟昕資料複印的協助,在此一併表示感謝。

江巨榮記　2015年3月3日校訖。

復旦百年經典文庫書目

第一輯

修辭學發凡　文法簡論	陳望道著／宗廷虎、陳光磊編（已出）
宋詩話考	郭紹虞著／蔣　凡編（已出）
中國傳敘文學之變遷　八代傳敘文學述論	朱東潤著／陳尚君編（已出）
詩經直解	陳子展著／徐志嘯編（已出）
文獻學講義	王欣夫著／吳　格編（已出）
明清曲談　戲曲筆談	趙景深著／江巨榮編（已出）
中國土地關係史稿　中國土地制度史	陳守實著／姜義華編（已出）
中國經學史論著選編	周予同著／鄧秉元編（已出）
西方史學史散論	耿淡如著／張廣智編（已出）
中外歷史論集	周谷城著／姜義華編（已出）
中國問題的分析　荒謬集	王造時著／章　清編（已出）
中國思想研究法　中國禮教思想史	蔡尚思著／吳瑞武、傅德華編（已出）
長水粹編	譚其驤著／葛劍雄編（已出）
古代研究的史料問題　五十年甲骨文發現的總結　　五十年甲骨學論著目　殷墟發掘	胡厚宣著／胡振宇編（已出）
古史新探	楊　寬著／高智群編（即出）
《法顯傳》校注　我國古代的海上交通	章　巽著／芮傳明編（已出）
滇緬邊地擺夷的宗教儀式　中國帆船貿易與對外　　關係史論集　男權陰影與貞婦烈女：明清時期　　倫理觀的比較研究	田汝康著／傅德華編（已出）
諸子學派要詮　秦史	王蘧常著／吳曉明編（即出）
西方哲學論譯集	全增嘏著／黃頌杰編（即出）
哲學與中國古代社會論集	胡曲園著／孫承叔編（已出）
儒道佛思想散論	嚴北溟著／王雷泉編（即出）
《浮士德》研究　席勒	董問樵著／魏育青編（已出）

圖書在版編目(CIP)數據

明清曲談　戲曲筆談/趙景深著;江巨榮編.—上海:復旦大學出版社,2015.8
(復旦百年經典文庫)
ISBN 978-7-309-11360-0

Ⅰ.明… Ⅱ.①趙…②江… Ⅲ.古代戲曲-文學研究-中國　Ⅳ.I207.37

中國版本圖書館 CIP 數據核字(2015)第 069391 號

明清曲談　戲曲筆談
趙景深　著　江巨榮　編
責任編輯/杜怡順

復旦大學出版社有限公司出版發行
上海市國權路 579 號　郵編:200433
網址:fupnet@fudanpress.com　http://www.fudanpress.com
門市零售:86-21-65642857　團體訂購:86-21-65118853
外埠郵購:86-21-65109143
山東鴻君杰文化發展有限公司

開本 787×1092　1/16　印張 24　字數 384 千
2015 年 8 月第 1 版第 1 次印刷

ISBN 978-7-309-11360-0/I·905
定價:70.00 圓

如有印裝質量問題,請向復旦大學出版社有限公司發行部調換。
版權所有　　侵權必究